EQUADOR

Miguel Sousa Tavares

Equador

Posfácio
Lilia Moritz Schwarcz

12ª reimpressão

Companhia Das Letras

A editora optou por manter a grafia do português de Portugal.

Capa
Victor Burton & Angelo Allevato Bottino

Revisão
Huendel Viana
Marina Tronca

Dados Internacionais de Catalogação na Publicação (CIP)
(Câmara Brasileira do Livro, SP, Brasil)

Tavares, Miguel Sousa
Equador : romance / Miguel Sousa Tavares. — São Paulo : Companhia das Letras, 2011.

ISBN 978-85-359-1898-4

1. Romance português I. Título.

11-05303 CDD-869.3

Índice para catálogo sistemático:
1. Romances : Literatura portuguesa 869.3

EDITORA SCHWARCZ S.A.
Rua Bandeira Paulista, 702, cj. 32
04532-002 — São Paulo — SP
Telefone: (11) 3707-3500
www.companhiadasletras.com.br
www.blogdacompanhia.com.br
facebook.com/companhiadasletras
instagram.com/companhiadasletras
twitter.com/cialetras

Equador: linha que divide a Terra em hemisfério norte e sul. Linha simbólica de demarcação, de fronteira entre dois mundos. Possível contracção da expressão "é com a dor" ("é-cum-a-dor", em português antigo)

Para a Cristina

Sumário

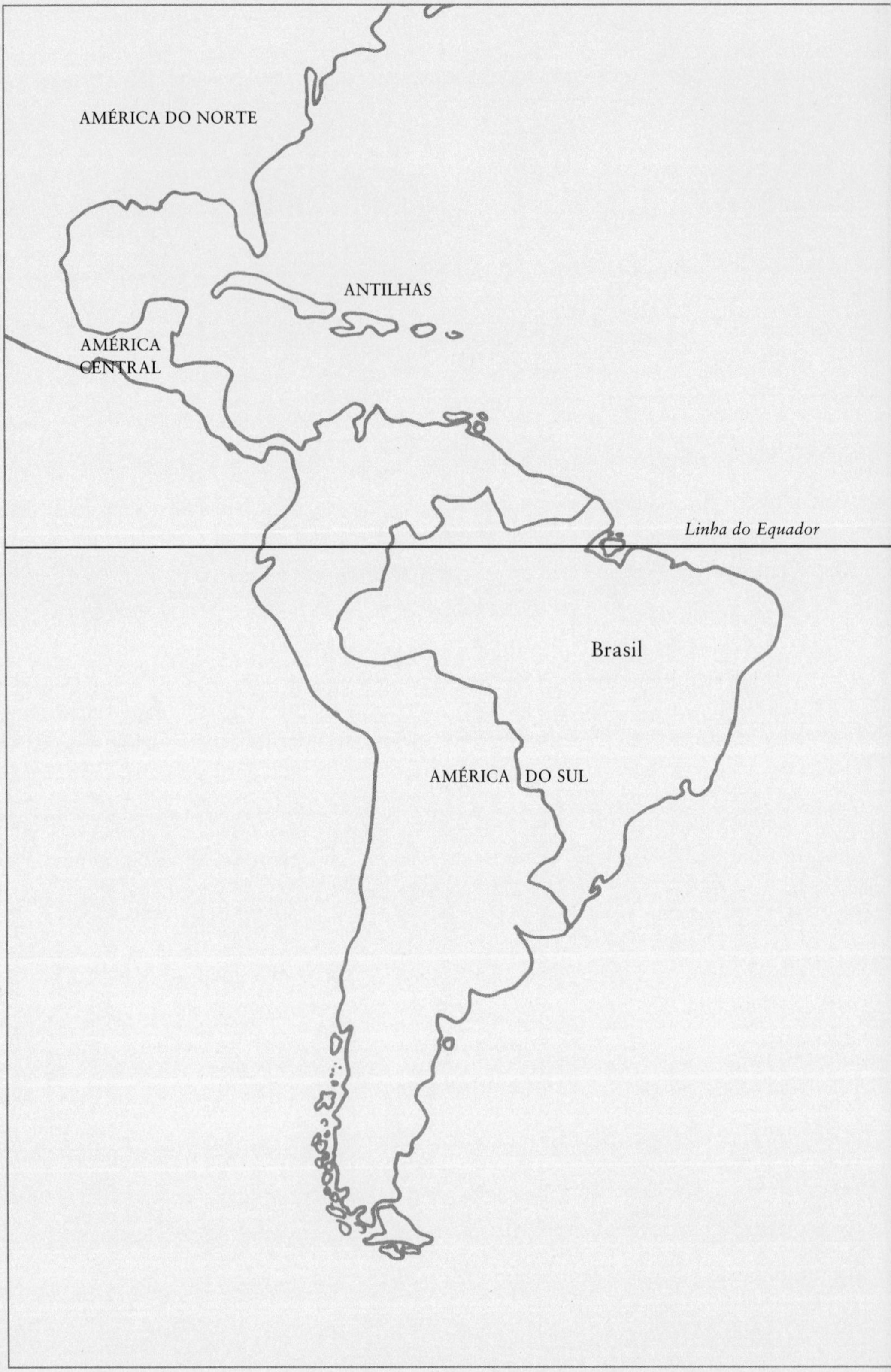
AMÉRICA DO NORTE
ANTILHAS
AMÉRICA
CENTRAL
Linha do Equador
Brasil
AMÉRICA DO SUL

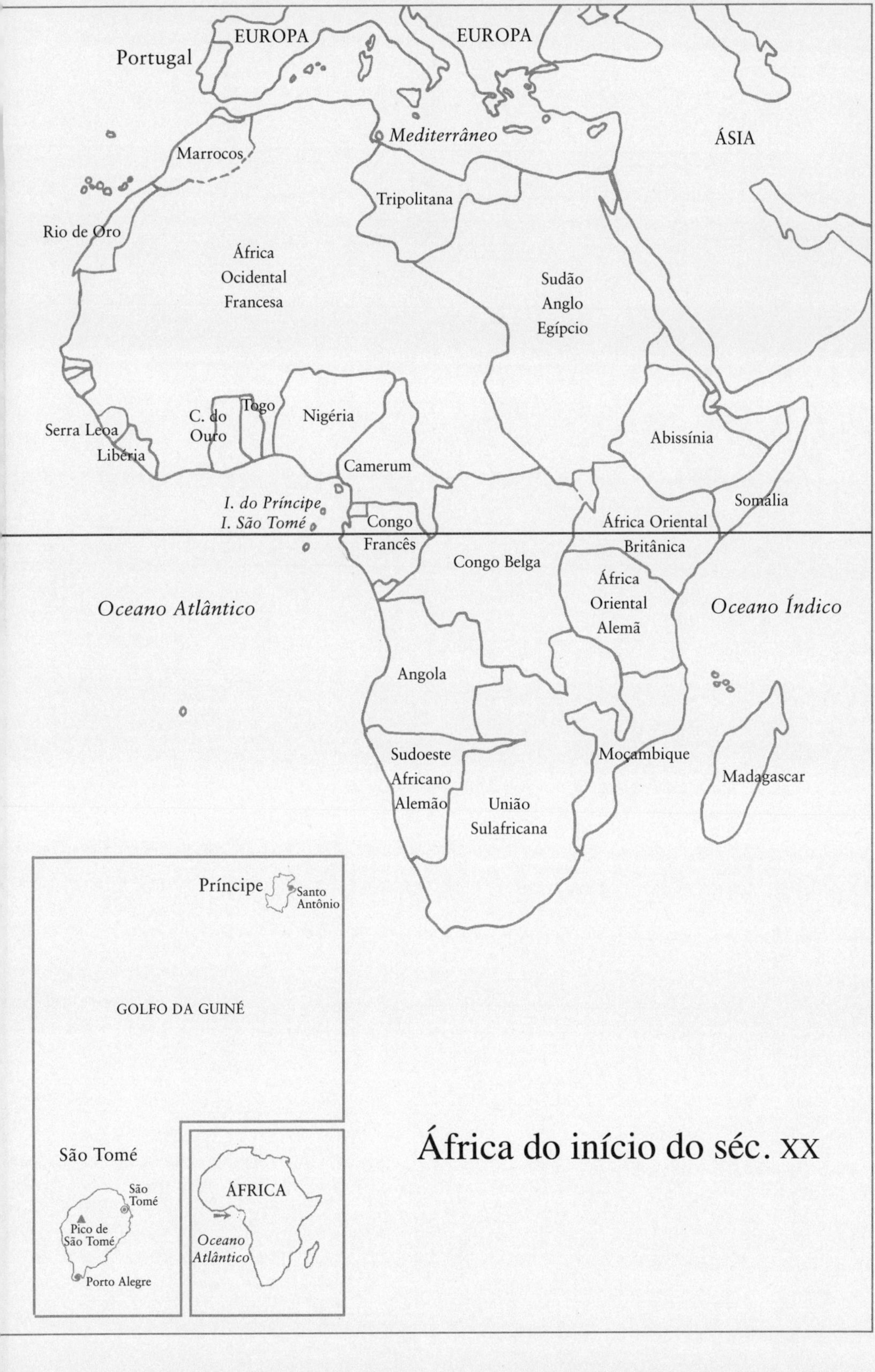

África do início do séc. XX

I

Depois de as coisas acontecerem, é quase irresistível reflectir sobre o que teria sido a vida se se tem feito diferente. Se soubesse o que o destino lhe reservava nos próximos tempos, talvez Luís Bernardo Valença nunca tivesse apanhado o comboio, naquela chuvosa manhã de dezembro de 1905, na estação do Barreiro.

Mas agora, recostado na confortável poltrona de veludo carmim da 1ª classe, Luís Bernardo via desfilar tranquilamente a paisagem através da janela, observando como aos poucos se instalava o terreno plano, semeado de sobreiros e azinheiras, tão característico do Alentejo, e como o céu de chuva que deixara em Lisboa ia timidamente abrindo clareiras pelas quais espreitava já um reconfortante sol de inverno. Procurava ocupar aquelas preguiçosas horas de viagem até Vila Viçosa na leitura sonolenta do *Mundo*, o seu jornal de todos os dias, vagamente monárquico, assumidamente liberal e, como o nome indicava, preocupado com o estado do mundo e com "as elites que nos governam". Naquela manhã, o *Mundo* noticiava uma crise aberta no governo francês devido ao pagamento dos custos de construção do canal de Suez, que o engenheiro Lesseps não se cansara de escavar, como um louco furioso, deixando uma factura sem prazo de conclusão à vista. Havia também notícia de mais um aniversário do rei Eduardo VII, passado na intimidade da família real e com mensagens recebidas de todos os reis, rajás, *sheiks*, régulos e chefes tribais desse imenso império onde, recordava o *Mundo*, o Sol nunca se punha. No que se referia a Portugal, havia novas de mais uma expedição punitiva contra os nativos do interior leste de Angola, mais um episódio daquela imensa trapalhada em que parecia sobreviver a custo a colónia. E, em São Bento, registara-se nova algazarra entre os deputados do Partido Regenerador, de Hintze Ribeiro, e os Progressistas, de José Luciano de Castro, a propósito da "lista civil" do paço — o orçamento público reservado ao funcionamento da Casa Real, o qual nunca parecia ser suficiente para os gastos. Luís Bernardo largou o jornal no lugar vazio ao lado e preferiu antes meditar no que o fizera apanhar aquele comboio.

Tinha trinta e sete de idade, era solteiro e tão mal comportado quanto as circunstâncias e o berço lho permitiam — algumas coristas e bailarinas de fama equivalente a todas as suspeitas, ocasionais empregadas de balcão da Baixa, duas ou três virtuosas senhoras casadas de sociedade e uma muito falada e disputada soprano alemã que estagiara três meses em S. Carlos e de que constava não ter sido o único frequentador. Era, pois, um homem dado a aventuras de saias mas também a melancolias. Aos vinte e dois anos deixara o curso de direito em Coimbra mas, para grande desgosto do seu já falecido pai, a sua projectada carreira na advocacia não fora além de um curto estágio no escritório de um reputado advogado de Coimbra, do qual saíra esbaforido e para sempre aliviado daquela suposta vocação. Regressara à sua Lisboa de sempre, onde se ocupara de dispersos ofícios, até ter herdado do pai a posição de sócio principal da Companhia Insular de Navegação: três navios, de cerca de doze mil toneladas cada um, transportando carga e passageiros entre a Madeira e as Canárias, o arquipélago dos Açores e as ilhas de Cabo Verde. A Insular tinha os escritórios situados num prédio ao fundo da rua do Alecrim, os seus trinta e cinco empregados espalhados pelos quatro andares do edifício pombalino e ele próprio instalado num amplo salão, com duas janelas rasgadas sobre o Tejo, que vigiava com a atenção de um faroleiro, ao longo dos dias, dos meses, dos anos. Ao princípio, Luís Bernardo criara a ilusão de que dali controlava uma armada atlântica e quase uma parte dos desti-nos do mundo: conforme os telegramas ou as comunicações-rádio dos seus únicos três navios iam chegando, assim ele ia actualizando o seu paradeiro com pequenas bandeirinhas que espetava no imenso mapa da toda a costa ocidental da Europa e de África, que preenchia a parede do fundo. Depois, aos poucos, foi-se desinteressando do paradeiro diário do *Catalina*, do *Catarina* e do *Catavento*, deixou de espetar diligentemente as bandeirinhas no mapa, embora continuasse a comparecer religiosamente às partidas e chegadas dos navios da Insular, na rocha Conde de Óbidos. Só uma vez lhe ocorrera, por espírito de descoberta ou por dever de ofício, embarcar num dos seus navios: fora de ida e volta até ao Mindelo, em São Vicente, numa viagem tormentosa e desconfortável, para encontrar uma terra que lhe parecera desolada e absolutamente despida de qualquer coisa que pudesse interessar a um europeu do seu tempo. Explicaram-lhe que aquilo não era bem África, antes um pedaço de lua caído ao mar, mas ele não se motivou a ir mais além, ao encontro dessa tal África de que lhe chegavam tantos relatos extasiados.

Ficara-se para sempre pelo escritório da rua do Alecrim e pela casa em Santos, onde vivia sozinho com uma velha governanta que herdara de casa dos pais e que sentenciava, volta e meia, que "o menino precisa de se casar", além de uma ajudante de cozinha, uma moça da Beira Baixa, feia como um porco-espinho. Almoçava invariavelmente no seu clube de sempre, no Chiado, jantava no Bragança ou no Grémio ou pacatamente em casa, fazia serões de cartas com os amigos ou visitas sociais em casas de família, ocasionalmente o S. Carlos, festas no Turf ou no Jockey. Era bem relacionado, espirituoso, inteligente, bom conversador. Tinha a paixão do estado do mundo, que acompanhava com a assinatura de uma revista inglesa e outra francesa e era, correspondentemente, fluente nas duas línguas, coisa rara na Lisboa desse tempo. Interessara-se pela Questão Colonial, lera tudo sobre a Conferência de Berlim e, quando a questão ultramarina começou a ser objecto de apaixonadas discussões públicas, ainda como sequela do *Ultimatum* inglês, publicara dois artigos no *Mundo*, que foram amplamente citados e discutidos pela sua análise de uma rara frieza e equilíbrio, por entre o furor patriótico e antimonárquico dominante nos espíritos, em contraste com a aparente condescendência do senhor d. Carlos. Defendia ele um colonialismo moderno, de matriz mercantil, centrado na exploração efectiva das coisas que Portugal tivesse capacidade para levar a cabo, através de empresas vocacionadas para a actividade em África, geridas com espírito profissional e "atitude civilizacional", e não mais "entregue aos desígnios dos que, aqui não sendo ninguém, lá se comportam como sobas, piores do que os que encontraram, e não como europeus, idos da civilização do progresso, ao serviço do seu país".

Os seus artigos foram objecto de acaloradas discussões entre "europeus" e "africanistas" e a fama de que beneficiou então aliciou-o a ir mais além, publicando um opúsculo, onde reuniu os números referentes aos últimos dez anos de comércio de importação das colónias de África, para sustentar a sua conclusão de que esse comércio era incipiente para a Europa, insuficiente para as necessidades do país e, logo, um profundo e instalado desperdício das possibilidades oferecidas por uma exploração racional e inteligente das riquezas ultramarinas. "Não basta apregoar ao mundo que se tem um império — concluía ele — é também necessário explicar por que se merece tê-lo e conservá-lo." O debate que se seguiu foi violento e intenso e, do outro lado da trincheira, o "africanista" Quintela Ribeiro, dono de extensas fazendas em Moçâmedes, resolveu ripostar no *Clarim*, perguntando "que conhecimentos tem de África o licenciado Valença?", e virando a frase contra o seu criador, concluía: "Não basta apregoar ao mundo, como este Valença, que se tem uma cabeça. É também necessário explicar por que se merece tê-la e conservá-la".

A frase de Quintela Ribeiro e a própria discussão pública suscitada pelas intervenções de Luís Bernardo tornaram-se uma espécie de cartão de visita do destinatário, porque a verdade é que muita Lisboa comentava ser também um desperdício que um homem com a sua idade e os seus talentos de inteligência e informação gastasse o melhor da sua vida a olhar o Tejo por uma janela e a cirandar pela cidade em busca de conquistas amorosas.

Tudo isso ficara para trás, há já uns meses. Luís Bernardo regressara, não sem alívio, à sua pacata e habitual vida de todos os dias: o incómodo de ser o centro de uma polémica pública parecera-lhe maior do que a eventual fama e admiração que daí colhera, traduzida num aumento de convites para jantares onde, invariavelmente, tinha de ouvir debitar estúpidas opiniões sobre a "questão ultramarina", sempre rematadas com a pergunta da praxe:

— E você, que pensa sobre isto, Valença?

Naquele instante precisamente, no comboio de Lisboa para Vila Viçosa, Luís Bernardo pensava na estranha convocação que el-rei lhe tinha feito, através do seu secretário particular, o conde de Arnoso, para que comparecesse a almoçar, nessa quinta-feira, no paço de Vila Viçosa. Bernardo de Pindela, o conde de Arnoso, um dos integrantes do célebre grupo dos "Vencidos da Vida", que tanto agitara a vida intelectual do país uns anos antes e que lhe dera a inesperada honra de o visitar no seu escritório da Insular, limitara-se a transmitir-lhe o convite e apenas acrescentara:

— Desculpar-me-á, meu caro, mas, como compreende, eu não posso revelar o que Sua Majestade pretende dizer-lhe. Sei que o assunto é de importância e el-rei pede que o encontro seja mantido em segredo. No mais, verá que um passeio até Vila Viçosa só lhe faz bem para desanuviar desta atmosfera de Lisboa e, além disso, posso garantir-lhe que se almoça lá muito bem.

Ei-lo, pois, de caminho até ao paço ducal dos Braganças, no meio dessa coisa nenhuma que era o Alentejo, onde o senhor d. Carlos passava todos os anos o melhor do outono e do inverno nesse *sport* da caça em que, segundo as línguas republicanas da capital, se entretinha a descansar dos poucos momentos que desdenhava ocupar-se dos assuntos da governação. Luís Bernardo era quase da idade do rei, mas, ao contrário deste, era um homem magro e elegante, que se vestia com aquela sobriedade só aparentemente distraída que é característica dos verdadeiros *gentlemen*. D. Carlos de Bragança parecia um pacóvio fardado de rei; ele parecia um príncipe disfarçado de burguês. Tudo, na sua figura, na maneira como se vestia, na sua forma de andar, denunciava a sua atitude perante a vida: cuidava da aparência, mas não tanto que isso se transformasse num incómodo; estava a par da moda, do que se passava lá fora, mas não prescindia do seu próprio critério; passar despercebido era motivo de angústia, ser demasiado notado, apontado a dedo, era-lhe constrangedor. A sua qualidade era não alimentar demasiadas ambições, o seu defeito o de não alimentar, provavelmente, ambição alguma. E, todavia, quando se examinava a si próprio, tentando manter uma distância razoável para análise, Luís Bernardo reconhecia, sem excesso de vaidade, que estava vários planos acima do meio da sua frequência: era mais bem-educado do que os imediatamente abaixo, mais inteligente e culto, menos fútil do que os acima. E assim se foram passando os anos e a sua juventude deslizando ao longo deles. Fora no amor como na vida: as mulheres que verdadeiramente achava irresistíveis pareciam-lhe sempre para além do alcance; as que achava disponíveis pareciam-lhe sempre decepcionantes. Estivera noivo, uma vez, de uma menina muito nova, bonita, dotada, com um devastador peito de adolescente que lhe subia acima dos decotes onde ele se prendia em contemplação e onde, por duas vezes, passeara as mãos, encostara o nariz e destapara para melhor o devassar com os olhos e sem pudor. Chegara a oferecer-lhe o anel de noivado, houve data apalavrada entre a sua tia Guiomar, que fazia as vezes de mãe, e o putativo sogro, mas ele tropeçara finalmente na ignorância da noiva, que confundia Berlim com Viena e supunha que a França ainda vivia em monarquia. Imaginou os anos todos pela frente ao lado daquele peitinho de rola, a pasmaceira dos serões, a imbecilidade da conversa, o desfastio dos almoços de domingo em casa do sogro, e bateu em retirada, sem elegância nem circunstância, insultado aos gritos pelo pai do peitinho de rola em pleno Grémio, saindo de mansinho, vexado mas aliviado, pensando para consigo, e com razão, que tudo se resolveria com quinze dias de maledicência de que ele seria o alvo e depois, outra vez, a vida inteira à sua frente. E a tanto se resumiram as suas tentativas daquilo a que os outros chamam "uma vida a dois".

Ali, no comboio para Vila Viçosa, dava graças à Providência por ser um homem só, livre e senhor do seu destino. Esticou as compridas pernas até ao lugar da frente, sacou do bolso do casaco a cigarreira de prata e, de dentro dela, um cigarro açoriano, esguio e longo, procurou no bolso do colete a caixa de fósforos e acendeu o cigarro, aspirando lenta e sensualmente. Era um homem livre: sem casamento, sem partido, sem dívidas nem créditos, sem fortuna nem apertos, sem o gosto da futilidade nem a tentação do desmedido. O que quer que el-rei tivesse para lhe dizer, para lhe propor, para lhe ordenar, a última palavra seria sempre sua. Quantos homens conhecia ele que se pudessem gabar do mesmo?

Nessa noite, por exemplo, tinha o seu habitual jantar de amigos, no hotel Central. Uma tertúlia heterogénea, de homens entre os trinta e os cinquenta anos, que todas as quintas-feiras se reuniam ao jantar, celebrando a apurada cozinha do Central e discutindo as novidades do mundo e os males do Reino. Um ritual de homens, à imagem do próprio Luís Bernardo: sérios sem serem maçudos, despreocupados sem serem levianos.

Nessa noite, porém, ele tinha uma razão muito especial que o fazia aguardar ansioso pelo jantar e por isso marcara o regresso no comboio das cinco, esperando que os habituais atrasos dos comboios não o impedissem de chegar ainda a tempo ao Central. Luís Bernardo esperava que João Forjaz, um dos membros do grupo das quintas-feiras e seu amigo de sempre, desde o colégio de infância, lhe trouxesse uma mensagem da sua prima Matilde. Conhecera Matilde nesse verão, na Ericeira, num serão em casa de amigos comuns, numa noite de luar, como nos romances de amor. Quando viu João atravessar o salão e na sua direcção, caminhando com Matilde pelo braço, Luís Bernardo sentiu um estremecimento, uma premonição de perigo iminente.

— Luís, esta é a minha prima Matilde, de quem já te falei em tempos. Este é o Luís Bernardo Valença, o espírito mais céptico da minha geração.

Ela sorriu à observação do primo e olhou Luís Bernardo a direito, nos olhos. Era quase tão alta como ele, que já era bastante alto, gestos e sorriso de menina. Não mais de vinte e seis anos, pensou ele. Mas já era mãe e casada — isso ele sabia. Também sabia que o marido estava em Lisboa a trabalhar e que ela passava férias ali, com os dois filhos. Inclinou-se e beijou-lhe a mão estendida. Ele gostava de olhar para as mãos, quando as beijava: viu que tinha uns dedos longos e esguios e foi aí que depositou um beijo ligeiramente mais longo do que aconselhava a simples cortesia.

Levantou os olhos e ela continuava a sustentar o seu olhar. E, de novo, sorriu:

— O que é isso de um espírito céptico? É o mesmo que um espírito cansado?

Foi o João que respondeu por ele e lhe deu a deixa:

— Cansado, o Luís? Não, há coisas de que ele nunca se cansa, não é verdade, Luís?

— É. Não me canso nunca de ver uma mulher bonita, por exemplo.

Aquilo soou não como um elogio apenas, mas quase como uma declaração de abertura de hostilidades. Ficou um silêncio embaraçoso no ar e João Forjaz aproveitou para bater em retirada:

— Bem, estão apresentados. Esclareçam lá isso do cepticismo, enquanto eu vou à procura de uma bebida. Mas, querida prima, cuidado, não sei se este céptico ambulante é uma companhia muito recomendável para os olhos de salão. De qualquer maneira, eu volto já, não vos abandono no aperto.

Ela ficou a vê-lo afastar-se e, apesar da sua ensaiada segurança, pareceu a Luís Bernardo que havia de repente uma ligeira sombra no seu olhar, algum tom de preocupação imprevista na voz com que se lhe dirigiu:

— Este é um momento de aperto?

Luís Bernardo sentiu que tinha sido inconveniente, que a assustara, com aquela frase sobre as mulheres bonitas. Respondeu com doçura:

— Seguramente que não. Não é para mim e não vejo porque haveria de ser para si. Não me conhece, claro, mas posso dizer-lhe que o meu objectivo de vida não é andar no mundo para fazer mal aos outros. — A declaração soou tão sincera que ela pareceu relaxar instantaneamente.

— Óptimo, então. Mas diga-me lá, por curiosidade, por que é que o meu primo acha que você pode ser uma companhia não muito recomendável?

— Aos olhos de salão, disse ele. E, como sabe, os olhos de salão nunca são inocentes, mesmo quando é genuinamente inocente o que eles vêem. Neste caso concreto, suponho que a inconveniência se resuma ao facto de você ser casada e eu ser solteiro e estarmos aqui os dois à conversa numa noite tão fantástica como esta.

— Ah, pois! As conveniências, era isso que ele queria dizer. As eternas conveniências! Afinal, a substância das coisas, ao que parece, no mundo em que vivemos.

Foi a vez de Luís Bernardo a olhar a direito e no fundo dos seus olhos. O olhar dele perturbou-a, parecia impregnado de um súbito desalento, de uma solidão desamparada, que atraía e assustava. E, quando falou, ele fê-lo outra vez no mesmo tom de absoluta sinceridade que a desarmara antes.

— Oiça, Matilde. As conveniências e tudo o resto têm decerto um papel na sociedade e eu não pretendo mudar o mundo nem as regras que, aparentemente, asseguram, se não uma vida feliz às pessoas, pelo menos uma vida tranquila. Muitas vezes gostaria que as regras não fossem tantas ou tamanhas que a vida chega a confundir-se com a sua aparência. Mas acho que, no limite, temos sempre escolha. Eu, pelo menos, tenho e, por isso, considero-me um homem livre. Mas vivo no meio dos outros e aceito as suas regras, sejam ou não as minhas. Vou-lhe dizer uma coisa: você é a prima, a mulher preferida do João, e o João é o meu melhor amigo, desde sempre. É natural que já tenhamos falado de si e ele fala sempre de si com entusiasmo e ternura. Não lhe vou esconder que, por isso, tinha curiosidade em conhecê-la e, agora que a conheci, posso testemunhar que você é muito mais bonita do que ele tinha descrito e que, além disso, me parece ser uma mulher tão bonita por fora como por dentro. Feito o elogio, não quero de maneira nenhuma deixá-la embaraçada: levo-a de volta ao João, tive muito prazer em conhecê-la e está uma noite linda lá fora.

Inclinou a cabeça, com elegância, e deu um passo à frente, fazendo menção de esperar que ela o acompanhasse na retirada. Mas, em vez disso, ouviu a sua voz quente, ligeiramente abafada, mas inesperadamente firme.

— Espere aí! De que foge você? De que foge, afinal, um homem que se proclama livre? Está a tentar proteger-me?

— Se calhar, estou. E, então, há algum mal nisso? — Quis parecer igualmente firme, mas agora era Luís Bernardo que não se sentia seguro. Alguma coisa lhe estava a escapar.

— Não, é muito cavalheiresco da sua parte. Agradeço-lhe muito. Mas não gosto que me protejam de perigos que não existem. Desculpe, mas neste caso e no meio desta conversa, a sua preocupação é quase ofensiva para mim.

"Meu Deus, mas onde é que isto vai parar?", pensou ele para consigo. Estava ali especado sem saber o que dizer nem o que fazer. Devia ficar, devia ir-se embora? "Que disparate, pareço um miúdo intimidado com um adulto. Por que é que o João não aparece para me salvar desta trapalhada?"

— Diga-me uma coisa, Luís Bernardo. — Ela quebrara o silêncio, retomava o jogo, e ele respondeu quase a medo:

— Sim?

— Posso-lhe fazer uma pergunta pessoal?

— Diga...

— Por que é que você nunca se casou?

"Diabos, isto vai de mal a pior", pensou ele.

— Porque nunca calhou. Que eu saiba, não há nenhuma lei que obrigue toda a gente a casar-se.

— Não, não há, mas, apesar de tudo, é estranho. Olhe, é a minha vez de lhe revelar um segredo que, aliás, para si não deve ser grande segredo. Algumas amigas minhas também me falaram de si, de vez em quando e em tom de mistério. Descreveram-no como um homem bonito, inteligente, culto, boa companhia, bem na vida. Dizem que tem fama de mulherengo, portanto por aí não há mistério. Qual é então o mistério do seu celibato?

— Não há mistério algum. Nunca me apaixonei, portanto nunca me casei. Tão simples como isto.

— É estranho... — insistiu ela, como se aquilo, de repente, a deixasse verdadeiramente perplexa.

— O que é que é estranho: que eu nunca me tenha apaixonado ou que nunca tenha casado, mesmo não estando apaixonado?

Luís Bernardo tinha retomado a iniciativa e disse isto em tom de desafio. Ela acusou o toque e corou, irritada consigo e com ele. Estaria ele a desafiá-la?

— Não, estranho é que nunca se tenha sentido apaixonado... por uma mulher por quem se pudesse apaixonar, com quem pudesse casar.

As palavras saíram-lhe tão rápidas, o olhar dela que ele surpreendeu pareceu-lhe tão inseguro, que Luís Bernardo se arrependeu imediatamente do que acabara de dizer. Mas estava dito, e ficou um silêncio entre eles, como se, por acordo tácito, tivessem decidido dar-se tréguas.

Foi João quem finalmente apareceu para os salvar daquele espesso silêncio que se interpusera entre eles. Luís Bernardo aproveitou imediatamente para se pôr ao fresco, despediu-se rapidamente com uma frase de circunstância e um aceno de cabeça e saiu para o luar que, cá fora, afastara a neblina habitual. O mar da Ericeira parecia ter-se acalmado, também ele posto de tréguas, ao longe ouvia-se a música de um arraial popular e de uma janela aberta sobre a avenida vinha o som de vozes e gargalhadas de um grupo familiar que se adivinhava feliz. De repente, Luís Bernardo sentiu quase vontade dessa felicidade que não se questiona. Apeteceu-lhe ir ao encontro da música do bailarico, escolher uma moça de freguesia para dançar nos seus braços, senti-la rija e ligeiramente afogueada roçando-lhe o corpo, cheirar-lhe a água-de-colónia barata nos cabelos, enquanto ele, de repente iluminado por uma súbita lucidez, lhe segredava ao ouvido: "Queres casar comigo?". Sorriu para consigo mesmo à ideia, pensou que no dia seguinte ia considerar melhor o assunto, acendeu um cigarro no escuro e passou a ouvir só as suas passadas, dirigindo-se para o hotel onde se hospedava.

As duas semanas seguintes, na Ericeira, passou-as entre as manhãs de praia, os almoços nas boticas de pescadores, à beira-mar, onde se comia, sem pretensões algumas, o melhor peixe do mundo, e as tardes no salão do hotel ou nas esplanadas da praça central da vila, a ler jornais, a despachar correio ou à conversa com João Forjaz e mais dois ou três amigos. À noite, se não tinha convites, jantava no hotel, pontualmente às oito e meia, sozinho, na companhia do João ou de quem aparecesse sem programa. Havia de tudo, na sala de jantar do hotel, tudo o que caracterizava a pacatíssima vida de sociedade num hotel de verão. Jovens casais, cujos filhos, se os havia, ficavam confiados à ama com quem jantavam na copa, famílias inteiras — avós, filhos e filhas, genros e noras e netos adolescentes — ocupando as duas mesas centrais da sala de jantar, e cavalheiros solitários, alguns de passagem, outros ainda de férias como ele, outros oficiais de serviço à rainha d. Amélia, que ali também veraneava. Luís Bernardo ficava fascinado com a capacidade de imaginação do chefe de cozinha que, todos os dias e sem nunca repetir um prato, apresentava na lista três sopas, três entradas, três pratos de peixe, três de carne e três sobremesas. Findo o jantar, ele, como os outros cavalheiros, passava ao bar ou salão de fumo, onde fumava também o seu charuto e rolava o *cognac* francês dentro do pesado copo que segurava entre os dedos. Ficava sentado a olhar os outros ou acedia a um jogo de dados ou um dominó, que, aliás, era jogo que o aborrecia de morte. A dado momento do serão, os solteiros iam à vida e ficavam apenas os homens de família. Só havia um destino: o casino, onde o programa era basicamente o mesmo — charutos, *cognac*, jogo, conversas, uma rotina só quebrada pelos dois habituais bailes de verão, no início e no final de agosto. Havia também uma alternativa, semiclandestina, semioficial, de que ninguém falava abertamente e todos comentavam a meia voz: a visita aos salões da d. Júlia ou da d. Imaculada. Dizia-se entre os cavalheiros que a d. Júlia tinha mais novidades, mas que as meninas da d. Imaculada eram mais fiáveis. A frequência começava por volta da meia-noite e estendia-se madrugada adentro. Casados e solteiros, gente de bem e respeitável, até pais que levavam os filhos ainda semi-imberbes na nobre tarefa da sua iniciação à condição masculina. As aventuras nocturnas dos cavalheiros da sociedade de verão da Ericeira eram, inevitavelmente, um dos motivos infalíveis da conversa sussurrada entre as senhoras, pela manhã, nas barracas da praia.

— Dizem que ontem, só na d. Imaculada, havia dois condes e um marquês! Onde é que isto vai parar, Santo Deus? — perguntava, melíflua e do alto da sua intocada viuvez, Mimi Vilanova, unanimemente tida como a voz da virtude nas praias da Ericeira.

— Olhe, o meu marido é que não viram lá, que passa as noites a meu lado — apressava-se logo a esclarecer alguma senhora casada, ainda pouco habituada aos costumes da terra. E as senhoras calavam-se, abanando a cabeça em atitude de despeito. Mas nunca passavam das insinuações, porque a verdade é que nem as "meninas" abriam jamais a boca, cientes de que o segredo era a alma do negócio, nem os cavalheiros, mesmo os não frequentadores, violavam jamais essa regra de ouro da solidariedade entre homens no que toca a assuntos extraconjugais.

Luís Bernardo, sim, fora lá duas vezes, na companhia do João e de outros. Fora uma vez à d. Júlia e outra à d. Imaculada, tranquilo e despreocupado, como poucos nestas circunstâncias: não tinha satisfações a dar a ninguém, nem sequer à sua consciência. E, se pudesse então dar satisfação aos desejos do corpo, sem mal algum de espírito, avançava com a mesma naturalidade com que ia para um jantar de amigos.

Mas havia um tédio, instalado naqueles dias de verão, que o incomodava mais ainda do que tantas daquelas manhãs nubladas, que recolhiam as crianças e os banhistas na areia, longe do mar. Os dias eram compridos demais para a ociosidade omnipresente. Era como um vício sem prazer, uma tranquilidade tão estúpida e desprovida de sentido que o enervava e o mantinha em permanente estado abúlico. Passeava-se de dia, arrastava-se de noite, perguntava-se frequentemente o que fazia ali, a ver escoarem-se os dias, numa secreta e absurda expectativa de qualquer coisa de indefinido que ele sabia que não iria acontecer.

Naquelas duas semanas, só por duas vezes voltara a ver Matilde. Aliás, nem a vira: entrevira-a, passara-lhe ao longe, fora de alcance. Da primeira vez fora num concerto, no jardim público, depois do jantar. Ela vinha a caminhar com um grupo e ele estava com João e mais dois amigos. Ela cumprimentara o João com um beijo efusivo e só depois pareceu reparar nele: "Olá, por aqui? Então, ainda está de férias?". Ele limitou-se a responder estupidamente "pelos vistos", e ficou a desejar que ela ao menos lhe perguntasse até quando. Mas Matilde seguiu caminho, com um meio sorriso de despedida, e perdeu-se no meio da profusão de senhoras, crianças e cavalheiros. Da segunda vez, viu-a no baile do casino, mal tinha acabado de entrar na sala de baile, vindo do bar e das mesmas conversas de sempre com os mesmos de sempre. Tinha-se encostado à ombreira da porta para medir a paisagem com um olhar circundante, quando a viu de chofre, imediatamente. Estava deslumbrante, num vestido que arrastava pelo chão, amarelo e branco, de alças, o cabelo apanhado em cima por uma tiara de brilhantes, a pele morena ligeiramente queimada pelo sol. Parecia ainda mais alta e mais leve, a dançar nos braços do marido uma valsa muito lenta. Estava a olhar na direcção de Luís Bernardo, mas ainda não o tinha visto. Sorria com qualquer coisa que o marido lhe estava a dizer ao ouvido. Quando finalmente chocou com o seu olhar fixo nela, perdeu-se por um instante, como se parecesse não o reconhecer, e depois dirigiu-lhe, nem foi um aceno de cabeça, foi um imperceptível cumprimento com os olhos. O seu par rodopiou, subitamente, e ela desapareceu do olhar de Luís Bernardo e perdeu-se de vista, no meio do salão atulhado de pares felizes, que dançavam numa noite de verão.

Luís Bernardo virou as costas ao baile e ao casino e saiu para fumar um cigarro. Tentou analisar o que sentia. Raiva, sim, raiva — uma raiva estúpida, sem juízo nem legitimidade.

Inveja, uma inveja irracional e que ele não controlava. E uma tristeza, um vazio, vindo lá de dentro, de uma voz que lhe dizia "nunca serás feliz assim, nunca terás uma mulher assim a quem possas chamar tua. Cada um faz o seu destino e tu fizeste o teu. Não vives da tua felicidade, mas do que consegues roubar à felicidade dos outros". De repente, sentia-se mal consigo mesmo. Mal com a sua vida, mal com a sua pessoa, mal com a sua tão auto-admirada liberdade. O baile estava estragado. As férias tinham-se tornado insuportáveis. Sentia-se um animal estranho, uma ave de rapina entre um rebanho feliz — estúpida e incompreensivelmente feliz. Abandonou o baile à hora a que ele começava a animar e veio de volta, caminhando apressado para o hotel. Na recepção pediu que lhe tivessem a conta pronta na manhã seguinte, consultou o horário dos comboios, e foi-se deitar, despindo apenas a casaca e dormindo vestido sobre a colcha da cama e de janela aberta para o mar.

Acordou antes de todos os outros hóspedes, para apanhar o comboio das dez e meia, em Mafra. As criancinhas tomavam o pequeno-almoço na copa, em companhia das amas, os adultos dormiam ainda à conta da noitada do baile da véspera. Vinha distraidamente a descer as escadas para o piso térreo, quando de repente o coração deu um pulo e ele parou estarrecido com o que via: no vão da escada, parada a olhar para ele e com o mesmo ar petrificado, estava Matilde, vestida com um vestido branco cujo corpete, ligeiramente decotado, lhe permitia ver, de cima para baixo, o peito dela que arfava como um animal ferido.

Pareciam duas estátuas, a olhar um para o outro. Foi Luís Bernardo quem quebrou o silêncio:

— Matilde! Por aqui, a estas horas da manhã!? Imaginá-la-ia a dormir, depois da noitada de ontem!

— E você, Luís, o que lhe aconteceu ontem? Sumiu-se...

— É, não me dou muito bem com os bailes. Não estava lá a fazer nada e, por isso, vim-me embora.

— Não estava lá a fazer nada? O que quer dizer com isso, o que é suposto fazer-se num baile, senão dançar?

— Não vi ninguém com quem dançar...

— Ena, que homem exigente! Ninguém, mesmo?

— Vi-a a si e pareceu-me muito feliz.

— Sim, estava a dançar com o meu marido... — Em vão Luís Bernardo procurou detectar qualquer sinal, bom ou mau, no tom com que ela disse isso. Nada: foi como se se tivesse limitado a dar a resposta mais natural do mundo. Suspirou, chamando-se a si próprio à realidade. Reviu-a, linda, com um ar despreocupado e feliz, nos braços do homem com quem casara. Num mundo onde ele não estava e que não lhe pertencia.

— Bem, Matilde, só não me disse o que faz aqui tão cedo.

— Vim despedir-me de uma tia minha que vai agora no comboio das dez e meia para Lisboa.

— Ah, então vamos juntos, eu também vou apanhar esse comboio.

— Vai para Lisboa, você?

— Vou, para mim as férias acabaram... — hesitou e depois acrescentou: — ...com o baile de ontem à noite.

Matilde ficou em silêncio. Olhou-o nos olhos e pareceu-lhe um olhar apiedado. Sentiu-se desamparado, ridículo. Eram oito da manhã, num vão de escada escuro de um hotel e ele estava ali, sem palavras, a olhar para uma mulher que o tinha enfeitiçado num terraço, numa noite de luar. Estendeu-lhe a mão:

— Bom, resta despedirmo-nos, não é?

Ela apertou-lhe a mão que ele estendia. A mão dela estava fria, a dele quente. Foi um simples aperto de mão, que durou o tempo exacto das coisas banais. Ela não parecia ter pressa nem demora...

— Adeus, Luís Bernardo. Até qualquer dia.

— Bom resto de férias para si.

— Obrigada. — Ela começou a subir as escadas, dirigindo-se para onde ele estava.

Instintivamente, Luís Bernardo afastou-se para lhe dar passagem. Cruzaram-se sem se olhar mas ele sentiu-a passar tão próximo como um arrepio deslizando-lhe ao longo do corpo. Começou a descer as escadas, ouvindo os passos dela atrás de si, afastando-se. Afastando-se para sempre da sua vida. Cada passo os afastava e agora um nó tinha vindo apertar-lhe a garganta. Estava quase a chegar ao lance de escadas de onde já não conseguiria vê-la nem ouvir mais os seus passos. Parou, de repente, girou sobre si mesmo e, antes que conseguisse dominar-se, chamou-a, em voz surda:

— Matilde!

— Sim? — Ela parara, também. Agora estavam em posições inversas, ela olhava-o de cima e ele levantava a cabeça para a ver.

— Nunca mais a vejo?

— A mim? Não sei. Quem sabe? Os que não morrem encontram-se, não é verdade?

"Desisto", pensou ele para consigo. "Esta mulher é um bloco de gelo. Esta conversa é absurda, esta empreitada é uma loucura e só pode acabar no ridículo."

— Não, não basta estar vivo. Depende de como se está vivo. Não se encontra só o que se encontra, mas também o que se procura. Nós não somos folhas levadas pelo vento, não somos animais à deriva. Somos seres humanos, com uma vontade própria.

— E a sua vontade, Luís Bernardo, é voltar a encontrar-me?

— É, Matilde. A minha vontade é voltar a encontrá-la.

— E para quê, posso perguntar?

— Nem eu sei bem para quê nem porquê. Talvez para retomar uma conversa inacabada, numa noite de luar.

— Há tantas conversas que ficam inacabadas! Será que a sabedoria é tentar retomá-las ou deixá-las para sempre no ponto em que ficaram?

— Você, Matilde, faz muitas perguntas, mas dá poucas respostas.

— Como se eu as tivesse, Luís! — O seu suspiro foi tão profundo, o seu som parecia vir de tão longe que, por um instante, ele temeu absurdamente que aquele suspiro acordasse o hotel adormecido e uma quantidade de cabeças de hóspedes assomassem às portas dos quartos para descobrirem o que poderia causar aquele suspiro de mulher que os tinha acordado. "De qualquer forma — pensou — já não há mais nada a dizer."

Em certas alturas da sua vida, Luís Bernardo surpreendia-se a si mesmo com a capacidade que descobrira para sair a disparar em frente, quando se sentia acossado, quando as coisas caíam num impasse onde a razão já não conseguia abrir caminho. Naquele instante, sem sequer se dar conta do que fazia, como se o corpo se movesse sozinho independentemente da cabeça, ele encontrou-se a subir lentamente as escadas em direcção a ela, sem despegar os olhos dos seus. Matilde não se mexeu nem um milímetro, viu-o caminhar em sua direcção, sentiu-o chegar perto de si, pousar-lhe ambas as mãos nos ombros, inclinar-se e pousar os lábios na sua boca. Fechou os olhos, sem se mexer, continuou com uma mão pousada no corrimão da escada e o outro braço pendente ao longo do corpo. Esperou que ele se afastasse logo da sua boca e de si, mas ele aumentou suavemente a pressão do beijo e, sem que ela realizasse como, as bocas, que estavam secas, estavam agora húmidas e sentiu a língua dele entrar devagar pela sua boca adentro, encontrar a sua e a demorar-se nela o que lhe pareceu uma eternidade. Depois, enfim, ele afastou-se, depositou-lhe um beijo muito suave na boca, ouviu-o dizer baixinho "adeus, Matilde", ouviu os seus passos começarem a descer a escada até soarem no chão de laje do piso térreo e desaparecerem. Só então abriu os olhos e lentamente sentou-se no degrau cimeiro das escadas e ficou ali a olhar em frente, sem nada, um único pensamento na cabeça, tanto tempo que não saberia dizer se teriam sido quinze minutos ou uma hora.

Évora. Meio-dia. O comboio tinha parado na estação, em pleno coração do Alentejo. Cerca de vinte passageiros tinham-se apeado e uns dez tinham entrado. Vendedores de refrescos e de comida percorriam as carruagens do lado de fora, apregoando os seus produtos. Vendiam queijos de ovelha, enchidos, mel, fruta e ervas medicinais. Uma cigana, com três filhos esfarrapados e sujos, estendia a mão para as janelas de onde os passageiros, incomodados, se afastavam. Mais além, uma velha toda vestida de preto dos pés à cabeça montara uma banca em pleno chão, com frutos secos arrumados em caixinhas de madeira. Dois homens, encostados à parede da estação e apoiados em cajados, olhavam em silêncio, como se nada houvesse de mais interessante do que assistir à paragem do comboio que vinha do Barreiro.

"Eis a Pátria no seu esplendor!", pensou para consigo Luís Bernardo. Também ele estava em pé à janela da sua carruagem. Esticou-se todo, braços e pernas, sacudindo o torpor que se apoderara de si, ao fim de quatro pachorrentas horas de viagem. Faltava apenas mais uma hora e pouco de caminho até Vila Viçosa, no ramal recentemente inaugurado — segundo as más-línguas, para o serviço exclusivo do senhor d. Carlos e família. Já lera os jornais todos que trouxera de Lisboa, já adormecera uma breve meia hora, já não sabia em que ocupar mais o tempo. Voltou a sentar-se e acendeu um cigarro, no mesmo instante em que, com um solavanco brusco, o comboio arrancou outra vez, lentamente, deixando para trás, aos poucos, o casario branco de Évora. Regressou nos seus pensamentos a Matilde e aos três meses já passados desde a sua despedida no vão de escada do Grande Hotel da Ericeira. Um outono inteiro interpusera-se desde então entre eles.

Matilde vivia numa quinta da família do marido, em Vila Franca de Xira, próximo de Lisboa. Para todos os efeitos, era como se vivesse na província. Em circunstâncias normais, poderia passar-se mais de um ano sem se encontrarem, por acidente: não se encontra o que não se procura. Ele escrevera-lhe uma carta em outubro, que confiara à discrição e entrega do primo João e de que logo se arrependera. João protestara, e sinceramente, por aquele papel de alcoviteiro que Luís Bernardo lhe destinara. Argumentou que a prima era casada e que respeitava muito o marido dela. Perguntou o que queria Luís Bernardo com aquele jogo, infantil e perigoso. Dera-lhe muito trabalho convencê-lo a entregar a carta e, o pior de tudo, é que sentira que o resultado não valera a exposição de ambos. Escrevera-lhe uma carta sem rasgo, sem alma, sem sentido, e, quando perguntara a João qual tinha sido a reacção dela ao recebê-la, ele respondeu, com um encolher de ombros: "Nenhuma. Guardou-a no bolso, sem comentários e nem sequer perguntou que era feito de ti". No dia 1º de Novembro, dia dos mortos, lembrava-se bem da data, era um domingo, o dia de folga do pessoal, e ele estava sozinho em casa, vendo a chuva que caía sem parar do lado de fora das janelas. Vagueou pela casa com a sensação nítida da inutilidade absoluta do tempo, imaginou-se naquela mesma casa daí a vinte anos, os mesmos móveis com uma película fina de poeira que nada desentranhava, a olhar-se ao espelho e ver-se de cabelo já branco, rugas de preocupação alguma, as tábuas do soalho rangendo à sua passagem, o retrato dos pais na sua moldura de prata interpelando-o desde o fundo dos tempos, o escritório à sua espera segunda-feira de manhã, o *Catalina*, o *Catarina* e o *Catavento* ano a ano mais lentos, e sentou-se à secretária do escritório com uma resma de folhas em branco e pôs-se a escrever a Matilde longamente. Entregou-se de alma e coração, disse tudo, correu todos os riscos e, no fim, pediu desculpa e escreveu que, se nenhuma resposta recebesse, nunca mais, nunca mais, a incomodaria.

Ela respondeu no fim desse mês. O João veio entregar-lhe a carta ao escritório da rua do Alecrim.

— Toma lá. É uma carta da Matilde que pediu que ta entregasse. Palpita-me que tudo isto vai acabar mal e que eu nunca mais me vou perdoar por este papel de pombo-correio.

Ele não disse nada. Deveria ter dito alguma coisa para o tranquilizar, alguma coisa que defendesse Matilde e que disfarçasse a importância daquela carta para si, mas não disse nada. Esperou, quase sem se conseguir conter, que ele se fosse embora e então deu-se ao prazer de abrir a carta, sem pressas, atento a todos os detalhes, como a consistência do papel, a dobra que ela tinha feito, o cheiro que o papel tinha.

Luís Bernardo,

Respondo à sua segunda carta, não à primeira. Respondo ao beijo que me deu na escada, não aos jogos de palavras com que procurou atordoar uma pobre pateta, longe destas armadilhas em que você parece perito. Respondo não aos seus dotes de sedução, mas ao seu lado perdido que — presunção minha! — me pareceu tão evidente no seu olhar. Enfim, res-

pondo não ao mal que você me pode trazer, mas ao bem que julgo ter entrevisto no mais fundo de si.

Desse homem não tenho nada a temer, porque não me fará mal. Não é verdade, Luís Bernardo? Não é verdade que você não me fará mal? Que podemos apenas acabar uma conversa interrompida numa noite de luar, num terraço debruçado sobre o verão?

Sim, eu sei que faço demasiadas perguntas, mas, se a sua resposta for sim a estas perguntas, dar-lhe-ei um sinal, pelo João, para que nos voltemos a encontrar. Até lá, rogo-lhe que não faça nada. E, quando for para vir, se vier por mal, não venha. Eu respeitá-lo-ei por isso, mais ainda. E guardarei de si uma recordação sempre querida.

M.

O sinal chegara na véspera. Quando se cruzou com João à saída da Brasileira, no Chiado, e ele lhe dissera, como se fosse a coisa mais previsível do mundo:

— Tenho um recado da Matilde para ti. Dou-to amanhã ao jantar, no Central. Vais lá, não vais?

Tantas coisas, pensou ele. Tantas coisas à sua espera, nesse dia: um rei e uma princesa.

II

Nessa manhã, em Vila Viçosa, d. Carlos acordara pouco antes das sete horas, despertado pelo seu *valet de chambre*. Passara rapidamente pela casa de banho, vestira-se nos seus aposentos, contíguos aos da rainha, e, como sempre, requisitara a ajuda do criado para conseguir calçar as apertadas botas de meio cano e atacadores — uma operação que requeria uma ginástica para a qual os cento e dez quilos do rei não o habilitavam. Teixeira, o farmacêutico da vila, apresentou-se, como habitualmente, para fazer a barba a Sua Majestade, com uma afiada navalha com lâmina de aço de Sheffield — um ritual que ele cumpria com inexcedível destreza e o rei com visível prazer.

Vestido, penteado e perfumado com água-de-colónia, d. Carlos atravessou, na sua larga e pesada passada, a antecâmara que fazia a ligação entre os quartos reais, a capela e a sala de jantar, e desceu ao andar de baixo, o primeiro andar do palácio, o das salas. Foi direito à "sala verde", assim chamada devido ao tecido de damasco verde que forrava as paredes, e onde já o esperavam os seus companheiros de caçada, aquecendo-se junto à lareira de mármore. A mesa do pequeno-almoço já estava posta e os criados perfilados atrás, esperando o sinal de início do serviço. D. Carlos fez um gesto de mão largo e soltou, bem-disposto:

— Bom dia, meus senhores! Vamos a isto, que as perdizes não esperam!

Além do rei, eram doze à mesa do pequeno-almoço: o marquês-barão de Alvito, o visconde de Asseca (pai), o conde de Sabugosa, Manuel de Castro Guimarães, o conde de Jiménez y Molina, d. Fernando de Serpa, Hugo O'Neil, Charters de Azevedo, o coronel José Lobo de Vasconcelos, oficial às ordens, e o major Pinto Basto, ajudante-de-campo. Além destes, ainda o conde de Arnoso, o secretário particular do rei, e o conde de Mafra, médico da família real, que não acompanhariam o rei na caçada, preferindo entreter a manhã noutras actividades. Faltava o príncipe d. Luís Filipe, infalível nas caçadas, mas que uma cerimónia na Escola de Guerra retivera em Lisboa.

Serviram sumo espremido das laranjas de Vila Viçosa — as melhores do mundo, na opinião geral —, chá, torradas com manteiga, queijo de ovelha curado, compota de pêssego, e ovos mexidos com presunto. Ao café, alguns dos cavalheiros acenderam o primeiro charuto do dia, mas não houve tempo para quedarem-se à mesa a saboreá-lo. Desceram todos rapidamente ao piso térreo, onde vestiram os agasalhos para aquela gélida manhã de dezembro, manchada de geada por todos os lados. No grande largo fronteiro à fachada principal do palácio dos duques de Bragança esperavam já três *breaks* para os caçadores, outros dois carros, chamados *chars à bancs*, para os secretários, mochileiros e as armas e munições escolhidas de véspera, e um atrelado com os cães, já num imenso alvoroço, farejando tudo, de sentidos alerta. D. Carlos encarregara o Tomé, o seu "secretário" privativo em todas as caçadas, de trazer o estojo com o par de Holland and Holland, presente de Leopoldo, o rei dos belgas, e o par de Purdeys, feitas à medida do seu braço e encomendadas em Londres, no ano anterior: conforme as coisas lhe estivessem a correr, o rei escolheria atirar com as Holland ou com as Purdeys. Até poderia passar a manhã inteira a atirar só com uma arma, que estas coisas, às vezes, tinham mais a ver com superstições ou manias do atirador do que propriamente com um saber científico.

Naquela manhã, a pequena *troupe* de caça do rei de Portugal ia ensaiar uma batida às perdizes, num local a cerca de cinco quilómetros da vila, um terreno de azinheiras e sobreiros, ligeiramente ondulado e atravessado por duas ribeiras, semiencobertas pela esteva. Fariam quatro "enxotas", ou seja, quatro batidas, a partir de dois locais diferentes, segundo um sistema conhecido por "cara e cruz": as perdizes são batidas primeiro para uma posição onde as esperam os atiradores e depois para a mesma posição, a partir da direcção oposta — entre uma e outra "enxota", os atiradores têm apenas de rodar cento e oitenta graus. Ultimamente, e vergado ao seu excesso de peso, o rei preferia as batidas às caçadas "de salto", em que tinha de caminhar durante quilómetros, subindo e descendo vales, enterrando os pés na lama, escorregando nos calhaus, a acompanhar o ritmo dos cães a perseguir a caça, que fugia adiante.

O pequeno exército de batedores, uma gente pobre e semidescalça, recrutada na vila por meia dúzia de moedas e uma peça de caça cada um, esperava os caçadores, no primeiro dos locais assinalados. Enquanto a comitiva vinda do palácio procedia ao sorteio das "portas" para a batida — as quais iriam rodando em cada uma das "enxotas" — e se descarregavam as armas e as bolsas de cartuchos, se desciam os cães do atrelado e se carregavam os mochileiros com toda a parafernália dos caçadores, os batedores partiam para o ponto de início da batida, a uns dois, três quilómetros de distância das "portas".

A neblina que subia da geada dos campos estava apenas agora a começar a dispersar-se mas o frio era ainda impiedoso. Acompanhado pelo Tomé e pelo mochileiro e com os dois cães — o *Djebe*, um *pointer* malhado de vermelho e branco, e o *Divor*, um *epagneul breton* cinzento —, d. Carlos caminhou para a "porta" que lhe coubera em sorte, um abrigo rudimentar, feito com ramos de azinheira sobrepostos, atrás do qual contava que as perdizes só o vissem quando já estivessem a distância de tiro razoável.

A espera pelas perdizes raramente demorava menos de meia hora em cada "enxota": às vezes acontecia que uma ou outra aparecessem solitárias, ainda nem as vozes dos batedores se ouviam, mas o grosso delas só aparecia mesmo no final da batida, quando já só lhes restava levantar voo em direcção aos caçadores emboscados. Nesse espaço de tempo, d. Carlos gostava de se sentar na sua cadeira de lona portátil, acender a primeira cigarrilha da manhã e ficar ali em silêncio a meditar, com os cães aos pés e as espingardas, já carregadas pelo Tomé, prontas a serem empunhadas ao primeiro som do restolho das asas da perdiz em voo. Pensou nos assuntos que o preocupavam, como o telegrama recebido na véspera, de Moçambique, do governador. Ele queria, e certamente com razão, plenos poderes para governar a Província, sem ter de flutuar de acordo com os humores e as intromissões do ministro do Ultramar e dos políticos governantes de Lisboa. No fundo, era a mesma história que Mouzinho de Albuquerque ali vivera, anos antes, quando, nomeado comissário régio, acabara por ter de se demitir ao ver-se atraiçoado por um decreto que, contra a vontade do rei mas com a sua assinatura, o amputara do poder de decidir localmente o que era urgente e não se compadecia com a satisfação prévia da vaidade dos políticos do Terreiro do Paço. D. Carlos admirava a coragem e as qualidades militares de Mouzinho, o seu patriotismo e a lealdade ao rei. Sentira, à distância, que Mouzinho tinha razão naquela querela, mas sabia também, e sem ilusões, que muito dificilmente o poderia apoiar contra o governo, sem provocar nova crise política, que os tempos de todo não aconselhavam. “Mal com o governo por amor d’el-rei; mal com el-rei por amor da pátria.” E eis que, quase dez anos depois, a história se repetia: continuava a assistir, impotente, ao desnorte de uma política ultramarina que era pretexto para uma querela pública permanente, em lugar de ser uma questão nacional, reunindo o consenso geral. D. Carlos suspirou e, incomodado, varreu o pensamento.

Nunca, como agora, a monarquia e a Casa Real tinham sido sujeitas a tantos e tão venenosos ataques. Não havia dia em que a imprensa republicana não se assanhasse contra o rei, a rainha, os príncipes, a instituição real. D. Carlos abria os jornais e via-se atacado por todos os lados, caricaturado, ridicularizado, pura e simplesmente ofendido. Tudo lhes servia de pretexto: se se metia na política, era porque ambicionava o poder absoluto e só atrapalhava a governação; se se mantinha deliberadamente distante era porque o país lhe era indiferente e só lhe interessavam as caçadas no Alentejo e as mundanidades sociais. O Partido Republicano crescia a par do descontentamento popular, a autoridade do Estado era minada todos os dias, à mercê do primeiro demagogo de botequim, e os poucos amigos em que podia confiar não tinham qualquer influência política ou, se a tinham, rapidamente a perdiam por serem seus amigos. Era rei de um reino onde se sentia só e atraiçoado por todos os lados, e senhor de um império que as grandes nações — as Casas Reais a cujas famílias pertencia por sangue — cobiçavam, sem pudor nem embaraço algum. Ao menor pretexto, a Inglaterra levar-lhe-ia o império todo de uma vez e, com ele, o seu trono. Mouzinho tivera razão, ao denunciar as manobras dos ingleses na Rodésia e na Zâmbia, mas estes estúpidos de cá jamais entendiam que, quanto mais fraco fosse o rei, mais ameaçado estava o império. E o mesmo em relação a S. Tomé e Príncipe, cujo café e cacau tanto incomodavam as exportações inglesas do Gabão e da Nigéria. E, a propósito de S. Tomé, lembrou-se do almoço marcado para esse dia com aquele rapaz que tanto lhe tinham recomendado, o Valença. De início, d. Carlos torcera o nariz à menção do seu nome: tinha lido os artigos do homem e não lhe parecera que ele fosse nem sério nem conhecedor do assunto de que falava. Mas o Conselho Régio tinha insistido no seu nome, fazendo realçar as vantagens de um homem novo, descomprometido com a política e com os partidos, seguramente inteligente e com gosto pelo protagonismo. O rei acabara por se deixar convencer:

— Está bem. Mandem-no vir a Vila Viçosa e vou olhar-lhe bem para a cara a ver se me inspira confiança. Ó Bernardo, convida-o para almoçar cá, num dia calmo. Olha, vê se o tipo caça: já seria bom sinal.

Mas não, a sumária investigação do conde de Arnoso concluiu que não havia registo de caçador a favor de Luís Bernardo Valença: foi convidado apenas para almoçar. "Vai ser uma seca, de certeza", pensou d. Carlos. "Nem sei se chego a tocar no assunto, propriamente dito, ou se me fico pelos rodeios."

Soaram dois tiros vindos de uma das "portas" da esquerda: as perdizes tinham começado a sair, saíam sempre primeiro das pontas porque era aí que chegavam primeiro os batedores, num movimento em forma de ferradura. Mas a maior quantidade delas sairia pelo centro e no final. Ao longe ouviam-se já os gritos dos batedores, varrendo o mato para espantarem as perdizes escondidas no chão. No cabeço em frente ouviu-se o piar de uma perdiz, sentindo-se já acossada, e instintivamente d. Carlos levantou-se e pegou numa das espingardas

Holland preparada pelo Tomé. Ficou com a arma apontada em frente, ao nível da cintura, sentindo-lhe o frio do aço polido com a mão direita, enquanto que com a esquerda ia afagando suavemente a madeira do fuste. De repente, tudo se tinha varrido da sua cabeça, nada mais restava naquele momento do que ele e a arma, fundidos num só corpo, atento a todos os sinais e sons do mato, a adrenalina a subir-lhe à boca, o coração a bater mais forte, toda a manhã suspensa daquele instante que ele adivinhava cada vez mais próximo. Assim permaneceu uns bons dez minutos, sem que nada acontecesse: o rei, o seu "secretário", os seus cães e a sua arma, mudos, expectantes, imersos na natureza, na atitude eterna do caçador esperando a sua presa, como sempre sucedeu desde a noite dos tempos, desde que o primeiro caçador de sempre se emboscou para tentar surpreender o primeiro animal caçado.

Ele olhava para a direita, para o local onde ouvira piar há pouco uma perdiz, mas foi da esquerda que apareceu a primeira, embalada em frente, silenciosa e lançada em grande velocidade, num voo a uns vinte metros do chão. D. Carlos viu-a primeiro pelo canto do olho, adivinhando-a mais do que vendo-a, levou a arma à cara e enquadrou-a na direcção do seu ombro esquerdo. "Correu a mão" durante uns breves segundos, até que o cano esquerdo da arma, seguindo a linha de voo da perdiz, a tivesse ultrapassado cerca de um metro à frente e, então, disparou. Atingida em pleno voo, a ave continuou ainda a sua trajectória, de asas abertas, planando sobre um mundo que se lhe fechara de repente e, depois, como se tivesse chocado contra uma parede, caiu a pique, direita ao chão, onde aterrou com um barulho seco e abafado. D. Carlos nem precisou de se certificar de que ela tinha ficado morta e não apenas ferida: a maneira como interrompera o seu voo e se precipitara para o chão de cabeça baixa era indício seguro de que o tiro fora mortal. O Tomé assobiou baixinho, em sinal de aprovação, enquanto estendia ao rei a outra arma carregada com os dois cartuchos. Nessa noite, como em muitas outras, na taberna da praça central de Vila Viçosa, ele encarregar-se-ia de testemunhar da perícia do senhor d. Carlos, acrescentando a fama de exímio atirador de que gozava o chefe da Casa de Bragança.

Daí a pouco, tudo se precipitou em crescendo, à medida que os batedores foram chegando cada vez mais próximo do local onde os caçadores esperavam, atrás dos resguardos. As perdizes começaram a sair — isoladas, aos pares, em bandos de quatro ou cinco. Voavam para a frente, em todas as direcções, umas mais altas, outras quase rasantes — que eram, todavia, as mais difíceis, porque se confundiam com o mato e só se tornavam visíveis no último instante. Os tiros soavam constantes, às vezes uma mesma perdiz era atirada sucessivamente por duas ou três "portas", havia algumas que escapavam como que por milagre a todos os tiros, mas a maioria despedia-se do céu contra aquela barreira de chumbo, enquanto o cheiro a pólvora subia da terra para o ar e as armas queimavam já nas mãos dos caçadores. De pernas bem firmadas no chão, olhando sempre em frente, mesmo quando estendia uma arma para trás para o Tomé a recarregar e recebia a outra dele, já carregada, d. Carlos atirava com uma precisão e uma suavidade de gestos dignas de um rei. Acabou a primeira "enxota" com doze perdizes e uma lebre, "cobradas" com ânsia pelo *Djebe* e pelo *Divor*, assim que o Tomé os soltou e lhes ordenou "busca, busca!".

Ao meio-dia, a caçada tinha terminado e um lençol de perdizes estendia-se no chão, onde os "secretários" as tinham depositado, para que os caçadores as contemplassem, com o habitual sentimento de orgulho. D. Carlos tinha morto trinta e cinco perdizes e duas lebres, gastando nisso duas cartucheiras de vinte e cinco tiros. O rei estava eufórico, corado pelo entusiasmo e pela caminhada de volta aos carros. Nada lhe dava mais prazer do que aquelas manhãs de caça entre amigos. Gostava de tudo, incluindo o desfazer da feira: os comentários dos caçadores, as proezas que cada um descrevia aos outros, os cumprimentos que ele recebia de todos, as conversas entre os batedores e os "secretários", a agitação nervosa dos cães rondando a cena sem parar, a recolha das perdizes em sacos de serapilheira, as lebres a serem estripadas ali mesmo para que depois não ficassem com um sabor desagradável ao serem cozinhadas, as armas a serem guardadas nos seus estojos, os caçadores livrando-se das cartucheiras e dos casacos mais grossos e sentando-se à sombra de uma árvore, no chão, à roda de uma toalha vermelha aos quadrados, onde um criado dispusera antecipadamente pão, azeitonas temperadas, queijo de ovelha curado, paio, presunto, vinho branco e café.

Uma charrete puxada por um só cavalo esperava Luís Bernardo na estação de Vila Viçosa. Apresentou-se-lhe um empregado do palácio, cuja função era exactamente a de receber os visitantes do rei. Tomou lugar no carro, ao lado de Luís Bernardo, e deu ordens ao cocheiro para tocar em frente. Era a primeira vez que Luís Bernardo vinha a Vila Viçosa e ficou imediatamente deslumbrado com a beleza da vila, as suas casas caiadas de branco, com não mais de um ou dois pisos, as frontarias das janelas e portas feitas de pedra de mármore das pedreiras à saída da vila, as varandas de ferro forjado, as fontes também em mármore, a largura dos passeios com fiadas de laranjeiras carregadas de laranjas naquela altura do ano, a dimensão da praça central, em frente ao castelo e ao jardim público que o cercava. Respirava-se espaço, largueza, uma harmonia óbvia entre a arquitectura e o ar pacífico com que os habitantes da vila, conversando em pequenos grupos à porta dos comércios ou circulando a pé pelos passeios, pareciam deixar escorrer o tempo, sem pressas inúteis. Manifestamente, Vila Viçosa fora construída tanto para ser vivida dentro como fora de portas, para ser amada, ao sol ou à lareira, pelos seus habitantes.

Encostado para trás, no carro aberto, Luís Bernardo via desfilar lentamente a vila, passeando o olhar por cada detalhe, surpreendendo-se com a beleza linear das construções, olhando com curiosidade para a gente nos passeios e tentando adivinhar como era a sua vida de todos os dias. Embalado por aquela inesperada sensação de bem-estar e conforto, que o frio da manhã de dezembro não contrariava em nada, deu consigo a pensar que agora compreendia porque é que d. Carlos parecia sentir-se bem melhor ali do que em Lisboa, nos salões do Palácio das Necessidades, a sua residência oficial. Entraram a passo de trote pelo largo do palácio dos duques de Bragança e Luís Bernardo ficou, de repente, de respiração cortada pela descoberta daquele autêntico Terreiro do Paço, cujo lado do fundo, a poente, era inteiramente preenchido pelo palácio de quatro andares, perfeito na sua geometria rectangular. A fachada frontal era toda em mármore, de tom rosa-acastanhado, enquanto que, fazendo ângulo recto com essa fachada, do lado direito, uma elegante construção caiada de branco, enquadrada por ciprestes, acolhia os aposentos reais, como se fosse apenas a casa de serviço ao palácio.

Tinha chegado havia uns dez minutos e fora introduzido num pequeno salão do primeiro andar, com uma lareira acesa onde se encostou, a contemplar a pintura espalhada pelas paredes revestidas a brocado amarelo, quando ouviu uma agitação de carros no extenso terreiro em frente ao palácio, indicando a chegada de uma comitiva. Assomando à janela, discretamente, reconheceu o rei, que desembarcava do primeiro carro, em companhia de mais dois personagens. Logo de seguida, ouviu passos que se dirigiam para a sua sala e viu entrar o conde de Arnoso. Inquiriu sobre a sua viagem e anunciou-lhe que Sua Majestade acabava de regressar de uma manhã de caça e que viria recebê-lo assim que mudasse de roupa. Depois, sentou-se para lhe fazer companhia e ficaram os dois à conversa sobre trivialidades, enquanto esperavam pelo rei.

Não foi longa a espera. Dez minutos depois, anunciado pelas suas pesadas passadas no chão de tijoleira e pela voz alta com que transmitia uma ordem a alguém, d. Carlos fazia também a sua aparição. Vinha vestido discretamente, com um fato de lã cinzento, um colete de camurça verde-escuro e uma gravata no mesmo tom. A cara ligeiramente avermelhada, o cabelo loiro-velho, os olhos de um azul intenso, denunciando a mistura de sangues europeus, mais a norte, que lhe corriam nas veias. A voz era grave, o aperto de mão um pouco distraído, mas os olhos não pararam de o fitar de frente, enquanto o cumprimentava. O todo era imponente, quanto mais não fosse pela corpulência do rei e por se estar frente a frente com o homem que ocupava o centro de todas as conversas políticas dos portugueses, que uma parte do país venerava e outra odiava. Não se chegaram a sentar: passadas as formalidades de circunstância e depois de o rei lhe ter agradecido o incómodo de se deslocar a Vila Viçosa, d. Carlos disse:

— Pois, meu caro, como deve saber, acabo de vir da caça e os caçadores têm um apetite voraz. Aliás, com ou sem caçadas, essa é a fama que eu tenho e, felizmente, uma fama com proveito... ao contrário de outras — e d. Carlos sorriu abertamente, enquanto que Luís Bernardo, embaraçado, não soube se devia sorrir também com ar entendido ou, pelo contrário, não dar mostras de adivinhar a que outras famas se referia o rei. Mas o país inteiro sabia que o senhor d. Carlos não caçava apenas perdizes, lebres, veados ou javalis, em Vila Viçosa, mas também, ao que constava, empregadas de serviço, filhas de caseiros, esposas de alguns notáveis da vila ou meninas de balcão de lojas. Nisso, ele e o rei tinham, aliás, gostos comuns.

— Bem — continuou o anfitrião —, espero que traga também fome da sua viagem porque vai ver que se come muito bem por estas paragens. É um almoço de homens: venha daí, vou-lhe apresentar o resto da companhia. Se não se importa, primeiro almoçamos descontraidamente e depois falaremos os dois em privado sobre o assunto pelo qual o chamei aqui.

Era realmente um almoço só de homens. Durante as horas que passou em Vila Viçosa, Luís Bernardo nem chegou a saber se a rainha d. Amélia lá estava também: constava que ela vivia refugiada entre as suas damas de honor, amigas e primas francesas que a vinham visitar a Lisboa ou a Sintra e a quem se queixava de que actualmente "já tinha passado da fase dos quartos separados para a dos palácios separados".

Os catorze homens presentes tinham sido dispostos dos dois lados e ao longo de uma imensa mesa que daria, seguramente, para umas cinquenta pessoas. O rei ficou ao centro de um dos lados e fez sinal a Luís Bernardo para que se sentasse do lado oposto, em frente a ele. Cada lugar tinha um menu colocado à frente e todos fizeram questão de o ler com interesse. D. Carlos era conhecido por dar muita importância àqueles menus e, às vezes até, em Vila Viçosa ou a bordo do iate real *Amélia*, era o próprio rei que os escrevia do seu punho, fazendo-os acompanhar de um desenho da sua autoria. Naquele dia, o *chef* de Vila Viçosa propunha aos cavalheiros do andar de cima:

Potage de tomates
Oeufs à la Périgueux
Escalopes de foie de veau aux fines herbes
Filet de porc frai, roti
Langue et jambon froid
Epinards au velouté
Petit gateaux de plomb.

Servida a sopa de tomate quente e o vinho branco da Vidigueira, os caçadores sacudiram o seu torpor e a conversa começou a animar-se. Luís Bernardo haveria de notar como foi cuidadosamente evitado aquilo a que alguém, de passagem, chamou "a pequena política portuguesa". Em vez disso, começou-se por falar da caçada da manhã, para depois se falar das histórias correntes na vila. O padre Bruno era suspeito de ter engravidado mais uma paroquiante — pelos mexericos locais, já seria a segunda, em pouco mais de um ano — mas, todavia, a opinião dominante é que a história não passava de um boato lançado pelas habituais beatas da igreja de Nossa Senhora da Conceição, as quais achavam, e muito legitimamente, que o bem parecido padre Bruno, não podendo ser, ao menos à vez, propriedade de cada uma delas — com décadas de dedicação à sacristia e preocupação com o conforto dos padres que por ali passavam — deveria ser tido então como *res publica et nulius*. Também ocorrera uma altercação entre um cigano e um comerciante da praça, que acabara com tiros, correrias e grande alvoroço durante a manhã, mas que felizmente não fizera feridos nem mortos. A polícia municipal capturara o cigano e apresentara-o ao juiz de instrução, o qual, salomónico, ordenara que fossem buscar também o comerciante e mandou instalar ambos na cadeia comarcã. Dava-se porém o caso de o dito comerciante ser fornecedor habitual ao palácio das ameixas de Elvas, que o rei tanto apreciava, o que levou d.

Carlos a comentar, meio a sério, meio a brincar: "Espero que o meritíssimo se dê conta do prejuízo que pode causar a todos uma prolongada estadia do homem na prisão!".

Com o vinho tinto, a conversa tornou-se mais séria e evoluiu para a situação internacional — todo um mundo de promessas. Alguém falou das notícias preocupantes que chegavam de São Petersburgo. A revolução e o descontrole pareciam instalados, sucediam-se os atentados dos anarquistas, o *Potemkine*, o mais importante cruzador que restava à Marinha Imperial, virara os seus canhões contra o próprio poder do czar, os termos da capitulação russa perante o Japão, tornada inevitável depois do desastre naval de Tsushima onde trinta e quatro dos trinta e sete navios da 2ª Esquadra Russa do Pacífico, enviada desde São Petersburgo, foram afundados, tinham causado a consternação e a indignação geral. O Japão ficara com Port Arthur, a ilha Sacalina, a Coreia e parte da Manchúria. Pela primeira vez, uma potência asiática batera no mar uma potência ocidental e a dimensão da derrota fora tamanha que agora o Japão era a principal potência naval em todo o Pacífico: a Rússia desaparecera, pura e simplesmente, do teatro de operações, com as suas duas esquadras do Pacífico dizimadas, uma sem ter chegado a combater, a outra pulverizada numa única batalha; a Inglaterra ia-se retirando aos poucos do Extremo Oriente para fazer face ao que muitos viam como uma crescente ameaça da Alemanha e fiel ao princípio que desde sempre constituíra doutrina do seu Almirantado: a de que a potência naval inglesa deveria ser, em cada momento e no mínimo, o dobro da do seu mais directo inimigo. Face ao poderio naval japonês, restava assim apenas a teórica e incipiente oposição dos Estados Unidos, cujo presidente Theodore Roosevelt tanto se esforçara em vão para conseguir assegurar que a balança entre Rússia e Japão não se inclinasse decisivamente para nenhum dos lados.

— E tudo isto — comentou d. Carlos — por causa da estupidez e da arrogância daquele cretino do almirante Rozhestvensky!

— Dizem que ele — atalhou o conde de Sabugosa — nem sequer combinou com os oficiais a ordem de batalha. Que, em pleno decurso da batalha, nenhum navio recebeu qualquer instrução do almirante. Era cada um à sua sorte!

— Eu conheci o fulano, quando ele era adido naval em Londres — volveu d. Carlos. — Era um tipo antipático, arrogante, pavoneava-se como se o salão de Buckingham fosse a ponte de comando do seu couraçado. Lembro-me de o Edward ter comentado comigo: "Se toda a Marinha Imperial for como este cabo de vassoura coberto de medalhas, o czar vai ter sarilhos não tarda!".

Depois a conversa derivou para a situação no norte de África, onde tudo parecia perturbado desde a visita do *Kaiser* Guilherme II a Marrocos e dos inflamados discursos que fizera, pondo em causa o protectorado francês e as bases da própria "Entente Cordiale", entre Paris e Londres. O *Kaiser* preocupava toda a gente: que ele queria qualquer coisa de África, era evidente. Mas, o mais preocupante, era que também parecia querer qualquer coisa, e qualquer coisa de grandioso, da Europa. Ali, naquela pacata vila alentejana de Vila Viçosa, o tom da conversa ficou grave, quando se falou do *Kaiser*: os copos de vinho foram levados à boca com uma lentidão que era sinal de preocupação, as cabeças acenavam em tom de circunspecta concordância. O *Kaiser* era uma ameaça, mais uma, a um mundo que, todavia, ali parecia estar posto em paz eterna.

Luís Bernardo ficou-se por um ou dois comentários incontroversos, o suficiente para mostrar que seguia os temas com atenção e conhecimento, mas longe de querer afectar qualquer autoridade especial na matéria. Mas sentia-se bem,

bem consigo mesmo, bem naquele ambiente: falava-se dos grandes do mundo e ele estava ali sentado, em frente de um rei, a participar da conversa. Seguia tudo atentamente, mas relaxado, o olhar vagueando de vez em quando pelas magníficas paredes de azulejos ou pelo tecto de madeira de cedro daquela lindíssima sala de jantar. Só o privilégio daquele almoço valera o incómodo da viagem e, como d. Carlos dissera, aliás, comia-se maravilhosamente bem. O próprio rei parecia-lhe agora, pessoalmente, muito diferente do retrato ridículo que dele fazia a propaganda republicana: manifestamente, era um homem de uma cultura muito acima do comum, informado e interessado pelos acontecimentos — desde os da vila até aos do Extremo Oriente — com opiniões seguras, mas sem demonstrar pretender cobrar qualquer vassalagem intelectual, que não a do respeito natural que a sua pessoa parecia impor à roda.

Com o café, serviu-se um Porto Delaforce de 1848, um e outro excelentes. Depois, d. Carlos levantou-se arrastadamente e toda a *troupe* o seguiu para o andar de baixo, para uma pequena sala, aquecida por duas lareiras e onde os esperavam uma mesa com *cognacs* e uma caixa de charutos, em prata, de que quase todos se foram servindo à vez. Uma outra mesa tinha também os últimos jornais, chegados com o comboio onde Luís Bernardo viera, e a pequena assembleia dispersou-se, uns afundados nos sofás na leitura dos jornais, outros em conversas de pé à lareira, outros simplesmente recostados a fumarem os seus charutos. Tal qual o salão de um clube: a mesma deliciosa ociosidade masculina, servida por um cardápio de todos os pequenos prazeres. O almoço fora muito agradável, a comida óptima, o palácio era bonito e digno, mais à dimensão de um duque do que de um rei e, por isso mesmo, mais acolhedor, e Vila Viçosa era deslumbrante: valera a pena a deslocação. Mas agora chegara a hora da factura, pensou para consigo Luís Bernardo. D. Carlos levantou-se do sofá onde estava e pediu-lhe que o seguisse. Dirigiram-se os três — o rei, ele e o conde de Arnoso — ao longo das várias salas do primeiro andar, que abriam umas para as outras, até uma sala das traseiras, com uma janela de sacada dando para uma varanda sobre o jardim.

Era uma sala pequena, também aquecida por um lume vivo e que aparentava ser o gabinete de trabalho real: havia uma longa secretária que ocupava metade do espaço, com resmas de papéis sobrepostos e jornais, quatro poltronas de couro dispostas em semicírculo a um canto e nas paredes um retrato a óleo do rei e outro da rainha e várias aguarelas, entre as quais algumas representando o iate *Amélia*, da autoria do próprio d. Carlos. Luís Bernardo tomou lugar numa poltrona em frente a d. Carlos e ao conde de Arnoso, o qual iria assistir a toda a conversa calado, ocasionalmente atalhando para precisar qualquer detalhe do discurso do rei. De onde estava sentado, Luís Bernardo podia ver o jardim para lá da porta da varanda e ouvia o som da água correndo de várias fontes. Apesar da porta fechada, chegava até si o cheiro do pomar de laranjeiras e limoeiros do jardim e, pela primeira vez na sua vida, deu consigo a desejar também uma vida campestre, onde tudo parecesse em ordem e pacífico, como naquele jardim mediterrânico.

— Primeiro que tudo, meu caro Valença — a voz forte de d. Carlos cortou-lhe rente os devaneios e quase o sobressaltou —, quero voltar a agradecer-lhe a sua disponibilidade em aceder ao meu convite. Só lamento que o meu filho Luís Filipe aqui não possa estar. Ele teria gostado de o conhecer e, além disso, o príncipe real é particularmente interessado pelo assunto que aqui nos reúne.

— Eu é que agradeço a Vossa Majestade este almoço e a possibilidade de conhecer esta casa e esta terra magníficas.

— É muito simpático da sua parte e o facto de ter gostado de Vila Viçosa só abona a favor da sua sensibilidade e bom gosto. Mas, meu caro, já lá vai o tempo em que os reis chamavam e as pessoas acorriam ou em que o rei podia chamar alguém para lhe dizer que lhe confiava uma missão. Vou começar por aqui, exactamente pelo fim: chamei-o cá, não para lhe confiar uma missão, visto que hoje em dia há quem pense que serviço do rei não é serviço da pátria, mas para lhe fazer um convite, que você poderá ver apenas como tal, mas que, para mim, é serviço do rei e serviço de Portugal.

D. Carlos fez uma pausa, olhando-o com os seus penetrantes olhos azuis. Luís Bernardo sentiu-se desconfortável, pela primeira vez: qualquer coisa mudara, de repente, e essa qualquer coisa era o estatuto de ambos. Agora, era o rei que falava com o seu súbdito, por mais cerimónias que fizesse ou por mais respeito que demonstrasse para com a sua pessoa.

— Como disse, vou começar pelo fim: quero que você aceite o cargo de governador da província ultramarina de S. Tomé e Príncipe. Este cargo, ou este encargo, conforme lhe prefira chamar, é para ser iniciado dentro de dois meses e para ter uma duração mínima de três anos, findos os quais só continuará se nós e o governo de então virmos nisso interesse. Terá as mordomias inerentes ao cargo, em vigor na colónia, e que desconfio que não sejam muitas, apenas as suficientes. Vencerá mais do que um ministro em Lisboa, menos do que um embaixador em Paris ou Londres: no seu caso, e permita-me a indelicadeza (fruto das informações prévias que tive de colher sobre a sua pessoa), não ficará nem mais rico nem mais pobre. E, antes que manifeste o seu espanto pelo convite, deixe-me dizer-lhe que, como imaginará, o seu nome não apareceu por acaso: diversas pessoas, que muito prezo, falaram-me de si como a pessoa indicada para a função e eu próprio tive ocasião de ler o que escreveu sobre a nossa política ultramarina e parece-me que, neste momento, defende e com convicção, as ideias que precisam de ser defendidas. Também fui sensível ao facto de ser um homem novo, descomprometido da política e dos partidos, que fala inglês (já lhe explicarei a importância disso), que está informado sobre os assuntos internacionais e que é conhecedor, devido à sua actividade, da forma como se processa a economia das colónias e, em particular, a de S. Tomé e Príncipe.

Luís Bernardo não aproveitou a nova pausa de d. Carlos para falar. Pareceu-lhe melhor continuar calado e, de resto, nem saberia ainda o que dizer, de tal modo aquela proposta lhe parecia absurda e até incompreensível. Todavia, tinha ficado imediatamente alerta e não lhe escapara, por exemplo, a subtil qualificação que o rei fizera sobre as suas ideias acerca da política ultramarina: ele não dissera que concordava com as ideias de Luís Bernardo na matéria, dissera apenas que lhe parecia que, "neste momento", essas eram as ideias que "precisam de ser defendidas". A tal distinção entre serviço do rei e serviço do país.

D. Carlos mudara agora de tom e de pose. Esticara as pernas, deixara de o olhar fixamente e passara a olhar antes a ponta do seu charuto, como se ali visse, de repente, qualquer coisa de mais importante e urgente. Antes de voltar a falar, soltou um suspiro de resignação, de quem se prepara para, uma vez mais, ter de repetir evidências que já enfastiam.

— Antes que me dê uma resposta, meu caro, e porque penso que você é um patriota e que o preocupam ou interessam as razões nacionais para uma política, deixe-me dar-lhe o enquadramento da questão. Como sabe, há quem pense que Portugal não tem condições, económicas nem humanas, para manter um império colonial e que o melhor, portanto, seria vendermos as colónias. Não faltam potenciais interessados, aliás: o *Kaiser* ou o meu primo Eduardo andam há uma dúzia de anos a soprar-nos aos ouvidos que essa seria a melhor saída para as nossas finanças e para os nossos problemas internos. Eu, porém, não penso assim: não estou convencido de que a redução da dimensão dos problemas acrescente a grandeza das nações. Se vendesse este palácio, que herdei de sucessivas gerações de duques de Bragança, sem dúvida que resolveria um problema; mas não estou certo que isso me tornasse mais feliz e mais realizado. Também há quem pense que, numa monarquia constitucional, o rei não tem de se preocupar ou de interferir nestas questões: seria assim o único dos portugueses para quem a dimensão da nação seria indiferente. Eu seria rei, não do que recebi, mas do que entendessem que deveria ser o país. Essa é uma questão mais funda e mais vasta, sobre a qual não me quero agora pronunciar, a não ser para dizer que, se esse fosse o meu entendimento, seria mais digno abdicar das minhas funções. Lamento apenas que o que deveria ser claro aqui, seja pantanoso, e que neste pântano tenham sido sacrificados os esforços de portugueses a quem Portugal tanto deve, como o meu querido amigo Mouzinho, que morreu por acreditar que, servindo o rei, servia a pátria.

"Lá fora as fontes continuam a correr, eu oiço-as", pensou Luís Bernardo. Mas esse era o único som que se ouvia agora. Na sala, instalara-se um silêncio magoado. Como toda a gente, Luís Bernardo ficara impressionado com o suicídio, nunca explicado, de Mouzinho de Albuquerque, ocorrido três anos antes. Como toda a gente, também, sabia que d. Carlos tinha por Mouzinho uma admiração sem limites, bem expressa nas palavras com que comunicara ao presidente do Conselho a sua decisão de nomear o "herói de Chaimite" preceptor do príncipe real d. Luís Filipe: "Não posso pôr diante dos olhos do meu filho nem mais valentia, nem mais amor ao seu rei, nem mais lealdade à sua pátria". Mas esse amor e essa lealdade de nada tinham contado quando, sete anos antes, o rei assinara o decreto que o governo lhe apresentara, diminuindo humilhantemente os poderes do então comissário régio em Moçambique, e sabendo de antemão que Mouzinho não aceitaria tal bofetada pública e se demitiria, como, de facto, veio a fazer. Depois, as vozes públicas atribuíam à posição, entendida como menor, de preceptor do príncipe, confiada ao maior herói militar do seu tempo, a razão para o trágico desfecho da carreira de Mouzinho, aos quarenta e seis anos de idade. Para Mouzinho de Albuquerque, que escrevera um dia que "tenho a certeza de ter servido el-rei e o país o mais que tenho podido e sabido e melhor que a maior parte dos meus contemporâneos", era legítimo ter pensado que o rei que assim servira e que tanto o exaltava em particular, o abandonara em público, sacrificando-o ao jogo da política interna e à mesquinhez dos interesses políticos de ocasião. Nas palavras de d. Carlos, Luís Bernardo via assim, mais do que uma censura dirigida aos outros, um lamento por si próprio, um arrependimento que lhe vinha do fundo da consciência. Entre os três, talvez mesmo só Bernardo Pindela, o conde de Arnoso, que era secretário particular de d. Carlos, mas que fora também amigo de infância, confidente e correspondente de Mouzinho em todas as horas, soubesse a verdade toda e estivesse em posição de se pronunciar com inteira justiça. Mas o conde de Arnoso permanecera silencioso, olhando qualquer coisa no fundo da sala, como se não tivesse ouvido as últimas palavras do seu rei: jamais, aliás, alguém lhe ouviria qualquer palavra que, de perto ou de longe, não servisse a causa do soberano. Foi, pois, d. Carlos quem, de novo, quebrou o silêncio:

— E agora, vamos a S. Tomé e Príncipe. Como sabe, meu amigo, S. Tomé é a mais pequena das nossas colónias, só comparável a Timor. Produz só duas coisas, cacau em abundância e um pouco de café. Mas tal basta para que seja auto-suficiente e até para que dê, ao Estado e aos agricultores, um rendimento não desprezível. Toda a agricultura se baseia na mão-de-obra que importamos de Angola, sobretudo, mas também de Cabo Verde, para o trabalho nas roças: o grande problema de S. Tomé é a falta de braços. Mas a coisa funciona e parece que não funciona mal, como você saberá. O cacau é de excelente qualidade, o café também é óptimo — aliás, foi o que bebemos hoje ao almoço — e a produção é regularmente alta. A coisa funciona tão bem, que nós somos uma ameaça às companhias inglesas que concorrem connosco no mercado do cacau e que têm as suas explorações na Nigéria, no Gabão e nas Antilhas Britânicas. Suponho que sabe tudo isto e que não lhe estou a dar nenhuma novidade?

— Com efeito, senhor, estou a par dos números e da concorrência que fazemos aos ingleses — agora Luís Bernardo sentia-se a pisar terreno conhecido.

— Pois bem: o Soveral, que é o nosso embaixador em Londres, e que eu direi mesmo que é talvez o estrangeiro mais influente na corte e na imprensa inglesas, tem-nos escrito crescentemente alarmado com a campanha que as companhias do cacau inglesas andam a desenvolver contra S. Tomé e Príncipe. E não violo nenhum segredo de Estado se lhe disser também que o marquês de Soveral é muito amigo do rei, como eu próprio sou, e que foi com base nessa amizade e através dela que Eduardo me fez chegar um recado pessoal de que tínhamos de estar atentos ao problema e de fazer alguma coisa. Para que a situação não chegasse a um ponto em que ele fosse forçado pelo governo a agir ou a consentir que o governo agisse contra nós.

— Mas qual é a reclamação dos ingleses? — perguntou Luís Bernardo.

— Começou com uma queixa apresentada há uns anos atrás por uma companhia inglesa, com produções de cacau na África Ocidental Inglesa, mas também importadora do cacau de S. Tomé, chamada Cadbury. A Cadbury, que transforma o seu cacau em chocolate, queixa-se de que nós estamos a fazer concorrência desleal às colónias inglesas, porque estaremos a empregar nas roças de S. Tomé mão-de-obra escrava recrutada em Angola.

— E isso é verdade? — voltou Luís Bernardo.

— Bom, parece que depende do ponto de vista, depende do que se entende por mão-de-obra escrava. Em rigor, nós chamamos-lhes contratados, mas o problema está em que todos os anos, em média, são contratados três mil trabalhadores para as roças de S. Tomé e Príncipe e os barcos que os levam regressam vazios. Isto, para os ingleses, é sinónimo de escravatura: se os trabalhadores são recrutados em Angola e não regressam, é porque não são livres. Só faltou chamarem-nos negreiros. O ministro das Colónias explicou ao embaixador que os ditos "escravos" eram pagos, melhor tratados e bem melhor alojados do que os trabalhadores das roças inglesas em África ou nas Antilhas e que, em termos de saúde, não havia melhor garantia do que o facto de várias roças terem o seu próprio hospital, inteiramente equipado, coisa impensável em toda a África. Mas não serviu de nada: acicatada pela Associação de Comerciantes de Liverpool, a imprensa inglesa caiu em cima de nós, sem tréguas.

Neste ponto, d. Carlos levantou-se e foi buscar um jornal de cima da sua mesa de trabalho. Estendeu-o a Luís Bernardo, já aberto numa página onde um título ao alto destacava, em letras gordas: "*Slavery still alive in Portuguese African colonies*". Voltou a sentar-se e recomeçou:

— Lá, em Londres, o Soveral tentou as medidas do costume: convidou para jantar alguns editores influentes da Fleet Street para ver se conseguia, pelo menos, parar a algazarra. Mas nem ele o conseguiu. Enfim, tivemos de acabar por aceitar as pressões do governo inglês e receber um tal

Joseph Burtt, enviado da Associação de Comerciantes para tirar as coisas a limpo. O homem chegou no princípio do ano passado e vinha tão bem preparado, que até se deu ao trabalho de aprender português. Esteve aí em Lisboa, onde foi recebido por toda a gente: pelo ministro, por uma representação dos proprietários das roças, jornalistas, toda a gente que quis.

— Sim, recordo-me de ter ouvido falar disso — atalhou Luís Bernardo. — E que concluiu esse Joseph Burtt?

— O homem não é parvo: não concluiu nada, aqui. Solicitou permissão para se deslocar a S. Tomé e Príncipe e depois a Angola, para estar em condições de apresentar um relatório fundamentado aos seus mandantes. Isto foi discutido entre mim, o governo e os proprietários de S. Tomé: não vimos maneira de evitar a viagem dele, sem mostrar que temíamos alguma inspecção local. Se o fizéssemos, é certo e sabido que a campanha em Inglaterra iria subir de tom até à histeria e o governo inglês acabaria por decidir-se por alguma forma de pressão drástica e inadmissível, que teria efeitos devastadores no ambiente político daqui.

"Seria mais um *ultimatum*!", pensou para consigo Luís Bernardo, não se atrevendo, porém, a pronunciar em voz alta a palavra maldita, que tanto deveria atormentar as memórias do senhor d. Carlos.

— Em resumo — prosseguiu o rei —, pareceu-nos que teríamos tudo a perder e muito pouco ou nada a ganhar, se disséssemos que não. Mal tínhamos acabado de lhe dar a autorização, e já ele estava a embarcar, sem tardança, para S. Tomé. Andou por lá e pelo Príncipe até ao mês passado e agora já está em Angola. Só que, entretanto, enviou já um relatório preliminar para Londres, para o Foreign Office, sobre o que terá visto em S. Tomé. O Soveral conseguiu mexer-se a tempo e teve um encontro privado com o ministro, que lhe deu o relatório a ler. Ninguém mais ainda o viu e o marquês diz-me que é bom que ninguém mais o veja.

— Tudo isto é obviamente reservado e guardará para si — interveio o conde de Arnoso, saindo do seu mutismo — mas recebemos uma carta dele há uma semana onde nos diz que, se o relatório for divulgado tal como está, seremos expostos ao mundo inteiro como a última nação esclavagista do planeta. E isso será só a parte moral dos danos...

— Felizmente — retomou d. Carlos — Portugal tem em Londres o melhor embaixador que poderia desejar ter. O Soveral conseguiu chegar a um acordo com o ministro, Lord Balfour: este relatório preliminar ficará guardado no Foreign Office, fechado a sete chaves, a pretexto de que ainda lhe falta a parte relativa a Angola para estar completo. Isso dá-nos um tempo, um tempo para tentarmos desfazer as impressões colhidas pelo senhor Burtt.

— Com a nomeação de um novo governador?

— Não apenas com a nomeação de um novo governador, isso seria demasiado fácil. O que nós precisamos é de aproveitar esse tempo para convencer os ingleses, se não da má-fé do senhor Burtt, pelo menos da desactualização das suas informações. E como o faremos? Pois é aqui que entra a necessidade de que lhe falei de que o novo governador, além das qualidades requeridas para a situação, saiba falar inglês correctamente. É que a contrapartida ao acordo negociado pelo Soveral é que Portugal aceite a instalação em S. Tomé e Príncipe de um cônsul inglês residente. Vamos aceitar: não temos alternativa.

— E o que Vossa Majestade espera do novo governador é que convença o cônsul inglês de que não existe escravatura nas ilhas?

— O que eu espero de si — d. Carlos acentuou bem o "de si" — é que consiga três coisas: que convença os roceiros de que devem aceitar todas as medidas que o novo governador entenda tomar para que o cônsul inglês não tenha razões para confirmar o relatório do senhor Burtt. Segundo, que faça isso com a necessária ponderação, de forma a não lançar a insurreição nas ilhas e não pôr em causa a sua prosperidade. E, terceiro, que mantenha o inglês cordialmente à distância, dando-lhe a atenção indispensável, mas tornando-lhe perfeitamente claro que quem manda ali é Portugal e o governador, que representa o país e o seu rei.

Dito isto, d. Carlos tratou de reacender o seu charuto, que se tinha apagado. Levantou-se e foi até à janela, ficando a olhar o jardim, como se já estivesse a pensar noutra coisa. Aparentemente, tinha dito tudo o que achava necessário e agora esperava uma resposta. Luís Bernardo continuava sem saber o que dizer. Tudo aquilo lhe parecia tão imprevisto, tão longe de tudo o que pudesse imaginar como objectivo para aquele encontro, para aquele dia e para a sua vida, que até lhe parecia irreal que ali estivesse, sentado numa sala do palácio ducal de Vila Viçosa, a receber do rei um mandato para ir governar duas miseráveis e longínquas ilhotas no Equador.

— Como Vossa Majestade compreenderá, eu preciso de tempo para ponderar no convite que me fez e, mesmo até, antes de considerar uma resposta, de precisar melhor o âmbito das atribuições para que me deu a honra de me julgar capaz — começou ele, hesitante.

— Tempo é o que menos tem, meu caro. Preciso de uma resposta dentro de uma semana. Todas as precisões de que necessitar, de ordem política, terá de mas pedir agora. Depois, evidentemente, terá de falar também com o ministro e com uma série de pessoas que lhe indicaremos e que julgamos conveniente que oiça. Quanto ao resto, detalhes da viagem, da instalação, etc., o Bernardo encarregar-se-á disso.

Bernardo de Pindela achou que era altura de intervir, em auxílio do rei:

— A urgência tornou-se mais premente desde que anteontem recebemos comunicação por parte do embaixador inglês de que já tinha sido escolhido o cônsul a nomear para S. Tomé e da data da sua chegada, prevista para início de abril. Estamos no fim do ano e julgamos necessário que o novo governador esteja instalado em S. Tomé pelo menos um mês antes do cônsul inglês, para tomar o pulso à situação. Como compreendemos que, se você aceitar o cargo, precisará, pelo menos, de uns dois meses para arrumar a sua vida, mais os quinze dias de viagem, bem vê, Valença, que a sua resposta é urgente. Até porque se, contra as esperanças de Sua Majestade, ela for negativa, teremos de encontrar, ainda mais rapidamente, quem o substitua.

D. Carlos tinha voltado a sentar-se e olhou-o de frente, outra vez:

— Praticamente, estamos nas suas mãos, meu caro. Detesto pôr as coisas desta forma, mas há alturas em que os acontecimentos nos ultrapassam a todos. Acredite, porém, que estou bem consciente do imenso sacrifício que lhe peço e da imensa coragem que julgo necessária para o aceitar. Mas acredite também que não é por mim que lhe peço, mas sim pelo nosso país. Agora que o conheço, que o vi de frente, estou perfeitamente convencido que você é o homem indicado para esta missão e que eu andei bem aconselhado. Não calcula o alívio que me traria uma resposta positiva da sua parte.

Era isto, então. Uma verdadeira armadilha. A factura, afinal, revelara-se bem mais pesada do que ele alguma vez teria conseguido imaginar. Como é que se diz não a um rei? Com que palavras, com que desculpas, com que razões inultrapassáveis?

— Comprometo-me com Vossa Majestade a responder dentro do prazo de uma semana que me concedeu. Peço-vos que compreendais que, neste momento, é o mais que posso prometer. Há coisas que não estão apenas nas minhas mãos:

tenho uma vida para desmanchar, para largar, para tentar deixar minimamente organizada na minha ausência. E tenho de aceitar deixar tudo para partir para o fim do mundo, para uma terra onde não há ninguém e onde me espera, segundo percebi, uma missão praticamente inviável.

— Porquê inviável?

Foi a vez de Luís Bernardo olhar o rei nos olhos. Se dissesse que não, era bom que d. Carlos percebesse bem que o mandato era quase inaceitável. Se dissesse que sim, provavelmente não voltaria a ter ocasião de falar com o rei e era conveniente que tudo ficasse esclarecido desde já.

— Se bem percebi o que Vossa Majestade me disse, existe, de facto, uma forma de trabalho escravo em S. Tomé. E o que se espera do novo governador é que isso não seja visível aos olhos do inglês, de maneira a não nos expor a represálias do nosso famigerado aliado. Mas, ao mesmo tempo, espera-se que nada de essencial seja mudado, de modo a não comprometer o funcionamento da economia local.

— Não, não é isso. Nós abolimos oficialmente a escravatura há muito tempo, e temos uma lei, datada de há dois anos, que estabelece as regras para o trabalho contratado nas colónias e cujo regime nada tem a ver com qualquer forma de escravatura. Desejo que isto fique bem claro: Portugal não pratica nem consente escravatura nas suas colónias. Isso é uma coisa; outra coisa é submetermo-nos ao que os ingleses, e não por razões primeiramente altruístas, querem achar que é escravatura e que para nós não passa de formas de trabalho recrutado, segundo hábitos locais, e que não têm necessariamente de coincidir com o que se faz na Europa. Ou alguém acredita, por exemplo, que um inglês trata os seus criados na Índia como os trata em Inglaterra?

— Devo, pois, concluir que a nossa interpretação da situação deve prevalecer sobre a deles?

— Deve prevalecer sobre a deles, mas deve ser explicada e exibida de maneira tal que a visão deles acabe por coincidir com a nossa. Neste caso, tudo depende, evidentemente, da forma como você se conseguir entender com o cônsul inglês. Esse ponto é decisivo. Assim como o é a capacidade de explicar aos colonos o que está em jogo e quais são as novas regras do jogo. Diga-me sinceramente: fui claro, agora?

Antes de responder, Luís Bernardo fez uma pausa, pensativo, suspirou, e deu ao rei a resposta sincera que ele lhe tinha pedido:

— Penso que Vossa Majestade foi tão claro quanto achou adequado sê-lo.

— Então, estamos entendidos. Nada mais resta senão esperarmos pela sua resposta, que eu lhe peço encarecidamente que seja reflectida e tão generosa quanto possível.

D. Carlos levantou-se, indicando que a conversa estava terminada. Agora, Luís Bernardo só desejava partir dali, ficar a sós a remoer aquela fatalidade. Mas o rei estava obrigado a um último gesto:

— Espero que fique para jantar e para dormir, dar-me-ia o maior prazer.

— Agradeço-vos, senhor, mas, se não levar a mal, gostaria de apanhar o comboio das cinco, porque tenho um jantar marcado em Lisboa, esta noite.

D. Carlos acompanhou-o até às escadas, o conde de Arnoso até ao rés-do-chão, à porta de entrada. Mandou chamar uma caleche para o levar à estação e, antes de se separar dele, pousou-lhe uma mão sobre o ombro e disse-lhe:

— Faço minhas as palavras de Sua Majestade, mas com muito mais ênfase, que a posição dele não lho permite: você é o homem certo para esta tarefa e do seu bom desempenho dependem coisas muito importantes para este país. Julgo que percebeu a dimensão de tudo o que está em jogo: no dia em que perdermos a primeira colónia, será o princípio inevitável do fim do império e, com ele, o fim do trono, do reino e, talvez mesmo, do país. Ficamos à espera que a Espanha venha para nos engolir. Tudo pode começar agora de novo ou tudo pode começar a acabar agora. Ele não lhe pode dizer isto cara a cara mas, se homens como você já não estiverem disponíveis, ele será a primeira vítima e, depois dele, Portugal. Luís Bernardo, pense bem nisto: que mais de grandioso poderá levar você da vida?

Luís Bernardo embarcou no carro e consultou o relógio, no bolso do colete: eram quase cinco horas da tarde. O Sol já estava a descer para o fim do horizonte e o dia, que fora tão claro, tornava-se agora escuro. O frio avançava sobre a vila e subia no ar o fumo de diversas chaminés acesas dentro das casas. As pessoas deviam estar sentadas de roda das largas lareiras onde fumavam os enchidos e as panelas do jantar aqueciam sobre a borralha. Devia haver homens cansados sentados ao lume, crianças sentadas ao colo deles, mulheres, envelhecidas antes de tempo, debruçadas sobre as panelas. Cães enroscados no calor da tijoleira aquecida. Velhos adormecidos nos seus bancos de madeira, esperando pelo jantar. Ou bêbados, arrastados, cambaleantes sobre o balcão das tascas, bebendo sempre um último copo antes de voltar para casa. Agora, as ruas da vila estavam quase desertas e apenas algumas sombras escuras passavam esbatidas contra o branco das paredes. O sino da igreja bateu as cinco menos um quarto da tarde e tudo aquilo lhe pareceu, de repente, profundamente triste, como se qualquer coisa de irremediável pairasse no ar. Nesse dia, dera consigo a desejar, sem explicação, uma vida assim, na província, uma vida onde nada acontecia e onde o tempo parecia tão lento que quase seria possível acreditar na eternidade. Mas na estação esperava-o o comboio de regresso à grande e desordenada cidade, que era o seu único mundo conhecido, aquele que amava e que compreendia.

Fechou os olhos no comboio e adormeceu, quase instantaneamente. Sonhou que estava em África, havia um sol que abrasava, palmeiras, insectos, negros que gritavam numa língua incompreensível e uma profusão de cores que rebentavam por todo o lado. E ele estava ali, no meio da poeira e da confusão, a vigiar as obras do palácio dos duques de Bragança, que o senhor d. Carlos o mandara construir nos trópicos.

III

Luís Bernardo apanhou um fiacre à saída do vapor do Barreiro, na estação do Terreiro do Paço. Já estava mais do que atrasado para o jantar, mas esperava ir ainda a tempo do café e dos digestivos. Só em casos de absoluta impossibilidade é que perdia aqueles jantares semanais no hotel Central. Não que eles fossem particularmente divertidos ou instrutivos, mas porque era uma ocasião para estar entre amigos, num ambiente de descontracção e numa conversa de homens, que ia das mulheres à política, passando pelos cavalos. Ocasionalmente, também se faziam negócios, trocavam-se livros, contavam-se as viagens que se tinham feito, actualizavam-se os rumores e obtinham-se favores ou contactos das áreas de actividade em que cada um se movia. Às vezes os jantares eram úteis, outras eram rigorosamente inúteis. De qualquer maneira, não havia muitas alternativas melhores de passar um serão, em Lisboa. Já o primo Basílio, do Eça, dissera que esta era a cidade onde "não havia onde comer uma asa de perdiz e beber uma taça de *champagne* à meia-noite". Por oposição ao grupo de que Eça fazia parte, "Os Vencidos da Vida", eles intitulavam-se a si próprios "Os Sobreviventes" — com isso querendo significar que, com menos angústia e decerto menos brilho, estavam dispostos a extrair daquela vida lisboeta do início de novecentos todo o partido que ela lhes pudesse dar. Era isso, principalmente, que Luís Bernardo apreciava naquele grupo heterogéneo: não eram moralistas, não tinham jurado salvar a pátria, não acreditavam num mundo perfeito e não se propunham como escola de virtudes ou exemplo a seguir. Viviam com o que havia e do que havia. Talvez em nenhum lado, como ali, se discutisse tão tranquilamente, por exemplo, a querela de todos os dias entre a monarquia e a república. A tese dominante entre "Os Sobreviventes" era a de que a solução dos problemas da nação não passava pela forma constitucional do regime: com monarquia ou com república, o povo continuaria ignorante e miserável, as eleições seriam sempre resolvidas pelos caciques de província, que tinham a faculdade de poder fazer eleger a maioria dos deputados das cortes, o aparelho de Estado continuaria a ser provido pelos conhecimentos pessoais ou fidelidades políticas e jamais pelo mérito individual, e o país — com inúteis condes e marqueses ou com inflamados demagogos republicanos — continuaria infalivelmente preso de ideias retrógradas e de forças conservadoras para quem a modernidade era o mesmo que o próprio Diabo. O que não havia em Portugal era uma tradição de cidadania, um desejo de liberdade, um gosto de pensar e agir pela própria cabeça: o desgraçado do trabalhador do campo dizia e fazia o que o patrão lhe mandava, este repetia o que o cacique local lhe transmitia e este, por sua vez, prestava contas e vassalagem aos próceres do partido em Lisboa. Podia mexer-se no cume da pirâmide, que tudo o resto, até à base, permaneceria inamovível. A doença era bem mais profunda do que maleita a que um simples golpe de Estado constitucional pudesse atalhar.

Quando Luís Bernardo chegou, já estavam todos sentados à mesa há um par de horas e servia-se já a sobremesa, os *crêpes Suzette*, um *ex libris* do hotel Central. Sentou-se num lugar livre numa ponta da mesa, ao lado de João Forjaz e em frente ao dr. Veríssimo — António Pedro de Athayde Veríssimo, uma curiosa figura de financeiro e intelectual, filantropo e bom pai de família, porém agnóstico militante e amante *atitrée* de Bertha de Sousa, que fazia furor no teatro de revista lisboeta com atributos que escapavam à compreensão de Luís Bernardo: umas pernas pequenas e roliças, como troncos, e umas ancas em forma de pneu de automóvel, com cara de moçoila de aldeia promovida a *starlette* de palco. Mas, verdadeiro *gentleman* que se prezava de ser, homem de letras e artes, que cultivava como se de um sacerdócio se tratasse, o dr. Veríssimo jamais mencionava ou deixava que se aflorasse o assunto da posição de privilégio que conquistara junto da mulher que, vá lá saber-se porquê, metade dos homens de Lisboa aspirava poder conhecer mais intimamente. A mesma coisa em relação aos negócios: corriam verdadeiras lendas sobre o seu instinto infalível para fazer investimentos que se revelavam fatalmente recompensadores, comprando por baixo e vendendo por alto, descobrindo filões onde os outros nada descortinavam, mas, sobre isso, jamais lhe escapara uma palavra naqueles jantares de quinta-feira. E, se era implacável nos negócios, era também voz corrente que, por exemplo, Filipe Martins, o mais jovem do grupo, sentado na outra ponta da mesa, só concluíra os seus estudos de medicina, em Coimbra, graças a uma bolsa de estudo que o dr. Veríssimo lhe pagara, anos a fio, em tributo ao falecido pai do jovem, com quem tivera negócios em tempos.

— Então, conta-me lá, que te queria o homem? — perguntou João Forjaz, assim que Luís Bernardo se sentou ao seu lado. Referia-se à ida do seu amigo a Vila Viçosa, de que fora o único a ter conhecimento prévio pelo próprio.

— Veio propor-me que mudasse de vida radicalmente. Que me enterre em vida, ao serviço da pátria. E tu, tens notícias para mim?

— Tenho, tenho. Sossega, que tenho.

— Boas ou más?

— Depende do ponto de vista: para mim, são más; para ti, devem ser boas. Mas depois falamos. Parece-me que temos muito de que falar.

E entraram ambos na conversa geral, no momento em que os empregados acorriam a Luís Bernardo, servindo-lhe os *hors d'oeuvres*, um clássico do hotel Central, seguido de um rodovalho assado no forno, com esparregado e batatas "Princesa", acompanhado por um vinho branco de Colares. Discutiam-se os atributos de Lucília Simões, a jovem actriz da moda, que acabara três meses de representações, sempre com sala cheia, no Teatro D. Amélia, no arrebatador papel de Lorenza Feliciani Balsamo, em *O Grande Cagliostro*. Alguém citou a *Ilustração Portuguesa* para responder à pergunta sobre se a Lucília era bonita ou não: "Bonita? Muito mais do que isso: com o seu sinalzinho na cara, as suas narinas frementes à menor palpitação, o que Lucília Simões verdadeiramente é é uma *beauté du diable*!".

A conversa foi em crescendo: passaram do sinalzinho para o busto e da Lucília Simões para a filha de um fidalgo arruinado que ultimamente tinha sido vista muitas vezes pelo S. Carlos e pela Brasileira, passeando os seus lânguidos olhos ao derredor, como se trouxesse um sinal na testa a suplicar: "Salvem o meu paizinho!". Aos poucos, Luís Bernardo foi-se desligando dos ditos e risos gerais. Sentia-se a planar, meio ausente. Tinha o pensamento em Matilde e no que ela teria combinado com o seu primo João Forjaz, no senhor d. Carlos no seu paço de Vila Viçosa e no sonho que tivera no comboio. Mas, apesar de se ir desligando da conversa, havia um conforto físico e mental em estar ali, entre os seus amigos, ouvindo-os num ruído de fundo que o embalava, como se estivesse ainda no comboio, como se todo aquele dia nada mais tivesse sentido do que esta sensação de que eram os outros e os acontecimentos que o arrastavam, sem que ele fizesse um gesto para deter o curso das coisas.

Quando passaram ao salão para os *brandies* e os charutos — tendo Luís Bernardo prescindido do pato assado no forno e dos *crêpes*, para assim recuperar o atraso com que chegara —, ele procurou João com o olhar, mas, antes de o poder localizar, foi agarrado por um braço pelo dr. Veríssimo, que o puxou à parte e lhe perguntou se podiam ter os dois "um particular". Sentaram-se no fundo do bar, nos coçados cadeirões de couro que já tinham acolhido gerações de conversas privadas e todas elas importantes, e Luís Bernardo emergiu do seu confortável torpor, despertado pela curiosidade daquele gesto tão pouco habitual no dr. Veríssimo.

— Meu caro amigo — começou o financeiro —, vou-lhe poupar a introdução. Quando discuto negócios, gosto de ir direito ao objectivo: você consideraria a hipótese de vender o seu negócio?

Luís Bernardo ficou a olhar para ele, como se tivesse visto uma aparição. "Não é possível! Mas que dia é hoje? Que dia tão extraordinário é este em que toda a gente parece disposta a propor-me a liquidação sumária da minha vida?"

— Desculpe-me, caro doutor, mas a sua pergunta é tão inesperada, que eu nem sei se a percebi bem: você pergunta-me se eu quero vender a minha firma — tudo?

— Sim: os navios, os escritórios, as delegações, os empregados, os *stocks*, a carteira de clientes e de agentes. O seu negócio inteiro.

— E por que haveria eu de querer vender?

— Pois, isso não sei, nem me cabe saber. Pergunto-lhe apenas se estaria disposto a vender. Às vezes compramos e vendemos, outras vezes ficamos sentados em cima das coisas até ao fim dos dias. Não sei qual é a sua filosofia sobre isso, mas, como sabe, esta é a minha actividade: comprar e vender. As únicas coisas de que não me desfaço são livros, quadros e filhos. Tudo o resto tem um preço — se lá chegarem, eu vendo; se eu lá chegar, compro. Peço-lhe que não se ofenda com a minha pergunta, é apenas uma proposta comercial.

— Não estou ofendido, estou só aparvalhado. Tenho esta firma há quinze anos, como sabe. Fiz dela a minha vida e nunca me tinha passado pela cabeça vendê-la. É uma coisa totalmente... como dizer, irreal, absurda.

— Claro, eu compreendo-o perfeitamente. Nem estava à espera que me desse uma resposta, assim do pé para a mão.

— Mas, diga-me uma coisa, doutor: quer comprar a minha empresa para si?

— Não, não vou enganá-lo nesse ponto. O meu negócio, como lhe disse, é comprar e vender. Acontece que tenho um cliente estrangeiro que eu penso que estará interessado em ter um negócio destes em Lisboa e a minha intenção é comprar-lhe a si e depois vender a ele. Com uma margem de lucro para mim, obviamente.

— E, já agora, doutor, permite que lhe pergunte se tem alguma ideia do valor da oferta que estará disposto a fazer-me?

— Tenho, sim. Calculei que você não estivesse preparado para avançar com uma proposta e, de facto, gosto de cortar os atalhos. Eu estudei um pouco a sua firma, obtive informações daqui e dali, informei-me sobre o estado dos navios, por exemplo, e fiz as minhas contas. Em minha opinião, meu caro Valença, a sua firma valerá uns oitenta contos de réis. E eu estou disposto a oferecer-lhe cem contos de réis.

Luís Bernardo ficou em silêncio, a pensar no que tinha acabado de ouvir. A oferta era, de facto, generosa. Embora ele não estivesse preparado para uma oferta de compra, tinha algumas vezes tentado estimar o valor da firma e nunca chegara a números como os oitenta contos de réis. Talvez setenta, talvez setenta e cinco, mas não tanto como os oitenta estimados pelo seu interlocutor. E ele oferecia-lhe ainda vinte acima disso. Se estivesse vendedor, seria uma ocasião caída do céu. Mas ele não estava vendedor. A menos que...

— Doutor, como lhe disse, estaria à espera de tudo, hoje, menos de uma proposta destas. Vou reflectir nela, pelo respeito que tenho pela sua pessoa. Quando é que precisa de uma resposta?

— Oh, esteja à vontade: duas, três semanas, um mês. Pense o tempo que precisar. Mais importante que tudo é, se chegarmos a acordo, fazermos um bom negócio. E um bom negócio é aquele em que nos separamos amigos como dantes.

Voltaram para ao pé dos outros e João Forjaz veio ao encontro de Luís Bernardo.

— Onde tens estado metido? Hoje parece que andas a cultivar mistérios.

— Parece é que hoje a minha existência se cansou de ser rotineira e previsível. Tudo me está a acontecer!

— Mas o quê, conta-me!

— Primeiro, deixa-me ir buscar um *cognac*, que estou a precisar. E acho melhor irmos falar para outro lado.

Foram para o salão grande da entrada do hotel, àquela hora semidespovoado, à excepção de dois clientes que falavam em francês na recepção e que tinham todo o ar de ter acabado de chegar do Rossio, no *Sud-Expresso* de Paris. Sentaram-se num canto do salão, cada um com o seu pesado copo de *cognac* na mão. Luís Bernardo acendeu uma cigarrilha.

— Antes de mais, conta-me o recado que tens da Matilde para mim.

— Não, antes de mais, conta-me tu o que se passou em Vila Viçosa.

— Desculpa lá, mas o meu interesse é mais forte e mais legítimo do que a tua curiosidade...

— Mais legítimo?

— Vá lá, João, poupa-me os sermões e conta-me o recado da Matilde.

— Está bem, já que não te podes conter, vou dar conta da minha missão de alcoviteiro, sem-cerimónias. Então, é assim: a Matilde chega amanhã a Lisboa, na companhia da Marta Trebouce, também de Vila Franca, e que parece que é a sua confidente para os grandes momentos. O pretexto é acompanhar a Marta nuns assuntos que ela tem de resolver em Lisboa. Ficam cá dois dias, hospedadas no hotel Bragança. Eu mesmo tratei das reservas hoje: a Matilde ficou registada no 306 e a Marta no 308, mas, de facto, vão ficar em quartos trocados. Não vá o Diabo tecê-las, se alguém bater à porta do quarto da Marta à procura da Matilde, esta dirá que é o quarto ao lado e, como os quartos têm comunicação interior, terá tempo de avisar a Matilde de quem lá vem. Dê-se o caso de a Matilde estar acompanhada, coisa que espero bem que não aconteça — e João lançou um olhar cínico, de viés, para Luís Bernardo — o acompanhante em questão terá de se pisgar para o quarto da Marta, deixando a costa livre à Matilde.

— Muito engenhoso, sim, senhor! Eu não me teria lembrado de uma estratégia tão simples e perfeita.

— E imaginas de quem é o plano? Pois, estás enganado, não me dei a esse trabalho por ti: foi tudo ideia da Matilde.

Luís Bernardo conteve um assobio. A frieza ponderada com que Matilde planeara as coisas era uma surpresa — mais uma, naquele dia de intermináveis surpresas. Em boa verdade, nem sabia bem se não achava a surpresa um pouco chocante.

— Pronto, Luís, aqui tens o recado entregue e a ordem das operações estabelecida. Se quiseres seguir em frente, basta-te ir amanhã durante o dia marcar também um quarto para ti no hotel, para uma ou duas noites, com o pretexto de que tens obras em casa ou coisa que o valha. Depois, a partir das dez da noite, a Dama das Camélias está à tua espera. Mas, se queres ouvir um conselho de amigo, verdadeiramente sincero, não vás: escreve uma carta a explicar que te arrependeste pelos mais nobres motivos — tu fazes isso bem — e eu entrego-lha.

— João, agradeço-te tudo o que fizeste e, inclusive, esse conselho, que eu sei que é de amigo. Mas tenho até amanhã para pensar nisso e vou pensar sozinho. Prometo-te que, se chegar à conclusão que tudo isto é gratuito, que não passa de um devaneio que já foi longe demais e que pode causar a desgraça ou a infelicidade da Matilde, não vou. Prometo.

Ficou um silêncio entre eles. Depois, Luís Bernardo ergueu o copo e bateu com ele no de João:

— Tchim, tchim. É bom ter amigos como tu.

João sorriu, meio a contragosto. Há muito tempo atrás, num episódio em que ele achou que Luís Bernardo o tinha desiludido, este dissera-lhe uma coisa que nunca mais tinha esquecido: "Não esperes nunca de mim que eu seja fiel a qualidades que não tenho. O que podes é contar com as que tenho, porque nessas não te falharei nunca". E era verdade, ele aprendera a saber que era verdade. Para o bem e para o mal.

— E Vila Viçosa? Conta-me lá, então, o que se passou.

— Pois, em Vila Viçosa o que se passou foi um excelente almoço, seguido de uma conversa a sós, durante uma hora, com o rei e o secretário dele, o Bernardo Pindela. Em resumo, Sua Majestade quer que eu, no prazo impreterível de uma semana, lhe diga se aceito partir, dentro de dois meses e durante três anos, para S. Tomé e Príncipe, onde me espera o lugar de governador por nomeação régia, com a missão de convencer um cônsul inglês que para lá irá residir de que, ao contrário do que diz a imprensa e os comerciantes ingleses, não há trabalho escravo em S. Tomé. Isto, ao mesmo tempo que terei de convencer os colonos portugueses de que acabou a escravatura e de que os seus trabalhadores devem passar a ser homens completamente livres — livres até de se irem embora, mas sem que isso afecte a prosperidade das roças.

— Homem, mas isso é exactamente a tua tese! O rei pegou-te nas palavras!

— Qual tese?

— Qual tese? Então, a que andaste a defender em público, pelos jornais e pelos salões, de que os nossos colonos não eram capazes de tirar rendimento económico das colónias sem recorrer a métodos há muito ultrapassados pela história. Aí tens agora uma excelente oportunidade para provares a justeza das tuas teorias.

— Não brinques comigo, João! Não estás a ver bem que aquilo que esperam de mim é que consiga fazer em meses o que deveria ter estado a ser feito há décadas? E não medes a dimensão do sacrifício pessoal que me é exigido — que abandone tudo, a minha casa, o meu país, a minha vida, os meus amigos, o meu trabalho, para me ir enfiar no fim do mundo, onde não há ninguém com quem se possa falar e a felicidade consiste em não ser rapidamente liquidado pela malária, pela mosca tsé-tsé, pela varíola ou pela febre amarela?

— Não há febre amarela em S. Tomé.

— Não desconverses, João! Gostava de te ver no meu lugar!

— No teu lugar, eu ia. Ou melhor, no teu lugar, eu sentia-me moralmente obrigado a ir.

— *Such a friend!*

— Luís, estou a dizer-te isto exactamente como amigo e a prova é que te prometo que, se fores, eu vou lá visitar-te, pelo menos uma vez.

— Uma vez!... João, vê se percebes que se trata de passar três anos desterrado numas ilhas em pleno Atlântico, a oito mil quilómetros de Lisboa, onde só chegam jornais, correio e notícias uma ou duas vezes por mês! Ópera, teatro, bailes, concertos, corridas de cavalos, um simples passeio à beira--Tejo, nada! Selva e mar, mar e selva! Com quem vou conversar, com quem vou almoçar, com quem vou jantar e, já agora, com quem vou namorar — com alguma preta?

— É uma missão, ao serviço do país. E a maior parte das missões não é uma embaixada em Roma ou em Madrid.

— Mas também não é um desterro no Equador!

— Olha, Luís, pensa bem. É um cargo que te prestigiaria, que te daria a satisfação do dever cumprido, que te faria regressar com uma autoridade reconhecida por todos e, caramba, é um desafio a esta monotonia sem grandeza em que vivemos. Por outro lado, Luís, tu não tens realmente nada, a não ser os amigos, que te prenda aqui: não tens mulher, nem filhos, nem pais, nem noiva, que eu saiba; não tens nenhuma carreira nem lugar apetecível para deixar para trás; tens apenas a tua empresa e, de certeza, que arranjas alguém capaz de a administar na tua ausência — tu próprio, uma vez lá, até podes facilmente conseguir mais e melhores contratos para os teus barcos.

— Bem, em relação a isso, devo dizer-te que acabo de receber uma extraordinária proposta do Veríssimo para vender a firma. O tipo parece que adivinhou que este podia ser o momento oportuno.

— A sério, quer comprar-te a empresa? E paga bem?

— Mais do que eu me atreveria alguma vez a pedir por ela.

— Oh, Luís, isso cai do céu, é mesmo um sinal do destino. Aí tens a solução para tudo: aceitas o lugar em S. Tomé, que te dará prestígio e decerto um vencimento que irás acumulando porque lá não terás onde o gastar; vendes a empresa, fazendo um excelente negócio e sem teres mais de te preocupar com o assunto enquanto estiveres fora e deixas aqui o dinheiro a render no Burnay ou noutro lado qualquer, de modo que quando regressares és um homem rico; e, de caminho, está resolvido também o imbróglio com a minha prima Matilde. Tudo se encaixa!

— O que tem a tua prima Matilde a ver com isto?

— Luís, pensa bem: faz algum sentido ires envolver-te com ela, provavelmente desmanchar toda a vida dela, causar um escândalo de que ninguém escapará incólume, se estás a considerar a hipótese de te ires embora daqui a dois meses? Tu fazias-lhe isso?

— Mas quem disse que eu estou a considerar a hipótese de me ir embora? Tu é que estás a considerá-la por mim!

— Claro que estás a considerar isso, de outro modo, terias dito logo que não ao rei.

— Não se diz que não a um rei com essa facilidade: não é o mesmo que dizer que não ao Veríssimo.

— Claro que não, mas a verdade é que, se a ideia te parecesse totalmente inaceitável, tu também não cometerias a indelicadeza de esperar uma semana para dar uma resposta que sabias desde o primeiro momento que ia ser negativa.

— Bem, João, só te falta embarcares-me no barco e despachares-me lá para os trópicos! Dá-me ideia que o que mais te entusiasma nisso é a possibilidade de me afastares da Matilde...

— Não, não é isso, Luís. Eu acho que tu te deves afastar da Matilde, quer vás, quer fiques; e acho, por outras razões totalmente diferentes e como teu amigo, que deves ir. Mas há uma coisa que tenho de te dizer: espero da tua honra que, enquanto não tiveres a certeza absoluta de que irás recusar o convite do rei, não te envolvas com a Matilde.

— Se não te importas, João, esse é um assunto para resolvermos os dois, eu e a Matilde. O que a minha honra me diz é que, se amanhã ou depois for ter com ela e ainda não tiver tomado uma decisão relativamente a S. Tomé, dar-lhe-ei conhecimento prévio do que se passa.

— Bem, acho que por hoje é o melhor que se arranja. Vem daí, vamos dar uma volta com os outros e amanhã falamos com mais calma.

No dia seguinte, Luís Bernardo chegou aos escritórios da Insular de Navegação pelas dez horas da manhã. Mandou que procurassem e lhe trouxessem o capitão Valdemar Ascêncio, comandante do *Catalina*, que, nesse momento, estava fundeado ao largo do mar da Palha, em frente a Lisboa, e que era um homem que, antes de vir para a Insular, navegara entre Lisboa e S. Tomé. Depois, disse à sua secretária que passasse todo o expediente do dia para o seu chefe do escritório, mandou vir as pastas com os últimos relatórios e contas da companhia e os relatórios do Ministério da Marinha e Ultramar com a relação anual de toda a carga transportada de e para S. Tomé, incluindo as listagens de passageiros e a sua proveniência. À secretária, que estava a estranhar que ele não tivesse ainda tocado nos jornais colocados na sua mesa de trabalho e cuja leitura era o primeiro ritual de todas as manhãs, mandou que, excepção feita à visita do Ascêncio, não o interrompesse com mais nada. De seguida, começou a alinhar numa folha de papel o nome de todas as pessoas que conhecia e que tivessem alguma ligação com S. Tomé e Príncipe.

Pelo meio-dia, desentranhado de um sono profundo de marinheiro em terra, apresentou-se-lhe o capitão Ascêncio. Uma já razoável experiência no meio ensinara-lhe que nunca se deve avaliar a eficácia de um oficial de marinha mercante pelo aspecto que ele tem em terra. De outro modo, teria recambiado o capitão Ascêncio assim que o viu entrar a porta. Incomodado fisicamente com o aspecto do personagem, abreviou e foi direito ao assunto, perguntando-lhe o que é que, em sua opinião, deveria levar uma pessoa que fosse de Lisboa passar uma longa temporada em S. Tomé e Príncipe, explicando-lhe que era uma pergunta que lhe havia sido feita por um amigo, que estava a considerar a hipótese de ir passar uma temporada às ilhas.

— Tudo — respondeu, com a maior naturalidade, o comandante do *Catalina*.

— Tudo? Não, vejamos: não há nada em S. Tomé, não há comida, sequer?

— Não, comida há, doutor Valença. É mesmo a única coisa que não falta lá. Há peixe, bom e abundante, fruta que é só colher das árvores, galinhas, porcos, matabala, que é uma espécie de batata mas menos saborosa, farinha de mandioca. Não há arroz nem legumes da horta, isso não há.

— E o resto, as outras coisas?

— O resto, não há nada.

— Nada? O que falta, por exemplo?

— Bem, estamos a falar de um cavalheiro, não é verdade? Um cavalheiro assim como o senhor Valença, que quer ir viver para lá, não é?

— Sim, um cavalheiro.

— Pois, para um cavalheiro, não há nada, senhor. Não há tinta nem papel de escrever, não há navalhas de barba, não há toalhas nem panos, não há talheres de comer nem loiças, não há roupa de vestir nem calçado, não há arreios para os cavalos, não há velas de cera, não há vinho nem álcool nenhum, tirando uma horrível aguardente destilada lá, não há papel para fotografias, não há instrumentos de música, não há panelas de ferro para a cozinha nem ferros de engomar. Não há nada, senhor.

— Tabaco, não há?

— Tabaco há, às vezes. Vai dos Açores ou de Benguela para lá.

Acabrunhado, despediu o Ascêncio e, sem grande entusiasmo ou inspiração, começou a escrever uma lista daquilo que alguém, que não ele, levaria para S. Tomé, se algum dia aceitasse ir para lá viver durante três anos.

Passou, de seguida, à leitura dos jornais daquele dia, começando pelo *O Século*. Sempre o achara um bom jornal, bem informado, bem reportado, bem escrito, com boas fontes de informação e seriedade de análise. Ultimamente, porém, *O Século* vinha resvalando claramente para o campo republicano, embora muito longe do tom panfletário de *A Luta* ou *A Vanguarda*, com os seus insultos diários à família e à instituição real. Mas *O Século* acompanhava crescentemente o ar do tempo, e o ar do tempo estava com os republicanos, sobretudo depois destes terem acrescentado à sua causa a defesa dos pobres e explorados, na sequência da grande greve operária de 1903, no Porto, que o governo procurara reprimir com o envio da Guarda e do cruzador *D. Amélia* contra os trabalhadores têxteis. E, embora Luís Bernardo fosse um monárquico condescendente — mais por herança familiar do que por convicção assumida — certos argumentos dos republicanos pareciam-lhe carregados de razão. Desde 1890 — a data do *ultimatum* inglês — o país mergulhara em profunda crise: política, económica, cultural, social. Com o fim da escravatura no Brasil, tinham cessado as remessas dos emigrantes, que até aí equilibravam as contas externas do reino. Tudo o que era imprescindível à modernização do país era importado, e as únicas verdadeiras exportações eram a cortiça e as conservas de peixe. Pequenos sectores, como o vinho do Porto ou o cacau de S. Tomé, eram uma pequeníssima contribuição no imenso *deficit* comercial corrente. Todos os anos, o orçamento apresentava um desequilíbrio de cinco a seis mil contos, a acumular a uma dívida flutuante de oitenta mil. Mais de três quartos da população de cinco milhões e meio de pessoas vivia nos campos, mas a agricultura, inteiramente baseada numa mão-de-obra barata e miserável, não chegava sequer para evitar a fome. Oitenta por cento da população era analfabeta, noventa por cento não dispunha de cuidados de saúde e vivia exposta à doença e às epidemias, basicamente como na Idade Média. Portugal era o mais atrasado país da Europa, o mais inculto, o mais pobre, o mais triste. Mesmo entre a elite, pouco mais acontecia do que as cíclicas revoltas dos estudantes de Coimbra contra os exames ou a temporada lírica do S. Carlos, que durava os três meses de inverno e ponto final. Uma aristocracia diletante e retrógrada julgava que o mundo, fora do S. Carlos, se resumia às corridas de cavalos organizadas pelo Turf, às noites na "Parada" de Cascais, nas casas da Ericeira ou nas quintas de Sintra, durante o verão. Apenas os incomodavam ligeiramente os "novos ricos", os "intelectuais" e os republicanos, que, todavia, sabiam circunscritos a um exíguo espaço físico demarcado por meia dúzia de cafés lisboetas, para além dos quais, o povo, como sempre, acreditava nos desígnios da Providência, nos sermões de resignação da Santa Madre Igreja e na vontade divina que comandava a sua infinita miséria e a sobranceira e inútil riqueza patrimonial dos senhores e morgados do país.

Mas a Luís Bernardo repugnava por igual a retórica demagógica dos republicanos. O mal do país, todos os males do país, não estavam — era a sua opinião — nem na instituição monárquica, nem na figura de d. Carlos. O mal estava no "rotativismo" entre os dois partidos do poder, que se alternavam em São Bento e em todas as mordomias do estado, servindo-se a si próprios e aos seus, em lugar de servirem o país. O mal estava no caciquismo eleitoral, nas eleições pré-concertadas entre os dois grandes partidos, na falta de sentido de dever e de Estado. Agora, por exemplo, a oposição era chefiada por Hintze Ribeiro, do Partido Regenerador, e o governo pelo Partido Progressista de José Luciano de Castro o qual, embora estivesse entrevado e oficialmente retirado da vida pública, continuava a dar cartas, a pôr e a dispor dos governos e da governação. O rei limitava-se a deixá-los fazer, como era próprio e exigível de um monarca constitucional. Por ora, acusavam-no de ser indiferente ao estado da nação e à condição dos portugueses; mas, decidisse ele imiscuir-se nos assuntos concretos da governação, pôr fim ao oligopólio dos partidos e chamar os melhores, de sua escolha, para governar, e as turbas da imprensa e da política cairiam em cima dele aos gritos de "tirano" e "usurpador". Ninguém mais do que d. Carlos, por exemplo, estava em condições de influir positivamente na política externa portuguesa — como o provavam as visitas que ele recebera do rei de Inglaterra, Eduardo VII, de Afonso XIII de Espanha ou, nesse mesmo ano, do *Kaiser* Guilherme II e do presidente francês. Mas qualquer iniciativa diplomática do rei esbarrava invariavelmente na inveja e na desconfiança do governo e na maledicência da imprensa. E o mesmo se passava em relação às colónias, cuja existência o país descobrira apenas com o *ultimatum*, do qual, aliás, fora feito réu o próprio d. Carlos — suspeito de não comungar do mesmo sentimento patriótico que subitamente assaltara todos os corações dos portugueses, quando "a pérfida Inglaterra" não aceitou ceder uns tantos milhares de milhas quadradas africanas, para que o território de Angola se pudesse unir ao de Moçambique, com isso estendendo de costa a costa o império africano que nenhum português conhecia ou habitava e onde jamais a autoridade de Lisboa tinha chegado ou poderia chegar nas décadas mais próximas. Ao invés desse patriotismo de café, Luís Bernardo pressentira na sua conversa de Vila Viçosa com d. Carlos, que o rei pensava o mesmo que ele sobre esse assunto: que de nada servia apregoar um império que não se ocupava, que não se administrava, que não se civilizava. Todos os anos a receita pública perdia três mil contos de réis com a economia das colónias e todavia o país político suspirava ainda pelo

"Mapa Cor-de-Rosa". Os fazendeiros de África tinham exigido e obtido a aplicação de taxas alfandegárias à importação de produtos estrangeiros que concorressem com as suas produções de África: o povo tinha saído a perder, porque comprava mais caro o que poderia comprar mais barato, se a concorrência não fosse viciada; o Estado saíra a perder, porque cobrava de um lado menos do que isentava do outro; e só eles, os fazendeiros de África, tinham saído a ganhar. Henrique Mendonça, grande roceiro de S. Tomé, inaugurara recentemente o seu sumptuoso palácio sobre a mais alta colina de Lisboa, onde dava festas cujo luxo a cidade inteira comentava. Visivelmente, ele estava rico com o negócio colonial, mas o país arruinava-se com as colónias, ano após ano: que política ultramarina era aquela? Em Moçambique, e através de Mouzinho, d. Carlos tentara impor o predomínio do Estado e do interesse público. Mas, durante ano e meio, entre campanhas e feitos de armas, Mouzinho debatera-se com os interesses privados das grandes companhias que, de Lisboa e por mão do governo, tudo ensaiavam para minar a sua acção e sabotar os seus esforços. E, à revelia de d. Carlos mas com o seu silêncio e a sua condescendência, Mouzinho acabara por renunciar.

Tudo isso Luís Bernardo escrevera nos dois artigos, que tanto brado tinham dado, e mais tarde desenvolvera, com números em apoio, no seu opúsculo sobre a economia das colónias. Ele, que vivia das colónias — embora não como produtor, mas apenas como transportador — não tinha dúvidas de que Portugal malbaratava as possibilidades que o seu tão cobiçado império africano possibilitava. Moçambique e S. Tomé, embora em escalas muito distintas, eram territórios de imensa riqueza agrícola. Angola, como aos poucos se ia descobrindo, juntava à agricultura uma infinita riqueza jazente de minérios e matérias-primas. Mas tudo estava por fazer, por explorar, por organizar. Só Angola começava agora a ser timidamente povoada, mas os que para lá iam, fugidos da miséria dos campos do Minho ou de Trás-os-Montes, pareciam não ter outro sonho nem outro objectivo, que não o de cumprirem a antiquíssima vocação dos portugueses, que era a de vender mercearias a todos os povos do mundo para onde, a mando da religião ou da espada, os navios de ocasião os traziam.

Afastou o jornal, com um profundo suspiro. Definitivamente, e como dissera o João, faltava ali qualquer coisa de grandioso: no país e na sua vida. A ele, a política como modo de vida nunca o atraíra. Costumava dizer que, na vida, ou se faz alguma coisa de verdadeiramente importante ou é melhor não fazer nada. Viver ao sabor da corrente, como ele fazia, saboreando as coisas boas e agradáveis e evitando com destreza os alçapões, as prisões, os compromissos. Odiava a fé e os fanatismos, na religião como na política, na vida social como no trabalho. Nada lhe parecera ainda verdadeiramente importante para o incomodar seriamente, para trocar o conforto dos seus dias pelo desconforto de uma ambição. Muitos intelectuais do seu tempo pensavam como ele mas pareciam sofrer esse vazio de causas e de ambições como um mal: ele via-o como um privilégio.

Mas agora havia aquela história de S. Tomé. Por delicadeza, não dissera logo ao rei que se tinha equivocado na escolha, que manifestamente ele não era o homem para aquela missão. Mas, por delicadeza, não tencionava desperdiçar a vida, como escrevera Rimbaud. Condescendera em fingir que ia pensar no convite do rei, mas a verdade é que saíra de Vila Viçosa com a firme intenção de gastar aqueles dias apenas a pensar qual seria a melhor fórmula para se descartar de uma obrigação que, aliás e deveras, não sentia. Era isso que tinha começado a fazer desde essa manhã, confirmando a sua convicção que S. Tomé era um desterro, em termos de vida, e uma impossibilidade em termos de missão. Recolhidas as informações necessárias, sustentada a sua recusa, escreveria a Sua Majestade declinando o convite e acrescentando que, todavia, estaria ao dispor de el-rei para outros encargos do serviço do país para os quais porventura Sua Majestade o julgasse adequado. E, depois, a vida retomaria o seu curso normal.

Pela décima vez, Matilde olhou para o relógio: eram dez e cinco e, para lá da porta do quarto, nem um som se ouvia no terceiro andar do corredor do hotel Bragança.

"Será possível que ele não venha?" — a simples pergunta, a dúvida, provocava-lhe um arrepio de horror e de humilhação. E, todavia, ela própria não saberia dizer se preferia que Luís Bernardo aparecesse ou não. Se ele não viesse, ela poderia sair dali incólume, toda a sua vida a salvo, com a tranquilidade de um futuro conhecido pela frente. Tinha os filhos, tinha o marido, tinha a sua vida ligeira e agradável na quinta de Vila Franca, as coisas postas em ordem, os rituais de todos os dias, sem angústias, sem segredos inconfessáveis, sem medo, sem terror, sem aquele sufoco que agora lhe devorava o peito. Se ele não viesse, tudo não teria passado de um devaneio de uma noite de verão, de um breve momento em que perdera a lucidez num beijo roubado na escada de um hotel. Mas nada mais: não haveria este quarto de hotel, esta traição planeada, este encontro de sombras, trancada como se se escondesse de si própria e do mundo que escutava para além da janela. Não teria de sofrer esse pesadelo que já adivinhava, de ter uma cara para o dia e outra para a noite, uma cara para os outros, todos os outros, e outra para o fundo de si mesma. De manhã, sairia dali a sorrir para o dia, intacta, fiel, igual a si mesma. Ao mais fundo de si mesma.

Mas se ele não viesse... Se ele não viesse, ela ficaria ali deitada a noite toda, como se tivesse sido violada e depois abandonada, uma peça de roupa usada e deitada fora, um acontecimento fortuito, um equívoco, um mal-entendido. Sentir-se-ia traidora atraiçoada, repudiada pelo próprio objecto da sua traição. Na manhã seguinte, ele deixaria provavelmente um bilhete na recepção do hotel — a desculpar-se com qualquer acontecimento imprevisto de última hora ou, pior ainda, a dizer que tinha chegado à conclusão de que o melhor para ambos era ficar por ali. Sim, ela sairia para a rua de cabeça levantada: afinal, nada se teria passado. E, todavia, como tudo se teria passado! Ela ter-se-ia exposto e ele teria fugido, ela ter-se-ia entregue e ele tê-la-ia recusado. À noite, em casa, olharia para o seu marido com um sentimento de profunda vergonha e humilhação: "Nem sequer posso dizer para mim que te atraiçoei. Foi pior do que isso: estava preparada para te atraiçoar e fui rejeitada. Enganei-te, na mesma, sendo enganada". E enfrentaria a sua delicadeza de sempre, os seus gestos de civilizada paixão, o seu ritual de cavalheiro na cama, com uma indescritível sensação de sujidade interior.

Dez e vinte. Ouviu passos no corredor, dedos que batiam numa porta, mas não era a sua. Ouviu vozes que falavam e gargalhadas de gente que não se escondia, que se esperava e se encontrava, sem medo, sem códigos de salteadores. Só havia uma saída, agora: fugir dali imediatamente, ir buscar a Marta no quarto ao lado, fazerem rapidamente as malas, pagar na recepção e fugir. Mas fugir para onde, àquela hora? "Calma, Matilde, calma. Pensa com calma!" Sentou-se na cama, viu-se, sem querer, ao espelho do toucador: estava linda, desejável, uma flor pronta a ser colhida; nenhum homem em seu perfeito juízo desprezaria uma mulher assim, que assim se entregava. E, de súbito, fez-se luz no seu espírito: sairia no dia seguinte, recolhendo a carta dele na recepção, mas sem a abrir. Juntá-

-la-ia a uma carta que ela própria lhe escreveria e que lhe faria chegar pelo João. Aí diria que se tinha arrependido de tudo aquilo e que tinha decidido deixar o hotel à pressa, antes da hora marcada para o encontro. Ao fim da manhã, tinha mandado buscar a sua bagagem ao hotel, e recebera a carta de Luís Bernardo, que ela devolvia sem ler, embora imaginasse que fosse uma carta onde ele se mostrava desorientado por ter comparecido a um encontro onde ela, afinal, não estava. Assim, ela virava as coisas do avesso e, se alguma vez voltasse a encontrar Luís Bernardo, não teria de se sentir envergonhada perante ele. Não resolvia tudo, mas resolvia alguma coisa de substancial. E — ocorreu-lhe então de repente — se ele viesse ainda? Se ele viesse, ela faria de maneira a que tudo se passasse como um simples encontro de amigos, de alguém que tem apenas curiosidade em conhecer melhor o outro, mas que as circunstâncias obrigam a usar de cautelas e embustes fora do comum. Aproveitaria para lhe explicar, sem que isso parecesse uma coisa complicada, que o beijo da Ericeira nada mais significara que um momento de espanto, tão imprevisto que nem tivera tempo de reagir. Depois, até poderia acrescentar, em tom banal: "Não vou dizer que foi mau, mas fica por aí".

Desta vez ouviu distintamente os passos, que chegaram aos últimos degraus da escada e começaram a caminhar pelo corredor fora, abafados mas rápidos, como de alguém que pretende chegar ao seu destino sem ser surpreendido. O coração começou a disparar-lhe antes mesmo de ouvir os passos pararem diante da porta do seu quarto e de haver uma breve pausa antes de escutar dois suaves batimentos na madeira. Continuou sentada na cama, petrificada, a olhar para a porta, como se estivesse no interior de um sonho ou de um pesadelo. Nova pancada soou pouco depois na porta e ela deu-se conta de que tinha de a abrir, antes que outra qualquer porta se abrisse no corredor. Correu o fecho de segurança, rodou a maçaneta e deu dois passos atrás, enquanto abria a porta e via, sem verdadeiramente ver, Luís Bernardo, que entrava, sem dizer nada. Fechou-a logo, correu instintivamente o fecho de segurança e encostou-se à porta, demorando um longo instante antes de olhar para ele. Achou-o lindo, vadio, inacessível. Vestia um fato todo preto, com camisa branca de colarinhos altos e uma gravata verde-damasco, com um nó discreto e um pequeno alfinete de madrepérola entre o colarinho e o colete. Tinha o cabelo preto desalinhado e ligeiramente comprido, próprio dos homens que têm o hábito de se pentearem com os dedos, um bigode fino prolongando-lhe o tamanho da boca e uns olhos castanhos, líquidos, que sorriam com ar de conquistador, mas um conquistador com qualquer coisa de infantil, de garoto de rua a quem tinham dado um presente. Contra tudo o que tinha planeado friamente, não conseguiu evitar um sorriso ao olhar para ele. Mas era um sorriso, não para ele, mas para si própria: "De todos os homens do mundo, Matilde, este é seguramente o último em quem uma mulher poderá confiar".

Ele estendeu-lhe as mãos e ela deu-lhe as suas, naturalmente. Ele sorriu e ela sorriu também, outra vez o mesmo sorriso, que ele não conseguiu decifrar ao certo. Ainda em silêncio, ficaram a olhar um para o outro, de mãos dadas, sem saberem como se quebrava aquele momento. Depois, ele puxou-a para si, mas ela evitou-lhe a boca e a cara e encostou-se apenas ao seu ombro suavemente. Ele insistiu, mas ela não descolou a cara do ombro dele.

— Matilde...

— Não diga nada, Luís. Não diga nada, agora.

— Mas eu tenho uma coisa para lhe dizer, Matilde.

— Também eu tenho. Todos temos coisas para dizer, mas agora queria só ficar assim um bocado.

Matilde sentiu-o a ficar desconfortável naquela posição: nenhum homem se sente confortável durante muito tempo em pé e com uma mulher nos braços. Apertou-a contra si e ela pôde sentir como os seus corpos se ajustavam bem um ao outro. Percebeu que ele devia estar a sentir o mesmo, que o peito dela se tinha encostado completamente ao dele, que estava à beira de se deixar ir. Fechou os olhos quando ele lhe puxou a cabeça para trás e às escuras deixou-o mergulhar na sua boca e ficar lá dentro, enquanto os braços lhe pendiam ao longo do corpo e a mão que a enlaçava pela cintura a esmagava contra o corpo dele.

Luís Bernardo recuou com ela até à borda da cama, sem nunca lhe largar a cintura nem a boca. Sentou-a na cama e ajoelhou-se a seus pés, só então interrompendo aquele beijo interminável. Colocou-lhe as mãos abertas sobre o peito dela, sem brusquidão nem pudor, como um menino que desfruta o seu brinquedo. Com uma mão desfez-lhe o laço da blusa e começou lentamente a abrir-lhe os botões. Matilde ainda não tinha aberto os olhos, não queria ver agora o seu peito de fora da camisa, as mãos dele que o exploravam impudicamente e depois o calor húmido da sua língua a lamber-lhe os bicos do peito. Estava nua, exposta, entregue. Não resistiu mais, pôs-lhe a mão na nuca, sentindo o cabelo fino entre os dedos, e puxou-o mais contra o peito.

— Oh, meu Deus!

— Matilde — ele levantara a cabeça, agora —, tenho de lhe dizer uma coisa e tenho de lhe dizer já: é possível que eu tenha de partir daqui.

— Agora? — ela abrira finalmente os olhos e tentava perceber o que ele queria dizer.

— Não, agora não. É possível que tenha de partir de Portugal dentro de dois meses e por uns três anos.

— Mas, para onde, Luís? E porquê?

— Não lhe posso dizer tudo, Matilde, estou obrigado por um dever de confidencialidade. Só lhe posso dizer que é para

S. Tomé e Príncipe e numa missão do Estado. Não posso dizer mais nada, mas prometi a mim e ao João que lhe diria isto antes que alguma coisa de irremediável acontecesse entre nós.

— Alguma coisa de irremediável? Mas o que tem remédio, a partir de agora?

Ele ficou calado, a olhar para ela. Não sabia o que dizer. Não tinha planeado que as coisas se passassem assim.

— Irremediável, Luís? — agarrou-o pela cara, com ambas as mãos, como se quisesse forçá-lo a olhá-la de frente. — Irremediável? Estou aqui, escondida num quarto de hotel como um salteador, seminua, completamente abandonada nos seus braços, apaixonada como só assim poderia estar aqui, e você acha que isto tem remédio? Como? Interrompemos esta cena até você saber se se vai embora de Portugal e, caso não vá, recomeçamos então no mesmo ponto em que a deixámos?

— Oh, não, meu amor! Só queria dizer-lhe que faço o que você quiser, só o que quiser.

— Então, faça, Luís. Faça tudo o que eu quero, tudo o que nós dois queremos. A partir daqui, para mim pelo menos, já tudo é irremediável.

Luís Bernardo era o segundo homem da sua vida. Estava casada há oito anos, nunca conhecera outro homem e nunca pensara vir a conhecer. Luís Bernardo era o segundo homem que a beijava, que a despia, que lhe percorria o corpo todo com as mãos e com a boca, o segundo homem que ela via nu, cujo corpo tocava, primeiro envergonhadamente, depois possessivamente, como se quisesse decorá-lo para sempre. Deitada de costas na cama, deu consigo estupidamente concentrada nas flores do papel de parede do quarto, na cor das portadas da janela, no desenho do toucador onde os objectos de *toilette* familiares lhe lembraram de repente que era ela que estava ali, apesar de lhe parecer impossível que fosse ela que se entregava nua, que gemia de prazer para dentro, que abria sem querer as pernas para que um homem que não era o seu entrasse dentro de si. Sentiu-se perdida de si mesma, à deriva, caindo dentro de um poço sem fundo, ela era o poço e aquele homem tocou no fundo, tudo era húmido, tudo era líquido e tudo acabava nos seus olhos rasos de lágrimas e na dor funda com que lhe cravou as unhas nas costas, com que o agarrou pelos cabelos e gritou baixinho, como se ele pudesse salvá-la:

— Luís Bernardo! Luís Bernardo!

IV

O ruído monótono dos motores do *Zaire* mantinha-o numa espécie de torpor semiconsciente, que a igual monotonia da paisagem que via desfilar da sua cadeira de lona no *deck* traseiro mais acentuava. Os dias de bom tempo que apanhara ao longo da viagem, desde Lisboa, passara-os todos ali, à ré do navio, vendo a espuma que se formava debaixo da hélice e que parecia dirigir-se em direcção a Lisboa, a casa, enquanto ele, prisioneiro do destino para que aquele navio o transportava, seguia em direcção oposta, afastando-se inexoravelmente, milha após milha.

Para não ceder à tristeza, entregara-se à leitura da extensa pasta de livros e documentos sobre S. Tomé e Príncipe que recebera do Ministério do Ultramar e nisso gastava todas as infindáveis horas de ócio entre as refeições — únicos momentos em que a mesa do comandante, numa sala de jantar com umas vinte pessoas, entre oficiais do navio e passageiros, era tudo o que restava do mundo conhecido que deixara para trás. No ministério, o ministro fizera questão de lhe entregar pessoalmente a pasta preparada para si, acompanhada dos doutos conselhos de Sua Excelência e da recapitulação do que era "a política ultramarina do governo" — uma espécie de nebulosa, com algumas ideias lógicas e rigorosamente inúteis e outras visionárias, absolutamente impraticáveis. Ele sabia-o e o ministro também. O rei, ao menos, pretendia ver longe; o ministro, porém, contentava-se com uma nota nos jornais do dia seguinte onde se diria que tinha recebido o novo governador nomeado para S. Tomé e Príncipe, "a quem transmitira as mais firmes orientações da política prosseguida e a prosseguir pelo governo nos territórios do Ultramar, e de que S. Tomé e Príncipe, pelo indiscutível desenvolvimento em todos os aspectos verificado nos últimos anos, é a demonstração cabal da justeza da orientação superiormente traçada". Sua Excelência estava certa de que ele se iria dar muito bem em S. Tomé e não duvidava do empenho e do êxito com que levaria a cabo a sua missão. Sua Excelência desejara-lhe boa sorte, acompanhara-o ao alto da escada do ministério e ele vira-se a si próprio a descer a escada como se não fosse ele que ali estava e sentindo-se, como dizer, quase escorraçado de Lisboa e da sua própria vida. "Apanhado numa cilada: fui apanhado numa real cilada!"

Pelo menos agora aquela interminável viagem chegava ao fim: no dia seguinte, ao fim da manhã, estariam ancorados ao largo da cidade de S. Tomé. Desde que dois dias antes tinham saído de Benguela, ele notava que o ar se ia tornando aos poucos mais pesado, que a brisa fresca do Atlântico fora substituída por uma camada de humidade que se depositava à tona de água, à medida que se aproximavam da linha do Equador e o navio avançava através de uma neblina, para lá da qual estava um mundo desconhecido à sua espera. Pensou como aquilo deveria ter aterrorizado os marinheiros portugueses de quinhentos, quando deixavam de ver a costa de África e navegavam, em pleno oceano vazio, rumo ao território de trevas do Adamastor.

Saíra de Lisboa ao romper do dia de uma manhã de março, depois de ter feito embarcar de véspera a sua bagagem: uma mala cheia de remédios que lhe preparara o seu amigo de tertúlia, dr. Filipe Martins, duas malas carregadas de livros, à razão de um por semana e para cento e cinquenta semanas, um gramofone e alguns dos seus discos preferidos — Beethoven, Mozart, Verdi, Puccini —, um baú de roupa para os trópicos, o seu serviço de loiça e faqueiro de prata pessoal, duas dúzias de caixas de vinho e uma de *cognac*, oito caixas de charutos compradas na Havaneza, ao Chiado, papel de carta, canetas e tinta para três anos, as suas bengalas preferidas e a sua escrivaninha de casa com a respectiva cadeira, que era, afinal, a única coisa que lhe lembraria, daí em diante, tudo o que deixara para trás.

A decisão de partir não fora tomada de repente, sob um impulso. Tinha-a tomado aos poucos, insensivelmente, como se no fundo, desde o princípio, desde aquela tarde em Vila Viçosa, o destino lhe tivesse escapado das mãos e já não fosse a sua vontade que o comandava. Mais tarde, sentira que, de facto, fora vítima de uma cilada, em que todos pareciam conjurados para o empurrar para ali, onde estava: tinham sido as palavras do rei, secundadas pelas do conde de Arnoso; os argumentos do João, fazendo-o sentir-se envergonhado se dissesse que não ao rei; a proposta de compra da Insular, tão extraordinariamente caída do céu, justamente naquela altura. Fora-se sentindo cercado, empurrado, cada vez mais fechado dentro de um círculo de circunstâncias, de onde já não havia fuga, pelo menos honrosa. Tinha sido desafiado o seu espírito de aventura e de descoberta, o seu sentimento de dever patriótico e de serviço de uma causa nobre, a sua coerência de ideias e de carácter e, acima de tudo e como dissera o João, a necessidade de marcar, pela grandeza de um gesto, inesperado e altruísta, a legitimação de uma vida até então apenas confortável e ociosa. Fora assim que tinha sido cercado.

Mas Matilde acabara por pesar também muito nessa decisão, ou nessa não-decisão, e isso era a parte menos nobre das coisas. Perante a sua própria consciência, Luís Bernardo reconhecia friamente que S. Tomé lhe dava a possibilidade de fugir dignamente de Matilde. Sim, porque ele tinha querido fugir dela e não tinha outra forma de o fazer decentemente sem ser aquela. Como todos os sedutores por ocupação, o que o atraía era o jogo de aproximação, a irresistível tentação do objecto impossível, aquele roçar de todos os perigos, aquele arrepio do escândalo e do desejo conjugados, o triunfo final da sedução, os despojos da conquista a seus pés — as roupas espalhadas pelo chão, uma mulher nua, casada, de outro homem, entregue nos seus braços, gemendo de prazer e de terror na descoberta dos limites inexplorados da sua própria sexualidade. Mas depois disso, depois de deixar naquela noite o quarto de Matilde e o hotel na manhã seguinte, restara-lhe, como sempre, apenas um orgulho de caçador satisfeito e um desejo imperioso de se afastar para longe, tal qual um salteador que se quer afastar rapidamente da casa assaltada, para não ser desmascarado e denunciado. Na noite seguinte ele voltara ainda ao hotel Bragança, para encontrar-se outra vez com Matilde. Tinham usado das mesmas cautelas, do mesmo estratagema, tinham-se abraçado com a mesma paixão da véspera, Matilde tinha-se-lhe entregue ainda mais intensa e livremente, despida de parte dos seus terrores iniciais, e ele tinha-a amado e demorado nela horas a fio, sabiamente, sem pressa, desfrutando por inteiro daquela noite. Mas, no seu íntimo, Luís Bernardo pressentia já que aquela era, provavelmente, a última noite. Enquanto a acariciava, enquanto a beijava, enquanto a despia, enquanto a possuía, ia-se despedindo dela, secreta mas lucidamente. A si próprio não se enganava e, a ela, tinha-lhe deixado a escolha desde a véspera, fazendo-lhe saber que aquilo poderia ser uma breve aventura de cama, sem futuro nem outras consequências. Por isso mesmo, demorara todo o tempo do mundo ao seu lado, até o dia começar a romper e ouvirem lá fora as primeiras vozes dos vendedores ambulantes, apregoando leite fresco, hortaliças ou jornais, ou ouvindo o barulho dos primeiros "eléctricos" que transportavam os madrugadores para mais um dia de trabalho. Tinham até conversado longamente, ela falara-lhe dos filhos e de como era a sua vida em Vila Franca, falara do marido e do respeito e amizade que lhe tinha, e ele escutara em silêncio, deitado de lado para ela e percorrendo-lhe todo o corpo nu com a mão direita, como se a esculpisse, como se quisesse fixá-la para sempre nos seus sentidos e na sua memória. "Hei-de lembrar-me muitas vezes desta noite quando estiver em S. Tomé", pensou para consigo, desejando que a noite se prolongasse pelo dia fora e ele esgotasse de exaustão a sua paixão.

Mas não a esgotou: esvaziou-a, deu-lhe um golpe certeiro de razão e discernimento. Aquilo não podia passar dali, por todas as razões: quantas mais vezes conseguiriam voltar a encontrar-se assim, a sós? E quantas mais vezes seriam necessárias para que eles fossem descobertos e o escândalo rebentasse? E depois, admitindo que tudo se pudesse desenrolar de seguida anormalmente bem, o marido expulsá-la-ia e, no mínimo, exigir-se-ia que ele, Luís Bernardo, a recolhesse, a ela e aos filhos. Era isso que ele queria, era esse o futuro que desejava, viver para sempre com uma mulher repudiada em família e em sociedade, como um casal que ninguém recebia e ninguém frequentava, arrostando o ódio dos filhos do outro em sua própria casa, os mexericos da rua, dos vizinhos, do clube — se é que o clube não o convidaria delicadamente a demitir-se de membro? Mas também não podia abandoná-la sem mais, invocar a razão depois de ter apelado para a sua sem-razão, pretender protegê-la do escândalo e das consequências depois de ter argumentado com a paixão contra as conveniências. Seria como usá-la e deitá-la fora. Matilde não merecia isso, o João jamais lhe perdoaria, jamais deixaria de o desprezar. Ele mesmo, apesar de saber que era o melhor e o mais sensato que tinha a fazer, sentir-se-ia tão sujo por dentro que nem a recordação daquelas duas noites de amor intenso conseguiria lavar as feridas da sujidade.

Só lhe restava fugir. Mas fugir com dignidade, melhor ainda, com uma aura de romantismo, de sacrifício, de heroísmo. S. Tomé era um pretexto que caía dos céus: de repente, tudo se transformava a seu favor, a favor da imagem e da recordação que ela guardaria para sempre dele. Partia, maldito destino, contra a sua vontade, arrancado aos braços da sua amada, ao serviço do país e do rei, para que o mundo não pudesse dizer que em Portugal ainda se praticava a escravatura ou para ser ele o homem que iria pôr termo a essa indignidade, se porventura a calúnia fosse verdade. Era como o soldado que partia para a guerra e aquelas tinham sido as suas últimas noites de amor. João observara bem, quando dissera que ele tinha jeito para escrever cartas para ocasiões daquelas. O próprio João se encarregou de levar a Matilde a carta de despedida de Luís Bernardo:

Matilde,

Aquilo de que lhe tinha falado consumou-se e eu partirei em breve para muito longe de si e de tudo aquilo que amo. Posso agora desvendar do que se trata, visto que a partir de amanhã será notícia pública nos jornais: fui nomeado por Sua Majestade o rei para governador de S. Tomé e Príncipe, com a missão de pôr fim aos resquícios de escravatura que por lá possam ainda existir e, doa a quem doer, convencer a Inglaterra, a sua opinião pública e o mundo, de que Portugal é uma nação civilizada, onde práticas como essa não têm e não podem ter lugar. A natureza da missão, a sua premência e importância a vários títulos para o país, a forma como el-rei apelou ao meu sentido de dever e a própria coerência que me sinto obrigado a manter para com ideias e posições que de há muito venho expondo publicamente, não me deixaram qualquer margem para o que seria uma desonrosa recusa.

Em nome disto, dispus-me a aceitar a liquidação sumária e expedita de tudo aquilo que, até aqui, constituiu a minha vida. Abandono casa, família e amigos; abandono comodidades e confortos, hábitos sociais e de cultura, sem os quais não suponho sequer o que possa ser o dia-a-dia. Abandono o meu próprio trabalho, o meu negócio, e vendo à pressa a minha empresa, para me ir enfiar numa ilha, no meio do mar e no fim do mundo, para onde os condenados preferiam morrer a embarcar e para onde, ao que sustentam os ingleses, os próprios negros só embarcam à força. Mas de tudo isso não me queixo, visto que há alturas em que é o destino que se impõe à nossa vontade e que razões mais altas do que as pessoais devem passar à frente de tudo o resto: servir o meu país o melhor que posso e sei, numa hora de necessidade, e ser digno de quem me achou digno desta tarefa é, sem dúvida, uma dessas ocasiões em que não há escolha nem liberdade própria.

Do que me queixo é deste desespero de finalmente a ter encontrado e logo a perder. De ter sido seu, como homem algum jamais foi ou será, e logo partir. De ter tido de si uma visão de um poço sem fundo de amor e de sentimentos — que eu sempre suspeitei que poderia existir, mas de que nunca vira a entrada — e logo nada mais ter de si do que a memória de duas noites tão breves e intensas como longos e vazios serão os dias sem si que agora me esperam. Não leve a mal se lhe digo que teria sido melhor não a ter conhecido, afinal. Teria sido melhor nunca me ter perdido no seu olhar, nos seus gestos, na sua voz, na sua inteligência, no seu corpo. Teria sido melhor não levar daqui este peso da alma que segue junto com as bagagens, este peso da memória que dias inteiros e noites a fio me há-de perseguir lá, no Equador. Teria sido melhor que nunca nada tivesse acontecido que faz com que até ao fim dos meus dias viva a pensar como teria sido uma vida inteira vivida ao seu lado.

Peço-lhe que decore e rasgue esta carta, juntamente com as outras que lhe escrevi. Peço-lhe sinceramente. Para que siga a sua vida, para que seja feliz junto dos que ama e que a amam e que não perca a juventude e o sorriso e o olhar a lutar contra o inelutável. Estava escrito assim e não há nada que nós pudéssemos ter feito diferente. E peço-lhe também que, quando isso lhe ocorrer, reze por mim — para me livrar dos perigos e das febres e dessas coisas mais evidentes — mas para me livrar também deste mal absoluto de viver sem si para sempre e deste terror de nunca mais ser feliz.

Matilde, prometo que não saberá por mim o que foram os dias, os meses, os anos deste exílio que me espera. Não saberá o que sofri sem si, o que chorei, o que desesperei. Por respeito por si, manterei esta intransponível distância que se interpôs entre nós. Não vale a pena enganarmo-nos, não vale a pena enganá-la: não há regresso de S. Tomé. Reze por mim e, por tudo o que porventura me ama, seja feliz.

Até sempre,

Luís

Depois disso, tudo se tinha passado muito rapidamente e os dias correram tão intensamente ocupados quanto os pode ter alguém que, em dois meses, tem de arrumar toda a sua vida, despedir-se de toda a gente e realizar todos os preparativos para a nova vida que o espera. Pediu para ser recebido pelo conde de Arnoso, a quem comunicou a sua aceitação do convite do rei. Dois dias depois, a sua nomeação saiu em todos os jornais, acompanhada de uma curta biografia e, em alguns casos, como o do *Jornal das Colónias*, de um comentário à sua nomeação, nem bom nem mau: dizia-se que lhe faltava experiência no terreno mas que eram conhecidas as suas ideias sobre a administração ultramarina, as quais, se aplicadas localmente com a necessária prudência e ponderação, poderiam revelar-se úteis ao bem-estar da colónia e aos interesses de Portugal. Foi recebido por vários ministros, o do Ultramar, o dos Estrangeiros e o da Guerra, visto que a província de S. Tomé e Príncipe incluía também na sua jurisdição o forte de S. João Baptista de Ajudá, no Dahomey. Perdeu horas sem fim em almoços, jantares e sessões de trabalho com fazendeiros de S. Tomé e seus antigos administradores de roças. Com médicos, juízes e padres que tinham vivido em S. Tomé e com os seus dois antecessores no cargo: no fim, já não conseguia digerir tanta informação, tantas opiniões, tantos conselhos, já estava cansado antes mesmo de ter partido. O resto daqueles dois meses foi consumido na arrumação da sua vida particular e no intrincado processo burocrático da venda da Insular, com todo o seu activo. Fizera um excelente negócio, mas, na hora de entregar o seu gabinete e a sua empresa, onde gastara a maior parte dos dias nos últimos quinze anos, o coração apertou-se-lhe de angústia e nostalgia: gratificou os que tinham sido os seus colaboradores mais próximos ou mais leais e fez questão de se despedir de todos os trabalhadores, um por um. O que seria a sua vida no dia em que voltasse era uma incógnita, apenas sabia que, por ora, estava rico e, depois, estaria rico e livre. No interregno, a sua vida, tal como a conhecia, ficava suspensa. Mas, uma vez que partia, sempre era melhor fazê-lo fechando as portas atrás de si.

O mais penoso de tudo foi, porém, despedir-se dos amigos. Arrastou-se em noitadas sucessivas, ora em festas particulares, ora em jantares que entravam pela madrugada, ora nas récitas do S. Carlos, cuja temporada estava no apogeu. Por duas vezes, também, a noite acabou no bordel da d. Maria dos Prazeres, cujas instalações e meninas eram as mais frequentadas pelos cavalheiros da sua posição. Uma inconfidência dos amigos, aliás deliberada, fez com que a d. Maria dos Prazeres passasse a tratá-lo cerimoniosamente por "o senhor governador". E ele não soube se haveria de rir, de se envergonhar ou de se angustiar com o tratamento:

— O senhor governador deseja escolher a menina ou aceita uma sugestão minha, de entre as novidades da casa?

O senhor governador não sabia se preferia consumir as novidades todas, uma por uma e como se se despedisse das mulheres para sempre, ou se preferia ficar à conversa com a d. Maria dos Prazeres, abandonando-se àquela melancolia que a estimável senhora haveria de comentar com os amigos dele: "O senhor governador anda muito tristonho! Isto é rabo de saias: quando um homem rejeita meninas destas é porque anda doente do coração".

O último fim-de-semana em Portugal fez questão de o ir passar ao Bussaco, um dos seus locais preferidos. "Quero levar o Bussaco nos olhos e na alma!" — declarou, em tom tão trágico, que o João Forjaz, o Filipe Martins e o Mateus Resende, os seus amigos mais próximos, se apressaram a dizer que iam também. Tinham planeado uma escapadela a Coimbra, para "uma farra das antigas", mas ninguém o arrancou da varanda do hotel, onde passou duas manhãs e uma tarde a olhar obsessivamente para a mata, perdido em considerações filosóficas do género "junte-se-lhe uma mulher e um bom livro e tudo o que um homem precisa para ser feliz está aqui!". Em contrapartida e confirmando a sua tese, atirou-se ao menu do hotel com o apetite de um condenado, devorando tudo o que constava da lista e insistindo em terminar sempre com o leitão assado. Para grande deleite dos amigos, invocou a sua nova condição de rico sem destino que dar ao dinheiro e ofereceu as bebidas durante todo o fim-de-semana, indiferente aos preços que os melhores vinhos das célebres caves do Bussaco ostentavam. Comeu, bebeu e fumou como se disso dependesse a salvação da sua alma e acabou arrastado para o comboio em condições impróprias para um governador de nomeação régia.

Tudo chegou ao fim numa manhã soalheira de março, que fazia adivinhar já a primavera e a sua luz incomparável envolvendo a cidade. Lisboa estava linda, nessa manhã em que ele embarcou no *Zaire* e se despediu dos que tinham feito questão de o acompanhar naquela hora de aflição: meia dúzia dos seus amigos de sempre, as suas duas empregadas de casa, a quem a mesma ficaria confiada na sua ausência, e o director-geral do Ministério do Ultramar (o ministro ficara retido a preparar um debate nas cortes, marcado para essa tarde). O rei fizera-lhe chegar, em pleno cais de embarque, uma mensagem por portador, um curto bilhete a agradecer-lhe o seu "gesto patriótico" e a desejar-lhe as maiores felicidades no cumprimento da missão que lhe confiara. E era tudo: a pátria, o seu mundo, toda a sua vida, foram ficando lentamente para trás, enquanto o *Zaire* se afastava do cais, na doca da Fundição, manobrando para evitar as areias do Bugio, e Lisboa se ia reduzindo a um ponto cada vez mais insignificante no horizonte. Debruçado na amurada, olhando sem verdadeiramente ver, ele acariciou a madeira das guardas de protecção, como se acareasse todo o seu passado que ia fugindo no horizonte. Uma brisa fria do mar de largo provocou-lhe um súbito arrepio e recolheu-se ao camarote, onde o esperava uma bateria completa dos jornais da manhã. Os jornais de Lisboa, com notícias de um mundo a que deixara de pertencer.

V

Depois das escalas no Mindelo, que ele já conhecia, e no Sal, no arquipélago de Cabo Verde, Luanda apareceu-lhe no horizonte como uma verdadeira metrópole. Havia uma dezena de vapores de grande porte fundeados na baía ou acostados no cais e uma actividade frenética no porto, que parecia tomado por uma urgência de cargas e descargas, de negócios, encontros e despedidas. Era difícil imaginar que no interior do território o exército colonial ainda se empenhava penosamente a combater tribos que lutavam com arcos e lanças, numa vastidão cujos limites os portugueses só tinham começado a realizar verdadeiramente uma vintena de anos antes, quando a Conferência Colonial de Berlim estabelecera o princípio de que a posse efectiva dos territórios prevalecia sobre o direito de descoberta. Angola era dez vezes maior do que Portugal, cem vezes maior do que S. Tomé e Príncipe: a sua colonização efectiva, assim como a de Moçambique, parecia tarefa manifestamente para além das possibilidades físicas, humanas e financeiras de um país tão pequeno como Portugal. Durante anos, a Inglaterra e a Alemanha tinham-se secretamente conluiado para cada uma delas deitar a mão ao seu bocado do império colonial português: o pretexto era a desesperada situação financeira do país, a que eles se propunham acorrer com empréstimos que tinham como hipoteca as duas colónias. Com as opiniões divididas, D. Carlos conseguira impor a sua vontade, rejeitando as ofertas envenenadas e, em vez disso e aproveitando o desencadear da guerra anglo-boer e a necessidade que a Inglaterra tinha de utilizar o porto da Beira, em Moçambique, para desembarcar homens e armas, negociou com Londres o Tratado de Windsor. De um dia para o outro, a Inglaterra, que humilhara as veleidades portuguesas do "Mapa Cor-de-Rosa" e que conspirara com a Alemanha a liquidação sumária do império de Lisboa, reconhecia agora Portugal como o seu "mais antigo aliado" e comprometia-se solenemente a utilizar a Royal Navy, se necessário, para ajudar Portugal a defender as suas possessões ultramarinas.

Mas os ingleses estavam em Angola e em força. Livingstone passara por Luanda a caminho de Londres, depois de uma das suas viagens em demanda da nascente do Nilo. Na Royal Geographic Society, que financiara as suas viagens, tivera o cuidado de omitir o seu encontro nas profundezas de Angola com o explorador português Serpa Pinto, pretendendo, pelo contrário, que não encontrara nenhum europeu nas desmedidas matas de Angola. Em Luanda havia um ministro residente inglês, um cônsul, agentes marítimos, adido militar e dois agentes itinerantes cuja função, não oficial, era a de vigiar a proibição efectiva do comércio de escravos.

Logo na azáfama da chegada, em pleno cais, Luís Bernardo ouviu falar inglês nas suas costas e voltou-se a tempo de ver duas senhoras elegantes que se afastavam em companhia de um cavalheiro de chapéu branco colonial, o qual dava ordens a uns *coolies* que se encarregavam das bagagens de mão, em tom que denunciava a sua familiaridade com o local.

Luís Bernardo era esperado no cais pelo secretário do governador, que rapidamente se encarregou de todos os pormenores com a sua bagagem. Sua Excelência o governador não pudera vir em pessoa, como era seu desejo, retido por uns assuntos urgentes, mas aguardava-o no palácio, onde ele, obviamente, era convidado durante aqueles dois breves dias de escala. Seguiram num automóvel aberto — um dos raros que então circulavam na cidade — no meio da algazarra das ruas do centro e através de uma cortina de pó que era como que uma bolha suspensa sobre a cidade. Até que se foram afastando do centro e aos poucos foi desaparecendo a confusão heterogénea de gente, animais, veículos de toda a espécie e centenas de lojas e lojinhas, de alfaiates a talhantes, barbearias, mecânicos de bicicletas, retrosarias, consultórios médicos, mercearias e farmácias prometendo a cura instantânea da diarreia e "outras moléstias interiores". Luís Bernardo estava ainda meio à toa, continuando a sentir o chão a oscilar como se estivesse a bordo, mas subjugado pelo calor, a humidade, a poeira, o ruído de terra. Quando começaram a entrar nas avenidas largas e semidesertas da zona europeia, com os seus passeios semeados regularmente de árvores, o secretário do governador aproveitou a calma que se instalava para lhe estender dois telegramas recebidos de Lisboa e destinados a ele.

O primeiro era de Matilde e totalmente inesperado: nunca recebera resposta à carta que lhe enviara, despedindo-se, nunca recebera dela mais qualquer recado, através do João. Leu-o duas vezes, sem saber muito bem o que pensar. Por um lado, era uma coisa que lhe parecia já estranha de tão longínqua; por outro lado, era reconfortante recebê-lo ali, onde tudo lhe era hostil e alheio, como se fosse uma mão estendida, um beijo, uma ligação que o seguira através do mar. Vinha datado do dia da sua partida, nove dias atrás: "Soube hoje pelo João que embarcaste. Foi melhor sabê-lo assim. Rogo a Deus que te proteja. Matilde". Uma lágrima absurda enevoou-lhe os olhos, mas era da poeira, das saudades da luz de Lisboa, da incerteza do que o esperava: não era, certamente, da recordação da cara, da pele, do corpo, da voz suave de Matilde repetindo baixinho "oh, meu amor!", enquanto o agarrava pelos cabelos.

O segundo telegrama era oficial, trazia o carimbo do ministério e era assinado pelo seu secretário-geral:

"Tenho a honra de comunicar a V. Ex.ª que no passado 19 do corrente tomou posse deste ministério, que passou a designar-se da Marinha e Ultramar, o general Ayres d'Ornellas e Vasconcelos STOP Mais comunico que por informação ministro de Inglaterra Lisboa foi indicado para cônsul inglês S. Tomé e Príncipe o sr. David Jameson, membro India Civil Service, ex-governador provincial Índia Britânica STOP Chegará ao posto primeira semana junho, vapor e data definitiva a indicar STOP Solicita-se providencie instalação permanente condigna e prepare ambiente político conforme instruções recebidas STOP Novo ministro envia melhores cumprimentos e votos sucesso missão confiada V. Ex.ª."

Ah, Lisboa, os braços tentaculares de Lisboa e da sua incansável actividade política! "Eis que — pensou ele — saio de Lisboa com um ministro e, antes mesmo de chegar ao meu posto, já mudou o ministro!" Este, pelo menos, ninguém podia dizer que não fosse homem indicado para a função: Ayres d'Ornellas fora um dos generais de Mouzinho na campanha de Moçambique e era um profundo conhecedor do ultramar. Quem sabe, com ele a ministro e talvez Luís Bernardo já não tivesse sido confirmado para governador de S. Tomé — teriam bastado dez dias, dez dias apenas...

O governador de Angola também estava nervoso com a nomeação do novo ministro, mas, ao contrário de Luís Bernardo, o que parecia preocupá-lo era a sua continuidade em funções.

— Já sabe que temos novo ministro? — perguntou-lhe, sem sequer lhe dar tempo de se sentar e mal acabado de lhe dar as boas-vindas. — Estas constantes mudanças no ministério são sempre uma fonte de confusões e paralisias. Primeiro que o novo ministro conheça os assuntos, ficamos nós sem instruções, sem saber o que ele quer. Note, que isto não tem que ver com a pessoa do general Ayres, que eu respeito muito, acho mesmo que era difícil encontrar-se melhor escolha. Mas é o tempo, meu caro, o tempo que se perde nestas coisas, a incerteza, enquanto nós aqui precisamos de certezas, de continuidade, de uma política clara e que não ande ao ritmo dos abanões políticos de Lisboa. Nós governamos à vista de anos e eles de meses. Você, por exemplo, meu caro, as instruções que traz do anterior ministro ainda se manterão válidas?

Luís Bernardo olhou para ele, como se tivesse acabado de ouvir a mais extraordinária pergunta. A figura do outro — baixinho, semicareca, olhos pequeninos e castanhos, manchas de suor na cara e no peito — era-lhe desagradável. Os seus modos, de pequeno ditador insinuando permanentemente o seu conhecimento privilegiado do meio, a sua ciência certa de experiência feita, preenchia exactamente o perfil do funcionário colonial que ele execrara nos seus escritos. Será que o outro o sabia? Resolveu responder à sua embaraçosa pergunta em tom desprendido:

— Bom, sabe que eu fui escolhido directamente por Sua Majestade o rei e foi dele, em primeiro lugar, que recebi as instruções que trago. E que, aliás, acabo de ver confirmadas pelo novo ministro, num telegrama que agora mesmo me entregou o seu secretário.

— Pois, pois claro, isso já é alguma garantia. Sabe, aqui o que se diz é que você é o homem escolhido pelo rei para enfrentar o inglês que lhe vão mandar para lá, em S. Tomé. Fala inglês fluente, não é verdade?

A mudança de tom, visível na forma como dissera a última frase, não escapou a Luís Bernardo. O governador de

Angola deixara, imperceptivelmente, de o tratar como colega e passara a tratá-lo de um pedestal superior, como se dissesse "eu sou um profissional disto, você é um simples intérprete, eu governo um continente em África, você vai governar dois armazéns de cacau no meio do Atlântico". Com um aceno de cabeça confirmou que sim, que falava inglês.

— Oiça, meu caro, às vezes talvez seja melhor fingir que não fala tão bem inglês como isso. Não se pode dar muita conversa a esses tipos. Ou se levanta a voz ou se finge que não os percebemos. De qualquer maneira, é bom que eles percebam que nas nossas colónias ainda somos nós que mandamos. De certeza que concorda comigo...

— Claro que sim, isso parece-me evidente — apressou-se Luís Bernardo a concordar.

— Mas olhe que não é tão evidente como isso. Os tipos vêm para aí a invocar tratados e acordos que fizeram connosco e à conta disso reclamam o direito de meter o nariz em tudo.

— O Tratado de 1842... — Luís Bernardo referia-se ao tratado celebrado com a Inglaterra, na base do qual os ingleses estavam autorizados a fiscalizar os navios portugueses em proveniência dos portos de África e de que se suspeitasse transportarem escravos.

— Isso e outras coisas. Eles querem meter o nariz em tudo. Aqui, em Luanda, temos ingleses por todos os lados e fora de Luanda têm informadores de tudo o que se passa na província. Mas veja lá se alguma vez nos lembrássemos de ir fiscalizar os navios ingleses que levam os pretos de Acra para as colónias das Antilhas!

— Não são suspeitos de serem escravos...

— Não? E por que não? Oiça, meu caro, você acaba de chegar e, desculpe que lhe diga, eu já levo vários anos de África e conheço muito bem isto: um preto que sai daqui para

S. Tomé sabe tanto ao que vai como um que sai do Gana para a Jamaica. Não há diferença alguma.

— Quantos saíram daqui para S. Tomé no ano passado?

Luís Bernardo fez a pergunta, mas logo se arrependeu. O outro olhou de soslaio, com um ar meio desconfiado.

— Você tem os números, de certeza: saíram uns quatro mil. Todos registados e com guias emitidas em S. Tomé para lá trabalharem.

— Com contratos de trabalho e prazo certo?

— Quais contratos de trabalho? Isso é lá com vocês, em S. Tomé, para isso é que têm lá um curador, cuja função é controlar isso. Eu aqui não trato desses assuntos e desejo que isto fique bem claro: o governo de Angola não contrata ninguém para ir para lado algum, como não o faz o governo de S. Tomé nem o governo do reino. Eu limito-me a verificar que cidadãos do território português de Angola desejam ir trabalhar ou embarcar ou passar férias para o território português de S. Tomé e Príncipe e, como a circulação é livre dentro dos territórios portugueses, não tenho mais nada a ver com o assunto, nem sequer me posso opor a um negócio celebrado livremente entre indivíduos e companhias privadas.

— Mas Vossa Excelência mesmo acabou de dizer que eles não fazem a mais pequena ideia ao que vão...?

— Oh, meu amigo, deixe de me tratar por Vossa Excelência e olhe: isso não é problema meu, é problema seu. Eu estou-lhe só a dizer como é que as coisas se passam e que, aliás, espero bem que não seja novidade para si. Agora, se você acha que S. Tomé pode continuar a explorar as roças de cacau e a gozar dos lucros que tem tido sem importar daqui, do mato, pretos que a nós não nos são de utilidade alguma, isso agora é consigo. Entenda-se lá com os roceiros e mandem-me dizer se quiserem que eu não deixo embarcar mais ninguém. Você é que sabe as instruções que traz de Lisboa e do rei. Eu, relativamente a S. Tomé, faço o que me pedirem. Se é serviço do país, como até agora foi sempre, acorrer às necessidades de mão-de-obra de S. Tomé, eu facilito o que puder e não estou a infringir lei alguma. Se acham que agora já não é assim, repito-lhe, mandem-me dizer.

— Não, claro que não! — Luís Bernardo sentia que se deixara apanhar em falso. — É óbvio que S. Tomé vai continuar a precisar de importar trabalhadores durante mais e muitos anos e, se aqui não fazem falta, é tudo uma questão de se fazerem as coisas bem feitas. Porque, como sabe, toda esta questão com os ingleses, as acusações dos comerciantes de Liverpool e de Birmingham de que estamos a importar mão-de-obra escrava de Angola para S. Tomé, está a causar-nos danos a nível da imprensa e da opinião pública inglesa e, se a coisa continuar, arriscamo-nos a ver decretado um boicote às importações de cacau para o mercado inglês e depois o americano — o que seria trágico para S. Tomé. Era o fim da colónia.

O governador de Angola olhou-o de frente: era um olhar de raposa, rasteirinho, desconfiado.

— Hum...

Levantou-se e foi até à janela de sacada, aberta sobre o jardim. Apoiou-se à balaustrada e ficou assim, por momentos, um pequeno homem contemplando a África inteira. Depois, rodou sobre os calcanhares e ficou a olhar para Luís Bernardo, encostado ao varandim, as mãos cruzadas sobre a barriga. Um Napoleão dos Trópicos, avaliando o inimigo.

— Os ingleses! Os hipócritas, os presumidos dos ingleses! Tão humanistas, tão preocupados, que não distinguem um preto de um amarelo! Diga-me, ó Valença, algum inglês algum dia terá fodido com uma preta? Não! Mas nós, sim, caramba! Sabe como é que estamos a povoar e a ocupar esta terra imensa de Angola? Não, não é com o Exército, que toca e foge. Não é com famílias de colonos — quem é o louco que levaria a mulher e os filhos para o meio do mato, onde não há nenhum sinal de vida civilizada? Não, nada disso! Sabe como é que ocupamos isto?

— Diga-me.

— É com os desgraçados dos minhotos e dos alentejanos, com uns transmontanos esfarrapados que aí desembarcam sem ter onde cair mortos e a quem nós, o governo, oferecemos uns títulos de propriedade, que os pobres diabos nem conseguem decifrar, quanto mais saber onde fica. Mas é terra, propriedade deles, que nunca tiveram nem uma eira em toda a vida! E então os desgraçados metem-se ao caminho, sabe Deus como, a perguntar onde é que fica a fazenda Nova Esperança no distrito do Uíge ou a fazenda Paraíso no Quanza Norte. E se, por milagre, lá conseguem chegar a salvo e tomam posse do que não é nada senão mato cerrado, se, por milagre, conseguem sobreviver e plantar umas batatas ou vender umas bugigangas aos pretos, onde é que está a família? Ah, a família são as pretas que eles compram aos chefes da aldeia, uma saca de feijão por uma mulher, um porco por duas mulheres. Padre, casamento, filhos registados? O caraças! Ali trata-se de sobreviver e os desgraçados dão-se por muito felizes por terem uma, duas ou três pretas a que chamam mulheres e sabem muito bem que jamais sairão daquele buraco. E nós, governo, damo-nos por muito contentes por haver transmontanos a viverem lá no mato e só pedimos que ensinem português aos mulatinhos dos filhos! É assim que estamos a ocupar o interior de Angola e o resto é muito bom para os tais tratados e para as conversas de salão dos diplomatas. Mas eu gostava era de ver um inglês, no seu fatinho de flanela branco, de King's Road, não é, a viver lá na puta da fazenda Nova Esperança e a virar-se para a mulher preta e perguntar "*Oh, dear, do you care for a drink*?" — como vê, também arranho o meu inglês.

E o governador de Angola calou-se, satisfeito, olhando de alto o seu hóspede. Fora eloquente, devastadoramente eloquente. Luís Bernardo estava silenciado, envergonhado. Estava mesmo angustiado. "Meu Deus, o que faço eu aqui, o que tenho eu a ver com isto tudo, com este Napoleãozinho dos Trópicos, com os transmontanos amancebados com as suas pretas do mato, com esta humidade, com este calor demencial, com esta selvajaria que se pressente por todo o lado e em toda a gente — brancos, pretos ou ingleses?"

— Sabe, meu caro? — O governador voltava à carga, seguro de si e triunfante, não querendo deixar esmorecer o efeito que o seu discurso visivelmente causara em Luís Bernardo. — Sabe quem melhor soube tratar com os ingleses, quem de facto os toureou a sério? Foi o meu ilustre antecessor neste cargo, o general Calheiros e Menezes. Já ouviu falar dele, por acaso?

Sim, Luís Bernardo conhecia a história do general Calheiros e Menezes, verdadeira lenda dos roceiros de S. Tomé e cuja correspondência oficial constava da pasta que lhe tinham entregue em Lisboa, no ministério. Em 1862, vinte anos após a assinatura do tratado com a Inglaterra, os comissários ingleses em Angola foram queixar-se ao governador de que os navios portugueses se dedicavam ao comércio e transporte de escravos do sertão de Angola para as plantações de S. Tomé e Príncipe, em flagrante violação do Tratado de 1842. Calheiros e Menezes respondeu-lhes por escrito, repetindo os argumentos habituais: que os supostos escravos eram todos homens livres ou libertos; que eram remunerados e poderiam regressar quando quisessem, embora fosse evidente que eles preferiam ficar em S. Tomé do que voltar à barbárie em que viviam em Angola; que iam todos documentados e com passaporte, e que juridicamente se tratava apenas de trabalhadores migrando de uma parte do território português para outra parte. De caminho, o general perguntava aos ingleses por que não iam eles antes fiscalizar os navios franceses que, em total liberdade, se dedicavam a traficar escravos da Guiné para as Antilhas. Os ingleses voltaram à carga, recordando que não tinham nenhum tratado com a França, mas tinham-no com Portugal e, ao abrigo desse tratado, exigiam o fim do transporte de angolanos para as ilhas de S. Tomé e Príncipe. Calheiros e Menezes manteve-se irredutível nas suas razões e mandou devolver-lhes a carta que lhe tinham enviado, dizendo que, de futuro, só receberia as "informações" que entendessem dar-lhe, e que ele investigaria, através do cônsul inglês. Entretanto, satisfazendo os pedidos insistentes dos roceiros das ilhas, que tinham visto a população de serviçais negros reduzida a metade pela epidemia de varíola ocorrida anos antes, o general intensificou o ritmo do envio de trabalhadores, escravos ou não, para S. Tomé. E, prevendo as reclamações dos ingleses em Lisboa, explicava-se ao ministro: "para que V. Ex.ª avalie os sacrifícios a que a urgência de braços obriga os proprietários de S. Tomé, cumpre dizer que, como não podem levar pretos na condição de escravos ou libertos, engajam onerosamente gente livre, e até compram escravos ou resgatam o serviço de libertos e dão a todos a liberdade, levando-os como livres que são, e sujeitando-se a que eles esqueçam em S. Tomé o favor da liberdade recebida em Angola, e contratem o trabalho com quem lho remunere melhor. Tais esforços devem, pois, ser auxiliados". Por pressão dos ingleses, Calheiros e Menezes foi demitido ao fim de dezassete meses de governo de Angola e as "transferências" foram restringidas, primeiro a quatro negros por navio, e depois a nenhum — o que levou o então ministro das Colónias a puxar pela imaginação e a autorizar o envio de trabalhadores para S. Tomé a partir de outras colónias portuguesas: Moçambique e até da distante Macau, no mar da China! E, depois, passado um tempo de decoro necessário para acalmar os ingleses, tudo voltou ao habitual e Angola regressou à sua condição de grande exportador de mão-de-obra para S. Tomé.

Nada, praticamente, tinha mudado desde então, em quase quarenta e cinco anos. Os factos eram os mesmos e também as justificações invocadas. Como jurista de formação, Luís Bernardo reconhecia a mestria da arquitectura jurídica edificada em abono das razões invocadas há quase meio século pelo lado português: de facto, a que título uma nação estranha teria o direito de se imiscuir e reclamar contra a circunstância de cidadãos portugueses, identificados pelo respectivo passaporte, mudarem de local de residência e de trabalho dentro do território de Portugal? Se acaso os portugueses do Minho quisessem emigrar para o Algarve (e alguns tinham-no feito, em épocas anteriores) que legitimidade tinha a Inglaterra para vir vasculhar o assunto? Ora, Portugal era tanto o Minho e o Algarve quanto Angola, Moçambique, Macau ou S. Tomé. Sim, podia-se contra-argumentar que essa legitimidade resultava do tratado assinado com a Inglaterra e que lhe conferia o direito, justamente, de controlar que essa emigração entre colónias (dizia-se "províncias", na linguagem oficial) mais não era do que uma forma de esconder o que não passava de um sórdido tráfico de escravos entre uma colónia que tinha mão-de-obra em abundância e outra onde ela escasseava dramaticamente — porque as ilhas tinham sido descobertas desertas pelos portugueses do século XVI. Mas, voltava a argumentação jurídica, como é que poderiam ser considerados escravos os negros que eram resgatados da escravatura pelos proprietários de S. Tomé, comprados e pagos aos que, eles sim, os mantinham em escravatura no interior do sertão angolano, onde a autoridade do Estado não chegava ainda, e levados depois para trabalhar em S. Tomé — com alimentação, alojamento, assistência médica e salário? Mas, por outro lado, um escravo que era liberto com a condição de ser imediatamente levado para trabalhar longe da sua terra e dos seus, sem que se pudesse presumir que essa era a sua verdadeira vontade, podia-se considerar um homem livre?

Eram demasiadas perguntas e todas elas remetiam para respostas pouco claras. Havia alturas em que tudo lhe parecia resumir-se a floreados jurídicos, jogos de palavras e subtis distorções de coisas que não deveriam oferecer dúvidas. Mas havia um cansaço, um torpor, uma indolência intelectual, que aos poucos parecia tomar-lhe conta da inteligência, à medida que se aproximava do seu destino e do momento em que tudo deveria tornar-se, pelo contrário, evidente por si. Agora sentia-se preso de uma liquidescência física e mental, como se o calor, a humidade, o cansaço da viagem e a estranheza do lugar não lhe permitissem ver claro o que em Lisboa, entre amigos e conversas à mesa dos cafés, comentando as notícias dos jornais e escutando as opiniões alheias, sempre lhe parecera cristalinamente óbvio. Ele era, sempre fora e continuaria a ser, fosse o que fosse que o esperava no seu destino, um homem de convicções feitas e inabaláveis naquilo que lhe parecia essencial: era contra a escravatura, a favor de uma colonização feita por processos e métodos modernos e civilizados — só isso garantia, em pleno século XX, o direito de posse que outrora se justificara pela descoberta ou pela conquista. Acreditava que, como rezava a Constituição americana, todos os homens nascem livres e iguais, e que só a inteligência, o talento e o esforço — vá lá, a sorte também — poderiam fazer legitimamente a diferença. Isso, e não a força, o arbítrio, a ignomínia. Mas, perguntava-se a si mesmo, o que incomodava verdadeiramente a Inglaterra era a escravatura ou a protecção dos seus interesses comerciais nas colónias? Os ingleses, os franceses, os holandeses tratavam melhor os negros do que os portugueses, ou tudo não passava de uma imensa hipocrisia através da qual o mais forte ditava a sua lei?

Teve ainda uns dias para meditar em todas estas coisas, enquanto o *Zaire* descia a costa de Angola, aportava por meio dia em Benguela e passava ao largo de Moçâmedes, fazendo depois rumo a ocidente, finalmente a caminho do seu destino. As longas e monótonas horas passadas a ver desfilar a costa angolana tinham-lhe dado a noção de quão diferente e vasta era aquela terra, comparada com S. Tomé. Angola tinha 1 246 700 quilómetros quadrados de superfície, face aos 834 quilómetros quadrados de S. Tomé e mais os 127 quilómetros quadrados do Príncipe. Nas duas ilhotas do Equador viviam apenas quarenta e cinco mil negros, quase todos importados de Angola, e cerca de mil e quinhentos brancos — uns mil e trezentos em S. Tomé e não mais de duzentos no Príncipe. Destes, Luís Bernardo estimava que uns quinhentos estivessem na direcção e administração das roças, outros duzentos na administração pública, polícia e forças armadas, e uns trezentos seriam comerciantes, religiosos ou ocupados noutros ofícios; o que restava, eram as mulheres e filhos. Em comparação com estes números, Angola tinha meio milhão de habitantes recenseados apenas nos distritos costeiros, Luanda, Lobito, Benguela, Moçâmedes, e um número que era difícil de calcular ao certo em todo o seu imenso e amplamente desconhecido interior — talvez mais uns dois milhões.

Necessariamente que os problemas de uma e outra província eram diferentes. Enquanto Angola era rica em várias coisas, S. Tomé dependia apenas de dois produtos, café e cacau — de que produzia anualmente cerca de trinta mil toneladas, à frente de Acra, com a sua produção de dezoito mil toneladas, e dos Camarões, com três mil, e só atrás da Bahia, que produzia trinta e três mil toneladas anuais, mas de qualidade inferior ao de S. Tomé. Essa era outra grande diferença entre Angola e S. Tomé: uma era rica em promessas por cumprir e riquezas por explorar, a outra encontrara o seu filão e dessa única riqueza era auto-suficiente e próspera.

Quanto ao mais, como lhe dissera o capitão Ascêncio em Lisboa, não havia quase nada em S. Tomé. Não havia um único automóvel e, logicamente, nem um metro de estrada digna desse nome em toda a ilha. O melhor meio de locomoção e transporte do cacau entre as roças e a cidade eram os navios de cabotagem de algumas roças. Só na capital e no seu centro havia iluminação pública, com candeeiros a petróleo, que era importado da Rússia. Não havia criação de gado, nem frota de pesca, sequer artesanal. Havia telégrafo, mas apenas nos correios públicos, e cinquenta e dois telefones em toda a ilha, exclusivamente internos e dos quais trinta e quatro estavam ao serviço da administração — talvez para que alguns funcionários pudessem avisar para casa que estavam a caminho para o almoço. Não havia nenhuma fábrica ou indústria digna desse nome, excepto a secagem e embalagem de cacau. Não havia um teatro, um animatógrafo, uma sala de concertos, uma banda musical. Luís Bernardo, que lera a lista exaustiva de todas as importações das ilhas nos últimos vinte anos, chegara à conclusão de que existia um único piano na província, importado pelo marido de alguma nostálgica senhora, no ano anterior.

"Deve ser mais animado — pensou ele — ser governador de uma quinta no Douro." Mas o que de tudo lhe causava mais angústia nem era a falta de distracções, para as quais já se tinha mentalizado. Era a angústia de quem se preparava para se fechar três anos, numa pequena ilha, perdida no vazio do mar e cercada de selva virgem, onde tudo devia ser desesperadamente igual e monótono cada dia. Por alguma razão, S. Tomé fora, até há uns quarenta anos atrás, a colónia penal favorita para enviar os piores degredados do reino. Que prisão mais perfeita do que aquela lhe poderiam ter dado para governar?

VI

O *Zaire* fundeou na baía de Ana Chaves, de frente para a cidade, a cerca de quinhentos metros do molhe que defendia a avenida marginal das águas do Atlântico. Não havia porto nem sequer um cais de amarração na cidade de S. Tomé: carga e passageiros transladavam-se a terra em simples chatas a remos que, quando o mar estava batido, tornavam aquela curta travessia mais aventurosa do que a própria viagem através do vazio do oceano.

Luís Bernardo estava, como todos os passageiros e tripulantes, encostado à amurada, contemplando a cidade e a agitação humana que se divisava junto à zona de desembarque. O *Zaire* havia saudado terra com três apitos estridentes que se deviam ter escutado em toda a ilha, indicação tradicional de "governador a bordo". De terra, tinham respondido com outros três apitos vindos da Capitania e uma salva de dezassete tiros disparados da fortaleza de S. Sebastião. De repente, parecia que toda a cidade começara a convergir para o molhe.

O 41º governador de S. Tomé e Príncipe e S. João Baptista de Ajudá contemplava o espectáculo, entre o fascínio e a angústia. Arrumara as suas malas, confiando-as ao camareiro, e preparava-se agora para desembarcar com a pompa e o aprumo que a circunstância requeria. Via a cidade inteira a seus pés, sobre a esquerda o Palácio do Governo, a mais visível e imponente construção, dominando uma larga praça que parecia ser o lugar mais amplo de toda a cidade, já quase no seu extremo. Na avenida principal, em frente, as palmeiras oscilavam com o vento e eram elas que, antes de mais nada, recordavam ao recém-chegado que estava em África, se bem que no alto mar e em plena linha do Equador. Mas, ao fundo, os telhados das casas, de telha lusitana e de duas águas, diziam-lhe que aquela era terra portuguesa e, no meio da apreensão que o consumia, Luís Bernardo comoveu-se com essa visão e sentiu-se estranhamente em terra familiar. Estava inebriado com o cheiro abafante a clorofila que vinha de terra, entorpecido pela humidade opaca do ar, angustiado com o ruído da multidão que no molhe esperava por si. Olhou para o relógio: marcava doze horas e trinta e dois minutos. "Menos uma hora do que em Lisboa" — pensou para consigo, logo se esforçando por afastar esses pensamentos. Suspirou fundo, olhou a toda a volta, até onde as montanhas desapareciam na neblina húmida, e olhou também para trás de si, onde o azul do mar se fundia num horizonte perdido, e disse baixinho, como se recitasse poesia só para si: "Eu vou gostar disto! Eu vou amar isto!".

A chalupa que lhe era destinada, enfeitada com grinaldas de flores, tinha amarrado ao *Zaire* e a bordo todos aguardavam a sua iniciativa. Com passo firme e ensaiado, dirigiu-se para o portaló do navio, onde o comandante o aguardava.

— A minha missão acaba aqui. Agora é consigo.

— Não vem a terra?

— Não. Só vamos ficar aqui um par de horas e eu já conheço bem a terra: vou aproveitar para pôr a escrita em ordem.

— Bem, então adeus, comandante. Obrigado por todas as suas atenções.

— Ora, foi um prazer, doutor. E boa sorte para si — vai precisar dela.

Despediu-se dele com um forte aperto de mão e desceu a escada do *Zaire* com a mais equilibrada dignidade que lhe foi possível. Assim que pôs pé em terra, avançou para ele um sujeito baixinho, de fato preto completo, com colete, gravata e camisa branca cujos colarinhos o suor tinha já manchado. Aparentava ter uns quarenta e poucos anos e apresentou-se-lhe como sendo Agostinho de Jesus Júnior, secretário-geral do governo, o que ali significava secretário do governador. Catorze anos de S. Tomé e, "com V. Ex.ª, o quarto governador que tenho a honra de servir". Transpirava suor, respeito, cansaço e acomodação: visivelmente, era um desses portugueses que tinham vindo para África por ambição e sonho e que por aqui se quedavam, domesticadas todas as ambições e transformados os sonhos num olhar fugidio à impossível distância que os separava da pátria. Os Agostinhos de África jamais regressavam.

Pela mão do secretário-geral, Luís Bernardo foi em seguida apresentado aos restantes brancos que o esperavam, ordenados por ordem de importância administrativa e representando, aparentemente, a totalidade da gente importante da ilha: o delegado do governo na ilha do Príncipe, um jovem dos seus trinta anos, que lhe pareceu nervoso e simpático, chamado António Vieira; o vigário-geral de S. Tomé e Príncipe, monsenhor José Atalaia, dependente hierarquicamente do bispo de Luanda, e, de momento, ensopado na sua sotaina branca, com mão molhada e olhar de raposa velha; Jerónimo Carvalho da Silva, presidente da Câmara de S. Tomé por nomeação do ministro do Ultramar, careca como um ovo, pressuroso e diligente "para o que V. Ex.ª precisar"; o major de artilharia Benjamim das Neves, comandante da guarnição militar de S. Tomé e Príncipe, o capitão José Valadas Duarte, segundo oficial em comando e o capitão José Arouca, chefe da Guarda; o curador-geral de S. Tomé e Príncipe, representante oficial dos serviçais negros das roças, o influente Germano André Valente, magro como um ramo seco, de olhar escondido e meia dúzia de palavras de boas-vindas, cuidadosamente pensadas. Luís Bernardo olhou-o a direito mas ele manteve-se impassível, parecendo observar qualquer outra coisa para além do olhar do novo governador. Seguiram-se o delegado de Saúde Pública, um rapaz de vinte e poucos anos com ar de doente e que, manifestamente, deveria ser um estagiário enviado de Lisboa; o juiz de direito, dr. Anselmo de Sousa Teixeira, por contraste um cinquentão com ar bem-disposto; o procurador régio, dr. João Patrício, a pele amarelada e a cara desagradável comida de bexigas, e os dois advogados da ilha — o velho dr. Segismundo Bruto da Silva, que também fazia as funções de notário e conservador do Registo Civil e Predial e que tinha, de um modo geral, um ar de topa-a-tudo — e a extraordinária alternativa disponível para os litigantes, que dava pelo impossível nome de dr. Lancelote da Torre e do Lago, vestido com um fantástico fato verde-alface onde assentava uma gravata lilás e na cabeça um chapéu de palhinha vermelho-escuro. Esgotadas as autoridades, seguiu-se o desfile dos representantes da sociedade civil: o presidente da Associação de Comerciantes de S. Tomé e proprietário da Farmácia Faria, o mais conhecido estabelecimento comercial da cidade, da ilha e da colónia, sr. António Maria Faria, mais dois ou três comerciantes de peso, dois médicos, um engenheiro de hidráulica e obras públicas, mais dois padres e, enfim, uma dúzia de administradores das mais importantes roças da ilha, cujos nomes ele já não conseguiu ouvir, quanto mais fixar. "Seja bem-vindo, senhor governador", "É um prazer", "Felicidades para si, senhor governador", "Que seja muito feliz em S. Tomé" — cada um cumprimentava-o com as frases habituais, uns seriam genuínos, outros apenas curiosos, outros, provavelmente, desconfiados. Mas ele agradecia a todos por igual, tentando concentrar-se na impossível tarefa de fixar todos os nomes, e associá-los a caras e a cargos.

As apresentações demoraram uma boa meia hora, de pé, em pleno calor do meio-dia. Depois, a banda militar tocou o hino nacional e de seguida desfilou o contingente militar, composto por dois corpos, de oitenta homens cada, um formado por soldados da metrópole e outro por recrutas indígenas, comandados por um alferes e enquadrados por dois sargentos da metrópole. O suor escorria-lhe agora em cachos pela cabeça, pelo pescoço, pelo peito. A camisa estava colada às costas e o fato de alpaca creme que mandara vir de Saville Row perdera grande parte da elegância discreta e do efeito que era suposto causar. Estava exausto, entontecido por aquele cheiro inebriante de verde que tornava a atmosfera ainda mais carregada e líquida. Não sabia o que se iria seguir e começava a temer desmaiar em pleno cais, logo naquela primeira ocasião, de irrepetível significado.

— Se Vossa Excelência me quiser seguir... — com um gesto de mão, o secretário-geral indicou-lhe que agora era preciso caminhar. E Luís Bernardo começou a caminhar pelo pontão, tentando manter-se tão hirto quanto possível, saudando à esquerda e à direita, com um sorriso e um aceno de cabeça, sem saber ao certo para onde se dirigia. Sentia-se infeliz e estúpido, perdido naquela confusão organizada, naquele calor demencial, naquele vapor de clorofila. No fim do pontão, percebeu que devia embarcar na charrete que o esperava, puxada por dois cavalos baios e com um lacaio preto sentado à frente, vestido com uma farda cinzenta totalmente ridícula. Deixou-se cair no banco, com um alívio mal disfarçado, e perguntou à sua fiel sombra, que jamais tinha deixado de o acompanhar a um passo de distância:

— E agora?

— Agora, em Vossa Excelência querendo, tocamos para o palácio, onde o senhor governador poderá repousar da viagem e, assim que o desejar, receber-me a despacho.

— Vamos, então.

E partiram, por entre uma pequena multidão, agora de brancos e pretos misturados, que o olhavam como se ele fosse um animal desconhecido por aquelas paragens. Luís Bernardo teve então um gesto que visivelmente não estava nas expectativas do sr. Agostinho de Jesus Júnior nem nas tradições do protocolo: levantou-se e despiu o casaco, que colocou sobre o banco, ao mesmo tempo que alargava o colarinho e desapertava o nó da gravata. Depois, voltou a sentar-se e sorriu aos que estavam próximos, no passeio, que continuaram a olhá-lo, sem pestanejar, como se cada gesto dele devesse ser fixado para a posteridade. Inclinou-se para trás no banco e, subitamente mais aliviado, sorriu também para o Agostinho a seu lado:

— Vá-me lá dizendo o nome das ruas, homem, para eu me ir habituando...

Tomaram pela avenida Marginal, onde logo se destacava o edifício da Alfândega, e viraram à direita entrando na rua Conde de Valle Flor, que parecia a mais larga e movimentada da cidade. Seguiram depois pela Matheus Sampaio, em cuja esquina Agostinho lhe chamou a atenção para a Cervejaria Elite, "a mais bem frequentada da cidade" ("como se houvesse muitas alternativas!", pensou para consigo). Viraram então para a Alberto Garrido, ou rua do Comércio, que àquela hora ainda estava a recuperar a sua habitual frequência, visto que muitos dos fregueses só agora regressavam do cais onde tinham ido esperar o novo governador. Desembocaram depois na praça General Calheiros, com o seu simpático coreto, seguida da rua com o mesmo nome, onde se situavam a Casa

Vista Alegre e a Farmácia Faria, dois pontos de referência da cidade. A rua terminava em frente à feiíssima catedral, que esmagava tudo à volta. Seguiu-se nova praça, com duas construções fazendo-se frente: a Câmara Municipal, uma estrutura quadrada, de cor acastanhada e sem grande graça, e o edifício onde funcionavam o Tribunal e os Correios, uma bela construção colonial, em tom creme, de janelas venezianas de um azul desbotado, abertas sobre a fachada do primeiro andar, e um alpendre coberto a telha, sombreando a entrada e o piso térreo. Meteram a seguir por uma avenida larga que, sobre o lado direito, abria para um terreiro onde estava instalado o mercado municipal, quase deserto àquela hora, e logo estavam já a afastar-se do centro, começando a rarear as casas e as pessoas. Os cavalos ensaiaram então um trote avenida abaixo e, sem que o secretário-geral tivesse tido necessidade de lho dizer, Luís Bernardo percebeu ao fundo o seu lugar de destino, o fim da sua viagem: o Palácio do Governo, sobre a direita de quem descia e no ponto em que a avenida descrevia uma larga curva para a esquerda, desenhando uma espécie de cotovelo sobre a rua e de frente para o mar. Formava-se ali uma desamparada praça, vagamente ajardinada e com um coreto no meio: à direita ficava o palácio, ao centro o coreto, à esquerda o mar, para lá de uma amurada em pedra que serpenteava ao longo do contorno da costa — depois a avenida perdia-se para lá da curva, seguindo aparentemente a linha do mar e afastando-se da cidade, que ali já quase tinha desaparecido. Luís Bernardo olhava, sem saber bem ainda o que pensar: a sua nova residência era um edifício maciço, de um formato estranho, uma linha quebrada que não tornava nítida a fachada principal. Tinha dois andares e estava pintado no mesmo castanho do edifício da Câmara Municipal, mas este um castanho mais vivo, ligeiramente ocre, com as esquinas e as grandes janelas ogivais recortadas a branco. Um gradeamento a toda a roda delimitava um jardim intensamente arborizado e uma guarita com uma sentinela assinalava um portão aberto no meio do gradeamento, onde funcionava a entrada principal. E por aí entrou Luís Bernardo para tomar posse do seu mandato.

À porta esperava-o novo comité de boas-vindas, o da criadagem do palácio. À frente, todo fardado de algodão branco com botões dourados reluzentes, avançou um preto alto, de ombros largos, aparentando cerca de sessenta anos, com o cabelo já quase todo branco a rarear. Mais uma vez foi Agostinho de Jesus quem fez a apresentação:

— Este é o Sebastião, o chefe dos criados, que vai ser assim uma espécie de oficial às ordens de Vossa Excelência. O Sebastião entrou para cá em miúdo, como moço de fretes, e está cá... há quantos anos, Sebastião?

— Há trinta e dois, senhor Agostinho.

— Então, você tem quantos anos? — perguntou Luís Bernardo.

— Tenho quarenta e um, senhor governador.

Parecia vinte anos mais velho, mas Luís Bernardo notou o seu sorriso aberto, de criança, a que duas fiadas inteiras de dentes imaculadamente brancos e um olhar vivo e sem sombras transmitiam um ar de simpatia imediatamente cativante. Luís Bernardo abriu também um largo sorriso e estendeu-lhe a mão:

— Muito prazer em conhecê-lo, Sebastião. Tenho a certeza de que nos vamos dar bem.

Houve um momento de hesitação, em que Luís Bernardo ficou com a mão estendida, no vazio. Pelo canto do olho, Sebastião lançou um olhar ao secretário-geral, cujo embaraço momentâneo também não escapou ao recém-chegado. Depois, decidiu-se rapidamente e apertou a mão que Luís Bernardo lhe estendia, murmurando um "muito obrigado, senhor governador", cuja formalidade se desvanecia de novo no sorriso que lhe brilhava na boca e no olhar. Com visível prazer, passou de seguida a apresentá-lo ao seu pequeno exército doméstico: Mamoun, o cozinheiro, e Sinhá, a sua mulher e ajudante de cozinha; Doroteia, criada de quarto e "de fora", encarregue também das roupas do governador, uma jovem beldade negra, com corpo de palmeira e olhar escondido e envergonhado; Tobias, cocheiro e moço de estrebaria, que os tinha conduzido na charrete desde o molhe; e um garoto, afilhado de Sebastião, chamado Vicente e que funcionava como moço de fretes e "topa-a-tudo". Luís Bernardo cumprimentou-os a todos com um aceno de cabeça e umas palavras de circunstância, a que eles responderam com uma pequena vénia, de olhares postos no chão.

O secretário-geral explicou então que os aposentos do governador ficavam no andar de cima, excepto o salão de recepções ou de baile, que ficava no piso térreo e com acesso por uma entrada lateral. Em baixo, funcionava a Secretaria do Governo, onde Luís Bernardo dispunha também do seu escritório particular e onde o próprio Agostinho de Jesus e mais uma dúzia de funcionários trabalhavam todos os dias. Assim que o senhor governador lhe desse a honra de visitar as instalações térreas e recebê-lo a primeiro despacho, ele apresentar-lhe-ia então os funcionários da Secretaria-Geral do Governo. Mas, por ora, presumia que S. Ex.ª quereria repousar um pouco, tomar um banho e almoçar qualquer coisa. Dispunha-se, por isso, a deixá-lo a sós, até que S. Ex.ª o mandasse chamar, mesmo fora das horas de expediente, já que morava ali mesmo ao pé. Luís Bernardo aceitou de pronto a sugestão e ficou à porta a vê-lo partir no seu passo miudinho. Os criados já tinham voltado para dentro e apenas o Sebastião esperava, à entrada da porta. Luís Bernardo ficou ainda um momento parado lá fora, olhando a praça deserta e escutando o ruído da cidade ao fundo. Continuava a cheirar intensamente a mato, mas a humidade descera agora acentuadamente e um céu azul despontara através da neblina. Havia mesmo uma ligeira brisa salgada que chegava do lado do mar e que fazia, de súbito, tudo parecer extraordinariamente calmo. E, pela primeira vez em muito tempo, a angústia que o consumia sempre que pensava em S. Tomé e Príncipe fora substituída por uma repentina e incompreensível alegria que o surpreendeu, como uma notícia boa. Voltou-se e avançou para dentro, dizendo:

— Vamos lá então, Sebastião, vamos conhecer a casa!

Todas as madeiras nobres da ilha — câmbala, joca, cipó, ocá — tinham sido usadas abundantemente na casa, desde a escada de acesso ao piso superior até às portas almofadadas e às portadas das janelas de sacada, passando pelo soalho. O tom uniforme era um castanho-escuro e usado, macio ao fim de décadas de camadas de cera sobrepostas, e ele notou que o chão não rangia ao pisar, mas devolvia um som sólido de madeira prensada e antiga. Do *lobby*, a casa distribuía-se em três direcções: para a esquerda ficavam os quartos; em frente, do lado do mar, as salas; e, para a direita, a cozinha e as instalações dos criados. A sala principal funcionava como espaço de recepção, com um mobiliário que correspondia àquilo que era previsivelmente adequado ao governador da mais pequena das possessões ultramarinas de Portugal: o tecido dos *maples* e sofás tinha desbotado da cor original, que deveria ter sido um rosa-velho que agora era apenas velho, o imenso espelho de talha que ocupava metade de uma parede lateral já só permitia ver sombras esbatidas entre as manchas que a humidade causara ao longo dos anos, e o lustre pendente do tecto parecia proveniente de um leilão de móveis de família de classe média lisboeta. De um modo geral, nada ligava com nada e o que salvava o conjunto era o mar ao fundo das duas enormes janelas abertas até ao chão. Ao lado, havia uma pequena e muito mais acolhedora salinha, onde Luís Bernardo mandou Sebastião instalar a sua mesa e o gramofone trazidos de Lisboa. Na direcção oposta, e pegando com o salão, ficava a sala de jantar para banquetes oficiais, que, em contraste com a sala, era bem mais simples e bonita: uma longa mesa de madeira a todo o comprimento da sala, com capacidade para trinta talheres, enquadrada de um lado pelas mesmas janelas de sacada sobre o mar e, do outro lado, por um mural, representando uma cena de roça, com a casa grande, a sanzala e o feitor branco dando ordens aos trabalhadores negros, uma floresta de cacaueiros enquadrando o fundo da cena. Do tecto e sobre a mesa pendia uma armação de madeira rectangular com um pano bordado lá dentro, como se fosse uma vela latina: puxada por um criado de cada lado da mesa, funcionava como um leque gigantesco que permitia refrescar os convidados durante a refeição e que, como Luís Bernardo depois constataria, era um instrumento essencial em cada casa de administrador de roça e uma marca indispensável da respectiva importância social. Entre a sala de jantar e a cozinha, havia uma copa de passagem, com as paredes forradas de louceiros até ao tecto, contendo os dois serviços propriedade do palácio, e uma só janela abrindo sobre uma pequena varanda, também virada ao mar. Luís Bernardo mandou acrescentar uma mesa que desse para quatro pessoas, informando o Sebastião que era ali, e não na imensa sala de jantar, que tomaria todas as suas refeições, pequeno-almoço incluído.

Também nos quartos ele procedeu a uma alteração. Havia três, o principal dos quais enorme e com vista para o mar, com uma cama de casal em pau-santo e dois móveis indo-portugueses, que era coisa que ele pessoalmente abominava. Desprezou assim o quarto principal e decidiu antes instalar-se num dos quartos pequenos, das traseiras, que dava para o jardim do palácio, de onde vinha uma gritaria de pássaros desconhecidos que poderia muito bem funcionar como o seu despertador natural, todas as manhãs. Ao lado, tinha uma casa de banho muito aceitável, com uma banheira de zinco, mas sem água corrente, e um chuveiro semiartesanal, funcionando a partir de um depósito de cinquenta litros que ele próprio accionaria puxando uma corrente de aço suspensa do depósito. À Doroteia caberia encher o depósito do chuveiro ou a banheira com água fria ou aquecida, conforme o patrão mandasse.

Estabelecidos estes detalhes, Luís Bernardo sentou-se a descansar um bocado no alpendre que ficava à frente das salas e que recebia sombra o dia inteiro. Aceitou a oferta de um sumo de abacaxi do Sebastião e acendeu um cigarro, ficando a contemplar a baía, com o seu escasso movimento de barcos, metade dos quais procedia agora à carga do *Zaire*, já em preparativos para levantar ferro. Vencendo a moleza que o dominava, arranjou forças para fazer uma visita à cozinha e trocar com o Mamoun e a Sinhá informações mútuas sobre as suas preferências culinárias e as capacidades deles. Ficou a saber que o palácio do governador dispunha de uma gleba própria, fora da cidade e de onde provinham diariamente frutos e legumes frescos. Tinha também uma criação própria de porcos, galinhas, perus e patos, e o peixe do mercado era abundante, diário e barato. Havia o excelente café da ilha e o resto que era abastecido regularmente, a partir de Angola: arroz, farinha, açúcar e, sob encomenda, carne de vaca. Por esse lado, e mesmo para um *gourmet* habituado a comer bem, como ele, o panorama parecia-lhe mais do que suficiente. Todavia, e contrariando a expectativa geral na cozinha e os protestos de que o "senhor governador devia estar esfomeado àquela hora", ordenou que lhe trouxessem apenas uns ovos estrelados com paio, um café muito forte e um grande copo de água, servidos na varanda. E, quinze minutos depois, de duche frio tomado e roupa lavada, sentou-se na varanda para ser servido pela primeira vez por um Sebastião muito compenetrado do seu papel, embora visivelmente triste pela falta de substância, alimentar e formal, daquele almoço. Ia começar a comer quando reparou que Sebastião não se tinha mexido. Continuava ali, de pé e quieto, vigiando atentamente cada um dos seus movimentos. Aquilo pareceu-lhe desconfortável para ambos.

— Sebastião...

— Sim, senhor governador?

— Primeiro que tudo: não quero que me trates por "senhor governador" — parece que não estás a falar com uma pessoa, mas sim com um monumento.

— Sim, patrão.

— Não, Sebastião, patrão também não. Vamos lá a ver: olha, trata-me por doutor, está bem?

— Sim, dotôr.

— Bom, a seguir vamos assentar noutra coisa: quando eu estiver a comer, tu só vens quando eu te chamar. Não consigo comer com uma estátua a olhar para mim.

— Sim, dotôr.

— E agora, Sebastião, apetece-me conversar. Por isso, puxa aí uma cadeira e senta-te, porque também não consigo conversar sentado com uma pessoa em pé.

— Sento-me, patrão?

— Doutor. Sim, senta-te aí, vá!

Relutantemente, Sebastião puxou uma cadeira e sentou-se a uma respeitável distância da mesa de Luís Bernardo, depois de lançar um olhar em redor, como que para se certificar de que ninguém estava a vê-lo. Manifestamente, o homem fazia um esforço para compreender e se adaptar à personalidade do novo amo.

— Diz-me lá: como é o teu nome completo?

— Sebastião Luís de Mascarenhas e Menezes.

Luís Bernardo assobiou baixinho, abafando o desejo de soltar uma gargalhada: o seu *butler* nos trópicos, ali perdido em duas perdidas ilhas da costa ocidental de África, negro retinto pela graça de Deus e pelo sol dos dias, ostentava dois dos mais antigos e nobres apelidos da linhagem portuguesa. Os Mascarenhas e os Menezes jamais tinham andado por paragens de África, onde muito pouca gente civilizada alguma vez vivera, mas sim pelas míticas planícies de Goa e da província portuguesa da Índia, onde os nobres do império serviam desde o século XVI. Tinham embarcado com Vasco da Gama, combatido com Afonso de Albuquerque e d. Francisco de Almeida, haviam sido guerreiros e jesuítas, governadores e vicereis e, ultimamente, magistrados e construtores. Partia um Mascarenhas e um Menezes em cada geração, alguns para por lá se demorarem dez ou mais anos, outros para jamais voltarem e ficarem sepultados nos cemitérios de Pangim, de Diu ou de Lautolim onde, nos tempos de hoje, as suas lápides de pedra estavam gravadas em inglês: "*To the memory of our beloved...*". Acaso Sebastião seria um neto ou tetraneto de um Mascarenhas e de um Menezes, algures naufragados na costa de África ou nas ilhas ao largo do Equador, na sua rota para a Índia. Ou apenas teria herdado, como às vezes sucedia em África com os antigos escravos, os apelidos dos proprietários a quem tinham pertencido os seus antepassados. Ou ainda, seria descendente de um "forro" — as primeiras gerações de habitantes da ilha, no século XVI, os filhos dos primeiros colonos vindos da metrópole e dos primeiros negros vindos do continente, uma "aristocracia" local mestiça e que haviam sido, de facto, os senhores primeiros das ilhas, embora estas tenham começado por ser propriedade dos capitães donatários a quem os reis de Portugal doavam as suas distantes e inóspitas possessões equatoriais, com a única contrapartida de as ocuparem, povoarem e arrotearem. Mas Luís Bernardo, que, à uma e meia da tarde tinha começado a olhar com simpatia para Sebastião, olhava-o agora também com respeito.

— Bem, Sebastião, é um nome ilustre...

— É sim, patrão.

— Doutor.

— Perdão, dotôr. É um nome herdado dos meus antigos, que vêm de Cabo Verde. Mas já me disseram que a paternidade vem de Goa.

— Sem dúvida que sim. E diz-me uma coisa: és casado?

— Não. Já fui, dotôr, agora sou viúvo. Há quinze anos.

— E tens filhos?

— Tenho dois, dotôr. Um trabalha na roça Boa Entrada, é encarregado de armazém, um trabalho bom e com responsabilidade. A outra é uma filha, casou-se e vive no Príncipe, já não a vejo há uns dois anos.

— E não voltaste a casar?

— Não, mulher sai caro e aqui estou bem, não preciso de mulher.

— E o secretário, o senhor Agostinho, é casado, ele?

Sebastião fez uma pausa e olhou de viés. Luís Bernardo percebeu que vinha aí uma informação codificada.

— É, é casado... com uma senhora de cá.

— Ah... — "com uma preta", pensou Luís Bernardo.

— Mas o pai dela era português... — apressou-se a completar Sebastião.

"Uma mulata", concluiu Luís Bernardo.

— E isso faz diferença aqui, entre os portugueses?

— Entre os brancos, dotôr? Então não havia de fazer diferença? Branco é branco, preto é preto, mas mulato, aqui, não beija mão nem dá mão a beijar. O melhor mesmo é ficar em casa, compreende, dotôr?

Luís Bernardo tinha terminado os ovos e bebido o café. Estirou-se na cadeira e levantou-se a custo. Sentia uma indolência absoluta, um desejo de se deixar ir na corrente, de ser comandado, em vez de comandar.

— Diz-me, Sebastião, a que horas é que se janta aqui?

— Como o patrão quiser. Mas o habitual é jantar depois da chuva, pelas sete e meia.

— Depois da chuva? Mas a chuva tem hora marcada?

— Fora da estação seca, da gravana, é sempre a seguir ao pôr do Sol. E, por volta das sete e meia, já acabou.

— Muito bem: então, o jantar é às sete e meia. Aqui.

— Aqui não, patrão.

— Não é patrão, é doutor. E por que não aqui?

— Por causa dos mosquitos. Perdão, dotôr.

Vencendo a preguiça, Luís Bernardo mandou que o Vicente fosse avisar o senhor Agostinho de Jesus que daí a uma hora iria descer ao andar de baixo para conhecer a Secretaria do Governo, e passou a dedicar essa hora a desempacotar e arrumar as suas coisas, com a colaboração do Sebastião e da Doroteia. Enquanto esta pendurava os fatos nos cabides e se baixava para alinhar os sapatos no armário do quarto, Luís Bernardo não se conseguia impedir de lhe lançar, de quando em vez, uns olhares de conhecedor interessado. Movia-se como um talo de flor sob a água, gestos leves e dançantes, mostrando partes do corpo castanho-escuro de pele ligeiramente brilhante. As dobras e aberturas do seu vestido de algodão estampado em amarelo com flores deixavam entrever, de vez em quando, uma parte de coxa, firme e húmida de gotas de suor, ou o início do peito, que subia, elástico, ao ritmo da respiração um pouco afogueada. Quando o olhar dela de repente encontrou o seu e ele viu claramente um brilho de inocência selvagem no branco dos olhos dela, Luís Bernardo sentiu o golpe no peito e desviou o olhar, caçador caçado. Lembrou-se de uma das suas últimas conversas com o João, em Lisboa, quando se queixava da abstinência sexual a que se imaginava condenado pelo seu exílio voluntário em S. Tomé, ele, tão bem habituado ao reconforto das mulheres. E o João respondera-lhe, meio a sério, meio a brincar: "Tu? Qual quê! Ao fim de um mês, prometo-te que as pretas vão-te parecer mulatas, ao fim de dois meses já te vão parecer brancas morenas e, ao fim de três meses, em a necessidade apertando, vão-te parecer loiras de olhos azuis!". E agora, ali estava ele, ao fim de três horas, lançando já olhares gulosos sobre a sua criada de quarto, que a natureza favorecera com um corpo de deusa grega, pintado de negro. Saiu do quarto furioso consigo próprio, gritando para dentro de si mesmo: "Porra, Luís, tu és o governador disto, não és um visitante de passagem!".

Agostinho de Jesus Júnior já tinha conhecido e servido três governadores de S. Tomé e Príncipe e S. João Baptista de Ajudá — onde quer que isso ficasse. O primeiro era um coronel, que devera a nomeação a uma "cunha" política e que pensava poder disfarçar a sua chocante estupidez com um receituário de formalismos e cerimoniais tão ridículos quanto a sua pessoa — fora dele e do seu convívio que Agostinho herdara essa tentação pelo salamaleque hierárquico que perseguia, como uma doença venérea, toda a administração pública portuguesa, mesmo nas lonjuras dos trópicos. O segundo era um pobre diabo, viúvo e alcoólico, sem ter verdadeiramente onde cair morto e que, ao contrário do primeiro, tinha pelo menos a lucidez de jamais se levar a sério e ser penosamente consciente da sua absoluta incompetência para a função: toda a gente fizera dele o que quisera e, com a sua inércia, Agostinho aprendera a governar, de facto, na sombra, manobrando com destreza os cordelinhos da pequena intriga do pequeno palácio — um gosto que para sempre lhe ficara agarrado à pele. Mas veio o terceiro, que era a figura acabada da consumada besta e que, felizmente, antes do final do mandato, fora morrer a Lisboa, afogueado em tantos berros, tantas ameaças de chicote, tantas ordens gritadas aos quatro ventos. Após o que, e catorze anos de serviço colonial passados, dois ataques de malária quase fatais, uma mulher mulata que os anos haviam tornado gorda e desinteressante e dois filhos tardios, cor de caramelo, Agostinho de Jesus Júnior já a nada mais aspirava do que o serviço de um governador que fosse pessoa normal e compreensiva, um mandato pacato e sem história, e a espera tranquila pelos anos que lhe faltavam para a reforma. Posto o que talvez lhe sobrassem economias e ânimo para voltar à pátria, comprar umas leiras no Minho e uma pequena casa de granito, com uma lareira para os invernos e uma seara de batatas para a gorda se entreter enquanto ele passasse os dias a jogar dominó com os conterrâneos na tasca da aldeia, acedendo, de quando em vez e contrariado, aos pedidos para contar novamente as suas aventuras de África. Oh, sim, voltar a dormir sem mosquitos e sem acordar encharcado em suor, voltar a sentir o frio e o vento seco e as quatro estações do ano! Esquecer essa terra maldita de África e os anos perdidos a olhar para o mar e a contar os tostões para o regresso. Sabia histórias de muitos como ele que nunca mais queriam voltar, que se tinham enfiado pelo interior de Angola e de Moçambique, aberto tabancas em pleno mato, desbravado e semeado fazendas, alistado no Exército ou nas obras públicas, juntado com pretas e semeado os arredores de filhos, cafrealizando-se ao ponto de já não saberem bem de onde tinham vindo e por que tinham vindo. Mas ele, não: ele odiara aquela terra desde o primeiro instante em que lá pousara pé e não houvera um só dia, um só dia, na eternidade daqueles catorze anos, em que não tivesse olhado o mar antes de se deitar, pensando se o destino lhe consentiria essa felicidade de voltar um dia por onde viera.

Agora, Agostinho estava inquieto, sem saber o que pensar e o que esperar do novo governador. Parecera-lhe demasiado novo para o cargo e contava-se na colónia que nunca tinha estado em África e que tinha ideias de "intelectual" acerca do ultramar. Aquela coisa de despir o casaco em pleno cortejo pela cidade e cumprimentar o mordomo com um aperto de mão parecera-lhe um mau agoiro. "Ou é um tipo simpático ou é um filho da puta disfarçado de tipo simpático" — qualquer das hipóteses pressagiava problemas. Recebera o seu recado para o esperar na Secretaria às cinco da tarde e chegara adiantado, para conferir, mais uma vez, que tudo estava em ordem e imaculadamente limpo no gabinete que esperava o novo governador. Tudo estava impecável, ele nada tinha a temer e, contudo, sentia-se desconfortável, com um mal-estar cuja razão não conseguia identificar.

Guiou Luís Bernardo na visita às dependências da Secretaria-Geral e apresentou-o aos seus funcionários: um branco de rosto ressequido e olhos injectados de febres, e dez são-tomenses, na versão mais humilde do mais humilde funcionário público português, para quem a posse e guarda de uma simples borracha ou de um carimbo era um serviço de alta responsabilidade na salvaguarda do património da pátria. Depois, recolheram-se os dois ao gabinete do governador e, durante uma estafada hora, Agostinho de Jesus procedeu a um minucioso inventário do estado do governo administrativo da colónia: movimento do pessoal, execução orçamental, ordens de serviço em vigor e em execução ou ainda por aplicar, estado de conservação do património e substituição de equipamentos, colecta de impostos, plano de execução de obras públicas, relações e troca de correspondência com o ministério, em Lisboa, com a Câmara Municipal da ilha, com o delegado do governo na ilha do Príncipe, com o administrador do distrito de Benguela, em Angola, e com o governo-geral de

Angola. Ao fim de uma hora, Agostinho de Jesus parecia mais entusiasmado e embalado do que nunca, mas Luís Bernardo oscilava entre um sono demolidor e um nervosismo crescente, à beira da explosão. E, assim que agarrou uma aberta, interrompeu a enxurrada:

— Bom, chega, senhor Agostinho, chega! Vai-me dar os *dossiers* para eu levar para casa e estudá-los depois sozinho. Agora, vamos ao que importa.

— Ao que importa?

— Sim, homem, à política. Oiça, senhor Agostinho: a gestão administrativa do governo, o pessoal, as finanças, o fisco, tudo isso tenho a certeza de que não pode estar mais bem confiado do que está em suas mãos. E assim vai continuar. Você vai gerir isto dia a dia, poupando-me aos detalhes e, de tempos a tempos, digamos, de três em três meses, sentamo-nos os dois e você faz-me o ponto da situação. Agora, compreenda que não foi para isso que eu vim para cá, para ver contas de mercearia, para decidir se o terceiro escriturário há-de ser promovido a segundo escriturário ou se se há-de comprar um cavalo novo para substituir a égua velha: para isso, ficava em minha casa, onde também tenho problemas desses para resolver e não os resolvo. Eu quero é que você me dê informações sobre aquilo que respeita à minha missão aqui: a situação política da colónia, o ambiente que se vive e os verdadeiros problemas que existem. Entendeu-me?

Não, manifestamente, o secretário-geral não entendia, ou preferia não entender, o que o governador queria. A boca fora-se-lhe abrindo aos poucos, aparentemente de genuíno espanto, e agora ele coçava a parte de trás da cabeça, sem saber como retomar o fio àquela meada.

— A situação política, o ambiente, senhor governador?

— Sim, senhor Agostinho, isso mesmo: a situação política, o ambiente. Como estão?

— Bem, senhor governador, aqui toda a gente está ocupada a trabalhar, não há tempo nem disposição para a política.

— Toda a gente, quem — os portugueses?

— Sim, claro, os portugueses.

— Então, e os pretos?

— Os pretos? — Agostinho de Jesus Júnior estava agora verdadeiramente espantado, ou então era o melhor actor de teatro do mundo.

— Sim, os pretos, senhor Agostinho. Estão satisfeitos com as condições de trabalho nas roças, pensam em voltar para Angola quando acabarem os seus contratos de trabalho, faz-se alguma ideia de quantos quererão regressar e como o farão? — Luís Bernardo falava com toda a calma que se esforçara por reunir, tentando decifrar se o homem era mesmo estúpido ou queria fazer dele estúpido.

— Bem, senhor governador, sobre esse assunto, o melhor é falar com o senhor curador. É ele, como sabe, que tem tais matérias a seu cargo. Eu vivo aqui na cidade e só me ocupo da Secretaria-Geral, por onde tais assuntos não passam. E, felizmente, se me permite acrescentar.

— Sim, é claro que vou falar com o curador, logo que possível. Mas queria saber de si o que se fala na cidade e entre a colónia portuguesa. Como vêem as instruções do governo do reino nesta matéria, como está o ambiente entre os negros, o que esperam da minha missão, etc. É a isso que eu chamo o ambiente político.

Agostinho de Jesus ficou em silêncio, limitando-se a abanar a cabeça, negativamente. Olhava-o de frente e esse olhar e o seu silêncio eram um desafio. Agora, Luís Bernardo percebera que ele não era assim tão estúpido. Acabara de o desafiar, em silêncio, sabendo claramente que esse silêncio equivalia a uma declaração definitiva: "Não contes comigo, seja qual for a tua intenção". Era, pelo menos, uma situação que ficava desde já esclarecida: e logo no primeiro dia. Levantou-se da secretária e caminhou até à janela. Acendeu um cigarro vagarosamente e deu três ou quatro baforadas, até sentir nas costas que o outro começava a sentir-se desconfortável. Depois, virou-se e encarou-o, sorridente:

— Então, mudemos de assunto: o que faz um novo governador aqui, quando toma posse? Eu gostaria de dar um jantar, para umas vinte a trinta pessoas — o curador, o presidente da Câmara, o monsenhor, o juiz e os principais proprietários ou administradores das roças. Isso é costume?

— Sim, é costume, mas primeiro o senhor governador terá de dar a recepção oficial de apresentação, com baile ou sem baile.

— Com baile? — a ideia de um baile oficial em S. Tomé, com umas minhotas gordas a dançarem valsa alagadas em suor e ele a abrir o baile (convidando para dançar quem, o monsenhor?) foi mais forte do que o seu desejo de contenção e soltou duas sonoras gargalhadas, que deixaram o secretário-geral estarrecido.

— Um baile, senhor Agostinho, costuma-se dar um baile, aqui no palácio?

O outro fez que sim com a cabeça, mudo e espantado, enquanto Luís Bernardo parecia ter perdido de vez o controle de si mesmo e já limpava com um lenço as lágrimas do riso que continuava a sacudi-lo, com grande escândalo.

— Mas há mulheres para o baile? E banda? E pautas de música? E o que se dança por aqui?

— Dança-se o mesmo, suponho eu, que na metrópole. A banda é a da guarnição militar e têm pautas modernas. E as mulheres — aqui Agostinho fez um trejeito de voz, significando o quanto a expressão "mulheres" podia ser ofensiva — são as senhoras mais respeitáveis da colónia, obrigatoriamente as esposas das autoridades ou dos senhores administradores das roças e suas filhas em idade adequada.

Luís Bernardo virou costas à cena, porque estava a ser inconveniente e tinha medo de se voltar a desmanchar de riso. Com a voz mais firme que conseguiu, falou, de costas.

— Muito bem, senhor Agostinho, será então um baile. Hoje é terça-feira, acha que poderíamos marcá-lo já para este sábado e ter convites prontos a enviar amanhã?

— Com certeza que sim — Agostinho estava de novo senhor da situação. — Temos aí convites impressos, é só preenchê-los e pôr três ou quatro funcionários a distribuí-los amanhã. Com sua licença, eu próprio farei a lista, que depois, obviamente, sujeitarei à aprovação de Vossa Excelência.

— Excelente, excelente. E de quantas pessoas estamos a falar, senhor Agostinho?

— Cento e trinta e seis, senhor governador.

— Cento e trinta e seis? Não se esquece de ninguém, não, senhor Agostinho? Detestaria ofender alguém inadvertidamente.

— Com certeza que não: a lista está feita, é a mesma que foi utilizada para a cerimónia de despedida do antecessor de Vossa Excelência.

— Óptimo, óptimo. E já agora, queria que me fizesse também uma lista de até trinta pessoas para o jantar de que lhe falei e que quero fazer uns dias depois.

— Muito bem, senhor governador.

— Bom, por hoje é tudo, pode ir para casa. Vemo-nos amanhã por aqui.

— Com licença do senhor governador, ainda tenho uns assuntos a tratar aqui. Com licença, boa noite.

Retirou-se miudinho, um pouco curvado, como uma vírgula, fechando suavemente a porta atrás de si. Luís Bernardo ficou a olhar em silêncio para a porta. Pegou nos *dossiers* e saiu, deixando ostensivamente aberta a porta do gabinete. Saiu para o jardim e aspirou o perfume das flores. Ouviu, na baía, o apito com que o *Zaire* anunciava a sua largada, de volta a Benguela, Luanda e Lisboa: soou-lhe como a despedida de um amigo, o sinal de que agora a sua solidão era inteira. O Sol desaparecera, embora a noite ainda não tivesse caído por completo. Mas uma densa mancha de nuvens cinzentas descera sobre o jardim e calara o canto dos pássaros que todo o dia ele escutara em fundo. Um trovão soou ao longe no morro e a atmosfera carregada de vapor parecia agora prestes a explodir. Ele parara no meio do jardim a contemplar aquela cena, mas em breve começou a sentir o ataque dos mosquitos, no pescoço, na cara, nos braços e mãos. Voltou-se para entrar em casa mas, antes que tivesse tempo de chegar à porta, uma tampa gigante abriu-se no céu logo acima da sua cabeça e, de repente, foi como se um dique se tivesse rompido. Uma chuva de pingos grossos, como bagos de uva, desabou em cascata solta, apagando todos os outros sons e os últimos sinais do Sol a morrer no horizonte. No chão, formaram-se instantaneamente poças, que logo se transformaram em pequenos lagos e em regatos que corriam em todas as direcções. Uma noite cinzenta instalara-se no jardim, que agora cheirava a terra encharcada, a verde naufragado, como se toda a vida, de repente, tivesse ficado interrompida sob aquele dilúvio. Luís Bernardo quedou-se, atordoado: nunca antes tinha visto chover assim, nunca tinha realizado que a chuva pudesse ser, mais do que um elemento da própria natureza, o esmagamento de toda a natureza. Consultou o relógio, no bolso do colete de linho: eram seis e vinte da tarde. E foi já encharcado até à alma que entrou em casa.

O Sebastião esperava-o à entrada, segurando um candeeiro a petróleo, com o qual o guiou até ao quarto. Mal-humorado, reclamou de imediato um banho quente, que Sebastião se apressou a providenciar, enquanto ele se ia despindo das roupas ensopadas, profundamente irritado consigo mesmo. Fora um imbecil, um idiota completo: dera confiança a quem, manifestamente, a não merecia nem desejava. Ensaiara uma cumplicidade deslocada com quem era apenas um subordinado, de hierarquia e de espírito, e que jamais se comprometeria com ele ou com quem quer que fosse. "Não podia ter começado pior!" — pensou para consigo mesmo. Vinha avisado contra todas as armadilhas, contra todos os passos em falso, dos quais os mais previsíveis eram os erros que poderia cometer para tentar partilhar a solidão que lhe cabia na sua tarefa. E, logo ao primeiro dia, logo com o primeiro e mais improvável dos interlocutores, caíra na armadilha infantil de buscar um cúmplice e um aliado para quem ele representava tudo o que o outro invejava e desprezava. Não era um "visitante da gravana" — como se dizia na ilha dos que só vinham a S. Tomé na estação seca, quando tudo era mais suportável, a começar pelo clima — mas, aos olhos de alguém que, como Agostinho de Jesus Júnior, levava na pele catorze anos de sofrido e silencioso serviço naquele desterro inabitável, representava o mais indesejado dos males que a colónia podia acolher: o político vindo de Lisboa, com pretensões de reformas, de mudanças, de ideias arejadas. Agostinho — Luís Bernardo sabia-o e sentira-o e, por isso, não se perdoava a si mesmo — vira chegar e partir vários como ele. Vira-os chegar, vira-os acomodar-se ou desistir e depois partir. Enquanto que ele, Agostinho, ficara sempre, à espera do próximo: jamais tivera, como os outros, um chão de regresso.

O banho tépido conseguira acalmá-lo. Tomara a decisão solene de permanecer sempre alerta e não voltar a abrir jogo com ninguém. "Não se pode ser fraco com os fracos, não se pode prescindir de exercer tudo o que nos cabe de autoridade, seja natural ou apenas *ex officio*." Saiu do banho com outra disposição e, para deleite do Sebastião, jantou na copa que mandara adaptar a sala de jantar pessoal, com entusiástico apetite e prazer. Comeu uns salmonetes com banana, fritos em óleo de dendê, e uma galinha corada, com matabala, um tubérculo que ali fazia as vezes de batata frita, cortada às rodelas. À sobremesa, uma papaia assada no forno e um café, cujo cheiro aromático e intenso ele haveria de se habituar a sentir na casa logo de manhã, depois de moído, e cujo sabor em breve lhe pareceria inultrapassável. Porque era a primeira noite, a chuva tinha parado e ficara uma frescura suspensa no ar, sentou-se na varanda da sala, sobre a baía, acendeu um charuto e ensinou o Sebastião a servir-lhe um *cognac*, escolhendo um copo de balão de entre o serviço de copos do palácio. Recostou-se numa poltrona de verga almofadada, esticou as pernas sobre a balaustrada, apurou os ouvidos para escutar os sons esbatidos que chegavam do centro da cidade, e deixou-se ficar.

Às dez da noite, quando a casa já estava mergulhada em penumbra e silêncio, passou ao escritório e sentou-se à escrivaninha para escrever a sua primeira carta de exilado. Para o João.

S. Tomé e Príncipe, 22 de março de 1906, 10.00 p.m.

Caríssimo João,

Cheguei (hoje), pouco vi e nada venci — antes pelo contrário. Não sei se sou eu que vencerei as ilhas ou elas que me vencerão a mim. Sei que tenho esta estranha sensação de ter passado uma eternidade desde que saí de Lisboa, uma eternidade desde que hoje, de manhã, desembarquei aqui, em S. Tomé.

Tive as honras da praxe, fui apresentado a quem tinha de ser, tomei posse do que me competia, instalei-me — eu, os meus escassos haveres e as saudades que já doem — na casa que me esperava, pomposamente chamada "o Palácio". Acabei agora de jantar e de fumar um charuto e beber um cognac *na varanda, olhando o mar e esta noite tropical, tão diferente daquelas que conhecemos. Desejei muito que pudesses estar comigo agora, aqui, a viver ao mesmo tempo que eu tudo isto que me parece tão diferente, tão intenso, tão primitivo e tão perigoso. Esforço-me por pensar que, se el-rei me escolheu é porque sabia o que fazia — mesmo que eu próprio não alcance a razão dessa escolha — (e, agora que a aceitei e aqui estou, posso-te dizê-lo sinceramente). Se alguma coisa faz sentido em toda esta confusão, é que me devo manter fiel àquilo que sou e que penso, sem me transformar noutra pessoa que tu, e eu próprio, não reconheceríamos mais tarde.*

Mas hoje, nesta primeira noite, não te quero falar disso. Queria apenas dar-te conta da primeira impressão que sente um inocente português que sai directamente do Chiado para uma aldeia metida dentro da selva e deixada à deriva no meio do Atlântico, à latitude do Equador: sente-se esmagado pela chuva, derretido pelo calor e pela humidade, comido vivo pelos mosquitos, espantado pelo medo. E sinto, João, uma imensa e desmedida solidão.

Quando receberes esta carta, já terá passado outra eternidade e tudo o que agora sinto poderá ter-se acentuado ou transformado — para melhor ou para pior. Mas, porque não tenho com quem falar e te queria dar conta, "a quente", do que primeiro que tudo senti ao desembarcar neste degredo, envio-te estas breves linhas, onde notarás que nada de irremediável ainda aconteceu e que não estou nem deslumbrado nem devastado. Olho, escuto, cheiro: como se tivesse acabado de chegar ao mundo. Onde quer que estejas agora, João, deseja-me uma manhã feliz.

O teu amigo mais distante,

Luís Bernardo

VII

Na sexta-feira, véspera do baile, a cidade de S. Tomé fervilhava já com os comentários e as histórias do novo governador, passadas de boca em boca, de loja em loja. Nos seus primeiros dias de governo, o novo governador ainda não subira lá acima, às roças, nem sequer — para grande consternação do secretário do governo — gastara muito tempo na Secretaria do palácio. Em vez disso, passeara-se de trás para a frente na cidade, entrara nas lojas, cumprimentara os comerciantes e conversara com os fregueses, aparecera de repente no mercado matinal onde comprara uns cestos de verga e uma carapaça trabalhada de tartaruga, interrompera conversas de velhos no jardim público, fora até ao molhe ver os pescadores descarregarem o peixe, manhã cedo, e contava-se até — mas grande parte das histórias já pareciam efabuladas — que se intrometera numa brincadeira de miúdos pretinhos, em plena rua, acabando a jogar com eles ao pião. Mais certo é que, quebrando as regras estabelecidas do protocolo, visitara nos seus lugares de trabalho e com um curto pré-aviso de véspera ou apenas de algumas horas, o presidente da Câmara, o juiz, o delegado do procurador régio, o delegado de Saúde e monsenhor José Atalaia, na catedral. Encontrara na rua o major

Benjamim das Neves, o comandante militar da ilha, e, com a maior das naturalidades, levara-o para almoçar no palácio. Mas o que de mais extraordinário se contava é que, no meio das suas visitas e das deambulações pela cidade, o governador, sempre acompanhado pelo Vicente, o moço de fretes do palácio, arranjara ainda tempo para ir duas vezes à praia. Tinham-no visto uma vez na praia das Sete Ondas e outra vez na praia das Conchas, com as alças do fato-de-banho descidas até à cintura, como uma simples tanga, tomando banhos e nadando sem parar ou estendendo-se na areia ao sol. E a verdade é que, em contraste com os colonos residentes em S. Tomé, que raramente iam à praia ou apanhavam sol e cuja pele era de um tom amarelado, o governador, ao fim de uns dias, parecia um índio, queimado pelo sol e com marcas de sal na cara e no cabelo. Tudo aquilo era verdadeiramente surpreendente e não admira que o dr. Luís Bernardo Valença tivesse, em tão pouco tempo, conseguido desinquietar a pacatez instalada e se tivesse transformado no objecto de todas as conversas entre a colónia. Não se sabia muito bem o que pensariam os negros sobre o assunto, ou se tal sequer os ocupava, mas os brancos não falavam entre si de outra coisa e estavam divididos entre o espanto, a admiração e a desconfiança. Para mais, mesmo as ocupações nocturnas do governador eram também tema de conversa. Todas as noites, a partir da hora do jantar, era possível descortinar a sua silhueta ao longe, na varanda principal do palácio, onde ardiam duas velas e brilhava no escuro o morrão do seu charuto, ao mesmo tempo que lá de dentro para os jardins vinha o som dos discos de música que ele ouvia interminavelmente no seu gramofone — ele próprio uma excentricidade única em toda a ilha. Os brancos arranjavam pretextos de ocasião para passarem ao largo do palácio e verem com os seus próprios olhos e escutarem com os seus próprios ouvidos a veracidade das histórias que se contavam. Mas à segunda noite, já alguns negros, debalde enxotados pela sentinela de serviço, se tinham vindo instalar para lá do gradeamento do jardim, escutando em religioso silêncio aquela estranha música triste que o gramofone do governador espalhava na noite equatorial. Nas boticas dos brancos e nas tabancas dos negros comentava-se em particular uma música cantada em tons de lamento que estarreciam o coração e que a voz do povo atribuía ao próprio Luís Bernardo, que faria sair do gramofone os lamentos silenciosos com que contemplava o mar, à noite. Mas, não, ele próprio esclareceu do que se tratava, quando o Sebastião, meio embaraçado, lhe contou o boato que circulava na cidade — afinal não passava apenas de uma música chamada "ópera". E, como também para falar de música lhe faltavam interlocutores, explicou ao Sebastião que o que tanto impressionava a audiência era uma ária chamada "Era la notte", de uma ópera chamada *Otelo*, cantada por um napolitano de seu nome Enrico Caruso e escrita por um compositor chamado Giuseppe Verdi, também um combatente pela independência e liberdade da Itália. Sebastião ouviu tudo muito compenetrado e na sexta-feira a cidade conhecia já a verdadeira história daquela música que despedaçava os corações de quem a escutava: era uma "oprá", uma música que só se podia escutar de noite naquela máquina e que era cantada por um amigo do senhor governador, também governador da Itália. Era, tinha explicado o Sebastião, como se os dois estivessem a falar ao telefone.

No meio de tudo isto, o "baile de abertura", marcado para sábado, trazia os cavalheiros em crescente curiosidade e as senhoras em descontrolada ansiedade. O convite não especificava qual era o traje, o que ainda mais acrescentava à angústia geral. E o facto de se tratar de um governador ainda jovem, bem-parecido e solteiro, que tomava banho seminu na praia e ouvia música à noite num gramofone, de varanda aberta sobre a rua, alimentava, particularmente entre as senhoras, um clima de profunda inquietação. Duas perguntas fervilhavam em todas as cabeças: "Como estará ele vestido?" e "Como esperará ele que nós estejamos vestidas?". As modistas da ilha não tinham capacidade de resposta para as encomendas de última hora, e a loja de fazendas e "figurinos" do sr. Faustino facturou em três dias quase tanto como nos últimos três meses. As caleches e os *breaks* foram cuidadosamente limpos, areados e encerados, os senhores das roças desentranharam os seus fatos de mais cerimónia do fundo de baús cheirando a naftalina, os oficiais militares mandaram polir botões, dragonas e medalhas, até que o brilho ofuscasse a vista, e as autoridades civis quase pararam o serviço público para que os seus titulares e respectivas esposas pudessem dar conta daquela emergência. Ao fim e ao cabo, a colónia estava unânime em concordar que aquele era um acontecimento social que há mais de cinco anos não se vivia e que, atendendo às circunstâncias, assumia a maior relevância, até política — ou, sobretudo, política. Só lamentavam que o governador tivesse marcado um baile com quatro dias de antecedência, lançando a atrapalhação entre toda a gente.

O baile do governador Valença foi um sucesso, mesmo para os mais exigentes ou os mais predispostos a dizerem mal. Marcado para as oito da noite, foi essa a hora exacta em que a chuva parou, deixando brilhar em todo o seu esplendor a iluminação feita com tigelas de cera colocadas no chão, assinalando o percurso desde a entrada, pelo jardim, até ao salão de baile. Lá dentro, um fantástico arranjo de flores decorava as mesas, com lugares marcados, e delimitava a pista de dança e o palco, onde a banda do aquartelamento militar tocou durante toda a noite músicas criteriosamente seleccionadas pelo próprio governador, que tivera um imenso trabalho de diplomacia a limpar das pautas tudo o que soasse a marchas militares ou cargas de cavalaria. Um batalhão de criados, rigorosamente fardados de branco e contratados um a um pelo Sebastião, servia sem cessar bebidas de toda a espécie e aperitivos, que entretiveram os convidados antes do momento de passarem às mesas, para o jantar.

À porta do salão — e isto seria comentado em S. Tomé e Príncipe durante os anos por vir — Luís Bernardo recebia os convidados, vestido com uma impecável casaca preta, com camisa de peitilho branco, um lenço de seda branco no bolso da casaca e uma discreta faixa azul-celeste cruzando o peito até à cintura. Quase uma provocação. "Um exagero!", comentaram os homens, depois. "Uma elegância, um deslumbramento", segredavam as mulheres umas às outras. Mesmo Agostinho de Jesus Júnior estava impressionado e fez questão de se quedar sempre dois passos atrás de Luís Bernardo, enquanto este, alto, descontraído e sorridente, recebia os convidados à porta e os derretia um a um com frases do género "que bom que possa ter vindo!".

O Chiado, o Grémio, o Jockey Club, mesmo um toque de Paris, pareciam ter-se transplantado episodicamente naquela noite para o Equador, na pessoa do novo governador que o rei d. Carlos lhes enviara. O conde de Souza Faro, o único aristocrata residente nas ilhas, administrador da roça Água Izé, uma das maiores de S. Tomé, estava ele próprio agradavelmente surpreendido e, ao entrar, não se conteve sem se dirigir a Luís Bernardo num tom de cumplicidade social que ali era tão raro ter ocasião para usar:

— Meu caro, espero que tenha dito à banda para nos poupar àquelas horríveis marchas herdadas das campanhas napoleónicas!

Ao jantar, Luís Bernardo, que tinha estudado o assunto com requintes de estratega militar, sentou à sua mesa monsenhor Atalaia, o conde de Souza Faro, o velho dr. Segismundo

Bruto da Silva e a sua recatada esposa, o coronel João Baptista e a sua igualmente recatada e silenciosa esposa, administrador da roça Boa Entrada, a segunda maior e mais produtiva da ilha, e a viúva d. Maria Augusta da Trindade, proprietária e administradora residente da roça Nova Esperança, mulher dos seus trinta e muitos anos e ainda visivelmente dotada de atributos que o vasto decote do seu berrante vestido verde abundantemente documentava, muito embora a fatal maledicência da cidade nada mais de concreto encontrasse para lhe atribuir do que intenções por confirmar ou desejos por satisfazer. Era, aliás, nessa perspectiva, continuadora de uma linhagem de mulheres de armas, muito senhoras de si e dos seus amores, que a colónia guardava como lendas — começando pela distante Ana Chaves, concubina de rei e agricultora, que desterrada para S. Tomé dera nome à sua baía e a um dos seus morros, ou pela mais próxima Maria Correia, nascida há cem anos atrás, casada com o brasileiro José Ferreira Gomes, que do Brasil trouxera o cacau para S. Tomé e a quem, reza a lenda, não fora fiel nem em vida, nem muito menos após o seu passamento. Quanto à contemporânea e transbordante de vida d. Maria Augusta da Trindade, a quem Luís Bernardo enviava a espaços o seu mais galante sorriso, contava-se que dirigia a sua roça com determinação de homem e bastante mais competência que muitos deles. Esforçando-se por não olhar para o decote do seu vestido, Luís Bernardo reparara também que a sua cara e a sua figura estavam longe de ser desagradáveis, antes pelo contrário, havia qualquer coisa de juvenil no seu olhar e nos seus gestos, qualquer coisa de ansioso e de indomado, que a ele, após cinco noites apenas em S. Tomé, lhe parecia já tão natural como aquela humidade que lhes escorria a todos pelo peito abaixo.

Fez um esforço para se concentrar na conversa que corria a mesa. Falava-se do visconde de Malanza, Jacinto de Souza e

Almeida, falecido menos de dois anos antes e talvez a figura mais prestigiada e mais inteligente de toda a colónia. Luís Bernardo, evidentemente, já tinha ouvido falar do visconde e conhecia a história da sua celebrada família, talvez a mais ilustre linhagem de S. Tomé e Príncipe e a quem o arquipélago mais ficara a dever. Os Souza e Almeida não eram brancos, mas sim mulatos, e não eram originários nem das ilhas nem do reino, mas sim do Brasil. Quando a maior e mais rica das colónias do império português ascendeu à independência, em 1822, Manuel de Vera Cruz e Almeida, natural da Bahia, foi um dos muitos portugueses que se vieram estabelecer na ilha do Príncipe, que então não era mais do que um calhau, semi-despovoado e selvagem. O seu filho mais velho, João Maria de Souza e Almeida, tinha apenas seis anos quando desembarcou com os pais no Príncipe, e dezessete quando ficou órfão do pai. Nessa altura já era responsável pela Fazenda Pública em S. Tomé e em breve expandiu-se para Benguela, em Angola, onde começou a comprar e a cultivar terras com notável empenho e sucesso. Rapidamente se transformou num dos maiores proprietários do distrito, no qual desempenhou todos os cargos públicos até chegar a governador, e onde, para além da competência e capacidade de trabalho por todos reconhecidas, se celebrizou por jamais aceitar ser pago em todos os lugares que ocupou — antes pelo contrário, foi, em Benguela e em S. Tomé, o mais generoso e disponível dos contribuintes, sempre voluntário para ajudar a custear obras e benefícios públicos. Com apenas vinte e três anos, em Benguela, engajou-se na expedição militar contra os dembos, que assolavam as fronteiras da província: equipou tropa sua, forneceu os mantimentos e comandou a sua gente com tanta bravura que lhe foi concedida a Torre e Espada, a mais alta condecoração militar portuguesa, reservada apenas a feitos heróicos em campo de batalha. Mas o que definitivamente marcou a sua vida foi o estabelecimento científico da cultura do cacau em S. Tomé e Príncipe, à qual dedicou uma obra impressa e minuciosa que nunca mais deixou de ser a bíblia de todos os cultivadores locais. Também introduziu e ensinou o cultivo do café, do tabaco e do algodão, chegando a importar e oferecer as sementes aos agricultores locais. Mas, ao contrário de muitos "construtores de impérios", a quem a ânsia da obra por fazer por vezes dá um carácter irascível e cruel, João Maria era um homem simpático e acessível com todos, sempre pronto para servir e ajudar os outros ou a coisa pública. Muito justamente, o rei d. Luiz nobilitou-o, fazendo-o barão de Água Izé, par do reino, fidalgo cavaleiro da Casa Real e membro do Conselho Real: foi o primeiro homem de sangue azul e pele negra da aristocracia portuguesa. Morreu em 1869, depois de juntar todas as suas propriedades de S. Tomé na roça Água Izé, nela estabelecendo o sistema das "dependências", que passou a partir daí a generalizar-se em todas as grandes propriedades da ilha, pela sua maior funcionalidade. Deixou como continuador o filho Jacinto, nascido no Príncipe, na roça Papagaio, a quem o pai começara por mandar estudar para Lisboa, chamando-o de volta aos catorze anos, para o ajudar na administração das terras. Quando o pai morreu, Jacinto, o futuro visconde de Malanza, tinha vinte e quatro anos de idade e já herdara do pai a paixão pela agricultura colonial. Deixou Água Izé confiada à administração do irmão, carregou-se de amostras de madeira e sementes de plantas nativas das ilhas e lançou-se numa longa viagem de estudo e prospecção por vários países europeus, onde fazia analisar as suas amostras e recolhia informações e dados úteis sobre outras culturas que pudesse introduzir em S. Tomé. No seu regresso, lançou-se na ciclópica tarefa de desmatar, arrotear e plantar as propriedades virgens que herdara do pai, no extremo sudoeste da ilha, uma zona conhecida por Terrenos de S. Miguel. Era uma terra absolutamente inóspita, onde a selva ditava as suas leis, com um clima tórrido e insalubre, sem nenhuma estrada nem caminho de acesso e sem nenhum ponto de desembarque fácil por via marítima. Mas foi aí que ele fundou as duas novas roças de S. Miguel e Porto Alegre, esta última atravessada pelo braço de mar de Malanza, onde introduziu a cultura do cacau em condições exemplares de exploração e onde criou um campo de aclimatação para cultivar todas as espécies possíveis de plantas tropicais. Ultrapassou com êxito a terrível confusão que se seguiu à declaração de libertação dos escravos, em 1875, e, logo depois, os danos e perdas humanas causados pela epidemia de varíola, que varreu como um incêndio todo o sul da ilha. Em 1901, d. Carlos, à semelhança do que seu pai fizera com o falecido barão de Água Izé, conferiu a Jacinto o título de nobreza de visconde de Malanza — o local do seu maior feito em prol de S. Tomé. Até à sua morte, três anos depois, o visconde não cessou na sua intensa actividade, não só de agricultor tropical, mas de estudioso e cientista da flora e da lavoura nos trópicos. Morreria, todavia, sem realizar o seu sonho de ver criada em S. Tomé uma escola colonial agrícola. Com a sua morte, a Água Izé, a roça que dera o prestígio à família e o título a seu pai, passara para as mãos da Companhia do Príncipe e do BNU, e era agora administrada exactamente pelo conde de Souza Faro, ali sentado à mesa. Em vida, Jacinto fora, enfim, e tal como seu pai, um homem que, aos olhos de Luís Bernardo, simbolizava o progresso contra a estagnação, a crença de que a ciência, a aprendizagem e os melhoramentos técnicos e científicos eram a alternativa de futuro ao trabalho forçado dos negros das roças. Pena que não estivesse ainda vivo, porque nele e no seu prestígio poderia Luís Bernardo ter encontrado o aliado natural que prenunciava tanto vir a precisar.

Reparou, contudo, que a evocação da pessoa do visconde de Malanza não era tão elogiosa como seria normal esperar.

Decerto que nenhum dos presentes se referia a ele sem uma atitude prévia de apreço. Mas havia falta de calor, falta de entusiasmo, mais ainda de saudade, nessas apreciações. Como se o desaparecimento do visconde, no fundo, convocasse tantos elogios como alívio. Ou talvez fosse ele que estava a imaginar coisas. Talvez.

O jantar de dois pratos chegara, entretanto, ao fim. Tinham servido a sobremesa e os cafés e agora serviam o Porto. Era altura dos discursos, ou melhor, do seu discurso, e ele tinha planeado minuciosamente aquele momento. Levantou-se, batendo três vezes com a faca no cálice de cristal de Porto, para chamar as atenções. Esperou que o silêncio se estabelecesse aos poucos e, então, discursou. Disse, em substância, que era uma honra e um privilégio poder servir Portugal, servindo S. Tomé e Príncipe. Que tudo o que tinha lido e o que se tinha informado acerca das ilhas lhe tinham dado a certeza de que aquela era uma terra que exaltava o génio colonizador dos portugueses que, partindo do nada e com tudo contra eles, tinham arrancado à selva, em condições de extrema adversidade, o que hoje era terra fértil, cultivada, e próspera, fonte de riqueza para os seus agricultores e para o Estado e motivo de orgulho para a nação. Estava, pois, consciente da sua responsabilidade em conseguir manter S. Tomé e Príncipe no caminho do progresso, nestes tempos em que novas realidades se impunham e, com elas, novas dificuldades, novos esforços, mas também novas esperanças. Vinha inteiramente disponível para os esforços, profundamente crente nas esperanças, e disposto a partilhar as dificuldades e até, no que às suas próprias dizia respeito, a pedir e a aceitar de bom grado a ajuda de todos. "Esta — concluiu — é terra de homens de boa vontade e eu a nada mais aspiro do que a ser mais um deles." A sala aplaudiu espontaneamente e, então, fazendo jus à sua já consagrada fama de personagem imprevisto, o novo governador chamou o Sebastião e os cozinheiros, para quem pediu uma ovação, "porque esta é uma terra de trabalho e o trabalho deste jantar foi da autoria deles". E, entre sorrisos e comentários, conseguiu uma segunda, embora menos espontânea, ovação.

Terminado o discurso, Luís Bernardo fez um sinal à banda que, conforme combinado, arrancou com uma valsa lenta. Levantou-se e, perante a expectativa geral, foi ao outro lado da mesa, estendendo a mão a d. Maria Augusta da Trindade:

— Dá-me a honra de abrir o baile comigo?

Também isto Luís Bernardo tinha ensaiado. Sabia que o facto de convidar a única senhora sozinha em toda a sala, sendo ele próprio um homem solteiro, haveria talvez de alimentar ainda mais as conversas da ilha. Mas quem mais poderia ele, sem ferir outras susceptibilidades, convidar para *partenaire*? Só não tinha previsto que d. Maria Augusta fosse ainda uma mulher bem vistosa e apetecível — ao menos, pelos padrões desta pequena ilha perdida ao largo de África. E também não tinha previsto que ela corasse, no momento em que se levantava para o acompanhar, segurando a mão que ele lhe estendia.

Assim começou o baile e não podia ter começado melhor: Luís Bernardo era, provavelmente, o menos adequado dos homens para o cargo de governador das ilhas do cacau, mas ali, num salão de baile em S. Tomé, não havia homem algum que pudesse rivalizar com a sua elegância e os seus dotes de dançarino, aperfeiçoados em vinte anos de salões de baile lisboetas. Nos seus braços, levada pelo volteio fácil do corpo dele, Maria Augusta, embora um pouco pesada, sentia-se deslizar, como se estivesse numa patinagem de gelo, e não arrostando com os 35 graus de temperatura e 90% de humidade que, apesar de todas as janelas abertas convidando uma inexistente corrente de ar, se fazia sentir ali. A emoção que sentia, disfarçou-a na cara, mantendo um meio sorriso inalterável, dirigido à assistência e não a ele. Mas não a podia disfarçar no peito, que ele sentia, roçando o seu ligeiramente e arfando ao ritmo da sua respiração inquieta. Olhada de cima, aquela era uma bela visão para um homem que há quase um mês não se aproximava de uma mulher a menos de dez metros de distância. Mas ele foi irrepreensível: só olhou uma vez e só dançou com ela aquela valsa. Depois, convidou também para dançar duas senhoras casadas de mais idade e reputação assegurada que nenhum homem, aliás, encontraria motivos para se sentir tentado a perturbar.

Arrumadas as três valsas, Luís Bernardo desapareceu até ao fim da noite da pista de dança, para grande decepção de muitas senhoras. Em vez disso, entregou-se com diligência e diplomacia ao papel de perfeito anfitrião, cirandando de um lado para o outro, metendo conversa aqui e ali, inquirindo dos convidados se tudo estava bem, vigiando discretamente o serviço dos criados e o reportório dos músicos, enchendo o copo aos cavalheiros ou apanhando algum leque que as senhoras tinham deixado cair próximo de si, quem sabe se de propósito. Por volta da uma da manhã, estacionou nas imediações da porta, começando a despedir-se dos convidados um a um. Às duas e meia da manhã — que por ali era já quase nascer do dia — os últimos pares e os últimos cavalheiros, já bastante bebidos, retiraram-se e ele pôde, enfim, tirar a casaca, desapertar a camisa, encomendar um último *cognac* ao Sebastião e retirar-se para a sua inevitável varanda sobre a baía. Fora um êxito.

Ultrapassada a primeira obrigação pública, apresentado o governador à colónia, Luís Bernardo estava agora ansioso por entrar verdadeiramente em funções. Queria, sem mais demoras, subir às roças, conhecer o interior da ilha, ocupar-se enfim daquilo que ali o trouxera. Mas também aí ele sabia que havia um ritual a cumprir: a hospitalidade era a primeira das tradições das roças de S. Tomé, mas, tratando-se do governador na sua primeira visita, havia um mínimo de cerimónia a fazer. E esse mínimo passava por um convite formal, mesmo que a seu pedido. Contrariado, teve de aceitar mais uma sugestão do seu secretário de apenas fazer no sábado seguinte o jantar com os administradores das principais roças, já que o domingo era o único dia em que não se trabalhava nas roças e ficaria mal convidar para jantar homens que viriam de longe, a cavalo ou de charrete, que tinham de fazer a viagem de regresso de noite e que no dia seguinte tinham de se levantar pelas quatro e meia da manhã. Tinha, pois, de esperar mais uma semana, mas ao menos aproveitou as despedidas do baile para ir fazendo pessoalmente os convites para o jantar aos que constavam da sua criteriosa lista.

Havia dezenas de roças em S. Tomé e nem todos os administradores eram convidáveis — nem sequer havia nisso grande interesse. Nas pequenas roças, os proprietários, descendentes dos antigos "forros" ou de degredados que tinham ficado pela ilha, eram também os seus administradores e, politicamente, eram irrelevantes: o que fizessem os grandes, o que para eles fosse decidido, valia para estes sem sequer haver necessidade de os consultar. Entre as principais roças, muitas pertencentes a companhias, os proprietários eram, por definição, ausentes: alguns passariam ainda uns meses por ano em S. Tomé, outros vinham apenas de fugida na época da "gravana", outros nunca tinham vindo nem faziam tenções de vir — eram apenas grandes accionistas de empresas agrícolas sediadas em S. Tomé ou no Príncipe e que se limitavam a ler os relatórios anuais, participar na assembleia geral anual em Lisboa e comparecer às reuniões para que o ministro os convocava. Mas eram eles, os ausentes, quem mandava de facto em S. Tomé e Príncipe, e a partir dos relatórios e informações que lhes enviavam de lá os seus directores ou administradores residentes. Era com estes que Luís Bernardo queria jantar, era com eles que a sua missão teria de ser levada a cabo.

O seu projecto era fazer uma primeira volta por todas as roças importantes da ilha e depois passar ao Príncipe. Não era tarefa expedita: embora a ilha fosse pequena, não havia mais do que umas escassas dezenas de quilómetros de estradas abertas, por onde se podia circular de charrete. A maioria das roças teria de ser visitada a cavalo ou por mar, nos navios que faziam navegação de cabotagem ao longo da ilha. A navegação ao longo da costa era, de facto, o meio mais prático de chegar da cidade às roças, visto que estas se localizavam preferencialmente no litoral, avançando depois para dentro do mato, até onde a desmatação e o plantio tivessem chegado: o interior da ilha era selva virgem, tal como os portugueses a tinham encontrado em quatrocentos, com os altos picos vulcânicos elevando-se como agulhetas e dos quais o mais alto era o pico de S. Tomé, com 2 142 metros de altura, mas de que raramente se distinguia o cume, eternamente afogado em nuvens e nevoeiro. Nesta densa zona central, que ocupava a maior parte da superfície de S. Tomé, ficava o reino do óbó — a floresta —, um inextrincável e cerrado labirinto de árvores gigantescas: jacas, ócás, cipós, micondós, marupiões, mangues, begónias. Por baixo delas, enroladas nelas, trepando desesperadamente por elas acima no esforço vital de alcançarem a luz além daquele perpétuo manto líquido em suspensão, viviam as rastejantes: a lemba-lemba, a corda d'água, a corda-pimenta, a liana-trepadeira. No restolho da selva, ou pendurada nos ramos das árvores, pronta a deixar-se cair sobre um homem passando inadvertidamente por baixo, vivia a terrível cobra negra, cuja picada era um beijo de morte, rápido e dilacerante: contava-se entre os antigos que o único homem que escapara à morte da mordedura da cobra negra fora um preto, fugido da roça Monte Café e que hoje vivia em Angolares, sem um braço. Ao sentir a dentada da cobra no braço, reagiu como um relâmpago e com dois golpes certeiros de catana: com o primeiro cortou o pescoço ao inimigo, com o segundo cortou o próprio braço rente ao ombro — e sobreviveu. Porque o óbó é o território ensombrado para onde fugiam os negros das roças, a quem um momento de loucura, um crime cometido em plena roça, ou apenas um desejo insano de liberdade, acolhia no seu abraço de morte, livre talvez, porém líquido e sombrio. Ninguém mais, em seu perfeito juízo, se aventurava além de uns curtos passos naquele universo opaco e submerso. Luís Bernardo conhecia o óbó apenas de uma conversa com o Sebastião, quando ocasionalmente lhe confessara o desejo de fazer uma expedição ao mato. Os olhos do Sebastião arregalaram-se de genuíno terror e até a voz lhe tremeu: "Dotôr, não faça isso, pela sua alma! O óbó está assombrado, é terra de cobra, de trovoada, relâmpago, assombrações. Já muitos pretos loucos quiseram ir para lá viver, mas nenhum voltou: diz-se que se transformam em cobras, também".

Portanto, Luís Bernardo teria de viajar ao longo da costa, contornando o óbó, para a direita e para a esquerda da cidade de S. Tomé, para visitar as roças que queria. Eram umas trinta roças e respectivas "dependências". Havia as grandes, as maiores entre as maiores: Rio do Ouro, Boa Entrada, Água Izé, Monte Café, Diogo Vaz, Ponta-Figo e Porto Alegre, a roça fundada pelo visconde de Malanza no extremo sudoeste da ilha, em plena linha do Equador, defronte ao ilhéu das Rolas. Ainda entre as maiores, havia S. Miguel e Santa Margarida, as mais importantes entre o rol que tinha nomes de santos: S. Nicolau, Santo António, Santa Catarina, Santa Adelaide. Uma das coisas que, aliás, mais atraía Luís Bernardo eram os fantásticos nomes das roças. Só entre as grandes, havia uma série delas cujos nomes evocavam a memória de outras paragens, algumas absolutamente impensáveis: Vila Real, Colónia Açoriana, Novo Brasil, Nova Olinda, Novo Ceilão, Bombaim. Mas as mais extraordinárias eram as que tinham nomes de estados de alma: Amparo, Perseverança, Esperança, Caridade, Ilusão, Saudade, Milagrosa, Generosa, Fraternidade, Aliança, Eternidade. Quem sabe, talvez algum poeta sem melhor ocupação por aquelas paragens tivesse sido contratado para espalhar nomes pelas roças, à medida dos sonhos dos que as tinham fundado. Talvez Costa Alegre, esse poeta que Luís Bernardo agora lia à noite antes de se deitar, filho dilecto de S. Tomé, negro como a noite, a quem uma paixão incendiada por uma branca encurtara a vida, consumida a escrever versos de dor como estes:

Se os escravos são comprados,
Ó branca de além do mar,
Homem livre, eu sou escravo,
Comprado por teu olhar.

Ou:

A sombra, cor do meu corpo,
Segue o teu corpo na rua:
Longe ou perto, como a sombra,
A minha alma segue a tua.

Ao fim da tarde de um desses dias, Luís Bernardo regressava à cidade a cavalo, sempre na companhia do Vicente, que lhe fazia as vezes de guia, intérprete com os negros que mal falavam português, ou simplesmente de interlocutor nas horas vazias. Mas o Vicente aprendera já que havia alturas em que o patrão gostava de conversar e outras em que não tinha disposição para as suas conversas e gostava de ficar em silêncio, submerso nos seus pensamentos. Esta era uma dessas alturas. Luís Bernardo seguia uns metros à frente, a passo, olhando distraidamente para a paisagem que desfilava ao ritmo do passo do cavalo. Regressavam de uma visita a Nossa Senhora das Neves, a mais distante das povoações da ilha. Nessa semana, e enquanto esperava pelas tão ansiadas visitas às roças, Luís Bernardo aproveitara para visitar todas as povoações da ilha, tarefa facilitada pela sua proximidade da cidade, excepção feita a Nossa Senhora das Neves. Tirando esta e a própria cidade-capital, os aglomerados humanos de S. Tomé resumiam-se a mais quatro diminutas aldeolas: Trindade, Madalena, Santo Amaro e Guadalupe, todas situadas a leste da cidade, para o interior, mas num raio de não mais de trinta quilómetros. Eram povoados tristes, sem nenhuns edifícios públicos de relevo, habitados por poucos brancos, fazendo comércio entre negros que pareciam miseráveis.

Ao passarem por uma das várias cubatas que se encontravam ao longo dos caminhos — simples construções de madeira cobertas por ramos de palmeiras ou lama solidificada ao sol — a atenção de Luís Bernardo pareceu ser atraída por qualquer coisa que Vicente não descortinou. O governador parara o seu cavalo e ficara a contemplar a cena: duas crianças nuas tomavam banho num regato que a água das chuvas fazia correr mesmo ao lado da cabana. Lá de dentro, por um buraco no precário telhado, elevava-se um fumo, que subia no ar, misturando-se com os cheiros da floresta. Então, assomou à porta a mãe das crianças, uma mulher de idade indefinida, com um vistoso vestido até aos pés em tons de amarelo berrante e encarnado. Luís Bernardo saudou-a com um "boa tarde!", a que ela respondeu com um monossílabo incompreensível. Vicente apressou-se a falar com ela em crioulo, dizendo-lhe qualquer coisa que a fez olhar para Luís Bernardo, um pouco a medo, baixando a cabeça em tom de respeito e repetindo a sua saudação ininteligível. Luís Bernardo não parecia saber bem o que queria e continuava a olhar, agora para os miúdos, que também eles tinham parado as suas brincadeiras na água e esperavam. Decidindo-se, disse ao Vicente que explicasse à mulher que gostaria de visitar a sua casa. O Vicente arregalou os olhos, mas ele insistiu: "diz-lhe!". Ao ouvir a proposta, a mulher desatou numa lengalenga interminável, falando sem se calar para o Vicente e fazendo gestos apontando para dentro de casa e para a estrada, na direcção da cidade.

— Dotôr, ela diz que...

— Já sei o que ela diz. Diz-lhe que eu quero mesmo visitar a casa e que lhe dou uns réis de presente.

Desmontou do cavalo, dando as rédeas ao Vicente para que as segurasse, e levou a mão ao bolso do casaco, tirando um punhado de moedas que estendeu à mulher. Ela olhou as moedas, pareceu ainda hesitar, depois guardou-as na mão fechada e afastou-se da porta, para que ele pudesse entrar.

O calor e o cheiro dentro da cabana eram sufocantes. Um cheiro desagradável, a farinha queimada, a mato e sujidade, tudo envolto numa nuvem de fumo que subia do chão de terra, onde ardia um lume rasteiro sobre o qual assentava uma panela de barro. O ar era quase irrespirável, nauseante e rarefeito. Ao princípio, vindo da luz de fora, ele não conseguia distinguir nada. Depois, à medida que os olhos se foram habituando àquela penumbra toldada pelo fumo, olhou à roda e viu, dispersos pelo chão ou sobre uma mesa de madeira artesanal, uma série de utensílios de cozinha e de lavoura, umas ferragens, umas grandes tigelas de barro e enxergas em pleno chão. Sentiu o suor empapando-lhe o cabelo e escorrendo pelo peito e pelas costas, as pernas fraquejaram-lhe de repente e a custo conteve um vómito que lhe subira, sem aviso, pela garganta acima. Pensou se estaria com febre, numa fracção de segundo imaginou-se perdido, já envenenado pela malária, e, reunindo forças, saiu intempestivamente cá para fora, para a luz e para o ar que lhe pareceu uma bênção fresca. Todos estavam calados, a olhar para ele. Firmou o passo, tanto quanto pôde, e subiu para o cavalo que Vicente segurava pelas rédeas. Atabalhoadamente, levou dois dedos ao chapéu, despedindo-se da mulher, e tocou em frente, a trote pelo caminho.

Cem metros adiante, pôs-se novamente a passo e esperou pelo Vicente.

— Conheces esta gente, Vicente?

— Conheço, patrão.

— Onde é que está o homem, está nas roças?

— Não, patrão. Está na cidade, trabalha nos Correios.

Luís Bernardo ficou silencioso outra vez. Pensava naquilo que o Vicente lhe tinha dito: o chefe daquela choça não era um qualquer serviçal de roça, era um preto da cidade, um empregado dos Correios. Aquela era a casa e a família dum funcionário da administração pública de S. Tomé. A miséria e a tristeza daquele cenário tinham-no chocado. Nenhum branco conseguiria sobreviver naquelas condições degradantes. O governador acabara de ver com os próprios olhos aquilo de que nenhum discurso oficial em Lisboa se ocupava. Quase vomitara ao descobrir o lado oculto da "missão de progresso e desenvolvimento que Portugal conduz em S. Tomé e Príncipe". Sim, é verdade, que havia a contra-argumentação: na noite do baile, em conversa na sua mesa, alguém comentara: "Dêem a um negro uma casa de branco, com paredes de alvenaria, lavabos e tudo, e num instante ele transforma-a num pardieiro". É verdade também que não havia fome nas ilhas, como bem o demonstravam os corpos esbeltos e com aspecto saudável que ele via ao longo das estradas e povoações. Não havia fome porque a natureza não o deixava: a fruta-pão, que o barão de Água Izé tinha também introduzido nas ilhas, crescia por si só e todo o ano dava em profusão um fruto que era também pão. Todos os outros frutos estavam igualmente ao alcance de uma mão que os colhesse das árvores, a começar pelas sete magníficas variedades de bananas existentes, das quais as preferidas de Luís Bernardo eram a banana-ouro e a banana-maçã que, como o seu nome indicava, sabia simultaneamente a banana e a maçã. O peixe era tão abundante que ele vira com os seus próprios olhos homens a pescar na praia junto ao molhe da cidade, limitando-se a atirar a rede da rebentação, na areia, e a puxarem-na cheia de peixe e camarões, sem terem sequer necessidade de molhar mais do que as pernas. A abastança era de tal ordem, que os nativos desprezavam as lagostas, sustentando que elas tinham feitiço, e, em S. João dos Angolares, para sul, em noites de lua cheia, vinham dar à areia da praia camadas de lulas enormes, que as mulheres se limitavam a recolher, vivas, em baldes de madeira. Porcos semi-selvagens vagueavam pelas praias ou saíam de repente do mato e não tinham dono algum. E, para quem gostasse de caçar, S. Tomé era um paraíso de rolas, tordos e outras aves comestíveis. Enfim, havia a mandioca, que ali, como em toda a África, era o alimento preferido e de substância dos negros. Em S. Tomé ninguém conseguia morrer à fome. Mas por que razão, então, sem conhecerem as secas que flagelavam outras partes de África, sem terem de viver em transumância em busca de alimentos, os negros de S. Tomé não viviam em condições decentes? Por preguiça e natureza própria, como sustentavam os brancos, ou por insensibilidade destes, como poucos se atreviam a dizer?

Ele, entretanto, passadas quase duas semanas, estava em excelente forma física e de uma saúde que nunca imaginara. O breve desfalecimento que lhe dera na visita à cubata fora um episódio à parte. É verdade que continuava a sofrer terrivelmente com o clima, mas aos poucos ia-se habituando e já só ensopava duas camisas por dia. O pior eram as noites, onde, debaixo do obrigatório mosquiteiro, o calor se tornava ainda mais intenso e quieto. Mas, como todos os europeus em África, estava também a aprender rapidamente a dormir pouco, deitando-se por volta da meia-noite, depois do seu ritual da música e do *cognac* na varanda, com o qual os seus dias terminavam grandiosamente, e levantando-se por volta das cinco da manhã, assim que a claridade começava a entrar pela janela e ele escutava, vindos do jardim, os primeiros gritos dos papagaios, os assobios do "San Niclá" ou o curioso som do ossóbó, que, quando parecia um choro, anunciava a chuva. A hora da chuva, invariavelmente ao fim da tarde, era a sua hora preferida dos dias. Assinalava o fim do trabalho, a bebida fresca no terraço à sua espera, o duche frio que antecedia o jantar. E silenciava todos os sons à roda, encharcava o calor sufocante da atmosfera, fazia subir no ar um perfume de terra molhada que afastava por instantes aquela cápsula gigante de clorofila em que eles viviam mergulhados nas ilhas. Era como se o céu inteiro rebentasse de repente, incapaz de adiar por mais tempo uma insustentável contenção: como o prazer suspenso até ao limite no corpo de uma mulher. Então, a ilha inteira libertava-se daquele sufoco, da agonia das horas escorridas em suor, daqueles dias de uma violência sem tréguas. Na cidade, fechavam-se as portas e os taipais das lojas, o escrivão encerrava o tribunal, o delegado de Saúde, o presidente da Câmara, e todos os funcionários recolhiam à casa ou atardavam-se na Cervejaria Elite, escutando a chuva sentados às mesas em conversa, e o padre emergia da sacristia para celebrar a missa das seis na Sé, para uma assembleia de senhoras devotas a quem invariavelmente saudava com as primeiras palavras: "*Introibo ad altare Dei...*". A que elas respondiam: "*Ad Deum qui laetificat juventutem meam*" — mas, na verdade, a juventude invocada já não era mais do que uma saudade mortificada, sepultada para sempre naquele desterro inclemente, só por instantes apaziguado pela chuva. Ao longo dos caminhos de terra, agora instantaneamente ensopados, os negros da cidade, os funcionários dos Correios ou os empregados das lojas, regressavam às suas casas — não mais do que simples palhotas à beira do mato, onde uma panela fervia ao lume e um cheiro pesado, que nenhum branco aguentava, os esperava para sempre. Mais longe, mais acima, nas roças, há muito que os serviçais já se tinham retirado para as suas casas da sanzala, já tinham cozinhado e jantado, e os seus cânticos de despedida confundiam-se agora com o som da chuva lá fora. E na varanda do seu palácio, com um *gin* tónico na mão, afastando os mosquitos com um leque feito de palhinhas, o novo governador de S. Tomé e Príncipe olhava, como se conseguisse ver, através da chuva, o que ninguém mais conseguia ver.

— Diga-nos lá, então, governador: quais são ao certo as instruções que traz de Lisboa?

O coronel Mário Maltez chegou-se para trás na cadeira, acendeu o seu charuto e olhou de frente, do outro lado da mesa, para Luís Bernardo. Era um olhar intimidador e o coronel era um homem intimidante: a meio caminho entre os cinquenta e os sessenta, alto, pesado, sanguíneo, de veias latejantes e farta cabeleira branca, enormes mãos peludas, de dedos grossos e desagradáveis. Tinha estado em Moçambique, nas campanhas de Mouzinho, e contava-se até que participara directamente na célebre batalha de Chaimite, na sequência da qual se capturara o chefe dos insurrectos, o régulo Gungunhana. Em Moçambique, tinha servido com Ayres d'Ornellas, um dos generais de Mouzinho e actual ministro da Marinha e Ultramar, o que certamente lhe dava um peso político que Luís Bernardo não se consentia desprezar. Ao mais, era ainda o administrador residente da Rio do Ouro, a maior das roças da ilha, em extensão e número de trabalhadores — um exército de duas mil e trezentas almas. O facto de ter sido ele a "abrir as hostilidades", assim que o café e os *brandies* tinham sido servidos, puxando a conversa para aquilo que ali os reunira a todos, demonstrava que era ele o chefe natural dos roceiros.

Antes de responder, Luís Bernardo chegou a si um castiçal do centro da mesa para acender também o seu charuto e com isso marcar uma pausa deliberada. Fora um excelente jantar: filetes de linguado recheados com camarão, perna de porco assada com abacaxi e arroz no forno, gelado de banana com café. Um vinho branco de Colares e um tinto da Bairrada, da reserva particular do próprio governador, e um Porto Quinta do Noval de 1832, da cave do palácio. A primeira puxada no charuto, um Hoyo de Monterrey, soube-lhe bem, sumptuosamente bem: estava húmido sem estar mole, de combustão perfeita e o ar passando livremente. Olhou a ponta incandescente e respondeu, ainda sem levantar os olhos:

— Bom, coronel, como julgo que saberá, as minhas instruções e a minha própria nomeação tiveram origem em Sua Majestade o rei, depois confirmadas pelo anterior ministro.

— E deste ministro já recebeu confirmação dessas instruções?

O coronel era esperto, mas Luís Bernardo também não era estúpido. Agora, levantou os olhos e encarou-o:

— Uma vez que as minhas instruções vinham de el-rei directamente, a mudança de ministro não teria de implicar alguma vez a sua confirmação. No entanto, posso-lhe dizer que recebi em Luanda notícia da mudança no ministério, através de um telegrama do seu secretário-geral, determinando-me —

e suponho que a mando do novo ministro — que procedesse conforme as instruções recebidas em Lisboa.

— Bom, mas afinal, que instruções são essas, que têm um ar tão misterioso? — intrometeu-se o conde de Souza Faro, como se quisesse fazer notar que não estava ali apenas como corpo presente.

— Não têm mistério algum, senhor conde. Trata-se de assegurar as condições para que S. Tomé e Príncipe continue a ser uma colónia próspera para todos e, ao mesmo tempo, de desarmar, pelos factos, as acusações que, conforme sabem, nos têm sido dirigidas por alguns meios influentes da Inglaterra, no que toca à mão-de-obra indígena.

— E Sua Majestade o rei e os ministros pensam que essas acusações têm fundamento? — o coronel Maltez voltou a recuperar a sua posição de liderança.

— Não pensam nem deixam de pensar, ou melhor, essa não é a questão que se põe, por enquanto. O que importa é o que vier a pensar o cônsul inglês, que aqui receberemos dentro de um mês. O que ele vir, o que concluir e o que escrever nos seus relatórios para Inglaterra é que vai importar.

— E importar para quê? — atalhou do extremo oposto da mesa um homem baixinho, de rosto inexpressivo, que era o administrador da roça Monte Café.

Luís Bernardo rodou na cadeira para olhar o novo interveniente na conversa. Era um dos quinze administradores de roças que ele tinha criteriosamente seleccionado para o jantar, a que acrescentara as autoridades que, directa ou indirectamente, poderiam ter que ver com a vida nas roças: o curador-geral, o delegado do governo no Príncipe, o juiz da comarca e o delegado do procurador da Justiça. Agradava-lhe ver que a conversa se estava a generalizar, mesmo que o tom parecesse encaminhar-se mais para o de um interrogatório do que de uma conversa.

— É possível que com tempo, com esforços e com investimentos adequados, S. Tomé possa substituir, sem grande prejuízo, o mercado de exportação para as ilhas britânicas. Mas, de momento, como é sabido, a suspensão temporária ou o boicote desse mercado do cacau, lançaria o caos, e em alguns casos a ruína, nas explorações de que Vossas Excelências são administradores. Ora, é isso mesmo que está em jogo, se porventura não conseguirmos desconvencer os ingleses do fundamento das suas acusações.

— Ou seja? — disparou o coronel.

— Ou seja — Luís Bernardo fez uma pausa quase teatral e olhou a toda a roda da mesa, lentamente —, se não os conseguirmos convencer de que não há trabalho escravo em S. Tomé e Príncipe.

Todo o jantar, Germano André Valente, o curador-geral, mantivera-se afastado do olhar de Luís Bernardo, sentado dois lugares à direita deste, e silencioso estivera até aí. Já no dia da sua chegada, quando lhe fora apresentado, Luís Bernardo notara o seu olhar esquivo e o pouco entusiasmo com que o saudara. Na recepção oficial, por acaso ou deliberadamente, nunca estivera perto do governador e agora parecia querer continuar tão invisível quanto possível. Mas, mesmo que o quisesse, Luís Bernardo não poderia vir a evitá-lo: Germano Valente tinha por função oficial averiguar e relatar as condições de trabalho nas roças, a legalidade dos contratos de trabalho, supervisionar a importação e o repatriamento de trabalhadores, e representar simultaneamente os interesses dos serviçais e os dos seus patrões. Reportava e respondia directamente perante o governo de Lisboa, o que podia implicar uma sobreposição de competências com o próprio governador — mas jamais acontecera até então que governador e curador divergissem publicamente na apreciação feita ao que se passava nas roças. Porém, no silêncio que caíra sobre as últimas palavras do governador, enquanto todos pareciam contemplar distraídos a nuvem de fumo dos charutos que pairava sobre a mesa, foi Germano Valente quem retomou o fio à meada:

— O que considera Vossa Excelência trabalho escravo?

Luís Bernardo não gostou, decididamente, do tom da interpelação dele, e foi de arraso:

— O que eu — e comigo, a comunidade das nações e os tratados internacionais — considero trabalho escravo poderá o senhor curador encontrar definido no que publiquei sobre o assunto, e que decerto é já do seu conhecimento.

Mesmo de viés, notou com satisfação que o outro corara instantaneamente e ficara de súbito hirto, acusando o golpe. Prosseguiu:

— Trabalho escravo para o mundo inteiro — e incluindo, portanto, o governo português — significa que um trabalhador está adstrito a um trabalho contra a sua livre vontade.

— Então, meu caro, não temos cá trabalho escravo em S. Tomé — era outra vez o conde de Souza Faro e Luís Bernardo começava a apreciar a faculdade que ele parecia ter de intervir sempre para descomprimir o ambiente.

— Os serviçais das roças, ao contrário do que sucede em algumas colónias inglesas ou francesas — o coronel Maltez debruçou-se sobre a mesa para marcar melhor a sua intervenção —, não são embarcados à força, são todos pagos e com os salários mínimos definidos por lei, como deve saber, têm horário de trabalho, têm descanso ao domingo, têm assistência médica, alojamento e habitação fornecidos pela própria roça. O senhor considera isto trabalho escravo?

— Vamos lá a ver — Luís Bernardo continuava a manter um tom suave, como se não se apercebesse de nenhum conflito latente —, eu não vos estou a acusar de coisa alguma. Estou apenas a transmitir-vos as acusações que outros, e com capacidade de vos causarem danos, vos fazem. Volto a repetir que não é a mim que terão de convencer, mas ao senhor David Jameson, que é o próximo cônsul de Inglaterra em S. Tomé e Príncipe.

Souza Faro levantou-se da mesa e pôs-se a passear pela sala, o que foi mais uma forma elegante de voltar a desanuviar o ambiente. Falou enquanto caminhava e Luís Bernardo sentiu que talvez pudesse estar ali um aliado:

— Será difícil convencer o inglês, se não o convencermos a si primeiro...

— O que falta para convencê-lo, governador? — desta vez, foi um dos directores até então calados que falou.

— Como é óbvio, terei de ver no local para poder formar uma opinião: até lá não penso nada. Mas se e com vossa autorização, que aqui solicito, puder começar já amanhã as minhas visitas às roças — a todas as roças de S. Tomé e do Príncipe, sem excepção, pequenas ou grandes, pobres ou ricas —, creio que dentro de dois meses estarei em condições de responder a essa pergunta com toda a seriedade.

— Quer dizer que, até lá, aquilo que eu lhe acabo de dizer não tem para si qualquer valor? — o coronel Maltez não dava tréguas.

— Não, não quer dizer isso de forma alguma. Quer dizer que eu não seria sério, para comigo próprio, para com os senhores e, sobretudo, para com quem me nomeou, se formasse a minha opinião, num ou noutro sentido, apenas com base no que tinha lido ou ouvido. O que o senhor coronel me acabou de dizer, registo-o como informação que certamente me será útil, embora incompleta.

— Incompleta em quê?

— Por exemplo: disse o senhor coronel que os serviçais das roças embarcam de sua livre vontade, que são remunerados segundo a lei, alimentados, alojados e tratados...

— Exactamente.

— ...mas não disse se são também livres de partirem quando quiserem.

— De partir?

— Sim, de partir: de se ir embora, de ir para outra roça, de regressar às suas terras de origem.

— Sim, são livres de partirem — atalhou o curador Germano Valente. E Luís Bernardo dirigiu-se a ele, directamente:

— Então, por que não partem? Por que desembarcam todos os anos dois ou três mil e não regressam senão uma ou duas dúzias a Angola?

— Porque não querem! — o tom de voz do coronel Maltez estava à beira de uma declaração de guerra, em perfeito estilo. Luís Bernardo achou mais sensato ignorar o desafio. Levantou-se também, dando o sinal de que o jantar, ou, pelo menos, a conversa política, estava terminado.

— Bom, então, se assim é, não haverá problemas. Meus senhores, queria agradecer-vos a todos terem vindo e, com vossa autorização, vou-vos distribuir à saída um calendário com as datas das visitas que pretendo fazer às roças e que, salvo impedimento da vossa parte ou motivo de força maior meu, não serão alteradas. Peço-vos desculpa da pressa com que tenciono fazê-lo mas, por motivos que decerto compreenderão, gostaria de ter isto despachado antes da chegada do cônsul inglês.

Nessa noite, depois de todos terem saído e de ter passado a sua meia hora de contemplação na varanda, sentou-se à escrivaninha e escreveu um curto bilhete ao João:

Querido amigo,

Recebi hoje ao jantar os administradores das principais roças e essa figura sinistra do curador-geral. A guerra vai começar e é altamente improvável que eu consiga escapar incólume. Quanto gostaria que tu pudesses estar aqui hoje para me aconselhar!

VIII

Um sino começou a tocar dentro do seu sonho. Primeiro, parecia vir lá do fundo, de um horizonte longínquo, depois começou a tornar-se cada vez mais nítido e mais intenso, até que ele foi forçado a acordar. Reparou que nenhuma luz entrava pelas frestas da janela, sinal de que era ainda noite, e, ao querer virar-se de lado na cama para continuar a dormir, deu-se conta de que tinha a almofada encharcada em suor e os cabelos empapados. Deveria ser verão. Aquele deveria ser o sino da igreja de Alvor, soando as matinas, e ele deveria estar deitado num beliche do convés do iate do seu amigo António Amador. Deveriam ter ido até ao Algarve, era verão e estavam de férias, lá fora esperava-o o mar transparente da Ria de Alvor, onde mergulharia para acordar completamente. Mas isso era daqui a pouco, por ora podia continuar a dormir: tudo estava certo e em paz e aquele era um tempo leve, sem presságios.

Mas o sino continuava a tocar e o seu ritmo não era de convocação, mas de intimação. Agora parecia-lhe escutar algumas vozes lá fora e uma luz ainda muito ténue entrava pela janela. Tacteou na escuridão e encontrou os fósforos na mesa de cabeceira. Acendeu um e olhou os ponteiros do relógio que deixara pousado na mesa, ao alcance da mão: eram quatro e trinta da manhã e foi então que ele acordou de vez do seu sono.

Afastou o mosquiteiro, levantou-se da cama e foi abrir as portadas da janela. Lá fora o céu estava ainda carregado de estrelas e apenas um breve clarão subia por detrás da montanha, de onde a manhã ia afastando a noite. O sino calara-se enfim e sombras escuras atravessavam apressadamente o terreiro, sinal de que o toque de despertar fora ouvido na roça Porto Alegre. Luís Bernardo aspirou o perfume ainda nocturno e suave a baunilha e o perfume nascente da "rosa-louca", essa flor inconstante do Equador, que de manhã é branca, a meio do dia é cor-de-rosa e ao fim do dia é vermelha, da cor do Sol afogando-se no mar. A noite afastava-se rapidamente mas, em lugar da claridade do dia, havia uma neblina branca, como algodão líquido, que flutuava ao nível do chão. Através dela, conseguia distinguir ao fundo a silhueta das casas da sanzala, onde um crescente vaivém de figuras negras, esbatidas no nevoeiro, ia engrossando aos poucos. De uma das casas elevou-se, de repente e sem razão, um cântico arrastado e triste, uma voz cantando num dialecto de algures em Angola uma cantiga que arrepiava os sentidos, prontamente respondida em coro por mais umas quantas vozes. O cântico foi engrossando e tomando conta da sanzala, atravessou o terreiro e chegou à casa grande, à janela de onde Luís Bernardo espreitava a manhã emergente. Era um cântico de tristeza pelo dia que nascia embrulhado em nevoeiro, pelo sol que tinham deixado para trás, pelo mar sem regresso que adivinhavam dali sem nunca o verem, pela noite que acabara, sepultando nela todos os sonhos. Mas não, não era um cântico: antes um lamento cantado. Um lamento por um mundo perdido e sobrevivendo apenas na memória de outros dias felizes. Choravam pela sua outra África, das planícies a perder de vista, do capim seco ao sol, dos animais correndo livremente, do mato onde o leão espreita a zebra e o leopardo persegue silenciosamente o antílope, dos rios atravessados em frágeis canoas por entre jacarés e hipopótamos adormecidos, das noites na savana, ouvindo os gritos da selva e aquecendo o medo num fogo aceso entre pedras. Uma África para o horizonte sem fim, e não aquela prisão de cinquenta por trinta quilómetros, aquele sufoco espesso e sempre molhado, aqueles estreitos caminhos entre a selva, com o seu eterno cheiro enjoativo a cacau, aquele sino de todos os dias, tocando invariavelmente às quatro e meia da manhã, às seis da tarde e às nove da noite, aprisionando o seu tempo, sempre inexoravelmente igual e previsível, como se Deus os tivesse marcado à nascença com um horário que nada, nem a alegria nem a tragédia, nem a festa nem a dor, poderia mudar. E ali, naquela janela sobre o terreiro da roça Porto Alegre, que o esforço titânico do barão de Água Izé fundara em local onde nenhum homem escolheria viver, ocorreu a Luís Bernardo a mais inesperada das descobertas. A de que já ouvira aquele cântico. Ouvira-o noutra língua, mas exactamente o mesmo: no L'Opéra de Paris, quatro anos antes, quando assistira ao *Nabucco*, de Verdi. Era o "Va, pensiero", o cântico dos escravos hebreus.

Meia hora depois, o governador de S. Tomé presidiu da varanda da casa, em companhia do administrador da roça, à "forma da manhã". Uns setecentos negros, formados em grupos de dez, descalços e sumariamente vestidos, todos com a sua chapa pendurada do pescoço com o nome da roça e o número de contratado, saudavam como gladiadores, levantando o braço ao alto, com o seu inseparável maxim — uma curta adaga que lhes servia para tudo, para capinar mato, abrir caminho na selva ou decepar a cobra negra, se acontecia surpreenderem-na a tempo. Feita a contagem pelo capataz e dois ajudantes, um sinal de cabeça do administrador indicou ao capataz que podia soltar o grito de "larga!", e todo o exército de sombras negras partiu em silêncio, desaparecendo quase instantaneamente na cerração da mata. Cinco minutos depois, toda a roça estava desperta, com os gritos das crianças, as vozes das mulheres que nesse dia haviam sido dispensadas do trabalho nas plantações, o ruído das locomotivas da "linha Decauville" partindo para a recolha do cacau, o barulho das serras e das bigornas nas oficinas, o dos machados dos lenhadores no mato. À medida que a floresta ia sendo assim acordada do seu sono, nuvens de pássaros levantavam voo em todas as direcções e partiam para outras paragens. Às oito horas da manhã, o trabalho seria interrompido por meia hora, para o "mata-bicho", a primeira refeição do dia. Depois, por volta das onze e meia, era distribuído o almoço no local de trabalho e, uma hora depois (ou talvez mais, conforme a disposição do capataz e os resultados da última colheita da roça), retomava-se o trabalho até às seis da tarde, invariavelmente a hora do pôr do Sol. Não era muito nem pouco, era o máximo que a natureza consentia — de sol a sol.

Ao meio-dia, quando o sino da roça tocou três vezes para o almoço na casa grande, Luís Bernardo já tinha perdido uns três litros de suor a percorrer as instalações próximas. Visitara as diversas oficinas — carpintaria, ferragens, latoaria —, vira a casa do capataz, duas casas da sanzala, de quatro metros por quatro e janelas em cada parede de modo a aproveitar a mínima corrente de ar para refrescar o ambiente, entrara na creche, onde umas quarenta criancinhas e uma mulher se pareciam ocupar de coisa alguma, e visitara o hospital da roça, um longo edifício, antecedido por uma espécie de "sala de operações", com armários de madeira guardando uma profusão de frascos etiquetados e solenemente alinhados, uma mesa baixa com instrumentos cirúrgicos de ferro, com formas estranhas e sinistras como o são quase sempre os instrumentos médicos, e depois a imensa enfermaria, com janelas dos dois lados ao longo das paredes e camas de ferro de cor creme encostadas a cada parede — ao todo, umas cinquenta. Um médico residente, de idade indecifrável e um ar de absoluta acomodação que nem tentava disfarçar, acompanhou-o na visita que, manifestamente, tinha sido preparada. A maior parte das camas tinha lençóis relativamente lavados, três enfermeiras negras vestiam fardas acabadas de engomar, o chão ainda estava húmido da lavagem dessa manhã, as paredes estavam caiadas de fresco e nenhum doente gemia nas suas camas. Tudo estaria perfeito, não fosse o cheiro flutuante a formol e um odor de morte, de abandono, de silêncio definitivo, de resignação, que impregnava o ar e os sentidos, sem qualquer hipótese de ilusão: de todos os cantos do mundo que alguma vez vira, nenhum jamais lhe transmitira um tão devastador sentimento de solidão. Luís Bernardo ouviu em silêncio todas as explicações que o médico e o administrador lhe foram dando, sem fazer quaisquer perguntas, caminhando ao ritmo deles ao longo da enfermaria e esforçando-se por não fixar o olhar dos doentes, curvados nas camas como bichos capturados.

Antes do almoço, foi ver ainda os extensos terreiros de pedra onde se dispunham os "tabuleiros" de madeira para secar o cacau ao sol e que eram imediatamente recolhidos pelas mulheres ao sinal da chuva. Antes disso, o cacau, que chegava cá abaixo nas carruagens da "linha Decauville" — uma inovação recente das principais roças — era descascado por mulheres e crianças, numa operação a que chamavam a "quebra" do cacau. Depois, Luís Bernardo insistiu, perante a visível contrariedade do administrador, em ir ver com os seus olhos de que constava o almoço dos serviçais. "Faz parte das minhas funções" — concluiu ele, em tom definitivo, e o administrador não teve outro remédio senão ir atrás. Nesse dia — e, como iria constatar, em quase todos os dias e em todas as roças — o almoço dos trabalhadores resumia-se a uma tigela de farinha cozida e um litro de água, servido em canecas de latão.

Na casa grande almoçaram — ele, o administrador, o capataz e o médico — feijão com carne de porco frita e um doce de banana com baunilha, seguido de um café e de um *brandy*, que ele recusou. Foi um momento de tréguas, naquela suada manhã: Luís Bernardo tinha substituído a sua camisa de algodão branco ensopada e na sala de jantar corria uma brisa refrescante do grande abanador sobre a mesa que dois criados, um em cada ponta da sala, fizeram deslizar no ar durante todo o almoço. Saíram depois para a varanda que corria ao longo de toda a casa e de onde se podia ver a roça inteira, com as suas construções de alvenaria branca e telha portuguesa, numa arquitectura simples e despojada, que tanto fazia lembrar a Luís Bernardo algumas aldeias do interior de Portugal. Estava-se bem na varanda e ele esteve quase a ceder ao sono, ao cansaço e ao calor que vinha do terreiro e que ali, apesar de tudo, era apaziguado pela sombra do alpendre. Foi até a insistência com que o administrador da Porto Alegre o tentou convencer a fazer uma sesta, que acabou por chamá-lo ao dever. Pediu que lhe selassem um cavalo e partiu para as plantações, onde, de novo encharcado em suor, se embrenhou pelos carreiros entre os cacaueiros ou algumas mais largas veredas delimitadas por palmeiras. Um exército de formigas labutava no meio da plantação, confundindo-se por vezes com as próprias árvores. Limpavam, capinavam, abriam covas, colhiam e juntavam o cacau que outros recolhiam em cestos às costas, transportando-os até à linha férrea, que parecia quase de um comboio em miniatura. Não viu nem cacetes nem chicotes ou outras coisas de que tinha ouvido falar, na mão dos subcapatazes ou "chefes de mato". Tudo parecia em ordem e normalidade, como uma vulgar linha de montagem de uma fábrica, com a única diferença de que aquela fábrica era ao ar livre, debaixo de um calor abafante e de uma humidade insuportável. "Deve ter sido assim também que se construíram as pirâmides, é assim que se constroem os impérios", pensou para consigo.

Ao fim de duas horas, deixou o cavalo entregue aos cuidados de um dos ajudantes e regressou à roça na "Decauville", sentado sobre uma pilha de cacau, num dos vagões atrelados à pequena locomotiva a vapor. Ao soar do toque das seis, rigorosamente ao pôr do Sol, os trabalhadores começaram a convergir de todos os pontos da roça para o grande terreiro central. Vinham sozinhos ou em grupos, de maxins caídos, ombros curvados e passo cansado. Deixavam-se cair no chão e ali ficavam, sentados ou deitados, sem grandes conversas, uma lassidão extrema em cada um dos seus gestos. Às seis e meia, o capataz chamou a reunir e organizou-se a forma da tarde, para nova contagem de cabeças, não fosse alguém, tomado por um acesso de loucura, ter-se despedido para sempre do seu contrato, da legalidade e da "segurança" da vida na roça, trocando tudo pela escuridão da selva, densa de perigos e sem nenhum futuro feliz para oferecer. Feita a contagem, desfilaram para receber o jantar que iriam cozinhar na sanzala: peixe seco, arroz e bananas, para si e para as suas famílias — aqueles que as tinham. Seguindo a cena, do seu posto de observação na varanda da casa grande, Luís Bernardo lembrou-se da descrição idílica do que se iria seguir, da autoria de um dos donos de roças em S. Tomé e que ele lera algures: "Dado o sinal de dispersar, retiram-se para a sanzala, onde comem, entretendo-se depois a conversar e a dançar até ao toque do sino, que às nove horas anuncia a hora do repouso. Nos dias de folga, em que habitualmente lhes é permitido recolherem mais tarde, é frequente entreterem-se organizando grandes batuques, dando expansão aos seus sentimentos de alegria, por meio de danças e gestos desconcertados. Nenhuns cuidados os preocupam relativamente à sua subsistência ou de suas famílias, visto que todos se acham a cargo dos patrões, que lhes fornecem alimentos três vezes ao dia, bem como vestuário, habitação e tratamento médico, salário em dinheiro e passagem de ida e regresso aos portos de onde procedem... Com todas estas vantagens e regalias, e com o interesse e apoio paternal que encontram em todos os mais actos da sua vida, tanto da parte dos patrões, como do curador, os trabalhadores gozam de uma existência relativamente invejável e, por isso, ao terminarem os seus contratos, usufruindo de um bem-estar que estavam longe de encontrar nas terras onde nasceram, os indígenas angolenses preferem fixar a sua residência nas ilhas a regressar a Angola...". Luís Bernardo sorriu, ao lembrar-se desta citação que fixara de cor. Viu as centenas de homens, rotos de cansaço e acabrunhados, arrastarem-se em silêncio para as suas casas da sanzala, o maxim pendente numa mão, a ração da noite na outra, e perguntou-se se o autor daquelas palavras porventura queria fazer passar por "sentimentos de alegria" o cântico pungente que ele lhes ouvira, manhã cedo. Imaginou-o em Paris, nesse mesmo momento, talvez instalado no Bristol ou no Créteill, preparando-se para gastar numa noite, nas Folies Bergère e em companhia de uma qualquer corista, o que uma alma daquelas, trabalhando numa sua roça, cumulada de "regalias e vantagens" e "apoio paternal", não conseguiria juntar numa vida inteira, dia após dia, de sol a sol.

Luís Bernardo ficou debruçado na balaustrada da varanda, imerso nos seus pensamentos, depois de todos terem retirado e o terreiro ter ficado quase deserto. Os primeiros fumos subiam das casas da sanzala e parecia, agora que os dois mundos se tinham separado — o branco e o negro —, que a paz e a ordem das coisas naturais tinham descido sobre a roça. Mas foi apenas uma breve aparência de paz: um silêncio, vindo das entranhas da terra, subira pela floresta adentro e tomara conta do óbó, onde todos os ruídos se tinham calado, como que a um sinal oculto. De longe, no silêncio instalado, ouviu-se então o canto do ossóbó e foi ele que preveniu o guarda de serviço. Num instante, o sino da roça tocou em desespero e logo uma multidão de mulheres emergiu da sanzala para recolher apressadamente os tabuleiros de cacau. Um sopro de vento vindo do mar subiu até ao óbó e toda a folhagem e mesmo a copa das árvores, algumas altas de trinta ou quarenta metros, estremeceu à sua passagem, como se passasse uma tragédia. Três minutos depois, bátegas de chuva, grossas como pedras, começaram a cair e de repente todo o céu rebentou em estoiros de trovões, raios que iluminavam a mata como se tivesse voltado a ser dia, e um dilúvio vindo das alturas desabou sobre a terra vermelha. Árvores velhas estalavam com a tempestade, rachavam com um estrondo apocalíptico e tombavam sobre a mata, caindo aos poucos para terra, roçando-se na queda pelas que permaneciam de pé, como se se despedissem delas. O céu inteiro, a floresta, a terra, gemiam e gritavam, vergastados pelo vento e pelo temporal desenfreado. Do óbó vinha o som de rios que se tinham formado naquele instante e que já corriam em enxurrada e de cascatas adormecidas, agora despertas em violência. Luís Bernardo estava petrificado pela beleza e pelo pavor daquele espectáculo: tivessem-lhe dito que o mundo inteiro ia acabar naquele instante, e ele teria acreditado.

O fim do mundo, aquela tremenda batalha nos céus entre a água e o fogo, durou pouco mais de meia hora. Depois, a pouco e pouco, a cólera divina foi-se apaziguando, a chuva foi-se tornando cada vez mais esparsa, o clarão dos relâmpagos foi-se afastando dali e o som dos trovões ouvia-se agora mais longe, sobre o mar. Num instante tudo tinha terminado:

de novo, o silêncio tomou conta do mundo por breves instantes e logo o óbó foi-se povoando de gritos agudos de pássaros nocturnos, do restolhar de animais ocultos na vegetação, de um som suave de água escorrendo pela montanha abaixo. O fumo voltava a subir nas chaminés da sanzala, as vozes dos homens e mulheres e os gritos das crianças recomeçavam em crescendo e, daí a pouco, um cântico elevou-se de uma das casas e foi-se propagando às outras, apenas um murmúrio cantado e envolvente. Tomado por uma súbita e arrasadora tristeza, Luís Bernardo voltou as costas ao terreiro e entrou para se vestir para o jantar.

No dia seguinte, manhã cedo, embarcou no ancoradouro da Porto Alegre, com destino a outra roça. Todos os seus dias agora, nas próximas semanas, iam ser assim, regulados pelo toque dos sinos das roças, à mesa com estranhos, visitando oficinas, hospitais e plantações, escutando os cânticos arrepiantes desses negros arrancados a Angola que garantiam a prosperidade das ilhas e a riqueza, gozada lá longe, dos seus proprietários. No embarcadouro, o sr. Feliciano Alves, administrador da roça, perguntou-lhe, finalmente:

— Então, senhor governador, o que achou?

Luís Bernardo suspirou e respondeu, com meio sorriso:

— Achei tudo impressionante, senhor Feliciano.

— Deveras? E eles — achou-os assim tão maltratados como se conta lá por Lisboa?

— Depende. Para si, e para mim talvez, não serão muito maltratados. Há pior em África, de certeza. Mas, se lhes perguntar a eles, a resposta é capaz de ser outra.

— Que resposta, senhor governador?

— Não sei, senhor Feliciano. Já se imaginou no lugar deles?

— No lugar deles...?

— Sim, já se imaginou ali, a trabalhar dez horas por dia na plantação, a levantar-se quando o sino toca e a adormecer quando o sino manda, e a ganhar dois réis e cinquenta centavos por mês?

— Bem, senhor governador, isso nem parece conversa do senhor. Cada um tem o seu lugar, não fomos nós que fizemos o mundo, foi Deus. Foi ele, que eu saiba, que fez os brancos e os pretos, os ricos e os pobres.

— Pois, senhor Feliciano, tem razão. A minha fé é que ultimamente não anda lá muito fortalecida.

E embarcou na pequena chata a vapor, deixando o sr. Feliciano Alves visivelmente apreensivo.

Em três semanas, veio apenas por três vezes à cidade, dormir no Palácio do Governo, mudar de roupa, despachar o expediente urgente e ler as comunicações oficiais chegadas de Lisboa. Tinha também correspondência particular à sua espera, uma carta do João dando-lhe notícias dos amigos e conhecidos e renovando a sua promessa de o visitar "assim que a tua solidão se torne tão insustentável que eu já não aguente os remorsos de ter ajudado a convencer-te a esse desterro ao serviço da pátria". E tinham chegado também jornais de Lisboa, que pareciam trazer notícias de outro planeta. A agitação política, os boatos de conspirações, as queixas da província enxameavam as primeiras páginas, enquanto dos correspondentes em Londres era enviado o relato da visita do sr. d. Carlos à Inglaterra: passara três semanas entre Windsor, Balmoral e Blenheim, a residência do duque de Marlborough, entre caçadas, teatros, concertos e *soirées* de *bridge*, só interrompidas por umas esparsas visitas a regimentos. Da agenda de Sua Majestade não constara um único encontro de trabalho com o primeiro-ministro, com Lord Balfour, chefe do Foreign Office, com responsáveis pelo Ministério das Colónias, com financeiros, importadores ou jornalistas — nada que aparentemente pudesse interessar a Portugal. Não conseguiu impedir-se de pensar se alguma vez, entre uma caçada e um concerto, d. Carlos se teria lembrado da missão que lhe confiara e do que ela poderia significar nas relações com a Inglaterra.

O mais reconfortante nas suas vindas a casa era constatar como o Sebastião e todo o pessoal pareciam ter sentido as suas ausências, tratando-o como um soldado de regresso da frente de batalha para se restabelecer na retaguarda. Da cozinha, vinham pedidos insistentes de Mamoun e Sinhá para que "o senhor governador diga o que mais lhe apetece para o jantar" e qualquer coisa que ele dissesse transformava-se imediatamente em jantar, como se os seus desejos já tivessem sido adivinhados. A Doroteia sorria à vista do monte de roupa suja que ele atirava para o chão do quarto e com esmero alinhava sobre a cómoda um rol de camisas lavadas e engomadas para ele levar de volta na manhã seguinte. E passava, deslizando silenciosa e sorridente, entre o quarto dc dormir, o quarto de vestir e a casa de banho, abrindo a cama, recolhendo a roupa suja, pondo o banho a correr, uma gazela negra toda vestida de branco, cada vez mais bonita, cada vez mais tentadora, cada vez mais difícil de resistir de agarrar à passagem, puxá-la para si para lhe sentir o corpo rijo e esguio encostado ao seu, passar-lhe a mão pela pele de cetim negro e dizer-lhe ao ouvido, como quem manda mas também como quem pretende, "queres ser a minha lavadeira?", conforme o costume estabelecido nas ilhas entre os homens brancos e as gazelas negras. À noite, depois do jantar, enquanto ele se dirigia para o terraço de copo de *brandy* ou de Porto na mão, o Sebastião inquiria, em tom de ciência entranhada: "O senhor governador quer que eu ponha o disco do senhor italiano que canta ou o disco de música do senhor alemão?", e ele respondia, divertido com a pergunta, o disco do Giuseppe ou o disco do Wolfgang.

Em três semanas visitou mais de trinta roças, umas apenas metade do dia, outras, as maiores ou mais afastadas, um dia inteiro. Chegava de barco, que era o meio mais rápido e expedito, quando as roças se situavam próximo da costa, ou a cavalo e de carroça, quando ficavam para o interior, bem embrenhadas na selva, montanha acima, só alcançáveis em longas e penosas viagens por carreiros e caminhos que quase todos os dias tinham de voltar a ser limpos e desmatados, de tal maneira a pujança da natureza os engolia num ápice. Mas isso permitiu-lhe ficar a conhecer a ilha como poucos: subiu aos seus picos de onde o mar se avistava em dias claros, atravessou rios a cavalo, desceu ao longo de vales abruptos até à escuridão do óbó, passou ao lado de cascatas e até, uma vez, tomou banho nas águas frias e transparentes de um lago formado por uma queda de água. Na sua cabeça, o mapa da ilha já não tinha segredos e situava de cor as roças e os embarcadouros, as praias, os rios, os picos.

Começara as visitas de sul para norte e, por isso, ficara quase para o fim a que antecipara fosse uma das mais desagradáveis e difíceis — a visita à roça Rio do Ouro, administrada pelo coronel Mário Maltez, cuja conversa ao jantar no palácio fora elucidativa da animosidade que poderia esperar do personagem. Mas, para sua surpresa, quando chegou à Rio do Ouro, num princípio de tarde, o coronel não estava para o esperar: tinha tido necessidade, disseram-lhe, de se ausentar para assuntos urgentes a tratar na cidade. Mais estranho ainda, deixara, em sua substituição, o curador Germano Valente, que nunca até então se dignara acompanhá-lo ou estar presente em nenhuma das outras visitas que já fizera às roças. Luís Bernardo não sabia exactamente o que pensar daquilo, mas parecia-lhe evidente que a ausência do coronel era um sinal de desconsideração pela sua pessoa: não havia, em S. Tomé, nenhum assunto cuja urgência justificasse que um administrador de roça não recebesse pessoalmente um novo governador que, pela primeira vez, estivesse de visita à roça. Por outro lado, a presença do curador, apenas naquela roça e em representação ou substituição do administrador, parecia conter uma mensagem clara: a de que ambos estavam unidos em algum possível conflito com o governador e que o curador respondia pessoalmente pelas condições de trabalho naquela roça. Luís Bernardo não deixou que os seus sentimentos se revelassem, mas por dentro fervia de raiva e de humilhação. Hesitante entre virar as costas e vir-se logo embora ou cumprir a visita como se nada fosse, acabou por optar por um meio termo, deixando-se guiar pelas instalações da roça, sem fazer perguntas nem comentários às explicações que o capataz-chefe lhe ia dando. A Rio do Ouro, com trinta quilómetros de perímetro, era a maior e a mais impressionante das roças que vira até aí. As suas instalações eram imponentes, a maquinaria, incluindo a "linha Decauville" recentemente instalada, eram do mais moderno disponível, as plantações perfeitamente tratadas e alinhadas e a organização do trabalho aparentemente modelar: não admira que a roça produzisse duzentas e trinta mil arrobas de cacau por ano, facturando sozinha a astronómica quantia de mil e duzentos contos ao ano, que o seu dono, o conde de Valle Flor, se encarregava de gastar parcimoniosamente em Lisboa ou Paris. O capataz debitava números sem parar, como se recitasse as Bem-Aventuranças, descrevia o estado de cada plantação, o rendimento de cada hectare, a produção de cada frente de trabalho. O curador, sempre dois passos atrás, mantinha-se também calado, tal como Luís Bernardo, e olhando sempre em frente, como se já soubesse tudo aquilo de cor ou como se nada daquilo lhe interessasse verdadeiramente. Os números, porém, estoiravam na cabeça de Luís Bernardo como verdades incontornáveis, irrespondíveis. O calor, que tinha atingido o apogeu e anunciava a chuva redentora do fim da tarde, acrescentava-lhe essa sensação de inutilidade de qualquer dúvida ou inquietação, apenas um desejo de tréguas, de rendição honrosa: uma sombra, uma cadeira, uma limonada fresca. Se necessário mesmo, um pedido de desculpas, em troco dessas tréguas. Na "forma" do fim da tarde, um exército negro a perder de vista alinhou-se no terreiro central, nem felizes nem desafiantes, apenas evidentes, como as duzentas e trinta mil arrobas, como os mil e duzentos contos ao ano, como a certeza de que Deus fizera assim o mundo, com pretos e brancos, e que aquele fora apenas mais um dia acabado nesse ponto minúsculo entre toda a humanidade que era a roça do Rio do Ouro, nessa ilha maldita de S. Tomé. Terminada a formatura dos trabalhadores, Luís Bernardo juntou o que lhe restava de energia e de orgulho e pediu que lhe selassem o seu cavalo e o do Vicente, para regressar à cidade. E foi, enfim, a sua vez de gozar com a surpresa do curador e do capataz:

— Como? Vossa Excelência não fica para jantar e dormir?

— Não, muito obrigado: também tenho assuntos urgentes para tratar na cidade.

— Mas o jantar e os aposentos de Vossa Excelência já estão preparados, por ordem expressa do senhor coronel Maltez...!

— Pois, mas olhe, também não tive o prazer de encontrar o senhor coronel... Diga-lhe da minha parte que agradeço muito a oferta, mas que fica para uma próxima vez, para quando o senhor coronel possa estar presente.

— E o senhor governador vai partir assim, de noite, às escuras por aí abaixo?

— Vou. Ainda temos uma meia hora de luz, e, se fizer o favor de arranjar quem nos possa acompanhar com uma lanterna e voltar amanhã, o caminho faz-se sem problemas.

E partiram, acompanhados por dois negros, que caminhavam à frente, a pé, com duas lanternas de petróleo e as catanas a postos na mão direita. Progrediram em silêncio, ainda de luzes apagadas, durante uns vinte minutos, até que a chuva os apanhou, quando se preparavam para iniciar a escalada do morro Macaco, cortando caminho a direito por uma vereda que ia desembocar, do outro lado do morro, na estrada para a povoação de Santo Amaro. Aí terminava a selva e o caminho fazia-se bem até S. Tomé, mesmo de noite.

Quando a chuva começou a ficar tão intensa que o caminho já mal se distinguia, Luís Bernardo resolveu parar. Apearam-se dos cavalos, amarraram-nos ao tronco de uma árvore próxima e recolheram-se ali mesmo, sob uns arbustos, à beira do caminho. O Vicente desembrulhou um oleado que levava para aquelas emergências e estendeu-o por cima dos arbustos, fazendo assim um abrigo precário, debaixo do qual ele e Luís Bernardo se recolheram. Os dois negros da Rio do Ouro continuavam de pé, debaixo da chuvada. Luís Bernardo fez-lhes sinal com a mão para que se viessem também abrigar, mas eles não deram mostras de ter compreendido. Gritou a um deles, através do barulho da enxurrada:

— Tu aí, como é que te chamas?

O negro hesitou, mas por fim respondeu:

— Chamam-me Josué, patrão.

— Josué, venham para aqui debaixo.

Os dois ficaram mudos a olhar para ele, como se não fosse a eles que Luís Bernardo se dirigia.

— Vá, venham para aqui, já disse!

Olharam um para o outro, tentando perceber se era uma ordem ou um convite. Mas Luís Bernardo tinha-se afastado já para o lado, debaixo do oleado, de modo a deixar-lhes lugar para se virem sentar também. Vieram silenciosos e encolhidos, sentaram-se e continuaram a olhar para fora, para a mata, como se não pertencessem ali. Luís Bernardo reparou que o Josué tinha uma cicatriz profunda, que lhe começava no ombro nu e descia para as costas, voltadas para si. Gotas de suor, misturadas com gotas de chuva, escorriam-lhes pelo tronco nu abaixo e o cheiro deles, misturado com o da mata encharcada, tornava o ar quase irrespirável naquele espaço exíguo e improvisado. O dr. Valença, governador de S. Tomé e Príncipe por nomeação régia, que, no intervalo de uma caçada real em Vila Viçosa, recebera o encargo de abandonar toda a sua vida e os seus confortos de Lisboa, estava enfiado debaixo de uma capa de oleado suja, abrigado de uma chuva torrencial, devorado por mosquitos e ensopado em suor, na companhia de três pretos aos quais nada o ligava, em consequência de um arremedo de orgulho no cumprimento da sua missão. Fosse isso o que fosse. Porque agora, neste instante no meio da selva, a única missão que lhe parecia importante era esperar que a chuva acabasse, voltar a montar a cavalo e embrenhar-se pelo morro acima, no meio da escuridão do óbó, com os seus gritos, os seus rastejares, as suas sombras tenebrosas, e alcançar a povoação mais próxima e daí, num caminho já mais seguro, cavalgar mais umas três horas, até se poder estender na banheira e na cama da sua casa na ilha. Um cansaço vindo do infinito, uma pesada tristeza e lassidão tinham-se apoderado dele e ameaçavam deixá-lo ali para sempre, prostrado, vencido, falhada a sua missão, esquecido o orgulho. Voltaria então ao palácio do governador, que era ele, sentar-se-ia à escrivaninha e escreveria uma carta, uma única, para el-rei: "Desisto. O que Vossa Majestade me pediu está para além das minhas forças". E regressaria a Lisboa e à vida que conhecia e amava, no próximo barco. A imprensa e os inimigos de el-rei desfariam a sua reputação. A pátria, ou quem por tal se tomasse, registaria a sua deserção. Mas, pelo menos, voltaria vivo e para voltar a viver. Teria escapado àquele inferno verde, à solidão daqueles trópicos, à invencível tristeza daquela gente. Regressaria de África.

A escuridão envolvera agora tudo à roda. A mata era uma mancha negra, cerrada, que o vento percorria em sopros rasteiros. Um dos negros da Rio do Ouro acendera uma lanterna e o cheiro a petróleo inundou o abrigo dos homens e pareceu-lhe absurdamente reconfortante, familiar. Era o mesmo cheiro das noites de pesca, ao largo de Sesimbra, no barco do António Amador. O mesmo cheiro da casa da avó, na sua infância, quando ouvia as vozes das criadas na cozinha, a tosse do pai no quarto, anunciando a morte que o rondava, o mesmo cheiro que ficava no corredor, quando a mãe passava de candeeiro na mão, perdida de si e de sentido, entre o quarto que a morte já habitava e a vida que vinha da cozinha e que já ninguém governava. A mãe, tão longe, tão só, tão perdida, nesse óbó escuro que eram, confusamente, as suas recordações de infância. Um cheiro a petróleo, um homem que agonizava de tuberculose, uma mulher que perdera o sentido da vida, vagueando por um corredor, e vozes que vinham do fundo da casa, onde a vida se escondia, e uma criança, ele, embrulhado num lençol de linho e em pesados cobertores de flanela, ao abrigo dos males e das tempestades, permanecendo atento a tudo, na escuridão protectora do seu quarto. "Está aí alguém?" Ele repetia a pergunta, várias vezes, várias noites, quando tudo lhe parecia ainda mais escuro e mais longínquo. Mas não, nunca ninguém estava para lhe responder.

Procurou no bolso do colete uma cigarrilha e acendeu-a com o isqueiro a gasolina. A chama iluminou por breves instantes a cara de Josué, que se virara de lado ao ouvir o som do isqueiro. Era uma cara dura mas ainda infantil, o sofrimento e uma incompreensível alegria misturados no branco dos olhos, uma maneira submissa mas leal de inclinar o rosto, quando se voltou a virar para a frente, escutando a chuva. Luís Bernardo sentiu um estremecimento de ternura por ele. "Em todo o mundo, neste momento, não existe ninguém de quem eu esteja mais próximo. Nem amigos, nem mulheres, nem amores, nem família. Só este homem que divide comigo dois metros quadrados de abrigo contra a chuva." Estendeu a mão e tocou-lhe no ombro que tinha a cicatriz, de modo a fazê-lo virar-se de novo.

— Tu és de onde, Josué?

De novo o mesmo espanto, no rosto dele. A mesma hesitação. Medo.

— Sou do Bailundo, patrão.

— E quando foi que vieste de lá?

Ele baixou a cabeça, como se se rendesse. Tinha mesmo de responder?

— Faz tempo, patrão.

— Quanto tempo?

— Muito... Muito tempo, já esqueceu — um sorriso triste iluminou-lhe o branco dos dentes.

— E tens estado sempre aqui, na roça Rio do Ouro?

Josué fez que sim com a cabeça. A resposta era aparentemente tão óbvia que nem havia necessidade de falar. Luís Bernardo reparou que o seu companheiro tinha ficado imóvel, sem se voltar e continuando a olhar em frente. Josué estava meio de lado, desconfortável e visivelmente ansioso para que aquele interrogatório tivesse fim. Reparou também que o mesmo desconforto se manifestava no Vicente, sentado ao seu lado e mexendo-se com nervoso miudinho. Mas voltou à carga:

— E assinaste contrato de trabalho?

Ele voltou a fazer que sim com a cabeça, tão depressa que já parecia ter adivinhado a pergunta.

— Assinaste mesmo, Josué?

— Assinou sim, patrão.

— Sabes assinar o teu nome, Josué?

Desta vez, ele nem se mexeu, como se não tivesse ouvido a pergunta. Luís Bernardo sentiu-se quase desumano, quando meteu a mão ao bolso, tirou a sua caneta e o seu pequeno bloco de notas, procurou uma folha em branco, e estendeu-lhe o bloco e a caneta:

— Assina aqui o teu nome, Josué.

Ele sacudiu a cabeça e manteve-se em silêncio, o olhar fixo num ponto do chão.

— Sabes quando é que acaba o teu contrato, Josué?

Nova sacudidela de cabeça, novo silêncio. Só o som da chuva, agora mais esparsa.

— Tens família aqui?

— Tem mulher e dois filhos, patrão.

Luís Bernardo chegara ao fim do interrogatório. Faltava só uma última pergunta e custou-lhe fazê-la:

— Josué, sabes que os contratos de trabalho só duram cinco anos? Quando chegam ao fim, podes ir-te embora, se quiseres. Tu queres voltar para a tua terra, quando o contrato acabar?

O silêncio pesava agora como chumbo. A chuva tinha parado, a vida, que estivera suspensa, parecia regressar à floresta. O negro que acompanhava Josué começou a levantar-se e Josué fez menção de o seguir, mas Luís Bernardo segurou-o pelo braço e obrigou-o a encará-lo:

— Queres, Josué? Queres voltar à tua terra?

Ele levantou os olhos do chão, finalmente. Na penumbra reinante, Luís Bernardo pareceu-lhe ver uma lágrima que toldava o branco dos olhos, quando Josué o olhou de frente. A resposta saiu-lhe tão baixo, que ele teve de apurar o ouvido para a perceber:

— Isso não sei, patrão. Não sei nada disso. Com sua licença... — E saiu, aliviado e ansioso, de debaixo do oleado, como se lá fora estivesse a liberdade.

IX

O inglês atrasara a viagem: afinal, só chegaria nos finais de junho. Isso dava a Luís Bernardo, que demorara mais do que tinha previsto a visitar as roças todas da ilha, tempo acrescido para o que faltava ver em S. Tomé e dar ainda um pulo à ilha do Príncipe, onde três dias chegariam para conhecer a cidade e a meia dúzia de roças lá existentes. No entretanto, o ministério voltara a pedir, de Lisboa, que arranjasse para o cônsul inglês instalações adequadas, o que ele já havia providenciado, mandando limpar, pintar e redecorar minimamente uma casa do governo que servira antes de residência do presidente da Câmara. Era uma casa pequena, situada à saída da cidade, não muito longe do Palácio do Governo, mas que tinha uma vista de mar e o recato de um belo jardim onde a arquitectura colonial da casa, de linhas simples e direitas, adquiria uma dignidade maior do que a sua dimensão. O inglês, informava o ministério, viria acompanhado da mulher, mas não, não havia filhos nem séquito algum. "Coisa estranha", pensou para consigo Luís Bernardo. Quem seria este cônsul, que viajava directamente da Índia, onde estava em posto anteriormente, apenas acompanhado pela mulher, e que chegaria pela rota do Cabo num vapor inglês?

De Lisboa chegaram também outras notícias que lhe pareciam de grande importância política: o major Paiva Couceiro, outro dos homens de Mouzinho e companheiro de armas do ministro Ayres d'Ornellas, fora nomeado para governador de Angola, em substituição do Napoleãozinho que conhecera na sua escala à vinda de Lisboa. Ele, pessoalmente, continuava sem ter trocado qualquer correspondência, oficial ou particular, com o novo ministro. Verdade também que ainda só mandara, desde a sua chegada e para além de curtos telegramas com assuntos pontuais, dois relatórios. O primeiro dava conta, por assim dizer, da sua instalação e dos primeiros contactos que mantivera com as demais autoridades e personalidades locais. O segundo relatava as suas impressões após ter visitado praticamente todas as roças de S. Tomé e após ter tido, por sua convocatória, uma primeira reunião formal com o curador-geral.

Esta fora uma reunião tensa e que ele convocara ainda sob o efeito da humilhação e da raiva que sentira na sua visita à Rio do Ouro. Assim que Germano André Valente, com o seu habitual olhar melífluo, se sentara à sua frente, no seu gabinete do rés-do-chão do palácio, ele disparara, sem cerimónias:

— Primeiro que tudo, senhor curador, gostaria de saber o que fazia o senhor na Rio do Ouro?

O outro encarou-o com o ar mais calmo possível, como se não esperasse outra coisa que não esta mesma pergunta:

— Mas eu expliquei já na ocasião ao senhor governador: estava lá para o receber, a pedido do senhor coronel Maltez, e visto que ele não tinha possibilidades de o fazer pessoalmente.

— Mas você é representante do governo ou do senhor coronel Maltez?

Germano Valente mexeu-se na cadeira, finalmente desconfortável. Isto já parecia estar para além do que ele antecipara.

— Por que pergunta isso, senhor governador?

— Agora, quem está a fazer perguntas sou eu, e gostaria que respondesse à minha primeiro — Luís Bernardo falava num tom de voz muito baixo e pausadamente.

— Eu represento o governo, obviamente.

— Excelente, ao menos sobre isso estamos entendidos e ainda bem. Porque ao vê-lo ali, em substituição do administrador da roça, ocorreu-me por momentos que o senhor curador tivesse esquecido a posição que é a sua.

Viu o curador morder o lábio para não responder. Sentiu-o, claramente, a fazer um esforço extremo para se conter. Tinha-o atacado sem contemplações e ele perdera, momentaneamente, o tom de desafio que sempre manifestara para consigo. Em vez disso, havia agora um ódio silencioso na sua imobilidade ensaiada. "Este homem — pensou para consigo — odeia-me desde a primeira vez em que olhou para mim. E eu odeio-o desde a primeira vez em que ele me olhou."

— Como deve saber, neste último mês visitei umas quarenta roças — fez uma pausa para que o outro percebesse bem que o governador pensava que o curador fazia por estar a par de todas suas andanças. — E, nessas roças todas, tive ocasião de falar, de vez em quando, com alguns trabalhadores negros.

— Sim...? — Germano Valente fingiu um ar despreocupado.

— E — Luís Bernardo continuou, como se não tivesse ouvido a interrupção — com todos os que falei não encontrei nenhum que tivesse em seu poder cópia do contrato de trabalho celebrado com a roça. Encontrei alguns que juravam ter assinado mas não ter guardado cópia, outros que também juravam ter assinado mas que, como descobri facilmente, não sabiam assinar o próprio nome, e outros que nem percebiam do que eu estava a falar.

Luís Bernardo calou-se: estava a jogar póquer com o outro e queria ver agora a reacção dele.

— Pois, se dúvidas há, eu tenho em meu poder, como me compete, cópia de todos os contratos assinados pelos trabalhadores das roças de S. Tomé e Príncipe, desde que tal foi imposto por lei — regressara o tom de desafio ao curador.

— Ah, muito bem, é exactamente isso que eu queria saber! O senhor curador importa-se de me facultar essas cópias, para eu tirar umas dúvidas?

Germano Valente permaneceu calado durante uns instantes que pareceram imensos a Luís Bernardo. Era um grande jogador de póquer: avaliava a situação antes de ir a jogo e, quando respondeu, depois de um quase imperceptível suspiro, foi com a frieza do jogador que pesara bem as suas hipóteses contra as do adversário:

— Isso, senhor governador, não vou fazer.

— Não vai? Então, porquê?

— Porque faz parte das minhas funções e apenas das minhas. O senhor é meu superior politicamente, mas não é meu superior administrativo. Não lhe devo, quanto às minhas funções específicas, qualquer obediência hierárquica. Se lhe facultasse o que me pede, estaria a permitir que fiscalizasse o meu trabalho, e, como sabe, eu respondo por ele directamente junto do ministério e não do governador.

— Muito bem. Não lhe posso arrancar isso à força e, como tal, limitar-me-ei a comunicar para Lisboa que não me é possível avaliar adequadamente a situação laboral dos trabalhadores das roças devido à sua falta de colaboração.

— O senhor governador comunicará para Lisboa aquilo que muito bem entender.

Nessa noite, Luís Bernardo sentou-se à escrivaninha e redigiu um longo relatório destinado ao ministro. Era o seu primeiro relatório político, a primeira grande avaliação que fazia da situação que encontrara e de que, frisava, só dava conta depois de se sentir em condições de falar com conhecimento de causa.

Começava por recordar ao ministro que as suas impressões eram totalmente livres e independentes, visto não ser funcionário de carreira nem ter aspirado ao lugar que agora ocupava. "*Pelo contrário, como saberá V. Ex.ª, foi o pedido pessoal e premente de Sua Majestade e o apelo ao serviço do país que me levaram a abandonar toda a minha vida e interesses em Lisboa para vir ocupar este cargo que de forma alguma desejei, ambicionei ou sequer imaginei. Aqui permanecerei, pois, apenas e enquanto quem de direito achar que o meu desempenho pode ser útil ao serviço do país: nem um dia mais para além disso. Deste modo, permitirá V. Ex.ª que lhe diga, com toda a lealdade e franqueza, que só ouvirá de mim e em cada momento exactamente aquilo que penso e que testemunho, sem nenhuma ocultação ou reserva mental, ditada por considerações de oportunidade, de protecção a terceiros ou, menos ainda, à minha própria posição.*"

De seguida, dava conta ao ministro da maratona intensa que levara a cabo desde que chegara para conhecer pessoalmente todas as entidades locais, todos os donos ou administradores de roças e para visitar todas as roças e povoações da ilha. "*S. Tomé não tem já, para mim, quaisquer segredos, naquilo que está à vista*", concluía ele.

"*No que ao mais importante da minha missão respeita, que é a situação dos trabalhadores negros das roças — afinal, aquilo que motiva a actual controvérsia acerca destas ilhas e a razão do meu envio para aqui — não posso, infelizmente, fazer afirmação semelhante: aquilo que está à vista não é suficiente para conclusões seguras. Fui, vi, perguntei, inquiri, mas, como seria de esperar, e eu compreendo, encontrei, da parte dos portugueses das roças, uma natural desconfiança em facultarem-me elementos de conhecimento que eventualmente, no seu entender, poderiam ser utilizados contra os seus próprios interesses. Já a mesma relutância me parece difícil de com-*

preender na pessoa do senhor curador-geral, cuja atitude sempre inamistosa para comigo e cuja recusa em facultar-me vista dos contratos celebrados entre as entidades patronais e os trabalhadores das roças dificultam o perfeito conhecimento da situação jurídica em que os mesmos se encontram e que constitui, como V. Ex.ª sabe, o fulcro da desavença que mantemos com alguns sectores ingleses e com acolhimento no governo de Sua Majestade britânica.

Daquilo que pude constatar pessoalmente e de que me cabe dar testemunho a V. Ex.ª, o que posso dizer é que é seguro que as condições de vida e de trabalho nas roças de S. Tomé, atendendo à violência do clima, à extrema dureza e à duração do próprio trabalho, quando comparados com os benefícios, nomeadamente a paga salarial recebida em troca, permitem concluir que este trabalho está no limite extremo do humanamente suportável: nenhum trabalhador português, por mais miserável e desesperada que seja a sua situação na terra, aceitaria emigrar para aqui, nestas condições de trabalho e de remuneração.

Dir-se-á — e é forçoso aceitá-lo como verdade — que existe certamente pior em África ou noutras colónias, africanas ou sulamericanas, de pertença europeia. É certo que bastantes roças de S. Tomé possuem, por exemplo, o seu hospital próprio, algumas o seu próprio médico, e que aos trabalhadores é fornecida assistência na doença, alimentação e habitação, no local de trabalho. Olhando para este panorama, há quem acrescente até "e ainda por cima são pagos!". Se se aceitar, de facto, que tais condições são suficientes como horizonte para um ser humano, mesmo negro, então direi a V. Ex.ª que não temos com que nos preocupar. Mas não foi por concordar com essas ideias, e sim pelo contrário, que se entendeu escolher-me para estas funções.

Porém, nem é isso que primeiro está em causa. O que primeiro está em causa não é saber se os patrões das roças jul-

gam suficientes e adequadas as condições que proporcionam aos seus trabalhadores, mas sim saber o juízo destes. Estarão eles, emigrados de Angola, nas roças de S. Tomé porque, apesar de tudo, não julgam tão insuportáveis as suas condições e tão diminuta a sua paga e porque sabem não encontrar, em todo o continente, melhor alternativa de trabalho e de vida, ou estarão lá porque, pura e simplesmente, não podem vir-se embora? Por outras palavras, e falando com toda a crueza: estão aqui de sua livre vontade ou estão forçados — e, neste caso, são, de facto, trabalhadores escravos?

É verdade que existe, como V. Ex.ª sabe e eu me permito recordar, um enquadramento legal que de todo afasta a possibilidade do trabalho escravo: a lei de 29 de abril de 1875 decretou o fim da escravatura em todos os domínios da Coroa Portuguesa; a lei de 29 de janeiro de 1903 criou, aqui nas ilhas, o Fundo de Repatriamento, para o qual reverte metade do vencimento dos trabalhadores das roças e destinado a custear o seu regresso, ao mesmo tempo que estabeleceu a celebração de contratos de trabalho com a duração de cinco anos — o que significa que, dentro de menos de dois anos, chegarão ao fim os contratos celebrados ao abrigo dessa lei e então se fará demonstração da sua eficácia. O problema está nos trabalhadores, e são a imensa maioria, que já cá estavam antes desta lei e que nem contratos tinham. E o problema está em saber se, mesmo descontando a enormidade de metade do salário que ganham, apenas para custear o regresso às suas terras, ao fim de cinco anos em S. Tomé e Príncipe, esse dinheiro será suficiente afinal para pagar as suas passagens e a das famílias que, entretanto, naturalmente aqui constituíram.

O que importa, pois, é saber se todos os trabalhadores estão actualmente abrangidos por contrato de trabalho, como manda a lei; se o assinaram em perfeita consciência e de livre vontade e se têm conhecimento do seu prazo de terminação; e se, findo esse prazo, em pretendendo regressar a suas casas e suas terras, serão efectivamente livres de o fazer e disporão de condições financeiras para tal. Porque, se ao fim de cinco anos de trabalho nas roças (que, para a maioria serão, de facto, dez, vinte ou trinta!), os angolares não sabem que se podem ir embora, não são livres de o fazer ou não dispõem de dinheiro para tal, então dificilmente se poderá concluir coisa outra que não a evidência de estarmos perante um trabalho perpétuo e contra a vontade do trabalhador — ou seja, um trabalho escravo, ainda que remunerado."

E Luís Bernardo concluía com um recado directo ao ministro: uma vez que tudo se baseava na aplicação da lei respeitante às condições contratuais do trabalho nas roças e que tal aplicação cabia ao curador-geral, era a este que o governo deveria exigir responsabilidades pelo efectivo cumprimento da lei. Se tal não fosse feito, insinuava ele, dificilmente o governador poderia levar a cabo, por si só, a missão que lhe fora confiada. "*E a minha missão, se bem recordo as palavras que Sua Majestade me dirigiu ao confiar-me este encargo, é garantir que no mundo não se possa dizer que a escravatura subsiste, sob qualquer forma, nos territórios ultramarinos administrados por Portugal.*"

Era um longo relatório e, por isso, iria seguir, não por via telegráfica, mas por vapor normal. Demoraria bem mais tempo a chegar às mãos de Ayres d'Ornellas, mas Luís Bernardo entendia que esse inconveniente era compensado pela vantagem de ter tornado claras, desde logo, as suas regras de jogo, perante o novo ministro. Ele estava ali, não por interesse próprio, mas pela vontade de serviço ao país; viera não para mudar as ideias que tinha em relação a um tipo de exploração colonial que entendia insustentável ou para pactuar com a situação existente, evitando os conflitos, mas justamente para lhe pôr termo, no que ela tinha de intolerável; se este não fosse o entendimento do governo, ficava claro que não era ele, afinal, a pessoa indicada para aquele cargo e cabia a quem de direito substituí-lo; e se, por outro lado, no que dependia do apoio e da colaboração do governo — sobretudo nas instruções a dar ao curador-geral —, ele não recebesse esse apoio e essa colaboração, que lhe eram devidos, ficava desde logo desresponsabilizado do resultado da sua missão. Sabia que o tom do relatório estava quase no limite do aceitável por parte de um superior hierárquico. Era quase como se dissesse "estas são as minhas condições: se querem, muito bem, se não querem, façam o favor de me dizer". Mas, de outro modo, que sentido fazia estar ali? Se nada havia para mudar, para que o teriam ido buscar? Qualquer coronel ou general desocupado, qualquer administrador ultramarino ansioso por progredir na carreira faria a função com mais vantagens para todos ou quase todos...

No correio de Lisboa chegara-lhe também um recorte saído n'*O Século* e transcrevendo um artigo publicado em Liverpool, pelo *Evening Standard*, onde um tal coronel J. A. Wyllie dissertava sobre as condições dos negros das roças de S. Tomé e Príncipe. Já no ministério, em Lisboa, ele ouvira falar do tal coronel, reformado do serviço da Índia, e a quem o Ministério dos Estrangeiros resolvera pagar uma "viagem de estudo" a S. Tomé: depositavam-se grandes esperanças no resultado dessa viagem e desse investimento. Mas, como tantas vezes ou quase sempre sucede quando se confunde informação com propaganda contratada, o resultado da visita do coronel traduzira-se num texto que, de tão patético, era afinal contraproducente. Escrevia, como argumento definitivo, o honorável J. A. Wyllie: "O preto de Angola é de natureza absolutamente um animal: não tem lar nem família. Está no caso de um macaco que se transporta para um jardim zoológico, bem entendido com a diferença de tais jardins estarem situados em climas mais mortíferos para a vida simiesca". Luís Bernardo lera e não sabia se havia de rir ou de se preocupar com aquele indício de estratégia política. "Quem quer que tenha andado a encharcar este inglês em *gin* tónico nas varandas das casas grandes das roças", pensou para consigo, "prestou um mau serviço a Portugal." A um espírito liberal, porém céptico, como era o seu, ocorria-lhe várias vezes a frase de despedida que lhe dissera o administrador da roça Porto Alegre, a primeira que ele visitara: quem fez o mundo foi Deus e não os homens. Foi ele que fez ricos e pobres, pretos e brancos, e certas coisas, na obra divina, não está na mão dos homens alterar. Com efeito: certas coisas não poderiam nunca ser mudadas. Mas também, "com efeito — como declarara na Assembleia Francesa o seu ídolo Victor Hugo — declaro que haverá sempre infelizes, mas que é possível deixar de haver miseráveis".

Estava ciente de que nenhum outro governador, antes dele, se entregara ao trabalho com tamanha pressa e diligência. Nos seus dois primeiros meses em S. Tomé tinha sido certamente pouco visto no gabinete do Palácio do Governo, mas, em contrapartida, a ilha inteira já fora calcorreada por si, naquela infatigável maratona pelas roças, vilas e caminhos de S. Tomé. Ninguém antes dele, estava certo disso, nenhum funcionário ou administrador de roça, nenhum viajante de passagem, tratara de conhecer tão depressa e tão exaustivamente aquele pedaço de selva tropical à deriva no Atlântico. Primeiro, movera-o a curiosidade e a convicção de que aquela era a maneira mais adequada de começar a cumprir a sua missão; depois, arrastara-o já uma espécie de obstinação, uma teimosia ou uma vaidade de poder dizer em qualquer lado, de cada vez que se falasse de uma roça ou de um pico da ilha, que tinha lá estado e sabia do que se falava. Muitos poderiam dizer que conheciam bem a ilha, raros, se é que algum, poderiam dizer, doravante, que a conheciam tão bem como o próprio governador: esse seria, a partir de então, o seu principal trunfo político. Tê-lo conseguido em apenas dois meses após a sua chegada era uma empreitada, a todos os títulos, notável.

Embora ao fim de um tempo as paisagens e o ambiente das roças já se tivessem tornado monotonamente familiares e quase sempre iguais, nunca deixara de se espantar com as construções, em particular com as casas grandes das roças. Ficara sempre maravilhado com a sua arquitectura de linhas rectas e compridas, as suas paredes de um branco imaculado, os seus telhados de telha de canudo, como nas aldeias de Portugal, os algerozes em latão que corriam sob os beirados para escoar a água da chuva dos telhados, os soalhos de madeira de tábua corrida, as pesadas portas de madeira escura, envelhecida pelo verniz e pelos anos. Imaginava quantas viagens de barco tinham sido necessárias para trazer da Europa tudo o que ali estava à vista e que não era fabricado nas ilhas, as maçanetas de porcelana branca das portas, os serviços de loiça dos louceiros das copas e salas de jantar, as camas d. Maria e d. José onde várias vezes dormia, os jarros e bacias de loiça dos quartos, os crucifixos e quadros com santos ou paisagens alheias e absurdas, as panelas de ferro e de cobre das cozinhas, os espelhos de cristal dos salões, os sofás de veludo ou de couro velho, os lustres de pendentes dos tectos, os potes e jarras de Cantão, os móveis da Índia em madeira preta rendada, os dois pianos de cauda que encontrara em dois salões e até o gramofone que vira no salão de outra roça, provando que o seu não era o único na ilha. Quando, como sempre sucedia nas grandes roças, os administradores não eram também os seus proprietários, as casas grandes permaneciam desabitadas o ano inteiro, à espera da visita dos donos pelo verão — época da gravana, o tempo seco. Nesse caso, os administradores e a sua família viviam numa casa próxima, segunda em imponência da roça, e só para ele reactivavam por um dia a sala de jantar e o salão da casa grande e, quando ficava para dormir, um dos quartos de hóspedes, invariavelmente no andar superior. Em algumas delas havia sinais deixados pela passagem sazonal dos donos, pelas últimas férias vividas na roça — revistas antigas abandonadas no salão, papel de carta com o nome do proprietário e da roça sobre a escrivaninha do escritório, garrafas de Porto e de *cognac* arrumadas no aparador da copa, brinquedos de crianças esquecidos num dos quartos do andar de cima e roupa de linho ou de algodão branco, roupa de homem, pendurada no armário do quarto onde dormia. À noite, antes de adormecer, Luís Bernardo ficava muitas vezes a imaginar quem seria aquela gente, aquela família, os donos daquela roça. Como seriam ali as suas férias, todos os anos ou de dois em dois ou de três em três anos, como se sentiriam ali desterrados durante três meses, acordando com as ordens da "forma da manhã", adormecendo com os ruídos que vinham do óbó. Como ocupariam o tédio, as horas pesadas, o calor, a monótona ampulheta daqueles dias. Sairiam a passear a cavalo, explorariam as cercanias da mata, escutariam os seus pássaros, tomariam banho na água fria das cascatas, desceriam lá abaixo ao mar, nadariam entre tartarugas e barracudas na água quente da praia, cismariam à noite na varanda, cheirando o fumo que subia das chaminés da sanzala, meio entontecidos pelo cheiro do candeeiro a petróleo onde vinham esborrachar-se os insectos nocturnos, pensariam, de vez em quando e com que sentimentos, naquele exército de sombras que dormia de noite na sanzala e partia ao romper da manhã para as plantações onde arrancavam, de sol a sol, esse fruto mágico do cacau que lhes garantia, em

Lisboa, os colégios e os palacetes, o clube do pai e os vestidos de Paris para a mãe, as "misses inglesas" e as viagens a Sevilha e a Paris, a frisa para a época em S. Carlos, os cavalos no Jockey e o automóvel que o pai acabara de encomendar no *stand* dos Restauradores?

À força de habitar a sua ausência, ele acabara por decifrá-los, por conhecê-los. Conseguia ver o que eles veriam, imaginar o que imaginariam, sentir o que sentiriam. Não, ninguém agora conhecia tudo tão bem como ele. Vira os negros e a sua silenciosa resignação, vira os seus corpos, os músculos retesados no limite da capacidade, da exaustão, vira o seu olhar de criança, ora assustado, ora abandonado, ocasionalmente desafiante, num resto longínquo de orgulho guardado lá no fundo dos fundos; vira o seu sorriso branco, limpo, aberto, quando de repente alguém os reconhecia pelo nome, os tratava como um outro homem. Vira os brancos, os "residentes", os funcionários, os padres, os militares, os administradores, os capatazes e as senhoras deles todos, todas as suas respectivas importâncias e mediocridades, os seus cansaços ou as suas vaidades, a sua ainda resistente vontade ou a sua total e definitiva rendição. E vira, sentira, entendera, os sinais da passagem dos ausentes, dos que eram afinal os senhores das ilhas, aqueles em nome de quem todos os outros deixavam o que lhes restava de ilusão e de esperança naquela empreitada desumana de S. Tomé e Príncipe.

Tudo vira e fizera com a consciência e a lucidez própria de um recém-chegado a quem a febre das ilhas não consumira ainda a clarividência e a vontade. De quem sabia ainda ao que viera, porquê e para quê. No extremo sufoco daquele clima, naquela prisão de cheiros que entonteciam, no meio daquela visão humana do inferno, o corpo acusava o cansaço e a violência das condições. Amolecia, encharcava os lençóis de noite, suplicava tréguas à luz do dia e às horas do calor, mas o espírito mantinha-se ainda atento e alerta, fiel a tudo o que deixara para trás e concentrado na missão que o trouxera ali. Se assim não fosse, nada teria valido a pena.

Mas houve um dia, uma só vez, um só dia, em que Luís Bernardo tropeçara na força das circunstâncias. Afinal nenhum homem, nem mesmo o governador, é de ferro. Sucedeu quando visitou a roça Nova Esperança, da viúva Maria Augusta da Trindade, que lhe concedera a honra (ou fora ele a ela?) de abrir o baile com que se apresentara a S. Tomé e com que recebera toda a comunidade local de portugueses. Fora uma das últimas visitas que fizera a roças. A Nova Esperança ficava junto à vila da Trindade, por onde ele passara na véspera, de manhã, depois da sua aventurosa e tensa visita à Rio do Ouro. Chegou para almoçar, pelo meio-dia, no zénite do calor, maldisposto e pronto a explodir ao menor indício de desafio. Vinha sem qualquer disposição para visitar mais construções e plantações, para escutar mais explicações sobre as novidades do plantio e da recolha, mais queixas sobre a incerteza da colheita, dos preços no mercado internacional ou sobre aquela mão-de-obra preguiçosa e dispendiosa. Mas, em vez disso, a viúva recebeu-o como a um amigo de longa data.

Levou-o directamente para a cozinha da casa, onde lhe serviu uma limonada fresca para apaziguar o desconforto do caminho e mostrou-lhe o assado de galinha com pimentos que tinha ao lume e que, pelos vistos, era ela própria que supervisionava. Apresentou-lhe o seu capataz, o sr. Albano, homem dos seus cinquenta anos, muito marcados numa cara amarelada que suava malária entranhada por vários anos daquilo. Era um sujeito taciturno e mal-encarado, de poucas falas e um olhar desconfiado. Maria Augusta contou que o herdara de seu pai, ali tinha permanecido, sempre como capataz, durante os seis anos em que ela, recém-casada com um oficial da guarnição local vindo directamente de Lamego, se vira de repente órfã de pai. A mãe morrera tinha ela três anos e, filha única, vira sempre no sr. Albano uma espécie de irmão mais velho: era ele que a levava todas as manhãs à escola primária da Trindade, ele que a ia buscar à tarde, esperando com os dois cavalos sob a sombra de uma árvore, ele que a protegia das fúrias do pai, ele que, no Natal, se lembrava de colher uma jovem árvore que punha no terreiro e que ambos enfeitavam como se fizessem alguma ideia do que era o Natal, ali desterrados nos trópicos. O sr. Albano — ela contava isto enquanto ele escutava, sem pronunciar palavra, com os olhos fixos no prato de sopa — fora depois o seu padrinho de casamento e o seu melhor apoio, quando o tenente Matos, de Lamego, se finou, numa agonia de febres e diarreia, após seis anos de roça e de casamento, sem ao menos, suspirava ela, lhe ter deixado coisa que o perpetuasse — nem filhos, nem fortuna, nem pensão digna desse nome, nem uma casa, algures em Portugal inteiro, que lhe desse uma justificação para, finalmente, mortos todos os seus, regressar ao lugar de onde um dia os seus avós tinham vindo. De modo que, tendo decidido ir a Portugal uma vez, tendo feito um roteiro de iniciação que qualquer estranho faria, tendo ido a Lamego procurar em vão raízes ou razões do seu defunto, tendo procurado em Lisboa e Castelo Branco parentela própria que a recebera como se recebe um animal exótico vindo de África, regressara rapidamente à Nova Esperança, onde tinha o único ser que a acompanhava desde a infância, onde conhecia o cântico de cada pássaro e onde, para grande espanto de Luís Bernardo, ele verificou que conhecia cada trabalhador negro pelo seu nome. Tudo o que era seu estava ali e não adiantava procurar outro mundo, porque ele não existia. Mas, como ele também descobriria a seguir, contra todas as aparências, não vivia cortada do mundo: assinava revistas portuguesas e francesas, cuja língua aprendera em pequena com uma francesa, mulher do governador de então, importava várias das últimas novidades literárias das livrarias de Lisboa, lera Eça, Antero, Camilo, Victor Hugo, Molière e mesmo Cervantes. As senhoras da sociedade local detestavam-na e inventavam constantemente intrigas acerca da sua pessoa, mas ela, visivelmente, não aceitara a rendição em vida de tantas outras senhoras da ilha.

Fez todas as despesas da conversa ao almoço, com extrovertido prazer. Enquanto a escutava, Luís Bernardo pensava como ela estaria deslocada em Lisboa. Falava mais à mesa do que o usual numa senhora de sociedade. Era demasiado "exposta" fisicamente para uma senhora, para mais viúva, da sua condição e da sua idade — uns trinta e sete, trinta e oito anos, calculou ele. Era alta, com um peito abundante e saliente, no qual mergulhava um medalhão com um retrato, talvez do defunto, e que ela, com um gesto distraído, ora tirava para fora, ora voltava a mergulhar lá dentro, à medida que ia falando. O cabelo, negro e comprido, estava sumariamente arranjado, preso no alto da cabeça por uma travessa de tartaruga e com duas madeixas desalinhadas caídas dos lados da cara. Os seus gestos, a comer e a falar, eram muito pouco contidos, como convinha às mulheres de reputação. E o seu vestido até aos pés de algodão branco estampado de rosas vermelhas e com um ligeiro e grosseiro decote quadrado, descendo dos ombros para o colo do peito, seria simplesmente ridículo no Chiado ou na Baixa. O rosto era simples embora agradável, mas rude de traços, de olhos negros e uma cor um pouco escurecida, que era o tom exactamente oposto ao da moda. Enfim, não era senhora que se acompanhasse no Passeio Público ou cujo salão se frequentasse às claras. Mas ali, tão longe de qualquer padrão habitual, a sua figura, os seus modos e a sua conversa surgiam aos olhos de Luís Bernardo como uma agradável distracção. Havia ao seu redor qualquer coisa de familiar e descansativo, como se fosse uma prima afastada a quem se visita na quinta da província. Qualquer coisa de saudável, de primitivo, de repousadamente simples.

Sempre acompanhados pelo silencioso Albano, deram um passeio a cavalo pela plantação, a seguir ao almoço. A gravana aproximava-se, já não estava o mesmo calor que há um mês atrás, a humidade já não escorria directamente do céu pelo corpo abaixo. Maria Augusta parava frequentemente à conversa com as mulheres ou os trabalhadores da plantação. Inquiria das doenças, perguntava pelos filhos, pedia um cântaro de água. Por vezes afastavam-se dos renques de cacaueiros para ela lhe mostrar qualquer coisa na paisagem ou na vista ou para recordar com o sr. Albano qualquer episódio distante ali vivido e de que só eles dois guardavam a memória. As estruturas da roça eram muito menos modernas e industrializadas do que outras que ele já vira. Não havia linha férrea, a sanzala e as instalações agrícolas eram bastante mais pequenas, o ritmo de trabalho claramente menos intenso: Maria Augusta não tinha a ambição de visitar Paris todas as primaveras nem de comprar uma casa no Príncipe Real.

Regressaram sempre a passo, sem pressas, em conversa desprendida. A pedido dela, Luís Bernardo contara-lhe coisas sobre a sua família, o seu trabalho e a sua vida de Lisboa. Falaram até da situação política e ele explicou-lhe, em traços gerais, o que era esse país, que também era o seu, mas que ela quase desconhecia. Em momento algum se sentiu como o governador em visita de inspecção, mas antes como se fosse o tal primo, de visita a uma parente afastada na aldeia. Desde a primeira meia hora exigira que ela o deixasse de tratar por "senhor governador" e, não fosse o desenquadramento do terceiro personagem a quem ele continuava a tratar por "senhor Albano" e a ser respondido por "senhor governador", e mais pareceria, a quem os visse de volta à casa grande, ao final da tarde, um grupo de três amigos que regressava de um passeio a cavalo. Assistiram à formatura do fim da tarde e depois Luís Bernardo foi pela primeira vez ao quarto que lhe fora destinado para a noite, o primeiro num enfiamento de seis quartos que ocupavam todo o andar superior. Como tinha antecipado, era um quarto muito simples, sem luxo algum, dando para as traseiras do terreiro e com vista para a serra onde o Sol acabava de descer. Tomou um banho frio na única casa de banho existente no piso, secou brevemente o cabelo com a toalha, perfumou-se com um pouco de água-de--colónia que trouxera consigo e vestiu umas simples calças com camisa branca e um colete de linho bege com botões de marfim. Enfiou um charuto no bolso superior do colete e desceu para a varanda.

Maria Augusta fez-se esperar uma meia hora até descer também. Ele entreteve-se a beber um *gin* tónico e em vagas tentativas de conversa com o sr. Albano. O personagem não lhe desagradava de todo, mas o inverso não era verdade: havia nele uma desconfiança patente no olhar e na conversa, que Luís Bernardo não saberia dizer se era destinada a si em particular ou à humanidade em geral.

— Vossemecê tem cá a sua família, senhor Albano?

O sr. Albano olhou-o de soslaio, incomodado por aquela intromissão na sua privacidade.

— Não, não tenho.

— Não é casado?

— Não, senhor governador, não sou.

Luís Bernardo ficou a meditar na secura da resposta e no próprio personagem: qual seria ao certo o estatuto actual do sr. Albano na roça Nova Esperança e perante a sua proprietária? Por exemplo, onde viveria o sr. Albano — na casa grande, como membro da família, ou numa residência anexa, como capataz e nada mais do que isso? Resolveu pesquisar melhor o assunto:

— Diga-me uma coisa, senhor Albano: de que morreu o marido da d. Maria Augusta, o tenente Matos?

— Morreu de febres.

— E há quanto tempo foi isso?

— Faz em novembro cinco anos — o sr. Albano parecia um conservador do Registo Civil a debitar os assentos do livro dos registos. Tal como as testemunhas no tribunal, respondia aos "costumes" porque a isso era obrigado. Mas não a mais do que isso.

— E ela nunca pensou em voltar a casar-se?

— Ela...?

— Sim, a d. Maria Augusta.

— Não sei, isso é com ela. Talvez o senhor governador lhe possa perguntar ao jantar.

Quando o ambiente entre ambos se estava a tornar já constrangente, Maria Augusta apareceu por fim, apertada num vestido de pregas mais ou menos amarelado, com um peitilho de renda transparente e por cima um corpete apertado com laços, que cingiam o peito em cima. O modelo estava de acordo com os padrões da moda, que ela deveria conhecer das revistas que recebia de Lisboa, mas as cores e o feitio eram de gosto duvidoso. Todavia, cheirava a loção de banho e vestira-se manifestamente para a ocasião. Só o sr. Albano não tomara banho nem mudara de roupa: para ele era um dia como outro qualquer.

Mas ela, visivelmente, quis dar ao jantar um tom de cerimónia. Era a primeira vez, confessou, que tinha a honra de ter o governador de S. Tomé e Príncipe a jantar à sua mesa, na roça, e só lamentava ser um jantar tão informal e tão restrito. Acendeu as velas, fez servir à mesa duas criadas de avental engomado e crista, ofereceu um muito razoável vinho branco a acompanhar um prato de camarões com molho picante rodeados de puré e um pargo assado no forno, com matabala e cebola frita. Depois do pudim e da salada de frutas, mandou servir o café na varanda, numa bandeja com cálices para Porto e copos de balão, de cristal, para *cognacs*. Estava uma noite de estrelas, serena e sem nuvens, por vezes até com uma ligeiríssima brisa que agitava ao de leve as folhas das árvores do outro lado do terreiro e que trouxe a Luís Bernardo, de repente, saudades do verão de Portugal. Afundado na sua poltrona de verga, com almofadas de pano cosido à mão, fumando com lento prazer o seu Partagas, Luís Bernardo soltou baixinho um suspiro que tanto podia ser de bem-estar como de acomodação. Mas Maria Augusta devia ter ouvido o suspiro, porque lhe perguntou:

— Saudades de casa?

Ele sorriu, sem querer dar parte de fraco:

— Às vezes sim, mas nada de especial. São mais as noites que são diferentes.

— Acaba por se habituar, vai ver.

Fez-se um silêncio entre todos. Aliás, um silêncio entre eles os dois, porque o sr. Albano, esse, permanecia sempre mudo, absorto a olhar qualquer coisa de extraordinário que parecia ter descoberto nas suas botas. O sr. Albano estava a mais: todos o sentiam, até o próprio que, ao fim de uns vinte minutos em que nada contribuíra para a conversa ou para o enlevo daquela noite, achou por bem levantar-se:

— O senhor governador vai-me dispensar, mas tenho de me levantar às quatro horas. Amanhã é outro dia...

Luís Bernardo levantou-se para o cumprimentar e reparou no aceno silencioso de cabeça que ele fez na direcção de Maria Augusta: qualquer coisa entre a intimidade e o distanciamento, entre a resignação e a protecção.

Quando ficaram a sós, permaneceram em silêncio, saboreando a ausência do elemento sobrante e não sabendo bem como começar a aproveitar essa tão esperada intimidade a dois. Foi ele que quebrou o impasse:

— Que costuma você fazer aqui, em noites destas?

Foi a vez dela suspirar. Ele viu-lhe o peito subir no corpete do vestido, os olhos escuros que brilharam à luz do candeeiro próximo. Sentiu-lhe o corpo a distender-se, um desprendimento, um desejo mal escondido que lhe subia pelas pernas, pela barriga, pelo peito, que brilhava no olhar. A voz era rouca, vinda de longe, de noites e noites como esta, na varanda:

— Penso na vida. No que foi, no que podia ter sido e no que há-de ser ainda. Que mais acha que poderia fazer?

— E faz algum sentido?

— O quê? A vida, a minha vida?

— Sim.

— Não me pergunte isso. Essas perguntas não se fazem aqui. De que serviria? Você está cá apenas de passagem, mais ano menos ano, volta para Portugal. A sua vida é lá, aqui é só uma passagem. Mas eu, não: eu vivo cá e vivo cá para sempre, foi o que o destino me reservou. Não escolhi nada nem estou em situação de escolher. Agarro o que passa e quando consigo: são as coisas que vêm ter comigo e não eu que vou ter com elas. Percebe o que digo?

Luís Bernardo olhou-a, na penumbra. Teve pena dela: o destino, de facto, abandonara-a ali, embora fosse claro que merecia e aspirava a mais do que esse desterro. Sentiu-se comovido com ela: recebera-o sem pretensões, sem encenações, sem desconfianças. Velara na cozinha pelo almoço e pelo jantar com que o tinha recebido, contara-lhe a história da sua vida, sem complexos nem desejos de afirmação. Tinha estado ali, o dia inteiro, contente por o receber, não como mais um proprietário de roça recebendo o governador, mas simplesmente como uma mulher recebendo um homem e esforçando-se por lhe agradar. "Nada, nada — pensou para consigo — é igual aqui. Tudo parece mais premente, tudo é mais rápido, mais directo, mais simples." Quantas vezes vestiria ela aquele vestido de pregas e aquele corpete que lhe segurava o peito pronto a saltar? Quantas vezes acenderia os castiçais das velas, quantas vezes mandaria as criadas vestirem as suas fardas de goma? Quantas vezes mais iria buscar a garrafa de Porto Vintage ao armário da copa? Quantas vezes teria um homem civilizado com quem conversar, numa noite plácida de estrelas, na varanda da casa que herdara, como se herda uma prisão?

— Sim, acho que a percebo.

Ela levantou-se e ficou de pé diante dele. "Agarro o que passa e quando consigo" — a frase substituía qualquer despedida.

— Luís, foi uma honra recebê-lo aqui, na Nova Esperança, como governador. Acredite que isto é verdade. Mas foi também um prazer recebê-lo, como pessoa. Gostaria de voltar a vê-lo... hoje, ou quando quiser. Boa noite.

Ela saiu e Luís Bernardo continuou sentado no cadeirão de verga, as pernas estendidas sobre a balaustrada da varanda, o charuto aceso na escuridão da noite. Os morcegos atravessavam a varanda em voos silenciosos, atraídos pela luz do candeeiro e desviando-se dele no último momento. Ouviu o gemido constante dos grilos na escuridão da mata e os gritos dos pássaros nocturnos demarcando os seus territórios de caça. A certa altura pareceu-lhe ouvir um barulho abafado de passos debaixo da varanda e levantou-se silenciosamente para espreitar. Não se tinha enganado: o sr. Albano passava, naquele exacto momento, debaixo da varanda da casa. Os seus olhares cruzaram-se, entre luz e sombras.

— Está tudo bem, senhor Albano?

— Parece-me que sim, senhor governador.

O charuto tinha chegado ao fim. O copo de Porto também. A luz do candeeiro enfraquecia, ela tinha saído da casa de banho e ele ouvira a porta do seu quarto, ao fundo do corredor, que se fechara suavemente. Levantou-se e procurou no ar um indício, ainda que distante, a maresia. Mas não, não havia apelos de mar. Só sinais de uma noite que se apagava, no meio da selva, com um cheiro intenso a cacau, a suor em repouso, a um desejo de homem, reprimido na distância de um corredor. Soprou o pavio do candeeiro, voltou para dentro e, sem se deter mais ao longo do caminho, escutou o barulho dos seus próprios passos caminhando no soalho do corredor e parando por um breve instante à porta do quarto do fundo. Sentiu o frio da maçaneta na mão, ao girá-la. Respirou fundo e entrou de mansinho, como se fosse um ladrão.

X

— *Mister Jameson, Sir! The captain sent for you: we are there, Sir!*

Na verdade ele não estava a dormir, quando ouviu as pancadas na porta do seu camarote e o grumete de serviço que o chamava. Um pressentimento tinha-o feito acordar uns minutos antes, adivinhando que chegara a hora do encontro que os acasos lhe tinham reservado. Levantou-se, tentando não fazer barulho algum, para não despertar a sua mulher, Ann, que dormia como uma criança, no lugar ao lado do seu, no beliche. Pela milésima vez, em sete anos de casamento, contemplou a imagem de Ann dormindo, alheia a tudo, e pela milésima vez a achou linda, o cabelo loiro caindo sobre o pescoço numa cascata desordenada, o nariz comprido e recto, a boca grande desenhando um meio sorriso em pleno sonho, um braço longo e magro pousado sobre o espaço que anteriormente ele ocupava, a curvatura perfeita do peito aparecendo através do decote da camisa de dormir de linho branco. Apeteceu-lhe voltar para a cama, enroscar-se nos braços dela e acordar, muito mais tarde, para uma vida e para um dia que não estivessem tão carregados de nuvens.

Vestiu à pressa e às escuras um capote impermeável e umas calças sobre o pijama e saiu do quarto de mansinho, encostando a porta com infinitas cautelas. Subidos os dois lanços de escadas até ao *deck* do *HMS Durban*, o frio da manhã nascente caiu-lhe sobre o corpo ainda quente do corpo de Ann. O capitão McQuinn estava debruçado sobre a amurada do navio, o eterno cachimbo entre os dentes e duas canecas de café fumegante, uma em cada mão. Olhava em frente e estendeu-lhe uma das canecas quando ouviu os seus passos aproximando-se.

— *Well, this is it* — e apontou com a mão que segurava a caneca em direcção a leste, em direcção a terra.

Ele olhou também, mas ao princípio não conseguiu distinguir nada, através da neblina que planava sobre o mar e da semiescuridão que um tímido sol vindo daquela direcção não fora capaz ainda de afastar. Depois, aos poucos, à medida que fixava o olhar no horizonte que McQuinn lhe indicara, começou a distinguir os contornos de um monte, e depois outro e outro ainda: e era tudo. Sentiu o coração apertar-se-lhe no peito: S. Tomé e Príncipe era aquilo, nada mais do que aquilo, três montes justapostos, à deriva no meio do mar e envoltos em nevoeiro. Era aquilo o seu destino nos próximos anos, o buraco infecto para onde os seus actos, a sua inconsciência, a sua destemperança, tinham conduzido o seu casamento e a sua fulgurante carreira nas Índias.

Ficou petrificado a olhar, bebendo pequenos goles daquele café quente, sem nada dizer e sem nada encontrar para dizer. Em Bombaim, tinha estudado atentamente a posição das ilhas de S. Tomé e Príncipe no mapa, tinha lido a descrição do arquipélago na última edição da *Geographic Universal Encyclopedia*, tinha lido tudo, e era quase nada, o que encontrara sobre as ilhas nos relatórios do Departamento da Marinha e do Foreign Office. Ficara a saber o essencial e não esperava nada de diferente. Mas, apesar disso e à medida que o *HMS Durban* se ia aproximando de terra e que a desesperada pequenez e solidão daquela terra se revelava sem contemplações,

David Jameson não conseguia impedir-se de sentir um profundo e angustiado sentimento de derrota. No fundo de si mesmo, e ainda que sem motivos para tal, havia uma pequena luz de esperança que o mantivera de ânimo razoável naqueles longos vinte dias de travessia, com escalas em Zanzibar, na Beira, em Lourenço Marques e na Cidade do Cabo: a esperança de que as coisas não fossem tão más como se anunciavam, que a vista da ilha fosse ao menos uma imagem exuberante de vida, de trópicos, de estação aceitável para um tempo de regeneração. Mas, não: S. Tomé — a ilha e a cidade, que agora entrevia mais nitidamente — aparecia aos seus olhos sem nenhum subterfúgio nem nenhuma possibilidade de ilusões. Era um local de degredo. Um degredo, é certo, com o título honorífico de cônsul de Sua Majestade britânica, uma casa, que esperava decente, à sua espera na cidade, e as mordomias inerentes ao seu cargo. Mas isso, que para alguém em início de carreira poderia parecer até uma simples situação de passagem, um posto de trabalho num local exótico e paradisíaco, para ele, que tivera o Raj a seus pés, era um golpe humilhante e sem disfarce possível.

Sentiu uma presença ao seu lado direito: Ann tinha chegado em silêncio e viera encostar-se à amurada, olhando também terra, sem nada dizer e sem qualquer expressão no olhar. Estava com um *robe de chambre* sobre a camisa de noite, o cabelo em desalinho, como se a ocasião fosse demasiado séria para se preocupar com aparências. A luz suave da manhã nascente — a única hora do dia em que o sol é delicado nos trópicos — acentuava a pureza dos seus traços, o verde líquido dos olhos, a beleza inteira e exposta do seu rosto. David estava esmagado pela sua beleza, como se nunca antes a tivesse visto a uma luz tão evidente, e estava comovido com a sua serenidade. Quis falar, mas não conseguia encontrar nada para dizer, não sabia sequer como começar.

— Ann...

Ela virou-se e encarou-o de frente. Cegou-o o verde dos olhos dela, teve vontade de chorar, de rojar-se aos seus pés, de lhe pedir perdão pela centésima vez, de lhe pedir que partisse, de lhe suplicar que ficasse. Mas, antes que conseguisse dizer alguma coisa, ela agarrou-lhe na mão e disse-lhe tão baixinho que ele quase teve medo de não ter ouvido bem:

— Não te deixarei, David. Prometi-te que não te deixaria nunca.

David Lloyd Jameson não tinha nascido em berço de ouro. Na verdade, tinha feito todo o seu caminho graças à sua persistência, ao seu valor e ao seu esforço. O pai tinha uma pequena loja em Edimburgo, um entreposto rudimentar de produtos do Oriente, tais como tapetes de Shiraz e Bokhara, lanternas e sedas da Índia, biombos do Japão, cadeiras de madeira pintada do Nepal e do Tibete. O orientalismo estava então nos seus primórdios e não era fácil vender à sociedade conservadora de Edimburgo qualquer coisa que não fosse Tudor ou vitoriano. O negócio não dava para mais do que uma vida decente e modesta: David fez todos os seus estudos na escola e no liceu públicos. As gravuras, aguarelas e desenhos da Índia que o pai recebia tinham-no fascinado desde pequeno e a ideia mítica do Raj foi-se tornando aos poucos uma obsessão, um projecto, um destino, que, por volta dos seus dezoito anos, já não havia força nem razão que conseguissem contrariar. A Índia tornara-se o seu único objectivo, o seu único horizonte, o seu único projecto de futuro. Durante quatro anos a fio candidatou-se ao India Civil Service — o quadro da administração pública do vice-reino — e durante quatro anos a fio foi recusado. Outros, que não ele, teriam desistido, teriam percebido que os lugares disponíveis eram preenchidos conforme o berço, os conhecimentos ou as influências. Ele, não: em cada ano, a cada recusa, redobrava de esforços, tentava perceber o que tinha faltado, tratava de acumular mais qualificações. Tornou-se uma enciclopédia da história, da geografia, da sociologia da Índia. Contratou um professor de hindi e tornou-se fluente na língua e na interpretação dos Upanishades. Contratou um professor de árabe e aprendeu os fundamentos da língua e do Corão. Finalmente, a sua persistência foi recompensada: numa fria manhã de dezembro, com a bruma marítima ainda envolvendo Edimburgo, o correio trouxe-lhe a tão ansiada carta do Indian Bureau. Fora colocado em Bangalore, no sul da Índia, no Estado de Mysore, como terceiro oficial de ligação ao governo local, que, nos termos dos acordos celebrados entre a Coroa Britânica e os quinhentos e sessenta e cinco estados principescos da Índia, pertencia ao marajá de Bangalore. Tinha vinte e três anos de idade e acabava, sem o saber, de ser enviado para o coração da Índia mítica, desse fantástico território das mil e uma noites, de que falavam os textos e as gravuras dos livros da loja do pai. Era como se tivesse entrado directamente para dentro dos livros, como personagem das suas histórias.

David Jameson apaixonou-se pela Índia desde o primeiro instante em que pôs pé em terra, entrando pela célebre Indian Gate, em Bombaim, a porta dos vice-reis, que simbolizava a posse das Índias e pela qual qualquer servidor do Raj deveria fazer a sua entrada na Jóia do Império, como sinal de bom augúrio mas também de lealdade e dedicação à tarefa que o esperava. A Índia Britânica, que Sua Majestade a rainha Vitória protegia e amava desveladamente desde os sombrios corredores de Buckingham, era um imenso e, por natureza, ingovernável território, que se estendia dos contrafortes dos

Himalaias ao estreito do Ceilão, do mar de Bengala ao mar de Oman, habitado por cento e vinte milhões de hindus, quarenta e quatro milhões de muçulmanos, cinco milhões de católicos e quatro milhões de *sikhs*, e governado por sessenta mil ingleses, os quais administravam directamente dois terços do território e quatro quintos da população, sendo o restante da alçada dos quinhentos e sessenta e cinco potentados autónomos, governados pelos rajás, marajás e *nawabs*, a cuja lealdade a Inglaterra devia o sucesso dessa missão demencial de governar as Índias. Havia potentados cuja área não excedia o bairro de Chelsea e outros que eram maiores do que a Escócia, mas, mais do que a área, a importância política dos principados media-se no número de súbditos, de elefantes, de camelos disponíveis e pelo número de tigres caçados pelo príncipe reinante e, sobretudo — do ponto de vista inglês —, pelo número de soldados do respectivo exército privado que eles conseguiam manter e, em caso de necessidade, fazer alinhar ao lado do Exército de Sua Majestade britânica.

Em Bangalore, a legação inglesa era uma verdadeira embaixada em território aliado: competia-lhe, essencialmente, manter firme a lealdade do marajá, a sua generosidade para com as necessidades financeiras da administração do Raj, a sua boa vizinhança com o senhor mais próximo, de modo a evitar essa doença das guerras fratricidas em que a Índia era tão fértil e que tanta perturbação causavam à gestão do território, e, finalmente, a tarefa primeira do colonizador: despertar no marajá e na sua corte a atracção pelos valores da raça e da civilização inglesas — um arremedo de justiça imparcial, um sentido de hierarquia e de obediência à lei consuetudinária, uma educação inglesa, com muita história e geografia e retratos da horrenda rainha Vitória espalhados por todas as salas de aula, a par de um entusiasmo por *sports* profundamente aborrecedores como o pólo e o críquete. Em compensação, a Inglaterra exigia pouco: fechava os olhos à aplicação da lei e dos costumes locais, a menos que a querela envolvesse súbditos ou interesses ingleses; eram racistas, como os franceses em Pondichéry, mas em troca eram liberais em matéria religiosa, não cultivando a absurda pretensão de evangelizar as Índias na fé cristã, como os portugueses em Goa; e, em troca da fidelidade e generosidade para com a Coroa Britânica, regularmente testada e comprovada, concediam, de quando em vez, o título de Sir ou alguma reluzente condecoração a um desses marajás que já tinham tudo o resto que a fortuna podia comprar.

David ficou três anos em Bangalore. Matou dois tigres em caçadas organizadas pelo marajá e um sem-número de peças menores, com o par de Purdeys compradas em segunda mão ao segundo comandante dos Lanceiros da Rainha. Venceu o campeonato estadual de pólo, numa equipa mista hindu-britânica, com cavalos emprestados pelos estábulos do marajá de Bangalore, experimentou — como também era de tradição entre os oficiais locais do India Civil Service — algumas das incríveis posições do acto sexual patentes nos frescos dos templos com as dispensadas do harém do marajá, e viajou por todo o lado, dentro do Estado, levando a todo o lado a administração da boa, tranquila e fiável justiça britânica. O seu fascínio pela Índia não deixou nunca de crescer, na exacta medida em que cresceu a sua admiração pela sábia gestão dos assuntos do Raj, tal como a administração britânica a praticava. Finda a comissão, os seus bons serviços, assim como o seu conhecimento da língua e do meio local e a sua jovem ambição não passaram despercebidos nos relatórios internos e ele foi chamado a Delhi, para ser colocado no governo central do vice-rei, justamente no pelouro das relações com os principados autónomos.

Ao princípio aborreceu-se de morte em Delhi. Remetido a um escritório e à posição de figurante nas recepções oficiais aos marajás, faltava-lhe tudo aquilo que tinha tido em Bangalore: a caça, a aventura, as noites de acampamento no mato, as conversas com os velhos sábios das aldeias, as orgias sexuais com as concubinas do marajá, enfim, o exercício directo e próximo do poder e da influência. Mas depois, começou aos poucos a ser enviado em viagem pelos principados, numa missão que era um misto de diplomacia e de espionagem e onde as suas faculdades de observação e previsão começaram a ser devidamente apreciadas e tidas em conta, cada vez mais alto, até ao gabinete do vice-rei. Isso deu-lhe a possibilidade fantástica de viajar quase pela Índia inteira, em missões que chegavam a demorar cinco ou seis semanas, deslocando-se de comboio, de barco, de camelo, de elefante ou a cavalo. Onde chegava, ele era a voz do vice-rei, que, por sua vez, era a voz da própria rainha, que, por seu lado, representava todo o Império Britânico. Estava à vontade nos salões ou no mato, no pólo ou na caça ao tigre, no clube dos oficiais ingleses ou nas discussões em hindi com as autoridades autóctones. Pertencia a uma espécie rara de ingleses do império, que tinham a faculdade de serem híbridos, conscientes da sua superioridade imperial, mas atentos e respeitosos para com os costumes locais. Se o prato favorito do marajá era cobra, ele comia, com o mesmo deleite de quem estava a comer pudim de perdiz no Raffles; se algum dignitário local tinha por hábito vomitar na mesa, depois de comer, ele assistia, impávido, como se se tratasse de um *gentleman* a encher o cachimbo no seu clube de Hampstead; quando o marajá de Barahtpur o convidou para assistir à execução de um pobre salteador de estrada condenado à morte e enforcado perante uma multidão ululante, ele compareceu, sem denunciar qualquer emoção ou constrangimento. Aprendera com o seu chefe em Bangalore e desde o início da sua comissão nas Índias uma máxima da qual tinha feito o seu código de conduta pessoal: “A nossa missão não é mudar a Índia; é governá-la". Essa sua abordagem à Índia, essa sua filosofia, essa sua capacidade de entendimento e de perspectiva, que os seus relatórios para o governo central reproduziam lapidarmente, tornou-se cada vez mais notada, mais apreciada e mais citada. Aos vinte e nove anos de idade, David Jameson já era alguém, um nome passado de boca em boca entre o pessoal residente de Delhi e o *inner circle* do vice-rei. No ar estava a perspectiva de mais altos voos e ele sentia-o. Olhava para o mapa daquela imensa possessão e sentia um continente inteiro a fervilhar de vida, de tragédias, de aventuras, de conflitos para serem regulados, de decisões cruciais para serem tomadas, de missões difíceis para serem levadas a cabo, de glórias para serem colhidas. Tudo aquilo palpitava, estremecia, parecia prestes a explodir. E apetecia-lhe engolir o mapa, a Índia inteira.

Foi então que Ann o conheceu. Num domingo à tarde, nas enfadonhamente inglesas tardes do All India Cricket Club de Delhi, onde as conversas eram exactamente as mesmas desde há duzentos anos, só variando a geração — que não os nomes de família dos personagens envolvidos nas conversas. Ao contrário de David, Ann vinha de uma família que frequentava o All India Cricket Club de Delhi há quatro gerações sucessivas. Mas para Ann, o futuro não passava pela Índia, mas sim pela Inglaterra. Para ela, o coronel Rhys-More reservara um futuro diferente e especial, com algum Lord de passagem pelas Índias, a quem a beleza, a inteligência, a educação perfeita e as qualidades de sociedade da filha não deixariam, quando a oportunidade se apresentasse, de atrair e de largamente compensar a insuficiência do seu dote e a ausência de título de nobreza familiar. Quatro gerações de antepassados dedicados ao serviço da Índia e dois irmãos alistados no Exército que combatia pelas fronteiras do Raj nos traiçoeiros desfiladeiros do Khyber Pass, assim como a sua virtude e os seus dons naturais, faziam dela, aos olhos do coronel e da sua esposa, um muito aceitável e recomendável contrato de casamento. Ann não fora educada para conhecer e amar a Índia, mas sim a distante Inglaterra onde jamais pusera o pé. Tinham-lhe ensinado que a terra onde nascera e crescera, onde se fizera mulher, era apenas um lugar de passagem em direcção às ruas, aos restaurantes, aos salões, à vida dessa mítica cidade de Londres, que só conhecia das revistas que o coronel assinava com a devoção inquebrável de um servo que queria estar a par das notícias sobre o amo.

Tudo isso se desmoronou num dia. No dia em que ela conheceu David Jameson. A sua programada distância, o seu aconselhado recato desabaram, como um castelo na areia, sob o efeito da fúria, da ambição, da vida, que jorravam do olhar, da voz, dos gestos, da descontrolada veemência que irradiava dele. Em cinco horas que conversaram, dançaram, jantaram e tentaram em vão fingir-se distraídos com outras coisas ou outras pessoas, ela ficou a saber mais da Índia do que tudo o que tinha aprendido em vinte e cinco anos de vida nessa terra.

Ele era um jogador: um jogador compulsivo de cartas, um vício largamente alimentado nas noites do clube dos oficiais ingleses em Bangalore, e um jogador em relação à própria vida. A Índia tinha-lhe cimentado o gosto pelas grandes jogadas, as grandes apostas, a fé na cartada do destino e o gosto pelo risco e pelas atitudes de tudo ou nada. Era como se não houvesse tempo a perder, como se tudo devesse ser jogado em cada cartada, em cada oportunidade, em cada brecha que os outros abriam: tinha pressa de viver, de forçar as coisas a acontecer, em lugar de ficar à espera que a fortuna lhe batesse à porta. Era isso que fazia a sua atracção, a necessidade compulsiva que tantas mulheres sentiam de se aproximar dele, o que desarmava os adversários, o que deixava os outros — os que concorriam com ele na carreira, no amor ou na mesa de jogo — sem saber como aparar os seus golpes, como acompanhar as suas apostas. Foi isso que lhe pôs Ann aos pés, nessa mesma noite. Quando ele a levava a casa, num *rickshaw* coberto puxado por um *sikh*, a quem ele tinha dado uma discreta ordem para não se apressar, e, de repente, lhe segurou a mão, mergulhou fundo nos olhos dela e lhe disse: "podemos seguir as convenções e ficar por aqui, agora, ou podemos começar já a não perder tempo. De uma maneira ou de outra, você é a mulher da minha vida e nunca mais me vou embora da sua vida. A escolha é sua e é a de adiar ou não o que é inevitável", ela percebeu que ele tinha razão, que era inútil estar a adiar o que já não tinha mais solução nem fim à vista. Assim, ela rendeu-se, entregou nessa noite quente e húmida de Delhi tudo o que tinha acumulado em vão de ensinamentos e cautelas, de reservas e planos de futuro. Foi como se tivesse nascido verdadeiramente nessa noite e tudo o que estava para trás na sua vida não tivesse sido mais do que um inútil exercício de previsão contra o destino. E ele colheu tudo. Não com a delicadeza de quem colhe uma flor num jardim, mas com a voracidade de quem devora o jardim inteiro.

Em menos de dois meses, e sob a ameaça de um escândalo latente, Ann Rhys-More e David Jameson estavam casados. E, com o passar dos meses, a tão temida gravidez pré-nupcial, que tinha aterrorizado o coronel seu pai, revelar-se-ia um perigo sem fundamento: David era estéril, como o revelaria uma consulta médica de rotina. A sífilis, que tinha contraído no bordel do marajá de Bangalore e que julgara curada sem nada mais do que a recordação das dores lancinantes que padecera e dos tratamentos humilhantes a que tivera de se expor, afinal deixara para sempre uma marca incurável no corpo e no amor-próprio. Apesar de tudo, foi Ann quem melhor suportou essa notícia: "não troco o homem que amo e que mais admiro por um pai em potência" — explicou a si própria, às amigas e aos pais. Essa foi a primeira vez que Ann prometeu a si mesma que não deixaria nunca o marido.

Quem pior encaixou a notícia foi o coronel. Primeiro, porque ficou a saber que não teria netos da sua filha ("os únicos netos de que podemos ter a certeza que são nossos", como costumava dizer). Depois, porque o conhecimento da passada libertinagem sexual do genro ("para mais, com as putas de um marajá!") acrescentava-lhe a impressão negativa que tinha sobre os modos e as condutas demasiado livres daquele genro. Não gostava da forma intempestiva com que tinha entrado na vida da família, colocando-os perante um facto consumado e que viera contrariar todos os planos que ele e a mulher tinham legitimamente acalentado para a sua única filha. Não gostava da sua pressa, da forma rápida com que queimara etapas no percurso de oficial das Índias, tendo chegado, ainda antes dos trinta anos de idade, a um lugar de destaque e a uma posição de influência junto do próprio vice-rei. Custara-lhe particularmente ter tido de discutir com o genro se a família tinha ou não suficiente acreditação social para se atrever a convidar o vice-rei para o casamento da filha — e ter percebido, pela subtil conversa de Jameson, que o convite era aceitável e que Lord Curzon compareceria, não pela família dela, mas pela pessoa dele. Em seis anos de Índia, aquele jovem intrometido chegara onde ele não sonhara chegar ao fim de toda uma vida dedicada ao serviço da Coroa naquelas terras e onde os seus filhos, ocupados a defender as fronteiras do império, longe dos gabinetes do governo e dos salões dos marajás, jamais chegariam. Tanto mais que o jovem Jameson não tinha nem nome nem fortuna que o recomendassem. O que tornava o seu estilo mais intrigante e desesperante aos olhos do coronel.

— Diz-me uma coisa, filha — perguntou a Ann, uma vez, em que não se conseguiu conter — o teu marido não terá fortuna própria, bem guardada a recato?

— Não, pai. Que eu saiba, não.

— Não terá, ao menos, nada do pai, lá na Escócia?

— Não, o pai dele — aliás, ainda está vivo, como sabe — não passa de um comerciante que vive razoavelmente, mas não mais do que isso. O David teve de esperar quatro anos até conseguir um lugar no Civil Service, apesar de ser sempre dos candidatos mais bem preparados. Mas, por que pergunta isso, papá?

— Porque o teu marido, não sei se sabes, joga um póquer muito alto no Regent's. É um assunto muito comentado: como é que alguém sem fortuna se permite jogar tão forte.

— Mas ganha, não ganha, papá?

— Ganha, lá isso ganha. Mas porque muito poucos podem ou estão dispostos a acompanhar as suas paradas. Dir-se-ia que ele tem as costas protegidas...

Apesar da insinuação contida nas palavras do pai, Ann não conseguiu evitar um sorriso:

— Sobra-lhe em coragem o que lhe falta em fortuna, pai.

— Talvez seja. Ou então é a audácia que abunda e a humildade que lhe faz defeito.

— Ora, pai, isso não passa de conversas de invejosos, e sabe-o bem. O David irá longe na vida porque tem a inteligência, o espírito empreendedor e a capacidade de correr riscos que os outros não têm. E porque tem a faculdade de compreender a Índia e as suas gentes que os outros nem se dão ao trabalho de tentar: quantos oficiais do India Civil Service sabem, como ele, falar hindi e árabe fluentemente? O pai sabe que é por isso que ele está prometido a uma grande carreira e que é por isso que os invejosos não lhe perdoam. Mas devia é estar orgulhoso por ele ser seu genro e feliz por ser marido da sua filha.

O coronel ficou num silêncio pensativo, olhando da varanda o pequeno jardim de roseiras e buganvílias que a mulher tratava com desvelo de inglesa longe da ilha. Sim, ele estava ali há quase sessenta anos e não falava nem hindi nem árabe. Nunca caçara tigres, nem visitara o palácio do vice-rei, nem assistira a um banquete de um marajá, nem, certamente, frequentara alguma vez as concubinas de um príncipe. Mas que viesse alguém atrever-se a dizer que ele não conhecia a Índia!

Para muitos ingleses ao serviço das Índias, colocados ou de passagem por Delhi, Ann Rhys-More era a jóia da "Jóia da Coroa". A sua beleza era suave como uma manhã de Hertforshire, luminosa como um entardecer no Rajahstan. Tinha um sorriso e uns traços de adolescente, um corpo de fêmea fértil e pronta a ser colhida, uns olhos verdes húmidos de mulher sem época nem moda. Era alegre ou grave, extrovertida ou reservada, quente ou distante, espontânea e solta ou tranquilamente observadora e inteligente. O primeiro homem a quem se entregasse colheria todo o fulgor desse corpo, desse olhar, desse fogo, dessa calma, desse sorriso desenhado numa boca que entontecia os homens. Esse homem foi David Jameson, que chegou como um saqueador e partiu como um conquistador. Ela renasceu com ele: entregou-se-lhe desde o primeiro instante, sem nenhuma reserva, nem pudor ou medo; tornou-se a sua sombra e a sua luz, a sua rainha e a sua escrava, tal como quinhentos anos atrás o fora a mulher do imperador moghul Shajahan — Mumatz Mahal, "A Alegria do Palácio" — a cuja memória ele dedicara esse extraordinário Taj Mahal, em Agra, não longe de Delhi, e que Ann visitara, deslumbrada por imaginar que um homem pudesse alguma vez ter amado uma mulher ao ponto de erguer para ela um monumento que nunca a poeira dos séculos conseguiria fazer apagar.

Se pudesse, também David teria construído para ela um Taj Mahal, onde a celebraria como a alegria do seu palácio, o sentido da sua vida. Eles amavam-se como ninguém mais em todas as Índias. No despertar desse mágico século XX, de que os homens sábios previam um esplendor sem igual em toda a história da humanidade, a Índia Britânica vivia presa da fidelidade à sua distante imperatriz, a sereníssima e eterna rainha Vitória, que só haveria de morrer dois anos depois do casamento de Ann e David. Do que, entretanto, tivesse mudado nas ilhas britânicas, ali não chegara eco nem influência: toda a Índia se mantinha fiel e obediente às instruções e aos ensinamentos que, durante mais de cinquenta anos, a augusta rainha Vitória fizera chegar ao conhecimento e ao governo dos seus súbditos do Raj. Entre esses ensinamentos não constava a espécie de amor desenfreado e sensual que todos observavam entre o casal Ann Rhys-More e David Lloyd Jameson. À vista desarmada, eles devoravam-se literalmente um ao outro, sem disso fazerem segredo ou cerimónia para com amigos, vizinhos ou colegas de trabalho. Nos salões, no clube, nos jantares oficiais, nos *garden-party* da sociedade colonial, até na missa de domingo, a sua relação física, sensual e, aparentemente, de um inesgotável prazer, era um chamariz para todos os olhares e um motivo de todas as conversas a meia voz. Pior sucedia entre muros, em casa. David era um jogador, gostava de todos os jogos, desde os jogos de mesa aos jogos de cama, do primarismo animal dos jogos de caça à subtileza intelectual dos jogos de palavras em conversas de salão. Introduzira Ann no conhecimento e no deleite das gravuras em pedra e aguarelas sexuais hindus e não foi preciso muito para que, à luz de velas espalhadas pelo chão do quarto e numa alcova coberta por uma rede mosquiteira que acentuava ainda mais o erotismo do ambiente, eles começassem a ensaiar a reprodução de todas as posições que tinham visto no frontispício dos templos ou nos livros antigos que ele coleccionava. Ann conheceu em minúcia todos os centímetros do corpo dele que lhe tinham ensinado poder espreitar apenas de olhos semicerrados e disfarçadamente e conheceu os limites do seu próprio prazer que tinha aprendido serem inexistentes e, aliás, entediantes. Quanto a David, sabia-se olhado com um misto de maledicência e de inveja, quando se despedia dos colegas de gabinete ao fim do dia e se dirigia para casa, onde o esperava uma espécie de prazer e de desvario sexual que não era suposto um homem da sua condição encontrar senão fora de casa e com mulheres especialmente treinadas para essa tarefa. Mas esse aconchego familiar, que o devolvia todas as manhãs ao trabalho com um sorriso revelador, longe de lhe quebrar o ímpeto habitual, parecia antes reforçá-lo. Continuava a ser voluntário para todas as viagens de inspecção ou de representação através dos governos estaduais, que todavia o mantinham por longos períodos fora de casa e longe de Ann, continuava a ser minucioso e clarividente em todos os relatórios que elaborava e que praticamente passavam a constituir doutrina do gabinete, continuava a perder noites na mesa de póquer do clube, até que todos, que não ele, tivessem cedido à exaustão, ao *brandy* ou à má sorte das cartas. E continuava a aceitar todos os convites para expedições de caça, fosse caça menor ou caça grossa, ocupasse um dia ou uma semana inteira. Pelos corredores do governo-geral comentava-se que os seus talentos ou a sua ambição já não cabiam em Delhi e que, em breve, infalivelmente, lhe estava reservada outra missão, longe dali e onde fosse senhor das suas próprias decisões. Ele próprio não esperava por outra coisa, disfarçando mal a sua ansiedade.

A Índia Britânica, que excluía o território governado directamente pelos principados autónomos, estava dividida em sete províncias, cada uma das quais com o seu governador. Mas se os governadores eram essencialmente representantes do vice-rei nas províncias, com funções de representação e de suprema magistratura, o verdadeiro governo das Índias residia nos ombros dos cerca de oitocentos *district officers* ou *collecters* que governavam os distritos em que se subdividiam as províncias. Eram todos ingleses — a elite do India Civil Service —, assessorados muitas vezes por autóctones, e que viviam em contacto directo com as populações e os seus problemas, cabendo-lhes acorrer a todas as questões, desde a cobrança de impostos à administração da justiça, passando pelas obras públicas e projectos de irrigação e abastecimento de água. Aos trinta anos de idade, David era ainda novo demais para poder aspirar a uma nomeação como *district officer*, embora os seus três anos de experiência num principado e os quatro anos no governo-central, com missões cumpridas em quase todo o território das Índias, lhe dessem uma experiência heterogénea de que poucos dispunham.

Assim, quando uma manhã foi chamado ao gabinete do próprio vice-rei e, com apreensão, reparou que se tratava de uma entrevista a sós com Lord Curzon, ele compreendeu que o seu futuro próximo ia ser jogado ali, nos minutos seguintes.

— Tenho uma tarefa para si, Jameson — Lord Curzon falava sempre num tom de quem não alimentava qualquer dúvida acerca do que ia dizer, como se lhe fosse penoso ser sempre tão definitivo —, mas desta vez não se trata de uma missão de ida e volta, mas de um posto, no qual o quero ver destacado.

David permaneceu calado, as mãos entrelaçadas, húmidas de transpiração.

— Como sabe, resolvi redefinir as fronteiras do Estado de Bengali, cuja área e população o tornavam virtualmente ingovernável. Até hoje, nunca ouvi falar de um governador que tivesse conhecido todos os limites do Bengali. Resolvi, pois, rapar-lhe as bordas, acrescentando um pedaço a cada um dos Estados vizinhos. Um dos que mais foi acrescentado foi o Assam: passou de cento e trinta e nove mil quilómetros quadrados para duzentos e sessenta mil e de seis milhões de habitantes, quase todos hindus, para trinta e um milhões, dos quais treze milhões são hindus e dezoito milhões muçulmanos. Tirei ao gigante para dar ao anão — com o que ambos poderiam sair a ganhar. Mas, como deve calcular conhecendo este país, vai para lá a maior das contestações e uma revolta latente das duas comunidades entre si e ambas contra nós.

"Aproveitando a redefinição das fronteiras deste novo Estado — que se passará a chamar Assam e Bengali Nordeste — entendi também dar por terminada a comissão do actual governador. Julgo que será conveniente ter alguém novo e mais jovem, alguém que tenha alguma experiência e compreensão de ambas as comunidades, que fale hindi e árabe, que já tenha revelado, mesmo que a outro nível, experiência de regulação de conflitos locais. Depois de muito ponderar no assunto e de consultar com os membros do meu gabinete, cheguei à conclusão de que esse alguém poderia ser você — desde que se ache competente para a tarefa. Já sei que me pode objectar que é talvez demasiado novo para ocupar um dos mais elevados cargos na hierarquia administrativa da Índia, a seguir ao meu próprio, e que seria talvez mais adequado e mais normal começar a sua carreira no interior por um posto de *district officer*. Mas tudo isso já foi ponderado como objecção à sua escolha e, se nós não a vimos como tal, não deve ser você a considerá-la. Como lhe disse, a única objecção válida que me pode apresentar é dizer-me que não se acha capaz disto. Sim ou não?"

Não era pergunta que se fizesse a um jogador. Aquilo representava, talvez, uns dez anos de salto na carreira, uma oportunidade política única e irrepetível. E os riscos correspondentes, em caso de fiasco. Mas recusar implicava perder as boas graças do vice-rei, ficar estagnado em Delhi, à espera que vagasse um qualquer posto longínquo de *district officer*.

E, para o seu carácter e ambição, era uma decisão que levaria a vida toda a lamentar. Como ele muito bem sabia, há alturas em que só se pode ir a jogo, porque o par de ases na mão pode nunca mais se repetir durante o jogo, mesmo que a experiência lhe tivesse ensinado que o par de ases é uma mão traiçoeira, que raramente sai vencedora. David Jameson respondeu, pois, tão depressa quanto a surpresa lho permitiu:

— Julgo que pode contar comigo, Sir.

— Óptimo, excelente. Não esperava outra coisa de si, Jameson. Mas percebeu bem ao que vai, as dificuldades que o esperam lá, não percebeu?

David aproveitou essa única brecha que Curzon lhe concedia para salvaguardar um mínimo de eventuais danos futuros:

— Julgo ter percebido, Sir, e não é isso que me preocupa. A única coisa que me preocupa um pouco é a minha falta de experiência de governo local, das tarefas concretas da governação.

— Oh, no que respeita a isso, eu percebo a sua preocupação, mas não tem motivos para se angustiar. Quanto ao despacho administrativo e à aplicação da justiça, você conhece as leis e trata-se apenas de as pôr em prática. Quanto ao resto, quanto ao expediente do governo, vai contar com a ajuda e com a experiência de uma excelente equipa de *district officers* e dos membros do seu Conselho Consultivo, que permanecem em funções. O essencial é o faro político e diplomático, a firmeza e, ao mesmo tempo, a imparcialidade com que se exerce o poder; ter objectivos claros e uma grande dose de bom senso e persistência para os levar a cabo. E é por essas razões que eu queria alguém com o seu perfil. Vai ver que lhe vai correr bem, meu rapaz!

E foi tudo. Lord Curzon levantou-se, deu-lhe uma palmada no ombro e acompanhou-o à porta. Para lá dessa porta, a verdadeira porta da Índia abria-se à sua frente. Aos trinta anos de idade, cabia-lhe governar um território maior do que a Bélgica e a Holanda juntas e com tantos habitantes quantos os da Inglaterra inteira. No caminho para casa, o atordoamento com aquela notícia transformou-se em euforia, a euforia deu lugar a um orgulho mal contido e o orgulho transformou-se numa aparente serenidade, quando entrou na sala e enfrentou o olhar ansioso de Ann:

— Então...?

— Assam.

— Assam? Como?

— Governador.

Ela deu um grito de espanto e de alegria, levantou-se num repente e pendurou-se-lhe ao pescoço.

— Vamos ser felizes, não vamos?

— Muito. Muito felizes.

Lord Curzon não se tinha enganado: David Jameson era o homem certo no lugar certo. Um mês após a sua chegada, já tinha identificado todos os problemas prementes e tomado o pulso à situação. Acorrera aos principais conflitos, falara com as pessoas certas na hora certa e despoletara as fricções. Deixara para Ann os pormenores da instalação doméstica no palácio e a organização e planeamento dos primeiros jantares oficiais e saídas públicas. Passava dias inteiros enfiado no gabinete ou em trabalho de rua, visitando o quartel da polícia, o tribunal, o hospital, as instituições locais, e ela esperava por ele até altas horas da madrugada, não para reatar o casamento interrompido, mas para lhe dar conta dos assuntos do protocolo, de que tomara conta, instintiva e naturalmente. Ele aprovava tudo de cruz, satisfeito e exausto, demasiado satisfeito para fazer perguntas ou levantar dúvidas, demasiado exausto para ensaiar o regresso àquele ambiente de devassidão sexual em que tinham vivido os seus primeiros tempos de casados, nas longas e tranquilas noites de Delhi. Mas também foram tempos maravilhosos, em que cada um deles, sem praticamente se verem ou falarem dias inteiros, trabalhava para um objectivo comum. Ela estava feliz e orgulhosa por sentir que o estava a ajudar, ele estava-lhe imensamente grato e orgulhoso. Ao fim de três meses, tendo estabelecido as bases e a rotina do governo central do Estado, tendo imposto a sua autoridade de forma natural e evidente entre ingleses, hindus e muçulmanos, David começou a viajar pelos vinte e cinco distritos do agora grandioso Estado do Assam e Bengali Nordeste. Passava dias inteiros ausente de Goalpar, a capital e sede do governo, e praticamente a única cidade digna desse nome em toda a província. Enquanto ele viajava pelo território, Ann desempenhava a preceito as tarefas recomendadas a uma primeira dama de um governo de província na Índia inglesa: visitava escolas e hospitais, inaugurava asilos e orfanatos, recebia, à vez e para o chá, as senhoras proeminentes da sociedade local hindu, muçulmana e da colónia inglesa. No palácio do governador, com uma varanda debruçada sobre o Brahamaputra, que ali deslizava imponente, vindo dos Himalaias, ela impusera um estilo leve e despretensioso, onde reinavam as vergas, os vidros e os cristais e se tinham arrecadado os pesados móveis de madeira escura e rendilhada e as imponentes e retorcidas baixelas de prata. Tratava com a mesma natural delicadeza as convidadas, os empregados e as roseiras do jardim que desciam até à margem do rio. O seu grande luxo era a música: havia dois músicos residentes, que tocavam cítara e tímbalos, algures numa divisão escondida da casa, de onde não eram vistos nem incomodavam as conversas. Ao final da manhã ou à hora do chá, havia sempre um suave som de música vindo das entranhas escondidas da casa e que se entrelaçava no perfume do jasmim que vinha da varanda e no das flores frescas, ainda orvalhadas, que todas as manhãs eram colhidas e dispersas pelas inúmeras jarras das divisões da casa. Nas horas do calor, os reposteiros finos de bambu estavam descidos sobre as portadas e janelas, criando um interior de luz e sombras projectado no soalho de madeira envernizada e uma dança líquida nas paredes brancas das salas. Como se toda a casa flutuasse, embalada por uma ligeiríssima brisa que suspendia o tempo e os dramas lá de fora.

David — a quem os ecos entusiásticos do efeito causado pelas recepções de Ann junto das senhoras dos notáveis de Goalpar chegavam constantemente aos ouvidos — adorava regressar a casa. Depois de dias e dias embrenhado na poeira e no calor sufocante das estradas do território; depois da tensão de situações extremas em que era precisa toda a frieza e todo o tacto para desarmar ódios irracionais e que ameaçavam incendiar, sem motivo lógico, uma pequena comunidade; depois do horror de ter de enviar para o trabalho escravo das minas de carvão um condenado por roubo, com a mulher e os filhos a rojarem-se aos seus pés, pedindo clemência, que ele não podia nem devia dar; depois do terror sensual de dias e noites passados a perseguir o rasto de um leopardo que aterrorizava uma aldeia, dormindo ao relento, em pleno chão de areia, com uma pedra aquecida na fogueira por almofada, e ouvindo o rastejar de invisíveis répteis ou serpentes a contornar o círculo do fogo; depois de todo esse cansaço, depois do pó e do suor, depois do medo e dos remorsos, depois de tanto ter jogado com a sua vida e a dos outros, ele derretia-se de espanto, de ternura e de desejo, quando voltava para casa e tomava posse das sombras, da música, dos cheiros e daquela portentosa deusa de cabelos loiros abundantes, olhos verdes e peito cheio e inquieto que tinha estado à sua espera. Depois do banho, ele bebia sempre um *gin* tónico na varanda, antes de passar à sala de jantar de persianas de ripas de madeira entreabertas, que deixavam entrar a frescura da noite, o perfume do jardim e o cântico dos pássaros nocturnos. Ele, como era próprio de qualquer oficial ou cavalheiro inglês à hora de jantar e em qualquer ponto do Raj, de *smoking* branco, e Ann de vestido comprido, decotado até ao limite do suportável, os seus olhos brilhando à luz das velas, como os de um leopardo numa noite de espera.

Tudo ele sonhara e tudo tinha. Tinha, aliás, bem mais do que alguma vez ousara sonhar. Tinha aquele imenso território de Assam e Bengali Nordeste e os seus trinta e um milhões de almas para governar e para quem ele era o representante directo e pessoal do distante imperador das Índias, Eduardo VII, e, por conseguinte, a encarnação viva da sabedoria, da honestidade e da justiça. Cabia-lhe ali ser o exemplo demonstrativo da verdade daquilo que Kipling tinha dito: que a tarefa de governar a Índia fora colocada, por algum estranho desígnio da Providência, nas mãos da raça inglesa. E tinha, sobre essa formidável tarefa, sobre essa fascinante aventura política, um tratamento de príncipe, um palácio à sua espera no final dos dias ou das viagens e uma princesa verdadeira que o esperava nas varandas do palácio, na frescura sombreada da casa e no algodão puríssimo da cama de casal.

Era, sem dúvida, discutível que tivesse sido a Providência a escolher a Inglaterra para gerir os destinos da Índia: afinal, os portugueses tinham chegado primeiro e, depois deles e ainda antes dos ingleses, tinham chegado os franceses. Bombaim, a porta de entrada dos ingleses na Índia, só se tornara inglesa porque os portugueses a tinham oferecido à Inglaterra no dote de casamento de Catarina de Bragança com Carlos II, e a Coroa só se instalara oficialmente no seu vice-reino poucas décadas antes, atraída pelos prósperos negócios dos comerciantes de chá da City. Era igualmente duvidoso que grande parte dos ingleses destacados para a Índia, quer no Exército, quer no Civil Service, sentissem de igual modo esse apelo da Providência, que supostamente os convocava a tão desmesurado desafio. Mas poucas dúvidas ficavam a quem com ele contactava, que David Jameson, ele sim, fora talhado à medida para o trabalho e as funções que agora lhe cabiam. Havia nele uma ânsia de conhecimento e um entusiasmo por toda a espécie de tarefas do seu cargo, incluindo as que outros, no seu lugar, desdenhariam, que contagiavam os próximos e que aos poucos se foram espalhando, primeiro como notícia, depois como lenda, por todo o Assam e o norte do Bengali. O primeiro ano de governo do Assam e Bengali Nordeste foi uma história de sucesso para David Jameson. Os oficiais ingleses admiravam-no, confiavam nele cegamente e esforçavam-se por imitá-lo e conseguir tudo o que ele exigia, por mais exigente que fosse a tarefa. Os notáveis locais respeitavam-no e reconheciam o seu sentido de justiça e de imparcialidade, várias vezes testado em situações concretas. Os miseráveis viam nele a sua última oportunidade e uma forma humana de autoridade a que não estavam habituados. E Ann, a sua mulher, esgotava nele qualquer outra vontade de mulher, cuidava das suas ausências, tornava inesquecível cada regresso, era amiga, conselheira, amante, discreta e íntima quando ele a queria só para si, exuberante e arrebatadora, quando queria que o seu brilho se impusesse à vista de todos.

Quando o seu estilo e a sua autoridade se estabeleceram definitivamente, quando o governo do Estado passou a obedecer a regras predeterminadas que todos conheciam e que ninguém ousava contrariar, quando os próprios imprevistos ou emergências já quase se resolviam por si próprios, David começou a conceder-se algumas tréguas e alguma distância.

Nunca antes tinha existido e talvez nunca mais voltasse a existir uma casta tão extraordinária como a dos príncipes da Índia. Quer fossem hindus — marajás e rajás — ou muçulmanos — *nizams* e *nawabs* — cada um deles era célebre por uma absoluta extravagância de que nunca antes se ouvira falar igual. Pouco antes do fim do século, o *nizam* de Hyderabad, com os seus dezasseis nomes próprios e sete títulos de nobreza, era considerado o homem mais rico e mais avarento do mundo. Governava sobre um país de quinze milhões de súbditos, dos quais só dois milhões eram muçulmanos como ele e, entre as suas fabulosas e sempre escondidas riquezas, contava-se o Koh-i-Nor, o fantástico diamante de duzentos e oitenta carates que fora a Jóia da Coroa do império Moghul da Índia. Tinha vinte e dois serviços de mesa para duzentas pessoas cada um, incluindo dois em prata e um em ouro maciço, mas não dava mais do que um banquete por ano e comia todos os dias sentado no chão, num simples prato de latão. Tinha uma casa de banho privativa inteiramente revestida a ouro, esmeraldas, mármore e rubis, onde jamais tomava banho para poupar a água. Mas, em contrapartida, tinha um exército privativo que estava sempre ao dispor dos ingleses e, por isso, a túnica que vestia meses a fio podia ostentar a Star of Indias ou a Most Eminent Order of the Indian Empire. Pela posse do Koh-i-Nor, símbolo do Império da Índia, um jovem príncipe, seu descendente, acabaria para sempre exilado em Inglaterra, confiado à protecção da rainha Vitória – ele e o seu diamante. Buphinder Sing, o Magnífico, sétimo marajá de Patiala, não era o mais rico, mas era seguramente o mais imponente dos príncipes indianos, com o seu metro e noventa de altura e os seus cento e quarenta quilos de peso. Todos os dias, despachava vinte quilos de comida, incluindo três frangos com o chá das cinco, e três mulheres do seu harém, depois do jantar. Para satisfazer as suas duas principais paixões — o pólo e as mulheres — o seu palácio abrigava quinhentos puro-sangues ingleses e trezentas e cinquenta concubinas, servidas por um exército de perfumadores e esteticistas, destinado a mantê-las sempre apetecíveis para o apetite voraz de Sir Buphinder. Tinha também o seu corpo privado de especialistas em afrodisíacos, de modo a mantê-lo capaz de dar conta de tão ingente tarefa. Com o avançar dos anos, tudo foi sendo experimentado na dieta alimentar do marajá, para melhor estimular o seu apetite sexual: concentrados de ouro, prata e especiarias, miolos de macaco decapitado em vida e até rádio. Finalmente, Sua Exaltada Excelência haveria de morrer, prostrado à mais incurável das doenças: o tédio. Também o marajá de Mysore vivia obcecado com as suas capacidades erectivas: a lenda prescrevia que o segredo do seu poder e prestígio entre os súbditos era a qualidade da erecção do seu príncipe, e, assim, uma vez por ano, durante as festas do principado, o marajá exibia-se ao seu povo, sobre o dorso de um elefante e em pleno estado de erecção. Para isso, também ele recorria a todo o tipo de afrodisíacos que os especialistas de ocasião pudessem recomendar. A sua ruína aconteceu quando fez fé num charlatão que lhe garantiu que o melhor remédio para uma erecção sempre pronta era pó de diamante: Sua Majestade Elevadíssima arruinou o tesouro real a engolir chás de diamante a benefício do seu ceptro erguido. O marajá de Gwalior, esse, era antes um obcecado pela caça: matou o seu primeiro tigre aos oito anos e nunca mais parou — aos quarenta tinha morto mil e quatrocentos tigres, cujas peles revestiam por inteiro todas as divisões do seu palácio. Quando apareceram os comboios, ele e outros príncipes da sua casta, criaram um verdadeiro fascínio por aquele invento dos europeus. Houve quem mandasse construir comboios inteiros em Birmingham, com carruagens decoradas com veludos franceses, mogno inglês e lustres de Veneza, para percorrer uma linha que tinha três quilómetros de extensão, desde o palácio ao pavilhão de inverno. Mais visionário, em matéria de transportes, o rajá de Denkannal construiu uma linha férrea de duzentos quilómetros, dentro do seu reino, e que tinha a particularidade de ter os carris em prata: todas as Forças Armadas do rajá tiveram de ser destacadas, dia e noite, para vigiar a integridade da linha férrea de Denkannal. Quanto ao marajá de Gwalior, esse imaginou a mais curta e mais extraordinária das linhas férreas de toda a Índia: era um comboio miniatura, também com os carris em prata maciça, que tinha origem na copa do palácio e penetrava na sala de jantar, através de uma abertura na parede. Aí, sentado em frente de um comando cheio de botões, o próprio anfitrião fazia o comboio correr ao longo da extensa mesa, apitando e acendendo luzes e fazendo-o parar diante de cada convidado para que este se servisse do vagão-*whisky*, do vagão-Porto ou do vagão-tabaco.

Comparado com todos esses potentados e muitos outros que governavam imensos territórios autónomos da Índia, Narayan Singh, o rajá de Goalpar, era um discreto príncipe de um discreto principado. Herdara do pai o gosto pela caça, pelo luxo e pelas mulheres, mas tudo sem os mesmos excessos, antes com uma contenção e um estilo de quem se sentia tributário de uma educação universitária em Oxford e de uma mãe francesa que o levara a passar os verões da sua adolescência na Côte d'Azur, enquanto o pai se quedava pelo Assam, caçando tigres e devorando o seu mal escondido harém. Narayan era aquilo a que no dealbar do século se poderia chamar um príncipe indiano moderno. Falava inglês e francês com uma pronúncia perfeita (em contraste com o árabe, de que não falava uma palavra e cuja cultura, aliás, desprezava profundamente). Assinava revistas e recebia livros da Europa, gostava de viver entre essa cultura híbrida de uma Índia primitiva, instintiva e onde todos os privilégios eram permitidos ao príncipe, e o requinte de um mundo civilizado, de bom gosto e discrição. E estava tão à vontade no dorso de um elefante, numa caçada ao tigre nas florestas húmidas do Assam, como estava num salão de chá, entre oficiais ingleses e estrangeiros de passagem. O seu reino era praticamente virtual, resumia-se ao seu belo palácio de Goalpar e a uns milhares de hectares na periferia da cidade e outros tantos no norte do Estado. Isso dispensava-o de tarefas governativas ou de habilidades diplomáticas perante os ingleses. Era fiel súbdito e altivo cavalheiro em sua casa. A sua fortuna e o seu gosto não consentiam a extravagância ridícula de tantos outros, mas permitiam-lhe o luxo de correr mundo, coleccionar arte, dormir nos melhores hotéis e ser sempre, em Londres ou Paris, em Veneza ou Nova York, um convidado de honra, disputado e olhado com interesse ou mesmo inveja. Geria os vícios como luxos e as necessidades com elegância. Era da idade de David Jameson, um bonito homem, com os seus fundos olhos escuros, a pele mais clara do que o normal entre os indianos, o bigode elegantemente retorcido nas pontas. Tinha um prazer especial na imprevisibilidade da sua indumentária: tanto podia aparecer vestido como um príncipe indiano, de túnica clara com botões de marfim e madrepérola sobre as calças apertadas, como vestido com o traje rude e primitivo do caçador do mato do Assam, ou com um fato de três peças, impecável, de Saville Row, com bengala de castão de prata a acompanhar: "*a man for all seasons*", como diziam os seus detractores-admiradores. Tirava das circunstâncias da sua vida o melhor de tudo e, por isso e como tantas vezes sucede com este tipo de homens, o seu verdadeiro defeito, o seu genuíno vício, era o cinismo. Era cínico com os outros, consigo próprio, com a vida.

— A beleza esmaga a realeza. Embora, neste caso, eu deva dizer que a luta é desigual: a beleza ofuscante de Vossa Senhoria, Lady Ann, só poderia esmagar a minha fraca realeza de pergaminho. O que é importante é que saiba que é uma honra e um prazer tê-los, a si e ao seu marido, à minha mesa — dizendo isto, Narayan Singh levantou-se, ergueu a sua taça de Porto e fez um gesto circular de saudação à mesa inteira, detendo-se no olhar de David Jameson, do outro lado da mesa, e depois, inclinando-se ligeiramente de lado, tocou ao de leve com a sua taça na de Ann.

— E é um prazer — replicou ela — ser recebido por um anfitrião como Vossa Alteza.

Ele fez um gesto vago com a mão, como quem diz "deixemo-nos de cortesias, o que interessa é que a sua companhia me é agradável". E Narayan Singh era, de facto, um anfitrião perfeito. Os seus convidados eram escolhidos a dedo, pela qualidade e jamais pela quantidade. O ambiente e a decoração das salas e da mesa de jantar era de um luxo recatado e íntimo. Não servia mais de quatro ou cinco pratos mas todos deliciosos, e a conversa era sempre útil e instrutiva, quer se falasse da situação local, da Índia ou das notícias chegadas da Europa. O rajá geria com mão de mestre a integração dos convidados, o tempo exacto em que se demorava à conversa com cada casal ou grupo de convidados, o tempo em que todos se misturavam ou em que os cavalheiros se retiravam para fumar charutos a sós a seguir ao jantar. A música aparecia no momento exacto, as mesas de jogo abriam-se assim que ele pressentia que a alguns convidados lhes apetecia uma partida de *whist*. Os criados, movendo-se como sombras, não deixavam ninguém um minuto que fosse com um copo vazio na mão, e, a partir das onze horas da noite, havia sempre uma ceia fria servida num pequeno salão contíguo à sala principal. Os terraços e os jardins do palácio mantinham-se sempre iluminados com candelabros de velas e tochas até que o último convidado se dispusesse a sair por vontade própria, jamais por qualquer sinal de impaciência do rajá. Quando o recebiam, em retribuição, no Palácio do Governo, Ann e David esforçavam-se por estar à altura das recepções do rajá, mas tinham bem consciência de que o não conseguiam: saber receber é um dom específico, que se cultiva mas cuja perfeição é inimitável.

Narayan Singh passava metade do ano — a época da monção, do calor e das chuvas — em viagem pelo estrangeiro. Os seus regressos a Goalpar eram sempre celebrados com recepções que funcionavam como a abertura oficial da estação normal. Ao fim de dois anos em Goalpar, David deu consigo a medir o tempo conforme o rajá estava ou não na cidade. De governador, convidado oficialmente, passou a visita habitual do palácio do rajá, e de visita, passou a amigo. Quando a rotina se instalou na gestão dos negócios públicos — sinal de que ele tinha levado a bom cabo a sua missão —, quando mesmo os mais importantes dos assuntos correntes já nada tinham de imprevisível e ele quase podia delegar todas as tarefas do dia-a-dia, a companhia de Narayan, as visitas ao seu palácio ou as partidas de caça com ele, tornaram-se, para David um antídoto infalível contra o tédio. Ambos partilhavam a convicção de que a Índia — esse imenso continente de trezentos e cinquenta milhões de seres, divididos por comunidades, crenças religiosas, raças e castas dentro das raças, não era governável por si próprio, mas apenas por um poder alheio, imperial e centralizador. Largada a si própria, a Índia sucumbiria fatalmente aos seus demónios, aos seus ódios e fanatismos. Era essencial que a associação entre a aristocracia local, formada pelos príncipes hindus, muçulmanos ou *sikhs*, guardiões das tradições e da ordem imutável das coisas, e a administração central inglesa, com o seu *quantum* de justiça e de democracia possíveis, se mantivesse firme e inquebrável, como garante da paz civil naquele país, por definição, ingovernável.

Em Goalpar, capital do Estado do Assam e Nordeste de Bengala, essa associação assentava em muito na cordialidade das relações entre o rajá Narayan Singh e o governador David Lloyd Jameson. Dois homens, nascidos em continentes diferentes, mas aproximados pela idade, por gostos e por uma recíproca atracção pela cultura do outro, comungando das mesmas ideias sobre o governo de um território onde um era autoridade por nascimento e tradição e o outro por mérito e direito imperial.

Tornou-se habitual que, fora das cerimónias oficiais ou dos jantares protocolares, o governador se tornasse visita frequente, quase diária, dos serões do rajá. Findo o expediente diário e o jantar a sós com Ann no Palácio do Governo, David tomava ainda um *brandy* na varanda e solicitava à mulher autorização para se ausentar para o Palácio Real do rajá, a pouco mais de um quarto de hora de distância, de caleche. A princípio Ann ficou surpresa, até apreensiva, com aquelas ausências sistemáticas. Depois, compreendeu que se tratava apenas de uma espécie de ritual masculino, com um vago acrescento de assuntos de Estado, mas nada de grave ou de importante. Uma forma de ele combater a impaciência que a sua energia aparentemente inesgotável gerava. Ele voltava sempre a altas horas da madrugada, mas não era raro acordá-la e fazerem amor, com a mesma febre com que faziam por vezes ao fim da tarde, com a luz filtrada pelas cortinas de seda branca da janela que dava para os jardins. Outras vezes, voltava exausto e ela apenas o sentia a despir-se atabalhoadamente e a deitar-se como um peso morto na cama, ao seu lado: nessas ocasiões, nem sequer falava com ele, fingia-se a dormir e deixava-o adormecer instantaneamente. Mas nunca sentira que ele viesse bêbado ou descomposto e nunca, fossem quais fossem as horas a que tivesse regressado, ele deixava de se levantar infalivelmente às seis e meia da manhã, para estar no seu gabinete de trabalho às oito em ponto. Qualquer um já teria rebentado, ao fim de uma semana daquele tratamento, mas David parecia feito de uma resistência especial, que lhe permitia, não só as noitadas constantes, mas também as longas e extenuantes marchas pela selva, de espingarda ao ombro, nessas expedições de caça que chegavam a durar dias consecutivos e para onde ele partia sempre com uma alegria de menino em busca de aventuras.

Como todas as mulheres da colónia inglesa de Goalpar, Ann ouvira falar também do harém do rajá, pequeno em quantidade para os padrões vigentes entre os príncipes da Índia, mas seleccionado com requintes de apreciador, segundo se dizia. Ocorria-lhe também que, nessas reuniões de homens em casa do rajá, o harém estivesse por ali, à vista e ao desfrute dos poucos convidados escolhidos a dedo. Mas isso, estranhamente, não a consumia. Saber que ele era estéril, era, obviamente, uma segurança para o seu orgulho de mulher, mas não se tratava apenas disso: havia outra segurança na sua relação, na forma como ele continuava a amá-la, não como da primeira vez, mas cada vez mais requintada e apaixonadamente, que a levava a desprezar e a querer desconhecer o que quer que se passasse naquelas reuniões privadas de homens para as quais David se ausentava quase todas as noites disponíveis.

E o mais estranho ainda, era que Ann tinha razão em não se preocupar: não se passava nada, nesse aspecto, nas visitas de David ao palácio de Narayan. É verdade que as mulheres do harém estavam por ali, serviam as bebidas aos convidados, expunham-se às suas cortesias, ocasionalmente dançavam para eles, a dança dos véus ou a dança do ventre, em que normalmente terminavam nuas. Desde a primeira noite que Narayan indicara com subtileza a David que todas as mulheres do seu harém, incluindo as suas favoritas, estavam à sua disposição. Havia convidados que aproveitavam, uns de vez em quando, outros sistematicamente. Mas nada se passava no salão principal, à vista de todos, o que seria considerado uma indelicadeza: havia quartos próximos, com alcovas de almofadas de veludo e lençóis de cetim, iluminadas à luz de velas, e onde as concubinas do harém do rajá de Goalpar distraíam os convidados que as desejassem, primeiro massajando-os com óleos de cedro e essências exóticas e depois, delicadamente, inquirindo-os sobre as suas preferências sexuais. Mas David nunca se retirava para um desses quartos. Ocasionalmente, consentia, com um entusiasmo que era pouco mais do que boas maneiras para com o seu anfitrião, que uma das mais bonitas jovens do harém viesse encostar-se a si, roçando-se nele ou passando-lhe a mão ao de leve pelo corpo, quando se encontrava sozinho, recostado num sofá ou num coxim de almofadas. Ele devolvia os gestos, sentia-lhes o peito sob a fina seda do *saari*, o contorno das ancas ou a pele acetinada das pernas, a delicadeza dos pulsos ou a humidade da língua. E por aí se ficava — porque a dignidade do seu cargo lhe impunha essa contenção perante os outros ou, talvez mais ainda, porque havia nele um orgulho em ser casado com Ann, o qual passava por mostrar aos outros que não tinha ali, apesar do esplendor da oferta, nada melhor do que tinha em sua própria casa. Também Narayan nunca se retirara em presença dos convidados com qualquer concubina do seu harém. Certamente que não precisava de o fazer diante deles e que, se mantinha o harém era porque desfrutava dele, mas também a dignidade do seu estatuto de príncipe e de anfitrião lhe impunha o mesmo recato que ele, visivelmente, admirava e respeitava em David.

Essencialmente, o que aquele pequeno grupo — dois ou três ingleses, um reputado comerciante local muçulmano e sete ou oito representantes da alta sociedade local hindu —

fazia, naqueles serões em casa do rajá, era beber, fumar, conversar e, sobretudo, jogar. Jogava-se alto e caro, noite fora, ganhando-se e perdendo-se somas consideráveis, sempre com bons modos e com uma aparente indiferença de quem joga para passar o tempo e não para virar a roda do destino. Os jogadores entravam, saíam e reentravam no jogo, na grande mesa octogonal de póquer, ao sabor dos golpes de sorte ou de azar, ou dos seus palpites. Mas havia sempre, a meio da noite, um intervalo para a ceia, em que todos se retiravam para a sala próxima, para comer e conversar, enquanto os criados limpavam os cinzeiros e a desarrumação da sala de jogo. Depois da ceia, era a altura de cada um decidir se continuava para segunda sessão de jogo ou se se ficava por aí — permanecendo à conversa com outro desistente, retirando-se para uma das alcovas interiores com uma escolhida do harém para se consolar da má sorte ou para desmentir o ditado de que não há sorte ao jogo e ao amor, ou simplesmente retirando-se para casa e dando por finda a noite. Mas as regras de cavalheiros estabelecidas entre eles estipulavam que quem começava a primeira sessão de jogo tinha de ir até à ceia, a menos que estivesse a perder violentamente; e que quem começava a segunda sessão, tinha de ir até ao fim. Acima de tudo, a ofensa mortal — e que dava direito a jamais voltar a ser convidado — era entrar em jogo e retirar-se antes de tempo e a ganhar. Porque isso significava que se estava ali para ganhar dinheiro aos amigos e não para passar uma noite civilizada entre cavalheiros.

O superintendente da Polícia de Goalpar, Alister Smith, tinha já quinze anos de Índia e quatro naquele posto. Era um bom lugar e ele gostava do seu trabalho e da cidade. Não se imaginava a viver noutro país que não a Índia, mas desejava que, depois do Assam e de Goalpar, lhe estivesse reservada uma colocação mais agradável, talvez em Bombaim, ou mesmo na capital. Não que o trabalho ali fosse particularmente duro ou o crime abundante: não eram muito frequentes os casos verdadeiramente graves e não se registavam infiltrações de bandidos vindos de outros Estados. Quando o Assam se juntara ao Nordeste do Bengali, por decisão do vice-rei, houve momentos de grande tensão entre as comunidades hindu e muçulmana, e Alister Smith chegara a temer o pior e vivera então com as suas forças em alerta e em tensão máxima vinte e quatro horas por dia. Mas a chegada do novo governador, a firmeza, a imparcialidade de que dera mostras para com ambas as comunidades e o talento diplomático que Alister Smith rapidamente descobrira no governador David Jameson apaziguaram os ânimos e foram decisivos para que o novo Estado pudesse nascer sem convulsões e brevemente retomasse a normalidade. Alister pensava que fora uma escolha sabiamente acertada a de um governador que, embora aparentemente jovem e demasiado inexperiente para o cargo, tinha a qualidade rara entre os oficiais superiores do India Civil Service de não se limitar a falar inglês, antes falando também hindi e o árabe da Índia. Tinha pelo governador respeito e confiança, duas coisas que eram compartilhadas pela generalidade da comunidade administrativa inglesa do Assam e pelos notáveis locais, e que eram a única forma de ter a certeza de que a autoridade se estabelecia naturalmente, de cima para baixo, ao longo da extensa cadeia de comando que governava aqueles trinta e um milhões de habitantes.

No seu gabinete da Esquadra Central de Polícias, na parte alta da cidade, Alister Smith estava anormalmente apreensivo, naquele domingo em que, apesar de estar de folga, viera até à esquadra, carregando um embrulho envolto num saco de serapilheira, e se fechara à chave com ele no seu gabinete, pedindo ao oficial de serviço para não ser incomodado. Pousara o conteúdo do embrulho numa mesa em frente à sua secretária, e fora sentar-se nesta, ficando a olhar para o que ele próprio, sem guarda algum a acompanhá-lo, tinha ido resgatar a uma loja de jóias e antiguidades do bairro judeu. Tratava-se de um par de candelabros de prata maciça, para três velas cada, com incrustações em ouro e rubis. Na base, cada um deles tinha uma inscrição que, lida em conjunto, compunha a frase: "*Aeterna Fidelitas — Shrinavar Singh, 1888*". Shrinavar Singh fora o pai e antecessor do actual rajá de Goalpar e a frase "*aeterna fidelitas*" significava, sem qualquer dúvida, uma promessa de lealdade à Coroa Inglesa. Aquele par de candelabros, cujo valor ele nem se atrevia a estimar, só podia ter como proveniência o palácio do governador. E, ao pensar nisso, Alister Smith sentiu um arrepio de frio descer-lhe pelo corpo abaixo. Voltou a embrulhar os candelabros e a envolvê-los cuidadosamente no seu saco de serapilheira, gritou que lhe aparelhassem um carro e, contra todas as normas de educação e hierarquia, resolveu ir incomodar o governador, em sua casa, a um domingo à tarde.

Ann e David estavam no jardim, gozando a ligeira brisa do fim da tarde, que chegava através da humidade do rio ali próximo. Um criado tinha vindo pousar uma bandeja com chá e *scones* para Ann e um jarro de limonada fresca para David. Ele estava estendido numa *chaise-longue* de verga, o copo de limonada pousado no chão ao lado da cadeira, e lia o *Times of India*, saltando de vez em quando uma linha ou outra, devido ao torpor sonolento que o tomara, como gato estendido ao sol. Ela estava sentada numa simples cadeira também de verga, tinha um livro, há muito fechado, sobre a mesa e escutava o som das águas correntes do Bramaputhra, essas águas sagradas que, nos seus devaneios metafísicos, acreditava também que protegiam o seu casamento e a eternidade de instantes pacíficos e mágicos como aquele. Olhava para ele distraidamente, com ternura e conforto, e, pela milésima vez, deu consigo a lamentar que aquele homem, o seu marido, não lhe pudesse dar um filho, que agora ali estaria, a brincar na relva, a completar a perfeição daquela tarde.

Tinham passado dois anos e meio desde que tinham chegado ao Assam. O tempo correra veloz no início, quando David andava de um lado para o outro, ao longo do Estado, num frenesim de tudo conhecer e organizar, que o mantinha longas semanas afastado de casa. Por vezes, acompanhara-o em algumas dessas viagens e sentira o mesmo cansaço que ele, pressentira a importância da sua missão ali e aprendera a admirá-lo mais — à energia, à determinação, à obstinação que punha em cada tarefa. Depois, as coisas tinham estabilizado, as viagens de David tinham-se tornado mais esparsas e eles tinham tido mais tempo para estar juntos e fazer amigos em Goalpar, apesar das constantes ausências dele para casa do rajá, na época em que este estava na cidade — "a tua monção pessoal", como ela lhe dizia, num misto de ironia e leve censura. O tempo passara então a correr mais devagar e Ann imaginava já, por vezes, que, dentro de dois anos, possivelmente, ele estaria a ser transferido para outro lado, e punha-se a tentar adivinhar o que lhes reservava o futuro. Certo era que ele jamais deixaria a Índia e ela jamais o deixaria a ele. Mas, entre uma comissão e outra, haveria certamente tempo e oportunidade para viajarem até Inglaterra e ela conhecer finalmente essa pátria que era apenas sua por baptismo. Goalpar teria sido então, e quando se fizessem as contas a final, um tempo de passagem e de aprendizagem, mas também o tempo em que, a sós um com o outro, longe da família e dos amigos de Delhi, eles tinham tranquilamente consolidado o seu casamento. Fora mais solitário para ela, que fizera poucas amigas verdadeiras em Goalpar. Era demasiado liberal para as convenções locais, não tinha paciência e nenhuma espécie de identificação com as conversas das senhoras da colónia, para os suspiros e subentendidos com que lamentavam, sem verdadeiramente o dizerem, a monotonia dos seus casamentos e o desinteresse das suas vidas conjugais. David tinha um Estado para administrar, problemas para resolver todos os dias, tinha a caça e as deslocações através do território, tinha as *soirées* masculinas em casa do rajá. Ela não tinha nada disso. Entretinha-se a ler ou a passear no jardim e os seus grandes momentos solitários de deleite eram as sessões de massagem que Ariza, a sua criada de quarto, lhe proporcionava e que roçavam os limites da sensualidade suportável. De noite, David colhia os frutos desse transe controlado e de cada vez se espantava e deliciava com a sexualidade livre, quase animal, da sua mulher. Nenhuma mulher jamais o excitara como Ann o conseguia fazer: que ela fosse, ainda por cima, sua mulher legítima era uma raridade social nos tempos correntes e um dom que ele agradecia aos céus.

Agora, neste preciso instante, Ann observava-o a cabecear sobre o jornal, como se observasse uma fera aquietando-se. Havia no olhar dela um brilho de malícia e de posse, que sussurrava pelo seu corpo adentro, como sussurrava o vento que agitava ao de leve os salgueiros da margem do Bramaputhra. E foi nesse entorpecimento do sono dele e dos pensamentos dela, que Joghind, o *butler* do palácio, veio anunciar a inesperada visita do *honorable* Alister Smith, que pedia licença para interromper o descanso de domingo de Suas Excelências com um assunto que requeria atenção imediata.

De um salto, David acordou por completo, afastou de lado as inúmeras páginas do *Times of India*, e quase gritou para Joghind:

— Mande-o entrar para aqui, já!

— Queres que eu saia, querido? — perguntou Ann, um pouco assustada.

— Não, não é preciso, de certeza que não há-de ser segredo de Estado.

Alister Smith entrou, de boné na mão, desfazendo-se em desculpas e apertando a mão do governador com a sua mão húmida de transpiração. David puxou uma cadeira para a sua frente e disse-lhe:

— Sente-se aqui, Alister. Deseja tomar alguma coisa, um chá, uma limonada?

— Uma limonada aceitaria com prazer, Sir.

Ann fez um gesto na direcção de Joghind, que se precipitou para ir buscar outro copo e logo desapareceu, despedido por novo gesto de David.

— Que assunto o traz por cá hoje, Alister? E que misterioso embrulho é esse aí?

Alister Smith deu um gole na sua limonada, como que para ganhar coragem. Olhava as biqueiras dos sapatos regulamentares, pensando para consigo se estariam devidamente engraxados para se apresentar com eles em casa do governador. Parecia um garoto que vinha pedir desculpas por alguma asneira.

— O assunto que me traz aqui, Sir, é exactamente o conteúdo deste embrulho.

E pôs-se a desfazer o saco de serapilheira e depois o rolo de jornais que escondiam os preciosos candelabros. Fazia-o desajeitadamente e com as mãos trémulas, o que mais aumentava a impaciência de David e a apreensão de Ann. Finalmente, conseguiu-se libertar de todos os papéis do embrulho e segurou um candelabro em cada mão. Ann abafou uma exclamação de surpresa.

— Reconhece isto, Sir?

— Obviamente — respondeu Ann, sem esperar pela reacção de David —, são os castiçais do salão vermelho, uma oferta do anterior rajá, durante o governo de Sir John Percy! Aonde é que os foi buscar, Mister Smith?

Com a mão, David fez um gesto para que ela se calasse.

— À loja de um judeu, que negoceia em antiguidades, prata, ouro e pedras preciosas. Um tal Isaac Rashid, muito conhecido, aqui na cidade.

— Conheço muito bem Mister Rashid, também já lá fui comprar coisas à loja dele — Ann não se conseguiu conter. — E como é que o Mister Rashid tinha em seu poder objectos que são propriedade deste palácio e da Coroa?

— Ann, por favor! — David estava a começar a ficar lívido: de raiva, pensou ela. — Deixa o senhor superintendente explicar qualquer coisa, sem interrupções.

— Sir, a primeira coisa que lhe pergunto é se não tinha dado pela falta destes candelabros?

Desta vez e apesar da sua ordem em contrário, David lançou um olhar interrogativo a Ann.

— Não... não. Se calhar — começou ela —, já não passo pelo salão vermelho há uns dias. Ou então, se passei, não reparei com atenção. Bem vê, não estamos à espera que falte alguma coisa nas salas, a menos que tenha ido para limpar. Mas, espere aí. Joghind! Joghind, chega cá!

— *Yes, Ma'm?*

— Joghind, não tinhas dado pela falta destes castiçais no salão vermelho?

O criado baixou os olhos num curto silêncio:

— Tinha sim, Ma'm.

— Tinhas? Quando?

— Anteontem.

— Anteontem? E não me disseste nada?

Joghind, *butler* do palácio do governador há catorze fiéis e irrepreensíveis anos, voltou a baixar a cabeça e ficou em silêncio. Ann olhava para ele, sem querer acreditar no que se estava a passar. E foi David que interveio:

— Vá lá, Joghind, diz-me por que não disseste nada à senhora, quando deste pela falta dos castiçais?

— Sir, pensei que a senhora ou o senhor governador os tivessem levado para avaliação ou para restauro. Por qualquer motivo.

— E não te ocorreu — Ann estava cada vez mais alvoroçada — que pudessem ter sido roubados, por alguém do pessoal ou alguém que aqui tivesse entrado sem se dar por nada?

— Não, Ma'm, certifiquei-me que nenhuma dessas coisas tinha acontecido.

— Certificaste-te? E como? E então como é que os castiçais foram parar à loja de um negociante no bairro judeu — presumo que à venda, não, Mister Smith?

— Sim — respondeu o interpelado —, de facto, estavam à venda e foi um súbdito inglês que, ao visitar a loja, os reconheceu e denunciou o facto na esquadra.

— Bem, Joghind, podes retirar-te — David parecia agora decidido a tomar o assunto em mãos. — Pelo que vejo, Alister, estamos perante um caso de polícia corrente, com a única diferença de que envolve património deste palácio. Mas certamente que os seus serviços saberão desvendar este mistério rapidamente. Atendendo ao que está em causa, penso que é aconselhável a máxima discrição. Trataremos do assunto exclusivamente entre nós os dois. Amanhã, logo que tenha novidades, apareça-me no meu gabinete. Penso que fui claro?

— Sim, Sir... só há mais uma coisa...

— Não, Alister. Amanhã, no meu gabinete. Entre nós os dois. Fui claro ou não?

Alister transpirava agora também da cara e do cabelo ralo, continuando a segurar os castiçais, um em cada mão, como se lhe apetecesse atirá-los ao rio e desembaraçar-se de todo aquele tormento. Engoliu em seco duas vezes, mas nem com a mão estendida de David fez menção de se retirar.

— E... e os castiçais, Sir?

— Que têm os castiçais?

— São prova do crime, Sir...

— Do crime? — David estava a começar a ficar fora de si — Você nem sabe ainda se houve crime!

— São prova da ocorrência, Sir.

— Da ocorrência? E então?

— Então, tenho de os levar de volta comigo, Sir. E guardá-los como prova, até que os factos sejam apurados e o processo encerrado.

Pela primeira vez, David sentiu um estremecimento de desconforto. A palavra "processo" soou como um tiro de aviso dentro do seu cérebro. Olhou de frente para Alister Smith: desde o primeiro dia que o conhecera e que o vira trabalhar, mesmo sem ter tido necessidade de ler a sua ficha pessoal, ficara convencido de que Alister era um homem sério, zeloso dos seus deveres, fiel à lei e aos seus formalismos. Obediente para com a autoridade e leal para com os seus superiores. Um polícia-modelo, em tempos que já tinham sido e que poderiam um dia voltar a ser conturbados.

— Vejamos, Alister — disse ele com a voz notavelmente calma —, não há nenhuma dúvida de que os castiçais pertencem aqui, ao palácio, pois não?

— Não, Sir. Não há nenhuma dúvida de que pertenciam aqui. Já foram identificados como tal por quatro pessoas e outras dezenas mais haveria capazes de o fazer sem hesitar um segundo.

— Então, se a sua propriedade não está em discussão, é aqui o lugar deles e é aqui que você os deve deixar agora, independentemente de depois poderem vir a ser requisitados provisoriamente, para identificação e como prova, se necessário. Estamos de acordo?

Apenas uma ligeira hesitação perpassou pelo olhar triste do superintendente. Depois, em silêncio, estendeu os castiçais a David, inclinou-se na direcção de Ann e do seu governador, e despediu-se.

— Até amanhã, então, Sir.

David ficou a vê-lo afastar-se pelo jardim, em direcção à saída. Reparou que, de repente, o superintendente de polícia parecia ter envelhecido demasiado depressa naqueles dois anos e meio: os ombros estavam ligeiramente alquebrados e o passo já não era tão firme como ele se recordava de ver. Com um suspiro, passou os castiçais a Ann, pousou-lhe uma mão num ombro e disse:

— Bom, vamos para casa. Que assunto desagradável!

Alguma coisa, porém, tinha mudado na atitude e na expressão do superintendente Alister Smith, quando, na manhã seguinte, entrou no gabinete do governador. Era o mesmo funcionário leal, cumpridor e obediente para com o seu superior, mas já não era um homem assustado com as suas próprias responsabilidades.

— Sir, queria começar por lhe pedir desculpas por ontem ter ido a sua casa com este assunto. Compreendo agora que, como o senhor governador disse, este assunto é para ser tratado apenas entre nós dois.

— Desculpas aceites, Alister. Não se preocupe mais com isso. Vamos, então, directos ao assunto. O que tem para me dizer?

— Bom, Sir, realmente não sabe o que tenho para lhe dizer?

— Não, Alister, estou à espera que mo diga. A que conclusões chegou?

Alister Smith respirou fundo. Simpatizava sinceramente com David Jameson, como homem e como governador. Admirava a sua obra no Assam, a sua personalidade, as suas qualidades de chefe e de estadista. Mas havia agora esta coisa terrível e toda a noite ele pensara numa maneira de a evitar e não a encontrara. Não havia mais espaço para subterfúgios. Perguntava a si próprio como iria reagir o governador e esperava sinceramente que ele não tornasse tudo ainda mais constrangedor.

— Sir, só há duas hipóteses: ou alguém roubou os castiçais e foi vendê-los a Mister Isaac Rashid, ou alguém lhos vendeu sem os ter roubado.

— E qual das duas hipóteses lhe parece a mais provável, Alister? — David acendera um cigarro e olhava agora, aparentemente distraído, o seu fumo que se enrolava em direcção ao rastro de luz que vinha da janela.

— Não é uma hipótese, Sir, é uma certeza: os castiçais não foram roubados do palácio.

— E o que o leva a concluir isso, com tal certeza?

— Várias razões que eu lhe poderia explicar, se necessário, Sir. Mas as principais delas é que ninguém se atreveria a fazer isso e que jamais Isaac Rashid, que é um comerciante reputado na praça, se atreveria a servir de receptador a objectos roubados do palácio do governador e cuja origem ele conhecia perfeitamente.

— Nesse caso, foram-lhe vendidos — e por alguém que tinha poder para o fazer?

— Exactamente, Sir.

— E por quem? — David estava agora de pé, de frente para a janela de onde divisava a praça central de Goalpar, e de costas voltadas para Alister. Sem estremecer, ouviu a resposta, que já adivinhara, dita nas suas costas:

— Por si, Sir.

David rodou então sobre os calcanhares e enfrentou o seu chefe de polícia:

— E por quanto vendi eu os castiçais a Mister Rashid?

— Por cinquenta mil libras, Sir. O valor das dívidas que Vossa Excelência contraiu ao jogo, no palácio do rajá.

— Vejo que está bem informado sobre a minha vida privada, Alister.

— Faz parte das minhas funções, Sir. Não a sua vida privada, mas apenas o que ela possa conter de comprometedor para o governo do Estado e para os interesses britânicos.

Havia uma ligeira tremura na voz de Alister Smith e pareceu a David que havia também uma sombra de lágrimas turvando o seu olhar. Quanto a ele, sentia-se mergulhado numa espécie de névoa irracional, como se flutuasse dentro de um pesadelo. "Aqui está um homem sério", pensou para consigo — mas isso não dissipou a névoa. Nada dissiparia agora aquela névoa, aquela náusea.

— Alister, acho que não adianta mais tentar iludi-lo. Tal como eu esperava, você fez o seu trabalho de uma forma competente. Só me resta apelar para qualquer sentimento de simpatia pessoal que porventura possa ter a meu respeito. Como compreende, o conhecimento público deste episódio significaria a minha vergonha e o fim da minha carreira. Poderei contar com a sua ajuda e a sua amizade para tentar evitar essa catástrofe?

— Sir, sempre tive por si a maior admiração e a maior lealdade. Penso que Vossa Excelência foi a melhor coisa que poderia ter acontecido a esta terra, quando para cá veio. Farei tudo o que puder para o ajudar, desde que isso não nos desonre e não nos desgrace a ambos. Diga o que pretende que eu faça.

— Que provas tem Rashid de que eu lhe vendi os castiçais?

— O recibo do pagamento que Vossa Excelência lhe assinou.

— Ah, desgraçado, tinha-me esquecido disso!... Mas também ficou escrito e assinado por ambos que eu tinha o prazo de um mês para lhe comprar de volta os castiçais ao preço de venda.

— É verdade que sim, Sir, eu li os papéis. Mas o problema é que ele exige que os castiçais voltem para a sua loja e pretende mantê-los expostos durante esse mês e depois disso, se entretanto Vossa Excelência os não recomprar. E, desse modo, toda a cidade ficará a saber que ele tem à venda legalmente os castiçais que foram oferecidos pelo antigo rajá de Goalpar à Coroa Inglesa, em sinal de lealdade à Inglaterra.

— Pois então, Alister, tudo o que lhe peço é que consiga dele que os castiçais permaneçam no palácio durante esse mês e enquanto eu tento arranjar as cinquenta mil libras.

— Isso tentei eu esta manhã, Sir, mesmo antes de vir para aqui. Gastei uma hora a tentar convencer aquele judeu, mas ele não cedeu.

— Porquê? O que lhe custa? É só a vontade de me liquidar?

— Ele diz, Sir, que foi denunciado por um inglês como receptador de roubo de uma peça do palácio do governador e que se encontra acusado como suspeito de tal crime. Diz que é a sua reputação como comerciante honesto que está em jogo e que a única forma de a limpar é demonstrar que a acusação é infundada e, para isso, precisa de ter os castiçais de volta e em exposição. Além do mais, ameaçou processar a Polícia de Goalpar por roubo, por terem retirado da sua loja uma peça que lhe pertencia, pela qual pagou cinquenta mil libras, e que tem os documentos necessários para provar que a venda foi legal. E — peço-lhe desculpa de reproduzir as suas exactas palavras — ameaça também ir para os jornais denunciar a Polícia de Goalpar de o ter acusado de um falso crime para proteger o verdadeiro criminoso — Alister Smith fez uma pausa, embaraçado — que, neste caso, seria Vossa Excelência...

David sentiu que o mundo lhe tinha desabado aos pés. No seu acto de desespero, previra tudo, menos que um inglês entrasse na loja do judeu, reconhecesse os castiçais e fosse denunciar o caso à polícia. Mas, mesmo assim, alguma coisa deveria poder fazer-se. A sua história, a sua Índia, não podiam acabar assim, por causa de uma noite de loucura numa mesa de jogo.

— Alister! Alguma coisa se há-de poder fazer? Ele tem de aceitar algum compromisso, dar-me tempo para resolver a situação, para encontrar o dinheiro necessário, para pôr fim a este pesadelo.

— Tudo isso eu já tentei, Sir. Acredite-me. Se eu tivesse as cinquenta mil libras, nem que fosse todo o dinheiro junto em trinta anos de Índia e toda a minha reforma, juro-lhe que lhos emprestava neste instante. Nada me é mais triste do que ver o mais brilhante dos governadores que conheci derrubado por um simples comerciante de antiguidades judeu.

— Mas que prazo é que ele me dá? Enfim, algum prazo me há-de dar?

— Vinte e quatro horas, Sir.

— Vinte e quatro horas?

— Sim. Quer as cinquenta mil libras ou os castiçais de volta até amanhã à noite.

— E você, Alister, que prazo me dá?

— Lamento, Sir, creia que lamento profundamente, mas não tenho nada de melhor para oferecer. Se Vossa Excelência não conseguir desencantar as cinquenta mil libras até amanhã ao fim do dia, eu terei de ir lá ao palácio recuperar os castiçais e entregá-los de volta na loja de Mr. Rashid. Não me resta outra alternativa, sob pena de se inverterem os papéis e ser a polícia a acusada de roubo. Seriam dois escândalos em vez de um.

— E o seu relatório seria enviado quando, para Delhi?

— Dois, três dias, a seguir.

Um silêncio de vergonha caiu sobre ambos. Tudo o que a Inglaterra pretendia simbolizar na Índia, de virtudes, de seriedade, de sentido de serviço, tinha acabado de ser estilhaçado naquela sala, entre dois homens cúmplices na lucidez daquele drama e inexoravelmente separados nas suas consequências. O mais brilhante governador do Assam, o mais promissor quadro do India Civil Service, tinha sido vencido numa mesa de jogo e feito ajoelhar aos pés de um comerciante de antiguidades. A vastidão do desastre dispensava quaisquer outras palavras.

David deixou-se cair sobre uma poltrona, prostrado pela situação. A custo, arranjou ainda forças para terminar a conversa com um mínimo de dignidade.

— Alister, agradeço-lhe a sua discrição e o que tentou fazer para me salvar a pele. Daqui a vinte e quatro horas dar-lhe-ei a minha resposta e, a menos que os milagres existam, dar-lhe-ei carta branca para proceder conforme é seu dever. Agora, se não se importa, gostaria de ficar sozinho.

— Não é possível, David! Tu perdeste cinquenta mil libras ao jogo, em casa do rajá?

— Perdi, Ann. Desgraçadamente, é verdade.

— E perdeste para quem?

— Não interessa para quem. O que é que isso interessa? Perdi, está perdido.

— Perdeste para quem, David? — Ann gritava agora tão alto, que David teve medo que os criados ouvissem. — Perdeste para quem, David? Diz-me, tenho o direito de saber os nomes dos que vão destruir a minha vida!

— Ann, não interessa: quem destruiu a tua vida fui eu. Eu sou o único culpado.

— Diz-me, David, vais ter de me dizer, ou eu vou sair por aí a perguntar a toda a gente.

— Não adianta, meu amor: infelizmente, nessa noite maldita, eu perdi para todos — dois ingleses e três indianos de Goalpar. Perdi para todos, estava numa noite em que todas as cartas saíam erradas. Foi um pesadelo: eu quis defender-me, quis sempre acreditar que a sorte tinha de mudar, que era impossível continuar com aquele azar, jogada após jogada, e que, num golpe de sorte, poderia, pelo menos, minimizar as perdas e chegar a um valor razoável que me permitisse negociar o seu pagamento. Mas não: a cada nova jogada repetia-se o pesadelo, como se fosse uma coisa predeterminada, e, quando cheguei às cinquenta mil libras, o rajá proibiu que se continuasse a jogar.

— Ah, sim, proibiu? E ele, quanto te ganhou?

— Ele não jogou nessa noite.

— Como, Sua Alteza ficou de fora, a assistir à tua desgraça, e limitou-se a dizer "basta!", quando achou que já era suficiente?

— Não, Ann, ele não jogou porque não lhe apetecia. Aconteceu várias vezes com todos nós.

— Meu pobre idiota! Tão brilhante em tantas coisas e tão ingénuo na mesa de jogo! Pois tu não vês que ele jogou o tempo todo, mesmo quando ficava de fora? A ele era-lhe indiferente perder ou ganhar cinquenta mil libras numa noite. O seu verdadeiro jogo era jogar com vocês, poder fazer a vossa fortuna ou a vossa desgraça. E fez a tua desgraça: era esse o jogo dele.

David ficou a olhar para ela, estarrecido. Nunca tal lhe tinha ocorrido. Nunca imaginou que fosse ela, e não ele, o mais lúcido e inteligente dos dois.

— Sabes o que vais fazer agora, David? Sabes qual é a única coisa que te resta fazer? — Ann tinha-se posto de pé e caminhava de um lado para o outro do vasto quarto de dormir que eles ocupavam no Palácio do Governo. — Vais exigir que o rajá de Goalpar, o *honorable* Narayan Singh, Sua Alteza Destemida, súbdito leal da Coroa Inglesa e teu companheiro de caça, de jogo e sei lá de que mais, te cubra até amanhã a dívida de jogo que contraíste no casino clandestino que ele montou no palácio dos seus respeitáveis antepassados. É isso que tu vais fazer!

Às palavras alteradas de Ann seguiu-se um longo silêncio. Ela esperava por uma resposta e David demorou o tempo suficiente para ter a certeza de que não voltaria atrás com a única resposta que tinha para lhe dar. Suspirou profundamente e respondeu tão baixinho que ela chegou a querer imaginar ter ouvido mal.

— Não, Ann, isso é uma das coisas que eu de certeza não vou fazer. As outras são mandar matar o filho da mãe do judeu que me está a chantagear ou demitir o Alister de chefe da polícia e tentar abafar o processo de averiguações que ele abriu. Não faço nenhuma dessas coisas.

— E porquê, posso saber?

— Porque é uma questão de honra.

— Honra? — Ann fez um gesto com a mão, como se atirasse um trapo ao chão. — A tua honra agora vale zero. Ou melhor, vale cinquenta mil libras. Inventa-as ou arranja maneira de tas perdoarem, para teres a tua honra de volta.

David sentiu a humilhação como uma lâmina finíssima entrando pelo peito dentro. Fora humilhado por um reles comerciante judeu, pelo chefe de polícia que estava às suas ordens e agora pela sua própria mulher. Só lhe restava estabelecer um limite, marcar uma linha de fronteira naquilo tudo.

— Ann, eu não vou fazer uma coisa nem outra. Não vou pedir a cinco pessoas que me devolvam o dinheiro e perdoem a dívida, porque dívidas de jogo são dívidas de honra. E não vou pedir ao rajá de Goalpar, que nominalmente é súbdito e aliado da Coroa Inglesa, que me ofereça ou empreste cinquenta mil libras que eu jamais terei hipóteses de pagar, para me salvar a carreira e a reputação. Se eu o fizesse, seria uma nova traição às minhas obrigações e quem para aqui viesse a seguir a mim representaria um governo eternamente em dívida para com o rajá e os seus descendentes. Prefiro a minha vergonha do que esse acto de deslealdade.

— O que vais fazer, então?

— Nada. Não há nada que eu possa fazer, de hoje até amanhã, para evitar este desastre. Infelizmente, os milagres não existem. Amanhã comunico a Alister a impossibilidade de satisfazer a minha dívida e comunico a Delhi a minha demissão e as razões para tal.

— E depois?

David olhou-a de frente, em silêncio. Duas grossas lágrimas escorreram-lhe pela cara abaixo, mas ele manteve-se firme a olhá-la. Viu, outra vez ainda, como ela era bonita e extraordinária e sentiu um arrepio ao pensar que era sua. A sua mulher.

— Depois, meu amor, depende de ti. Se ficares comigo, eu gastarei o resto dos meus dias a tentar merecer perdão pelo que te fiz e tudo o que tu me possas fazer de mal, nem que seja por leviandade ou por vingança, eu saberei aceitar, como preço a pagar pela desonra que trouxe a ti e à tua família. Não te digo isto de ânimo leve nem como pedido de desculpas arranjado à pressa. Pelo contrário, pensei muito em nós, de ontem para hoje, e a minha única vontade agora é lutar por aquilo que me resta, que és tu. Se ficares comigo, eu recomeçarei a nossa vida, de outra maneira qualquer, algures, em qualquer lugar e fazendo não importa o quê. Se te fores embora, eu compreendo-te e aceito-o, sem te colocar qualquer objecção, e então tratarei do meu destino sozinho. Acho que não há mais nada que eu te possa dizer, neste momento. Não tenho nada mais para te oferecer, nenhuma promessa que te possa fazer, nada. Só quero que saibas que te amo, cada dia mais, e que estou miseravelmente triste pelo que te fiz.

Ann saiu do quarto, atravessou os salões escassamente iluminados à luz de velas já meio derretidas e não pôde evitar um sorriso irónico ao constatar que as seis velas ainda ardiam nos castiçais da tragédia, no salão vermelho. Atravessou a varanda e saiu para os jardins, onde a luz da lua cheia desenhava no chão manchas de claridade e sombras de mistérios por decifrar. Ouviu, como nesses últimos anos, o som do rio sagrado que corria no fundo dos jardins e respirou o perfume nocturno das roseiras húmidas, suspenso no ar. Pensou na paz daqueles anos ali passados, na intimidade que criara já com cada árvore e cada perfume do jardim, pensou na sua tristeza de não ter um filho a quem agora pudesse ir aconchegar os lençóis e desabafar segredos e angústias que ele não ouviria no seu sono, pensou naquele seu herói estéril que ela amava e admirava sobre todos os seus defeitos e fraquezas, pensou no vazio de uma vida em que nada — nem um filho, nem um luar num jardim, nem o perfume nocturno das rosas — pudesse ser partilhado com ele, e, quando sentiu que o frio lhe entrara pelo vestido adentro como um arrepio de solidão, voltou para dentro e para o quarto e foi encontrá-lo ainda na mesma posição, sentado no sofá com a cabeça entre as mãos e as mesmas duas grossas lágrimas como que suspensas à sua espera.

— Não te deixarei, David. Não te deixarei nunca. Faz o que achas que tens de fazer.

O resto foi simples e expedito. Na manhã seguinte, ele enviou o telegrama para Delhi solicitando a renúncia ao seu cargo, pelas razões que constavam do relatório factual do chefe da Polícia de Goalpar, que enviava junto. E, assim que recebeu de volta o telegrama do governo-geral aceitando a sua renúncia, com efeitos imediatos, empacotaram as suas coisas, gratificaram com o que tinham os criados do palácio, ele redigiu uma carta de despedida e de agradecimento a todos os funcionários do governo do Estado e embarcaram de noite no expresso para Agra e Delhi, subindo para a carruagem de mãos dadas, como se não fossem dois bandidos a fugir da cidade.

Em Delhi, David Jameson apresentou-se ao serviço no governo-geral, onde foi recebido por um director-geral, que não conseguiu evitar um brilho de malícia no olhar, quando lhe perguntou:

— Então, meu caro, vem apresentar a sua demissão do serviço?

— Não, venho apresentar-me e aguardar ordens. Se houver processo de demissão, decidirei se me defendo ou não. Até lá, considere-me apresentado ao serviço.

Foi mandado para casa, aguardar decisões. Um longo e penoso mês, instalado em casa dos sogros, incapaz de sair à rua, incapaz de sustentar os olhares oblíquos e os silêncios pesados como chumbo do estimável coronel Rhys-More. Ao fim desse tempo, que lhe pareceu uma eternidade, para sua grande consternação, foi convocado directamente para uma audiência com o vice-rei.

Três anos depois, voltava a entrar naquele gabinete, de onde a Índia era governada e de onde então ele saíra com a indescritível sensação de fazer parte do restrito escol dos que tinham como destino governar verdadeiramente a Índia. Lord Curzon, fosse por distracção, fosse para marcar a diferença das situações, recebeu-o desta vez sem sequer se levantar da secretária.

— Entre, David. Sente-se aí, que eu vou direito ao assunto. Para poupar pormenores ou declarações grandiloquentes que, no seu caso, são totalmente inúteis, dir-lhe-ei apenas que, como deve calcular, me sinto pessoalmente traído na imensa confiança que depositei em si e na incomparável oportunidade que lhe concedi e que tantos outros cobiçavam e igualmente mereciam. Mas, apesar das circunstâncias enxovalhantes — para si e para todos nós — da sua saída do governo do Assam, fiz um esforço para ser justo e optar pela situação que melhor possa servir os interesses do nosso país. Restavam-me duas hipóteses: ou pôr-lhe o devido processo pelo seu comportamento e expulsá-lo do serviço, por desonra, ou ponderar que, apesar dos seus vícios, é indesmentível que você, quer antes quer agora, deu provas de, nos intervalos, ser capaz de servir com talento e competência. Optei pela segunda hipótese, mas, como compreende facilmente, já não há lugar para si na Índia, nem sequer como moço de limpezas deste palácio.

Lord Curzon fez uma pausa, para que a ofensa fosse devidamente sentida, como o foi. Tinha na sua frente um farrapo de homem e podia agora considerar aplicado o mais vexante dos castigos e passar à fase seguinte.

— Sucede, entretanto — prosseguiu ele, no mesmo tom de penoso desprezo —, que o Ministério das Colónias fez circular um anúncio por todos os domínios pedindo um candidato para cônsul numa coisa chamada S. Tomé e Príncipe. Sabe onde fica isto?

— Não, Sir, não me lembro de ter ouvido falar.

— Pois não, e é por isso que, aparentemente, não aparecem candidatos para o lugar. Uns porque não sabem onde fica e outros porque sabem e não querem ir para lá. S. Tomé e Príncipe são duas ilhotas dos portugueses, situadas algures bem ao largo da costa ocidental de África. Julgo que tem uns trinta mil habitantes, dos quais um por cento são esclavagistas brancos e noventa e nove por cento escravos negros, mantidos a chicote e pão e água. E, além disso, tem o pior clima do planeta e toda a espécie de doenças que você possa imaginar.

— Perdoe a interrupção, Sir, mas para que quer o ministério um cônsul aí?

— Para garantir, ao abrigo de um tratado qualquer, que os portugueses acabem com o seu mercado de escravos local que, ao que parece, faz concorrência desleal às nossas exportações daquela zona de África. É uma espécie de polícia que queremos mandar para lá. Pois, para ir direito ao assunto, esta é a sua segunda e seguramente última oportunidade: o lugar é seu, se quiser. Se não quiser, espero que me poupe a maçada de um processo público para o despedir do serviço da Índia. E acredite que lhe estou a dar a mais generosa das saídas. Portanto, qual é a sua resposta — quer S. Tomé ou quer voltar para casa, pior do que veio?

— Quero S. Tomé, Sir.

XI

O que Londres comunicara a Lisboa e esta remetera para S. Tomé, relativamente ao cônsul inglês, era apenas que este chegaria acompanhado da mulher, que o casal não tinha filhos nem trazia pessoal, e que o representante de Eduardo VII viajaria directamente da Índia, onde estava colocado anteriormente. Conforme as instruções recebidas, Luís Bernardo tratou de lhes disponibilizar uma casa que lhe pareceu perfeitamente adequada a um casal e ao seu estatuto. E, por conta deles, contratou-lhes, para o seu serviço, um jardineiro, uma cozinheira e outra moça como "interna" da casa. Obviamente, nenhum dos empregados falava inglês, mas isso era um problema que Mr. e Mrs. Jameson teriam de resolver pelos seus próprios meios.

Com curiosidade, pôs-se a tentar imaginar que espécie de personagem lhe enviariam os ingleses para aquela missão, que em parte consistia em ser espião do governador de S. Tomé, e em parte seu aliado, na suposta causa comum de garantir que não havia trabalho escravo na ilha. Imaginou que tal personagem só poderia ser ou um jovem em princípio de carreira, ou um burocrata que se tornara insuportável e cuja carreira estaria bloqueada na Índia, ou algum velho coronel reformado do serviço e que aceitara S. Tomé como forma de aumentar a pensão de reforma.

Foi, assim, com o maior espanto, que viu desembarcar da lancha que os trouxe do navio fundeado ao largo aquele jovem e brilhante casal, ambos vestindo roupas tropicais de tons claros, de uma elegância tão sóbria quanto adequada e rara naquelas paragens. Embora visivelmente mareados por vinte dias de navegação, pisaram terra com passo firme, como firme foi o aperto de mão de David a Luís Bernardo. Agradeceu as boas-vindas com um sorriso aberto e parecia sinceramente contente por estar em S. Tomé. Quanto a Ann, a primeira coisa que Luís Bernardo fixou foi, obviamente, a sua beleza quase perturbadora. Era alta e direita com o cabelo loiro negligentemente preso dentro de um chapéu de palha verde-seco, do qual lhe caíam algumas madeixas emoldurando uma cara que não tinha o tom deslavado, habitual nas mulheres inglesas, mas antes um tom ligeiramente acobreado pelo sol da Índia e pelo sal dos oceanos que acabara de cruzar. O nariz era recto e ligeiramente comprido e a boca, igualmente grande e bem desenhada, abria-se num meio sorriso, descobrindo os seus dentes brancos. Toda a cara era iluminada por um olhar suave, de olhos de um verde-azulado, que olhavam a direito nos olhos dos seus interlocutores, como se neles coubesse toda a inocência ou toda a audácia do mundo. Apesar do calor já reinante àquela hora da manhã, a mão que deu a apertar a Luís Bernardo estava fresca e suave, à imagem, pensou ele, da própria dona.

Agora, sentado à mesa da sala de jantar que raramente utilizava, Luís Bernardo conversava descontraidamente com os recém-chegados que, por cortesia protocolar, convidara para jantarem consigo, no Palácio do Governo, no próprio dia da sua chegada. Para quebrar o embaraço inicial, optara por um jantar informal, apenas os três, naquela sala grande, com as portadas abertas para o terraço e o cheiro a maresia, que vinha de fora. Estava-se já no início da estação seca, que ali, no exacto ponto onde passava a linha do Equador, era como que uma mistura do verão dos dois hemisférios. A humidade, tanto de dia como de noite, caíra a um ponto já suportável e, embora o calor fosse mais forte, era menos espesso e menos sufocante.

— Chegaram na melhor altura para se conhecer S. Tomé — dizia ele. — Vão ter três meses ainda para se irem habituando, até que o tempo se torne insuportável. Mas, nessa altura, já estarão melhor preparados. Espero que já venham informados de que isto é tão bonito como desesperante, às vezes.

— O que é o mais insuportável, governador? — perguntou Ann, que nunca estivera até aí de fora da conversa, fazendo com que o jantar e a conversa fossem verdadeiramente a três, assim tornando mais descontraído e agradável o ambiente.

— Bem, Mistress Jameson... — começou Luís Bernardo, mas foi atalhado por David:

— Tenho uma sugestão a fazer-lhe, previamente, governador. Visto que vamos estar aqui juntos um par de anos e que, por simpatia e por dever de ofício, nos vamos frequentar assiduamente, que me diz a tratarmo-nos desde já pelos nomes próprios?

Ann sorriu e Luís Bernardo sorriu também. Não há dúvida de que o casal era simpático e civilizado, ligeiramente mais novos do que ele próprio, que estava com trinta e oito anos (David tinha trinta e quatro e Ann acabara de fazer trinta). Uma raridade, uma lufada de ar fresco no clima pesado de S. Tomé. E um bálsamo para ele, que tantas noites jantava sozinho, sem ninguém com quem conversar para além do Sebastião, que tinha o hábito diplomático de só falar quando interpelado pelo patrão, ficando num tão absoluto silêncio quando sentia que Luís Bernardo não estava em maré de conversa, que era como se nem estivesse presente.

— Acho uma excelente ideia, David. Acho mesmo a única forma não ridícula de nos tratarmos, daqui para a frente. Brindo a isso! — e levantou o seu copo de vinho branco, logo acompanhado por Ann e David.

— E, então, voltando à pergunta, Luís — ela pronunciava "Louiss" e dispensava o Bernardo, que, aparentemente, lhe devia parecer demasiado difícil —, o que é o mais insuportável em S. Tomé?

Luís Bernardo fez uma pausa antes de responder, como se estivesse a considerar a pergunta pela primeira vez.

— O mais insuportável... Ann? Bem, o clima, certamente. As febres, a humidade, o paludismo, na pior hipótese. Depois... — e fez um gesto largo com a mão, sugerindo que se refereria à ilha inteira — esta solidão, este marasmo, esta sensação de que aqui o tempo parou e as pessoas pararam no tempo.

— Essa solidão de que fala deve ser ainda mais penosa para si, que está sozinho aqui...

— Sim, é verdade, embora eu tenha vindo preparado para isso.

— Não é casado, Luís? — interveio David.

— Não.

— Nunca foi?

— Não, nunca fui.

Fez-se um silêncio de circunstância entre eles. Nenhuma intimidade, por mais inóspitas que sejam as condições que a tornam recomendável, se consome numa simples noite. Por dever de anfitrião, foi Luís Bernardo quem quebrou o silêncio, pondo fim ao jantar e convidando-os a passarem ao terraço, ao "seu" terraço, para tomarem um *brandy* e apanharem a ligeira brisa fresca da noite.

— Não gostaria que me interpretassem mal e que fosse eu a contribuir para vos estragar as boas-vindas a S. Tomé e Príncipe: nem tudo, como verão, é insuportável. As ilhas são lindas, as praias soberbas e a selva é uma experiência extraordinária. Falta aqui tudo o que é o mundo, tal como o conhecemos na Europa e nos países civilizados, mas, em compensação, existe a pureza de um mundo primitivo, inicial, em estado bruto.

Nessa noite, antes de adormecerem, numa cama nova, numa casa nova e numa terra estranha, Ann virou-se de lado na cama e perguntou a David:

— O que achaste dele?

— Que vai ser desagradável tê-lo como adversário.

— E vai ser fatal tê-lo como adversário?

— Segundo percebi as instruções que me deram, sim. Trata-se, aparentemente, de um cavalheiro numa missão insustentável, ao serviço de uma causa que não tem defesa. Nem sei mesmo o que o terá trazido aqui e feito aceitar este serviço.

— Talvez alguma coisa de semelhante ao que nos trouxe a nós — respondeu ela, impiedosamente, e David calou-se, não encontrando resposta para lhe dar. Consciente da dureza do que acabara de dizer, Ann encostou-se a ele e foi assim, sem mais palavras, que adormeceram para a sua primeira noite no Equador.

Nas semanas seguintes, Luís Bernardo fez tudo o que estava ao seu alcance para facilitar a vida aos recém-chegados. Em parte, porque pressentia que, conquistando a sua simpatia, isso facilitaria o bom desempenho da sua missão que, no essencial, consistia em suavizar ao máximo o relatório que, a seu devido tempo, o cônsul inglês enviaria a Londres e do qual iria depender, em larga medida, o futuro do comércio externo de S. Tomé. E em parte, também, porque Ann e David lhe eram genuinamente simpáticos e quase a única companhia frequentável que lhe acontecia desde há longos meses. Foi assim que ele seguiu, interessado e prestável, a sua instalação, que descobriu para David um negro de Zanzibar que falava árabe e que lhe passou a servir de intérprete de árabe para português, e que convenceu também a professora do liceu local, que falava um inglês um pouco menos que sofrível, a passar a dar aulas de português ao casal, aos fins de tarde. Prestou a David todas as informações que este lhe pediu e que achou partilháveis, notando também que ele tinha a cortesia de jamais entrar em assuntos ou fazer perguntas que pressentia que pudessem ser matéria reservada das funções do governador da ilha. Promoveu para eles um jantar de apresentação com as autoridades da ilha e os administradores das roças, ao qual apenas metade deles compareceu — um facto que Luís Bernardo notou devidamente, mas que escondeu de David — e onde nem um só dos presentes, exceptuando ele próprio, falava inglês. Isso, mais a ofuscante beleza de Ann, que parecia desembarcada de outro planeta, ali, no meio das poucas senhoras que compareceram ao jantar, contribuiu para que este acontecimento mundano, tão raro na ilha, se traduzisse num indisfarçável fiasco. Enfim, moveu facilmente as suas influências para que a imprensa local — o *Boletim de S. Tomé e Príncipe* — noticiasse a chegada do cônsul inglês, não como o desembarque de um inimigo, mas sim o de alguém que, tendo vindo para apreciar localmente as condições de trabalho, haveria fatalmente, havendo boa vontade e boa-fé de parte a parte, de reconhecer o esforço feito pelos colonos portugueses, em condições particularmente difíceis e duras, que outrem, instalado na confortável distância de um gabinete da City, não poderia supor nem adequadamente julgar.

Depois, como era inevitável que acontecesse, o cônsul inglês quis sair para o terreno. Quis ir conhecer pessoalmente as célebres plantações de cacau que a imprensa de Fleet Street garantia serem os últimos vestígios da barbárie da escravatura no mundo dito civilizado. Aí, Luís Bernardo teve de enfrentar o seu primeiro dilema: decidir se deveria acompanhá-lo ou deixá-lo ir sozinho, se deveria propor a sua companhia ou deixar que fosse David a sugeri-la. Entre uma e outra indecisão, acabou por ficar pelo meio termo diplomático: prestou-se a acompanhar o cônsul se e sempre que este entendesse conveniente ou deixá-lo entregue a si mesmo, se este assim o preferisse. Tal como tinha antecipado, a esta proposta David respondeu também como bom diplomata: aceitava de bom grado e agradecidamente a companhia do governador nas suas primeiras visitas às roças, onde lhe poderia ser imensamente útil como guia, como intérprete e como explicador. Mas, findo o seu período de adaptação e assim que se achasse capaz de avaliar as coisas por si mesmo, sentia-se obrigado a não continuar a abusar do tempo e da disponibilidade do governador para o desempenho de uma tarefa que, afinal, lhe cabia só a si. Certamente que Luís Bernardo tinha outras coisas com que se ocupar e só o incomodaria então em caso de alguma circunstância excepcional recomendar também a sua presença.

Antes que as coisas chegassem a esse ponto e que o inglês começasse a viajar por si próprio pelas roças de S. Tomé e Príncipe, Luís Bernardo achou por bem escrever uma carta confidencial a todos os administradores de roça, a qual fez seguir por correio pessoal, dia após dia, até todos terem sido devidamente notificados.

Excelentíssimo Senhor,

Como sabe, o sr. David Jameson, cônsul da Inglaterra nestas ilhas, tem por missão — acordada entre o seu e o nosso governo — avaliar e relatar às autoridades britânicas as condições de trabalho nas roças de S. Tomé e Príncipe, no que esperamos que possa sentir e desmentir algumas versões prejudiciais a esta colónia e ao nosso país que têm vindo a ser difundidas na imprensa inglesa e a encontrar eco nas mais altas instâncias do governo inglês.

Coloquei-me à disposição do sr. Jameson para o acompanhar em todas e cada uma das visitas que, para o desempenho da sua missão, ele entenda fazer às roças, cumprindo um papel de mediador que, penso, poderia ser útil aos nossos interesses. Mas, como é óbvio, e de acordo com o estatuto acordado para a sua missão, ele é livre de aceitar ou recusar a minha oferta. Julgo ser sua previsível intenção aceitá-la de início e dispensá-la seguidamente. Nada posso opor a isso, assim como peço a Vossas Excelências que nada oponham às suas visitas por iniciativa própria apenas. Julgo que não será de considerar visitas-surpresa, o que aliás tratei de tentar evitar, solicitando-lhe que desse conhecimento prévio a cada administrador de roça da sua deslocação, com antecipação adequada. De qualquer modo, permito-me chamar veementemente a vossa atenção para a importância que tais visitas do cônsul virão a ter no relatório final que ele não deixará de enviar a Londres e de cujas conclusões tanto depende a economia destas ilhas e a prosperidade do negócio que Vossas Excelências dirigem. É, pois, fundamental a impressão que ele retirar localmente. E, para isso, é determinante a forma como for recebido e a sensibilidade com que forem respondidas as questões por ele levantadas.

Certo de que fui suficientemente explícito e de que Vossas Excelências compreenderão a importância do que está em causa, venho solicitar-vos a confidencialidade deste ofício e igualmente que nada me seja omitido de qualquer facto ou impressão que porventura ocorra e que seja relevante ser do meu conhecimento. Para o mais, e como sempre, mantenho-me ao vosso dispor para qualquer esclarecimento adicional.

Deus guarde a V. Ex.ª,

O governador, Luís Bernardo Valença

Lado a lado, Luís Bernardo e David regressavam a cavalo de uma visita à roça de Água Izé, pela estrada que serpenteava ao longo da costa, permitindo ter sempre o mar próximo e à vista, do lado direito do caminho. Era verão, estava um fim de tarde magnífico. O caminho da roça até à cidade era curto e eles progrediam a passo, sem pressa de chegar, gozando aqueles raros instantes ali, em que a paisagem parecia suavizar-se e a própria vida deslizava com outra suavidade. Luís Bernardo vinha a pensar na carta do João que recebera na véspera, anunciando-lhe a sua iminente visita. Já embarcara fazia quatro dias, e daí a uma semana estaria com ele em S. Tomé. Estava eufórico com a perspectiva de finalmente ter o seu amigo consigo, de poder pôr toda a escrita em dia, de ter alguém com quem compartilhar por uns tempos a casa, as refeições, o terraço. Foi despertado dos seus pensamentos por uma pergunta de David:

— Diga-me, Luís, pode responder-me sinceramente a uma pergunta?

— Julgo que sim, não vejo porque não.

— Que pensa do trabalho dos negros nas roças?

— Que penso? Como, em que aspecto?

— No aspecto humano.

— Bem, no aspecto humano, é como viu: um trabalho duro, violento, quase bestial. Um trabalho que nem você nem eu aguentaríamos. Mas que outra coisa seria de esperar em África, e não só em África? Deve ter visto o mesmo ou pior ainda na Índia.

— Claro que vi, Luís. Mas a questão, a questão frontal que eu lhe queria pôr — e, note, como homem, não como governador — é se, em sua opinião, isto é trabalho escravo ou não?

Luís Bernardo olhou-o disfarçadamente pelo canto do olho. Era pergunta de amigo ou de cônsul?

— David, eu remeto-me aos factos e ao lado jurídico da questão: eles estão aqui com contrato de trabalho, são pagos e são livres de partirem no final do contrato.

— E quantos partem? Quantos partiram no último ano?

Eis a eterna questão, a questão que ele fazia a si próprio e ao curador.

— A minha resposta sincera, David, é que partiram muito poucos, não sei dizer ao certo quantos, mas muito poucos...

— Nenhuns...

— Não sei os números de cor, David.

— Vá lá, Luís, confesse, como amigo: não partiram nenhuns, porque não são livres de partir, excepto no papel. Você sabe isso muito bem...

— David, a lei de repatriamento é muito recente, como sabe. Só em 1908, daqui a cerca de ano e meio, é que terminam os primeiros contratos celebrados ao seu abrigo. Aí, e só aí, é que poderemos começar a julgar.

— E o que fará então, quando constatar que nada mudou?

— Não sei se é isso que vai acontecer. Está a presumir. Mas posso responder-lhe, hipoteticamente, que, se constatar que os números de repatriamento dos trabalhadores para Angola ou para as terras de onde vieram continuarem idênticos aos dos anos anteriores, irei investigar pessoalmente as razões para tal — se necessário, falando com cada um dos que renovaram contrato para avaliar se o fizeram livremente e em consciência. E, se descobrir que foram enganados, tomarei as medidas adequadas. Gostaria, em termos pessoais, que não tivesse uma dúvida sobre isso.

Tinham chegado agora a uma elevação de onde já se podia ver toda a pequena cidade envolvendo a baía. O crepúsculo começava a instalar-se mas, de relance, David conseguiu ainda ver o rosto de Luís Bernardo onde se instalara uma sombra, que era de abandono, mais do que de solidão. Ele estava ali por uma dívida de honra, cumprindo um castigo, mas Luís Bernardo estava ali porquê? Por um desafio, por um mandato de honra, por uma teimosia ou uma absurda necessidade de expiação própria? A sua missão era fácil: observar, tirar as suas conclusões e relatar o que vira. Bastava-lhe ser honesto, nada mais lhe era exigível. Mas Luís Bernardo tinha a missão de mudar o estado de coisas há tanto instalado nos costumes locais, de inverter as mentalidades de gente que nada tinha a ver com ele nem percebia bem ao que vinha, para que, no final, ele, David, tivesse pelo menos as dúvidas suficientes para que as suas conclusões não fossem decisivas e definitivas, permitindo a S. Tomé e Príncipe ganhar mais algum tempo. E se tudo isso falhasse, como era previsível, nada do que quer que fosse, que tinha arrastado até ali Luís Bernardo, teria feito sentido. Anos perdidos, nada mais. Mas não lhe podia prometer que, caso necessário, faria batota: ambos o sabiam. Podia apenas prometer-lhe que acreditava nele.

— Isso eu sei, Luís. Não espero outra coisa de si. Resta saber se eles o deixarão — aqui e em Lisboa.

— Se não deixarem, fica tudo facilitado para mim, não é? — Havia um tom de tristeza na voz de Luís Bernardo. — Não preciso de S. Tomé e Príncipe. Não preciso disto para nada. É essa a minha vantagem, o que me resta de liberdade nesta prisão.

Por um momento, David imaginou Luís Bernardo a demitir-se, a resignar ao cargo e a embarcar de volta para Lisboa. Nada mais fácil: realmente, ele, de facto, tinha essa liberdade e talvez essa tentação. Imaginou-se então a ficar sozinho na ilha com Ann e a ter de aturar um outro qualquer substituto de Luís Bernardo, um colonialista de carreira, bruto e desagradável, com quem os conflitos seriam inevitáveis e permanentes e o convívio infrequentável. Tinha apenas passado um mês desde a sua chegada e Luís Bernardo transformara-se — para ele e também para Ann — na bóia de salvação, a ilha no meio da ilha. Não ignorava que a sensação seria mútua, mas a grande diferença é que ele estava preso ali por castigo que só terminaria quando outrem o entendesse, enquanto que Luís Bernardo estava preso por orgulho ou por um espírito de missão a que poderia pôr termo assim que a sua missão se lhe revelasse impossível.

Tinham chegado à residência do consulado. Ann veio à porta recebê-los, ao ouvir o passo dos cavalos. Segurava uma lanterna a gás na mão e vestia um vestido cor-de-rosa escuro, com o colo muito aberto, revelando pequenas gotas de humidade na sua pele morena. Sorriu para Luís Bernardo:

— Então, Luís, continua a servir de *escort-boy* ao meu marido?

— Ah, ele não se perde sem mim, Ann. Fazemo-nos companhia, de vez em quando. Acho até que é mais ele que me escolta a mim... — e olhou para David, com um sorriso apaziguador — para não me deixar desviar do recto caminho.

— Hum, isso traz água no bico. Já me parece conversa de homens.

— Conversa de homens sem mulheres à mistura — interveio David. — Dá-me impressão que a única mulher que merece ser comentada num raio de quinhentas milhas de oceano és tu, minha querida esposa.

— Bem, então espero não ser tema da vossa conversa.

Luís Bernardo fez-lhe uma vénia teatral.

— Seria uma conversa desinteressante, Ann: só elogios, tantos elogios, tornar-se-ia monótono.

Ela devolveu o gesto, esboçando o baixar de cabeça de quem agradece o cumprimento, mas em tom cómico.

— Bom, Luís, quer ficar para jantar connosco? — perguntou David, avançando para a entrada e passando a mão pelo ombro de Ann.

— Agradeço-lhe, David, mas tenho de passar por casa para ver o expediente do dia. Quem sabe Lisboa tem notícias urgentes e sensacionais para me dar!

— Passe então para beber um copo a seguir ao jantar — pediu Ann.

— Logo vejo, se me despachar cedo e não me der o quebranto...

— Oiça, senhor Germano, volto a dizer-lhe e gostaria que isto ficasse perfeitamente claro no seu espírito — Luís Bernardo estava sentado na secretária do seu gabinete de despacho, as pernas estendidas por cima da mesa e apoiadas num monte de papéis que aguardavam a sua consulta e assinatura. — Daqui a menos de dois anos começam as primeiras renovações de contratos e desta vez as coisas vão ser feitas a sério.

— Como é que é a sério, senhor governador?

— Não se faça de desentendido, Germano. Você sabe muito bem o que é uma renovação séria de um contrato e o que não passa de uma fantochada.

— Quer dizer que o senhor governador acha que o que foi feito até aqui não passou de fantochadas?

— Se quer a minha opinião sincera, sim. E é isso que não se vai repetir.

— Então agora como é que Vossa Excelência sugere que se faça?

— Eu digo-lhe: cada contrato renovado tem de chegar aqui, à minha secretária, não só com a assinatura ou as impressões digitais do trabalhador, mas também com a sua assinatura e a de duas testemunhas que saibam ler e escrever português e que não estejam ao serviço da mesma roça do contratado. E as testemunhas, incluindo você, devem atestar sob juramento que foi explicado ao trabalhador e por ele perfeitamente compreendido que tinha o direito de não renovar o contrato, de receber o total depositado a seu favor no Fundo de Repatriamento e de ser embarcado para a sua terra de origem a expensas do empregador. Tudo o que não me chegar aqui nestas condições, eu anulo e mando repetir à minha frente. Entendeu?

— Não sei se Vossa Excelência terá poderes para tal... — Germano André Valente mantinha-se aparentemente impassível, mas havia um ligeiro esgar de raiva contida nos cantos da boca e uma imperceptível tremura na face que denunciava o seu nervosismo.

— O que sabe você dos meus poderes? Que autoridade é a sua para decidir que poderes é que eu tenho ou não tenho? — Ao contrário do seu interlocutor, Luís Bernardo não disfarçava, nem fazia esforço algum para disfarçar, a indignação espelhada na voz e na cara.

— Como sabe, senhor governador — Germano Valente adorava repetir-lhe esta frase: "como sabe" —, a negociação do contrato de trabalho entre as empresas roceiras e os seus trabalhadores é um acto privado, de direito civil, que não cabe nos poderes de fiscalização do governador, mas sim nos meus, e só *a posteriori*, se dúvidas se levantarem.

Quem se levantou foi Luís Bernardo. Vermelho de raiva e martelando cada palavra, como se bombardeasse o outro:

— Oiça lá, senhor Germano: você acha que eu vim para cá para fazer o quê? Para ser gozado por si? Para fechar os olhos aos abusos dos roceiros? Para fingir que não percebo que um desgraçado trazido de Angola, sem saber ao que vinha e sem nada entender, quer de sua livre vontade ficar mais cinco anos naquele trabalho desumano, onde é tratado pior do que muitos animais? Talvez você já nem se importe com nada disso, com o cumprimento honesto das suas funções — está cá há demasiado tempo, acabou por se habituar e deve achar que assim não arranja problemas. Mas eu não: não foi para isso que vim, não foi para isso que me mandaram para cá. Oiça bem o que lhe digo: você é curador dos interesses dos trabalhadores e não dos dos roceiros. Ou cumpre o seu dever ou então é que vai ter uma carga de problemas que nem imagina. Estou a dar-lhe a última oportunidade para perceber por si mesmo que as coisas mudaram. As coisas mudaram, senhor Germano!

— Vossa Excelência, se me permite, é que parece um pouco mudado ultimamente...

Luís Bernardo parou onde estava. Lívido de raiva, mas fazendo agora um esforço para se conter. À arrogância respondia com gritos, mas contra as ameaças veladas aprendera a avançar com prudência para melhor as identificar.

— O que quer dizer com isso?

— Quero dizer que... — Germano André deteve-se por instantes, pensando se teria ido longe demais. Mas já não havia como recuar — ultimamente o senhor governador tem-se tornado mais exigente nestes assuntos e até, se quer que lhe diga, mais imprudente. Desde que esse inglês para cá veio...

— É isso que você pensa, senhor Germano? — Luís Bernardo falava agora surpreendentemente baixo e num tom quase normal.

— E não sou só eu que penso...

— Não? Quem mais, então?

— Toda a gente. É o que se comenta.

— O que é que se comenta, ao certo?

— Isso mesmo.

— Isso mesmo o quê? — Luís Bernardo voltara a altear a voz.

— Que a amizade do senhor governador com o inglês — isso de andarem sempre juntos, de serem visitas frequentes da casa um do outro — o levou a pôr-se ao lado das razões dele contra as nossas.

— E quais são as razões do inglês, já agora?

— Oh, como o senhor governador muito bem sabe, ele está cá para no fim ir declarar que nós temos trabalho escravo nas roças.

— E as nossas razões quais são, senhor Germano?

— É que isso é falso.

Luís Bernardo sorriu.

— É falso ou convém-nos dizer que é falso? Você, por exemplo, o que pensa disso: há trabalho escravo nas roças ou não?

— Não tenho de me pronunciar sobre isso.

— Ah, tem sim! É aí que as coisas mudaram para si. Faz parte das suas funções: se há trabalho escravo ou qualquer outro abuso nas roças, você é o primeiro a ter a responsabilidade de o denunciar. Ou já se esqueceu dos seus deveres, senhor Germano Valente?

Germano André Valente ficou calado e Luís Bernardo percebeu que o seu silêncio era definitivo. Fora até onde a coragem e o desprezo pelo governador lho permitiam, sem correr o risco de se denunciar por completo. Agora lavava as mãos do assunto. Que os poderosos o resolvessem, ele trataria de sobreviver, na borrasca que o seu faro cheirara já há muito a encastelar-se no horizonte.

— Bom, senhor curador, com toda a franqueza, acho que não vale a pena perder mais tempo consigo. Quando se finge não perceber, não adianta tentar explicar. Também já tentei explicar por aí, a muita gente, que as coisas mudaram, mas ninguém quer acreditar. Diga-lhes você, aí nessas conversas de corta-casaca em que, pelos vistos, anda envolvido: as razões do inglês são iguais às nossas e foram negociadas entre os dois governos. Não fui eu, nem você, nem o cônsul inglês, nem os donos e capatazes das roças, quem estabeleceu a nova regra do jogo. E a nova regra do jogo é que acabou, acabou de vez o trabalho escravo em S. Tomé. E se não for isso que acontecer, se não for isso que o inglês acreditar que aconteceu, então o que acabou foi mais de metade do mercado de exportação de S. Tomé. Se querem ir todos à ruína, podem ir, mas, pelo menos, foram avisados e puderam escolher. E a si, também, dei-lhe o último aviso. Agora, pode sair.

João chegou no *Zaire*, num sábado de manhã, estava o verão já praticamente no fim e havia um manto de neblina húmida e quente suspensa no ar da manhã. Ele desembarcou um bocado atordoado, mareado pela viagem, abalado pelo clima e por aquela angustiante sensação que assaltava todos os que chegavam pela primeira vez a S. Tomé e só então se davam verdadeiramente conta da ridícula dimensão daquele pedaço de terra à deriva nos confins do oceano e do mundo conhecido até então.

— Por amor de Deus, Luís, diz-me que a cidade, a "capital" desta terra, caraças, não é só isto, até onde a vista alcança! Não é neste buraco que tu vives, pois não?

Luís Bernardo sorriu, de canto a canto da boca. Estava feliz como uma criança por ter o amigo consigo. Deu-lhe um abraço tão prolongado que acabou a sentir a transpiração dele caindo-lhe sobre o colarinho.

— Ah, João, foste tu que contribuiste decisivamente para me desterrar aqui, já não te lembras?

— Perdoa-me, perdoa-me, meu pobre Luís Bernardo —, não fazia ideia!

— Anda daí para casa, vou pôr a minha sensual Doroteia a abanar-te no terraço, a servir-te limonadas e a preparar-te um banho de água fria, e logo à noite já estás apaixonado por isto. Garanto-te que vais adorar S. Tomé, João. Três anos é um desterro, mas quinze dias é um luxo. Vais chorar de saudades e de remorsos, quando te fores embora e me deixares aqui sozinho!

Luís Bernardo tinha razão. João Forjaz apaixonou-se pela ilha logo na primeira noite, quando, depois de uma refeição reforçada com coisas que tinha trazido de Lisboa e que a viagem não tinha deteriorado — como umas perdizes de escabeche, um queijo curado de Serpa, um tinto do Douro e uns charutos da Casa Havaneza —, se sentaram no terraço em frente ao mar, pondo a escrita em dia no que se referia às notícias de Lisboa, enquanto iam fumando os seus "puros", molhando a ponta no copo de *cognac* francês. Primeiro, foi Luís Bernardo quem fazia perguntas sem cessar, querendo saber tudo sobre o ambiente político, a vida de sociedade, as festas, a temporada do S. Carlos, as novidades da cidade e da técnica, as intrigas dos cafés, os namoros, os casamentos, as infidelidades. Até que, como quem não quer a coisa, chegou a Matilde.

— A Matilde...? — João Forjaz contemplava a ponta incandescente do seu charuto, como se acabasse de ter descoberto nele alguma coisa de muito peculiar. — A Matilde, pois, aparentemente, a Matilde está bem. Aquele *intermezzo* contigo não parece ter deixado sequelas. Não sei se isto te decepciona... Mas a verdade é que a tenho visto sempre com o marido e ambos com um ar muito familiar.

— Achas, portanto, que ele não chegou a saber de nada?

— Não, não creio, nem ouvi jamais comentar coisa alguma. A coisa foi breve e, pelo menos, foste cauteloso. É um segredo de quatro pessoas que, queira Deus, vai connosco para o túmulo. E ela está grávida, aliás...

— *End of the story...* — murmurou Luís Bernardo, como se falasse sozinho — melhor assim.

Ficaram calados por uns minutos e depois foi a vez de João querer saber tudo sobre o seu trabalho em S. Tomé. Muitas coisas já sabia ou já tinha deduzido das cartas que ele lhe escrevera, mas, agora que estava ali, compreendia tudo melhor e interessou-se ao pormenor pela descrição dos problemas que ele enfrentava e pela caracterização dos personagens em presença naquele enredo político-sociológico. E Luís Bernardo não se fez rogado: desabafou pela noite fora, falou-lhe das autoridades da ilha, dos homens das roças, do inglês e da sua mulher, daqueles em quem podia confiar, que eram a minoria, e daqueles que de certeza tinha como adversários ou inimigos. Tinha finalmente alguém junto de si em quem confiava por completo, alguém para o aconselhar e dar ânimo, alguém que, vindo de fora, o poderia ajudar a ver as coisas melhor do que ele próprio. Só se calou quando notou que as constantes perguntas de João começavam a diminuir a olhos vistos, sinal de que o amigo estava rendido pelo cansaço e já tinha dose que chegasse para uma noite. Conduziu-o ao quarto de hóspedes, certificou-se de que tudo estava em ordem, a cama feita e aberta, um jarro e um copo de água à cabeceira, velas suficientes para vários dias, a roupa já arrumada no armário, e só então o deixou e foi para o seu próprio quarto, para dormir a noite mais reconfortante de todas as que tinha tido desde que chegara a S. Tomé. Por uma vez, não estava sozinho na pequenez da ilha e frente ao rumor do oceano sem fim lá fora.

Nos dias seguintes, Luís Bernardo levou o amigo a conhecer a ilha quase toda. Saíam de manhã a cavalo e visitavam a cidade ou as povoações e roças mais próximas. Na volta, paravam sempre numa praia — a de Água Izé, a de Micondó, a preferida de Luís Bernardo, a das Conchas ou a das Sete

Ondas — e tomavam um longo banho de mar, naqueles paraísos abandonados, onde nunca rigorosamente mais ninguém, fosse preto ou branco, vinha a banhos. Depois, estendiam-se na areia a apanhar sol e à conversa, que às vezes era interrompida por um rápido chuveiro caído do céu, anunciando já o início da estação das chuvas. Vinham almoçar sempre a casa e sobre a tarde, na relativa frescura da copa e, de dia para dia, João ia-se habituando e gostando cada vez mais dos cozinhados que a Sinhá preparava e que o Sebastião servia com visível prazer e requintes de verdadeiro mordomo. Para todo o pessoal do palácio, a visita do sr. dr. João, "um distinto cavalheiro de Lisboa, amigo do sr. governador e frequentador assíduo da corte" (conforme o Vicente, a sugestão do Sebastião, se encarregara de espalhar pela cidade inteira), era motivo de uma súbita animação e de uma alegria recuperada. A solidão e a nostalgia, tantas vezes pesada, de Luís Bernardo tinham finalmente conhecido dias de tréguas e um ambiente novo e mais descontraído instalara-se, da cozinha até ao salão. Mesmo a Doroteia, que primava pelo silêncio e deslizava pela casa como sombra inacessível, andava agora mais visível e ousada, rindo-se muito e sorrindo ainda mais com os constantes piropos que o João, sem cerimónia, lhe dirigia. Numa ocasião em que Luís Bernardo os encontrou no corredor, ele dirigindo-lhe um qualquer galanteio do género "levo-te comigo para Lisboa e faço-te condessa de S. Tomé", e ela fingindo-se embaraçada e desaparecendo no seu passo dançante que lhe fazia oscilar as ancas através do fino vestido de linho branco, não se conteve de um ciúme que a si próprio o surpreendeu:

— Oh, João, tu vê lá...

— O quê?

— Nada, nada.

— Ciúmes, senhor governador? — o sorriso trocista na cara de João era de propósito para o espicaçar.

— Sacana, abusador! Abusas do privilégio de estares de passagem.

— Deixa estar, Luís, quando eu me for embora, vais ter a Doroteiazinha só para ti. Estou só a preparar-te o terreno, porque, segundo percebi e certamente devido às responsabilidades do cargo, o senhor governador ainda não se atreveu a morder aquela coisinha, pois não?

Luís Bernardo virou costas, resmungando qualquer coisa sobre a fidelidade dos amigos nas horas de aperto.

Normalmente, a seguir ao almoço, Luís Bernardo descia ao piso inferior, à Secretaria-Geral do Governo, onde passava a tarde a despachar o expediente, a consultar informações e a receber as pessoas que tinham assuntos a tratar com ele. João aproveitava para fazer uma sesta, para voltar à cidade que esquadrinhava com interesse de antropólogo, trazendo sempre uma peça de madeira ou de tartaruga que desencantara algures. Outras vezes, partia com o Vicente, que Luís Bernardo colocara à sua inteira disposição e serviço, saía para pescar num barco que ele contratava para a tarde e de onde regressava eufórico e carregado de peixe, porque ali, em S. Tomé, nem era preciso afastar-se mais do que umas dezenas de metros da costa para que qualquer pescador amador fizesse a pescaria da sua vida. A olhos vistos, João andava feliz e radiante com aquelas férias no Equador, queimado pelo sol e pelo sal do mar, curioso com tudo o que via e que o espantava e feliz também por sentir que a sua presença animava os dias de Luís Bernardo. Na companhia deste, visitara já duas roças do interior — Monte Café e Bombaim —, fora até Ribeira-Peixe, na ponta norte da ilha, tinham entrado juntos no interior da floresta e ele pudera sentir na pele o mistério e o chamamento do óbó, os segredos guardados no interior daquele mundo denso e verde. Uma manhã, ao alvorecer, saíram no vapor que fazia a ligação entre as ilhas e, com a corrente a favor, tinham chegado à ilha do Príncipe a meio da tarde, a tempo de assistirem à recolha dos trabalhadores na roça Sundy, onde pernoitaram. No dia seguinte, visitaram mais duas roças e a cidade de Santo António, a capital da ilha, que não passava de um povoado de trinta casas de tijolo e alvenaria, construídas à roda do único largo, onde pontificava a inevitável igreja. Enquanto João se distraía em observações de visitante ocasional, Luís Bernardo passou o dia embrenhado em conversas em surdina com o delegado do governo na ilha do Príncipe, o jovem António Vieira, de quem guardara boa impressão desde o dia do seu desembarque em S. Tomé, quando lhe fora apresentado no cais e a evidente timidez e nervosismo do outro lhe despertara uma simpatia espontânea. Era apenas a segunda vez que Luís Bernardo vinha ao Príncipe e pareceu-lhe detectar um ambiente indefinido de tensão nas roças. Havia qualquer coisa de diferente na atitude dos trabalhadores, qualquer coisa mais do que a habitual resignação e tristeza do seu olhar, que sempre o impressionavam. Questionou António Vieira mas este foi evasivo, limitando-se a dizer que não notara nada mais do que alguns habituais conflitos, que se resolviam localmente e sem problemas de maior.

— Esteja atento, homem! Esteja muito atento e, qualquer coisa que note de estranho ou de diferente, não deixe de mo comunicar imediatamente. — Luís Bernardo olhou de lado para o outro, mas, aparentemente, ele não pareceu perturbado.

— Pode confiar em mim, senhor governador. Nunca nada está completamente seguro, como sabemos, sobretudo aqui, que é ainda mais isolado que S. Tomé. Mas se estiver para haver algum problema sério, eu espero adivinhá-lo a tempo.

Luís Bernardo não ficou muito tranquilo com a resposta, mas também não teve mais tempo para aprofundar as suas apreensões. O barco esperava-os para regressarem à capital ao pôr do Sol e tinham pela frente umas largas horas de navegação nocturna.

A meio da travessia, noite cerrada e sob um céu limpo e carregado de estrelas, João veio sentar-se ao lado do amigo, para quebrar o silêncio pensativo em que este tinha mergulhado desde que os escassos sinais de presença humana da cidade de Santo António tinham ficado para trás, perdidos no horizonte.

— Estás preocupado com quê, Luís?

— Não sei. Queira Deus que me engane, mas há qualquer coisa aqui, no Príncipe, nas roças, que não me está a cheirar bem.

— O quê, ao certo? Eu não notei nada de especial.

— Não te sei dizer, João, mas sinto qualquer coisa no ar. Qualquer coisa de diferente no olhar dos negros. Se queres que te diga a verdade, pareceu-me um bando de escravos na iminência de uma revolta organizada e generalizada.

— Credo, Luís! Que mau augúrio! Pareceu-te isso?

— Pareceu-me. E esse, como deves calcular, é um perigo aqui sempre em potência. E seria uma catástrofe que qualquer coisa de semelhante a uma revolta acontecesse agora, com o David Jameson a assistir e a testemunhar. Como iríamos depois continuar a sustentar a versão de que não temos aqui trabalho escravo?

— Mas tu achas que há, Luís? — João parecia sinceramente perplexo com as preocupações do amigo.

— Ah, João... — Luís Bernardo suspirou fundo, olhando aquele céu magnífico, que parecia encerrar em si um universo de paz. — Essa é a pergunta que eu faço a mim próprio e todos os dias, desde que cheguei. A resposta, pensei eu quando vim para cá, deveria ser evidente por si mesma. Pensei que me bastaria visitar as roças, ver as condições de trabalho dos negros, conferir os horários de trabalho, consultar os registos de mortes, de nascimentos, ver a assistência médica. Ou, menos do que isso, ainda: olhá-los nos olhos e perceber a verdade. Mas não: deixei-me enredar numa teia de razões e argumentos jurídicos, leis e tratados, contratos celebrados ou por celebrar, condições de repatriamento, sei lá, todo um enredo em que já se confunde a razão jurídica com a observação dos factos e já não sei o que interessa mais: se o que sinto, se o que tenho por dever argumentar. Como se fosse um advogado num tribunal.

Calou-se. João ficou a olhar para ele na penumbra da escassa luz que vinha das lanternas a petróleo que iluminavam a amurada do navio.

— Vejamos, Luís. Tenta ser racional: se a lei obriga os trabalhadores a estarem sob contrato e se os contratos têm um prazo e eles são livres de se irem embora no fim do prazo, quem poderá falar em trabalho escravo?

— É isso que tu pensas, João? É assim tão simples? Não te sabia tão legalista!

— Ora, Luís, andei na mesma faculdade de direito que tu. O que eu sei é que, enquanto a lei não for violada — e, segundo me explicaste, ainda não terminou o prazo para o saber —, não é lícito presumir que ela não está a ser cumprida ou que não vai ser cumprida. E não vi nenhum trabalhador agrilhoado ou chicoteado para ir trabalhar: vi-os formar de manhã para ir trabalhar e regressar ao fim do dia, pelo seu pé, para a contagem. Caramba, Luís, não podes ser mais papista que o papa. Isto é África, é uma colónia e, por algum acaso do destino que não interessa agora julgar, nós somos os colonizadores e eles são os colonizados e, que eu saiba, a colonização não está proibida em nenhuma lei ou tratado internacional. Ou acaso a Inglaterra, a França, a Espanha, a Alemanha, a Bélgica, a Holanda, não exploram também as suas colónias? E quem é que trabalha nas plantações de cana-de-açúcar das Antilhas, quem é que trabalha nas minas de ouro do Transvaal?

Luís Bernardo nada disse. Olhava a esteira de luz na traseira do navio, como se ali estivesse uma resposta para as suas questões, flutuando, nítida, à superfície das águas.

— Luís — João aproximou-se dele e passou-lhe um braço pelo ombro —, sou teu amigo, podes confiar-me tudo, mesmo os mais inconfessáveis pensamentos. Diz-me, sinceramente, o que te preocupa.

Pela segunda vez, Luís Bernardo soltou um profundo suspiro. Era um suspiro de cansaço, um pedido de ajuda silencioso.

— O que me preocupa, João, é não estar à altura das circunstâncias.

— Mas o que queres dizer com isso? Quais circunstâncias?

— João, o David Jameson não está cá estacionado para passar férias. Ele não me disse nem precisa de dizer, mas eu sei que a sua missão é muito simples: concluir rapidamente se há ou não trabalho escravo em S. Tomé e comunicá-lo a Londres. Se ele concluir que sim, isso significa que eu falhei a missão que me confiaram. Se ele concluir que não, significa que eu consegui enganá-lo ou, pelo menos, desviar as suas atenções, e não sei então como é que ficarei com a minha consciência.

— Mas como é que conseguirias enganá-lo, Luís? Factos são factos, ou existem ou não!

— Como? Queres que te dê um exemplo? Se rebentar uma revolta numa roça, se descobrir que um trabalhador, ou uma centena deles, foi levado a renovar o contrato de trabalho sem perceber o que estava a fazer, tu achas que eu vou a correr contar ao cônsul da Inglaterra? Não: o dever obriga-me a tentar esconder-lhe tudo o que possa ser prejudicial aos nossos interesses. Percebes agora?

— Acho que estás a fazer uma tempestade num copo de água e, pior ainda, por antecipação. Incidentes ocorrem sempre e abusos também. Também os temos em Portugal, nas nossas quintas, nas fábricas, e nem conhecemos da missa a metade. Entre isso e o trabalho escravo vai uma longa distância.

— Não, João, são coisas diferentes. Já não temos servos da gleba em Portugal há muitos anos. Os trabalhadores podem ser maltratados, mas são sempre livres de se irem embora, mesmo que isso, em muitos casos, possa significar a fome. Mas, aqui, eles estão a cinco mil milhas de oceano de casa. Eles não são de cá, João, vê se percebes a diferença! Para se poderem ir embora é necessário que não caiam na armadilha de pôr o dedo num contrato de renovação que não querem e que não sabem o que significa e que nós os repatriemos por mar para as terras de Angola onde os fomos buscar. Ora, tudo pode parecer muito legal, o filho da mãe do curador, que devia vigiar pelos direitos dos trabalhadores e que está obviamente feito com os roceiros, pode-me apresentar milhares de contratos de renovação e números onde se prova que, como no ano passado, apenas quatro — quatro, João! —, quatro trabalhadores quiseram voltar para casa. E isso significa o quê? A meus olhos, significa tão simplesmente trabalho escravo disfarçado em papéis pseudojurídicos. E talvez tu não estejas lembrado de uma coisa, João: eu fui convidado para este cargo porque sou contra o trabalho escravo e o disse e escrevi. E porque tu, entre outros, me explicaste que tinha o dever de consciência de pôr em prática as minhas ideias, uma vez que tinha sido convidado exactamente por causa delas. Eu não vim para cá para pactuar, para enganar o inglês ou enganar a minha consciência. Porra, para isso ficava em Lisboa, que, acredita, é bem mais cómodo e agradável!

João Forjaz calou-se, surpreendido com a veemência do discurso do amigo. Estava ali um Luís Bernardo que ele não conhecera nunca em Lisboa. Não era propriamente a forma empenhada com que defendia as suas ideias e pontos de vista — isso já o tinha visto fazer várias outras vezes, entre amigos, em rodas de salão, em discussões políticas que tantas vezes ocupavam os seus jantares de quinta-feira no hotel Central. Mas agora havia qualquer coisa de diferente, qualquer coisa de mais pessoal, mais radical. S. Tomé mudara o Luís Bernardo que ele se habituara a conhecer. Olhou-o disfarçadamente, enquanto o amigo, voltando a cair no silêncio, contemplava as águas escuras do estreito sobre as quais o navio progredia penosamente. A seus olhos, via, de repente, um homem de sociedade, que se tinha tornado um solitário; um homem tolerante e que adorava a controvérsia, que se tinha tornado estranhamente intransigente; um homem tão desprendido e mesmo fútil em tantas coisas, que agora quase se dava ares messiânicos, como se o mundo inteiro tivesse os olhos postos na sua obscura tarefa, ali, nos confins do mar, naquele arremedo de terra e de civilização. Estaria tomado pela importância que atribuía à sua própria missão, sob pena de se sentir ali totalmente inútil, desperdiçando um precioso tempo que poderia gastar algures, a viver? Estaria transtornado pela solidão, pelo silêncio das noites e noites consecutivas a falar e a ouvir-se falar sozinho? Estaria perdido, teria perdido o sentido da proporção das coisas?

— Luís, vai com calma. Todos sabemos que, teoricamente, a lei é igual em todos os lados, mas isso é uma ficção bondosa. Nenhum império se construiu ou manteve assim: quem deu a Cortéz autoridade para prender o Moctezuma, quando desembarcou na América? Quem deu ao senhor d. Carlos autoridade para submeter e aprisionar o Gungunhana, que era rei em Moçambique por direitos muito mais antigos do que os dele? Todas as éticas são evolutivas: o que hoje é normal, amanhã será horrendo e o que hoje é crime, amanhã será banal. Não podes chegar aqui e, em meia dúzia de meses, convencer todos os portugueses que cá estão há gerações, sofrendo desde sempre o que tu sofres há meses e com a contrapartida de, pelo menos, fazerem fortuna em vida, que todo o código de conduta deles, todo o edifício que ergueram e de que vivem está errado, porque tu trazes de Lisboa decretos ou instruções ou acordos secretos com a Inglaterra a que eles têm de passar a obedecer, de um dia para o outro. Tu podes ter razão, mas isso requer tempo, Luís. Tempo e persuasão.

— Não, João — Luís Bernardo levantara os olhos da contemplação do mar e falava, como se estivesse sozinho, como tantas vezes falara à distância com João, como se este o pudesse ouvir, então. — Tu não conheces esta gente. Eles nunca mudarão, nunca evoluirão, nunca acreditarão que a escravatura encapotada que praticam nas roças não é um direito natural que a Providência colocou ao seu alcance, para que o desfrutem e aproveitem. Estão só à espera que o David faça o seu relatório e se vá embora e que eu me canse e me vá embora também, para que a seguir venha outro igual àqueles a que èstavam habituados e a vida retome a sua normalidade. E é isso que queremos, como nação, João? Para que chamamos a isto, então, províncias portuguesas e por que não lhes chamamos antes entrepostos portugueses de escravos em África?

Calaram-se ambos. O ruído monótono do motor a carvão do navio rasgava a noite quieta de um mar pejado de estrelas. Ao lado e à frente do barco, reflexos cintilantes de luz assinalavam o rastro dos peixes-voadores que seguiam a sua rota. Na direcção de terra, uma ligeiríssima, quase imperceptível claridade, anunciava o nascer do dia no horizonte e em frente, na direcção de S. Tomé, agora apenas a duas ou três horas de viagem, uma fina linha de luz ao rés da água marcava o exacto ponto onde a noite da cidade para onde se dirigiam morria ao sol nascente daquela manhã de Equador. Um arrepio de frio levou João a apertar mais contra o peito o capote em que se enrolava. De novo olhou o amigo de relance e o olhar triste que nele surpreendeu, um desamparo, quase físico, que nele se revelava, as rugas, que nunca antes lhe notara e que agora se mostravam nítidas no seu rosto às primeiras luzes da manhã, tudo lhe devolveu o arrepio de frio que sentira antes e de novo apertou mais o casaco contra si, como se se quisesse precaver contra algum mau presságio. Sentiu por Luís Bernardo uma verdadeira ternura de amigo, de que nunca se dera conta: era preciso defendê-lo, protegê-lo. Tirá-lo dali quanto antes.

David e Ann tinham vindo jantar a casa de Luís Bernardo. Desde que João chegara a S. Tomé, aqueles jantares, ou em casa de Luís Bernardo, ou em casa do cônsul inglês, tinham-se tornado tão habituais que já quase dispensavam marcação prévia. Ao princípio, com alguma cerimónia, tinham espaçado os jantares, como que para manterem os hábitos de etiqueta social a que estavam habituados. Mas, rapidamente e por consenso por todos implícito, os jantares tinham-se tornado diários ou quase diários, ora numa casa, ora noutra. Uma vez que a simpatia do casal inglês por João fora recíproca e imediata, aqueles quatro seres, que se sabiam pertencer a um subgrupo único naquelas paragens, tinham decidido tacitamente não haver lugar a conveniências que os impediriam, sem razão plausível e ali deslocada, de beneficiarem mutuamente da companhia uns dos outros. Em especial para os "residentes", a breve passagem do João pelo seu desterro tropical era uma oportunidade rara para aqueles jantares e serões a quatro e não a três — o que fazia toda a diferença.

Como de costume, Luís Bernardo mandara servir o jantar na copa e não na sala de jantar, que lhe continuava a parecer demasiado grande, desagradável e formal, com os seus pesados armários de madeira indo-portugueses, que ele detestava particularmente. Além disso, a copa permitia-lhes abrir de par em par as portas que davam para o terraço, prolongando a noite e o jardim para dentro da casa. E estava uma noite particularmente bonita, de lua cheia e vento quieto, com um calor flutuante que trazia consigo um perfume a maresia e a flores cujo cheiro ele não sabia identificar, mas que Ann distinguia em pormenor. Justificando-se com o acrescento de trabalho, ele indicara ao Sebastião (diplomaticamente, para não ofender o seu brio), que se fizesse coadjuvar pela Doroteia, no serviço à mesa. Era uma provocaçãozinha ao João, que ficava fascinado com os movimentos ondulantes e silenciosos, com o sorriso de dentes brancos e olhos negros com que a Doroteia evoluía à volta da mesa. Mesmo de pé, circulando e ajudando a servir à mesa silenciosamente, ela era a mulher que faltava ao grupo e a verdade é que a sua presença não era indiferente a qualquer um dos homens ali presentes. Luís Bernardo saboreava com verdadeira volúpia o efeito que a Doroteia causava. Apetecia-lhe passar-lhe a mão pelas ancas, quando ela lhe vinha mudar o prato, ter um gesto que indicasse aos outros que era ele o proprietário e usufrutuário daquela pantera sedosa, talhada em ébano, em marfim e em lânguidas gotas de suor. Por uma vez, estivera à beira de consumar o seu gesto irreflectido, quando reparou que, sentada à sua direita, Ann observava a cena com aquela atenção instintiva que as mulheres têm para essas ocasiões. E quedou-se, de mão suspensa no ar, e corando, como um menino pequeno apanhado na iminência de uma flagrante asneira.

A Sinhá tinha feito a sua extraordinária sopa de peixe, que não conhecia rival nas ilhas, seguida de um assado de porco do mato enrolado em banana-maçã, que lhe dava um gosto requintado e imaginativo, digno de *chef* francês. Um pudim de coco e um *sorbet* de manga rematavam a refeição, a propósito da qual e da abundante dose de piripiri da sopa da Sinhá, David comentou que nunca tinha percebido por que é que era justamente nos climas mais quentes que se usava mais picante na comida.

— Afinal, vocês, portugueses, trouxeram a pimenta da Índia para a Europa e era natural que fosse nos nossos climas frios, do norte da Europa, que ela fosse mais apreciada, para subir as calorias do corpo. Mas em lugar nenhum do mundo, como nos trópicos — em África, na Índia, no Brasil, nas Antilhas — a comida é tão picante. Para quê pôr a transpirar quem já está a morrer de calor?

O João contra-argumentou que tinha lido algures que o picante ajudava a combater os efeitos do próprio calor — uma tese que tinha muito mais de absurdo do que de científico, como logo fez notar David. E daí, lançaram-se os dois numa discussão sobre a vida nos trópicos, que rapidamente evoluiu para uma comparação entre os trópicos e a civilização e aquilo a que Kipling chamara "a missão do homem branco". Notando que a conversa poderia ser melhor continuada lá fora, no terraço, Luís Bernardo levantou-se e convidou os outros a segui-lo, mas apenas Ann o fez, continuando os outros dois engatados na sua discussão.

Ele e Ann sentaram-se lá fora, nas cadeiras de verga do terraço, de frente para o mar, que o rastro da lua iluminava, desenhando uma estrada desde o horizonte até terra. Tirando o piar ocasional de algumas aves nocturnas ou algum ruído disperso que vinha da cidade ao lado, tudo estava arrumado e pacífico. Luís Bernardo acendeu o seu charuto numa das velas que o Sebastião mantinha sempre acesas até que ele se recolhesse, nas dezenas de noites que ali já levava, olhando o mar, ouvindo a sua música e fumando a sós com os seus pensamentos. Mas nessa noite, ele estava feliz. Feliz, acompanhado e descontraído. Vestia umas simples calças pretas de linho e uma larga camisa branca, aberta no colarinho. O único sinal remanescente da vida que deixara para trás era o Patek-Philippe de prata que herdara do pai e que usava dentro do pequeno bolso da frente das calças, com a corrente pendente sobre a perna esquerda. Ann estava resplandecente, com o cabelo loiro preso atrás e solto dos lados em madeixas sobre a cara, um brilho nos olhos que parecia projectado pelo luar, o seu vestido leve de algodão azul-escuro, com o corpete muito subido e um decote aberto que projectava para cima uma parte abundante do seu peito, agora escurecido pelo sol de S. Tomé e húmido de pequenas gotas de suor, quase imperceptíveis, como pérolas minúsculas coladas à pele. Tinha uma voz quente, pausada, sensual, que o fazia estremecer como se uns braços invisíveis o envolvessem nesse som — como Ulisses, preso no cântico das sereias, perdido no caminho de regresso a casa. Não era de agora, não era desta noite, da magia do luar, que ele notava isso. De dia para dia e de noite para noite, a sua presença perturbava-o cada vez mais, distraía-o de dia na expectativa de a ver e inquietava o seu sono de noite, depois de a ver. Mas jamais, jamais, esboçara o mais pequeno gesto que o desse a entender.

— Luís — a voz dela quebrou de súbito aquele momento encantado e ele despertou instantaneamente, com todos os sentidos alerta —, você está outra pessoa desde que o João chegou. Está um ser humano, normal, deixou de parecer uma fera acossada.

Ele sorriu.

— Eu parecia uma fera acossada, Ann?

— Luís, você não se olhava ao espelho? Parecia um faquir a caminhar sobre punhais: sempre à espera da próxima cilada, da próxima faca!

— Talvez, Ann, talvez você tenha razão. Já não falta muito para fazer um ano que aqui cheguei: foi um ano muito duro, uma vida diferente de tudo aquilo a que estava habituado. E sem ninguém, ninguém rigorosamente, em quem confiar, com quem falar, com quem estar assim, como nós estamos agora, descontraidamente à conversa. A visita do João veio interromper isso, mas eu sei que é apenas um breve devaneio: dentro de alguns dias ele vai-se embora e tudo regressa ao normal. E o normal, Ann, é às vezes difícil de suportar.

— Eu sei, Luís, eu calculo que sim. Mas você sabe, ao menos, que pode contar sempre comigo e com o David. Nós gostamos sinceramente de si e temos falado várias vezes sobre a sua situação. Nós, ao menos, temo-nos um ao outro, mas você não tem ninguém. Estas noites, este terraço, devem ser muitas vezes duros de aguentar.

Luís Bernardo olhou-a: estava linda, quase irreal. Teve medo de que, se estendesse a mão para lhe tocar, ela desaparecesse. Resolveu experimentar:

— Ann, eu não duvido, por um instante que seja, da vossa amizade. Mas, como sabe, o David e eu temos missões diferentes e, se calhar, opostas. Talvez tenha de chegar o dia em que as nossas missões respectivas afastem a amizade que construímos de forma espontânea. Talvez me desse mais jeito, ou a cada um de nós, que afinal não nos tivéssemos tornado amigos: em caso de crise, tornaria as coisas mais fáceis.

— Pois é, vocês homens têm esse lado de conflito interior, que veneram. Por dever de consciência, suportam inimigos e abandonam amigos. Eu já vivi isso na pele, noutros tempos... Mas oiça, Luís, eu sou mulher, sou sua amiga e não vivo conflitos desses: no que depender de mim, eu não o abandonarei.

Ele quedou-se mudo, sem saber o que dizer. Nem sequer percebia bem o que ela lhe tinha querido dizer. Sentiu-se à toa, talvez do vinho e do *cognac*, da lua cheia, da devastadora beleza da sua pele, do seu peito, do seu cabelo, do seu olhar. Sentiu-se tonto e levantou-se para se encostar à balaustrada do terraço e respirar um pouco da brisa que vinha do mar e que o calor da noite não sufocava na passagem.

— Onde vai, Luís?

— Eu? — reparou que se tinha virado de costas, sem dar por isso, e voltou a enfrentá-la. — A lado nenhum!

— Vai fugir?

— Fugir? Fugir de quê?

Agora sentia-se desamparado, à deriva, incapaz de raciocinar, de dizer alguma coisa acertada. Mas ela não lhe deu tréguas. A sua voz soou de novo, baixa, quente, sensual. E, implacável:

— De mim.

Da sala vinha agora em crescendo o som da discussão entre David e João. Estavam embrenhados na comparação entre as colonizações inglesa e portuguesa e, no calor da discussão, pareciam ter-se abstraído por completo da presença do casal sozinho no terraço. Luís Bernardo aproveitou o som da discussão para não ter de improvisar qualquer resposta a Ann e notou, de passagem e com um sorriso interior, que o João repetia encaloradamente todos os argumentos que assistiam à posição portuguesa a propósito de S. Tomé. Fazia o serviço por ele e, aparentemente, marcava pontos na discussão. E, com isso, fingia-se distraído, mas Ann não.

— Fiz-lhe uma pergunta, Luís, mas não obtive resposta nenhuma, o que é uma forma de resposta. Pois bem, visto que estamos aqui, num lugar tão longe de tudo e em circunstâncias tão inesperadas, acho que não há margem para hipocrisias. Vou dizer-lhe tudo: você fascina-me, Luís. Tenho perguntado a mim mesma mil vezes o que é que um homem inteligente, culto, educado, um homem atraente e solteiro, como você, faz aqui, desterrado do mundo. Há dias perguntei isso ao João e ele deu-me a resposta que eu já esperava: veio por sentimento de dever, de se sentir útil uma vez na vida, para preencher um vazio, por desafio intelectual. Em suma, uma armadilha clássica. Luís, você não é homem para isto e sabe-o bem. Está fora do seu mundo e não acredita nos valores que é suposto representar e defender. Mas agora sente-se preso e não sabe como se há-de libertar. Mas que crime cometeu você para se atribuir esta autopunição?

— E que crime cometeu você, Ann, para vir aqui parar também?

— Ah, eu não, mas o meu marido, sim. Prometi que ia falar sem hipocrisias e, por isso, conto-lhe o essencial: o David cometeu uma terrível asneira na Índia, um imperdoável passo em falso, e daí ter vindo parar a S. Tomé, o mais obscuro lugar que havia disponível em toda a carreira dos servidores do grande Império Britânico. Qualquer mulher no meu lugar o teria deixado, pelo vexame que ele me trouxe e pelo destino que me estava reservado de futuro, ao lado dele. Mas eu admiro muito o meu marido, apesar do que ele fez e que não apaga nem faz esquecer tudo o resto e o homem brilhante que ele foi e é. Amei-o muito até ele me magoar ao ponto em que o fez e amo-o ainda, de uma forma diferente, longínqua e íntima, que não sei explicar bem. Poderia tê-lo abandonado, mas achei que não devia fazê-lo, quando tudo o resto e todos os outros o fizeram. Como vê, também não sou imune aos sentimentos do dever. Mas ficou claro entre nós que eu sou uma presença constante ao seu lado, sou sua mulher ainda face ao mundo e à lei, mas não sou, se não quiser, sua mulher de facto. É o preço que ele paga por me ter aqui. Sou uma mulher livre, como se fosse uma viajante que desembarcou com ele em S. Tomé, onde... — Ann deteve-se por um momento e fixou-o a direito nos olhos — ...onde o encontrei a si.

Ficaram calados, a olhar um para o outro. Ela estava ainda sentada na cadeira, ele continuava de pé, encostado à balaustrada, de costas para o mar e para o luar. Ele estava na sombra, ela estava na luz, exposta. Luís Bernardo estendeu as mãos na direcção dela. Lentamente, Ann levantou-se e caminhou até ele, até à sombra onde permanecia, sem se mexer, nada mais do que as mãos estendidas num chamamento mudo. De onde estavam agora não eram visíveis de dentro da sala e ouviam as vozes de David e de João que prosseguiam a sua interminável discussão. Por um instante ocorreu a Luís Bernardo que João adivinhara tudo o que se estava a passar lá fora e que mantinha a discussão com David apenas para lhe dar tempo e oportunidade para fazer daquela a mais decisiva das suas noites, passadas e futuras, em S. Tomé. E foi a última coisa em que conseguiu pensar, até que sentiu a macieza da cara dela encostando-se docemente à sua, o veludo do seu cabelo levemente perfumado roçando-lhe a face, o corpo que se encostava ao seu, pedaço por pedaço, o peito, inchado e ofegante, de encontro ao seu. Teve tempo de a olhar e ver o verde líquido dos seus olhos, onde parecia reflectir-se a Lua, a apagar-se devagar, enquanto ela fechava os olhos e lhe entregava uma boca húmida, ávida, com a língua quente percorrendo-lhe os dentes e enrolando-se na sua própria língua, o corpo quase esmagado contra o seu, num desespero de paixão ou de desejo com que nunca antes mulher alguma se lhe entregara. E ele mergulhou, também de olhos fechados, naquela boca e naquela paixão, durante um tempo que lhe pareceu uma eternidade, até ao limite do sustentável.

XII

As ilhas são lugares de solidão e nunca isso é tão nítido como quando partem os que apenas vieram de passagem e ficam no cais, a despedir-se, os que vão permanecer. Na hora da despedida, é quase sempre mais triste ficar do que partir e, numa ilha, isso marca uma diferença fundamental, como se houvesse duas espécies de seres humanos: os que vivem na ilha e os que chegam e partem.

Em S. Tomé e Príncipe, onde apenas chegavam dois barcos por mês, um vindo de Angola, o outro de Portugal, e onde nem sequer existia cais, mas apenas uma pequena praia de onde passageiros e carga eram transportados de e para os barcos fundeados ao largo, todas as chegadas e partidas eram ainda mais sentidas e, tantas vezes, carregadas de uma carga de emotividade e desespero que ficava a pairar sobre a praia e a cidade muito depois de se ter desvanecido ao longe, no horizonte, o navio que ainda há pouco ali estava. À chegada, depois de dobrado o cabo que abria para a baía de Ana Chaves, todos os navios apitavam estridentemente, como se quisessem convocar a cidade inteira para a praia. Mas lá de longe, do alto das roças encavalitadas montanhas acima, já tinham sido avistados há muito e o aviso correra de homem em homem, de boca em boca, até à cidade. E acorriam à praia, não apenas os poucos que esperavam parentes ou amigos, os que tinham carga ou mercadorias contratadas a bordo, mas também uma multidão de moleques, donas de casa ociosas, autoridades desocupadas fingindo dever de ofício, e todos os simplesmente curiosos, daquela curiosidade silenciosa e paciente de quem se habituou a viver uma vida de ver os outros chegar e partir.

Quando chegava o navio de Lisboa vinha sempre carregado de "novidades" — roupas da moda, apetrechos agrícolas, remédios para males estranhos e, às vezes, até desconhecidos por ali, revistas e magazines, que traziam o mundo às ilhas — e que, logo nessa noite, já seriam comentadas em todas as casas e, no dia seguinte, ao romper da manhã, estariam já disponíveis para serem admiradas ou disputadas no comércio local. E chegavam os de Lisboa, que traziam um ar de "mundo" e uma complacência no olhar que lançavam à volta, ao pisarem terra, que fazia a pequena multidão dos curiosos abrir alas à sua passagem, como que envergonhados e ainda mais remetidos ao seu desterro. Quando o navio partia para Lisboa, levando de volta os senhores das roças, que tinham vindo passar a "gravana" entre as praias e as casas grandes com o seu cheiro a cacau secando nos tabuleiros — um cheiro a fortuna que os inebriava —, levando os funcionários ou militares que tinham terminado a sua comissão e que só ansiavam por um mar chão e um vento de popa que os levasse à tão ansiada barra do Tejo, levando os que tinham vindo a negócios, de passagem, e para quem cada dia a mais era um pesadelo, a praia de embarque era infinitamente mais triste para os que ficavam, a cabeça ligeiramente curvada de resignação, lenços nervosamente enrolados nas mãos, algumas lágrimas furtivas que os olhares alheios não consentiam que corressem livremente, à luz do dia. E todos ficavam quietos e mudos na praia, vendo os escaleres terminar o embarque dos passageiros e carga de última hora, vendo o pesado vapor activar as caldeiras, levantar ferro com um ranger de despedida e, lentamente, pôr-se em marcha e ir aos poucos ganhando velocidade, como se tivesse pressa em afastar-se dos que ficavam, antes de, como era de tradição, apitar à passagem do cabo, desaparecendo da baía e do olhar dos que o tinham seguido sempre, esperando talvez uma súbita e absurda manobra de arrependimento e de regresso.

Luís Bernardo raramente comparecia a essas cerimónias da praia. Por dever do cargo, algumas vezes tinha de estar presente, quando o navio partia ou quando chegava, trazendo algum funcionário superior do governo de Angola ou do ministério de Lisboa a bordo. Fora desse encargo de ofício, odiava tanto as partidas quanto as chegadas. Mas fora despedir-se do João, no dia em que embarcara de regresso a Lisboa. Tinham trocado um longo abraço, meio desajeitado, as botas enterradas na areia da praia, sentindo a partida do amigo como qualquer coisa que lhe era arrancada do peito, João sentindo o desaperto do abraço e o lento afastar do bote em direcção ao navio como uma traição, um abandono sem explicação, um peso imenso na consciência. Voltaria a vê-lo? Quando, como, em que estado e em que circunstâncias?

Quando o navio levantou amarras e se começou a fazer ao largo, Luís Bernardo não esperou pelo apito habitual, assinalando a despedida de S. Tomé: virou costas e foi em direcção ao coche, que o esperava. A meio caminho, sentiu um braço que se prendia ao seu, um corpo que disfarçadamente se encostava ao seu.

— Outra vez sozinho, Luís?

Ann. Ele tinha-a visto, de fugida, no início do embarque, tinha vindo com David, tinham-se despedido de João assim que ele e Luís Bernardo tinham desembarcado do coche, mas depois, naquela pequena confusão que se estabelecera, não os tinha voltado a ver e tinha assumido que o casal regressara a casa, cumprido aquele dever de simpatia. Mas não: ela ainda estava ali e, olhando rapidamente à volta, Luís Bernardo não conseguiu descobrir também a presença de David. E aproveitou o vazio aparente:

— Alguém me disse, outro dia, que, naquilo que dependesse de si, eu nunca ficaria sozinho...

Disse isso e calou-se, reparando como parecia que a cor do mar, ensombrada pelo Sol poente, se reflectia nos olhos dela, um azul de repente escuro e carregado de uma fugidia tristeza. Mas a voz com que ela lhe respondeu era quente, envolvente, tal qual ele a recordava sempre, na sua ausência.

— Luís, há uma coisa, uma coisa só, que você tem de saber sobre mim e que tem de acreditar: eu não minto, não finjo nunca e não esqueço o que disse, por mais fácil que fosse desculpar-me com as circunstâncias ou os momentos. Está tudo nas suas mãos. Luís, olhe bem para mim, estamos aqui na praia à vista de toda a gente, não estamos sozinhos no terraço de sua casa, numa noite de lua cheia e depois de beber meia garrafa de vinho e dois Portos: está tudo nas suas mãos. A decisão é sua.

E afastou-se, como se nada de especial tivesse sido dito. Afinal, David também por ali estava ainda e ela foi ter com o marido e, com naturalidade, enfiou o braço no braço dele. Por cima do ombro, David dirigiu-lhe um aceno de despedida, e os dois continuaram a caminhar de braço dado até ao coche que os esperava. "Ou desaparecem por mar ou desaparecem por terra", pensou ele, de si para si. Tocou também para casa, onde entrou com uma disposição de cão. Não quis jantar, dispensou o Sebastião por essa noite e foi sentar-se no terraço, com uma vela acesa e um charuto aceso na vela, e aí se quedou até passada meia-noite e meia garrafa de *cognac*, até que o voo mais próximo de um morcego o viesse despertar daquele torpor, daquele vazio angustiado, e então levantou-se, um pouco cambaleante, e dirigiu-se para o quarto à luz da vela, pressentindo a presença do Sebastião que o espreitava entre portas, que velava para que ele não pegasse fogo à casa e que certamente ficou à escuta até o ouvir entrar e sair da casa de banho e ouvir o ruído seco do seu corpo desabando sobre a cama, vestido como estava e dobrado à dor que sentia.

Acordou cansado e mal dormido. O sono reparador que esperara era afinal um gosto seco e desagradável a aguardente fermentada na boca, os músculos doridos e lassos, uma cara de desenterrado. Fez a barba e tomou um duche, que em nada aliviaram o seu fundo mal-estar físico e moral. Havia o quarto do João, agora vazio, e a ausência da sua voz e da sua cumplicidade de amigo, algures vogando sobre o oceano, a caminho de Lisboa. Havia a recordação da voz de Ann, o verde ou o azul, ora escuro, ora luminoso, dos seus olhos, o sabor que não desaparecia da sua boca e da sua língua dentro da boca dela. E havia um fato para escolher, uma camisa, uns sapatos, uma rotina que o esperava a despacho no andar de baixo, obscuros e gastos funcionários, de chapéu enrolado nervosamente nas mãos, mendigando o favor de uma recomendação para a promoção que achavam justa ou a concessão de uma licença de férias extraordinárias na metrópole. Havia o correio de Lisboa, os anúncios para aprovar e fazer publicar no boletim oficial da colónia, as coimas para aplicar, o estado da Fazenda Pública local para conferir, a decisão sobre a verba a comparticipar para a iluminação pública das festividades do Natal e Ano Novo, o estado das empreitadas de obras públicas para acompanhar, as queixas, as petições, os requerimentos para despachar. Olhou-se ao espelho de pé alto, olhou-se assim de cima a baixo e viu-se tal como estava, nu, abandonado, vagueante, não sabia se vencido de algum mal obscuro, se vencedor de que obscura causa. Olhou-se bem e disse, em voz alta:

— Luís Bernardo Valença, por nomeação régia governador da colónia de S. Tomé e Príncipe, acorda e vai aos teus deveres. A história não acaba assim!

Passou os dois dias seguintes enfiado na Secretaria do Governo, dando despacho a tudo, respondendo a todo o correio, recebendo todos os que tinham solicitado audiência, recuperando o trabalho atrasado, uma vez até pela noite fora, numa súbita obsessão de rever todas as contas do governo, agora que se aproximava o final do ano e as contas deveriam ser fechadas e enviadas para o ministério, em Lisboa. Fora um bom ano para a safra do cacau, S. Tomé escoara mais quatro mil e duzentas toneladas que no ano anterior e o Príncipe mais uma tonelada. A alfândega cobrara mais direitos, o governo mais impostos, a Câmara Municipal mais derramas: por aí, podia estar descansado. As obras públicas em curso tinham cabimento orçamental, as despesas correntes tinham-se mantido ao nível do ano anterior e a colónia continuava a sustentar-se a si própria, pagando a pronto tudo o que importava e acumulando excedentes, quer na economia das roças e no comércio local, quer no balanço entre as receitas e despesas da Fazenda Pública. Um caso de sucesso. Aliás, se assim não fosse, que sentido tinha manter colónias?

Uma bela manhã, reparou que os papéis tinham desaparecido de cima da sua secretária, o pó fora limpo, o despacho estava em dia, ninguém esperava para ser recebido. Subiu até casa, bebeu um sumo de frutas e mandou que lhe aparelhassem o cavalo baio que usava para passeios, enquanto se mudava. Seguiu à direita, à saída do portão, na direcção oposta à cidade, e foi andando, sempre a passo, pela estrada junto à costa, cumprimentando meio distraído os raros transeuntes que se cruzavam consigo. Foi andando sem saber ao certo até onde queria ir, absorto em pensamentos que o remetiam para Lisboa, para os jantares com os amigos, as discussões, as anedotas, algumas histórias que tinham ficado célebres. Pensou em Matilde e no que o João lhe tinha contado sobre a sua nova gravidez e a sua aparente harmonia conjugal, recordou-a nos seus dois encontros furtivos do hotel Bragança, os gemidos dela entre os seus braços, enquanto lá fora ele distinguia cada ruído que vinha da rua, com uma nitidez e uma tal atenção que era quase como se estivesse ausente. A recordação excitou-o e fê-lo ir tão longe nos seus pensamentos que, quando voltou à realidade, já tinha ultrapassado as últimas casas à saída da cidade e cavalgava agora numa estrada de areia deserta que levava a direito até à praia de Micondó. Apressou o passo do cavalo e passou a um galope curto, sincopado, como se o vazio daquele troço de estrada o tivesse assustado de repente. Tinha pensado dar a volta pela estrada de cima e regressar à cidade a horas de almoço, mas, quando chegou à colina sobre a praia, não pôde evitar deter-se à vista daquela paisagem deslumbrante. Uma areia branca, apenas salpicada por alguns cocos caídos, bocados da casca ou folhas dos coqueiros que envolviam toda a praia, em forma de concha, estendia-se em suave inclinação até à espuma quieta das ondas que vinham morrer na areia e que, mesmo na rebentação, eram transparentes, como todo o mar diante de si. Lá do alto da colina podia distinguir perfeitamente o fundo do mar até uns cinquenta metros da praia, as sombras das rochas submersas, as sombras deslizantes de algumas tartarugas que nadavam junto à praia, a cor dos peixes, das anémonas e das algas. Irresistivelmente, puxou pela rédea esquerda e pôs-se a descer a passo em direcção à praia. Desmontou junto aos coqueiros e atou o cavalo ao tronco de uma árvore e foi caminhando pela areia completamente deserta, ouvindo o chilrear dos pássaros no coqueiral, cujo barulho se sobrepunha claramente ao doce murmúrio das ondas rebentando de mansinho na praia.

Sentou-se a uns dez metros da água, descalçou as botas e acendeu uma cigarrilha com os fósforos que levava no bolso da camisa. Depois, com a areia construiu um apoio para a cabeça e deitou-se a fumar, contemplando o céu, que estava anormalmente limpo para esta altura do ano, apenas com alguns castelos de nuvens quase quietas salpicando aquele azul perfeito. Era como se o universo inteiro tivesse parado ali e ele tivesse vindo dar à costa, sobrevivente de algum naufrágio, ou caído do céu, de alguma nuvem que o transportava e de onde ele resvalara no sono, aterrando naquela praia, onde parecia que nunca antes ser humano algum tinha estado. Fechou os olhos àquele sol que o cegava e sentiu a pele da cara retesar-se com o calor. Terminou a cigarrilha e pôs-se de pé, olhando à roda estupidamente para se certificar de que ninguém o observava. Então, despiu-se e entrou na água, primeiro ficando um bom bocado parado com água pela cintura, observando os peixes que nadavam ali mesmo, à sua frente. Depois mergulhou de cabeça naquela água morna e translúcida, com os olhos bem abertos, e lentamente foi dando algumas braçadas para fora. Passado um pouco, respirou fundo e voltou a mergulhar, nadando debaixo de água em direcção a terra. Viu os peixes e uma tartaruga que se afastaram à sua frente, viu a forma esguia de uma barracuda, com os seus dentes como serras, que nadava desconfiada, olhando-o de lado, e assim veio dar à praia e só mesmo com a rebentação por cima da cabeça e o corpo enterrado na areia, como o jacaré, é que levantou a cabeça para respirar. Deixou-se estar assim um bom bocado, com a cabeça ora submersa e encostada à areia do fundo, ora semierguida, com o nariz de fora, para poder respirar. Ia levantar-se, quando a voz dela, muito calma e muito próxima, o deixou estarrecido:

— Que bela imagem! O governador de S. Tomé e Príncipe, em lugar de estar a trabalhar no seu gabinete, toma banho, todo nu, na sua praia privativa! Quem poderá levá-lo a sério, meu caro governador?

Ann estava sentada a dez passos, exactamente onde ele deixara as suas roupas, e reparou que, lá em cima, nos coqueiros, outro cavalo estava amarrado junto ao seu. Era óbvio que tinha feito de propósito para que ele não a visse, enquanto mergulhava debaixo de água. Instintivamente recuou dois metros para dentro de água, mas permaneceu calado, sem saber como reagir.

— Então, Luís, assustou-se, perdeu a fala?

— Não, estou a pensar como é que saio daqui, agora...

— Como? Tal como entrou: pelo seu pé. Ou precisa que eu o vá buscar?

— Não, eu sair, sei. O problema é que, como deve ter reparado, estou integralmente nu.

— Ah, mas isso é uma perspectiva extraordinária! Já viu que coincidência fantástica, encontrá-lo a sós e logo numa praia deserta e logo todo nu, dentro de água?

— Parece de propósito...

— Não, parece é um acto do destino. Juro-lhe que não o segui e que vinha a passar por aqui absolutamente ao acaso, quando vi um cavalo preso no coqueiral e resolvi espreitar quem era o habitante solitário da praia. Devo confessar que o reconheci pelo cavalo e não pela visão do seu rabo ao longe, mergulhando e voltando à superfície!

Ela desatou a rir, como uma menina que tivesse acabado de fazer uma asneira, e ele não pôde impedir-se de soltar também uma gargalhada pela confissão dela.

— Bem, então vou sair pelo meu pé. Olhe para o lado ou prepare-se para a cena do governador de S. Tomé desembarcando nu perante o olhar da mulher do cônsul inglês.

— Faça-o.

— Não posso. Agora, já não posso.

— E porque não?

"Vou, não vou? Avanço e seja o que Deus quiser, ou não avanço?" — Luís Bernardo procurou ajuda na expressão dela, mas ela mantinha-se sentada, com o ar mais calmo e natural do mundo, apenas um ligeiro sorriso de malícia ao canto da boca.

— Bem, Ann, sucede que, como deve calcular, hum, neste ponto das coisas, enfim, como hei-de dizer, já não estou em estado anatómico de inocência. Não sei se me expliquei bem?

— Sim, acho que percebi, estou a ver o seu problema. Mas talvez haja outra solução.

— Vai-me passar a roupa? — perguntou ele, aguardando a resposta ansiosamente.

— Pelo contrário: diga-me, como é que está a água?

— A água? Está óptima, está quente.

Sentada na areia, ela tirou as botas de montar, com algum esforço e praguejando entre dentes. Depois, pôs-se de pé e desabotoou um por um todos os botões da camisa e despiu-a, atirando-a para o lado e mostrando o curto corpete que lhe segurava o peito. A seguir fez o mesmo com os botões deste, retirou as alças de cima dos ombros e libertou-se dele, deixando ver um peito grande, voluptuoso mas firme, com os mamilos redondos e bem salientes. Depois desabotoou as calças de lado e deixou-as deslizar pelas pernas abaixo, sacudindo os calcanhares para lhe saírem pelos pés. Tinha umas pernas longas e perfeitamente desenhadas, num tom de pele mais escuro do que seria de esperar. Quando acabou de se despir por completo e ficou nua, começando a caminhar para a água, Luís Bernardo já não conseguiu continuar aquela devassa muda do corpo dela. Estava a olhar para a cara de Ann e para o seu olhar: ela também olhava para ele, exposta, tranquila, só o sorriso de malícia lhe desaparecera e ela contemplava-o sem nenhuma expressão que não aquele ar de determinação silenciosa, quase premeditação, com que se despira e caminhava ao seu encontro.

Luís Bernardo levantou-se finalmente da água, recebeu-a de pé, corpo contra corpo, sentindo o peito dela que se encostava e espalmava na lisura do seu, as coxas que se fundiam nas suas, a boca que, sôfrega, mergulhava na dele, ficou assim por uns instantes, como que entranhado no corpo dela, e depois Ann empurrou-o suavemente pelos ombros e ele desequilibrou-se e caiu para trás, arrastando-a, agarrada a si, na sua queda. Emergiram da água de joelhos na areia, Luís Bernardo puxou-a contra si, voltou a procurar a boca dela, que agora tinha um gosto a sal e mel misturados, sentiu a textura da sua língua que percorria a dele sem pudor algum e a fúria com que se lhe entregava começou a fazer-lhe a cabeça andar à roda. Soltou-se da boca dela e começou a beijar-lhe o pescoço e os ombros, que eram largos e formando uma linha recta, as mãos procuraram o peito, tão grande que não lhe cabia nas palmas das mãos. Então, desvairado de desejo, mergulhou a cabeça no seu peito e começou a chupar-lhe os mamilos, enquanto com as mãos continuava a devassar-lhe o peito, ora segurando cada um como se quisesse medir-lhe o peso e a consistência, ora esborrachando-os nas mãos espalmadas. Mas Ann não ficou quieta, não fechou os olhos, nem gemeu, nem atirou a cabeça para trás, seduzida e vencida. Continuou, antes, com a mesma ânsia à procura da boca dele e depois desceu-lhe uma mão ao longo do corpo até que, debaixo de água, encontrou o seu sexo, que estava rijo e apontado para cima, e segurou-o com força, apertou-o com a mão em concha, percorrendo-o para cima e para baixo. Luís Bernardo puxou-a para fora de água, dobrou-a pela cintura junto à areia molhada e fê-la cair de costas no chão. De novo se perdeu no seu peito, que o deixava fora de si, ora lambendo-o, ora apalpando-o com as mãos bem abertas, ora enfiando no meio dele a cabeça, enquanto sentia as suas coxas esmagarem as dela e o seu sexo vir comprimir-se de encontro à sua barriga.

Esmagavam-se, um contra o outro, como animais no cio, entregues pelo mar à areia da praia, para que consumissem o desejo. Todo o tempo Luís Bernardo fora arrastado por aquela onda devastadora de desejo, por aquela mulher voluptuosa e linda que se despira e viera ter com ele, mar adentro, e agora, de repente, sentia que devia dizer ainda alguma coisa, ser alguma coisa mais do que um macho preparando-se para cobrir uma fêmea.

— Ann... — começou a falar, sem saber bem o que queria dizer, mas ela atalhou-o logo. Tinha um sorriso tenso na cara, a mesma determinação no olhar, e as suas mãos puxaram-no pela nuca ainda mais de encontro ao seu corpo.

— Schiu, Luís... *come. Come to me!*

A mão dela voltou a procurar-lhe o sexo, segurou-o com força, descolou-o da sua própria barriga e, arqueando ligeiramente o corpo, abriu as pernas e encaminhou-o para dentro de si. Então ele entregou-se sem mais pensamentos, começou a entrar nela devagar, contendo-se, mas sentiu-a molhada, de uma espuma espessa que não era só de mar, e, com um suspiro quase inaudível, entrou fundo nela, tão fundo que sentiu a terra girar sobre a sua cabeça, sentiu que a areia do chão tremia como o corpo dela, sentiu-lhe a língua salgada, qualquer coisa ainda mais que se abria e que se rasgava para o receber, algures, debaixo de terra, um vulcão adormecido rugiu e ele rugiu também, com o vulcão, com ela, um ronco surdo em que tudo se fundiu de repente numa explosão em que ele já só via estrelas cintilando no fundo dos olhos e o azul ou verde dos olhos de Ann servindo de céu a todo aquele caos e, mesmo no segundo antes de se sentir perder e deixar ir no mais fundo dela e de si mesmo, teve ainda tempo para um último assomo de lucidez, onde lhe surgiu nítida e perfeitamente crua a certeza de que se perdera para sempre no corpo, no olhar e no abismo daquela mulher.

Muito tempo depois — uma eternidade, para quem, como ele, se sentia de repente um criminoso à beira de ser descoberto — Ann soltou-se dos seus braços, pousou-lhe um beijo suave sobre a boca e, suspirando, disse:

— Agora tenho de ir.

E começou a vestir-se sem pressa, ele vendo aos poucos aquele corpo de fêmea inteira e perfeita que se ia cobrindo e desaparecendo do seu olhar, mas já nunca mais da sua memória. Caminharam até onde estavam os cavalos. Ann desamarrou o seu, aproximou-se dele com o cavalo pela rédea, e de novo encostou o corpo todo ao de Luís Bernardo e deu-lhe um último e prolongado beijo. Ele nada dissera, desde que a tinha possuído na areia. Calado, ficou a vê-la afastar-se e, acendendo nova cigarrilha, ficou ali, no alto da colina, contemplando o mar, que continuava transparente como já nada mais o era, e olhando, com um aperto no peito, o exacto lugar que as marcas na areia assinalavam como o dos instantes impensáveis que tinha acabado de viver. Não fossem essas marcas, que a maré em breve viria apagar, e era como se tudo não tivesse passado de um sonho.

Luís Bernardo estava sentado à secretária de trabalho, entretido a ler os últimos jornais recebidos de Lisboa. A grande sensação de momento na capital era a expansão, já em números razoáveis, dos primeiros automóveis, e a realização das primeiras corridas de automóveis, dotados "com um motor de explosão, movido a gasolina, capaz de transportar o *chauffeur* e ocupantes a uma velocidade de cinquenta, sessenta ou até setenta quilómetros por hora!". Ele lembrava-se ainda que o primeiro encomendado, uns anos antes, fora um Panhard-Levasseur, para o conde de Avillez, e, logo na viagem inaugural, entre Lisboa e Santiago do Cacém, registara-se o primeiro acidente mortal causado por um automóvel, quando um alentejano, montado no seu burro e surpreendido pelo aparecimento daquele estranho engenho, se chegou perto demais para o observar, e foi atropelado pelo *chauffeur*, com a consequente morte do burro. O jornal recordava esse acontecimento histórico, ao mesmo tempo que contava que nas íngremes ruas de Santiago do Cacém, durante o verão, quando o conde de Avillez passava montado no seu Panhard, era precedido por um criado de libré que avisava: "apaguem os fogareiros, que vem aí o gasolina!". Os cientistas portugueses consultados pelo jornal estavam divididos quanto ao futuro daquele meio de transporte: havia quem visse nele o princípio de uma época revolucionária que rapidamente destronaria todos os outros meios — como sucedera com os "eléctricos", que, poucos anos antes, tinham tornado obsoletos os "americanos", puxados a mulas — e havia quem lhes predissesse uma curta, atormentada e acidentada vida. O professor Aníbal Lopes, da Faculdade de Sciencias, assegurava mesmo que "um engenho movido a motor de explosão só poderá ter como destino habitual aquele que o seu próprio nome indica: a explosão". Outros, como o professor José Medeiros, viam no combustível utilizado — a gasolina — a razão primeira para a falta de futuro daquela máquina, "devido à raridade mundial de tal combustível, de que as poucas jazidas existentes à face do planeta não asseguram mais do que um par de anos de abastecimento a tão inútil como fugaz descoberta". Quem não parecia comungar desse pessimismo era o sr. Henrique Mendonça, "ilustre colonialista e benemérito das ilhas de S. Tomé e Príncipe", que recentemente, informara o jornal, tomara de arrendamento as cocheiras do palácio do marquês da Foz, aos Restauradores, "onde se propõe montar o primeiro *stand* de venda de automóveis em Portugal, por conta da marca Peugeot". O mesmo sr. Henrique Mendonça, que, recordava ainda o jornal, inaugurara há menos de um mês o seu magnífico palacete no Campo Santana, dominando toda a cidade do alto da colina, e cuja festa de inauguração batera, em fausto, abundância e *glamour*, tudo o que Lisboa estava habituada a ver, nos últimos anos. Luís Bernardo sorriu interiormente, ao pensar na visão, no fausto, no *glamour* e nos dotes de benemérito do senhor da roça Boa Entrada. Terá ele mandado ir dois pretos de S. Tomé, de tochas na mão, para receberem os convidados à entrada da festa de inauguração do seu "magnífico palacete"?

Como habitualmente, leu o jornal de fio a pavio, não lhe escapando nada, desde as manobras políticas nas cortes até às andanças da família real, passando pelos resultados das provas hípicas no Jockey e pela descrição dos jantares no Turf e das principais festas de Natal. Devorou as críticas sobre a temporada lírica no S. Carlos e passou em revista os nomes de todos os que tinham morrido, nascido, sido baptizados, casado, viajado ou regressado de viagem. À distância, e mesmo face àquela profusão de notícias — para quem, como ele, vivia onde nada acontecia que fosse digno de notícia de jornal —, parecia-lhe que nada de essencial mudara nos comportamentos e nas ideias dos seus conterrâneos. Apenas o ambiente político se apresentava claramente mais crispado, desde que d. Carlos instituira por decreto a ditadura de João Franco, o qual prometera "salvar o país, a instituição real e a economia". Os ódios corriam à solta e o Partido Republicano, beneficiando, não obstante a palavra "ditadura", de uma ampla liberdade de movimentos, crescia a olho nu, não só em Lisboa, como também no Porto e na província. O senhor d. Carlos piorara tudo ao explicar, numa entrevista a um jornal francês e no seu habitual tom de indisfarçável desdém, que instituíra a ditadura com carácter provisório e apenas para que o país pudesse voltar a ser recolocado nos eixos, após décadas de total incompetência dos políticos disponíveis. Republicada em Portugal, a entrevista era agora motivo de todas as discussões e mesmo insultos desbragados dirigidos ao chefe da Casa de Bragança.

Embrenhado na leitura do jornal, Luís Bernardo nem deu por baterem à porta e foi só à terceira insistência que o seu secretário o ouviu mandar entrar.

— O que foi?

— Está lá fora o senhor cônsul inglês que pede para ser recebido pelo senhor governador.

Luís Bernardo sentiu um arrepio na espinha. Será que...? Não, Ann não lhe teria ido contar! E daí... Não tinha ela sugerido, naquela conversa no terraço de sua casa, que tinha uma vingança a tirar do marido, que se sentia livre de o fazer e que ele próprio já contaria com isso? Não, não podia ser: se ela o tivesse feito, isso significaria que, para ela, tudo o que acontecera nessa noite e depois na praia não fora mais do que uma vingança sobre o marido e que ele, Luís Bernardo, nada mais representava do que o instrumento dessa vingança. Não acreditava nisso. Seria, então, que alguém os tinha visto na praia e pusera rapidamente a correr a notícia que, em menos de dois dias, chegara já aos ouvidos de David?

Não havia forma de prolongar as dúvidas: David estava lá fora e pedia para entrar. Luís Bernardo suspirou baixinho e disse:

— Mande-o entrar — e levantou-se para o receber, com a cordialidade habitual.

— Olá, Luís! Vinha a passar por aqui e aproveitei para ver se estava.

Apertaram as mãos. Nada, aparentemente, denunciava, na voz ou nos gestos de David, qualquer coisa de anormal.

— Sente-se, David, e diga-me lá então o que o traz por cá.

— Oh, não, não vale a pena sentar-me, é muito rápido e não quero interromper o seu trabalho.

— Estou só a ler os jornais de Lisboa...

— Bom, mas de qualquer forma, agora também não me dá muito jeito. Queria só marcar um encontro consigo, tenho um assunto pessoal para falarmos, algumas perguntas que gostaria de lhe fazer. Que tal aparecer por lá amanhã para jantarmos?

— Amanhã? Pode ser, muito bem, lá estarei.

— Às sete e meia, como sempre, pode ser?

Apertou-lhe a mão, novamente, deu meia volta e partiu com a mesma desenvoltura com que tinha chegado.

Luís Bernardo ficou a olhar pensativamente para a porta cerrada atrás dele. Um encontro formal, marcado com um dia de antecedência — eles que costumavam convidar-se mutuamente em cima da hora, quando se encontravam? Um assunto pessoal? Umas perguntas para lhe fazer? E para quê marcar um encontro ao jantar, na presença de Ann? Podia ser uma simples coincidência ou então uma perversa provação a três.

Fosse o que fosse, percebeu que, a partir de agora, jamais deixaria de viver naquela angústia. David era seu amigo, gostava dele sinceramente, simpatizara com ele desde a primeira hora em que o conhecera, fora sempre leal consigo e ele e Ann tinham sido de uma inestimável cumplicidade para o ajudar a ultrapassar a solidão em que vivia. É certo que ele retribuíra sempre e como pudera, mas isso só agravava as coisas: dava a David o direito de confiar nele como amigo. E a primeira coisa que se exige a um amigo é a lealdade — mesmo que a mulher dele nos venha cair nos braços, que nos diga que tem um direito de vingança sobre o marido, reconhecido pelo próprio, e que nos surpreenda nus, numa praia deserta, e, em vez de se afastar, se dispa também e entre pela água adentro ao nosso encontro. As mulheres dos amigos podem fazer o que quiserem, os amigos dos maridos, não. Mas a verdade é que tudo o que não devia acontecer, acontecera já. Isso era irremediável e o pior de tudo é que ele estava apaixonado por Ann. Estava completamente apaixonado, de uma paixão que sabia já ser incurável e a que não se sentia com forças nem serenidade nem vontade de resistir. E ali estavam eles sozinhos, fechados numa micro-ilha, onde não havia hotéis discretos nem amigas servindo de encobridoras para esconder a paixão entre um homem solteiro e uma mulher casada. Deus do céu, no que ele se fora meter! É claro que podia sempre fugir: era o preço a pagar e a solução habitual nestas circunstâncias. Fora isso que fizera com Matilde — fugira dela para S. Tomé e, em grande parte, esse pretexto, caído do céu, fora um dos motivos para ele aceitar aquele desterro. Mas o problema é que, desta vez, ele não queria fugir de Ann. Só a ideia de fugir dela e deixá-la para trás em S. Tomé destroçava-o. Não, desta vez, ele não queria fugir. Por nada deste mundo queria perder aquela mulher. Quereria, então, enfrentar as consequências? Não, também não queria. Que armadilha o destino lhe pregara!

O consulado da Inglaterra em S. Tomé era uma pequena casa de piso térreo e primeiro andar, rodeada de um muro, envolvendo um pequeno mas denso jardim de begónias, amoreiras e bananeiras, o qual proporcionava sombra no verão e alguma frescura na estação das chuvas. No andar de baixo ficavam as três salas, abrindo todas directamente para o jardim, e no andar de cima os três quartos da casa e a sua única casa de banho. Nas traseiras do jardim, um anexo, separado da casa principal por uma espécie de alpendre, abrigava a cozinha e copa, a lavandaria e engomadoria, as cocheiras e as instalações dos criados — apenas duas empregadas, além do jardineiro que vinha cuidar do jardim, sob as orientações precisas de Ann, e Bennaoudi, o negro de Zanzibar que servia de intérprete a David e que todas as manhãs vinha apresentar-se ao serviço, acompanhando o cônsul nas suas deslocações e regressando ao fim do dia à sua palhota na cidade. O quarto principal, onde dormiam os donos da casa, tinha uma varanda em madeira debruçada sobre o jardim e na qual se enroscara um cipó, cuja altura ultrapassava já o telhado. Debaixo dessa varanda, Ann, fascinada pela "rosa-louca", esforçava-se por fazer prosperar um canteiro delas, cujas mudanças de cor ao longo do dia lhe servissem de clepsidra contra o tempo e cujo cheiro lhe inundasse o quarto e a transportasse para longe.

A pequena porta de madeira no meio do muro, que dava acesso ao jardim do consulado, estava sempre fechada apenas no trinco, mas havia uma pequena sineta ao lado para que os visitantes, por cortesia, se fizessem anunciar. Fosse por distracção ou por qualquer outra razão inconsciente, nessa noite Luís Bernardo ignorou a sineta e abriu simplesmente a porta, entrando e fechando-a atrás de si. Caminhou até à frente da casa, onde encontrou Ann, sentada numa cadeira de verga e olhando absorta para um ponto qualquer no jardim. Não tinha reparado na sua chegada.

— Olá — disse ele, estacando, no ponto em que a vira.

— Ah, Luís, entre! — ela levantou-se, foi ao encontro dele, pousou-lhe suavemente uma mão de encontro ao peito e deu-lhe um beijo terno e ligeiramente húmido na cara. Ele não se conseguiu impedir de olhar à volta, apreensivo, e Ann, adivinhando os seus pensamentos, puxou-o pela mão para as cadeiras e disse:

— O David está atrasado, mas deve estar a chegar. Vamos esperar por ele aqui fora. Um *gin* tónico?

— Sim, se faz favor.

Ann desapareceu dentro de casa e ele reparou que, apesar da sua aparente desenvoltura, ela parecia triste, uma sombra qualquer turvando o brilho habitualmente luminoso do seu olhar. Sentou-se nas confortáveis poltronas de verga almofadadas que, como muitas outras coisas ali na casa, tinham vindo com eles da Índia. Havia armários, mesas, loiças, jarras, espingardas de caça e lanças, fotografias da Índia espalhadas por todas as salas de baixo, como se aparentemente se quisessem convencer a si mesmos que um pouco da Índia tinha vindo com eles até ali e que um dia, levados pelo mesmo mar que os tinha trazido, eles e todas aquelas coisas regressariam à vida que tinha sido sua. Havia uma saudade indizível, uma tristeza suspensa como poeira no ar, naquela casa. Talvez a mesma tristeza que hoje lhe parecera morar nos olhos de Ann.

Ouviu os passos dela vindos lá de dentro, e pôs-se de pé para a receber. Trazia dois copos, um para cada, estendeu-lhe o dele e tocou-lhe ao de leve com o seu, num brinde silencioso. Mas, de súbito, puxou-o contra si e arrastou-o contra a parede da casa, de onde não poderiam ser vistos por nenhuma das criadas, encostou o corpo todo ao dele, como fizera na praia, e mergulhou a boca na sua, com a mesma ansiedade sôfrega, que o deixava louco.

— Luís, morro aqui de saudades de o ver, de o sentir assim, contra mim!

— Ann, por favor, não me diga isso a mim! Nenhum homem jamais sentiu saudades de uma mulher como eu sinto de si!

— Venha, vamos sentar-nos, é melhor.

A custo, Luís Bernardo despegou-se do seu corpo e veio sentar-se, deixando prudentemente uma cadeira de intervalo entre ambos.

— Ann, por que quer o David falar comigo?

— Não faço ideia, Luís. Só me avisou que o tinha convidado para jantar porque precisava de falar consigo.

— Será que desconfia de nós, que descobriu alguma coisa?

— Não me parece possível. Mas ele é muito intuitivo, pode ter adivinhado, sem ter descoberto coisa alguma.

— Você não lhe contou nada, não lhe deu nada a entender?

— Não, Luís, palavra que não.

— Nem tem planos para o fazer?

Ela olhou para ele de repente, como se aquela pergunta fosse a mais inesperada de todas.

— Eu? Eu não tenho planos de nada. Aprendi a não ter planos de nada. Deixo correr as coisas. Vivo os dias, um de cada vez. Assim há sempre dias tristes e dias felizes. Se planeasse as coisas, e os meus planos não dessem certo, todos os dias seriam tristes. Não, Luís, não tenho planos de lhe contar nada... nem de deixar de o ver a si, nem de alimentar remorsos.

Luís Bernardo ficou calado. Ficaram ambos calados. A chuva, que cessara havia uma meia hora, despertara o canto dos pássaros nocturnos, que vinha lá de trás, do óbó. Do lado oposto, para além do muro do jardim, vinha o som cadenciado da rebentação do mar. A "rosa-louca" deixara o seu perfume ensopado na humidade que flutuava no ar. Apesar de tudo, daquela espécie de desalento que parecia agora habitar em ambos, ele desejou poder ficar assim para sempre. Mesmo que fosse em S. Tomé: com Ann ao seu lado, num jardim perfumado de silêncio e de humidade.

Passado um pouco, ouviram a porta do jardim que batia e a voz de David chamando por Ann.

— Aqui, no jardim — respondeu ela, emergindo do seu torpor.

David vinha afogueado de calor, ensopado pela chuva, as botas cobertas de lama.

— Ah, Luís, desculpe-me o atraso — deu um beijo a Ann e cumprimentou o amigo.

— O meu cavalo começou a mancar à entrada da cidade e tive de vir com ele pela arreata. Vejo que Ann lhe serviu uma bebida, espero que não esteja à espera há muito tempo! — e, virando-se para a mulher, continuou:

— Amor, preciso só de tomar um banho e mudar de roupa. Podes mandar servir o jantar daqui a vinte minutos. Volto já!

E entrou em casa. Ann levantou-se a seguir e encaminhou-se também para casa.

— Bem, vou tratar do assunto. Luís, espere aqui dentro na sala, que está mais fresco.

A salinha estava mergulhada numa semiescuridão, apenas iluminada por um candeeiro com duas velas e *abat-jour* de tecido vermelho, que aproveitava a fraca voltagem das duas horas de iluminação diária da cidade. Como era seu hábito, Luís Bernardo ficou de pé, percorrendo as fotografias da Índia, que ocupavam várias molduras de prata sobre as mesas. David falara-lhe já tanto da Índia que ele reconhecia naquelas fotografias quase um país familiar e que o fascinava. "Será que um dia, quando sair deste buraco, quando entrar num navio para ir devorar o mundo e não apenas regressar a casa, terei oportunidade de ir à Índia?" — pensou para consigo, e a ideia pareceu-lhe de repente tão impossível, tão longínqua, que até sorriu do seu devaneio.

Ann demorava-se e ele começou a sentir-se ali estupidamente intruso, como se fosse um convidado indesejado. Mas ela apareceu ao fim de cinco minutos e a tristeza que ainda há pouco, lá fora, ele julgara detectar nos seus olhos, parecia agora ter-se desvanecido.

— Está tudo tratado, temos um quarto de hora só para nós. Vem cá.

Ela encostara-se à parede de passagem entre salas e estendia-lhe um braço, chamando-o. De novo o recebeu de corpo inteiro, enrolando-se no dele, e de boca aberta e húmida de desejo. Pegou-lhe numa mão e guiou-a até ao peito. Ele sentiu, com um arrepio, que ela não tinha nada entre a carne e a leveza do vestido de algodão. Ann desapertou dois botões da frente do vestido e mergulhou lá dentro a mão dele. Luís Bernardo sentiu outra vez a consistência de esponja macia daquele peito, a dureza dos bicos ao aflorar dos seus dedos. Puxou-lhe um pouco o vestido mais para baixo e mergulhou lá dentro a língua e a cabeça, enquanto segurava cada peito com as mãos em concha, com uma sofreguidão de garoto, descobrindo pela primeira vez o peito de uma mulher. De repente, sentiu a mão dela que se viera atracar entre as suas pernas, apertando-lhe o sexo, que parecia rebentar dentro das calças justas. Os dedos dela começaram a ensaiar desabotoar-lhe a braguilha das calças e ele julgou que ia explodir.

— Não, Ann, por favor! Isto é uma loucura: pode entrar aí alguém de repente, uma das criadas ou o David. Não, não posso, estou em casa dele!

— Schiu! — a mão esquerda dela não lhe largava o sexo, enquanto a direita continuava a sua luta para lhe abrir os botões das calças. — O David está no duche, vim de lá ainda agora, e dei ordem às criadas para só virem acender as velas da sala de jantar quando ele descesse. Temos tempo! Eu quero-te agora, Luís! Agora!

Tinha conseguido abrir-lhe as calças e tirara-lhe o sexo para fora, sem nunca o largar. Com a outra mão, levantou o vestido até quase à cintura e puxou-lhe o braço para entre as suas pernas para que ele reparasse que ela também não trazia nada por debaixo do vestido. Ocorreu-lhe então que fora isso que a demorara há instantes, lá dentro. Roçou-a com os dedos entre as pernas, procurando a sua abertura, e sentiu-a molhada. Apertou-a entre dois dedos e depois deixou que um fosse deslizando lá para dentro, primeiro devagar, depois mais fundo e mais firmemente. Ann gemeu baixinho. A sua língua parecia ter enlouquecido dentro da boca dele, tinha a respiração pesada e o peito seminu arfante. Pegou-lhe no sexo e encaminhou-o para o centro do seu desejo.

— Luís, vem! Por amor de Deus, vem ou eu rebento!

Aquilo era uma perfeita insensatez! Ele já não conseguiria parar, mesmo que alguém entrasse agora e os apanhasse assim. Imaginou que David descia de repente a escada e eles a continuarem, como possessos, mesmo à sua frente. Agora, ela tinha o vestido aberto à frente quase até à cintura, as bocas pareciam grudadas uma na outra há séculos e sem desfalecimento. Encostou-a mais à parede e, à força de rins e sempre com a mão dela a indicar-lhe o caminho, começou a penetrá-la, de baixo para cima, lentamente a princípio, mais intenso e fundo a seguir e depois quase à bruta, em golpes sucessivos até explodir dentro dela, no mais fundo que alcançou, no exacto instante em que sentiu todo o seu corpo estremecer de encontro ao dele. Quedaram-se assim, imóveis, tanto quanto o desconforto de ambos o permitiu. Depois, aos poucos, sentiu a respiração dela a regressar à normalidade, sentiu o desejo que ainda há pouco o desvairava ser substituído por uma ternura inexplicável e avassaladora. Mas era tudo: já não podia prolongar mais aquele desafio à sorte. Afastou-se dela tão devagar quanto pôde, repelindo com suavidade os braços que insistiam em puxá-lo para si, abotoou-se à pressa, com o ouvido apurado à escuta, puxou-lhe o vestido para baixo e deixou que ela abotoasse sozinha o corpete. Deu-lhe um beijo suave na boca e em cada face e, antes de recuar para o sofá em frente, como um ladrão retirando-se do assalto, murmurou, em português:

— Amo-te.

Ela continuou encostada à parede por uns momentos. A respiração estava ainda ofegante e tinha a cara vermelha, contrastando com o intenso e líquido brilho dos olhos. Olhava para ele em silêncio, um olhar indefinível, talvez de incredulidade, talvez de satisfação, talvez de paixão. Lá em cima ouviam-se agora distintamente os passos de David, que deveria estar a acabar de se vestir no quarto. Do anexo onde ficava a cozinha vinha um ruído de vozes e de panelas. Do jardim vinha o som de um "San Niclá", o pássaro que assobia, a marcar a sua presença. Tinham regressado todos os sons da casa que, todavia, sempre ali tinham estado.

Quando desceu para jantar, David veio encontrar Ann ocupada em acender as velas da mesa da sala de jantar e Luís Bernardo, na salinha ao lado, embrenhado na leitura de uma edição do *Times* já com umas semanas de atraso.

O jantar foi um suplício para Luís Bernardo. Bebeu mais, bem mais, do que comeu. Bastas vezes deu consigo distraído, enquanto David falava. E de que falava David? Ah, sim, das visitas que começara a empreender às roças por conta própria. Explicava que optara por ir sozinho, mesmo quando, devido à distância, ficava para pernoitar, pois que constatara que a generalidade dos administradores das roças não se faziam acompanhar pelas mulheres ao jantar, preferindo a companhia do capataz ou dos visitantes de passagem, como ele. Seria inútil e até embaraçoso estar a expor Ann ao desconforto das viagens e à etiqueta muito particular daqueles jantares. Luís Bernardo — que estava razoavelmente informado de tudo isso — quis saber, mesmo assim, como é que o cônsul inglês estava a ser recebido nas roças.

— Oh, muito bem, meu caro! E desconfio — acrescentou, com um sorriso — que alguma coisa você há-de ter contribuído para isso. O que lhes terá dito, não sei, mas manda a verdade que diga que, até aqui, tenho sido muito bem recebido, embora sinta que só sou bem-vindo até ao ponto em que as minhas perguntas e as minhas tentativas de deambulação por conta própria os não incomodam. Caso contrário, sou discretamente afastado ou ignorado.

E David continuou a falar, por conta própria, ora comparando os métodos da safra de S. Tomé com os da Índia, ora comparando as respectivas arquitecturas coloniais ou a mentalidade dos respectivos colonizadores. Parecia um sociólogo, verdadeiramente interessado nas descobertas que ia fazendo e, curiosamente, como Ann notou, dos três ali sentados à mesa, era ele quem parecia o mais adaptado às ilhas e o menos dado a crises de melancolia ou de frustração. Ann sempre admirara isso no marido: essa extraordinária capacidade de adaptação a todas as situações que ele parecia ter, como se, no dia longínquo em que saíra da sua Escócia natal, se tivesse decidido fazer ao mundo com mentalidade de resistente, estivesse onde estivesse, fosse qual fosse a tarefa ou o estatuto que lhe cabiam: fosse representante do rei e hóspede de honra do rajá de Goalpar ou um desterrado e solitário representante da Inglaterra em duas obscuras ilhotas da costa ocidental de África. Olhou com curiosidade o marido, do outro lado da mesa, à sua frente. Quanta dessa sua força e capacidade de resistência às situações lhe era própria e indestrutível, e quanta lhe adviria de a ter a seu lado, de saber que ela não faltaria nunca à promessa que lhe fizera de jamais o abandonar? E o que restaria dessa força e dessa fleuma, se ele tivesse descido cinco minutos antes para jantar e a tivesse encontrado fazendo amor de pé, encostada a uma parede, com Luís Bernardo?

Sentado entre um e outro, Luís Bernardo, por seu lado, procurava seguir o mais atentamente possível a conversa de David, o que lhe permitia evitar olhar para Ann. Sentia-se ainda molhado dela, sentia ainda o volume do seu peito na palma das mãos, o sabor da sua boca, ouvia ainda os gemidos dela no seu ouvido, e deu consigo de novo excitado até a um ponto quase insuportável só com a recordação do que acontecera meia hora antes, ao mesmo tempo que olhava para o homem, seu amigo, cuja mulher acabara de possuir, na sua própria casa. Não conseguia notar qualquer diferença naquilo que sentia por David: era o mesmo homem inteligente, sincero, que prezava a sua companhia e a sua amizade e cuja companhia e amizade ele não desdenharia em qualquer lugar ou em qualquer circunstância. Mas, sim, havia agora uma subtil diferença. Qualquer coisa que — reconheceu, com vergonha — não vinha de David, mas dele próprio: uma insinuosa, perversa rivalidade. Uma indecente e ilegítima sombra de ciúme, como se fosse David, e não ele, quem lhe disputava a mulher. Imaginou-se mais tarde, nessa noite, às voltas com a recordação daquela cena, na solidão do seu quarto, enquanto ali, naquela casa, no andar de cima, David faria amor com Ann — conforme era seu direito e conforme deveria ser hábito de ambos. Com horror, deu-se conta de que essa ideia nada tinha de improvável, antes pelo contrário: Ann gostava de sexo, isso ele já tinha descoberto por si, e de certeza que ela o não tinha descoberto com ele. Uma mulher que se entregava como ela, não o fazia, seguramente, apenas por paixão. Seria ela, mesmo assim, capaz de fazer amor com dois homens na mesma noite, de fazer amor com o marido, sentindo ainda a marca de outro homem dentro de si? Olhou de lado para Ann, tentando ler a resposta no seu olhar, mas ela devolveu-lhe apenas um sorriso vazio de qualquer significado. Sentiu-se meio perdido, a cabeça tonta do vinho que bebera, uma agonia que subia pelo peito acima, um aperto de terror na garganta. Queria fugir, apanhar ar, se calhar até vomitar. Ela pareceu adivinhar, finalmente, o seu padecimento.

— Bem, e se fôssemos até lá fora, que já está mais fresco?

Beberam o café no jardim. Ann serviu um cálice de Porto a David e um copo de *brandy* a Luís Bernardo. Ficou uns cinco minutos à conversa com eles e depois levantou-se:

— Peço desculpa, mas vou deixá-los. Vocês têm coisas para conversar e eu estou morta de sono. Vou directa para a cama.

Despediu-se de David com um beijo leve na cara e de Luís Bernardo com um aperto de mão, apenas ligeiramente mais prolongado e envolvente que o habitual. Luís Bernardo agradeceu-lhe em silêncio, com o olhar. Pareceu-lhe que ela lhe estava a enviar uma mensagem clara: "adivinhei os teus maus pensamentos e, por isso, fica tranquilo: hoje, pelo menos, fui só tua". E só isso lhe bastou para lhe devolver a coragem que ainda há instantes lhe desfalecera por completo. A coragem para, assim que ficou a sós com David, o enfrentar:

— David, também estou cansado e queria deitar-me cedo. Que tal se fosse direito ao assunto de que me queria falar?

— Muito bem, Luís, estamos todos cansados. Já falámos disto antes e sabe que o tenho como amigo e não como adversário. Apenas alguém que, pelas vicissitudes da vida que nos trouxeram a ambos até aqui, está numa posição e numa função que o tempo pode vir a revelar serem opostas das minhas. Acho que isto é claro e está estabelecido entre nós, sem margem para mal-entendidos?

— Sim, já está falado — Luís Bernardo começava a distender-se: o que mais temia não parecia anunciar-se.

— Pois bem, Luís, o que lhe queria dizer é simples e é a voz do amigo que fala: se chegar ao ponto em que deva enviar um relatório para Londres cuja conclusão principal seja "sim, há trabalho escravo em S. Tomé", não ignoro que isso significará para si, e lá em Portugal, o reconhecimento de que falhou a missão que lhe confiaram. É assim, não é?

— É. É mais ou menos disso que se tratará.

— Bom. Também não ignoro que não tenciona fazer carreira como funcionário colonial ao serviço de Portugal. Tinha e tem a sua vida própria e independente, lá em Lisboa, e, por razões que são suas e que eu respeito, entendeu aceitar esta missão, se calhar por apelo patriótico, se calhar em parte por orgulho próprio. Mas você é um personagem atípico, neste mundo a que eu pertenço, ao serviço de outro país. Acho que não merece concluir a sua missão como um falhado, expondo-se às críticas fáceis dos que nada sabem daquilo que aqui enfrenta como dificuldades.

— E então?

— Então, o que lhe queria dizer é o seguinte: se esse momento chegar, faço consigo um pacto. Prometo-lhe não enviar o relatório para Londres sem que antes o avise e lhe dê tempo a que se antecipe e ofereça você mesmo a sua demissão: não por causa das minhas conclusões, mas por causa das suas próprias conclusões.

— Em troca de quê?

— Em troca de quê? — David pareceu sinceramente chocado. — Em troca de nada, Luís! Em troca do apoio, da companhia que tem sido para nós, em troca do respeito pela sua pessoa e da amizade que sinto por si.

Luís Bernardo olhava a biqueira das botas. No silêncio que se instalara, ouviu ruídos que vinham do andar de cima. Do quarto de Ann e de David. Não tinha previsto nada daquilo. Não sabia o que dizer. Sentia apenas que a noite já ia longa e que, estranhamente, apetecia-lhe ficar sozinho. Apagou o charuto no chão, pisando-o com a sola da bota. Suspirou fundo e levantou-se.

— David, agradeço-lhe. Sei que é sincero e não sei se fiz por merecer essa oferta, mas é claro que a aceito. Tenho muitas saudades de casa. De outro clima, de outro espaço, de outra vida. Gostaria de poder adivinhar quando e como, qual é o caminho de regresso. Quem sabe, essa sua oferta acabará por ser a solução!

XIII

Em março de 1907, Luís Bernardo completou um ano de serviço em S. Tomé e Príncipe. Achou por bem comemorar a data com um novo jantar no Palácio do Governo, desta vez sem baile, mas reunindo os mesmos convidados do ano anterior. Foi o seu primeiro erro: dos cento e vinte convidados a quem enviara convite escrito, só quarenta compareceram. Metade dos faltosos justificou-se com trabalhos inadiáveis nas roças, doenças súbitas ou compromissos anteriores (como se houvesse disso em S. Tomé!); a outra metade nem se dignou responder, e ele teve de guardar até à última hora umas quantas mesas de prevenção que só mandou desmanchar quando percebeu mesmo que o jantar não teria mais do que aquelas quarenta almas ali reunidas. O segundo erro foi convidar o cônsul inglês e a mulher. Na verdade, tinha pensado bastante nisso, antes de enviar os convites, e hesitara entre seguir as regras normais do protocolo de um governador colonial — para quem o convite a representantes oficiais de um país estrangeiro era obrigatório — ou alinhar naquilo que pressentia ser a expectativa oculta das "forças vivas" da colónia: que a ocasião fosse apenas celebrada entre portugueses, sem a presença do "inimigo" inglês. Chegou a pensar pedir a David um pacto de amigos: ele convidava-o, mas o cônsul respondia que, infelizmente, não podia comparecer. Mas achou, finalmente, que não lhe era permitida, nem essa hipocrisia para com o amigo, nem essa fraqueza no cargo. O resultado desse imbróglio foi desastroso: como tudo se sabia em S. Tomé, todos ficaram a saber que o inglês compareceria na companhia da mulher. E, dos quarenta presentes, apenas dez eram mulheres, acompanhadas dos respectivos maridos. Para piorar as coisas, Luís Bernardo dividiu a sala em cinco mesas de oito pessoas cada e, tendo ajuizado com algum tino que não devia integrar o cônsul inglês na sua mesa, para não ferir susceptibilidades portuguesas, remeteu David e Ann para uma outra mesa, onde teve o cuidado de colocar dois convidados que falavam um vago inglês de salão. Mas tudo foi inútil: não obstante as esforçadas tentativas de David e a serena passividade de Ann, remetida a um inalterável sorriso de circunstância, as senhoras da mesa deles ignoraram-na, pura e simplesmente, lançando-lhe olhares de viés e de pura raiva pela sua beleza, ali quase chocante, e pela elegância perfeita e simples do seu vestido de seda azul-claro, com um ligeiro decote onde caía um pendente de safira, em contraste com os seus espalhafatosos vestidos, mal copiados pela Delfina — a costureira oficial das senhoras da colónia — de algum exemplar da *Ilustração Portuguesa*. Quanto aos cavalheiros da mesa, que a princípio, por cortesia e por curiosidade ou sentido de oportunidade, tinham conversado com David e feito um mínimo de conversa social com Ann, em breve se encolheram, olhados de soslaio pelos amigos das mesas ao lado e fuzilados pelo olhar das respectivas esposas, de cada vez que ousavam levantar a vista ou a voz para aquela mulher ofuscante.

Sentado com duas mesas de intervalo — e por pura coincidência, não por vontade — numa posição em que podia ver Ann de frente, Luís Bernardo, apesar de desempenhar a preceito o papel de anfitrião na sua mesa, não perdeu nada do pequeno drama que se desenrolava a duas mesas de distância. Sofreu pelos seus amigos, pela visível desconsideração com que estavam a ser tratados, sofreu por David, que sentia a esforçar-se por ele próprio naquele jogo de subtilezas diplomáticas, e sofreu, mais do que tudo, por Ann, pelo desprezo e humilhação, fruto da mais mesquinha inveja, de que estava a ser alvo. Com um esforço sobre-humano, tentava não olhar na sua direcção, não cruzar de frente o seu olhar, mas quando isso era mais forte do que ele ou quando era ela própria que procurava com desespero o olhar dele e eles se encontravam, olhos nos olhos através das mesas, ele tinha a percepção de um raio de luz azul que cintilava numa sala de sombras, de palhaços fugidios, bichos rastejantes e escuros, apagados pela luz que emanava dela. Dava consigo a apertar as mãos contra o apoio da cadeira com tanta força que os nós dos dedos ficavam brancos — de raiva e de impotência.

Na mesa de Luís Bernardo, o conde Souza Faro fizera praticamente todas as despesas da conversa. Era uma espécie de decano, em antiguidade, em linhagem e em conhecimento da colónia. Desde o jantar de gala do ano anterior, Luís Bernardo tinha sentido alguma empatia pelo conde, administrador da Água Izé e, antes disso, secretário das Obras Públicas em S. Tomé. Era, indiscutivelmente, o homem mais civilizado, mais culto, mais mundano, entre todos os residentes da colónia. Findo o desagradável e longo jantar (como ele se arrependia de ter destinado quatro pratos e três sobremesas!), Luís Bernardo puxou o conde por um braço e disse-lhe:

— Gostaria que me concedesse uns momentos a sós. É possível?

— Claro que sim, meu caro governador! Tem um *cognac* e um charuto que me ofereça?

Foram para a pequena sala que servia de escritório a Luís Bernardo e cada um deles tomou lugar nas duas poltronas existentes. Pareciam dois cavalheiros preparando-se para uma conversa de negócios no seu *club* de Lisboa e Luís Bernardo sentiu-se brevemente transportado a casa.

— Conde, queria fazer-lhe uma pergunta sincera, para a qual lhe peço o favor de uma resposta igualmente sincera: a que devo esta descortesia da colónia?

— Refere-se às ausências?

— Inúmeras, algumas nem sequer justificadas.

Souza Faro puxou com prazer uma baforada do seu charuto, antes de responder. Visivelmente, agradava-lhe aquele papel de conselheiro.

— Quer que lhe diga a verdade, não é assim?

— Já agora...

— Pois bem, a verdade é que a colónia não gosta de si. Sempre desconfiou de si, mesmo antes de você chegar e, ao longo deste ano, as desconfianças acentuaram-se e acho que a antipatia já é irremediável.

— E porquê?

— Porque pensam que você está mais virado para entender e abraçar as razões e os interesses dos nossos inimigos do que os nossos.

— E porquê, pergunto-lhe outra vez?

— Bom, por um lado, é evidente e toda a gente vê que você, meu caro, caiu sob o charme do inglês e da sua mulher: são os seus amigos de estimação em S. Tomé. Toda a gente sabe isso e você, honra lhe seja, não o tem escondido.

— E acham, você acha, Souza Faro, que as minhas relações pessoais podem determinar a minha opinião e a forma como exerço o meu mandato?

— Quer a verdade, outra vez? Eles acham e eu acho que sim.

Luís Bernardo ficou pensativo: a opinião do seu convidado interessava-o, via nela um barómetro. A prudência dizia-lhe que não a devia menosprezar.

— Em concreto, meu caro conde, em que é que você acha que eu possa estar a ser influenciado ou comandado pelas opiniões do senhor David Jameson?

— Olhe, por exemplo, você foi dizer ao curador que a sua conclusão sobre a existência ou não de trabalho escravo iria depender do número de trabalhadores que, findos os três anos de contrato ao abrigo da nova lei, pedissem para ser repatriados para Angola...

Luís Bernardo sentiu um assomo de raiva ao ouvir isto: aquele Germano André Valente era mesmo um "bufo" infiltrado, ao serviço dos roceiros.

— Ele contou-lhe isso?

— Não a mim, pessoalmente. Mas foi o que circulou por aí.

— E você, Souza Faro, acha que não é um critério adequado de avaliação?

— Oh, meu caro, você não é ingénuo a esse ponto, pois não?

— O que quer dizer?

— Você não está seguramente à espera que a gente vá perguntar a cada um dos milhares de pretos que vão acabar contrato, de acordo com a lei, se querem continuar nas roças ou ser repatriados para Angola — com intérprete, processo individual e assinaturas reconhecidas pelo notário. É isso que está à espera?

Luís Bernardo quedou-se, embatucado. Dito assim, a coisa soava a impossível, até a ridículo. Mas, não sendo assim, como seria?

— Oiça. Meu caro governador — Souza Faro explorava o silêncio dele —, admitamos que um terço, apenas um terço, dos trabalhadores das roças declaravam que queriam ser repatriados: você sabe qual era o destino inevitável das roças, o destino de S. Tomé?

Luís Bernardo continuou calado.

— Era a ruína, a falência inevitável. As roças ficariam para os bancos e eu não conheço nenhum banco que saiba ou queira gerir uma colónia africana no Equador. Esta gente, que você se queixa que não vieram ao seu jantar, é gente que sacrificou o melhor das suas vidas aqui, que trabalhou de sol a sol, que suportou o tédio e as recriminações das mulheres, a dor dos filhos mortos pela malária, e as incompreensões e as injustiças dos proprietários que lhes perguntam, lá do conforto de Lisboa, porque é que a safra deste ano rendeu menos mil toneladas do que a do ano passado e não querem saber de mais nada. São uns brutos, claro que são. E você, que fala inglês e ouve ópera no seu terraço, é um príncipe ao pé deles, que lhes vem tentar explicar que o seu modo de vida e de sobrevivência caducou — pela força das novas ideias, dos tratados, das leis ou do desejo do senhor d. Carlos de continuar a ser convidado para caçar pelo seu primo Eduardo, de Inglaterra. E, então, acha que eles lhe deveriam estar agradecidos, que o deveriam admirar por isso, por lhes servir de arauto dos novos tempos?

O conde nunca levantara a voz, nunca parecera demasiado empolgado pelo que dizia. Pelo contrário, falava quase com um tom de enfado de quem tem de explicar coisas que são evidentes por si. E, ouvindo-o, Luís Bernardo sentia que ele tinha razão. Era uma situação sem saída, uma armadilha perfeita. "De mal com os homens por amor d'el-rei, de mal com el-rei por amor dos homens."

— O que faria, então, você no meu lugar, Souza Faro?

— Não estou no seu lugar, felizmente.

— E se estivesse?

— Defendia-nos a nós, aos portugueses. Nenhum lugar na história lhe estará reservado se, com razão ou sem ela, você tomar o partido de meia dúzia de comerciantes ingleses de cacau que temem a concorrência destas miseráveis ilhas de Portugal.

O conde levantou-se e dirigiu-se ao salão. Retirava-se de cena sem pressa, como um actor consagrado, sabendo que tinha terminado com profissionalismo o seu último acto. Luís Bernardo ficou a vê-lo afastar-se, tentando, à força de sopro, reanimar o seu charuto adormecido. Se não era honesto, fora pelo menos sincero. Acreditava no que tinha dito e, todavia, havia aquele exército de sombras, de formigas negras caminhantes que, de sol a sol, trabalhavam na roça à vista do conde e que dificilmente conseguiriam, ao fim de um ano de trabalho, ganhar o suficiente para uma dúzia de habanos importados de Cuba, via Lisboa, e consumidos assim, numa conversa de salão entre cavalheiros, onde o seu destino se discutia com tanta sabedoria e leveza.

À saída, quando quase todos os convidados já se tinham retirado, Luís Bernardo acompanhou Ann e David até à porta. David comentou:

— O seu jantar não foi um grande sucesso, pois não?

Luís Bernardo sentiu ternura por ele: era perspicaz, próximo, amigo. No meio de ambos, passou um braço por cima de cada um deles e respondeu:

— Não, David. Esta noite sinto-me como se tivesse levado uma sova.

E depois, como se falasse consigo próprio, murmurou:

— Mas já passou um ano. Um ano!

Dois trabalhadores da Rio do Ouro tinham fugido e sido capturados pela polícia, passados três dias, junto à vila da Trindade, prostrados de fome e cansaço. Luís Bernardo tinha dado instruções expressas ao comandante da polícia para que, em circunstâncias semelhantes, lhe fosse imediatamente comunicada a ocorrência e os trabalhadores fugidos fossem entregues ao tribunal, para serem julgados, e não remetidos, sem mais, à roça de que provinham. Por isso, e não obstante os protestos e ameaças do coronel Mário Maltez, o administrador da Rio do Ouro, a polícia recusou-se a entregar-lhe os fugitivos e o juiz da comarca marcou uma audiência para daí a dois dias.

Na manhã do dia aprazado, Luís Bernardo dirigiu-se ao edifício do tribunal. Não visava intimidar o juiz com a sua presença, mas entendia ser seu dever constatar pessoalmente como era aplicada a lei naquele caso. E a lei estabelecia que o empregador poderia optar ou pelo despedimento do trabalhador, que perderia direito aos vencimentos pendentes, ou, em alternativa, por prolongar o seu contrato, à razão de três a dez dias — conforme o critério do juiz — por cada dia que ele tivesse estado fugido. Luís Bernardo tinha razões suficientes para desconfiar que, antes da sua determinação de que os fugidos fossem entregues e julgados em tribunal, a prática corrente era que eles fossem devolvidos às roças, onde eram, muito provavelmente, chicoteados ou sujeitos a outra forma de castigos físicos, após o que o contrato era prorrogado pelo administrador da roça, pelo tempo que muito bem entendia, e sem que o curador-geral tomasse sequer registo do acontecimento, a não ser para assinar de cruz a prorrogação do contrato.

Muito embora tivesse entrado discretamente na sala de audiências, sentando-se numa das últimas filas destinadas ao público, a sua chegada não passou despercebida aos poucos assistentes. Um murmúrio correu entre eles, e o escrivão, que aguardava na sua mesa a chegada do juiz, desapareceu precipitadamente por uma porta interior. O coronel Maltez, sentado à frente, virou-se na cadeira e olhou o governador, em tom de desafio. Luís Bernardo dirigiu-lhe um aceno de cabeça, a que o outro não respondeu, virando-se de novo para a frente e iniciando uma conversa com alguém que estava a seu lado, possivelmente o capataz ou alguém da Rio do Ouro. Passados momentos, abriu-se a porta dos fundos e entraram os réus, presos um ao outro por correntes nos pés e empurrados por dois guardas que os foram colocar à frente da primeira fila, a dois metros de distância da bancada do juiz. Luís Bernardo notou que não havia cadeiras para os réus e que estes, que não aparentavam mais de vinte e poucos anos, apresentavam um aspecto lastimável, descalços e com as poucas roupas que os cobriam sujas e em farrapos. Nas costas de um deles eram visíveis três grandes vergões vermelhos, onde algumas crostas se começavam a formar. O outro parecia mancar de uma perna e mostrava algumas dificuldades em manter-se de pé, encostando-se ligeiramente ao ombro do companheiro. Nos poucos instantes em que lhes pudera ver as feições, Luís Bernardo ficara impressionado com as suas expressões de total desamparo, uma tristeza dir-se-ia alheada de tudo o que os rodeava.

O escrivão reapareceu pela porta lateral, lançando um fugidio olhar a Luís Bernardo, como que para se certificar de que ele ainda lá estava, e foi sentar-se à sua mesa. Passados instantes, entrou o procurador régio, com a mesma cara desagradável e marcada pelas bexigas de que Luís Bernardo se recordava bem, logo seguido pelo juiz, dr. Anselmo de Sousa Teixeira. Todos os presentes se levantaram de imediato, incluindo Luís Bernardo, só voltando a sentar-se depois do dr. Anselmo o ter feito. Nem o juiz nem o procurador fizeram qualquer menção de reparar na presença do governador na sala. O dr. Anselmo colocou os óculos sobre o nariz e ordenou ao escrivão:

— Comece.

— Processo-crime nº 1427, em que o Ministério Público da Comarca acusa Joanino, de nome de família desconhecido, natural de Benguela, província de Angola, e Jesus Saturnino, natural do mesmo distrito e província, ambos trabalhadores agrícolas, residentes e ao serviço da roça Rio do Ouro, de fuga e desaparecimento do seu local de trabalho, em violação do contrato que com aquela empresa celebraram e sem que para tal tenha existido razão justificativa — crime previsto e punido pelo artigo 32, alínea b, do Regulamento-Geral do Trabalho Agrícola desta colónia, aprovado por lei de 29 de janeiro de 1903. Estão presentes o digníssimo representante do Ministério Público, o queixoso, na pessoa do senhor coronel Mário Maltez, e os réus — que não constituíram advogado. Estão presentes também as testemunhas arroladas pela acusação, o senhor Alípio Verdasca e o cabo Jacinto das Dores e os soldados Tomé Eufrásio e Agostinho dos Santos, da Guarda desta cidade.

Finda a lengalenga do escrivão, o dr. Anselmo Teixeira, que parecia tudo ter ouvido distraidamente, começou a ditar para a acta:

— Declaro aberta a sessão, visto não faltar nenhum elemento essencial a que o julgamento se inicie. E, visto que os réus não constituíram advogado, e não havendo advogado, licenciado em direito ou bacharel presente na sala, nomeio defensor oficioso dos réus o curador-geral de S. Tomé e Príncipe, senhor Germano André Valente, aqui presente.

Só então Luís Bernardo se deu conta da presença de Germano Valente, que estava discretamente sentado na segunda fila da frente, do lado oposto ao do coronel Maltez. Mas, quando ele se começou a levantar para se dirigir à mesa dos advogados, Luís Bernardo, movido por um impulso que não conseguiu controlar e que um momento de reflexão lhe teria provavelmente revelado como um erro de estratégia, levantou-se e disse, dirigindo-se ao juiz:

— Peço licença a Vossa Excelência para interromper.

O dr. Anselmo Teixeira olhou-o por cima dos óculos, sem revelar qualquer expressão, nem sequer no tom de voz com que lhe respondeu.

— Senhor governador, a sua presença aqui hoje, que muito honra o tribunal, não lhe confere, contudo, direitos diferentes de qualquer outra pessoa da assistência. E a estas não é permitido, sob qualquer pretexto, interromper o andamento dos trabalhos da sessão.

— Eu sei, meritíssimo, mas trata-se de uma questão processual.

— Uma questão processual? — o juiz arqueou as sobrancelhas, agora definitivamente de curiosidade desperta.

— Sim. Como Vossa Excelência saberá ou poderá confirmar consultando o despacho da minha nomeação como governador de S. Tomé, publicado no Boletim Oficial da colónia, eu sou licenciado em direito. E, como tal, ofereço-me para defensor oficioso dos réus, o que Vossa Excelência deverá deferir, não havendo, como disse, ninguém aqui presente mais qualificado para tal.

Fez-se um pesado silêncio na sala. Podia-se ouvir o ruído e o som das conversas que vinha lá de fora, da rua, as carroças que passavam, um cão que ladrava algures. O coronel Maltez virou-se pesadamente na cadeira e encarou Luís Bernardo como se estivesse a contemplar um louco. O escrivão abriu a boca de espanto, e o procurador, que continuava a fazer tudo para aparentar ignorar a presença de Luís Bernardo, levantou finalmente a cabeça dos papéis que estava a fingir ler e olhou também para o governador, com um ar incrédulo. O dr. Anselmo Teixeira tirou os óculos e começou a limpá-los a um lenço extraído do bolso do colete.

— Vejamos: se bem percebi, Vossa Excelência pretende interromper momentaneamente as suas funções de governador da província e assumir as de advogado?

— Não vejo nenhuma incompatibilidade entre uma e outra coisa, tanto mais que, como Vossa Excelência referiu, aqui dentro, eu não exerço funções de governador. Mas a lei permite-me que exerça as de advogado.

Luís Bernardo continuava de pé e aparentemente sereno, embora dentro de si sentisse um nervoso miudinho a subir-lhe pelo peito acima.

O juiz suspirou. Puxou do lenço novamente e desta vez limpou umas gotas de suor que se lhe tinham formado nas têmporas e na testa. Velha raposa de tribunal, a quem dois julgamentos mal sucedidos e que, para azar seu, tinham tido ampla cobertura da imprensa haviam conduzido a S. Tomé, o dr. Anselmo de Sousa Teixeira procurou ganhar tempo, interpelando o estupefacto procurador régio:

— O senhor procurador tem alguma coisa a opor?

O dr. João Patrício, por seu lado, já tinha tido tempo para se recompor. Bem vistas as coisas, aquele banal julgamento, cuja sentença era simples e já conhecida de todos, dava-lhe uma inesperada oportunidade para brilhar à custa daquele arrogante governador, com o qual antipatizara assim que o vira pousar pé em terra, mais de um ano atrás.

— Tenho, sim, meritíssimo. É certo que o senhor governador é licenciado em direito e que, como tal, reúne as condições legais para exercer a defesa oficiosa que requereu. Mas também é certo que, seja qual for a posição que reclame perante este tribunal, também é governador da província, tendo prestado juramento de isenção no desempenho das suas funções. E não se percebe como poderá ser isento alguém que se propõe defender em tribunal uma parte contra outra, como se nas horas vagas de governador também pudesse praticar como advogado. Considero que estaríamos perante um grave desrespeito do estatuto do governador, se Vossa Excelência acedesse a tão insólita e... como hei-de dizer... reveladora pretensão de Sua Excelência.

Luís Bernardo sentiu o sangue ferver-lhe na cara. Fez um esforço para se manter impassível, esperando que o juiz o voltasse a interpelar.

— Parece-me fundamentada a objecção — começou timidamente o juiz. — O que tem Vossa Excelência, senhor governador, a responder?

— Saber se o facto de eu me oferecer para defender dois habitantes desta colónia que não têm posses nem conhecimentos para se defenderem através de um advogado constitui uma violação do meu dever de isenção enquanto governador, requer uma interpretação política que, salvo melhor opinião, não cabe ao Excelentíssimo senhor procurador e, salvo o devido respeito, também não cabe a Vossa Excelência. O senhor procurador tem essa interpretação e Vossa Excelência poderá até acompanhá-lo. Eu tenho exactamente a interpretação oposta. Mas não é isso que está em causa. O que está em causa é apenas a aplicação da lei. Este tribunal não tem competência para julgar a forma como eu exerço o meu mandato. Tem apenas competência para decidir se eu, cidadão Luís Bernardo Valença, licenciado em direito pela Faculdade de Direito de Coimbra, tenho ou não qualificações para exercer a defesa oficiosa destes réus. Se Vossa Excelência conseguir citar alguma disposição da lei que impeça tal, eu retiro o meu pedido.

E Luís Bernardo sentou-se para trás na cadeira, consciente de que tinha deixado ao dr. Anselmo de Sousa Teixeira porventura a mais delicada decisão do seu magistério em S. Tomé.

O dr. Anselmo fungou e voltou a limpar a transpiração. Olhou à volta da sala, como se esperasse que alguma alma caridosa o pudesse vir ajudar naquele transe. Como só o silêncio e uns quantos pares de olhos ansiosamente fixados nele lhe responderam, endireitou-se sobre a mesa e falou para o escrivão:

— Ditando para a acta: a pedido do doutor Luís Bernardo Valença, licenciado em direito e governador da província de S. Tomé e Príncipe, nomeio-o defensor oficioso dos réus, visto ser, entre os presentes, quem mais reúne qualificação para tal e nada haver na lei que o impeça.

E, levantando os olhos, dirigiu-se agora a Luís Bernardo:

— Doravante e até final da sessão, tratá-lo-ei por senhor doutor. Faça favor de tomar o seu lugar na bancada dos advogados.

Luís Bernardo assim fez, atravessando a sala e vindo sentar-se na mesa perpendicular à do juiz e de frente para a que ocupava o dr. João Patrício, o qual havia voltado a mergulhar atentamente nos seus papéis, como se estivesse perante um complicadíssimo processo. Nesta altura dos acontecimentos, avisada por algum anónimo assistente, uma multidão enchia já todos os lugares livres da sala, encostava-se de pé nos corredores e transbordava pela porta de entrada. O barulho das conversas sussurradas era ensurdecedor.

Tendo recuperado o comando dos acontecimentos e sentindo que, até aí, não se tinha saído nada mal, o meritíssimo Anselmo Teixeira berrou:

— Silêncio na sala ou mando evacuá-la ao menor ruído. Os senhores dois guardas aí façam favor de fechar a porta do tribunal e providenciar para que mais ninguém entre. — E, virando-se para o escrivão, já em tom normal, disse: — Abra-me essas janelas todas, que não se aguenta aqui dentro!

E o julgamento iniciou-se, com o interrogatório dos réus. Mas bastou que começassem a responder aos "costumes" para que logo se tornasse claro que não entendiam mais do que meia dúzia de palavras em português. Fez-se avançar o intérprete, que já estava de plantão na secretaria. Mas nem assim eles se dispuseram a abrir a boca, parecendo completamente alheados do que se passava à sua volta. À pergunta do juiz "Por que fugiram da roça?", mantiveram-se calados, mesmo depois de o intérprete traduzir, como se nada entendessem ou nada lhes interessasse esclarecer o tribunal. Quando chegou a sua vez de os interrogar, Luís Bernardo insistiu na mesma pergunta, pedindo ao intérprete que lhes explicasse que ele estava ali para os defender e que não deveriam ter medo de contar a verdade ou as suas razões ao tribunal. Mas, antes que eles pudessem dizer qualquer coisa, quem atalhou foi o dr. Anselmo, de súbito empertigado:

— O intérprete vai ignorar essa recomendação, que considero ofensiva deste tribunal. Saiba o Senhor Doutor que jamais algum réu, num julgamento por mim presidido, aqui ou nas comarcas do reino por onde passei, deixou de se sentir livre de responder com a verdade.

— Não foi minha intenção pôr isso em causa, de qualquer forma. Mas parece-me, senhor doutor juiz, que os réus dão mostras evidentes de não perceberem sequer como funciona um tribunal e quais os direitos que lhes assistem. Decerto, não por culpa de Vossa Excelência, mas o facto é que isso limita seriamente os seus direitos de defesa, razão pela qual me parece justo que antes se tente minimamente explicar-lhes a situação.

— Traduza simplesmente a pergunta — ordenou o doutor Anselmo ao escrivão, como se não tivesse ouvido a objecção.

A pergunta foi repetida e eles mantiveram-se calados, olhando em frente, para um ponto qualquer na parede atrás do juiz. Luís Bernardo voltou à carga:

— Pergunte-lhes se fugiram porque eram maltratados na roça Rio do Ouro.

Novo silêncio e nova pergunta de Luís Bernardo:

— Pergunte-lhes se trabalhavam horas demais.

— Pergunte-lhes se não comiam o suficiente.

— Pergunte-lhes se foram chicoteados ou espancados.

Nada. Nem um olhar sequer dos dois negros lhe sugeriu, por um instante que fosse, qualquer indício de compreensão ou de vontade de falar. Luís Bernardo suspirou e insistiu pela última vez:

— Peço ao intérprete que se dirija ao réu do lado de lá — o Saturnino, creio eu —, que lhe aponte com a mão as marcas que ele tem nas costas e lhe pergunte onde é que as arranjou?

O dr. João Patrício, que até aí assistira aos esforços de Luís Bernardo com o mesmo ar de sereno desdém, desta vez foi pronto a reagir:

— Protesto, senhor doutor juiz! A pergunta é insidiosa e aliás inútil, visto que os réus já anteriormente responderam pelo silêncio, isto é, pela negativa, à pergunta se tinham sido maltratados. Além disso, se bem ouvi, o que o representante da defesa pretende não é apenas que o intérprete traduza a sua pergunta, mas também que a acompanhe com linguagem gestual e contacto físico com um dos réus — o que é uma forma insólita de tentar colocar uma resposta na boca do réu. Vossa Excelência deve indeferir, quer a pergunta, quer o gesto teatral e abusivo.

— Antes de deferir ou não a pergunta — começou cautelosamente o dr. Anselmo de Sousa Teixeira — gostava de saber, de facto, se o ilustre mandatário da defesa tem alguma razão particular para pedir que a pergunta seja acompanhada de gestos alusivos à mesma.

Luís Bernardo fez uma pausa, antes de responder. Também ele tinha começado a transpirar abundantemente. Sentia-se a sufocar com o calor da sala. Mas, mais do que isso, encurralado, armadilhado ingenuamente. Ele, de facto, tinha um motivo determinante para o que pedira: começara a desconfiar, e cada vez com mais força, que o intérprete não estava a traduzir as suas perguntas, mas a dizer qualquer coisa que para os dois negros ali presentes não fazia sentido — quem sabe, até, numa língua que não era a deles. Mas como poderia ele levantar tamanha suspeita sobre o tribunal? Era o mesmo que dizer que estavam todos feitos uns com os outros ali dentro, era o mesmo que atacar frontalmente a honorabilidade do juiz, enfim, era levar as coisas a um ponto tal que dificilmente, como previra o procurador régio, ele poderia sair dali, daquele episódio em que a sua momentânea falta de lucidez e de calma o lançara, sem a sua autoridade de governador definitivamente comprometida. Mas poderia agora recuar, prestar-se ao enxovalho perante todos, abandonar a defesa que começara e sair dali para as bocas do mundo de cabeça baixa e gozado pelos seus inimigos?

— Senhor doutor...? — o juiz aguardava, um pouco inquieto, pareceu a Luís Bernardo, a sua resposta.

— Senhor doutor juiz: quanto à pergunta, não é pelo facto de os réus até agora não terem respondido a qualquer pergunta que eu estou impedido de fazer novas perguntas, às quais eles poderão até, eventualmente, querer responder. A pergunta não é insidiosa, assenta sobre um facto concreto: estou a perguntar onde é que o réu arranjou aqueles vergões, não estou a sugerir que os tenha arranjado, por chicoteamento, na roça Rio do Ouro, como parece ter concluído rapidamente o senhor procurador — e lançou um olhar frontal ao procurador, que se fez rubro. Quanto a pedir que o intérprete se dirija ao réu e lhe aponte directamente as marcas nas costas, é apenas uma forma de lhe tornar claro que eu — e o tribunal também, certamente — não estamos satisfeitos com a sua falta de colaboração no apuramento dos factos.

Foi a melhor maneira que Luís Bernardo arranjou de se sair da embrulhada, sem perder por completo a face. Percebeu de imediato que o juiz se distendia e que, por momentos, chegara a temer que Luís Bernardo pisasse o risco da fronteira que permitia a todos manter as aparências. No olhar do dr. Anselmo leu claramente: "O homem é arrogante, mas, graças a Deus, não é louco". E, tal como esperava, a sua decisão foi salomónica:

— Senhor doutor, os réus são livres de responder ou não, conforme entenderem, e o tribunal não tem de os forçar, de qualquer forma, a responder, ao contrário do que pretende. Por isso, ordeno ao intérprete que traduza simplesmente a pergunta do senhor advogado e que se mantenha quieto no seu lugar.

Depois do esperado silêncio dos réus que acolheu a tão disputada pergunta, Luís Bernardo encostou-se para trás, na cadeira, e durante longo tempo remeteu-se ao silêncio, como se tivesse desistido. Viu desfilar as três testemunhas da guarda que descreveram as circunstâncias em que tinham capturado os réus e o tratamento "humanitário" que lhes tinha sido dado no posto e na cela, enquanto aguardavam julgamento. Com um simples aceno de cabeça, Luís Bernardo prescindiu de interrogar qualquer dos três — o que os deixou, aliás, visivelmente aliviados. Depois viu avançar para a barra a última das testemunhas arroladas pela acusação: Alípio Verdasca, que se identificou como subcapataz da Rio do Ouro e responsável pelo sector onde trabalhavam os dois réus. Tranquilamente, como bom aluno de escola, foi respondendo às perguntas do procurador: não, na roça Rio do Ouro, não havia excesso de horário de trabalho, a comida era abundante, o repouso suficiente e os cuidados médicos uma prioridade; não, não só não havia, como estavam rigorosamente proibidos quaisquer castigos de ordem física; na Rio do Ouro podia-se considerar que os trabalhadores eram exemplarmente tratados, mais até do que a lei exigia, e, por isso mesmo, eram raríssimas as fugas, as faltas ao trabalho ou as falsas doenças. Por que razão teriam fugido aqueles dois, era coisa que, em absoluto, lhe escapava.

— Senhor doutor, deseja alguma coisa da testemunha? — o doutor Anselmo já se preparava para abrir as alegações finais e via com satisfação chegar ao fim o julgamento, sem danos de maior. O governador, que insolitamente se intervalara de advogado, não iria poder, em lugar algum, acusá-lo de falta de isenção na condução dos trabalhos ou encontrar matéria para criticar a sua sentença que, de tão óbvia, já estava escrita na sua cabeça e pronta a ditar. Aliás, o governador, passado o início do julgamento em que manifestamente quisera mostrar que tinha veia de advogado, remetera-se depois a um alheamento ostensivo que o levara a passar a última meia hora a olhar fixamente para a janela lateral, como se também ele já nada mais desejasse do que pôr fim àquilo e ir-se embora. Mas, para espanto do juiz, Luís Bernardo emergiu do seu silêncio prolongado e, sem despegar os olhos da janela, respondeu:

— Desejo, sim, senhor doutor.

— Faça favor, então — o juiz chegou-se para a frente. Sentiu que o procurador se remexeu, nervoso, na sua cadeira, e viu a testemunha olhar, como quem pede instruções, ao coronel Maltez, o qual lhe fez um simples gesto de cabeça, uma indicação muda: "tem calma, não há azar!". Luís Bernardo deixou finalmente de olhar para a janela e fitou a testemunha nos olhos, durante breves segundos.

— Senhor Alípio Verdasca: atenta a sua convincente descrição das excelentes condições de vida e de trabalho dos contratados da Rio do Ouro, não se consegue perceber, de facto, que razão poderá levar alguém a querer fugir de lá. Não é assim?

— É, sim, senhor.

— No caso concreto destes dois, o senhor continua a não ver nenhuma razão para tal?

— Não, senhor.

— Há quantos anos estão eles na roça?

— O Saturnino está há quatro. O Joanino creio que está há uns sete ou oito.

— E nunca antes tinham tentado fugir?

— Não.

— Nenhum deles?

— Não.

— Sabe se algum deles, porventura, tem família fora da roça?

— Não.

— Não sabe ou não têm?

— Não, não têm família fora.

— Como é que pode estar tão certo disso, senhor Alípio Verdasca?

O outro hesitou, pela primeira vez. Tossiu e começou a responder qualquer coisa que Luís Bernardo não deixou terminar:

— Será pelo facto de qualquer deles nunca ter saído da roça desde que lá chegaram?

— Hum... não sei.

— Não sabe o quê: se nunca saíram da roça?

— Não sei.

— É comum os trabalhadores saírem da roça e virem passear à cidade, por exemplo?

— Não.

— Não é, pois não? E o senhor não sabe se estes dois, que fazem parte da sua brigada de trabalho, já alguma vez vieram à cidade?

— Não, creio que não.

— Bom, adiante. Não foi então para visitar familiares fora da roça que eles fugiram, pois não?

— Não.

— E familiares na roça, têm?

— Têm, sim, senhor.

— Ambos?

— Sim.

— Mais uma razão para não fugirem, não é verdade?

A testemunha preferiu não responder e Luís Bernardo prosseguiu:

— Então, vejamos, senhor Verdasca. Dois trabalhadores que estavam há quatro e há sete anos na roça, onde são excelentemente tratados e onde têm família, que nem sequer português falam e que não têm motivação alguma para sair da roça, tanto que nunca de lá tinham saído, de repente, sem razão alguma, sem mais aquelas, põem-se em fuga, arrostando com todos os perigos da mata e arriscando-se a serem presos, como foram, e a serem castigados. Terão enlouquecido — e logo os dois ao mesmo tempo?

Aqui, uma gargalhada espontânea percorreu parte da assistência e o zum-zum de vozes abafadas tornou-se perfeitamente audível. O coronel Maltez estava a ficar agitado na sua cadeira, enquanto o seu subcapataz parecia querer soltar-se à força da cadeira das testemunhas e olhava para o juiz de lado, como se suplicasse que ele pusesse termo àquele suplício. Por esta altura, o dr. Anselmo já olhava para Luís Bernardo com outro respeito: sabia reconhecer um bom advogado quando o via actuar.

— Silêncio na sala ou mando-a evacuar imediatamente. O senhor doutor prossiga, mas devo lembrar-lhe que não temos o dia todo.

— Oh, senhor doutor, não se preocupe: mesmo que o tivéssemos, de que adiantaria? A testemunha está tão interessada em explicar ao tribunal a razão da fuga dos réus que me dá impressão que mesmo que a totalidade dos trabalhadores da Rio do Ouro decidisse fugir, nem assim a testemunha conseguiria encontrar uma razão para a fuga de um só.

Nova gargalhada em surdina percorreu a sala, mas desta vez Luís Bernardo antecipou-se ao juiz e prosseguiu:

— Tinha perguntado à testemunha, face ao relato dele, se a única razão possível para a fuga dos réus poderia ser a súbita loucura de ambos, mas já espero que a testemunha me responda "não sei" e por isso, e para atender ao pedido de Vossa Excelência, passo à pergunta seguinte e suponho que a última: a que poderão ser devidas, no entender da testemunha, aquelas marcas nas costas do réu Saturnino?

— Não sei.

Antes que mais risos se espalhassem pela assistência, o dr. João Patrício fez ouvir a sua voz sob o ruído de fundo:

— Protesto, senhor doutor juiz: a testemunha não pode ser interrogada sobre conclusões de factos que ignora.

— E como sabe o ilustre procurador que ela os ignora? — atalhou Luís Bernardo, de imediato.

— Silêncio. Os senhores doutores não podem entrar em diálogo directo. De qualquer modo, a testemunha já respondeu à pergunta, dizendo que não sabe. Mais alguma coisa, doutor Valença?

— Uma pergunta directa: poderão aquelas marcas ter sido causadas por um chicote?

— Protesto, senhor doutor juiz! — João Patrício parecia agora assanhado.

— Protesto deferido. Queira terminar o seu interrogatório, doutor Valença.

— Ou terão sido deixadas... — Luís Bernardo falava agora em tom de quem declama poesia, para mais acentuar a ironia — ...pelos ramos de árvores durante a fuga, os quais vergastaram tão geometricamente as costas do réu que, curiosamente, fazem lembrar marcas de chicote e que...

— Protesto, senhor doutor juiz! A defesa está a entrar nos domínios da falta de respeito ao tribunal!

— Doutor Valença, concordo com o que acaba de dizer o Ministério Público. Concedo-lhe uma última pergunta, antes de lhe retirar a palavra. Mas só se for uma pergunta directa sobre facto concreto e não perguntas pedindo opiniões, conclusões ou especulações descabidas à testemunha.

— Descabidas? Descabidas, senhor doutor juiz? Bem... seja! Uma pergunta directa sobre um facto concreto: pergunto ao senhor Alípio Verdasca, que aqui está sob juramento, se o réu Saturnino foi ou não chicoteado na roça Rio do Ouro, facto que motivou a sua fuga?

Ao ruído de fundo dominante nos últimos minutos tinha-se substituído agora um silêncio absoluto na sala, onde pareceu soar ainda mais baixa a voz de Alípio Verdasca:

— Não.

— Não ouvi bem a resposta — era a última estocada de Luís Bernardo e ele não a desaproveitou. — Repita, por favor, em voz alta.

— Não!

— Terminei o interrogatório, senhor doutor juiz — Luís Bernardo fez menção de arrumar os papéis sobre a mesa e a última coisa em que reparou antes de voltar-se de novo para a janela foi no olhar de puro ódio que lhe lançou o coronel Maltez.

— Tem a palavra para alegações o Excelentíssimo senhor procurador régio.

O dr. João Patrício começou com esperada ironia dirigida a Luís Bernardo, dizendo que aquela era certamente a primeira vez que o Tribunal de S. Tomé, e aliás qualquer outro tribunal de uma província ultramarina portuguesa ou mesmo de qualquer colónia de país civilizado, via o respectivo governador abandonar o seu trabalho, o seu estatuto e as suas obrigações para se vir divertir a fazer de advogado. "Foi a primeira vez e, atrevo-me a adivinhar, que terá sido também a última." Depois, deu como provado que na roça Rio do Ouro os trabalhadores beneficiavam de todas as condições garantidas por lei e, mais ainda, o que explicava o tão raro número de fugas ocorridas nessa roça. Inexplicavelmente, porém, a defesa esforçara-se para além dos limites da boa-fé em tentar demonstrar o absurdo contrário: que, se dois trabalhadores tinham fugido e sem motivo algum, é porque todos os milhares de trabalhadores da roça, que não tinham qualquer desejo de fugir, eram afinal maltratados. Ou seja: tomavam-se duas ovelhas ranhosas pelo todo e tentava-se transformá-los de delinquentes em heróis ou vítimas. Aquilo que era uma agravante do comportamento dos réus — a ausência de motivo plausível para a sua fuga — era, para a defesa, a razão mesma da sua inocência. E como isto era de tal forma ínvio que, de facto, implicava má-fé litigante, bem se esforçara a defesa, em alternativa, em tentar forçar uma testemunha a confirmar a sua torpe insinuação, de que não tinha nem sombra de indícios, quanto mais de provas, e que o próprio silêncio dos réus já desmentira. "E se os próprios réus optaram pelo silêncio é porque sabem que nada tinham a invocar em sua defesa e preferiram, ao menos, não agravar ainda mais a sua conduta. Por isso, e não havendo qualquer atenuante em seu favor, deve V. Ex.ª senhor doutor juiz ignorar o alarido e as insinuações que um improvisado advogado hoje trouxe a este tribunal e aplicar aos réus a pena máxima prevista por lei para estes casos. Assim fará justiça, como aliás, é hábito de V. Ex.ª."

Quando chegou a sua vez de alegar, Luís Bernardo já tinha tomado duas decisões. Ser breve e ignorar por completo o dr. João Patrício.

— Como Vossa Excelência muito bem disse — começou ele, dirigindo-se ao juiz — aqui, nesta sala, eu hoje não fui o governador de S. Tomé e Príncipe, mas apenas um advogado, em defesa dos seus representados. Mas, numa ou noutra pele, está apenas uma pessoa: a pessoa que eu sou, com as suas ideias, certas ou erradas, e o seu código de valores, certo ou errado. Aquilo que me levou a, espontaneamente, me oferecer para defender estes dois réus contra quem tudo estava — a ausência de advogado qualificado, a ausência de testemunhas, o desconhecimento dos meios de defesa ao seu alcance e até o próprio conhecimento da língua portuguesa, se não mesmo de tudo aquilo que aqui se estava a passar — foi o mesmo que levou a que o governo de Portugal e Sua Majestade o rei entendessem convidar-me para o cargo que exerço e que me levou a aceitá-lo. Pese a muitas consciências instaladas em maus hábitos ou em maus princípios, a razão por que me ofereci para defender dois réus indefesos e a razão por que estou aqui como governador das ilhas é uma e a mesma: porque eu, e muita gente comigo, entendo que chegou a altura de Portugal ser, não apenas um país colonizador, mas também um país civilizador. Que podemos e devemos colher os frutos do nosso trabalho e da nossa riqueza colonial que devemos aos nossos antepassados, mas que nada nos desobriga de trazer em troca o progresso e a civilização. E não há progresso nem civilização onde a riqueza produzida resulta da sujeição dos nativos a métodos de trabalho que são mais próprios da Idade Média do que do século XX. E se proclamamos aos que no estrangeiro nos acusam de tais métodos que, para nós, todos são portugueses — apenas uns da metrópole e outros das colónias —, não podemos ter para os trabalhadores portugueses da metrópole sindicatos livres e liberdade de contratação do trabalhador e ter, para os trabalhadores portugueses das colónias, ainda a lei do chicote ou o estatuto do servo da gleba — mesmo que essa seja, como julgo e creio, a excepção e jamais a regra. Estes dois réus que aqui estão hoje são — porque assim o quisemos, assim o definimos e assim o proclamamos ao mundo — cidadãos portugueses. É verdade que são negros e nem português falam, mas são tão portugueses como eu ou qualquer um de nós — os da metrópole — nesta sala. A minha função, como governador, é defender os seus direitos, tanto quanto os de todos os habitantes desta província. A minha função, como advogado deles, era tentar garantir que seriam julgados com as mesmas regras e os mesmos direitos com que seriam julgados, por exemplo, a testemunha senhor Alípio Verdasca ou o senhor coronel Maltez, aqui presentes. Talvez vos custe a realizar, mas é disto que se trata e, melhor do que eu, o meritíssimo juiz o sabe e o poderá explicar, através da sua sentença. Porém, não gostaria de estar no seu lugar: a lei estabelece uma pena, para o caso de fuga e desrespeito unilateral dos trabalhadores das roças ao respectivo contrato de trabalho — que é a acusação que pende sobre os réus. Mas a lei diz também que, para que haja sentença condenatória e castigo, é necessário que se apure que os réus não tiveram nenhum motivo atendível, nomeadamente maus tratos, que tenha dado motivo à sua fuga. E quando digo que não gostaria de estar na pele de Vossa Excelência, é porque entendo que só pode haver uma sentença justa quando houver um cabal esclarecimento dos factos. Ora, a acrescentar ao surpreendente silêncio dos réus, para mim totalmente incompreensível e jamais visto, veio acrescentar-se a manifesta falta de vontade do senhor Alípio Verdasca — a única testemunha que poderia esclarecer os motivos do comportamento dos réus — em colaborar no apuramento dos factos. Temos assim que o tribunal terá de decidir sem ter conseguido esclarecer porque é que dois trabalhadores, aparentemente tão bem tratados e sem motivo algum para se lamentar da sua sorte, resolvem fugir da roça Rio do Ouro. E terá de decidir sem ter conseguido esclarecer porque é que um deles apresenta nas costas as marcas que todos vemos e que, pelo aspecto das feridas, parecem remontar exactamente ao dia em que ele fugiu da Rio do Ouro e aparentam — digo, aparentam — ser marcas de chicote. Não vejo, sinceramente, como poderá Vossa Excelência, com base nestes factos, decidir em consciência e com justiça. Mas, seja qual for a sua decisão, não vejo que ela, não sendo a absolvição, possa ir além da pena mínima prevista na lei. E, em qualquer caso, permito-me sugerir a Vossa Excelência que, na eventualidade de se decidir por devolver os trabalhadores à roça, com o castigo que entender aplicar, deverá recordar ao seu administrador a expressa proibição legal de acrescentar à condenação de Vossa Excelência qualquer outra condenação ou castigo próprio, seja ele material, físico ou de outra natureza. E, já agora, que relembrasse também ao senhor curador-geral que lhe cabe o controlo *in loco* do estrito cumprimento da lei e da sentença que for dada ao caso.

Luís Bernardo sentara-se, depois de ter feito de pé as suas alegações. Ficou a olhar para o dr. Anselmo de Sousa Teixeira. A sala inteira ficou também a olhar para o juiz. O escrivão estava de pena em riste, pronto a anotar a sentença: sabia que o dr. Anselmo era rápido, quase instantâneo, a ditar a sentença, mal terminavam as alegações. Mas, nessa manhã, nada se estava a passar como habitualmente. E a última surpresa veio do dr. Anselmo. Mais uma vez, ele tirou o lenço do bolso, limpou as lentes dos óculos e depois limpou a cara ao mesmo lenço. E também ele olhava agora pela janela, quando ditou:

— Marco a leitura da sentença para depois de amanhã, quarta-feira, às nove horas. Até lá, os réus permanecem detidos, à ordem do tribunal. Está encerrada a sessão.

Luís Bernardo foi dos primeiros a levantar-se. Cumprimentou o juiz, com um aceno de cabeça, ignorou o dr. João Patrício, o coronel Maltez, o curador Germano Valente, todos os outros, e começou a abrir caminho por entre a pequena multidão que se afastava para lhe dar passagem. Cá fora o ar era igualmente abrasivo, mas pelo menos havia espaço, horizonte, não aquele aperto físico do tribunal. Sentiu-se respirar como se tivesse vindo do cativeiro. As notícias do que se passara naquelas quatro paredes deveriam ter varrido a cidade, como um tufão: o Vicente esperava-o à saída do edifício do tribunal, com o coche, e, coisa extraordinária, o Sebastião tinha vindo também e aguardava-o de pé à entrada do carro.

— Sebastião, o que fazes aqui?

— Achei que o senhor governador deveria estar cansado e viemos buscá-lo.

— Não, Sebastião, eu vou a pé pela cidade. Vocês apanham-me só à saída.

— Senhor governador...

— Doutor, Sebastião!

— Senhor dotôr, talvez fosse melhor...

— O quê, Sebastião?

— Vir connosco.

— Não, Sebastião. Para ti, sou doutor. Para eles, sou governador.

E pôs-se a caminhar sozinho, em direcção ao largo da Câmara. Passou pela rua do Comércio, cujas lojas estavam a fechar para a hora do almoço. Reparou que havia pequenos ajuntamentos à porta de algumas delas, de grupos que falavam entre si e que se calavam à sua passagem. Alguns voltavam precipitadamente para dentro das lojas, outros desviavam o olhar, outros cumprimentavam-no, tirando o chapéu e murmurando "senhor governador, como está?", outros olhavam-no, em silêncio. Ele devolvia o cumprimento aos que o cumprimentavam e devolvia o silêncio aos que ficavam calados. Mas fez apelo ao que lhe restava ainda de combatividade nessa manhã para se forçar a olhá-los de frente a todos, um por um, e forçá-los a decidirem-se. Nunca se deteve nem estugou o passo, manteve o seu ritmo de passeio, como já tantas outras vezes fizera através da cidade. Ia a chegar ao largo da Câmara quando, ao dobrar a esquina quase esbarrou na figura familiar de Maria Augusta da Trindade. Ela pareceu mais surpreendida do que ele. Luís Bernardo, pelo contrário, ficou contente de a ver, quase aliviado por aquela pausa na sua caminhada, que mais parecia uma via-sacra. Estendeu-lhe a mão:

— Por aqui, Maria Augusta? Desceu da quinta à cidade?

Ela apertou, sem nenhuma veemência, a mão que ele lhe estendia. Tinha corado, mas ele não soube dizer se era de embaraço ou não. Só se tinham voltado a ver uma vez, desde a noite passada na roça Nova Esperança, já lá iam uns meses, quando ele sentira pela primeira vez desde que chegara a S. Tomé o conforto de um aliado, um acolhimento desprendido e amigo, a que depois ambos tinham juntado, por decisão circunstancial e silenciosa, como animais no cio, o arrebatamento de uma noite de corpos misturados, de transpiração e humidade confundidas, um fogo sexual, porém adulto, fruto de longa e mútua abstinência, não de súbita e impossível paixão. E agora ela estendia-lhe uma mão morta de tudo, como se apenas o reconhecesse.

— É, Luís Bernardo, vim à cidade e, logo por acaso, parece que vim num dia especial, não é?

— Especial, porquê?

— O dia em que você se deixou vencer pela sua vaidade ou pela sua cegueira ou inconsciência, ou o que quer que seja.

— Por que diz isso, Maria Augusta?

— Meu pobre, você fez uma triste figura, com essa sua actuação no tribunal.

— Como o sabe, esteve lá?

— Não, nem é isso que interessa. Toda a cidade fala disso e ninguém quer saber se você presta ou não como advogado. Julgava eu que não tinha vindo para S. Tomé para fazer carreira como advogado, mas como governador. Um novo governador, com novas ideias, mas do nosso lado. Muitas vezes o defendi, Luís Bernardo. Tentei explicar a outros a importância e a dificuldade da sua missão. Jurei pela sua boa-fé e pelas suas boas intenções. Mas você, aos poucos, foi-se encarregando de me desmentir, e hoje deu cabo de tudo com essa sua bravata em tribunal. Deve estar muito orgulhoso de si, mas eu, no seu lugar, demitia-me hoje. Está liquidado, como governador: tem a colónia contra si.

— E a si também, Maria Augusta?

— A mim também.

— Porquê? O que mudou?

— Mudou você.

— Eu? Em quê?

— Não pergunte em quê, porque isso é evidente: você passou-se para o lado dos que são nossos inimigos, dos que, em Lisboa e lá fora, na Europa, conspiram para nos levar à ruína, aqui, em S. Tomé. Se quiser, pergunte antes por que mudou você e eu respondo-lhe.

— E porquê, então?

— Ah, então não sabe, meu caro? Precisa mesmo que lhe digam, cara a cara? Ainda ninguém lhe disse?

— Não sei do que está a falar, Maria Augusta.

— Ah, não sabe? Não sabe porventura que aquilo que o fez mudar de atitude e desacreditar-se aos olhos de todos nós foi o facto de você se ter perdido de amores por essa puta da inglesa que, enquanto engana o marido consigo, lhe faz a ele o trabalho de aliciar o governador na cama?

Luís Bernardo ficou sem pinga de sangue. Sentiu o chão fugir-lhe de baixo dos pés.

— Aqui entre nós, Luís Bernardo, responda agora a uma pergunta de uma mulher que já esteve consigo na cama: aquela puta deve ser fogo, não deve? Para o deixar nesse estado...

Luís Bernardo continuava estarrecido. Procurava alguma coisa para dizer, mas era como se toda a sua eloquência e presença de espírito já se tivessem esgotado, nessa manhã. A custo, fez um esforço:

— Não esperava isso de si, Maria Augusta...

— Há tantas coisas que não se espera das pessoas em quem um dia acreditámos, não é? Adeus, Luís Bernardo, passe bem.

Ele ficou a vê-la afastar-se, tentando recompor-se para prosseguir caminho. Mas já não via nada em frente, nem as pessoas que passavam por si e o cumprimentavam ou as que mudavam de passeio. Tudo lhe parecia irrelevante, de repente. Olhou à roda, desesperado, e viu o seu carro que o aguardava do outro lado da praça. Fez um gesto com a mão a chamá-lo e o Vicente, como se já esperasse o gesto, tocou de imediato a trote e veio recolhê-lo. Ele entrou e afundou-se, exausto, no assento de couro do fiacre. O Sebastião estava sentado ao lado, na sombra, e olhou para ele, sem nada dizer. Foi só ao chegarem a casa, depois de dez minutos de trajecto em silêncio, que o Sebastião lhe disse.

— Dotôr, desculpe que o trate agora por senhor governador, mas queria dizer-lhe uma coisa: é uma honra servi-lo e tê-lo como governador de S. Tomé.

Luís Bernardo apeou-se, sem nada dizer. Entrou em casa como se fugisse da tempestade. Dirigiu-se direito ao quarto e berrou para o Sebastião:

— Sebastião, até ordens em contrário, eu não estou para ninguém. Ninguém! Nem mesmo se o rei, em pessoa, aparecer aí!

Mas, em vez de desaparecer, o Sebastião seguiu-o até ao quarto, com um papel na mão.

— Dotôr, vai-me desculpar, mas tem um telegrama muito urgente que o secretário-geral veio aqui trazer em mão, há bocado.

Luís Bernardo olhou para o telegrama, que estava fechado e tinha a inscrição exterior "Confidencial. Muito Urgente", e atirou-o para cima da cama, onde se deixou cair de seguida. Ficou a olhar para o telegrama, pensando no que lhe fazer. Apeteceu-lhe deitá-lo pela janela, atirá-lo à retrete, queimá-lo. Fechou os olhos para dormir e esquecer tudo, mas afinal mudou de ideias. Sentou-se na cama, abriu o telegrama e leu-o:

Do Ministério do Ultramar, Gabinete do Ministro

Para o governador de S. Tomé e Príncipe e S. João Baptista de Ajudá

O príncipe real, d. Luís Filipe e eu próprio empreenderemos viagem às colónias de S. Tomé e Príncipe, Angola, Moçambique e Cabo Verde em julho próximo. STOP. Viagem começará com visita de dois dias a S. Tomé um dia ao Príncipe. STOP. Detalhes seguem próximo despacho, mas desde já deverá anunciar visita a população e pôr em marcha preparativos recepção condigna tão histórico evento. STOP. O ministro, Ayres d'Ornellas e Vasconcelos.

Luís Bernardo ficou a olhar para o telegrama, como se não o tivesse compreendido bem. Depois, com um gesto de exaspero, amarrotou-o e exclamou para consigo próprio:

— Só me faltava esta! — E, virando-se de lado, fez por adormecer.

XIV

Os acontecimentos precipitaram-se na cidade. Primeiro, foram os comentários sobre o que se tinha passado no tribunal da comarca, acompanhados de um relato — em alguns casos mais ou menos fiel, noutros puramente fantasioso — da prestação do governador, convertido a advogado, em defesa de dois negros fugidos da roça. Depois, foram os cartazes, que o governador conseguira mandar fazer e imprimir num tempo *record* e que mandou afixar em vários pontos estratégicos da cidade, dando conta da surpreendente notícia da visita do príncipe real a S. Tomé, em julho próximo. Eram apenas quatro frases, nas quais se anunciava a visita do príncipe e do ministro do Ultramar e se mobilizava desde logo a população para "uma recepção ao nível deste histórico acontecimento". Finalmente, ainda as conversas de rua do dia seguinte estavam todas concentradas nessa extraordinária notícia, logo outra se soube que lhe veio disputar as atenções gerais: nessa manhã, no tribunal, o dr. Anselmo de Sousa Teixeira surpreendera tudo e todos ao decretar a absolvição dos dois foragidos da Rio do Ouro, mandando que ambos fossem devolvidos à roça, com a expressa determinação de que nem os seus contratos poderiam ser prorrogados, nem eles poderiam ser submetidos a qualquer tipo de castigo, visto não se ter feito prova nem de que a sua fuga fora justificada, nem de que o não fora.

Alguns — que juravam ter assistido a todo o julgamento — justificavam a inédita sentença do juiz como resultado da brilhante prestação forense do governador; outros viam-na apenas como resultado de uma jogada de intimidação do juiz por parte do governador, a qual teria resultado; outros, ainda, ligavam a notícia da visita do príncipe real à inesperada benevolência do dr. Anselmo — ou porque ele tivesse julgado que tal notícia convocava a benevolência geral das autoridades, a benefício do êxito popular da visita, ou porque ele se tivesse convencido que tal acontecimento só era possível devido à manifesta influência do governador junto do governo e da Casa Real. E, na esteira da decisão do dr. Anselmo, a opinião pública da cidade dividiu-se, uma vez mais, sobre o que haveria de pensar do governador. Uma parte entendia que ele tinha extravasado as suas competências e por completo alienado a independência de exercício que o seu cargo requeria — de que o episódio do tribunal, somado às suas relações íntimas com o cônsul de Inglaterra e a sua mulher amplamente confirmavam — e outra parte pensava que, pelo contrário, o governador se limitava a ser fiel cumpridor das instruções que trouxera de Lisboa, do governo e de el-rei e que, pelo que representavam de alteração na política tradicional, a colónia não conseguia entender nem acompanhar. De um modo geral, podia dizer-se que esta última opinião só encontrava arautos e aceitação na cidade e nas povoações, entre alguns comerciantes, funcionários e oficiais do Exército ou comandantes da polícia, e não entre os portugueses que viviam e trabalhavam nas roças.

Alheio a tudo isso, alheio a todo o falatório da cidade, de que ele era o epicentro, o governador não era visto nem encontrado há vários dias. No dia seguinte ao julgamento, manhã bem cedo, fora pessoalmente até à Tipografia Ideal, a única da cidade, onde redigira o texto e assentara as dimensões e a composição gráfica dos cartazes que mandou imprimir, com urgência sobre tudo o resto. Queria ser o primeiro a anunciar a visita do príncipe, queria que ninguém antes dele pudesse divulgar a notícia, movia-o um sentimento de premência que não saberia a si próprio explicar. Mas não descansou enquanto não viu os cartazes impressos e enquanto não teve a confirmação de que eles tinham sido afixados nos pontos estratégicos da cidade que previamente assinalara. Depois disso, passou ainda pelo seu gabinete na Secretaria-Geral do Governo, para verificar se o anunciado despacho contendo os detalhes da visita já tinha chegado, mas, além dos jornais que assinava, havia apenas correio do João. Uma breve carta, chegada no vapor dessa manhã e expedida de Lisboa dez dias antes:

Consta aqui que o Ayres vai visitar as colónias de África, incluindo S. Tomé, no princípio do verão, e que convidou o príncipe real para o acompanhar. Escrevo-te à pressa para te dar conta deste rumor. Se ele se confirmar, está preparado para tirar partido daquilo que me parece ser uma excelente e inesperada oportunidade para marcares a tua posição, interna e externamente, isto é, aí e aqui. N'O Século *saiu um artigo dizendo que S. Tomé tem um governador "adormecido pelo torpor ou pelo canto de alguma sereia, que não parece capaz de escolher entre a velha e uma nova política, de apaziguar a animosidade dos ingleses nem de ganhar a confiança dos colonos portugueses". Cheirou-me isto muito mal e peço-te, como amigo, que estejas atento. Que a visita anunciada, a confirmar-se, te encontre de ideias claras, devorando-te a cabeça — como eu sempre te conheci. Saudades à Ann e ao David e, por favor, ouve-me: cuidado com a proximidade, que aí é terrível e traiçoeira. Tu sabes o que quero dizer e eu sei que é fácil dizer. Mas quero-te aqui de volta, intacto. Um abraço imenso, do João.*

Ao levantar-se da mesa, depois do jantar, sentiu-se tonto, de repente, a cabeça a girar sem fixação, um suor frio pelo peito baixo. Achou que um *cognac* duplo resolveria o assunto, mas, quando o Sebastião lho trouxe e ele, como de costume se instalou para o beber na varanda, apesar do calor abafado da noite e do fogo do álcool pela garganta abaixo, começou a sentir arrepios de frio e tremores no corpo. Às nove da noite, recolheu-se à cama, pensando que uma boa noite de sono o recuperaria daquela indisposição. Mas à meia-noite acordou encharcado em suor, o pijama completamente molhado e uma sede terrível. Procurou às escuras o copo de água e o jarro que sempre ficavam na mesa de cabeceira e bebeu, sôfrego, três copos de seguida. Não teve energia para mais e voltou a deixar-se cair na cama, sem sequer ter reunido forças para se livrar do pijama encharcado. De manhã não deu acordo de si à hora do costume nem uma hora depois, e quando o Sebastião se decidiu a espreitar no quarto, encontrou-o a arder em febre e a delirar. Era o seu primeiro ataque de malária.

O dr. Gil, o médico universal e generalista da cidade, foi chamado para o ver, ainda de manhã. Encontrou o doente inconsciente, com quarenta e três graus de febre. Deu-lhe uma injecção de quinino, mandou que o despissem por completo e aplicou-lhe uma toalha embebida em água fria na testa e no peito. Meia hora depois, a febre tinha baixado para quarenta graus e o doente parecia mais repousado, embora sem dar acordo de si: abria os olhos de vez em quando, pronunciava umas frases incoerentes e incompletas e depois voltava a mergulhar naquela espécie de sono profundo. O dr. Gil retirou-se, ficando de voltar ao fim da tarde, para ver como estava o doente e aplicar-lhe nova injecção de quinino. Entretanto recomendou ao Sebastião que lhe fosse vigiando a febre de hora a hora e que lhe colocasse a toalha molhada, de cada vez que ela passasse os quarenta graus, e que o chamasse se visse que as coisas estavam a piorar.

— Não há muito mais a fazer. É esperar que ele se aguente. Normalmente, o primeiro ataque é o pior de todos.

Luís Bernardo passou todo esse primeiro dia em completa inconsciência. Jamais deu sinal de reconhecer alguém ou sequer o sítio onde estava. Sempre ajudado pela Doroteia, Sebastião passou o dia a mudar os lençóis encharcados, a limpá-lo do suor, a medir-lhe a febre, a aplicar-lhe a toalha fria e a forçá-lo a sentar-se para beber água por uma palhinha de cana que tinha mandado recolher ao jardim. Doroteia puxara uma cadeira para ao pé da cama e não se retirou do quarto jamais. Cada vez que ele gemia ou ensaiava falar, ela procurava acalmá-lo, passando-lhe a mão pela testa ou pela cara. Nunca comentou nada com Sebastião, mas via-se que estava impressionada pelo estado de prostração física do doente. Depois da visita do médico, à tarde, eles resolveram estabelecer entre ambos turnos para passarem a noite à cabeceira de Luís Bernardo. A Doroteia ficou com o primeiro turno até às duas da manhã, e o Sebastião substituiu-a depois até à chegada do médico, ao princípio do dia. Nessa manhã, o dr. Gil achou ligeiras melhoras ao doente, mas nada de definitivo e nada de irreversível. A febre mantinha-se em redor dos quarenta graus, só os picos acima disso eram menos frequentes. Ao meio-dia conseguiram que ele bebesse um sumo de frutas e comesse meia banana esmagada — os primeiros alimentos em mais de trinta e seis horas. À tardinha, quando estava a sós com a Doroteia, pareceu dar o primeiro sinal de regresso à vida: ele gemeu e Doroteia pousou-lhe a mão na testa e começou a cantar em surdina uma canção crioula que aprendera com a sua mãe na infância, quando ela própria estava doente. Então, abriu os olhos e viu-a, ficando a olhar para ela fixamente e parecendo escutar com atenção aquela melopeia que ela cantava. Depois, pegou-lhe na mão pousada na testa e encostou-a ao seu próprio peito, junto ao coração, com a sua mão por cima da dela. Fechou outra vez os olhos e regressou às profundezas do mundo naufragado em que estava submerso. Mais tarde, ao tentar reconstituir o que se passara naqueles dias, e sem sequer ter noção alguma de quanto tempo assim tinha estado, a primeira recordação que Luís Bernardo conseguiu trazer à superfície foi aquele instante, a sós com Doroteia, e em que era capaz de jurar, ou talvez tivesse sido só a neblina através da qual via, que havia duas lágrimas a escorrerem pela cara da Doroteia abaixo. A recordação avivou-lhe a penumbra em que tudo parecia ter estado mergulhado e começou depois a lembrar-se de outras coisas, ocorridas seguramente depois disso. Lembrou-se de ter ouvido várias vezes a voz do Sebastião no quarto e de ter percebido a presença de outra pessoa, que não sabia quem era e que explicaram ter sido o médico. Lembrou-se da voz de Doroteia que cantava baixinho de cada vez que ele acordava e das mãos dela, na testa, mas também no corpo — limpava-o, lavava-o? O que se teria passado ao certo? Nunca ousou perguntar, reparara apenas que agora ela baixava os olhos quando ele a encarava, como se guardasse dele um segredo que era só seu e tivesse medo que ele a forçasse a desvendá-lo.

Ao fim da tarde do segundo dia, o médico confirmou as melhoras pressentidas de manhã: a febre baixara claramente, os picos para cima dos quarenta graus eram agora bastante raros e o doente abria os olhos ou parecia dar acordo de si com muito maior frequência.

— Parece que o pior já passou e que ele se vai aguentar à borrasca — comentou com o Sebastião —, o quinino fez efeito.

Mas não se pode abrandar a vigilância até que a febre tenha desaparecido por completo.

Nessa noite, no seu turno de vigília, Sebastião notou que Luís Bernardo acordava várias vezes e que parecia fazer um esforço para falar e ser escutado. Apurava o ouvido mas não conseguia entender nada que fizesse sentido. Pareceu-lhe até, a certa altura, que o governador falava inglês, a mesma língua que falava com o cônsul, Mr. Jameson. Umas vezes falava calmamente, outras agitava-se, como que em desespero por não ouvir resposta ou não se conseguir fazer entender. Até que, a certa altura, depois de mais umas frases incoerentes, seguiu-se um longo silêncio, em que ele só escutou a respiração de Luís Bernardo, seguida de uma só palavra, que, essa sim, ouviu com nitidez:

— Ann.

Ao terceiro dia, de manhã, quando o médico chegou, encontrou-o quase sem febre, embora ainda prostrado e exausto. Ele acordou e abriu os olhos, olhando à volta e parecendo reconhecer onde estava. O médico perguntou-lhe:

— Como se sente?

Mas Luís Bernardo não respondeu, abanou apenas a cabeça. O dr. Gil aplicou-lhe a injecção de quinino, sem aparente reacção da sua parte, e foi só depois disso que ele finalmente falou, com uma voz cansada e a custo:

— O que foi?

— Um ataque de malária. Dos fortes. Mas já está livre de perigo, desde que tenha juízo nos próximos dias.

Luís Bernardo fechou os olhos e voltou a adormecer. Mais tarde, o Sebastião e a Doroteia conseguiram dar-lhe a primeira refeição a sério daqueles três dias: um caldo de arroz com galinha desfiada e um sumo de frutas.

Acordou um par de horas depois, quando a tarde já se afogava no mar e apenas os últimos raios de luz entravam esbatidos pela janela do quarto. Sentiu uma mão que passava docemente pela sua testa e pela boca e, antes de abrir os olhos, procurou lembrar-se de onde estava e porquê. Lembrou-se da conversa com o médico, embora sem a conseguir situar no tempo. Lembrou-se de que tinha estado doente com malária e febres, mas não sabia quantos dias. Recordou o ardor do corpo, os suores gelados, a presença adivinhada de Sebastião à roda do quarto, e a da Doroteia, que lhe fazia festas e aplicava toalhas frescas no corpo e que ele se lembrava de ver debruçada sobre si, quando recuperava a consciência. Foi só depois de se ter lembrado de tudo isso, que lentamente abriu os olhos para regressar à vida.

— Doroteia... — chamou, com uma voz ainda débil.

— Shiu! *Don't talk now. It's me.*

Então, sobressaltado, virou a cara e percebeu que a mão que lhe afagava a testa não era a de Doroteia, mas sim a de Ann, sentada numa cadeira ao lado da cama. Instintivamente, olhou à roda e verificou que estavam os dois sozinhos no quarto. Duas velas ardiam nos castiçais pousados na cómoda em frente da cama e a sua luz, que era agora quase a única que iluminava o quarto, projectava uns desenhos indecifráveis no tecto.

— Que fazes tu aqui?

— Fui chamada pelo teu empregado, o Sebastião. Há dois dias que tivemos a notícia da tua doença, mas não me atrevi a vir visitar-te sozinha. Passei cá ontem com o David e soubemos que estavas a melhorar. Hoje, preparava-me para vir sozinha e ficar à porta, só para saber se estavas melhor, mas o Sebastião mandou o Vicente lá a casa pedir-me que te viesse ver.

— Porquê, o que é que lhe deu?

Ann sorriu. Continuava a fazer-lhe festas na cara e pressionava-lhe a testa para que ele não erguesse a cabeça.

— Diz que foste tu que chamaste por mim... esta noite.

Luís Bernardo estava agora completamente desperto e lúcido. Não conseguia recordar o tempo que passara doente, salvo alguns pormenores dispersos, mas a memória dos dias antecedentes acudiu-lhe imediatamente ao espírito. Lembrou-se do julgamento, do telegrama a anunciar a visita do príncipe da Beira e do ministro do Ultramar, lembrou-se da carta do João, lembrou-se de que nessa noite se fora deitar sentindo-se estranhamente fraco e zonzo. Imediatamente ficou alerta:

— Ann, mas tu não podes ser vista a entrar ou a sair daqui!

— Com sorte, ninguém vê. E, se virem, qual é o mal? Vim visitar um amigo doente. Aliás, vou dizer ao David que te vim visitar.

Ele ia responder qualquer coisa, mas ela não deixou: agarrou-lhe a boca e mergulhou nela a sua, enquanto a sua mão ia percorrendo o corpo seminu de Luís Bernardo, debaixo do lençol que o cobria. Sentindo-o reagir e sem nunca afrouxar o beijo que o prendia ao travesseiro, num instante estava despida e deslizava para debaixo do lençol, de encontro ao corpo dele. Luís Bernardo tentou debilmente afastá-la:

— Não, Ann, é uma loucura, aqui não!

— Aqui, sim, meu querido: de certeza que ninguém vem cá enquanto eu não sair. É mesmo dos poucos sítios em que estamos seguros.

Ele não fez mais nenhum esforço para resistir. Sentia-se mesmo demasiado fraco para tomar qualquer iniciativa. Deixou que ela fizesse com ele tudo o que queria. E foi o que ela fez, com a mesma paixão e com a mesma veemência das outras vezes, parecendo tirar um prazer acrescido da prostração indefesa dele, sentada sobre as suas coxas, empurrando-se de encontro a ele, o seu corpo magnífico e cheio oferecendo-se-lhe, como um beijo de vida. Foi tudo muito rápido e intenso e no fim ela vestiu-se à pressa, tapou-o e ajeitou um pouco os lençóis desfeitos e ficou a olhar para ele, sentada na beira da cama.

— Meu pobre querido! Ou te curei de vez ou te matei!

— Acho que me mataste! — murmurou ele, com um sorriso que ela apagou com um último beijo.

— Tenho de ir indo, ou os teus criados vão estranhar a demora da visita. Faz de conta que adormeceste outra vez. Amanhã o médico não te vai deixar ainda sair da cama e eu vou arranjar maneira de te vir visitar outra vez à tardinha.

No dia seguinte, Luís Bernardo passou já a maior parte do tempo a pé. Tomou o seu primeiro banho completo em quatro dias, leu o correio e ditou para o seu secretário que mandou subir lá de baixo, da Secretaria. Ao fim do dia, quando a Secretaria já tinha encerrado o expediente, declarou-se exausto e voltou a recolher à cama, mesmo a tempo de ouvir Ann assomar à porta e perguntar ao Sebastião se ele estava visitável. Ouviu os passos dela subindo a escada ao seu encontro, como quem espera que uma janela se abra e entre, contra a penumbra de um tempo suspenso, a claridade de um dia novo.

A malária é uma viúva negra que assombra e assalta sem aviso os vivos e saudáveis, fazendo descer sobre eles uma escuridão que apaga a luz do dia. Vem de repente, saída de lado algum, germinada lentamente no corpo por uma única e certeira picada de mosquito-fêmea, deixando as suas vítimas prostradas, sem defesa nem vontade próprias. Na maior parte de África e nos trópicos, a malária apenas derruba e faz ajoelhar os doentes, mas, em S. Tomé e Príncipe, ela também mata, como em nenhum outro lugar. Ataca o cérebro, devora as células e, em poucos dias, sem nenhum antídoto capaz de travar a insídia, colhe a vida de quem, apenas dias antes, estava vivo e pujante. Luís Bernardo compreendeu, pelos relatos do Sebastião e do dr. Gil, que tinha estado algures muito perto dessa fronteira limite em que já não havia regresso para o lado de cá. Ann tinha-lhe proporcionado um despertar violento, carnal, para a vida. Indicara-lhe o caminho de regresso pela maneira mais animal, de uma forma a que o corpo respondera primeiro do que os sentidos. Mas foi só depois, ao levantar-se finalmente da cama e ao deixar o quarto onde jogara cartas com o destino quatro longos dias e quatro longas noites, que, aos poucos, ele se foi apercebendo de quão próximo tinha estado do fim de tudo. Foi ao ler, com ternura, o caderno onde a Doroteia e o Sebastião tinham anotado religiosamente as suas temperaturas de hora a hora, durante esses dias e noites, que ele realizou como andara por cima dessa ténue linha que separa a escuridão definitiva do regresso à luz. Tinha estado ausente e indefeso e eles tinham velado por si, hora a hora, minuto a minuto, trazendo-o de volta — de volta ao corpo de Ann, de volta ao cheiro do jardim, ao som do mar, à humidade suspensa sobre a cidade, aos gritos das crianças à saída da escola, de volta à vida.

Quando se sentou no seu gabinete, cá em baixo na Secretaria-Geral, muito embora o expediente acumulado lhe desse uma sensação de urgência e de ansiedade, Luís Bernardo entregou-se à tarefa devagar e quase voluptuosamente, com uma calma e uma lucidez próprias de quem tinha acabado de entender a diferença entre o essencial e o acessório. Mas os telegramas gritavam por si e por decisões suas: havia um telegrama do curador-adjunto na ilha do Príncipe, cujas relações com Germano Valente ele sabia não serem as melhores e que, talvez por isso, optara por se dirigir directamente ao governador, saltando por cima do seu imediato superior hierárquico.

"Ambiente tenso e potencialmente perigoso nas roças requer presença próxima de Vossa Excelência para avaliar situação pessoalmente." Luís Bernardo respondeu de imediato pedindo-lhe ou que se deslocasse a S. Tomé para falar consigo ou, não sendo a sua ausência do Príncipe aconselhável, lhe concretizasse melhor a situação e a justificação da necessidade da deslocação do governador, embora lhe fizesse ver que, neste momento, as preocupações com a visita próxima do príncipe real o iriam manter absorvido por completo em S. Tomé. Telegrafou também ao delegado do governo na ilha do Príncipe, o jovem António Vieira, dizendo-lhe que lhe tinham chegado rumores de um ambiente tenso nas roças e pedindo-lhe que o informasse sobre o assunto. Na resposta, o subgovernador do Príncipe procurava tranquilizar o governador-geral, referindo que tinham, de facto, ocorrido alguns desacatos, mas que a ordem fora prontamente restabelecida e que ele seguia a situação directa e diariamente. Longe de ficar tranquilo, Luís Bernardo ficou ainda mais apreensivo: admoestou-o por não lhe ter dado conhecimento de nada, intimou-o a especificar de que desacatos se tinha tratado e que medidas tomara ele e fez-lhe saber que a mínima evolução da situação lhe deveria ser imediatamente comunicada. Para si próprio, Luís Bernardo, sem o revelar ao delegado do seu governo, tomou a decisão de se deslocar ao Príncipe assim que tivesse posto em marcha os preparativos para a recepção à comitiva real.

De Lisboa, dois outros telegramas do ministério traziam já os detalhes da visita real. Sua Alteza e o ministro viajariam a bordo do paquete *África*, aproveitando a carreira regular deste entre a metrópole e as colónias de África. Num momento em que as despesas da Casa Real eram o principal cavalo de batalha da oposição republicana, a deslocação do herdeiro do trono, para uma viagem de três meses, a bordo de um navio de carreira regular, misturado com os outros passageiros, era, sem dúvida, uma medida de carácter político, destinada a produzir efeitos internos. Isso, mais a reduzidíssima dimensão da comitiva que seguiria viagem: quatro pessoas com o príncipe e três com o ministro. Jamais príncipe algum viajara tão modestamente, em lugar algum do mundo. E esta era uma das raras vezes em que um membro da família real visitava uma colónia portuguesa, em quase quinhentos anos de poder colonial. Tudo, aliás, parecia ter sido decidido rapidamente e sem demasiadas conjecturas. O príncipe e o ministro chegariam a S. Tomé por volta do dia 12, 13 de julho, que era daí a pouco mais de um mês. S. Tomé e Príncipe teriam a honra de inaugurar a viagem real, que depois prosseguiria para as colónias inglesas da África do Sul, Moçambique e, na volta, Angola e Cabo Verde. No arquipélago equatorial ficariam os dois primeiros dias e noites em S. Tomé e um dia e uma noite na ilha do Príncipe. Em S. Tomé, especificava o ministério, Sua Alteza dormiria a primeira noite no palácio do governador (no qual era ainda preciso prever alojamento, pelo menos para o seu ajudante de campo e o oficial às ordens), e a segunda noite na roça Rio do Ouro, cujo proprietário, o conde de Valle Flor, se deslocaria, para o efeito, directamente de Paris, no seu iate particular, a fim de receber a comitiva na sua roça. O governador deveria também acertar os detalhes para que, durante a sua estada, a comitiva visitasse as roças Água Izé e Boa Entrada, esta propriedade do sr. Henrique Mendonça, que também se deslocaria expressamente para receber d. Luís Filipe. Enfim, no Príncipe, a comitiva desejava visitar as roças Infante D. Henrique e Sundi, prevendo-se a dormida nesta última ou, sendo tal inviável, a bordo do *África*. Um terceiro telegrama chegou no dia seguinte, classificado como confidencial, e tratando já de matéria política:

Ministério do Ultramar, Gabinete do Ministro

Para o governador de S. Tomé e Príncipe e S. João Baptista de Ajudá

Esperando bem recebidos meus anteriores telegramas contendo detalhes visita real, espero ter V. Ex.ª bem percebido importância política desta autêntica missão de soberania de SAR o príncipe da Beira e de eu próprio, como ministro. STOP. S. Tomé e Príncipe terá a honra e responsabilidade de ser primeira colónia portuguesa a jamais receber, desde há muito, a visita de membro da família real e herdeiro do trono. STOP. Escolha determinada sobretudo por intensificação campanha inglesa contra nossa colonização S. Tomé, com acusações redobradas trabalho esclavagista, como V. Ex.ª sabe e tem sido mantido ao corrente. STOP. Torna-se assim imperioso visita seja um êxito, popular e político, levando relatos imprensa a ter eco em Inglaterra e contribuir para desfazer tais acusações. STOP. Toda a atenção em detalhes da visita, participação popular intensa e ambiente social e político da mesma serão determinantes para o êxito desta missão, cujo sucesso em muito deposito nas mãos de V. Ex.ª. STOP. Por favor, não hesite em pedir o necessário e sugerir o conveniente para bom desempenho deste histórico encargo. STOP. Deve dar cônsul Inglaterra todo destaque protocolar de modo deixar claro que não evitamos seu contacto e nada temos esconder. STOP. Príncipe real e eu próprio reafirmaremos discursos soberania portuguesa e lealdade a tratados celebrados, estando abertos a escutar críticas boa-fé, reafirmando direitos e assumindo obrigações. STOP. Deus guarde a V. Ex.ª, melhores cumprimentos, ministro Ayres d'Ornellas e Vasconcellos.

Apesar da disponibilidade manifestada pelo ministro, a verdade é que Luís Bernardo não conseguiu nenhuma resposta concreta do ministério ao seu pedido de reforço de verbas para custear as cerimónias e despesas previstas com a recepção que se pretendia. Segundo a estimativa que enviou para Lisboa, esta custaria entre quinze a vinte mil réis, e aquilo que tinha disponível no seu orçamento, deixando cair outras despesas extraordinárias, não ia além dos três mil réis. A ausência de resposta de Lisboa, pensou ele, era típico do governo do país: querer omeletes sem ovos. Queriam que o príncipe fosse recebido em euforia, mas não queriam que a oposição pudesse dizer que essa euforia tinha custado dinheiro aos cofres públicos. "O piquenique do príncipe da Beira em África" — como lhe chamava o jornal republicano *A Lucta* — deveria aparentemente financiar-se a si próprio, misteriosamente. E foi o que ele tratou de fazer: chamou o presidente da Câmara, os comerciantes da cidade e arredores, os administradores das roças, as "forças vivas" da ilha e tratou de lançar entre todos uma campanha de recolha de fundos e ajudas para a empreitada, não hesitando mesmo em repetir frases textuais do telegrama confidencial do ministro para lhes fazer ver a importância política para S. Tomé do êxito daquela visita. "Meus senhores, antes de mais alguém, é do vosso próprio interesse que isto seja um sucesso!", repetiu-lhes, até os convencer.

Passou a semana toda em reuniões e inspecções relacionadas com a visita do príncipe. Com o bispo, com o comandante das tropas e o da polícia, com o presidente da Câmara, com os administradores das três roças que a comitiva iria visitar (no caso da Rio do Ouro, fez-se representar pelo secretário-geral), com os donos das lojas das principais ruas da cidade, convencendo-os a tomarem a seu cargo os enfeites luminosos das ruas e das fachadas dos edifícios. O secretário das Obras Públicas foi estimulado a gastar, se necessário, todo o dinheiro que tinha disponível até ao final do ano, para tratar de reparar, pintar e dar cara nova ao cais de desembarque, aos jardins e praças públicas e, pelo menos, às fachadas dos principais edifícios do Estado. "Não se esqueçam — dizia ele a todos — de que provavelmente teremos de esperar outros quinhentos anos até que um membro da família real volte a pisar terras de S. Tomé e Príncipe!"

Recuperado das febres, restabelecido dos ódios e intrigas que minavam o seu mandato, renascido das cinzas e do desalento em que caíra nos últimos tempos, o governador conseguia galvanizar com a sua energia tudo e todos. Desde o princípio, Luís Bernardo vira naquele acontecimento tão inesperado uma oportunidade para reafirmar a sua autoridade e o seu domínio da situação, e tratara de a agarrar com mãos ambas. Mas vira também naquela visita de d. Luís Filipe e de Ayres d'Ornellas uma outra e mais importante oportunidade que lhe acontecia: a de clarificar a situação de uma vez por todas, de falar com o ministro e com o príncipe herdeiro com toda a lealdade, mas também com toda a franqueza, não escondendo nada das suas dúvidas e das suas desavenças de fundo com muitos dos colonos. Tinha a esperança de, pelo menos em privado, os levar a entender o seu dilema entre os interesses económicos e os interesses diplomáticos em jogo e, então, das duas uma: ou os comprometia nas suas opções políticas ou os forçava a libertarem-no das suas responsabilidades. Mas estava disposto a não deixar que aquela oportunidade se transformasse num simples "piquenique em África", uma "viagem de soberania" vazia de conteúdo e de consequências.

No meio da azáfama daqueles dias, recebeu a certa altura a visita de David, que se fez anunciar protocolarmente. Tinham jantado os três, em casa de Luís Bernardo, dois dias depois de ele ter recomeçado a trabalhar. À vista, fora só um jantar de amigos que celebravam o restabelecimento de um deles: David trouxera até uma garrafa de *champagne* francês, um *Veuve Clicquot* a que Luís Bernardo, por conselho médico, não pôde fazer as devidas honras. Ficaram os três à conversa até cerca da meia-noite, no terraço, com a mesma desprendida intimidade que sempre tinham tido, desde que as circunstâncias os tinham ali reunido e rapidamente tinham percebido que a amizade entre eles era uma forma de resistência e de ajuda mútua de que nenhum queria prescindir. David fez quase todas as despesas da conversa, falando da Índia e até, coisa rara, do seu governo no Assam. Luís Bernardo estava fascinado e, ao mesmo tempo quase angustiado, com a sua própria capacidade de estar ali a escutá-lo, ao lado de Ann, e de continuar a gostar de o ouvir, de conversar com ele, de ser seu amigo, de manter com ele uma relação de homens com idades e interesses semelhantes, ao mesmo tempo que por dentro ardia no fogo daquilo que mais violentamente pode separar dois homens: a paixão pela mesma mulher. No dia seguinte, Ann fez-lhe chegar um bilhete por uma criada sua, rogando-lhe que fosse ter com ela à praia, ao fim da manhã. E, quando ele foi e lhe começou a ralhar pela sua crescente falta de cautelas, ela caiu-lhe nos braços e apertou-o contra si:

— Meu amor, eu não consigo estar sem te ver. É mais forte do que eu! Inventa outra maneira, inventa outra saída, inventa qualquer coisa! Porque qualquer dia, eu não vou aguentar mais! Não vou aguentar mais estar ali em casa, com o David, a fingir que está tudo normal, quando só penso em ti, só penso no que estarás a fazer, e só me apetece fugir e vir ter contigo, deixá-lo ali e ele que pense o que quiser. Não aguento esta distância, a minha casa agora é como se fosse outra ilha onde estou prisioneira: uma ilha dentro da ilha, uma prisão dupla. Morro de desespero, de saudades tuas, até de ciúmes!

— De ciúmes? — riu-se Luís Bernardo. — Ciúmes de quem?

— Queres saber? Olha, da Doroteia. Eu vi como ela te contemplava, quando entrei no teu quarto no outro dia, e vi o olhar que me lançou quando o Sebastião lhe fez sinal para que saísse. É evidente que está louca por ti, que faria qualquer coisa por ti. É linda, deve ter aí uns dezassete anos e tu estás sozinho em casa todas as noites e a verdade é que não me deves nada a mim nem a ninguém. Era bem mais cómodo para ti, aliás, seres amante dela do que meu.

Luís Bernardo ficou a olhar para ela: era linda, irresistível. Nenhum homem a trocaria por mulher alguma.

— Estou a dar-te ideias?

— Não, não estava a pensar trocar-te pela Doroteia. Nem acumular. Estava a pensar ter-te só para mim e tu teres-me só para ti. Estava a pensar se isso seria possível, algum dia...

Ela deitou-se na areia, junto a uns coqueiros, e chamou-o com um gesto. Os cavalos, presos ali ao lado, serviram de guardas à sua paixão escondida do mundo. Amaram-se assim, no chão de areia, junto aos animais. Como os animais fazem.

A cena estava ainda completamente viva na sua lembrança, quando, na manhã seguinte, David lhe entrou no gabinete. Sentia ainda o corpo de Ann enrolado no seu, o sabor da sua boca, o som dos seus gemidos. Num assomo de terror, pensou se ainda teria consigo restos do perfume dela e, instintivamente, evitou aproximar-se demasiado do amigo. Mas logo lhe ocorreu outro pensamento, ainda mais terrível: e se fosse David que viesse com restos do perfume dela? Ele tinha começado a falar, mas Luís Bernardo não estava a ouvir. Estava ausente, olhando para além dele, fazendo um esforço para sacudir os pensamentos que lhe corriam, em desalinho, pela cabeça. O que estava David a dizer?

— ...no fundo, o que me pergunto é o que é que esse seu príncipe cá vem fazer? Vem libertá-lo?

— Como?

— Não está a ouvir-me, Luís? Estou a perguntar-lhe o que vem ele cá fazer?

— Ora! Por que não há-de vir? — Luís Bernardo tinha recuperado a atenção. — O príncipe de Gales não vai à Índia e a outras colónias britânicas?

— A Índia não é S. Tomé...

— Cada um vai ao que é seu. Ele vem a S. Tomé, mas também vai a Angola, Moçambique, Cabo Verde.

— Angola e Moçambique, eu percebo. Mas porquê S. Tomé, esta ilhota sem importância alguma?

— David, está a ser *snob*. Já sei que o Império Britânico tem não sei quantas centenas ou milhares de ilhotas. Mas o nosso, não. Por isso, damos importância às tais ilhotas: até nomeamos governadores para elas!

David riu-se, mas não desarmou:

— Vá, Luís, sabe muito bem o que eu quero dizer: esta visita tem motivos mais ocultos e de certeza que o ministro o instruiu sobre as razões políticas dela.

Luís Bernardo ficou calado. Julgava adivinhar uma subtil alteração na atitude do amigo. Mas parecia-lhe (ou seria antes um desejo seu?) que isso não tinha que ver com Ann. Era mais qualquer coisa que ele subentendia e que os remetia, amizade à parte, para os seus diferentes papéis: David era agora o representante oficial de uma potência estrangeira que contestava a política do governo, que ele, Luís Bernardo, ali representava.

— Então, não diz nada?

— Que quer que lhe diga? É óbvio, e isso já vem de trás, não de agora, que o ministro se corresponde comigo, como com qualquer outro governador, e que transmite as suas orientações políticas, às quais eu respondo conforme entendo adequado.

— Sim, eu percebo, descanse que não lhe vou pedir que revele segredos de Estado. Mas gostaria de saber o que esperam de mim, no meio desta encenação.

— Qual encenação?

— Ora, meu caro, somos amigos, não vale a pena estarmos a fingir que não vemos aquilo que está à vista. — David fez uma pausa, fixou Luís Bernardo nos olhos, e continuou, no mesmo tom aparentemente desprendido:

— Às vezes, quando se é amigo, é melhor fingir que não se vê aquilo que não deve ser visto, por mais que isso nos custe. Em nome da amizade ou em nome de outras coisas mais difíceis de explicar. Mas cabe aos outros entender que estamos apenas a fingir que não vemos.

Agora, sim, Luís Bernardo estava gelado. O coração pulava-lhe no peito. Ia pôr fim àquilo, ia perguntar-lhe frontalmente o que queria ele dizer com aquilo. Forçá-lo-ia a dizer. Forçar-se-ia a enfrentar as consequências. Mas disse apenas:

— Não sei a que encenação se refere...

— Olha, este frenesim que se apoderou de S. Tomé, com os preparativos para a visita do príncipe, e de que dizem ser você o grande impulsionador, destina-se a quê? Obviamente, a dar a Sua Alteza um banho de popularidade e de vassalagem, com efeitos políticos para consumo interno e externo. Ou estarei enganado?

Afinal, fora um falso alarme. Ou David tinha optado por deixar deliberadamente passar a oportunidade. Luís Bernardo respirou fundo:

— E que mal há nisso? Não fazem todos os governos o mesmo? Para que servem as visitas de Estado, aqui ou no mundo inteiro?

— De acordo. Mas o que eu lhe pergunto, o que eu queria saber, é qual é o meu papel nessa encenação, nessa grande manifestação de soberania de que S. Tomé vai ser palco?

— Sei lá qual é o seu papel! Isso é consigo. Eu vou limitar-me a, conforme instruções expressas do ministro, dar-lhe toda a importância protocolar correspondente ao seu cargo, o que passa, por exemplo, por sentá-lo na mesa e junto ao príncipe, no banquete que ele oferecerá aqui, no Palácio do Governo, na noite da sua chegada. Está satisfeito?

— Não, Luís, continua a desconversar. Eu não quero saber onde é que me sento à mesa: não é coisa que me preocupe, como deve calcular, conhecendo-me. O que me preocupa é saber se o que esperam de mim é que me sente à mesa, bata palmas e mande dizer para Londres que a visita do príncipe foi um sucesso popular.

— O que pretende ao certo, David?

— Nada — David tinha-se levantado e começou a encaminhar-se para a porta. — Deixo ao seu critério e à sua sensibilidade adivinhar...

— David! — Luís Bernardo tinha-se levantado também. — Estou a perguntar-lhe sinceramente e como amigo: diga-me o que pretende!

— Como amigo, nada. Não lhe peço favores, seria ridículo, nesta matéria. Dirijo-me ao governador: você é governador, sabe qual é a minha função aqui, sabe por que razões cá estou e que razões políticas dividem os nossos dois países, acerca de S. Tomé. Vem cá o príncipe herdeiro e o ministro responsável pela vossa política. Medite, como governador, qual é o papel e a intervenção, se é que alguma, que me deve ser reservada nessas circunstâncias. Nada mais.

E saiu, fechando suavemente a porta atrás de si. Luís Bernardo reparou que ele nem sequer se tinha despedido. De facto, qualquer coisa tinha mudado na atitude de David. E Luís Bernardo sentiu, com remorsos, que ele tinha razão. Não apenas por Ann. Havia mais qualquer coisa — e nessa mais qualquer coisa, David continuava a ter razão.

O *África* zarpara de Lisboa no dia 1º de julho, trazendo a bordo a prevista comitiva do príncipe real e do ministro do Ultramar para a visita às colónias de África. Chegaria a S. Tomé dentro de pouco menos de duas semanas. Posta em marcha a máquina dos festejos locais, Luís Bernardo fizera também uma visita de inspecção às três roças que a comitiva iria visitar. Tratou igualmente dos preparativos para o banquete que daria no dia da chegada no Palácio do Governo e onde era necessário prever mais de duzentos lugares sentados e arrumar criteriosamente as mesas, para não ferir susceptibilidades. Outra tarefa foi combinar com o Sebastião todos os detalhes da acomodação do príncipe na noite em que iria pernoitar no Palácio do Governo. Como só havia três quartos disponíveis, foi fácil assentar que d. Luís Filipe ficaria no quarto principal, onde o João tinha ficado, o oficial às ordens do príncipe, 1º tenente da Armada, marquês de Lavradio, ficaria com o próprio quarto de Luís Bernardo, e o ajudante-de-campo com o quarto sobejante. Luís Bernardo mudar-se-ia entretanto para o andar de baixo, onde uma simples cama, colocada no seu gabinete da Secretaria, lhe permitiria também estar ao alcance de qualquer imprevisto que sucedesse.

O tempo corria agora velozmente. David tinha razão: Luís Bernardo chamara a si a condução directa e ao detalhe daquilo a que o amigo chamava a "encenação". Pressentia que do êxito da "encenação" dependeria em muito a sua margem de manobra política, perante o ministro e o filho de d. Carlos. Não era o seu futuro como governador que o preocupava, mas sim a capacidade de levar a bom termo a sua missão, com autoridade e honra. Dera já dezassete meses da sua vida a

S. Tomé e Príncipe e isso só faria sentido, só não teria sido tempo perdido, se, quando voltasse, ninguém o pudesse acusar ou de ter traído as suas ideias ou de não ter servido o interesse de Portugal. Os príncipes e os poderosos gostam dos aplausos da turba. Ele iria servir-lhes isso para depois lhes poder cobrar a reafirmação da sua autoridade e legitimidade. Ou então sairia em beleza, e que arranjassem outro. O João tinha inteira razão na carta que lhe escrevera: aquela era uma oportunidade a não perder.

A situação na ilha do Príncipe mantinha-se, porém, no meio daqueles intensos dias de reuniões e inspecções, sempre presente no seu espírito. Qualquer coisa lhe dizia que deveria apressar a sua viagem à ilha, não só para fiscalizar localmente os preparativos da visita da comitiva, mas sobretudo para farejar o fundamento das preocupações do curador-adjunto. O posterior silêncio deste e a insistência do governador local de que tudo tinha voltado à normalidade não o deixavam totalmente tranquilo, mas davam-lhe a sensação de que a sua ida ao Príncipe podia ir sendo adiada, um dia a seguir ao outro, em benefício de coisas mais urgentes que requeriam a sua atenção em S. Tomé. E quando o fatídico telegrama chegou, ao fim da manhã do dia 4 de julho, ele não perdoou a si mesmo a sua falta de previsão.

Vinha assinado pelo vice-governador, António Vieira, com indicação de que seguira cópia para Lisboa, nesse mesmo dia:

Quinhentos serviçais roça Infante D. Henrique revoltados assassinaram brancos. STOP. Receio revolta geral. STOP. Peço máxima urgência seja enviado navio de guerra.

Luís Bernardo quase saltou na cadeira. Pediu ao seu secretário que chamasse imediatamente o presidente da Câmara e o major Benjamim das Neves, comandante da guarnição militar, e que tratasse de saber onde estava naquele momento o navio costeiro *Mindelo* — o único que fazia a ligação regular entre as duas ilhas — e que, assim que fosse localizado, lhe trouxessem também o capitão.

Logo que o secretário desapareceu, correndo, assomou à porta o secretário-geral, Agostinho de Jesus Júnior. Desde a sua primeira conversa, mal tinha acabado de desembarcar em S. Tomé e ao perceber que tinha ali um inimigo cínico e desconfiado, Luís Bernardo evitava despachar com ele tudo o que não fosse estritamente necessário. O resto, todo o expediente diário, tratava com o seu secretário, o Caló, o qual subira na importância junto do governador na exacta medida em que se tornara alvo das subtis perseguições do secretário-geral. Agora, porém, ao vê-lo sair esbaforido do gabinete do governador, Agostinho de Jesus, embora já habituado a ser posto à margem de quase todos os assuntos, não conseguiu ultrapassar a sua curiosidade:

— O senhor governador deseja alguma coisa em que eu possa ajudar?

— Não, senhor Agostinho, está tudo controlado. Preciso de ir ao Príncipe com urgência, por causa da visita real, mas já pus o Caló a tratar disso.

— Não sei se o Caló dará conta de tudo: há muitas coisas a tratar nestes dias.

— Está tudo controlado, senhor Agostinho. E, se o Caló não der conta do serviço, eu mando chamar reforços.

— Como queira, senhor governador. Vim só oferecer-me.

Meia hora depois, o Caló regressou a correr. Já tinha convocado o presidente da Câmara e o major, que estavam a caminho. Quanto ao *Mindelo*, estava a vir do Príncipe e só era esperado ao fim do dia. Luís Bernardo confiou-lhe a missão de estar atento à sua chegada e, mal o capitão pusesse pé em terra, convocá-lo para vir ao palácio. Depois, chegou o presidente da Câmara, a quem Luís Bernardo explicou que, uma vez que os preparativos em S. Tomé já estavam todos delineados e em fase adiantada de execução, enquanto que no Príncipe constava-lhe que muito pouco havia sido feito, decidira partir logo que possível para o Príncipe, pelo que o deixava no comando das operações até ao seu regresso, que previa daí a dois dias, três no máximo.

Quando entrou o major Benjamim das Neves, Luís Bernardo encarregou-se pessoalmente de fechar a porta atrás dele, para se certificar de que ninguém ouvia a conversa.

— Senhor major, peço-lhe a máxima confidencialidade sobre o que lhe vou dizer: rebentou uma revolta na Infante D. Henrique, no Príncipe. Não sei se o capitão Dario, à frente do destacamento local, tem ou não forças suficientes para controlar a situação, que aliás ainda desconheço nos seus pormenores. Por isso, quero que o senhor embarque comigo hoje mesmo, assim que chegar o *Mindelo*, e com o número máximo de praças que caibam no navio e de que assumirá pessoalmente o comando. Faremos o embarque de noite e com a máxima discrição para não levantar o pânico aqui na cidade. Eu mandar-lhe-ei recado a dizer a hora certa do embarque. Obviamente, as tropas vão armadas e com munições suficientes.

— Sim, senhor governador — o major perfilou-se, fez a continência e saiu sem dar o mais pequeno sinal de qualquer reacção.

"Quem me dera funcionar como os militares!", pensou para consigo Luís Bernardo. Telegrafou para o Príncipe, para o vice-governador António Vieira:

Sigo para aí assim que o Mindelo *esteja disponível, acompanhado major Benjamim e os soldados que couberem. STOP. Proíbo formalmente qualquer comunicação directa sua para Lisboa. STOP. Deverá manter-me informado situação hora a hora, até o meu embarque. STOP. Proíbo formalmente uso da força militar salvo absolutamente necessário, bem como armamento de civis ou livre actuação responsáveis da roça contra serviçais. STOP. A partir deste momento deverá assumir pessoalmente comando da situação na roça até minha chegada.*

Uma hora depois, tinha a primeira resposta do Príncipe: *Situação mantém-se muito tensa mas estável. STOP. Capitão Dario e trinta e cinco praças na roça. Serviçais acantonados.*

Às quatro da tarde, de bordo do *África*, chegou um telegrama urgente do ministro Ayres d'Ornellas, perguntando a Luís Bernardo o que se passava ao certo no Príncipe e que diligências estavam a ser tomadas. Luís Bernardo respondeu transmitindo os dados de António Vieira e dizendo que na manhã seguinte esperava já poder fornecer mais detalhes da situação, a partir do local. Às seis, o *Mindelo* fundeou em frente à cidade e o comandante foi mandado desembarcar de imediato e comparecer no palácio do governador. Aí chegado, Luís Bernardo comunicou-lhe que o barco e respectiva tripulação estavam requisitados para zarpar nessa mesma noite para o Príncipe, sem passageiros e com a lotação toda ocupada por soldados da guarnição local — o que perfazia vinte e cinco soldados, além do major Benjamim e do próprio governador, segundo informou o comandante. Assentou-se que aparelhariam às nove. Luís Bernardo foi a casa, tomou um banho e fez uma mala com duas mudas de roupa e o seu revólver, comeu qualquer coisa à pressa e voltou a descer as escadas para entregar ao Caló dois telegramas a enviar dos correios, para a ilha do Príncipe e para o *África*, via Lisboa, informando que estava a caminho.

Às dez da noite estava sentado à proa do *Mindelo*, contemplando as luzes da cidade de S. Tomé que se afastavam no horizonte. Estava uma noite quase sem lua e um mar pacífico por onde o navio deslizava como numa estrada. Havia uma ligeira brisa que tornava a noite amena e uma leveza no ar, sinal de que não havia humidade e o verão tinha voltado.

XV

À primeira claridade da manhã, a cidade de Santo António do Príncipe recortou-se à proa do *Mindelo*, emergindo da neblina como uma jangada verde flutuando na superfície desolada do oceano. Não havia iluminações públicas que permitissem àquela distância enxergar ao certo os contornos daquele pequeno povoado a que chamavam cidade. Apenas algumas fogueiras acesas se descortinavam no morro sobranceiro ao povoado e o fumo delas, ao elevar-se no ar, fundia-se logo no nevoeiro que cobria todo o alto da ilha, a partir quase dos telhados das casas da cidade. Luís Bernardo ficou surpreendido com aquela visão pacífica da ilha que imaginava em revolta, se não mesmo já em chamas. Mas, pelo contrário: avistada do mar, a um quilómetro de distância, dir-se-ia que nada mais, que não apenas um outro e pacífico dia, começava a nascer sobre aquela escassa terra ali perdida.

O *Mindelo* apitou ao dobrar a barra e veio tranquilamente deslizando até ao ancoradouro da praia, onde então já se avistavam algumas pessoas que o aguardavam. Pousando pé em terra, Luís Bernardo foi logo abordado pelo subcurador José do Nascimento, que fora quem primeiro o avisara da tensão reinante na ilha. Por ele ficou a saber que aparentemente a situação não evoluíra durante a noite: pelo menos, nenhumas notícias tinham chegado cá abaixo, à cidade. O vice-governador, conforme as ordens de Luís Bernardo, mantinha-se na roça Infante D. Henrique, onde também estava, desde a véspera de manhã, o capitão Dario e trinta e cinco praças — a quase totalidade da guarnição militar do Príncipe. Quanto a ele próprio, tinha ficado na cidade por ordens directas do vice-governador, que estimava a sua presença prejudicial ao acalmar dos ânimos.

— Quer dizer que você é suspeito de ter instigado a revolta dos serviçais da roça?

— Não, senhor governador, sou acusado de os ter querido defender.

Ele sustentou o olhar inquiridor de Luís Bernardo. Havia receio, mas também uma serena firmeza, na forma como aguardava o julgamento do governador.

— Conte-me então o que se passou ao certo.

— Há já várias semanas — começou José do Nascimento — que chegaram rumores de um ambiente de grande tensão na D. Henrique, devido ao hábito de maus tratos físicos por parte dos encarregados e do capataz, Ferreira Duarte. Decidi ir à roça ver com os meus próprios olhos o que se passava, mas fui praticamente corrido pelo administrador, engenheiro Leopoldo Costa, o qual me negou qualquer quebra da normalidade ou ocorrência de maus tratos. Todavia, no regresso, falei no assunto ao governador António Vieira, que me disse que não me preocupasse, pois que, se alguma coisa de anormal estivesse a suceder, ele seria o primeiro a saber. Mas eu tenho os meus informadores na roça — o que faz parte das minhas funções, julgo eu — e que me avisaram que a situação poderia ficar explosiva de um momento para o outro. Foi aí que enviei o telegrama a Vossa Excelência.

— Pois sim, mas nunca me concretizou ao que se referia ao certo — interrompeu-o Luís Bernardo.

— Era difícil na altura concretizar qualquer coisa: eram mais rumores e informações dispersas. Mas, como quer que seja, terça-feira passada, na hora de saírem para o trabalho, os serviçais recusaram-se a sair. Liderava-os um nativo daqui, acho que já de terceira geração, chamado Gabriel, que explicou ao engenheiro Leopoldo que os homens só voltariam para o trabalho quando o capataz e dois dos encarregados, acusados de os chicotear, fossem afastados. O engenheiro Leopoldo não respondeu nada e a situação manteve-se assim até ao dia seguinte, com os serviçais recolhidos a suas casas e sem irem trabalhar. Na manhã seguinte, o administrador mandou chamar o Gabriel, que fala português perfeitamente, e disse-lhe que queria negociar com ele, com a condição de os homens saírem para o trabalho. Parece que o Gabriel esteve muito tempo a discutir com eles até os convencer a retomar o trabalho na mata. Mas, quando voltaram à tarde, não havia sinais do engenheiro Leopoldo nem do Gabriel, que nunca mais foi visto e que ninguém sabe se está vivo ou morto. Não sei o que se passou a seguir, mas foi então que quatro deles terão surpreendido o capataz Ferreira Duarte distraído e mataram-no a golpes de catana, juntamente com o encarregado Silva, que acorreu em seu auxílio. Houve disparos dos brancos e uns cinco negros caíram mortos ou feridos. Depois, todos eles se retiraram para as oficinas de carpintaria e barricaram-se lá dentro, estando armados de catanas e punhais. Foi então que o engenheiro Leopoldo deu o alarme para a cidade e o vice-governador Vieira subiu à roça, acompanhado pelo capitão Dario e as suas praças. Eu quis ir também, mas ele proibiu-mo expressamente. Isto passou-se ontem à tarde e, como V. Ex.ª aqui está, deduzo que, a partir daí, ele o tenha mantido ao corrente dos acontecimentos. Eu não sei mais nada desde então e, como lhe disse, não chegou mais nenhuma notícia cá abaixo.

Luís Bernardo ficou silencioso por uns instantes, meditando no relato dele. Depois, deu as suas ordens:

— Bom, você vai subir connosco à roça. Se há problemas com os serviçais de uma roça, o lugar do curador dos serviçais é lá e não aqui, à espera do relato dos acontecimentos feito por outros: quando isto terminar, você terá de apresentar um relatório de tudo o que se passou, a mim e ao ministério, em Lisboa. Major Benjamim! Mande dois ou três homens à procura de transporte para nós, seja o que for, e mande alguém também ver se nos pode servir uma refeição rápida, que eu pagarei. Daqui a meia hora quero estar a caminho. E façam isso com o menor alarido possível.

Mas a notícia do desembarque do governador e da tropa vinda de S. Tomé espalhou-se rapidamente pelo povoado, entre os que já estavam a pé àquela primeira hora da manhã, e em breve uma pequena multidão de curiosos observava a respeitável distância o grupo amontoado na praia conversando entre si em voz baixa, pretos com um olhar assustado e brancos em cujas expressões se adivinhava uma sensação de conforto reforçado. Havia medo no ar, entre os brancos: via-se a olho nu, embora Luís Bernardo, que caminhava de lá para cá, fingisse não se aperceber de nada de especial. Ordenara ao capitão do *Mindelo* que esperasse por eles para zarpar e que estivesse pronto para partir a qualquer momento e dera instruções ao major Benjamim das Neves para que, assim que chegassem à D. Henrique, pusesse imediatamente sob o seu comando as forças locais do capitão Dario. Daí a pouco apareceu uma frugal refeição para aquela *troupe*, feita de pão acabado de cozer, papas de mandioca, fruta e café. Os homens do major Benjamim regressaram também com duas carroças para transporte de passageiros, atreladas a uma parelha de muares, que haviam requisitado ao estábulo municipal. Comeram rapidamente e Luís Bernardo deu ordem de partida.

A subida até à roça Infante D. Henrique durou quase hora e meia, através de simples veredas abertas na selva à força de catanas e com o piso vagamente alisado por rolos de pedra. A marcha era tão lenta e desconfortável que, a alturas tantas, Luís Bernardo se apeou, preferindo caminhar a pé durante uma meia hora, no que foi acompanhado pelo major Benjamim e vários soldados com as respectivas armas em bandoleira. Pelo caminho cruzaram-se apenas com um par de negros provenientes da roça Sundi e que, interpelados pelo curador a mando de Luís Bernardo, responderam assustados que iam em serviço à cidade e nada sabiam do que se passava na Infante D. Henrique.

Eram oito e meia da manhã, quando avistaram o perímetro das construções da Infante D. Henrique. Luís Bernardo deu ordem ao major Benjamim para que mandasse todos os homens descerem das carroças e formarem em fila de marcha. O próprio major colocou-se à frente da fila, com Luís Bernardo e o curador atrás dos soldados e seguidos pelas carroças vazias. Um quarto de hora depois, entravam assim pelo terreiro principal da roça. Ao primeiro olhar, Luís Bernardo apercebeu-se de um grande edifício lateral que estava rodeado de soldados, em posição de expectativa: era sinal de que não tinha chegado tarde demais. Assim que pararam, correu ao seu encontro o capitão Dario, cujo rosto dava sinais evidentes de uma noite passada em branco. Luís Bernardo estendeu-lhe a mão para o cumprimentar e de imediato indagou:

— Qual é a situação, capitão?

— Nada se alterou desde ontem, senhor governador. Conforme as suas instruções, que me foram transmitidas pelo vice-governador, limitei-me a colocar os meus homens de volta da carpintaria onde os serviçais permanecem encerrados desde ontem. Eles não fizeram nenhuma tentativa para sair nem nós para forçarmos a saída deles.

— Quer dizer que os seus homens não deram um único tiro?

— Nenhum, senhor governador.

— E da luta entre brancos e serviçais, anterior à sua chegada, quantas vítimas há?

— Que eu saiba, pelo que me foi dito, há a lamentar a morte do capataz senhor Ferreira Duarte e do encarregado Joaquim Silva, além de três negros e um ferido, que está na enfermaria, e que foram vítimas do fogo defensivo do pessoal da roça.

— Muito bem, capitão. Felicito-o por ter cumprido estritamente as ordens recebidas e com isso ter evitado males maiores. A partir de agora, o senhor e os seus homens estão às ordens do senhor major Benjamim e ao meu serviço.

— Sim, senhor governador.

— E agora diga-me: onde estão o vice-governador e o administrador da roça?

Mas não foi preciso que o capitão Dario respondesse, porque atrás deles abriu-se a porta da casa grande e de lá saíram em passo apressado o engenheiro Leopoldo Costa acompanhado pelo vice-governador do Príncipe, António Vieira.

— Ah, senhor governador, até que enfim! Como está, senhor major? — o administrador da Infante D. Henrique nem esperou pela resposta aos cumprimentos nem respeitou protocolos para ser o primeiro a falar:

— Quantos homens trouxe consigo, senhor major?

— Trouxemos vinte e cinco — atalhou Luís Bernardo — e por que pergunta?

— Bom, vinte e cinco com os trinta e cinco do capitão Dario e os vinte que eu consigo armar, faz oitenta armas de fogo.

— E para quê, já agora? — volveu Luís Bernardo.

— Para quê? — o engenheiro Leopoldo pareceu deveras surpreendido pela pergunta. — Ora, para pôr fim a este motim, para o que havia de ser?!

— Tem algum plano preparado, o senhor engenheiro? — havia uma leve ironia na voz de Luís Bernardo mas que o outro não detectou.

— Damos-lhes um prazo para eles saírem e...

— Se não saírem? Sugere um ataque frontal à carpintaria? Finalmente o administrador da D. Henrique percebeu que ele e o governador não tinham exactamente planos coincidentes para lidar com a situação. A sua cara e o seu tom de voz mudaram ao responder:

— Bem, eu tinha pensado que se eles não saírem no prazo de tempo que lhes dermos, forçamo-los a sair, lançando umas tochas a arder lá para dentro.

— E depois?

— Depois? — o engenheiro Leopoldo estava a ficar visivelmente alterado com o interrogatório. — Depois, ou eles saem e depõem as catanas e as facas e logo vemos, ou então, se forem loucos, saem para cima de nós e não têm hipóteses contra oitenta armas de fogo.

— Pois não, não vejo como teriam hipóteses — atalhou Luís Bernardo, em tom pensativo. — E quantos quer matar, senhor engenheiro?

— Eu não quero matar ninguém, senhor governador. Mas, se não houver alternativa, os que forem necessários para pôr fim à revolta. Muita paciência já temos nós tido!

— É curioso, senhor engenheiro: a todas as roças onde vou todos os administradores se me queixam da falta de mão-de-obra. O senhor, pelos vistos, não se importa de liquidar o que achar necessário da sua!

O engenheiro Leopoldo recuou como se tivesse levado um murro. A sua cara estava afogueada de raiva, de desespero, de ódio acumulado ao longo dos dias e a custo reprimido. Não conseguiu evitar que os sentimentos que lhe arrebentavam o peito deixassem de se manifestar no tom de voz com que, por sua vez, interpelou Luís Bernardo:

— O senhor governador tem então um plano melhor?

Luís Bernardo olhou-o com indisfarçado desprezo:

— Tenho, sim, tenho outro plano, que talvez não seja tanto do seu agrado. Ou você acha que eu vim até aqui para juntar as minhas às suas forças e lançar uma operação de massacre indiscriminado sobre os desgraçados que estão fechados naquele barracão? Olhe bem para mim: acha-me com cara de assassino?

O outro não respondeu. Fervia em raiva silenciosa.

— O meu plano é muito simples: apurar o que se passou, punir os responsáveis de um ou outro lado e pôr fim ao motim, como o senhor diz, sem mais derramamento de sangue. Saiba que a tropa está aqui ao serviço da autoridade do Estado, que eu represento, e não ao seu serviço ou ao serviço do seu desejo de sangue, disfarçado de ridícula estratégia militar.

— E quem vingará a morte do Ferreira Duarte e do Silva? Eu vi como aqueles animais os cortaram aos pedaços, à catanada. O senhor não viu, não sabe do que se passou aqui e do que se poderá passar de futuro, se ninguém vingar essas mortes.

— A justiça vingará essas mortes. A justiça do tribunal, não a sua.

— Os seus discursos, senhor governador — o engenheiro Leopoldo falava como se cuspisse as palavras —, são muito bonitos para conversas de salão lisboeta. Mas isto aqui é África, é o inferno de uma ilha de merda onde nem o senhor se digna vir, se não em caso de emergência!

Luís Bernardo achou que já lhe tinha dado demasiada importância e virou-lhe as costas ostensivamente, dirigindo-se ao vice-governador:

— Queria saber, da sua apreciação dos factos, o que se passou aqui ao certo?

— Bem, julgo que o senhor governador já sabe o essencial: anteontem, durante a forma da manhã, os serviçais recusaram-se a sair para o trabalho.

— E recusaram-se porquê?

— Isso não sei, não estava cá.

— E não tratou de saber? Parece-lhe plausível que eles se tenham recusado a sair sem motivo algum?

Antes que António Vieira pudesse responder, interpôs-se de novo o administrador:

— Eu digo-lhe qual foi o motivo que eles invocaram: queriam o afastamento do capataz, do encarregado Silva, os dois que viriam a assassinar, e do encarregado Encarnação.

— E isso com que fundamento?

Foi a vez de intervir o curador José do Nascimento, cuja presença tinha sido até aí ignorada tanto pelo engenheiro Leopoldo como pelo vice-governador do Príncipe:

— Com o fundamento de que eram maltratados por eles. À base do chicote e da privação de água e refeições.

— E isso era verdade, senhor António Vieira?

— Não sei.

— Não sabe? Nunca ouviu falar disso? Não conhece as condições de trabalho nesta roça?

— Conheço e nunca ouvi falar disso.

— O senhor curador, aqui presente, não o avisou já há semanas dessas queixas que circulavam entre os serviçais desta roça e do ambiente potencialmente explosivo que isso estava a causar aqui?

— Sim, é verdade que ele me falou disso, mas eram informações não confirmadas.

— E que fez o senhor para as confirmar?

António Vieira ficou calado. Olhava em frente, com um ar distraído como se o assunto agora não fosse para ali chamado.

— Quer dizer, senhor António Vieira — Luís Bernardo falou devagar, acentuando cada palavra, como se de um libelo acusatório se tratasse —, que o senhor foi avisado por quem de direito, o curador dos serviçais, que havia aqui uma situação que poderia degenerar nisto, devido aos maus tratos de que se queixavam os trabalhadores desta roça. E, avisado, o senhor nada fez, nem sequer para saber se isso correspondia à verdade e se a situação se poderia tornar realmente perigosa. Nada averigua, nada me comunica a mim. E depois, quando estala a revolta e é apanhado de calças na mão, sem sequer me consultar previamente, trata de mandar um telegrama em pânico para Lisboa, a pedir nada menos do que um navio de guerra para o vir ajudar?! Estou correcto ou percebi mal o que me disse e o que não fez?

— É a sua interpretação, senhor governador...

— É a minha? E a sua, qual é?

— A mim interessam-me mais os factos que aqui temos do que as interpretações.

— Ah, os factos que aqui temos! — Luís Bernardo falava num tom de ironia cansada, como quem se aborrece por ter de explicar coisas evidentes por si. — Sabe quais são os factos que temos, agora? São cinco assassínios, uma revolta que, se não for travada já, poderá alastrar às outras roças da ilha e talvez até a S. Tomé. E tudo isto a poucos dias da chegada do príncipe da Beira e do ministro das Colónias, cuja visita aqui ao Príncipe terá obviamente de ser cancelada, devido ao ambiente que a sua interpretação negligente dos factos permitiu que se instalasse. Não duvide de que o tornarei pessoalmente responsável por isso e pelo que de mais vier a suceder!

À volta deles tinha-se aglomerado agora uma pequena multidão, constituída por todos os brancos da roça. O ambiente era claramente hostil para com Luís Bernardo. Olhos injectados de sono, de raiva ou de antigas febres olhavam-no com indisfarçável animosidade ou mesmo desdém. O ar estava carregado de violência reprimida, de cheiro a sangue por derramar, de muita dureza, muito cansaço e muitas frustrações longamente abafadas. Naquela hora de confronto e de perigo, teriam esperado que o governador estivesse com eles: brancos contra pretos, cristãos contra selvagens, sem lei nem moral. E eis que lhes chegava aquele emproado político lisboeta, de discurso fácil e demagógico, falando em nome do Estado ou da Justiça, como se esses palavrões pudessem significar alguma coisa para eles, que estavam ali, não de passagem, mas condenados ao inferno sem fim à vista. E agora até o fugaz prazer de um dia de festas, com a recepção prevista ao príncipe de Portugal, ele lhes retirara, com uma simples frase de quem pode e manda, humilhando à frente deles o governador da ilha e o capataz da roça. Agora sabiam que não havia oitenta brancos armados contra quinhentos pretos amotinados, mas sim qualquer coisa de muito mais perigoso e escorregadio. A vontade de um só homem, apoiado na força militar que era obrigada a obedecer-lhe.

Apenas o major Benjamim das Neves parecia manter-se alheio e indiferente ao sentimento geral daquele grupo: nada, na sua atitude ou gestos, denunciava qualquer opinião ou juízo próprio. Dispusera os seus homens em redor da carpintaria e integrara os do capitão Dario sob o seu comando, tal como Luís Bernardo lhe ordenara, e agora parecia esperar apenas novas ordens do governador, a que ele obedeceria, fossem elas quais fossem.

Luís Bernardo voltou-se de novo para o engenheiro Leopoldo:

— Onde está o serviçal que dizem que comandou esta revolta, o Gabriel, não é como ele se chama?

O administrador olhou à roda, embaraçado, como se procurasse o negro com os olhos. Luís Bernardo percebeu que ele não esperava aquela pergunta, nem que o governador estivesse informado àquele ponto. Luís Bernardo insistiu:

— Onde está? Está morto?

O administrador olhou o governador de frente, sem se intimidar. Um esgar de profundo desprezo arrepanhou-lhe a boca, quando respondeu:

— Não, não está morto: nós também não somos assassinos, aqui. Está só ferido.

— Ferido? Ferido, como?

— Foi ferido nos confrontos que houve — o tom de desafio mantinha-se na expressão dele.

— Quais confrontos, senhor engenheiro? Não é verdade que ele foi levado para negociar consigo anteontem de manhã, e os confrontos só se deram à tarde, quando ele ainda estava à sua guarda? Como pôde ele participar nos confrontos?

O engenheiro Leopoldo não conseguiu evitar um olhar fugidio de espanto. Depois correu os olhos pela assistência e deteve-se no curador para o Príncipe, José do Nascimento: estava ali o denunciante, o traidor, era ele certamente quem fornecera ao governador aquelas informações. Varreu-o com ódio e voltou a encarar Luís Bernardo:

— Ele atirou-se a mim, quando estávamos reunidos. Tivemos de o dominar pela força. Agora está sob detenção.

Luís Bernardo sustentou-lhe o olhar e respondeu com uma surpreendente calma:

— Pois mande-o soltar imediatamente e traga-mo aqui.

O engenheiro Leopoldo não se mexeu. Tinha as pernas abertas, a mão pousada no cinto das calças, onde atravessara um revólver. Cuspiu para o chão e nada disse. Luís Bernardo repetiu a ordem, martelando as palavras:

— Ouviu o que lhe disse? Traga-mo aqui imediatamente ou eu ponho a tropa a revistar a roça inteira até dar com ele. E vá rezando para que ele esteja mesmo vivo.

O engenheiro Leopoldo continuava sem se mexer. Avaliava até que ponto teria hipóteses de resistir naquele braço-de-ferro. Olhou para o major Benjamim, que fumava um cigarro e mantinha o mesmo silêncio e a mesma expressão impenetrável desde que chegara. Luís Bernardo olhou também de relance para o major: o mesmo pensamento do administrador da Infante D. Henrique lhe ocupava agora o espírito — poderia contar com o major Benjamim, com a sua lealdade e obediência cega? Desde o princípio, desde que o convocara em S. Tomé para vir com ele ao Príncipe, que apostara tudo nessa lealdade e obediência. O instinto dizia-lhe que podia confiar no militar e, além do mais, havia, outra vez, esse factor a seu favor: a chegada iminente do príncipe real e do ministro Ornellas. Nenhuma autoridade das ilhas ousaria agora desafiar o poder do governador e receber os governantes de Lisboa em estado de revolta contra a autoridade nomeada por Lisboa. Noutras circunstâncias talvez se revoltasse, agora não.

O engenheiro Leopoldo cuspiu outra vez para o chão. Com o indicador da mão esquerda fez um gesto para dois dos seus homens que assistiam à conversa, ligeiramente afastados, e apontou na direcção de uma das casas que cercavam o terreiro. Eles assentiram com a cabeça e partiram. O resto do grupo ficou em silêncio, à espera. Luís Bernardo foi sentar-se num banco de pedra encostado à parede da casa grande e acendeu um cigarro, saboreando o primeiro momento de tréguas da manhã. Não sabia quando voltaria a dispor de outro momento assim, não conseguia prever como e quando é que tudo acabaria. Só sabia que não poderia haver recuo nem compromisso. Fumou o cigarro até ao fim, sem que nada se passasse, e estava a apagá-lo no chão com a bota, quando um movimento silencioso de todos os presentes, incluindo os soldados de guarda à carpintaria, o fez levantar os olhos e erguer-se do banco. Todos olhavam calados os dois encarregados que o engenheiro enviara para buscar o negro tido como o chefe da revolta. Tinham emergido de uma dependência lateral, arrastando entre ambos um vulto dobrado sobre si mesmo, como se fosse um fardo de mercadorias. Caminharam com ele até ao centro do grupo e largaram-no então no chão. O negro ficou sentado sobre os pés descalços e inchados, continuando dobrado sobre si mesmo. Tinha as roupas esfarrapadas, a camisa pouco mais era do que um trapo ensanguentado colado ao corpo. Marcas azuladas de pauladas e sangue pisado cobriam-lhe as pernas e as costas expostas ao sol. Diversas feridas sangravam ainda e, na perna esquerda, a tíbia rompera a pele e aparecia claramente à superfície, sob a forma de uma fractura exposta.

Luís Bernardo caminhou lentamente até ao centro do círculo, com os outros afastando-se relutantemente para o deixar passar. Chegou junto do negro, pousou um joelho em terra para ficar à altura dos ombros dele e, estendendo uma mão, ergueu-lhe a custo a cabeça pendente sobre o peito. O que viu fê-lo ter um estremecimento de horror: a cara do negro estava positivamente desfeita de pancada. Um olho estava completamente fechado, com pus escorrendo por entre as pálpebras, três dentes da frente estavam grosseiramente partidos, a orelha direita parecia cortada ao meio por um golpe desajeitado de navalha, nódoas negras e sangue pisado tornavam a sua expressão apenas a de uma imensa ferida e um profundo golpe expunha-lhe a pele debaixo do couro cabeludo, acima da testa, por onde dois fios de sangue continuavam a correr. Aquele homem fora massacrado selvaticamente e de diversas maneiras. Era difícil adivinhar durante quanto tempo e se com intenção de o matar à pancada ou de simplesmente o deixar a agonizar aos poucos. Luís Bernardo voltou-se para trás e procurou o engenheiro Leopoldo: a mesma expressão de desafio continuava-lhe afivelada na cara. Foi a vez de Luís Bernardo cuspir também, ostensivamente, encarando-o. Depois voltou a olhar o destroço negro depositado à sua frente, segurando-lhe a cara pelo queixo em frente à sua.

— Gabriel...

Não houve qualquer reacção no rosto do outro, nada que indicasse sequer que tinha ouvido chamar pelo seu nome.

— Gabriel, ouves-me? Sou o governador de S. Tomé e Príncipe. Estou aqui para apurar o que se passou e fazer justiça a todos, brancos e pretos por igual. Não tens de ter medo, porque ninguém mais te vai tocar e quem te fez isso vai pagar pelo que fez. Preciso que fales comigo a sós e me contes o que se passou. Ouves-me? Percebes o que te estou a dizer?

Seguiu-se um grande silêncio, sem que ele desse quaisquer sinais de reagir. Luís Bernardo pensou que devia estar em coma ou num estado de inconsciência que o impedia de entender o que lhe diziam. Mas, de repente, percebeu que ele o fixava com o único olho aberto fazendo um ligeiro movimento de cabeça, indicando que o percebia. Luís Bernardo levantou-se e deu ordens ao major Benjamim para que dois soldados o transportassem para onde pudessem falar a sós.

Ergueram-no em braços e levaram-no para debaixo de uma árvore afastada uns vinte metros de onde o grupo estava. Sentaram-no encostado ao tronco e trouxeram-lhe água numa tigela, que ele bebeu a custo, ajudado por um dos soldados. Luís Bernardo pegou num pequeno banco de madeira que ali estava e sentou-se à frente dele.

— Gabriel, ouves-me agora?

Ele fez que sim com uma ligeira inclinação de cabeça.

— Percebes o que te digo?

Novo assentimento de cabeça.

— O que se passou quando foste levado para falar com o administrador, o engenheiro Leopoldo?

Gabriel começou a falar, com grande dificuldade. O seu português era fluente, mas as palavras saíam-lhe a custo da boca massacrada. Falava muito lentamente e de vez em quando interrompia-se para beber água, ajudado por Luís Bernardo. Mas não tinha muito para contar: tudo começou, explicou ele, quando o encarregado Joaquim Silva, o mais temido e detestado por todos os serviçais, aplicou um violento golpe de chicote num trabalhador, que não teria mais de onze anos, que, sob o sol inclemente, tinha abandonado a sua tarefa para ir beber água. Os serviçais que assistiam àquilo ficaram revoltados e cresceram para o encarregado, o qual se pôs a andar, voltando com o capataz Ferreira Duarte e mais uns cinco brancos, todos armados de revólveres ou espingardas. O capataz ouviu as explicações dos serviçais, olhou as costas do miúdo marcadas pelo chicote e limitou-se a ameaçá-los de que fariam o mesmo a todos, se não voltassem imediatamente ao trabalho. Nessa noite, na sanzala, os mais velhos reuniram-se a seguir ao jantar e ficou decidido que, na manhã seguinte, quando a "forma" fosse mandada destroçar e seguir para o trabalho, ninguém se mexeria do seu lugar e ele, Gabriel, ficava encarregado de pedir que chamassem o administrador, a quem comunicaria que só voltariam para o trabalho se o capataz e os encarregados Joaquim Silva e o Custódio "Pilão" fossem afastados das suas funções. Pediria também que fosse chamado o curador à cidade para que eles lhe apresentassem as queixas que tinham. Assim se fez, no dia seguinte, e quando o engenheiro Leopoldo chegou ao terreiro, mandou-o entrar para o seu escritório e aí disse-lhe que estava disposto a ouvir as queixas que os serviçais tinham e a discutir a solução com ele, Gabriel, mas não debaixo de um motim: só negociaria com ele se os convencesse a partir para o trabalho, enquanto os dois ficariam a discutir. O Gabriel voltou lá fora para falar com os seus camaradas, os quais eram de opinião que se tratava de uma armadilha, que ele não deveria ficar e que se deveriam manter intransigentes na exigência da demissão do capataz e dos dois encarregados. Finalmente, conseguiu convencê-los e eles partiram. Então, levaram-no de volta para o escritório do administrador, que começou imediatamente a ameaçá-lo que quebraria o motim a tiro, se fosse necessário, tentando obrigá-lo a assinar um documento em como declarava que os serviçais da roça se tinham revoltado sem motivo algum. Ele recusou-se e começou logo a ser agredido por quatro ou cinco brancos, armados de cassetetes e mocas, ali mesmo, em frente do engenheiro Leopoldo. Ele tentou defender-se, mas em breve estava no chão e os golpes continuaram até perder a consciência. E nada mais sabia: só dera acordo de si nessa manhã, fechado dentro de uma dependência vazia, onde nem sequer havia uma janela.

Luís Bernardo escutou tudo, sem o interromper. Por vezes, teve de esperar que ele recuperasse as energias, com um gole de água, e que conseguisse retomar o discurso, entrecortado por soluços, que não eram de fraqueza ou queixume, mas de puro sofrimento físico. Apesar dos traços disformes do rosto, havia nele um inconfundível ar de altivez e inteligência, que deixava perceber bem por que é que os seus camaradas o tinham escolhido para porta-voz e por que é que os da roça o consideravam o líder da revolta. E, apesar da fractura exposta da perna, das feridas e equimoses pelo corpo todo, via-se que era um belo negro, dos seus vinte e cinco anos, a pele mais clara que a dos negros de Angola, denunciando várias gerações já na ilha e, porventura, algum cruzamento de sangue branco ou mestiço. Um animal ferido, jazendo prostrado aos pés de Luís Bernardo. Mas não pedia misericórdia, nem parecia assustado: era como se tivesse aceite o seu destino, sem recriminações. Mas Luís Bernardo, sim, sentiu que o destino daquele desgraçado serviçal de uma roça do Príncipe se tinha tornado para ele um ponto de honra na sua missão.

— Ouve, Gabriel — começou ele —, eu acredito em ti e em tudo o que me contaste. Mas é preciso que tu acredites também em mim. Eu não sou igual a eles e não te vou deixar nas suas mãos, porque te matavam assim que eu virasse costas. Tu vens comigo para S. Tomé e, visto que não há nenhum crime de que te possam acusar, ficas sob a minha protecção, se necessário for, em minha própria casa. Vou levar comigo também os teus dois companheiros que são acusados de matar o capataz e o encarregado. Esses estão acusados de um crime grave e serão julgados em S. Tomé. O capataz Ferreira Duarte e o encarregado Silva, cujo afastamento vocês pediam, estão mortos. Resta o "Pilão", que eu vou exigir ao administrador que afaste da vigilância das brigadas de trabalho. Em troca, quero que venhas comigo ao armazém onde estão barricados os serviçais e que os convenças a voltar ao trabalho. Que dizes?

Gabriel olhou-o, procurando descortinar nele algum sinal de falsidade. Raramente vira um branco cumprir uma promessa feita a um negro. Deus não fizera o mundo para que os brancos tivessem pena dos negros ou lhes reconhecessem quaisquer direitos.

— Não sei...

— Não sabes o quê?

— Não sei se acredito em si.

— Não tens alternativa senão acreditar em mim. Se te deixo aqui e aos teus dois companheiros acusados do assassinato do capataz, ao fim do dia vocês estão mortos. E, se levo comigo a tropa que trouxe de S. Tomé sem resolver as coisas, os brancos das roças e os soldados do Príncipe vão pegar fogo à carpintaria e, quando os teus companheiros saírem de lá de dentro, serão dizimados a tiro. Os que restarem vivos vão aceitar ir trabalhar até à força de chicote.

— Não sei se eles acreditam em si.

— Talvez não, mas acreditam em ti. Se fores lá tu dizeres-lhes isto comigo, eles acreditarão. Mas primeiro é preciso que tu acredites em mim. Ouve-me bem, Gabriel: não há nada mais que eu possa fazer por ti e pelos teus!

Antes que Gabriel pudesse responder, ouviu-se o som do trote de dois cavalos que contornavam a esquina da casa grande e desembocavam no terreiro da roça. As conversas do grupo de brancos cessaram instantaneamente e todos os olhares se voltaram para os recém-chegados, um branco e um preto, cada um no seu cavalo. Também Luís Bernardo estava a olhar e pareceu-lhe ao longe familiar aquela silhueta do cavaleiro branco. Quando ele se deteve e se apeou do cavalo, passando as rédeas ao seu acompanhante, Luís Bernardo reconheceu, enfim, com um arrepio de terror, a figura de David Jameson, que desmontava com um aparente à-vontade de quem tivesse acabado de chegar a uma reunião social. Luís Bernardo levantou-se disparado e correu para ele.

— David, o que faz aqui?

— Ora, Luís, o mesmo que você, suponho...

— Não. Eu estou aqui como governador, no cumprimento das minhas funções.

— E eu estou no cumprimento das minhas. Ou já não se lembra que faz parte das minhas funções, as quais deveria facilitar, a visita das roças?

Luís Bernardo estava demasiado tenso e demasiado cansado para achar graça à ironia fina do amigo. “Porra — pensou para consigo — não há nada mais insuportável do que a lógica de um inglês, sobretudo quando vem a despropósito!”

— Não me vai dizer, David, que chegou aqui por acaso, em visita de rotina?

— Não, não lhe vou dizer isso. Não costumo ser hipócrita, especialmente com os amigos. É claro que não vim cá por acaso. Ouvi uns zunzuns anteontem de que alguma coisa de sério se estava aqui a passar e ontem mesmo apanhei a carreira regular do *Mindelo* e desembarquei cá. Procurei o governador da ilha, mas ele tinha subido para aqui e não consegui, durante o dia de ontem, encontrar alguém que me trouxesse cá. Estupidamente, hoje de manhã, deixei-me dormir demais e, quando acordei, soube que também já tinha chegado, que tinha requisitado o barco e desembarcado com um pequeno exército, dirigindo-se todos logo para aqui. Tive de puxar das libras para conseguir alugar estes dois cavalos e este guia para vir aqui ter. Eis a verdade inteira.

Luís Bernardo não pôde evitar sentir admiração pelo instinto do amigo e, ao mesmo tempo, de constrangimento pela situação. Assim, o cônsul inglês lera os indícios mais depressa do que ele próprio e conseguira chegar ao local dos acontecimentos antes do próprio governador! E, todavia, como o conseguira ele?

— Como é que soube, David?

David Jameson baixou os olhos, como uma criança que quer guardar um segredo.

— Ah, Luís, isso não lhe posso dizer. Faz parte do desempenho das minhas funções. Ou acha que estou aqui só pela vida social de S. Tomé?

Luís Bernardo assobiou baixinho.

— *Chapeau*, David! Mas a sua perseverança e sentido de oportunidade acabam aqui. Se não se importa, vou ter de o mandar de volta para a cidade e, assim que eu partir para S. Tomé, virá também comigo.

— Isso é uma ordem, Luís?

— É, é uma ordem do governador.

— Não tem esse direito, Luís!

— Tenho, sim, David, sabe que o tenho. Isto é um assunto interno do governo da colónia e eu tenho o direito de o vedar aos olhos de estranhos — note que disse estranhos e não estrangeiros.

— Parece-me uma decisão de força e não de direito...

— David, pense o que quiser. Não vou permitir que fique aqui e sei que, no meu lugar, faria o mesmo.

— Que sabe você disso, Luís?

— Sei que no meu lugar faria o mesmo.

— Engana-se: quando estive num lugar semelhante ao seu — mas, desculpe que lhe diga, incomparavelmente mais importante — nunca transigi com a lei... nem mesmo em meu benefício.

Luís Bernardo olhou para o amigo: continuava a achar que qualquer coisa se alterara entre eles e que essa qualquer coisa vinha do outro. Ou talvez estivesse a ser injusto.

— Podemos discutir isso noutra altura — como amigos ou como quiser. Mas agora, desculpe-me, David, mas vou mandá-lo de volta. Tenho coisas mais urgentes a resolver.

— É pena, Luís. Não querer testemunhas é sempre mau sinal. A maneira como vai lidar com isto era importante para minha informação. Uma vez que me manda embora, estou autorizado a pensar que vai transigir com coisas graves.

Luís Bernardo já não ouviu, ou fingiu não ouvir o que dissera o amigo. Uma vez mais, era o instinto que o guiava, agora. Durante toda a conversa com David tinha estado consciente de que o grupo dos brancos seguia o diálogo a uma distância suficiente para ouvir o que se dizia. Esperavam para ver o que ele fazia com a súbita intromissão do inglês. Virou-se para o major Benjamim e levantou a voz, para que o ouvissem bem:

— Senhor major, vai fazer o favor de destacar dois homens do contingente local para escoltarem o senhor cônsul inglês e o seu acompanhante de volta à cidade. Uma vez lá chegados, devem certificar-se de que ele não sai da cidade até receberem novas ordens minhas.

David voltou a montar no cavalo, saudou os circunstantes com um gesto do chapéu e partiu a passo, ladeado pelo guia que trouxera e seguido por dois soldados a cavalo que se lhe juntaram quase à saída da roça. Depois de eles partirem, Luís Bernardo voltou em passo decidido para junto de Gabriel, que continuava sentado à sombra da árvore, resguardando-se do sol, agora já alto e abrasador.

— Então? — perguntou ele, com súbita pressa de acabar com aquilo de vez. — Vens lá comigo ou não?

— Vamos — respondeu Gabriel, começando a fazer um esforço para se levantar.

Luís Bernardo mandou que lhe trouxessem uma bengala e obrigou-o a apoiar-se no seu próprio ombro. E foi assim, num passo miúdo e periclitante, que o chefe da revolta da roça Infante D. Henrique entrou, apoiado no ombro do governador, no barracão onde quinhentos pares de olhares brancos recortados em corpos negros e um fundo de semiescuridão os receberam num pesado silêncio.

O cheiro reinante era nauseabundo, um cheiro de suor e de dejectos que o ar rarefeito do barracão não conseguia arejar. Vindo da luz crua do meio-dia para a penumbra, Luís Bernardo começou por não conseguir distinguir nada, senão uma massa negra que se movia lentamente, como a lava no interior de um vulcão. Era uma massa escura, disforme, de corpos que ondulavam devagar e respiravam pesadamente. Gabriel conseguiu impor silêncio ao rumor crescente de vozes despoletadas pela sua chegada. Começou a falar-lhes num dialecto incompreensível para Luís Bernardo, um crioulo onde apenas conseguia entender algumas raras palavras: governador, S. Tomé, e os nomes do capataz e do encarregado mortos. Depois, Gabriel respondeu a várias vozes que o interpelavam do meio da multidão, houve altercações, discussões mantidas num tom estranho, sincopado, como se cantassem. Seguiu-se um grande silêncio e Gabriel voltou a falar. Falava devagar e meigamente, como se falasse com crianças. Quando se calou outra vez, fez-se novo silêncio e depois falou um velho cujas barbas brancas brilhavam na penumbra, e dois negros jovens destacaram-se daquela massa indistinta de corpos suados e avançaram para a frente, junto a Gabriel. Luís Bernardo pensou por instantes que toda a multidão escura iria também avançar até o esmagar contra a parede do armazém. Teve um momento de pavor, de medo puro, realizando até que ponto estava indefeso perante aquele contingente de sombras suadas e ferventes de uma raiva tão antiga e tão contida. O suor corria-lhe também pelo corpo abaixo, empapando-lhe os cabelos e colando-lhe a roupa à pele. O coração batia-lhe alvoroçado e a respiração era curta e apressada: não desejava que ninguém o visse assim. À beira do pânico, em frente a um pelotão de fuzilamento que discutia ainda a sua sorte. Sentiu que Gabriel lhe batia no ombro.

— Sim?

— Estão aqui os dois que mataram o capataz e o encarregado. Eles aceitaram entregar-se a si para serem julgados em S. Tomé. Mande retirar a tropa agora e, se o "Pilão" for afastado da fileira de trabalho, eles voltam todos para suas casas e amanhã estarão na "forma" da manhã para irem trabalhar.

Luís Bernardo gastou uns instantes a tentar recompor-se. Limpou o suor da cara à camisa já ensopada, alisou o cabelo com os dedos, respirou fundo e saiu cá para fora.

Reuniu-se com o administrador, o vice-governador António Vieira, o subcurador José do Nascimento, o major Benjamim e o capitão Dario, nos escritórios da administração da Infante D. Henrique. Estavam todos de pé e os olhares dos outros estavam fixos nele, aguardando o seu discurso. Luís Bernardo continuava a transpirar e sentia ainda as narinas até aos pulmões impregnadas daquele cheiro atordoante ao armazém pejado de homens, um cheiro a medo e a tragédia suja. Reparou num absurdo calendário fixado na parede, que tinha parado no mês de março do ano anterior e que mostrava uma paisagem dos Alpes, coberta de neve, com um casal deslizando de *skis* nos pés, de mãos dadas, montanha abaixo, sob a legenda "*Saint Moritz, saison des sports d'Hiver*". Teve vontade de rir ou de chorar. De partir, de esquecer tudo aquilo, de fugir para a neve, de ter frio e acender uma lareira e, no resguardo do seu calor, fazer amor com Ann, eternamente.

— Senhor engenheiro, o acordo que estabeleci com os seus serviçais é o seguinte: levo comigo o Gabriel, em relação ao qual não pesa qualquer acusação de crime, antes pelo contrário, e levo os dois negros acusados da morte do seu capataz e do seu encarregado, para ficarem presos e serem julgados em S. Tomé. O outro seu encarregado que eles acusam de ter o chicote fácil — o "Pilão" — será afastado da fileira de trabalho para outras funções. Não haverá, da sua parte, nem castigos, nem represálias ou ajustes de contas de qualquer espécie. Em troca, eles regressam amanhã de manhã ao trabalho e tudo continua como dantes. A tropa dispersa toda agora comigo, mas o senhor subcurador aqui presente irá elaborar — para mim, para o vice-governador António Vieira e para o ministério — um relatório de tudo o que aqui se passou, das suas causas, das responsabilidades de cada um e das medidas a tomar para que situações destas não se repitam nesta ou noutra roça. É pegar ou largar: tenho o seu acordo e a sua palavra de honra de que cumpre a sua parte?

O engenheiro Leopoldo tinha seguido todas as andanças e atitudes do governador com a mesma raiva surda do início da manhã. Vira-o entrar no armazém onde estavam os revoltosos com uma admiração que não pudera evitar, mas, ao mesmo tempo, com a esperança de que ele levasse aí a lição da sua vida. E agora via-o sair com uma solução que despoletava toda a violência instalada e que apenas lhe exigia a ele que afastasse do serviço um dos seus encarregados. Isso irritava-o e custava-lhe dar a sua concordância ao triunfo do governador. A raiva fê-lo medir mal a situação e julgar-se capaz de um último desafio:

— Não lhe posso responder a isso, sem mais nem menos. Sabe, senhor governador, isto é uma exploração privada e quem manda aqui não é o senhor, mas o meu patrão, em Lisboa. Terei de o consultar.

Antes mesmo de responder, Luís Bernardo quase teve pena dele. Tinha-se exposto à humilhação, ia tê-la.

— Ah, o seu patrão, o senhor conde de Burnay! Conheço muito bem o seu patrão e você acaba de me dar a ideia de lhe escrever directamente e relatar-lhe o que aqui se passou. Pergunto-me o que pensará ele se eu lhe contar que, por causa dos maus tratos sofridos pelos serviçais desta roça, rebentou uma revolta que resultou na morte de cinco pessoas, incluindo o capataz, que obrigou à intervenção da tropa, que levou o vice-governador do Príncipe a telegrafar para Lisboa a pedir o envio de um navio da Marinha de Guerra, que trouxe aqui em alvoroço o governador de S. Tomé e que forçou o cancelamento da visita de Sua Alteza o príncipe da Beira e do senhor ministro das Colónias à ilha do Príncipe. E que tudo isto pode aparecer contado tal e qual nos jornais de Lisboa, numa altura em que Portugal procura convencer o mundo inteiro, e sobretudo a Inglaterra (cujo cônsul também por cá apareceu), de que tratamos os serviçais das roças tal qual como qualquer outro português! Como acha que o seu patrão receberá estas notícias?

À medida que Luís Bernardo ia falando, o rosto do engenheiro Leopoldo ia passando de rubro a branco e de branco a lívido. Quando Luís Bernardo se calou, não lhe restava pinga de ânimo de continuar o confronto. O conde de Burnay, tido como o homem mais rico do reino, tinha a roça Infante D. Henrique com a mesma displicência ou vontade de simples acumulação com que tinha muitas outras coisas, que às vezes nem se recordava que tinha: bancos, minas, quintas vinhateiras no Douro, fazendas em Angola, palácios em Lisboa, colecções de arte e, acima de tudo, a intermediação da quase totalidade dos empréstimos da banca internacional ao Estado português e a mina de ouro que era o monopólio dos tabacos em todo o território nacional. Tal como escrevera Rafael Bordalo Pinheiro, a sua legenda era: "Compra, vende, troca, empresta. Põe, dispõe, impõe, repõe, fia, fura e faz". D. Luís fizera-o conde — para lhe agradecer os constantes empréstimos à Casa Real — mas ele era o verdadeiro símbolo da burguesia mercantil, odiado pela velha aristocracia. O conde tinha tudo, menos duas coisas que ele não conseguia controlar e que, mais do que tudo, desejaria ter: o respeito da imprensa e a simpatia da opinião pública. Luís Bernardo tocara no ponto sensível e restava-lhe rematar a rendição do outro, sem contemplações:

— Em que ficamos, então, senhor engenheiro? Tenho a sua palavra de honra, perante estas quatro testemunhas, de que vai cumprir o que eu acordei, ou prefere esperar pela opinião do seu patrão?

— Tem a minha palavra. Mas oiça uma coisa, governador: você não vai longe, aqui em S. Tomé. Você não passa de um miserável chantagista, de um emproado intelectual lisboeta, convencido de que é mais inteligente e mais sabido e cavalheiro que a gente. Já vi outros iguais a si caírem de mais alto.

Luís Bernardo não lhe respondeu. Tudo tinha acabado. Sentia-se agora calmo e liberto. Queria só voltar para casa, voltar a ver Ann, descansar no seu corpo, esquecer no seu ombro.

— Senhor major, senhor capitão: reúnam a tropa e vamos partir de imediato. Tragam os dois presos e arranjem uma padiola para o Gabriel. O senhor vice-governador e o senhor subcurador ficam aqui para vigiar o cumprimento do acordado e para começar a recolher testemunhos para os vossos relatórios: espero-os por telegrama dentro de três dias, no máximo, e seria bom que fossem coincidentes.

Menos de doze horas tinham passado desde que o governador e a sua pequena força militar tinham desembarcado na ilha do Príncipe e já o *Mindelo* zarpava novamente de regresso a S. Tomé, levando os mesmos homens que trouxera, mais os dois prisioneiros da roça Infante D. Henrique, o Gabriel — que recebera um tratamento sumário do médico de Santo António — e David Jameson, que Luís Bernardo mandara chamar à única pensão da cidade, onde se tinha acolhido. Embarcaram ainda com luz do dia, mas, como é habitual nos trópicos, a noite chegou cedo e rapidamente. Luís Bernardo arranjou um lugar à ré, na pequena embarcação a vapor que agora tinha a sua lotação máxima excedida. Estava mergulhado num torpor físico que era também uma forma de descompressão de toda a tensão vivida naquelas doze horas. Sentia-se aliviado pelo desfecho dos acontecimentos e tranquilo pela consciência de ter agido da melhor forma naquelas circunstâncias. Agora fumava um charuto e gozava a sua doce vitória. Só uma coisa o angustiava: não poder correr para os braços de Ann à chegada, para lhe contar tudo, e para depois esquecer tudo na macieza da sua pele e com a cabeça encostada à curva perfeita e nua do seu peito. Esse privilégio estava reservado a David — quer ele o exercesse, quer não —, e Luís Bernardo nunca cometera a indelicadeza ou a precipitação de interrogar Ann sobre esses assuntos. Mas a ferida, o ciúme e, mais do que tudo, a sensação de impotência de não poder ter à luz do dia o que David tinha ou aparentava ter, doía-lhe sem remissão nem cura.

Olhou para David, que fumava um cigarro na cabine de comando, situada a meio do navio, em amena conversa com o comandante, no seu português desconchavado. Isso ele admirava profundamente em David: era um homem que parecia adaptar-se a quaisquer circunstâncias, estivesse onde estivesse ou com quem estivesse. Jamais lhe ouvira um lamento pelo seu desterro em S. Tomé ou pelo seu destino que o levara de uma carreira gloriosa no Raj britânico ao mais obscuro lugar que a administração colonial inglesa tinha disponível para oferecer. Quando muito, e isso tornava-se visível por vezes, o que lhe custava era que essa reviravolta da vida tivesse desabado também sobre os ombros de Ann, que ele lamentava profundamente ver ali, tão longe do seu meio e do seu mundo, tão longe da vida que se propusera dar-lhe, quando havia conquistado o seu coração e o seu destino em Delhi. Mas, fora esse remorso e essa dor que se adivinhavam sempre presentes, David era fundamentalmente um optimista que conseguia tirar partido de tudo e para quem parecia que o tempo jamais era perdido. De facto, tudo parecia interessá-lo, mesmo ali, em S. Tomé, onde havia tão poucos motivos de interesse. Chegado há pouco mais de um ano, ele já sabia tudo sobre a exploração do cacau ou a administração das roças, sabia tudo sobre o governo das ilhas — incluindo até o próprio orçamento que Luís Bernardo tinha à sua disposição —, sabia tudo sobre a geografia da ilha, que palmilhara quase toda — as montanhas, os rios, as enseadas, os ventos dominantes, os animais do óbó. Neste exacto momento, discutia com o comandante do *Mindelo* o regime de correntes entre S. Tomé e o Príncipe e até fora espreitar o motor sob a cabine de comando. Luís Bernardo não tinha dúvida alguma que, se fosse necessário, ele seria já perfeitamente capaz de levar sozinho o barco até S. Tomé.

Desde que Luís Bernardo o chamara para embarcar, os dois ainda não tinham trocado palavra alguma a bordo:

David enfiara-se na cabine à conversa com o comandante e Luís Bernardo instalara-se à ré, no seu desporto favorito, que era contemplar as estrelas no céu, enquanto fumava o seu Partagas. O cansaço dos acontecimentos desse dia e da noite anterior passada em branco, também na travessia entre ilhas, estava a causar os seus efeitos e ele estendeu as pernas e apoiou a cabeça num rolo de cordas para passar pelo sono. Tinha acabado de atirar o charuto pela borda e sentia os olhos a fecharem-se quando deu pela presença de David que viera sentar-se a seu lado.

— O sono depois da missão cumprida?

Luís Bernardo sentou-se também. No escuro não conseguia ver se a expressão de David era de ironia ou não.

— Luís, queria dizer-lhe que não fiquei com ressentimentos. Aqui, a sós, reconheço que teve razão lá em cima: no seu lugar, eu também o teria expulsado dali. E, por isso, não devia ter dito o que disse, sobre o facto de não querer testemunhas.

— *No hard feelings*, David...

— A sério, Luís, acho que fez o que tinha a fazer e não tenho qualquer reparo à forma como tratou as coisas.

— Mas isso não vai suavizar em nada a informação que vai enviar a Londres...

— Talvez sim. Contarei aquilo que sinceramente sinto. Que há aqui muita gente para quem o trabalho escravo e a lei do chicote ainda não passaram de moda. Mas que S. Tomé tem também um governador que não comunga dessas ideias e que, até prova em contrário, representa e tem o apoio do seu governo.

Luís Bernardo suspirou. Aquele era de novo o tipo de conversas que eles costumavam ter até há uns tempos atrás. Cada um na sua posição, separados pelas suas missões, mas unidos pelas mesmas ideias e pela simpatia pessoal que sentiam um pelo outro.

— Pois, David. Mas o que nenhum de nós sabe é como é que tudo isto vai acabar. Se são eles que triunfam ou eu.

— E de que lado estará, na altura decisiva, o seu governo... — completou David, perante o silêncio de Luís Bernardo.

— Luís, há uma coisa que eu posso prever — continuou David —, é que não há muito mais tempo para que as coisas se decidam. Fui informado que daqui a seis meses, em novembro ou dezembro, está marcada em Lisboa uma reunião conclusiva entre os importadores ingleses de cacau e os proprietários das roças de S. Tomé. É aí que se irá decidir se o boicote inglês aos produtos de S. Tomé vai por diante ou não.

Luís Bernardo procurou olhá-lo de frente, mesmo no escuro:

— Supondo que as suas informações serão decisivas para a atitude dos importadores, isso significa que tenho menos de seis meses para o convencer que sou eu que vou ganhar a parada?

David sorriu e foi a sua vez de ficar calado. Tirou um cigarro da cigarreira de prata que sempre o acompanhava, estendeu-o a Luís Bernardo e acendeu outro para si. Fumaram até ao fim em silêncio e depois Luís Bernardo declarou que ia tentar dormir. Mas David tinha ainda uma coisa para lhe dizer:

— Luís, estive a pensar naquele negro, meio morto de pancada, que resgatou das garras daqueles selvagens. Como é que ele se chama?

— Gabriel.

— Gabriel. Bom, o que pensa fazer com ele?

— Para dizer a verdade, ainda não pensei muito no assunto. Acho que, se não me ocorrer ideia alguma daqui até à chegada, levo-o para minha casa e logo se vê.

— Luís, não o pode fazer! Não pode levar para sua casa o chefe da revolta numa roça, mesmo que nenhum crime lhe possa ser assacado. À vista de todos, isso significaria que o governador tinha tomado partido abertamente por um dos lados: na véspera da chegada do ministro, isso seria demolidor para a sua posição.

— Tem razão, mas que alternativa vê?

— Eis para o que servem os amigos: levo-o eu para minha casa. De mim podem dizer que protejo os serviçais revoltados, o que não melhora nem piora em nada a minha imagem. Mando-o tratar e fico com ele ao meu serviço. Alguma coisa lhe hei-de arranjar para se tornar útil, nem que seja acompanhar as deambulações da Ann por aí. Às vezes preocupa-me que ela ande sozinha a cavalo pela ilha.

— David, agradeço-lhe muito. Livrou-me de um problema que eu ainda nem tinha realizado.

— Não agradeça, não me custa nada. E, como lhe disse, um *escort-boy* para a Ann deixa-me mais tranquilo.

Luís Bernardo ficou a pensar na última frase do amigo. Hesitou um bocado, mas decidiu-se a fazer-lhe uma pergunta cuja resposta já adivinhava e temia:

— David, posso-lhe fazer uma pergunta pessoal?

— Claro.

— Aguentaria isto aqui sem a Ann?

David não respondeu logo, como se quisesse pesar bem antes as palavras.

— É difícil de responder… a vida ensinou-me que a nossa capacidade de resistência e de sofrimento é sempre maior do que supomos. Penso que, no limite, e se não tivesse alternativa, eu aguentaria S. Tomé sozinho, como o Luís aguenta. O que eu não teria aguentado é que ela me tivesse deixado depois da Índia. Se ela me tivesse deixado então, eu não teria sobrevivido.

— E se ela o deixasse agora?

— Agora não faria sentido deixar-me. Mas, se o fizesse, eu iria atrás dela. Até ao fim do mundo. Por que pergunta isso?

— Por nada. Era o que eu esperava que dissesse.

Luís Bernardo voltou a deitar-se para dormir. Antes de fechar os olhos, olhou mais uma vez as estrelas no céu. Todas elas indicavam o caminho de casa.

XVI

Preparada quase como se de uma operação militar se tratasse, a visita do príncipe real a S. Tomé foi o êxito popular que o ministro Ayres d'Ornellas tanto tinha desejado e recomendado. Luís Bernardo, que se tinha descoberto uma insuspeita vocação para organizador de festas e eventos populares, não se poupara a esforços para tal, muito embora, no seu íntimo, o irritasse a sensação de que o mérito do seu governo de ano e meio em S. Tomé seria, em grande parte, avaliado pelo ministro de acordo com o sucesso da organização e da recepção populares. Mas ele conseguira mobilizar o entusiasmo do presidente da Câmara — com quem as suas relações sempre tinham sido boas, embora formais — e, com a colaboração deste, ambos haviam também conseguido despertar uma espécie de emulação colectiva entre os comerciantes, os habitantes da cidade e a população em geral. Lojas como a Casa Vista Alegre, a Casa Braga & Irmão, a Casa Lima & Gama ou a Cervejaria Elite, ponto de encontro de toda a cidade, rivalizaram entre si na decoração das respectivas fachadas e no retoque das pinturas que o tempo, o sal e a humidade haviam desbotado. Nas principais ruas da cidade — a Matheus Sampaio, a conde de Valle Flor, a Alberto Garrido ou a

General Cisneiros — a Câmara e os moradores locais haviam juntado forças, dinheiro e trabalhos para uma decoração feérica, que incluía um arco triunfal à entrada, normalmente ornamentado com as armas reais, e uma profusão de postes de bandeiras, balões, panos e arcos sobrepostos e enfeitados com grinaldas de flores de uma a outra esquina. As ruas haviam sido alisadas, limpas, regados e refeitos os canteiros de flores na própria manhã da chegada do príncipe. Por falta de verbas, eram afinal os edifícios públicos os que menos melhoramentos de fachada tinham tido, a começar pela feiíssima Sé Catedral, por onde, aliás, o príncipe iniciaria a sua visita.

O *África* chegou, como previsto, na manhã de 13 de julho e o transbordo a terra fez-se nas chalupas a remos do navio, com o próprio d. Luís Filipe como timoneiro de uma delas. Desde que d. João VI, cem anos antes, fugira com toda a corte para o Brasil, para escapar à invasão francesa do exército de Junot, nunca mais um membro da família real reinante pusera pé num território ultramarino de Portugal, desde a tão próxima ilha da Madeira até à tão distante ilha de Timor.

O herdeiro do trono dos Braganças desembarcou na ponte-cais de S. Tomé vestido com a chamada "farda colonial" da Marinha — calças e sapatos brancos, dólman branco com botões dourados e dragonas sobre o ombro e *képi* branco. D. Luís Filipe tinha feito há pouco vinte anos, mas o seu rosto era quase o de um miúdo de dezessete anos, com o sangue do centro da Europa denunciado nos seus olhos azuis e cabelo aloirado. Chegou sorridente, bem-disposto e curioso de tudo o que o rodeava, conforme era de sua fama e de seu natural. Por disposição protocolar prévia, apenas aguardavam o príncipe, no cais de desembarque, o ministro Ornellas e a sua pequena comitiva, Luís Bernardo, o presidente da Câmara, Jerónimo Carvalho da Silva, e os anfitriões que iriam receber Sua Alteza nas roças que ele visitaria — o conde de Valle Flor, chegado na véspera no seu próprio navio, directamente de Havre, e o sr. Henrique Mendonça, chegado uma semana antes.

O grupo dirigiu-se logo a pé até à catedral, por uma espécie de vereda humana delimitada por um cordão da polícia e do Exército, que mantinha afastada a multidão que gritava "Viva o príncipe real! Viva o nosso rei!". Na catedral, monsenhor Atalaia celebrou um *Te Deum*, agradecendo a Deus o bom mar que até ali trouxera Sua Alteza. A cerimónia foi rápida, mas, ao que parece, muito emocionante para as senhoras da colónia, que fungavam constantemente e puxavam dos seus lencinhos para limparem algumas lágrimas de comoção. À saída, embarcaram em seis carruagens, todas enfeitadas com flores e com os arreios brilhando ao sol, e dirigiram-se, em marcha lenta e difícil através da multidão, até ao Palácio do Governo, escoltados por um destacamento de cavalaria local, que abria e fechava o cortejo, sob o comando pessoal do major Benjamim das Neves.

A criadagem e todo o pessoal da Secretaria do Governo esperavam, alinhados no jardim do palácio e vestidos com os seus melhores fatos de domingo. D. Luís Filipe cumprimentou todos com um gesto de cabeça e agradeceu os "Viva o príncipe" com um aceno de mão. À porta, esperava o Sebastião, perfilado na sua farda branca de botões dourados, curiosamente quase igual à do príncipe, não fosse a ausência das fitas das condecorações. Luís Bernardo fez questão de o apresentar pessoalmente e d. Luís Filipe sorriu ao ouvir o nome de Sebastião Luís de Mascarenhas e Menezes. Estendeu a mão e apertou a mão enluvada de branco daquele nobre de pele negra. Também as lágrimas inundaram os olhos do Sebastião, enquanto dirigia a Luís Bernardo um olhar mudo de agradecimento. "Coisa estranha a monarquia!", pensou para consigo o governador, enquanto entrava em casa seguindo o príncipe da Beira.

Foram servidos refrescos no jardim e todos repousaram durante uma meia hora, sentados em cadeiras e de forma completamente informal. D. Luís Filipe herdara do pai — não, certamente, da mãe francesa — uma simplicidade de modos cativante e o mesmo gosto pelas coisas da natureza. Perguntou a Luís Bernardo o nome das árvores do jardim, quis saber o que se pescava na ilha e que animais se caçavam. Findo o descanso, e tal como estava aprazado, o príncipe recebeu em cumprimentos, e um por um, todos os notáveis das ilhas: um desfile de quarenta homens, entre militares, magistrados, funcionários do governo e comerciantes da praça, que Luís Bernardo ia apresentando, algumas vezes bastante constrangidamente, como quando se tratou de apresentar o delegado do Ministério Público, o curador ou o secretário-geral do governo. Mas ninguém se pôde queixar de ter sido discriminado pelo governador, quer nessa sessão de cumprimentos, quer no banquete oficial que teve lugar à noite.

Findos os cumprimentos, e depois de o príncipe ter subido para mudar de roupa nos seus aposentos, almoçaram em privado, apenas o príncipe, o ministro, o governador e o oficial às ordens de d. Luís Filipe, o tenente marquês de Lavradio. O Sebastião serviu primorosamente o excelente almoço ligeiro de salada de lagosta cozida e *poulet au citron* que Luís Bernardo impusera à cozinha, contra os protestos do Mamoun e da Sinhá, para quem almoço de príncipe não poderia ter nunca menos de seis ou sete pratos. Mas ele não cedera e os convidados deram-lhe razão, comendo com evidente prazer e louvando a sábia decisão de não se tratar de coisa pesada para aquele calor. D. Luís Filipe continuou a fazer o grosso das despesas da conversa, demonstrando uma curiosidade infatigável por tudo o que respeitava à ilha e que Luís Bernardo ia satisfazendo conforme podia. Ayres d'Ornellas, que Luís Bernardo apenas conhecia de nome e dos três ou quatro telegramas trocados desde que ele acedera ao ministério, falava pouco e parecia medir o governador, com os seus olhinhos pequenos e penetrantes. Era um homem das campanhas de Mouzinho, que tinha já colocado dois dos seus antigos companheiros de armas nos governos de Angola e Moçambique. A Luís Bernardo herdara-o do anterior ministro e sobretudo da escolha pessoal do rei. Mas estava bem informado sobre o desempenho de Luís Bernardo em S. Tomé, dos poucos ecos elogiosos que lhe haviam chegado da colónia acerca do governador e das muitas críticas e ódios que ele parecia suscitar localmente. Porém, como homem avisado, desejava primeiro conhecer pessoalmente o personagem, antes de concordar plenamente com o que lhe parecia serem as críticas fundadas de alguma imprensa de Lisboa "à política ziguezagueante, sem rumo nem proveito aparente para Portugal" do governador de S. Tomé. Quando intervinha na conversa, o ministro limitava-se a inquirir sobre factos concretos do governo da colónia, parecendo evitar deliberadamente as questões sensíveis de ordem política. Ou então esperaria que fosse Luís Bernardo a abordar esses assuntos.

Este, por sua vez, estava também hesitante e tacteante no caminho a seguir. No regresso da ilha do Príncipe, cinco dias atrás e depois de controlada a revolta local, enviara para o ministro e para bordo do *África*, um telegrama dando-lhe conta do desfecho da situação e, ao mesmo tempo, desaconselhando quer o envio de um navio de guerra que o governador do Príncipe solicitara, quer a manutenção da escala da comitiva de Lisboa na ilha, após a sua partida de S. Tomé. Recebera como resposta apenas que desse por cancelada a visita à ilha problemática e que fizesse todos os esforços para que o assunto não se tornasse do domínio público em S. Tomé. Desde que desembarcara, o ministro não trocara ainda com ele, certamente por falta de ocasião, uma palavra que fosse acerca desses temas.

E agora, Luís Bernardo não sabia se deveria esperar que ele o fizesse ou se a iniciativa teria de lhe caber a si, e quando e como — na presença de d. Luís Filipe ou a sós com Ayres d'Ornellas?

Foi interrompido nos seus pensamentos por uma interpelação directa do jovem príncipe:

— Não calcula o prazer que me dá estar aqui! O que significa para mim, para o meu pai e julgo que para o próprio país, poder estar aqui a representá-los neste bocado tão distante e tão diferente de Portugal, mas que é também e muito, pelo que já pude adivinhar, Portugal!

— Julgo que sei, porque conheço o pensamento do senhor seu pai acerca da importância das colónias e não duvido que o mesmo pensa Vossa Alteza. Este é um dia histórico para S. Tomé e para Portugal — disso estamos todos cientes.

— Sabe que meu pai o tem em alto apreço, governador. Falou-me de si, antes de eu partir, e de quão difícil, delicada e importante para os nossos interesses é a missão que lhe foi confiada. Todos esperamos e confiamos que a levará a bom cabo e que é o homem certo para tal. Não é assim, senhor ministro?

Ayres d'Ornellas pareceu ter sido apanhado desprevenido, mas reagiu rapidamente:

— Com certeza que sim. Todos esperamos que o governador Valença saiba levar o barco a bom porto. — Fez uma pausa deliberada e continuou: — Com tacto, com bom senso e com o necessário equilíbrio entre os vários interesses em jogo.

E olhou para Luís Bernardo, que corou ligeiramente e apenas baixou a cabeça, em tom de assentimento.

— Mas sobre esses assuntos falaremos depois — continuou o ministro, completamente senhor da situação. Aliás, o governador e eu teremos de encontrar, no meio do programa da visita, um tempo para uma conversa de trabalho.

— Bom, vamos então para as ruas e para o povo, que já deve estar ansioso que acabemos de almoçar! — concluiu, jovial, d. Luís Filipe, levantando-se da mesa e sendo seguido por todos.

A cidade em peso esperava o príncipe da Beira nas ruas. D. Luís Filipe e a sua comitiva apearam-se da carruagem e caminharam no meio da multidão. Acompanhados pelo presidente da Câmara, que rebentava de orgulho e emoção, percorreram longamente as ruas enfeitadas com tanto esforço e tanta despesa camarária. O príncipe detinha-se a cada passo, para cumprimentar as pessoas, para responder a alguém que o saudava, para falar com os vendedores à porta das lojas. Depois da ronda pelas ruas, que demorou umas duas horas, d. Luís Filipe visitou a Câmara Municipal, onde bebeu um Porto de Honra e recebeu as chaves da cidade das mãos do presidente, assinou o Livro de Honra e escutou um breve e atabalhoado discurso de boas-vindas do edil. A seguir, o príncipe quis ainda visitar o mercado ao ar livre, onde fez várias compras de artesanato, retomando depois a comitiva as carruagens para uma visita à fortaleza de S. Sebastião, sobranceira à baía de Ana Chaves. Por volta das seis, o príncipe e o seu oficial às ordens e ajudante-de-campo regressaram ao palácio do governador, onde estavam instalados, para descansar, tomar banho e vestirem-se para o jantar, enquanto os restantes, entre os quais o ministro Ornellas, recolhiam ao *África*, onde iriam passar a noite. Luís Bernardo aproveitou as duas horas de interregno no programa oficial para verificar os últimos preparativos para o banquete, que teria lugar no salão de baile, no piso térreo, tal como acontecera quando da sua própria chegada. Mas, desta vez, tinha-se optado por fazer apenas um banquete, sem baile, para duzentas pessoas — o que incluía praticamente toda a comunidade branca da ilha e meia dúzia de negros. Tinham sido convidadas todas as autoridades locais e da ilha do Príncipe, todos os administradores de roças, todos os principais comerciantes, oficiais do Exército e da polícia, bispo e padres, médicos, magistrados, engenheiros das obras públicas, enfim, quem quer que fosse alguém naquele distante Portugal, como lhe chamara o príncipe.

Na mesa de honra, o príncipe ficara numa cabeceira e Luís Bernardo na outra. Na mesa, apenas havia duas mulheres (além do bispo, que podia ser considerado de sexo neutro), e que eram a mulher do presidente da Câmara e a mulher do cônsul inglês. Seguindo o protocolo, d. Luís Filipe deu a direita à mulher do presidente da Câmara e a esquerda ao cônsul de Inglaterra. Luís Bernardo deu a direita a Ann e a esquerda a Ayres d'Ornellas. O conde de Valle Flor ficou à direita de Ann e o sr. Henrique Mendonça ensanduichou a esposa do presidente da Câmara entre si e o príncipe real. O bispo, o juiz e a restante comitiva vinda de Lisboa completavam a mesa, juntamente com o conde de Souza Faro, administrador residente da roça Água Izé. D. Luís Filipe mobilizava a atenção de todos, mas era Ann quem atraía todos os olhares masculinos, principalmente entre os jovens oficiais da comitiva real. Estava resplandecente, num vestido leve de seda branca, com os ombros e os braços nus e um estonteante decote onde brilhava um pendente de safiras azuis e corrente trabalhada em ouro. Tinha o cabelo arranjado em cascata de caracóis loiros pousando sobre os ombros e um risco suave sob as pestanas que lhe acentuava o contorno e o brilho incandescente do olhar. Todos, Luís Bernardo incluído, estavam perturbados com a sua presença e a sua beleza. O príncipe numa ponta da mesa e a rainha na outra. E, à sua direita, desvanecendo-se em atenções e olhares oblíquos, o conde de Valle Flor, que lhe jurava que não encontrara em Paris, de onde regressara na véspera no seu iate privado, nenhuma mulher mais bem-vestida do que ela. Nas mesas à roda, conforme Luís Bernardo reparava, todos os olhares convergiam para a mesa deles. Primeiro o príncipe, observado com curiosidade e enlevo, e logo de seguida a ela, sem pudor e sem condescendência. Os homens sem pudor, as mulheres sem condescendência. Nada é mais libidinoso que o olhar que um homem casado com uma mulher feia lança, disfarçadamente, sobre uma mulher bonita; e nenhum olhar é mais homicida do que aquele que a mulher feia casada lança sobre o alvo dos olhares do marido. Todas as senhoras ali presentes, desterradas do mundo e das suas subtis contingências, tinham gasto tempo, sofrimentos, dinheiro e angústias a planearem a *toilette* para aquela noite. Tinham julgado encontrar na Casa Parisiense, da rua Matheus Sampaio, a solução, os últimos figurinos, os tecidos em voga, os modelos da moda, por essa Europa fora. E, de repente, a simples visão de Ann, no seu vestido de alças de seda branca, as costas, os ombros e o vale entre o peito altivo descobertos, e uma safira azul pendente num decote que era todo um mundo de promessas, fora suficiente para arrasar e deitar por terra todos os seus enganos. Porque não há engano que resista à evidência de uns ombros direitos, a umas costas expostas e macias até à vista e a um peito exuberante, subido, como montanhas desafiando um conquistador. Ann arrasava tudo à volta, sorrindo recatada, quase pedindo desculpas públicas por ser tão bonita e tão devastadoramente desejável.

Sentado exactamente à sua frente, Ayres d'Ornellas era a excepção. Parecia olhá-la, não com olhos de macho e de cio, como todos os outros, mas com perspicácia de político — que, *noblesse oblige*, é um ser publicamente assexuado.

Naquele preciso momento, o conde de Valle Flor procurava satisfazer com Ann a mais genuína das curiosidades: como é que ela, evidentemente deslocada por aquelas bandas, conseguia preencher os seus dias naquele desterro, onde nem havia quatro para uma mesa de *bridge*.

— *My dear count* — e Ann lançou-lhe um sorriso de lado capaz de derreter um *iceberg* em pleno inverno árctico —, eu nunca vivi na Europa, mas sempre na Índia. Aprendi que temos de nos adaptar às circunstâncias e que em qualquer lugar há sempre motivos de interesse. São as pessoas que fazem os lugares e não o contrário.

E, enquanto a sua mão direita pousava, num gesto de desprendida *coqueterie*, no braço de um já derretido conde, a sua perna esquerda encontrara as de Luís Bernardo por baixo da mesa e por aí se deixara ficar, insinuando-se entre as suas coxas, numa provocação silenciosa e no limite do suportável.

— Ah, que me diz a esta resposta, Ornellas? — o conde tinha um sorriso feliz de conquistador, querendo exibir ao mundo o objecto da sua perdição. — Quando a beleza se alia à inteligência, que podemos nós, simples mortais, fazer, senão aspirar o perfume que passa?

Ornellas considerou a questão com toda a gravidade que um assunto de Estado requeria:

— Bem, o que eu lhe posso dizer, conde, é que a Inglaterra nos pediu autorização para ter aqui um cônsul residente, mas não nos avisou de que ele viria acompanhado de uma senhora desta beleza e desta inteligência, como diz.

— Se tem avisado, o governo teria respondido que sim, não é verdade? — o conde continuava a rir, mas estranhamente o ministro continuava sério:

— Certamente que não: teríamos medido o perigo.

Luís Bernardo sentiu um suor frio percorrendo-lhe o corpo, tanto mais que logo a seguir vieram os brindes e ele teve de se desembaraçar da perna entrelaçada de Ann, para se levantar e, conforme previsto no programa protocolar, dirigir um discurso de boas-vindas ao príncipe real. Tinha ensaiado o seu discurso, mas, ao optar por falar sem papel, passaram-lhe algumas coisas que gostaria de dizer. Ultrapassadas as formalidades, reafirmou a ideia de que o príncipe Luís Filipe representava seu pai, o rei, cujo pensamento político acerca das colónias de África ele, Luís Bernardo, conhecia, partilhava e ali procurava servir. Era a parte política do discurso e, não obstante a necessidade de continuar a ser ambíguo e de não estragar a festa, foi com o olhar circulando entre o príncipe, o ministro e a assembleia de ouvintes da colónia que ele chegou ao âmago da questão:

— Espero e confio que ao longo desta viagem, e não apenas aqui em S. Tomé e Príncipe, Vossa Alteza Real e Vossa Excelência senhor ministro se dêem conta de que todos os portugueses residentes nestas colónias de África e que aqui arrancam a sua sobrevivência em circunstâncias de dureza e de esforço para muitos inimaginável, têm também consciência de que, ao fazê-lo, estão também ao serviço de Portugal. De que são herdeiros e continuadores da obra imensa de descoberta, defesa e povoamento destes territórios por parte dos nossos antigos, e que hoje, no dealbar do século XX, no tempo das maravilhas como o telefone, ou a luz eléctrica e os automóveis — que aqui ainda não chegaram — os impérios já não se justificam só pelo direito de descoberta mas também pelo esforço de civilização, e não se mantêm apenas pela espada ou pelas canhoneiras, mas sobretudo pela razão e pela justiça. Por isso, outras potências, a quem falecem títulos de descoberta ou de conquista, aparecem hoje a reclamar direitos sobre o que tínhamos como nosso e adquirido, fundadas nas novas concepções humanísticas e civilizacionais deste século. Mas estou certo, e Vossa Alteza também o está, de que ninguém poderá, com razão, vir-nos dar lições neste domínio. Estou certo de que, para além de quaisquer divergências de estratégia ou de outra ordem, aqui, por exemplo, nesta vossa colónia de S. Tomé e Príncipe, todos — desde o mais humilde funcionário ao governador — estão conscientes de que a sua principal tarefa é a defesa dos interesses de Portugal, à luz do que é hoje o direito internacional, reconhecido pelas nações civilizadas. Das quais sempre fizemos e seguramente continuaremos a fazer parte.

Depois dos brindes e de cantado o hino, quando todos se levantaram da mesa, Ornellas segurou-o uns instantes pelo braço e, sem que Luís Bernardo tivesse percebido se era ironia ou sinceridade, comentou-lhe a meia-voz:

— Belo discurso! É fatal que, em o meu amigo querendo, depois disto, uma carreira política o aguarda em Lisboa!

Já o príncipe não deu quaisquer mostras de ter interpretado, bem ou mal, as mensagens codificadas do seu discurso. Ao contrário de Ann, que aproveitou a confusão do levantar da mesa, para lhe apertar por instantes e com força a mão, e ao contrário de David, que veio ter com ele e segredou-lhe ao ouvido, disfarçadamente:

— A metade dos presentes que compreendeu o que queria dizer não me parece que o tenha apreciado muito. Quanto ao seu príncipe, ainda não percebi bem se alguém lhe deu o enredo da história...

O banquete dispersou-se pelo jardim, em pequenas conversas de grupos, até cerca das dez da noite. Depois, o príncipe, seguido por toda a gente, embarcou na carruagem que estava à sua disposição e foi visitar as iluminações nocturnas da cidade, que tanto trabalho e tanto dinheiro haviam custado ao erário municipal e ao orçamento do governo-geral. Mas não fora em vão: desde a baía, onde centenas de embarcações, de pirogas a navios de cabotagem, flutuavam iluminados, até ao cais da Alfândega e a todas as principais praças e ruas da cidade, uma iluminação jamais vista em todo o Equador africano saudava o príncipe d. Luís Filipe. Um mar de lamparinas de coco, de barricas de petróleo a arder ou de fogueiras espontâneas nas esquinas fazia de S. Tomé uma jangada iluminada à deriva entre o céu e o oceano. Por diversas vezes, d. Luís Filipe se quis apear e caminhar por entre a multidão eufórica que o saudava e a custo a polícia conseguia abrir caminho para a comitiva do príncipe. Eufórico também, Ayres d'Ornellas virou-se para trás, a certa altura, agarrou no braço de Luís Bernardo e exclamou:

— Parabéns, meu caro! Você e o senhor presidente da Câmara estão de parabéns!

Já passava largamente da meia-noite quando deixaram o ministro no cais para se recolher ao *África*, enquanto Luís Bernardo acompanhava o príncipe e os dois oficiais do seu séquito de volta ao Palácio do Governo. Luís Bernardo ficou ainda a pé até às três da manhã, na preparação da casa, nas disposições para o pequeno-almoço da manhã e nos preparativos logísticos para a visita real às roças, que teria lugar no dia seguinte. Dormiu pouco mais de duas horas: às seis da manhã já estava a pé, vestido e supervisionando de novo todas as coisas.

O segundo dia da visita do príncipe real e do ministro das Colónias a S. Tomé começou com a ida à roça Boa Entrada, situada a norte da cidade, junto à povoação de Santo Amaro. O curto trajecto até à roça, sempre ao longo da costa e contornando a baía e a praia do Lagarto, foi feito descontraidamente, em carruagens e cavalos, por uma comitiva de umas trinta pessoas, saudada nas bermas do caminho por uma população entusiasta. A escolha fora criteriosa: a Boa Entrada, propriedade de Henrique Mendonça, que esperava os visitantes no limite da propriedade, podia ser tida quase como um modelo na gestão e na forma como tratava os seus trabalhadores. Henrique Mendonça, que chegara a S. Tomé uns vinte anos antes, como empregado alfandegário, casara-se com a proprietária da roça, que rapidamente fizera prosperar, ao ponto de se ter tornado um dos homens mais ricos de Lisboa.

Muito embora a sua riqueza desse nas vistas tanto como a do Valle Flor, era mais culto do que este e fora o primeiro roceiro de S. Tomé a manifestar preocupações sociais com os seus trabalhadores, para os quais mandara construir um hospital exclusivo na roça, fazendo a sanzala em casas de tijolo, caiadas de branco e com tecto de colmo. A roça tinha mil e setecentos hectares de área, onde além do café e do cacau ele cultivava também borracha e alinhava extensas plantações de bananeiras, coqueiros, abacate, jaca e manga. A visita prolongou-se por umas três horas, com d. Luís Filipe sempre incansável de curiosidade e entusiasmo, arrastando toda a comitiva atrás, a passo de trote. Henrique Mendonça mandara construir uma extensa cobertura de folhas de palmeira sobre o terreiro grande e foi aí, à sombra e ao ar livre, que serviu um almoço para umas sessenta pessoas, incluindo, por pedido expresso do príncipe, um generoso cardápio dos peixes de S. Tomé, regado com um excelente vinho branco de Colares que trouxera na bagagem de Lisboa. Luís Bernardo ficou sentado ao lado do ministro, que lhe fez, de forma discreta, diversas perguntas sobre o estado das roças, as relações do governo local com os administradores, a situação no Príncipe e as perspectivas de renovação dos contratos com os serviçais, que, pela lei de 1903, deveriam começar a ser feitas no início do próximo ano. "O grande teste à nossa colonização aqui e que não podemos falhar!", como comentou o ministro. A certa altura, Ayres d'Ornellas perguntou-lhe quantas mais roças havia como a Boa Entrada, em matéria de preocupações sociais com os serviçais, ao que Luís Bernardo lhe respondeu, com sinceridade, que aquela era a melhor, senão a única, cuja gestão, nesse aspecto, podia ser considerada aceitável. O ministro olhou-o de lado, em tom desconfiado, mas não disse nada.

Findo o almoço, retomaram-se os cavalos e as carruagens e seguiu-se ainda mais para norte, para a Rio do Ouro, a jóia da coroa das propriedades são-tomenses do conde de Valle Flor. A Rio do Ouro tinha dezassete quilómetros de extensão em comprimento, desde o monte Macaco até à praia de Fernão Dias. No total, as quatro roças do domínio Valle Flor em S. Tomé empregavam, só à sua conta, mais de cinco mil serviçais — o que fazia deste homem, desembarcado na ilha como modesto empregado de comércio, actualmente e depois de todas as voltas da fortuna (sempre a seu favor), o maior proprietário agrícola e o maior empregador de mão-de-obra da colónia.

Depois da visita às várias dependências da roça e a alguns dos campos de cacaueiros, o conde ofereceu à comitiva real, no relato posterior da *Ilustração Portuguesa*, uma "recepção fidalga decerto, como o é o seu espírito, e deslumbrante naturalmente, como lho permite a sua elevada fortuna". De facto, assim foi: o conde serviu, inteiros e no espeto, borregos, porcos, vitelas, lagostas, camarão gigante, chernes, tartarugas e tubarão. Doces de coco, de manga, de papaia, de banana, de abacaxi e até de chocolate. *Champagne* francês nas mesas sentadas, vinho branco de Palmela e tinto da Cova da Beira, Porto Vintage da Quinta do Vesúvio e charutos habanos legítimos, directamente trazidos de Paris. No terreiro, à roda dos salões da casa grande, onde serviu o banquete, sentou a comer, embora coisa diferente, é certo, os dois mil serviçais da roça à roda de fogueiras, e, no final, mandou levantar no ar um fogo-de-artifício que foi avistado da baía de Ana Chaves e da própria cidade, que deixou todos os presentes, sobretudo os negros, esmagados entre o deslumbramento e o susto. Impressionado, como todos os demais, Luís Bernardo não pôde evitar comparar a modéstia da sua recepção da véspera com o luxo espectacular do jantar na Rio do Ouro: "É a distância, pensou com ironia, que vai entre o orçamento do Estado na colónia e o orçamento particular do sr. conde". Também não se pôde impedir de pensar que os dois infelizes trabalhadores da Rio do Ouro, que tivera ocasião de defender em tribunal, estariam agora ali sentados, algures, seduzidos pelo jantar substancialmente melhorado e pelo fogo-de-artifício que o conde lhes dera a desfrutar, em contraste com a rotina diária a que o coronel Maltez os habituara.

Aos brindes, o príncipe levantou-se para agradecer a hospitalidade desse dia, quer a Henrique Mendonça, quer ao conde de Valle Flor. Entusiasmado pelo ambiente e pelo esplendor da festa, "o príncipe foi muito feliz no brinde", no dizer de Ayres d'Ornellas. Afirmou que "muitas vezes se tinha orgulhado de ser português, mas nunca como agora, que estava vendo a obra da colonização portuguesa". Todos aplaudiram de pé, com vivas ao príncipe e ao rei e a Portugal. Todos mostravam um rasgado e comovido sorriso, que o Vintage da Quinta do Vesúvio, em cima de tudo o resto, tornava oblíquo e líquido. Apenas, para quem reparasse, o do governador era mais fechado. Dois meses depois, após a visita a África, Sua Majestade o rei, por proposta do príncipe real e do seu ministro das Colónias, haveria de agraciar devidamente os anfitriões do filho em S. Tomé: o conde de Valle Flor conquistaria, graças a essa festa inesquecível, o título de marquês de Valle Flor. Quanto a Henrique Mendonça, foi mais complicado: tendo recusado, devido ao ridículo da nobilitação, o título de conde da Boa Entrada, acabou por ficar só par do reino e receber a grã-cruz de Cristo.

O príncipe, o ministro e os seus acompanhantes ficaram hospedados nessa noite na própria roça Rio do Ouro. Luís Bernardo teve de fazer ainda o trajecto nocturno de duas horas na carruagem do governador, que era a segunda vez que utilizava, e à luz de dois débeis candeeiros a petróleo, junto ao banco do cocheiro. David aproveitou para lhe pedir boleia para a cidade, o que tornou a viagem ainda num suplício maior. Estava ali, no escuro, no exíguo espaço da carruagem, com David e com Ann — tão próximo e tão longe dela, que um simples roçar de joelhos com os solavancos do caminho tornava uma agonia quase insustentável. Felizmente, para que as coisas não fossem ainda mais penosas, fizeram quase toda a viagem em silêncio, exaustos que todos estavam. Como o seu quarto e os quartos de hóspedes ainda estavam ocupados com a bagagem do príncipe e dos seus acompanhantes, Luís Bernardo teve de dormir mais uma noite no andar de baixo, no colchão instalado no seu gabinete de trabalho, na própria Secretaria-Geral do Governo. E de novo teria de se levantar ao nascer do Sol, para estar em Água Izé às oito e meia da manhã, onde a comitiva real era esperada, vinda directamente de barco da Rio do Ouro.

Na Água Izé, a roça que pertencera ao visconde de Malanza, foram recebidos pelo general conde de Souza Faro, em nome dos actuais proprietários, um consórcio denominado Companhia da Ilha do Príncipe, reunindo ainda alguns dos credores da massa falida do extinto e arruinado barão. Visitada a roça e servido um almoço na praia contígua às dependências e por onde se escoava toda a produção dos sete mil hectares da roça, o conde de Souza Faro haveria de produzir o mais político e directo de todos os discursos até aí escutados, indo, sem cerimónias, ao cerne da questão da mão-de-obra angolar. Depois de historiar as benesses de que gozavam, em seu entender, os angolanos trazidos das matas de Angola, onde "eram sujeitos a todos os ultrajes da mais feroz selvajaria, gemendo indefesos sob o férreo domínio dos potentados cafreais", o conde-general-administrador, a quem Luís Bernardo atribuíra todavia um espírito liberal, em contraste com os da sua classe na ilha, concluiria, para príncipe, ministro, governador e cônsul inglês escutarem:

— Em tais condições, facilmente se compreenderia que o repatriamento obrigatório dos nossos colonos, pretendido com intuitos meramente interesseiros pelos adversários da nossa imigração, seria um acto de inqualificável violência que nenhum governo poderia de ânimo leve sancionar. A Vossa Alteza Real e ao nobre ministro podemos asseverar, com a verdade que lhes é devida, que, de entre os nossos colonos angolas, dos que têm aqui família constituída — e são-no quase todos —, não há um só que se preste de vontade a abandonar a pátria que adoptaram, pela simples razão de que aqui se lhes faculta tudo quanto possam ambicionar. E é doutrina corrente que, onde se está bem, é aí a pátria.

Um entusiástico aplauso de quase todos os brancos presentes acolheu o discurso do administrador da Água Izé. O príncipe aplaudiu sem demonstrar qualquer aparente sinal de discordância. O ministro aplaudiu, pareceu a Luís Bernardo que calorosamente. David Jameson, sentado do outro lado da mesa, limitou-se a olhar para Luís Bernardo e sorriu. Quanto a este, manteve-se esfíngico, as mãos pousadas bem à vista sobre a mesa.

Assim que todos se levantaram, Luís Bernardo apressou-se a alcançar Ayres d'Ornellas, fazendo-lhe um sinal de cabeça de que desejava dar-lhe uma palavra em privado. O outro afastou-se com ele uns passos e ergueu uma sobrancelha em tom interrogativo. Luís Bernardo espumava por dentro, mas conseguiu manter toda a calma de que acabara de dar mostras à mesa:

— Sobre este discurso, Excelência, e sobre tudo o resto que não posso deixar de falar de viva voz, gostaria que me concedesse uma audiência em privado.

— Muito bem, meu caro. Nós embarcamos, como sabe, às sete da tarde. Falaremos no palácio às seis.

E afastou-se para onde estava o conde de Souza Faro a ser cumprimentado por vários dos circunstantes.

Às seis da tarde, Luís Bernardo foi chamado pelo secretário do ministro ao seu gabinete no rés-do-chão do palácio, onde estava num estado de nervos a roçar o desnorte. Contornou a esquina do edifício, para entrar pela entrada principal, e, quando ia a franquear a porta, deu de chofre com David, que vinha a sair.

— David! Que fazes tu aqui?

— No cumprimento das minhas funções — fez uma pequena vénia irónica. — Vim falar com o teu ministro.

— O quê? O tipo recebeu-te sem eu estar presente e sem sequer me avisar?

— Calma, calma! Não foste traído: fui eu que pedi para ser recebido a sós por ele.

— Tu é que pediste? E achas que não fui traído? Que não fui traído por ti? Tu, que és meu amigo, que sabes a situação que aqui vivo, que ouviste o discurso que aquele Souza Faro fez na minha cara!? Não fui traído? Então por que quiseste tu falar com o meu ministro longe de mim?

Estavam os dois parados à porta, frente a frente. Luís Bernardo estava praticamente descontrolado. David mantinha-se sereno, com uma expressão que parecia quase apiedada dele. Olhou-o bem nos olhos, afastou-o suavemente com o braço e disse:

— Quem és tu para falar em traição, Luís?... Com licença.

Luís Bernardo ficou a vê-lo afastar-se, passando o portão do jardim. "Eis o fim de uma amizade!", pensou para consigo. O secretário do ministro voltou a vir chamá-lo: Sua Excelência estava à espera.

O ministro esperava-o sozinho no que era o próprio escritório de Luís Bernardo. Estavam ali os seus quadros, os seus livros, as suas fotografias, o seu gramofone e os discos. Estava ali o que fora o seu pequeno, pequeníssimo mundo, naqueles terríveis dezassete meses. Era uma sensação estranha que o outro o recebesse como se fosse dono do que era seu. Ayres d'Ornellas fez um gesto convidando-o a sentar-se.

— Então, meu caro Valença, de que pretendia falar-me?

— Acabo de me cruzar à porta com o cônsul de Inglaterra. Antes de mais, gostaria que o senhor ministro me dissesse de que assunto tão reservado falaram que eu próprio não podia tomar conhecimento.

Ayres d'Ornellas olhou-o com interesse. Era outra vez o mesmo olhar frio, decifrador, de quem está habituado a tentar ler nos outros, antes que eles falem ou fiquem calados.

— Foi o seu amigo, senhor David Jameson, quem pediu para ser recebido a sós e eu não vi motivo algum para lhe negar essa pretensão. Mas descanse, que não só eu não tenho por hábito faltar com a solidariedade aos que estão sob as minhas ordens e perante estranhos, como também o seu amigo inglês não traiu nenhum segredo vosso. Em boa verdade, não me disse nada que eu não soubesse já.

— E o quê, senhor ministro? Posso sabê-lo?

— Claro que sim, não há segredo algum em nada disto. O que o cônsul inglês me veio dizer é que, na opinião dele, existe trabalho escravo em S. Tomé. Que os serviçais só se mantêm nas roças à força e porque não têm como fugir e que, se a renovação dos contratos de trabalho for séria, como manda a lei, todos ou quase todos se irão embora. O contrário do que acabámos de ouvir dizer ao senhor general de Souza Faro e que muita outra gente diz.

Luís Bernardo ficou calado. Lembrou-se que David lhe tinha prometido um dia que não daria aquele passo sem o avisar antes e sem lhe permitir a saída honrosa de apresentar previamente a sua demissão: mas isso fora noutros tempos.

— Presumo — Ayres d'Ornellas falava pausadamente — que essa seja também a sua opinião?

Chegara então a hora da verdade. Luís Bernardo sentia a cabeça num turbilhão de ideias e de emoções, mas, lá no fundo, parecia-lhe que já muito pouco havia para salvar.

A honra, certamente; para o orgulho já era tarde, para o êxito que sonhara, infinitamente tarde. Assim, perdido por um, perdido por cem:

— Não em todos os casos. Mas, de um modo geral, sim, é essa a minha opinião também.

O ministro suspirou. Também ele estava exausto com aqueles três dias de visita a S. Tomé. Apetecia-lhe o regresso à vida pacata, até monótona, do *África*, a navegação em águas calmas até Moçambique, o recolhimento a sós no seu camarote, de onde podia escrever cartas à mulher e tomar notas no seu diário.

— Bom, se assim é, Valença, não sei bem que lhe diga. Confiávamos em si para que pudesse ir mudando lentamente a situação, de modo que as coisas se pudessem tornar razoáveis sem que isso implicasse a ruína das explorações agrícolas, que, penso que o sabe tão bem como eu, não estão em situação de aguentar uma fuga em massa dos seus trabalhadores. Concordo que era um equilíbrio difícil de gerir, mas entendeu-se que, se alguém havia capaz de o fazer, era você. Agora, está-me a dizer que nada mudou...

— É difícil mudar o que quer que seja quando a resistência instalada não permite mudança alguma. E quando quem, em primeira linha, deveria zelar pelos direitos dos serviçais das roças, que é o curador-geral, está feito com os interesses mais retrógrados dos roceiros. Tudo isto, se se recordará, senhor ministro, eu escrevi-lhe num relatório, pouco depois de Vossa Excelência ter tomado posse.

— Sim, sim, eu lembro-me do seu relatório. Se permite que lho diga, era muito grandiloquente, mas pouco prático, em termos de soluções concretas.

— Mas que soluções concretas? Eu não vivo nas roças, eu não as administro, eu não vigio directamente as condições de trabalho dos serviçais — isso é da competência do curador. Se nem ele nem os administradores das roças vêem necessidade de mudar o que quer que seja e a única coisa que parece preocupá-los, como acabámos de ouvir ao senhor conde de Souza Faro, é que o governo não consinta no repatriamento dos serviçais para Angola, o que posso eu fazer? Recebi-os aqui, visitei-os todos nas roças, falei-lhes, escrevi-lhes, expliquei-lhes que, qualquer que fosse a opinião deles ou a minha, o fundamental era a opinião que viesse a formar o cônsul inglês. Que posso eu fazer se, depois de tudo isso, ainda tenho de partir de urgência para o Príncipe, com uma força militar reunida à socapa, para pôr fim, sem derramamento de sangue nem escândalo, a uma revolta de trabalhadores que eram tratados a chicote numa roça e, ainda por cima e para azar nosso, encontro lá o cônsul inglês, a assistir àquilo tudo?

— Justamente, Valença, essa foi uma das coisas de que me falaram: como foi lá parar o cônsul inglês?

Luís Bernardo sentiu-se insultado:

— Vossa Excelência não está a sugerir que fui eu que o avisei, pois não?

— Eu não estou a sugerir coisa alguma. Mas o simples facto de ter havido quem mo tenha insinuado demonstra até que ponto você, Valença, deixou que se formasse a opinião de que estava do lado do inglês, contra os nossos colonos. Ou seja...

— Isso, Excelência — Luís Bernardo sentia o sangue ferver-lhe —, é tremendamente injusto e até insultuoso. Eu não me pus do lado de ninguém. Pus-me do lado do bom desempenho da minha missão — a qual me foi descrita pelo senhor d. Carlos, em Vila Viçosa, como sendo a de convencer o mundo, a começar pelo cônsul inglês, de que Portugal não tinha trabalho escravo em S. Tomé e Príncipe. Foi isso que me foi pedido e foi isso que eu aceitei fazer. Nada mais.

— Não: foi-lhe também pedido que tivesse em consideração as condições particulares da economia de S. Tomé e que a prosperidade da colónia não pode subsistir sem mão-de-obra.

— Escrava?

— Não, não é escrava! — foi a vez de Ayres d'Ornellas se irritar e levantar a voz. — Não é mão-de-obra escrava! Mas entre isso e a hipocrisia humanística dos ingleses, que apenas estão preocupados com a concorrência comercial com as suas próprias colónias, como você muito bem sabe, há uma grande diferença. É nessa diferença que você deveria ter trabalhado junto do inglês, e não na aposta num mundo perfeito — que não existe aqui, não existe em África e não existe em nenhuma colónia de Sua Graciosa Majestade Britânica. Pedia-se-lhe sensibilidade e sensatez e você tratou de exigir a revolução ao virar da esquina e deixou o seu inglês, rendido aos seus encantos, à espera que você conseguisse realizar o seu milagre!

Luís Bernardo deteve-se, estarrecido. Finalmente, tinha percebido ao certo o que esperavam dele. Tinha sido necessário que viesse de Lisboa um político inteligente e com uma visão colonial estratégica, para que ele percebesse qual era a sua verdadeira missão.

— Sendo assim, senhor ministro, penso que só me resta apresentar a minha demissão, a qual solicito que aceite, com efeitos imediatos.

Ayres d'Ornellas tirou os óculos embaciados pela humidade, soprou as lentes e pôs-se a limpá-los lentamente, com um lenço sacado do bolso de cima do seu paletó cor de creme.

— Oiça, meu jovem. Vou ser completamente sincero: temos um problema sério entre mãos, sem solução aparente, mas não é por isso que eu vou querer a sua resignação ou a sua humilhação. Não aceito a sua demissão, porque ela nada resolveria e em nada mudaria favoravelmente as coisas —

para si ou para nós. Para si, seria a rendição sem honra; para nós, seria inútil procurar quem, daqui até ao final do ano, estivesse em melhor posição do que você para tentar influir para que o relatório que o senhor Jameson irá enviar ao seu governo seja menos prejudicial aos nossos interesses e nos possa dar ainda uma oportunidade de negociação e compromisso. A sua missão não está terminada: está apenas à beira do fracasso e eu dou-lhe uma última oportunidade de tentar minimizá-lo.

— Duvido, senhor ministro, que eu possa ainda influir em alguma coisa as conclusões do senhor Jameson...

— Talvez não, talvez sim. Esta visita do príncipe real foi um notável sucesso político, que a si se deve. Isso joga a seu favor entre a colónia, mesmo entre os seus inimigos, e joga a nosso favor internacionalmente. Essa estreita margem de manobra poderá ainda ser aproveitada por si — se souber cultivar com o senhor Jameson as relações adequadas à situação.

Luís Bernardo estava agora a ouvi-lo atentamente: o ministro não era parvo nenhum. Talvez ele quisesse, afinal, indicar-lhe uma saída que só a arrogância o levaria a desprezar:

— Que tipo de relações sugere, então, Vossa Excelência?

— Não se ofende se eu lhe der uma resposta sincera?

— Já nada tenho a perder, senhor ministro.

— Tem, sim, mas é melhor ouvir, de qualquer maneira. Eu compreendo que um homem culto como você, que tinha uma vida dourada e confortável em Lisboa, ao ver-se aqui, neste deserto vegetal, tenha estabelecido relações de amizade, e mesmo de amizade íntima, com a única pessoa que achou ao seu nível. Que ele fosse o representante dos interesses contrários aos nossos nem sequer era, em princípio, obstáculo. Pelo contrário, seduzir o cônsul que a Inglaterra para aqui mandou para nos tramar até parece boa política.

— O que esteve, então, errado?

— O que esteve errado, meu caro governador, é que você não se limitou a seduzir o inimigo: você seduziu-lhe também, e no sentido literal, a sua lindíssima mulher.

Luís Bernardo não mexeu nem um músculo da cara. Deixou que o ministro continuasse, como um pai ralhando a um filho:

— E, ao fazê-lo, você transformou um amigo em inimigo. Eu estive com ele há pouco e posso-lho garantir. Você saberá as razões pelas quais, em vez de lhe enfiar um tiro — o que, apesar de tudo, seria para si um honroso fim por amor — ele preferiu ameaçar-me com um relatório devastador para os nossos interesses e para o prestígio do seu mandato.

Luís Bernardo entrara na sala para a conversa com o ministro com uma raiva que lhe parecia capaz de tudo levar avante. Saía agora como um assaltante apanhado na sua própria ratoeira. Tudo pesado, preferiu render-se ao ministro, na intimidade daquela sala, do que render-se ao mundo inteiro, à luz do dia:

— O que sugere, então, Vossa Excelência que eu faça?

— Que cumpra o seu mandato até ao fim, conforme se comprometeu perante o seu rei. Que continue a defender o que lhe parece justo e adequado perante os colonos. E que tenha, perante o seu ex-amigo, senhor Jameson, uma relação leal, de homem para homem, que o deixe a ele confrontado com a obrigação moral de relatar factos e não sentimentos, de decidir com racionalidade e não com despeito.

Uma hora depois, Luís Bernardo estava no pontão de madeira que servia de cais de desembarque à cidade e à ilha, a despedir-se do ministro, do príncipe e dos restantes cinco membros da comitiva de visita às colónias de África. Na hora do embarque, d. Luís Filipe agarrou-lhe no braço e disse-lhe:

— Senhor governador, transmitirei a meu pai o acolhimento excepcional que nos proporcionou em S. Tomé e Príncipe. Estou certo de que ficará grato e contente por confirmar que fez a escolha certa para este cargo tão difícil de gerir. Em nome de Portugal, quero-lhe agradecer ter estado à altura e ter até ultrapassado as expectativas destes dias históricos em que pela primeira vez, desde há mais de cem anos, um membro da minha família pisou território nacional do Ultramar.

Luís Bernardo voltou a admirar-se com o ar quase infantil do príncipe: o seu discurso condizia com a idade e com a educação de governante que recebera quase desde o berço, mas não com o seu rosto infantil, que parecia agradecer uns dias de festa que lhe tinham proporcionado.

— Eu é que agradeço a Vossa Alteza, em nome de todos os habitantes de S. Tomé e Príncipe, a inesquecível honra que nos deu e a alegria imensa de toda esta gente, de que Vossa Alteza foi testemunha directa. É para mim um imenso motivo de orgulho que os acasos da fortuna e os desígnios do senhor seu pai e meu rei me tenham reservado a inesquecível honra de ter podido receber Vossa Alteza como governador destas ilhas. Peço-lhe que, no regresso, transmita a Sua Majestade que não há um dia que passe em que eu não me lembre da conversa que tivemos em Vila Viçosa e daquilo que foi o serviço de que me encarregou.

— O seu recado será entregue. Prometo-lhe.

D. Luís Filipe estendeu a mão e apertou-lha com vigor. Saudou uma última vez à roda, com o braço levantado, embarcou no escaler e, tal como à chegada, tomou lugar ao leme e deu voz de largada. Ayres d'Ornellas saudou do bote, com uma inclinação de cabeça e um gesto que Luís Bernardo tomou como de incentivo. E, depois, aqueles três dias infernais chegaram ao fim.

Luís Bernardo ficou na ponte, a assistir aos preparativos e manobras do *África* para zarpar. O Sol estava exactamente a pôr-se no horizonte quando o navio branco e preto se endireitou rumo à saída da baía, apitou três vezes e tomou o rumo do poente, em direcção ao mar aberto e ao encontro da noite marítima. Luís Bernardo deixou-se ficar até ao fim, sozinho, mais sozinho do que nunca, como se toda a ilha se tivesse despovoado de repente e, por entre os sinais de abandono e de solidão, ele buscasse os sinais da passagem de Ann para não morrer de loucura.

XVII

Na esteira do *África* tinham partido as últimas ilusões de Luís Bernardo. Se esperara do ministro, ou mesmo do príncipe real, um apoio firme e explícito à política do governador, face às resistências e à hostilidade dos colonos, essa esperança desvanecera-se. Não que o ministro, quer em público, quer em privado, tivesse condenado de alguma forma a sua governação. Mas o silêncio, neste caso, valia, pelo menos, como falta de apoio. Permitia que o impasse continuasse instalado, que o braço-de-ferro entre ele e os administradores das roças, a que se juntava o curador Germano Valente, prosseguisse como até então. A Luís Bernardo faltara-lhe um trunfo decisivo que pudesse apresentar em favor da sua política, e esse trunfo só poderia ser a garantia ou a esperança de que, devido aos seus esforços, o relatório a apresentar por David não iria ser demolidor para as expectativas do governo português. Mas David puxara-lhe o tapete debaixo dos pés. Por despeito, por vingança pessoal, dissera o ministro. Tal hipótese nunca ocorrera a Luís Bernardo: acreditara sempre que David, mesmo que viesse a apresentar um relatório negativo para Portugal, o faria sempre por convicção e jamais movido por razões pessoais envolvendo a sua pessoa. Não tanto em nome da sua antiga amizade, mas talvez em nome de uma espécie de "honra de cavalheiros", em que os dois planos não são misturáveis. Sim, é verdade que ele traíra o amigo, seduzindo-lhe a mulher. Mas, por uma vez na vida, não o fizera por leviandade ou capricho, por vaidade ou simples desejo, mas por paixão. Poderia alguém condená-lo por se ter apaixonado por Ann? Quantos homens não se teriam apaixonado por uma mulher tão fantástica, para mais ali, onde tudo era diferente, desde a premência dos sentidos até às regras de comportamento social? Ali, onde todos os instintos eram vorazes, onde o desejo crescia como as simples plantas que se transformavam em árvores de um dia para o outro, onde os negros se passeavam quase tão nus como os animais, onde o calor, a lassidão e a lonjura diluíam aos poucos o que noutro lugar estaria seguro por regras e convenções acatadas sem esforço? Ali, onde cada mulher acabava por se tornar apetecível para um homem só, e onde a simples presença e a figura de Ann se tornava uma tortura aos olhos de qualquer homem? Sim, claro, entre o desejo e a consumação vai uma distância — que é moral, antes de ser convencional. Mas David conhecia o casamento particular que tinha — e isso Luís Bernardo não podia explicar ao ministro nem aos seus detractores. David certamente que vira, que pressentira, que adivinhara, que fora Ann quem sobretudo provocara a relação. Ela não se sentia presa por nenhuma obrigação nesse campo, e fora essa sua liberdade que arrastara Luís Bernardo. Esse era o preço que David aceitara pagar para a ter junto a si, porque, se o critério era moral, ele perdera-a de direito, quando a desonrara na Índia. Ela não o deixara — conforme tinha prometido — e ele, em contrapartida, não dera um passo para se opor à sua relação com Luís Bernardo: era esse o contrato implícito entre ambos, em que assentava o seu casamento. Poderia ele, então, cobrar a Luís Bernardo aquilo que não podia cobrar à sua própria mulher? E, se entretanto acontecera que também ela se apaixonara por Luís Bernardo, quem é que, afinal, se portava pior: o amigo que se tornara o amante e o objecto de paixão da sua mulher, sem que ele pudesse moralmente impedi-lo, ou ele próprio, que a mantinha agarrada ao seu compromisso, mesmo sabendo-a de outro, pelo corpo e pelo coração? Por que é que era Luís Bernardo que deveria renunciar a Ann? E, em nome de quê, a troco de quê — da vaga esperança de que isso fizesse David ser mais benevolente para com os interesses políticos de Portugal e os interesses profissionais de Luís Bernardo? Que nome tinha isso, essa renúncia por interesse, essa tratação indigna que o ministro lhe aconselhara?

O levantar da festa é sempre penoso. Os que tinham vindo do reino regressaram a Lisboa, na carreira regular, enquanto que a comitiva do príncipe prosseguiu a sua longa viagem de três meses, que os levaria de seguida a Angola, Moçambique, África do Sul, e de novo, na volta para cima, Angola e, finalmente, Cabo Verde. Em S. Tomé ficou uma nostalgia omnipresente depois daqueles três dias de festa, e à medida que a cidade se ia desfazendo dos seus enfeites e dos recipientes utilizados para assegurar a feérica iluminação pública daquelas noites. Regressou-se à escuridão das esparsas lamparinas a petróleo na fachada de algumas casas ou esquinas de ruas, limpou-se o chão do mar de flores logo apodrecidas pelo sol, desmantelaram-se e arrecadaram-se os arcos de madeira que tinham enfeitado a entrada das principais artérias. A ilha estava de novo sozinha, esmagada pelo Equador, na espera dos próximos navios e entregue à sua sorte de sempre.

Tal como a cidade que se despia do seu traje de festa, também Luís Bernardo tinha mergulhado num torpor melancólico. Recuperara, com alguma satisfação, o seu quarto no andar de cima, que durante aqueles dias estivera ao serviço do marquês de Lavradio, e vira a casa regressar, naturalmente, à rotina dos dias normais, às suas horas de claridade ou de sombra, aos seus ruídos e silêncios e às noites agora limpas do verão. Sentia um vazio de precipício, uma tristeza absoluta e viscosa, pegada aos ossos, como uma doença. Nem saía de casa, vagueando por ela como alma penada, a quem o lento escorrer das horas sufocava e nem o terraço, de noite, lhe devolvia o ar que lhe faltava. Arrastava-se, sem objectivo, sem sentido, sem horizonte. Se tudo se desenrolasse normalmente, faltavam-lhe ainda dezoito meses de comissão, exactamente metade do seu tempo de exílio: teria de sobreviver até lá.

Uma noite, depois do jantar, sentou-se à secretária e resolveu lançar um SOS através do mar. Para o João:

Querido amigo,

Acho que em toda a minha vida, nunca precisei tanto de ti e de um amigo a meu lado. Desculpa implorar-te com esta franqueza, mas acredita que o não faria se não me sentisse no limite do suportável. Faltam-me ainda dezoito meses deste desterro, a minha missão caminha para um estrondoso fracasso, a mulher por quem desgraçadamente me apaixonei, como nunca em toda a minha vida, tornou-se-me inacessível pelos superiores interesses da nação, e a ilha já não tem segredos nem mistérios, apenas a dor e o conforto mínimo de saber que, pelo menos, ela, essa mulher inatingível, também aqui continua, respira o ar que eu respiro e desespera na mesma falta de ar que eu sinto. João, por favor, por tudo to peço, se vires alguma hipótese de estragares parte das tuas férias, mesmo com o sacrifí-

cio que isso representa, dá um salto até cá — nem que seja quinze dias, uma semana, de um barco para o outro, só para me devolveres a esperança de que há vida depois disto. Com dinheiros, não te preocupes: eu ofereço-te a passagem e acredita que é um óptimo preço pela minha salvação.

Diz-me na volta do correio se posso contar com essa ténue esperança ou se me devo atirar aos tubarões, numa destas angustiantes noites em que não suporto ver mais este mar sem fim em frente à janela.

Do teu mais equatorial e solitário amigo,

Luís Bernardo.

O simples facto de ter escrito a carta deixou-o mais animado e na manhã seguinte acordou com outra disposição. Assim como lhe tinha vindo a resignação, veio-lhe de seguida um súbito desejo de fazer coisas e aproveitar o tempo que lhe restava para deixar a sua passagem e o seu nome ligados à história das ilhas — fosse por vaidade, fosse por simples ociosidade. Dois projectos, em que tinha pensado sem grande consistência no passado, regressaram-lhe agora ao espírito, mas com um desejo real de os pôr em prática: dotar a cidade de luz eléctrica e construir um novo hospital que substituísse o pardieiro indigno que fazia as vezes de tal. Tendo constatado que tinha no presidente da Câmara um homem empreendedor e mais dado a realizações palpáveis do que à intriga política local, chamou-o para uma reunião, juntamente com o secretário das Obras Públicas, e deu-lhe conta dos seus projectos. Desgraçadamente, a imprensa republicana de Lisboa não mentira ao falar dos custos da viagem do príncipe real: no caso de S. Tomé, ela deixara os cofres — quer os do governo da província, quer os da Câmara Municipal — exauridos. Luís Bernardo, porém, não se deixou vencer por esse primeiro obstáculo: mandou avançar os projectos de arquitectura e de engenharia para o futuro hospital e mandou orçamentar o seu custo, bem como o da electrificação da cidade, desde o cais de desembarque até ao Palácio do Governo. Depois, começou a incomodar Lisboa com telegramas semanais, pedindo que fosse reposto no orçamento do seu governo pelo menos a quantia gasta na recepção ao príncipe da Beira. Simultaneamente, contactou directamente alguns bancos de Lisboa e a Companhia de Electricidade, para avaliar as possibilidades de ser aberta uma linha de crédito à colónia para a electrificação da sua capital, a qual seria depois amortizada com os lucros da exploração da rede eléctrica a particulares e companhias. Discutiu com o presidente da Câmara os possíveis locais onde pudessem ser construídos o hospital e a central eléctrica, reuniu-se com o delegado de Saúde e com os dois médicos da vila para planear o futuro hospital, exigiu pressa e progressos diários e visíveis nos projectos de arquitectura e de engenharia. Nos intervalos, despachou também, com fúria homicida, todo o expediente pendente, assinou e visou todas as contas e facturas da responsabilidade do governo, estudou e decidiu todas as questões de pessoal, administrativas e aduaneiras. Absorveu o trabalho como uma esponja, cada processo recebido de manhã no seu gabinete já estava despachado à tarde, a um ritmo que a própria Secretaria não conseguia acompanhar. Quando já nada restava em cima da sua mesa de trabalho, mandava selar o seu cavalo e saía a passear para norte, onde sabia que não era provável encontrar-se com Ann.

Ela mandara-lhe dois bilhetes, entretanto, pedindo-lhe no primeiro que se encontrassem na praia do costume. Ele respondeu pela negrinha portadora do bilhete que não podia, devido ao trabalho absorvente. Três dias depois, ela mandou-lhe segundo bilhete, rogando-lhe que fosse ele a dizer onde e quando se poderiam encontrar. Respondeu que, quando pudesse, avisá-la-ia. Mas uma tarde, quase noite, quando voltava a pé da cidade, encontrou-a ao dobrar da esquina da praça fronteira ao Palácio do Governo. Ann estava a cavalo, de calças de montar e botas, acompanhada uns passos atrás pelo Gabriel, montado noutro cavalo. Luís Bernardo não soube dizer se ela o esperava, se simplesmente passava por ali. Estacaram ambos em frente um do outro, ele a pé, ela a cavalo. Ann sorriu, de ironia ou de tristeza.

— A cidade não é assim tão grande, Luís! Quanto tempo mais é que ias continuar a tentar evitar-me?

Falava em inglês e, antes de lhe responder, Luís Bernardo olhou para Gabriel, que tinha parado a uma curta distância. Parecia curado das suas feridas, tinha um ar tratado e saudável e Luís Bernardo reparou outra vez como ele era um bonito negro, alto, com o torso de músculos salientes brilhando sob a camisa semiaberta e uns olhos inteligentes, largos, de grandes pupilas negras sobre um fundo branco. Saudou Ann com a cabeça, mas dirigiu-se primeiro a Gabriel:

— Como estás, Gabriel? Vejo que a senhora Ann e o senhor David te têm tratado bem...

— Estou bem, obrigado, senhor governador. Sim, tenho sido bem tratado. Agradeço-lhe ter-me deixado ficar em casa do senhor David.

Luís Bernardo assentiu, com um gesto de cabeça. Mas Ann interveio:

— Vai andando para casa, Gabriel. Eu vou lá ter sozinha... ou o senhor governador acompanha-me até lá.

Ele pareceu hesitar um breve segundo, depois virou o cavalo de rédea e cumprimentou:

— Boa tarde, senhor governador.

— Adeus, Gabriel.

Ann desmontara, entretanto, e segurava agora o cavalo pela brida. Esperou que o negro se afastasse o suficiente e voltou a encarar Luís Bernardo:

— O que se passa, Luís?

Luís Bernardo soltou um profundo suspiro. Teria desejado, naquele momento, que ela não fosse assim tão perdidamente bonita, que nunca se tivesse apaixonado por ele e ele por ela, que não guardasse no seu corpo, como cicatrizes incuráveis, as marcas e as memórias do corpo dela. Mas agora era tarde para tudo isso.

— A verdade, Ann?

— A verdade, Luís. Acho que a mereço. Ou não?

— A verdade é que te amo, mais do que nunca. A verdade é que isso é irremediável. A verdade é que não há um dia — uma manhã, uma tarde, uma noite inteira — em que não sinta desesperadamente a tua falta. E a verdade é que só há uma solução para isso: que é tu meteres-te no próximo barco e fugires comigo. Não o farás nunca, pois não?

Ann olhou-o como se não o reconhecesse.

— Isso é o preço a pagar, é uma chantagem, Luís?

— Não, Ann, não é uma chantagem. É o fim da linha. É a única coisa que poderia ainda fazer sentido, a única coisa que nos poderia salvar.

— Luís, eu não te menti nunca, contei-te tudo. Tu sabes que eu prometi ao meu marido que nunca o deixaria.

— Também eu prometi muitas coisas, Ann. A mim e aos outros, coisas que não posso cumprir ou coisas que estaria disposto a deixar por ti.

Um grupo de três pessoas passou por eles e cumprimentou-os, na quase escuridão que já se tinha instalado. Luís Bernardo respondeu-lhes tão distraidamente que nem reparou se eram brancos ou negros, conhecidos ou desconhecidos. Viu apenas que os olhos de Ann estavam embaciados de lágrimas, que o Sol se punha no mar, recortado atrás dela, e que a luz do poente lhe dava um brilho doirado aos cabelos.

— Sim, Luís, eu posso deixar o David por ti. Sei que posso fazê-lo, sei que te amo o suficiente para o fazer, sei que esse é o meu desejo mais profundo, de todos os dias e de todas as noites, como tu dizes. Mas não o posso fazer agora. Há uma diferença entre deixá-lo ou abandoná-lo. Posso deixá-lo quando ele terminar a comissão aqui, quando o seu castigo tiver chegado ao fim e, na Índia ou na Inglaterra, quando possa retomar uma vida decente e ser de novo uma pessoa respeitada e admirada pelas suas qualidades. Posso deixá-lo quando sentir que recuperou o seu orgulho próprio e que está outra vez capaz de se defender a si mesmo. Mas se o deixasse agora, se tomasse esse barco contigo e o deixasse aqui sozinho em S. Tomé, estaria a abandoná-lo, a largá-lo indefeso, e eu sei que ele não resistiria a isso. Se me amas de verdade, Luís, entende isto, por favor!

— E continuo a ser teu amante, e a cumprimentá-lo como se nada fosse, e a saber que toda a cidade comenta nas nossas costas que o atraiçoamos e a saber também que eu o atraiçoo de dia, de vez em quando, na nossa praia, e ele me atraiçoa todas as noites ou quando quer, na tua cama?

— Cala-te, cala-te, Luís, não tens esse direito, não sabes o que dizes — Ann chorava agora abertamente, falava por soluços, ele via-a pela primeira vez a uma luz diferente, perdida de si própria, como nunca antes tinha visto.

— Não sei o que digo? Por acaso disse alguma coisa que não seja verdade?

— Ah, a verdade, Luís! Tu e o David, desculpa que te diga, nisso são muito parecidos: grandes princípios e fracos sentimentos! Que sabes tu da verdade? Achas que és o único que sofre? Achas que eu não sofro, mais do que todos, achas que o David não sofre, se calhar mais do que eu, ainda?

— Sofre, eu sei que ele sofre. Até sei que sofre tanto que foi sugerir ao meu ministro que era por causa da nossa relação que ele vai entregar um relatório a Londres a dizer que há aqui trabalho escravo e com isso me condena a voltar para Lisboa vencido e caluniado. Sabias disso, por acaso?

— Não, não sabia. Mas também não estranho: é natural que ele lute por mim com as armas que tem ao seu alcance...

— E as minhas, Ann, quais são as minhas armas para lutar por ti?

— Tens o meu amor.

— O teu amor... Sabes para que serve o teu amor? Para que o teu marido insinue ao meu ministro que é por causa dele que nos vai tramar a todos e para que o ministro me sugira, então, que me afaste de ti, a bem da pátria e da minha reputação, para ver se assim o teu marido muda de ideias e nos descreve mais benevolamente. Eis do que depende o resultado da minha missão, o resultado deste ano e meio de apodrecimento aqui: dos ciúmes do teu marido.

— Não, tu não o conheces: o David nunca faria isso. Nunca fará um relatório que não se fundamente apenas na sua convicção.

— Não interessa se sim ou se não: foi isso que ele sugeriu ao ministro e o outro acreditou. Acha que, se perdermos este contencioso com a Inglaterra, isso se deve não ao facto de o David pensar sinceramente que existe trabalho escravo em S. Tomé, como eu penso, mas sim ao facto de eu ser amante da mulher dele. Ou seja, por uma questão de saias, dei cabo da minha missão e defraudei a confiança que depositaram em mim.

Ann deteve-se, perplexa, a olhar para ele. De repente, tudo se lhe tinha tornado claro no seu espírito:

— É por isso, então, que me evitas?

— É.

Ela virou-se, sem dizer nada. Agarrou o pescoço do cavalo pelas crinas, pousou o pé esquerdo no estribo e, ganhando lanço, alçou-se sobre a sela, num gesto sincronizado e perfeito. Lá de cima, voltou a encará-lo:

— Esse é o teu dilema, Luís. Eu tenho o meu. O David tem o dele. Cada um de nós tem o seu. Não te posso ajudar nisso. Não tomarei o próximo barco contigo, mas talvez um dia tome um barco contigo. Mas, se me amas, Luís, vais ter de lutar por isso.

Virou o pescoço ao cavalo e começou a afastar-se. Primeiro a passo, depois passando para um trote curto e, no fim da praça, largou num galope sincopado, desvanecendo-se aos poucos na escuridão, cada som dos cascos do seu cavalo batendo como marteladas surdas no peito de Luís Bernardo.

O João respondeu à sua carta na volta do correio, tal como Luís Bernardo lhe tinha pedido. Porém, não podia vir nesse verão. O trabalho no escritório não lhe deixava mais do que uma semana de férias nesse verão, as quais já tinha marcado na praia da Granja, com hotel reservado e tudo. De qualquer maneira, uma semana não dava sequer para chegar a S. Tomé. Talvez no Natal, escreveu, e acrescentou: "Aguenta-te até lá!". Pelos jornais que lhe chegavam de Lisboa, Luís Bernardo concluiu, aliás, que, apesar da intriga política efervescente, o país que ele conhecia estava todo tranquilamente de férias, como sempre. Uns a banhos de mar, outros instalados nas quintas onde os criados, os móveis de família e as pequenas altas autoridades locais os esperavam de um ano para o outro, outros a curas de águas nas termas. O senhor d. Carlos, por mor de quem ele se atardava e sufocava naqueles trópicos, estava, ele próprio, naquele verão de 1907, a passar um tranquilo mês de férias nas termas de Pedras Salgadas, instalado com o seu séquito — de que não fazia parte nem a rainha nem os filhos — no hotel local, entretido com curas de águas, tiro às rolas, passeios no seu novo automóvel, um Peugeot de setenta cavalos, e serões de *bridge*, de piano ou ocasionais bailaricos de aldeia. A imprensa monárquica louvava a "simplicidade natural" do rei em contacto com o povo e as gentes da terra; a imprensa republicana não perdia a oportunidade de chamar a atenção para a manifesta indisposição natural do rei para se preocupar com qualquer coisa que não fossem mundanidades e futilidades. E Luís Bernardo tendia a dar-lhes razão. Apesar das palavras de despedida que o príncipe real lhe dissera, ao abandonar S. Tomé, sentia que o senhor seu pai para ali o mandara e rapidamente o esquecera.

O seu verão arrastou-se, mais solitário e sem sentido do que nunca. Mesmo as idas à praia, que sempre antes lhe tinham servido como um tónico contra as preocupações, devolvendo-lhe uma espécie de alegria instintiva de criança, tornavam-se-lhe agora penosas e nostálgicas. Dava consigo a falar sozinho, como se falasse com Ann, a ver-se de fora a si mesmo, como se fosse ela a vê-lo, representando uma espécie de teatro para um público invisível, mergulhando na água e emergindo para se voltar de repente para terra, na esperança absurda de que ela ali estivesse, sentada na areia a observá-lo, como da primeira vez. Mas, quando se voltava, via apenas o vazio da praia, nenhuma marca dos seus passos na areia, nenhum cavalo amarrado nas árvores junto ao seu, nenhuma voz a quebrar todo aquele silêncio, nada, que não uma imagem longínqua, enevoada pelas lágrimas que se misturavam com o sal do mar e lhe turvavam a vista.

De manhã à noite, na sua cabeça, havia uma frase que a cada instante o assaltava e o cercava, que o distraía, que o paralisava, que o esmagava. Um grito que se perdia num abismo sem fundo e que, de dia para dia, lhe soava mais distante, assim como o eco que aos poucos se vai afastando — a frase que Ann lhe dissera: "Se me amas, Luís, vais ter de lutar por isso". Mas, lutar como, até quando, com que esperança, com que horizonte? S. Tomé era tão pequena que parecia incrível como é que eles podiam passar semanas, meses, sem se encontrar. Mas a verdade é que podiam — não havia Passeio Público, não havia restaurantes, nem clubes nem saraus onde as pessoas se frequentassem, não havia, para dois amantes oficialmente clandestinos, nenhuma oportunidade de amor que não a própria clandestinidade. Ao fim de umas semanas, Luís Bernardo não aguentou mais o vazio, o silêncio, a praia deserta, os passeios que dava a cavalo junto à casa de Ann na esperança de a encontrar e sem jamais o conseguir. Pôs-se a imaginar que a sua franqueza para com ela o tinha feito perdê-la para sempre, que a forçara a uma decisão e ela recuara, por medo. Que por conforto, por paz, tinha decidido renunciar a ele e recuperar o seu casamento com David. Imaginava-a apaziguada, triste talvez, mas finalmente reconciliada consigo própria, de contas ajustadas, o orgulho vingado, e assim de volta à única coisa que tinha como segura e sólida, que era o seu casamento. Ele fora um devaneio e representara uma aventura incerta e uma ténue hipótese de felicidade que, para se consumar, teria de assentar na dor causada a outrem; David representava um passado que fora feliz e exaltante e um futuro em segurança, onde ele estaria sempre ao seu lado e as coisas fariam sempre sentido de cada vez que ela dissesse "o meu marido". Não aguentou mais e escreveu-lhe uma curta carta, onde cada frase, cada palavra, fora escrita e reescrita um sem-número de vezes, de modo a que pudesse ser interpretada como uma declaração de amor que não fosse uma súplica, uma ameaça velada que não soasse a ultimato:

Ann,

Disseste-me que, se te amo, teria de lutar por ti. Amo-te, desespero por te ver, outra vez e a vida inteira. Sei e percebo porque não tomarás o próximo barco comigo, mas preciso de saber se tomarás pelo menos o último — o barco que me levará daqui para fora e para uma vida que só fará sentido se for vivida contigo. Sabendo isso, eu aceito o que quiseres: continuarmos a ver-nos, em nome de um tempo de passagem para uma relação que não tenha de ser vivida escondida de todos, ou deixar de te ver, em nome de um futuro melhor do que este presente sofrido e até ao dia em que tu apanhes esse barco comigo. A decisão é tua.

Confiou o bilhete ao Sebastião, com ordem expressa para só o entregar a ela em mão, e recebeu a resposta no dia seguinte, entregue pela criada dela ao Sebastião:

Querido Luís,

Também eu desespero por te ver — todos os dias e todas as noites. Nem a dormir tenho tréguas. Gostaria de te poder dizer "vem!" ou "afasta-te!", mas não me sinto capaz de te dizer nem uma coisa nem outra. O que mais desejo ardentemente é a paz — a paz das decisões irremediáveis, de que não há volta atrás, de que sentimos que a escolha feita é a única possível. Mas essa decisão não me cabe a mim — ou sou eu que não consigo e não quero tomá-la. E por isso te disse que posso deixar o meu marido um dia, mas não o posso abandonar. No meu espírito as duas coisas são diferentes e essa diferença é o fundamento moral sem o qual eu não conseguiria começar qualquer coisa de novo contigo. Por isso te disse, também, que terás de ser tu a lutar por mim, embora eu não te saiba aconselhar como nem sequer garantir-te que, no final, eu tomarei um barco, mesmo que o último, contigo. Sei que nada disto te ajuda, te dá essa esperança de que tu precisas para saber se vale a pena lutar por mim, mas acredita que é o reflexo da minha própria confusão, da mistura de sentimentos e do desnorte em que vivo e em que, se calhar, me hei-de perder e tudo hei-de perder. Perdoa-me, meu querido, se esta é toda a ajuda que te posso dar. Amei-te e amo-te com toda a lucidez, e não apenas com paixão — e isso, pelo menos é real, existe e resiste a tudo o resto.

Quando as primeiras chuvas regressaram, Luís Bernardo sentiu saudades de voltar a subir às roças, de voltar a ver o óbó, de voltar a ouvir o som dos regatos formados durante a noite, de sentir o cheiro a floresta molhada, de tomar banho nas lagoas de águas escuras e assustadoras surgidas de repente no meio do mato, entre o canto das aves e o sinuoso rastejar das cobras, que espantavam o cavalo e lhe eriçavam de medo todos os pêlos do corpo. Quis voltar a percorrer as veredas onde o cavalo mal passava, com os ramos das árvores fustigando-lhe a cara, como se saudassem o seu regresso àquele mundo escuro e misterioso. Quis voltar a desembocar no meio das roças, nos seus terreiros grandes, com as fogueiras acesas ao entardecer e o cheiro a cacau secando nos tabuleiros, o cheiro a café torrado e a serradura fresca alimentando os fornos. E voltou a subir às roças para matar saudades desses cheiros todos de África que, sabia-o agora, jamais deixariam de habitar consigo, cada dia de vida que vivesse, onde quer que estivesse. E assim tornou a ver a exacta e limpa geometria da arquitectura das casas das roças, os seus familiares tectos de telha-vã lusitana, o branco da cal das paredes misturando-se no chão com aquela terra castanha e húmida, o som dos seus passos nos soalhos de tábua corrida, o cântico dos negros ao fim do dia, regressando às suas palhotas depois da "forma" da tarde, os jantares na casa grande, com loiça rosa de Sacavém, toalhas de renda bordada de Castelo Branco e um *brandy* bebido na varanda de sacada, rodeado por todos os insondáveis ruídos nocturnos da floresta, que começava logo ali, na esquina da casa grande.

E assim revisitou várias roças, onde foi recebido entre a estranheza, a suspeita ou a animosidade mal disfarçada. E um dia, sem conseguir explicar a si próprio porquê, resolveu voltar à Nova Esperança, sem se fazer anunciar. Chegou, tal como da primeira vez, ao fim da manhã e foi dar com Maria Augusta atarefada na cocheira, ajudando a ferrar um cavalo. Ela voltou-se, espantada, ao vê-lo recortar-se contra a porta da cocheira. Estava de rosto afogueado pelo esforço e pelo calor, a pele coberta de gotas de suor, fios de palha suspensos do seu cabelo em desalinho. Não pareceu gostar de o ver ali ou naquelas circunstâncias:

— Por aqui, Luís Bernardo?

— Ando a visitar roças e as minhas andanças trouxeram-me até à Nova Esperança. Mas, recordando o teor do nosso último encontro, aceito que possa estar a ser importuno. Uma palavra sua, e eu vou-me já daqui.

Ela olhou-o com um ar curioso. Parecia tentar adivinhar o que verdadeiramente o trouxera até ali e, pela forma como a sua expressão se distendeu aos poucos, dir-se-ia que tinha julgado perceber.

— Não, não, fique para almoçar. Tenho o maior prazer.

Tal como da primeira vez, recebeu-o como se o esperasse e improvisou um almoço que lhe fez lembrar o acolhimento fidalgo e despretensioso das quintas do Norte, em Portugal. À tarde voltaram a percorrer as fileiras das plantações e a visitar as frentes de trabalho, regressaram a casa e ele aceitou o seu convite para tomar um banho e mudar de roupa e ficar para jantar. Maria Augusta, porém, não se mudou nem se arranjou para ele. Limitou-se a voltar a servir um bom jantar e um bom Porto, e a administrar a conversa, entre o prolongado e hostil silêncio do seu capataz, o sr. Albano. Quando este se retirou, ficaram outra vez os dois a sós na varanda. Luís Bernardo não tinha pressa, sentia-se bem ali e via-se — ela viu — que estava mais solitário, mais desapeado do que nunca. Inspirava ternura e compaixão, mas ela não estava disposta a cair duas vezes na mesma ratoeira. E, por isso, perguntou-lhe, com ironia:

— E, então, senhor governador, como vai isso de amores?

— E você, Maria Augusta, como vai?

Ela riu-se. E o seu riso, como tudo o resto nela, era franco e aberto, de quem não devia nada a ninguém:

— Ah, os meus amores jamais serão notícia ou motivo de conversa!

Luís Bernardo olhou para ela como se a visse pela primeira vez. Era um olhar cru, despindo-a, avaliando-a. Um olhar de macho com cio, mas também — e isso era o que a irritava mais — um olhar de menino perdido na floresta.

— Ainda bem, para si, Maria Augusta! E é por isso mesmo — ou porque para si já não tenho grandes segredos — que eu me atrevo a fazer-lhe um pedido frontal que, em circunstâncias normais, jamais me atreveria a fazer: posso ficar e dormir consigo esta noite?

Ela soltou uma gargalhada, que era ligeiramente forçada, mas que — e era agora nisso que ele reparava — lhe fez subir o peito uns centímetros acima do peitilho do vestido. Lembrou-se desse peito grande, ofegante e oferecido, que ele tinha conhecido e, de repente, desejou desesperadamente que ela não o escorraçasse agora. Que ela o afagasse como da outra vez entre o peito e as coxas, em ânsia surda e em gritos abafados, e que o fizesse esquecer tudo, tudo o resto, incluindo o corpo incomparável e inesquecível de Ann.

— Ah, meu pobre Luís Bernardo, o que lhe fez a inglesa? Gozou consigo e voltou para o marido? Essa história é tão antiga como o mundo! Quer que eu lhe apague as memórias? Um contrato justo: você sacia-me o desejo, eu anestesio-lhe as saudades? Por quem me toma: pela substituta da amante casada do governador da ilha?

Luís Bernardo não respondeu nada e foi ela que teve de assumir a situação:

— Pensando bem, por que não? Quem saberá de nós senão nós mesmos? Nenhum de nós tem nada a perder e, apesar de tudo, é bem melhor essa perspectiva do que a frustração de o ver virar costas sem me aproveitar da situação. Venha daí, vamos afogar as nossas respectivas mágoas em qualquer coisa que não deixe marcas — apenas uma hora de prazer, como fazem os negros lá fora, na sanzala.

O grande desenlace político ia agora começar. O resultado da esforçada missão de quase dois anos de Luís Bernardo em S. Tomé e Príncipe chegara agora a um desfecho. Munido das informações recolhidas localmente pela viagem de sr. Burtt e pelo relatório apresentado pelo cônsul David Jameson, o representante das firmas importadoras do cacau de S. Tomé em Inglaterra, sr. William A. Cadbury, marcara um encontro em Lisboa com uma representação dos proprietários das roças de S. Tomé e Príncipe. O ministério avisara Luís Bernardo dessa reunião e, à distância de um oceano, ele esperou, impotente e angustiado, o resultado dessa decisão, onde o destino de S. Tomé e o seu próprio se decidiam, na sua ausência.

O primeiro encontro teve lugar a 28 de novembro de 1907, no Centro Colonial, e consistiu na leitura dos relatórios combinados do sr. Joseph Burtt e do cônsul David Jameson, feita por sr. Cadbury, acompanhado pelo próprio Burtt e perante uma representação dos roceiros portugueses formada pelo marquês de Valle Flor, Alfredo Mendes da Silva, José Paulo Monteiro Cancela, Francisco Mantero, Salvador Levy e Joaquim de Ornellas e Matos. Nessa reunião, começaram por ouvir a leitura de Cadbury, cujas principais conclusões o ministério enviou a Luís Bernardo:

"A grande maioria dos indígenas de Angola que são levados para S. Tomé são trazidos para a costa e levados para as ilhas contra sua vontade.

"As boas leis que estabelecem o repatriamento são ainda letra morta, porque, se exceptuarmos Cabinda, nunca se fez o repatriamento dos indígenas de S. Tomé para Angola. Além das provas evidentes e estatísticas vitais que agora se possuem, há e haverá sempre, enquanto V. Ex.as não introduzirem o trabalho livre, inúmeras ofensas contra as pessoas dos indígenas, que é impossível descobrir, mas que são a consequência inevitável do actual sistema.

"É ponto assente para nós que não existe repatriamento dos trabalhadores para Angola, porquanto os vapores que vão carregados de indígenas para S. Tomé não trazem nenhum de regresso para a sua terra. Enquanto este estado de coisas não mudar, não há argumento que convença o mundo de que isto é trabalho livre.

"Desejamos contudo salientar que nos foi muito grato poder registar que o tratamento dos serviçais em muitas plantações, como a roça Boa Entrada, é excelente, mas, mesmo nessa plantação modelar, a taxa de mortalidade é medonha, apesar dos esforços em contrário do seu proprietário — porque o sistema em vigor produz uma elevadíssima mortalidade e a taxa de natalidade é tão exígua que todos os anos é necessário importar milhares de trabalhadores para substituir os que morrem. E desejamos também salientar que, tal como nos foi referido pelo cônsul inglês residente, é política assumida e pública do actual governador das ilhas, sr. Luís Bernardo Valença, pôr termo a este estado de coisas, defendendo os direitos dos trabalhadores indígenas contra os abusos de que são vítimas. Estamos certos de que os abusos que ainda se praticam são os últimos vestígios de um mau sistema, que V. Ex.as todos deploram e que cremos hão-de extirpar, com mão forte, de modo a que nunca mais se possa associar a palavra escravatura ao nome glorioso de Portugal.

"Fomos sempre compradores do cacau de S. Tomé e, na esperança de continuarmos por muitos anos a nossa amizade comercial, de novo aconselhamos V. Ex.as a fazer as precisas reformas, começando pelo repatriamento efectivo, a partir do próximo mês de janeiro, dos trabalhadores que, ao abrigo da Lei de Repatriamento de 1903, chegaram ao fim dos seus contratos de cinco anos. Por muito que nos custe deixar de comprar o excelente cacau de V. Ex.as, e mesmo sabendo que isso nos acarretará prejuízo, falando pelo menos em nome da minha própria firma, devo dizer que a nossa consciência não nos deixará continuar a comprar, se não tivermos a certeza de que no futuro é produzido por um sistema de trabalho livre."

Em 4 de dezembro seguinte, William Cadbury recebeu, no hotel Bragança onde se encontrava hospedado, a resposta oficial dos plantadores de cacau de S. Tomé ao relatório que lhes tinha apresentado. Luís Bernardo recebeu-o, enviado pelo ministério, cerca de vinte dias depois. Nele não havia a mais pequena cedência ao que Cadbury relatara, nenhum desejo manifesto de arrepiar caminho. Apenas uma contra-argumentação, repetindo o formalismo jurídico de sempre. Depois da refutação de alguns dados de facto menores, o essencial do argumentário da parte portuguesa era o seguinte:

"A taxa de mortalidade em S. Tomé não se pode fazer por comparação com a da Grã-Bretanha, mas sim tendo em conta a sua situação geográfica no Equador e em comparação com os países similares.

"Que não se aplicam os castigos corporais que o sr. Burtt referiu, e que instado o mesmo a precisar que castigos e em que roças os tinha presenciado, ele se recusou quer a indicar os factos concretos, quer o nome dos seus informadores.

"Que o facto de os trabalhadores receberem apenas 2/5 do seu salário era porque, de acordo com a Lei de Repatriamento, os restantes 3/5 estavam depositados em seu nome e seriam recebidos quando terminassem o contrato e requeressem o repatriamento.

"Que os trabalhadores das roças, além do salário mensal, dispõem das demais regalias previstas na lei: alimento três vezes por dia, dois ternos de roupa cada seis meses, habitação higiénica, tratamento médico, farmácia e dietas, passagem paga para as ilhas e de regresso à terra se quiserem regressar, não estão sujeitos ao serviço militar, não pagam impostos, estão isentos de custas e têm direito a advogado gratuito em processos-crime de que sejam parte, o qual é o curador-geral a quem a lei impõe esse dever. Que, com todas essas vantagens e regalias, esses trabalhadores, ao terminarem os seus contratos, tendo usufruído um bem-estar que estavam longe de encontrar nas terras da sua nascença, preferem ficar nas ilhas a regressar a Angola, sendo essa e não outra a causa do seu não repatriamento.

"Pelo exposto se prova que os serviçais de Angola, que renovam os seus contratos em S. Tomé, não ficam ali contra a sua vontade e muito menos são escravos. E que, no decorrer do próximo ano, começando já em janeiro, devem terminar os primeiros contratos celebrados ao abrigo da lei de 1903, e que, leal e abertamente, como sempre têm feito, os agricultores lhes deixarão livremente escolher entre ir para as suas terras ou recontratarem-se nas ilhas.

"Os agricultores reafirmam assim que estão sinceramente possuídos dos mesmos sentimentos humanos e liberais que o sr. Cadbury e que bem estimariam que alguns serviçais quisessem regressar e levar para o seu país a boa-nova do tratamento que receberam nas ilhas."

Luís Bernardo leu os despachos enviados de Lisboa com um sentimento misto entre o riso irónico e a irritação. "Estúpidos! Profunda e irrecuperavelmente estúpidos! Vão deitar tudo a perder!" — e deu um murro na mesa.

Chamou a despacho o curador Germano Valente e foi direito ao assunto:

— Quantos contratos de serviçais se vencem no próximo mês de janeiro, ao abrigo da lei de 1903?

— Não tenho presente o número, senhor governador — a expressão do curador era uma mistura não disfarçada entre a indiferença e o desprezo.

— Mas há-de ter uma ideia, não?

— Assim, de repente, não.

— Quantos, senhor curador: cem, quinhentos, mil, cinco mil?

— Não sei avaliar...

— Avalie, é a sua obrigação! Ou então passe-me os *dossiers* todos, que eu avalio.

— Isso, como sabe e já falámos, não posso, não devo e não farei. A menos que receba ordens expressas de Lisboa.

— Muito bem, guarde os seus segredos. Mas eu sou governador e tenho o dever e a obrigação de saber como vai decorrer o processo de repatriamento. Acabo de receber de Lisboa o relato da reunião entre os importadores ingleses do cacau de S. Tomé e os proprietários portugueses das roças, na qual os portugueses se comprometeram a fazer um processo de repatriamento inteiramente livre e leal. E a mim cabe-me comunicar ao ministério se isso foi assim ou não. Para tal, volto a perguntar-lhe: quantos trabalhadores estima que acabem os seus contratos em janeiro?

Germano Valente hesitou, procurando algum argumento que lhe permitisse ainda fundamentar nova negativa. Mas não pareceu encontrá-lo e teve de ceder, quanto bastasse:

— Talvez uns quinhentos.

— Só?

O outro não respondeu: já tinha respondido o suficiente. Mas Luís Bernardo não desistiu:

— Pois bem, você estima em quinhentos os que terminam contrato em janeiro e eu estimo em, pelo menos metade, os que vão querer regressar a Angola. É de prever que nos meses seguintes a sua estimativa suba substancialmente, ou então teríamos de concluir que não há trinta mil serviçais angolanos nas roças de S. Tomé e Príncipe, mas apenas uns seis mil — um número ridículo para tentar impingir a quem quer que fosse. Mas, partindo da sua estimativa para janeiro, vou requisitar, a partir da segunda semana do mês, o vapor *Minho*, que tem capacidade para oitenta pessoas, para proceder ao repatriamento, uma vez por semana e até ao final do mês. Espero bem que o barco não volte vazio...

Germano Valente levantou-se, fez um vago gesto de cabeça e saiu, sem nada mais dizer.

Esse Natal foi-lhe particularmente difícil de atravessar. Por mais que não quisesse, o simbolismo da época perseguia-o e revelava-lhe como estava miseravelmente só. Apesar de tudo, fez um esforço para se animar. No vapor de Lisboa, recebera o presente do Natal que compensava a ausência do João, que também dessa vez não tinha conseguido vir: dois quilos de bacalhau seco, uma garrafa de *champagne* francês e uma garrafa de Porto Vintage, um saco de nozes, duas edições recentes da *Gramophone Company* e uma gravata de seda azul da Casa Elegante, na rua Nova do Almada. Encarregou o Mamoun de desencantar um peru na cidade, o que este conseguiu com algum esforço. Então, planeou a ceia de consoada, encomendando à cozinha um bacalhau cozido com couves da horta e o peru assado no forno, recheado com os miúdos e ananás seco, acompanhado de matabala frita em palha e uma espécie de filhoses fritas, que saíram um desastre. Mandou, insistiu e finalmente teve de se exaltar, para que todos, todo o seu povo caseiro, se sentasse à mesa no jantar da consoada. Estavam lá todos, seis pares de olhos brilhantes em rostos negros, que o fitavam, embaraçados e silenciosos: o Sebastião, o Vicente, o Tobias, o cocheiro, a Doroteia, sentada à sua direita e mais tentadora do que nunca, o Mamoun e Sinhá. Todos recusaram, envergonhados, o *champagne* que ele quis servir à volta e o resultado é que bebeu a garrafa inteira sozinho, durante o jantar. No final estava entre a melancolia e a lucidez do *champagne* e levantou-se para fazer um discurso com uma lágrima ao canto do olho, mas a única coisa que lhe saiu foi:

— Nesta mesa, que já serviu um príncipe, um ministro do reino e vários governadores, nesta mesa onde vocês já me serviram tantas vezes sozinho, eu quis tê-los a todos aqui, hoje, na noite de Natal, porque vocês são, quer queiram quer não, a única família que eu tenho no mundo.

E, dito isto, desatou a chorar a sério e fugiu para o terraço, deixando-os mudos e sem jeito, sentados a olhar uns para os outros.

Às dez horas, tocaram à sineta do portão, o Vicente foi abrir e voltou com uma carta fechada, que, de acordo com a hierarquia estabelecida, entregou ao Sebastião, o qual a depositou numa bandeja de prata e foi entregar ao terraço. Era um bilhete de Ann:

Luís,

Como em todas as noites, mas mais ainda nesta noite, eu penso em ti e no que te irá na cabeça e no coração. Desejo-te um feliz Natal, meu querido, sabendo que, de uma maneira ou de outra, este é o último Natal que hás-de passar sozinho.

Voltou a ver Ann na noite da passagem do ano, na festa pindérica que organizara em colaboração com o presidente da Câmara. Tinha mandado acender o que restara das iluminações públicas da recepção ao príncipe, lançara foguetes sobre a baía ao soar das badaladas da meia-noite do sino da catedral e convencera a banda da guarnição militar a dar um pequeno bailarico na praça do coreto, com a Cervejaria Elite a servir de bar para as senhoras e cavalheiros se refrescarem do calor da noite e da dança. Encostado à esquina da cervejaria, com um copo de cerveja na mão, Luís Bernardo observava a cena do terreiro de dança e cumprimentava os que o cumprimentavam de passagem. De repente, viu Ann, que avançava para a cervejaria de braço dado com o marido, mas com o olhar pregado nele, como se estivessem ali os dois sozinhos. E foi ela a primeira a falar:

— Luís, então? Não está a dançar, como compete ao governador? — a frase era talvez irónica, mas o tom não mentia: era triste, vinda do fundo de um abismo de tristeza. Ele não dançava e ela era como se flutuasse, arrastada pelo braço do marido, acima de tudo aquilo, das alegrias falsas, das vãs celebrações da vida.

— Não arranjei par — ele sustentou-lhe o olhar, sem fazer nenhum esforço para disfarçar como também o seu era um olhar magoado. E só depois acrescentou, rodando a cara:

— Olá, David.

— Olá, Luís.

Ficaram assim os três parados por momentos, à porta da cervejaria, sem saber como sair daquela situação e sabendo que, nesse instante, todos os olhares à roda estavam plantados neles. David reagiu, puxando Ann para dentro:

— Bem, vamos entrando para beber qualquer coisa. Até já.

Luís Bernardo fez uma ligeira vénia de cabeça e continuou na mesma posição, encostado à parede, e olhando em frente, como se qualquer coisa verdadeiramente importante atraísse a sua atenção. Depois pousou o copo discretamente na mesa próxima de si e foi deslizando cosido à parede até desaparecer na escuridão da rua que fazia esquina com a cervejaria. No escuro, acendeu um cigarro e foi caminhando de volta para casa.

Na sua primeira viagem, o *Minho* levou de volta para Angola setenta e oito serviçais angolares e respectivas famílias, cujos contratos haviam terminado. Voltou uma semana depois, na terceira semana de janeiro, e levou mais vinte e cinco angolares repatriados. Na terceira viagem, Luís Bernardo estava no cais-ponte, de manhã, a assistir ao embarque: entraram cinco serviçais, três mulheres e quatro crianças a bordo. Luís Bernardo virou as costas à cena e deu de caras com Germano Valente, que tomava notas num caderno preto, parecendo muito compenetrado das suas funções. Cumprimentou Luís Bernardo com um aceno de cabeça e voltou a mergulhar nas suas notas, como se nada fosse. Luís Bernardo sentiu o sangue subir-lhe à cabeça.

— Oiça lá! Julguei que tínhamos ficado entendidos: isto era um repatriamento a sério e não mais uma das suas fantochadas.

Germano Valente levantou os olhos do caderno e respondeu, com toda a calma do mundo:

— O que quer que eu faça? Que os obrigue a embarcar à força?

Luís Bernardo sentia ganas de lhe deitar as mãos ao pescoço e estrangulá-lo ali mesmo. Deu dois passos em frente e deteve-se a uma distância demasiado próxima do outro:

— Você está a gozar comigo, não está?

— Acha?

Luís Bernardo deu mais um passo em frente, enquanto que Germano Valente continuou sem se mexer, impassível, a enfrentá-lo.

— Uma coisa lhe garanto: hoje mesmo e sem mais tardança, Lisboa vai ter de escolher entre si e mim. E um de nós vai ter de sair daqui, com o rabo entre as pernas.

— Talvez lhe caiba a si essa sorte, senhor governador...

Luís Bernardo cerrou os punhos até os nós dos dedos ficarem brancos e cuspiu as palavras:

— Amanhã saberá a resposta, seu filho de uma puta vendido aos roceiros!

Virou-lhe as costas, desprendeu o cavalo que tinha deixado amarrado a um poste do cais e desarvorou a galope para casa. Uma vez lá chegado, encomendou o almoço ao Sebastião e foi-se trancar no escritório, ensaiando o texto do telegrama que iria enviar nessa mesma tarde para Lisboa, dirigido pessoalmente ao ministro e contendo um *ultimatum* muito simples: ou o curador era imediatamente demitido ou ele próprio apresentava a sua demissão irrevogável, a partir daquela data.

Se tudo aquilo era uma batota, aliás estúpida e grosseira, ele não pactuaria com ela nem mais um dia que fosse. Lisboa teria agora de escolher, como escolhera uns meses atrás, quando, a pedido dos administradores das roças do Príncipe, demitira o subcurador local, acusado de ser fautor da instabilidade e da revolta latente entre os serviçais da ilha, apenas porque tomara a sério os seus deveres e o apelo da sua consciência.

Redigiu quatro ou cinco versões do telegrama, que rasgou sucessivamente, por nenhuma lhe parecer suficientemente dura e inatacável. Precisava de uma formulação que pudesse depois ser objecto de uma discreta fuga para a imprensa de Lisboa e cuja publicação não deixasse dúvidas nos espíritos de que ele lutara pelos interesses nacionais e pelo bom nome de Portugal até ao limite da estupidez e da má-fé invencíveis. Que lutara sozinho e que fora traído pela hipocrisia e falta de apoio do governo.

O almoço interrompeu as suas falhadas tentativas da fórmula perfeita e resolveu fazer um intervalo no exercício e ir almoçar, tentando acalmar e clarificar as ideias. Preparava-se para retomar o trabalho, depois do almoço, quando o Sebastião lhe veio anunciar a mais do que inesperada visita do procurador, João Patrício. Desde aquela longa manhã no tribunal, só se haviam voltado a falar, por dever de ofício, aquando da cerimónia de apresentação das autoridades locais ao príncipe d. Luís Filipe. A única coisa que os ficara a unir era o ódio e o desprezo mútuos.

Depois de introduzido na própria copa, Luís Bernardo fez-lhe sinal para que se sentasse e, com um gesto de mão, indicou-lhe que aguardava que dissesse ao que vinha. Ele assim fez:

— Como julgo que sabe, considero que o senhor, senhor governador, traiu a sua missão e os interesses de Portugal, com a forma como tem desempenhado aqui o seu mandato. Muita gente pensa como eu, pessoas que aqui vivem e verdadeiramente amam S. Tomé e Príncipe, não se limitando a estar aqui de passagem e com um olhar sobranceiro e desprezivo sobre tudo isto.

— Quer que bata palmas? — depois da discussão com o curador, Luís Bernardo estava agora disposto a divertir-se com o assalto inesperado deste outro adversário.

— Não, vim aqui apenas para lhe dizer que nós...

— Nós?

— ...não estamos dispostos a continuar a aturar a sua arrogância, a sua traição e os prejuízos que pretende causar-nos. Já bastou a sua exibição no tribunal, a sua bravata na ilha do Príncipe, os relatórios que manda para Lisboa a dizer mal de quem se opõe às suas vontades e aos seus tiques de liberal irresponsável.

— E vós decidistes, então, o quê — eliminar-me?

— Não, travá-lo. Travar os prejuízos que a sua conduta irresponsável pode vir a causar às roças e a toda a economia das ilhas.

— É uma ideia interessante... E como tencionam travar-me?

— É muito simples, mas depende da sua colaboração, para bem de todos: o senhor vai convencer o seu amigo inglês (não sei se a palavra amigo será a mais adequada actualmente...) a enviar um relatório a Londres dizendo que o repatriamento dos serviçais, ao abrigo da lei de 1903, se está a processar normalmente. Isto é, digamos, uma percentagem de trinta a quarenta por cento — convém não exagerar — dos serviçais das roças estão a embarcar de volta para Angola, depois de receberem, nos termos da lei, o fundo de repatriamento a que teriam direito. E o mesmo dirá o senhor para Lisboa. É apenas isto.

Luís Bernardo tinha perdido a vontade de gozar com a situação. Havia qualquer coisa no tom de segurança e de ameaça do procurador que o fez ficar instintivamente alerta.

— Apenas isso? E, ainda que eu me dispusesse a essa vigarice, como pensa você que eu convenceria o cônsul inglês a alinhar numa mentira dessas? Ou acha que ele não sabe quantos serviçais foram repatriados até agora?

— Sabe, claro. Ele sabe tudo o que se passa. Não sei como o consegue, mas a verdade é que nada lhe escapa. Todavia, com a sua colaboração, talvez ele possa ser convencido a esquecer-se do que sabe.

— Ah, sim? Então o que tem você previsto para me convencer a mim, primeiro, e para que depois eu o convença a ele?

O procurador olhou-o, numa expressão de comiseração, própria de quem tem de efectuar um trabalho sujo e quase tem pena do outro.

— A alternativa seria extremamente desagradável para todos...

— Pare de ver se me mete medo e pare com esses seus mistérios idiotas: diga lá de uma vez por todas em que consiste a sua chantagem!

— Se até amanhã o senhor Jameson não enviar este relatório para Londres, eu estarei aqui para o prender a si.

— Prender-me? — Luís Bernardo soltou uma gargalhada pouco espontânea.

— Sim, como sabe, eu tenho legitimidade para mandar prender à ordem do tribunal qualquer pessoa no território, incluindo o próprio governador.

— E qual é a acusação em que pretende fundamentar a minha prisão — não me diga que é a de traição à pátria?

— Não: é a de adultério.

— Adultério? — Luís Bernardo sentiu a cabeça andar à roda, não sabia se de raiva, se de terror.

— Sim, adultério. Como sabe, o adultério com mulher casada é um crime público: basta que haja denúncias, indícios suficientes, para que o Ministério Público possa requerer a prisão preventiva e o julgamento dos suspeitos — neste caso, Vossa Excelência e a esposa do cônsul de Inglaterra. Teria de os prender a ambos. A ilha inteira é testemunha — talvez até o próprio marido possa ser convocado a testemunhar...

Luís Bernardo não caía em si de atordoamento e instinto homicida. Demorou muito tempo a controlar-se para simplesmente conseguir articular as palavras:

— Você vem ameaçar-me de prisão, a mim e à mulher do cônsul de Inglaterra, por adultério, se eu e o marido dela não cedermos à chantagem miserável que nos propõe? Ouvi bem — foi isso que disse?

— Exactamente.

— Fora daqui, seu canalha! Fora daqui, antes que eu lhe dê um tiro nesse focinho! Fora daqui, seu miserável abjecto! Saia, saia-me da vista!

Desta vez, Luís Bernardo não se conteve: deu a volta à secretária tão depressa, que o procurador nem teve tempo de reagir. Agarrou-o pelos colarinhos, arrastou-o contra a saída, abriu a porta e empurrou-o lá para fora, com tanto estardalhaço e gritaria, que o Sebastião e a Doroteia acorreram a ver o que se passava e ficaram a assistir, estarrecidos, àquela cena.

Luís Bernardo bateu com a porta do escritório, trancando-se lá dentro. Acendeu um cigarro e começou a andar de um lado para o outro, como uma fera enjaulada. Tremia de raiva e de impotência, sentia-se capaz de matar alguém, nunca realizara que o ódio pudesse ser um sentimento assim tão devastador. O que mais o deixava fora de si era pensar que eles, os seus inimigos, tinham sido capazes de se organizar e montar um plano concertado contra a sua pessoa. Por detrás daquilo estavam o "nós", a que se referira o procurador João Patrício: ele, o curador, o coronel Maltez, o engenheiro Leopoldo da ilha do Príncipe e talvez também o vice-governador de lá, António Vieira. E mais alguns administradores de roças, certamente: semeara inimigos bastantes naqueles quase dois anos. E assim eles tinham-se organizado, tinham congeminado a frio um plano que o "travasse" e que fosse tão eficaz que o envolvesse não apenas a si, mas também a Ann e a David. Não se tratava somente de o pôr fora de combate, mas de o fazer da forma mais indigna e enxovalhante, arrastando ainda nessa humilhação a mulher que amava e o marido dela, que de tudo estava inocente. Era um plano perfeito. O procurador podia, de facto, prendê-lo a ele e a Ann e, mesmo que um recurso para a Relação de Lisboa viesse julgar a prisão ilegítima e os mandasse soltar, o caso levaria meses a ser julgado. Mesmo que o ministro ou o próprio rei intercedessem politicamente e ordenassem ao procurador que os soltasse, isso demoraria uma semana, enquanto que um dia de prisão bastava para os arrastar pela lama das ruas de S. Tomé. Depois de sair da prisão, a ele só lhe restaria a demissão — na mais indigna das condições. David veria uma vez mais a sua carreira destruída por novo escândalo, de que agora não tinha culpa alguma, e seria depois a vez de Ann ficar ao seu lado a expiar a humilhação que infligira ao marido. Tudo isto eles tinham congeminado, com imaginação e sem escrúpulos alguns, enquanto que ele o mais longe que tinha pensado ir era até ao ponto de frontalmente obrigar o ministro a escolher entre a sua demissão ou o afastamento do curador. Que estúpido que fora em imaginar que as coisas se passariam em terreno aberto, que era ele que conduzia o jogo e que a sua nomeação real o punha ao abrigo de golpes daquela baixeza!

Fumou cigarro atrás de cigarro, tentando acalmar-se, procurando ver claro no meio do caos que se instalara na sua vida, concentrar-se a frio numa saída para aquela armadilha. Deveria haver uma saída, um contragolpe de última hora, tal qual como na guerra, quando um pelotão está cercado por um inimigo superior e só lhe resta uma de duas coisas: ficar à espera do extermínio ou lançar um contra-ataque desesperado que às vezes resulta por já não haver mais nada a perder. Mas essa solução milagrosa não lhe ocorria, porque ele não conseguia, toldado pela raiva, pensar a frio.

Mandou selar o cavalo e resolveu sair para esfriar as ideias. A tarde já ia a meio, a chuva estava suspensa no ar à espera da sua hora para desabar sobre a ilha e sepultar de frescura o calor inclemente ou afogar em lágrimas os infortúnios sem cura. Instintivamente, virou à esquerda à saída de casa e foi andando pelo caminho que conduzia até à praia de Micondó, guiado mais pelo passo do seu cavalo do que pela sua própria atenção. Foi meia hora de caminho, sempre a passo e sem se cruzar com ninguém, na pequena estrada de terra rodeada de árvores assombrosas, que pareciam curvar os ramos para ele em sinal de aconchego ou de compaixão. Os pássaros atravessavam constantemente o caminho, saltando de uma árvore para outra de ambos os lados da estrada e o cheiro inebriante e familiar a clorofila parecia enfim produzir nele o seu habitual efeito de apaziguamento. Apesar de tudo, apesar de toda a solidão daqueles dois anos, apesar do aborrecimento sem fim daqueles dias, do sufoco daquele clima, apesar daquela ser a terra do seu angustiante amor por Ann e a terra onde aprendera a ler o ódio no olhar dos outros, ele amava aquela ilha, o verde da mata, o azul do mar e o cinzento translúcido do nevoeiro que o envolviam, como se o protegessem nos seus braços de seiva, de sal, de névoa. Agora, que o seu mundo de outrora se tornara apenas uma recordação antiga, alimentada em notícias de jornal ou esparsas cartas de amigos, aquela paisagem das ilhas era o que lhe restava de íntimo, de familiar, de território seu. Agora, que tudo parecia aproximar-se do fim, ele compreendia pela primeira vez o que sempre lhe parecera incompreensível: o apego de tantos homens brancos a África, aquela ligação desesperada e quase doentia que prendera tantos para sempre àquelas ilhas, de que só pensavam partir, mas de que verdadeiramente não conseguiam desprender-se.

Pelo passo do cavalo, chegou à praia de Micondó. Apeou-se, sem se preocupar em prender o cavalo a uma árvore, deixando-o à solta entre o palmeiral. Foi então que ouviu vozes ao longe e percebeu que, estranhamente, não estava sozinho na praia: lá ao fundo, junto à rebentação, dois homens, um branco e um negro, afadigavam-se a carregar coisas para dentro de um pequeno bote à vela, que estava preso a terra pela âncora enterrada na areia. No homem branco que se atarefava junto ao barco, pareceu-lhe reconhecer David e apurava a vista para tentar ver melhor, quando ele o chamou com um gesto largo da mão. Foi-se aproximando pela areia salpicada de restos de ramos secos de palmeiras e cocos que tinham caído das árvores, até confirmar que era, de facto, David, que tinha reconhecido lá do alto. Chegou-se até ele e estendeu-lhe a mão, que o outro apertou. Deu-se conta, de repente, de como verdadeiramente gostava de David. Poderiam ter sido os melhores amigos do mundo, se ele não tivesse estragado isso — e tudo o resto — por Ann. David tinha a cara queimada pelo sol, os olhos brilhavam de uma estranha felicidade e determinação e havia uma alegria infantil nos gestos e nas ordens que ia dando ao serviçal negro que o acompanhava. Vestia umas calças grossas de flanela, umas botas altas de lona por cima das calças, uma velha camisola manchada de sal e tinha aos pés um casaco de oleado, como se estivesse na sua Escócia natal.

— Que fazes tu aqui, David?

— Vou à pesca, como vês. Vou passar a noite à pesca aqui com o Nwama, que é da Namíbia, junto ao deserto de Moçâmedes, e que sabe de pesca como ninguém mais nesta ilha.

— E vão sair agora?

— Vamos, vamos sair à vela até ali à frente, às cem braças. Depois ancoramos, acendemos os candeios, jantamos a bordo o *lunch* que está ali naquele cesto e passamos a noite à pesca, até nascer o dia: barracudas, chernes, tartarugas, talvez um ou outro tubarão. Ultimamente, tem sido esta a minha ocupação predilecta.

Pela milésima vez, Luís Bernardo olhou o amigo com admiração ("não sei se actualmente a palavra amigo será a mais apropriada", dissera o outro). Sim, amigo era a palavra certa. Um amigo é alguém de cuja presença se gosta, por quem se tem admiração, em cuja companhia se aprende. Luís Bernardo admirava tudo em David: a sua capacidade de tirar sempre partido de qualquer situação, o prazer com que vivia a vida e tudo o que viesse, a calma e a determinação com que encaixava os golpes do destino e lhes fazia frente, a simplicidade linear do seu código moral de conduta, a sua absoluta ausência de angústia face ao esboroar do tempo, porque ele desconhecia em absoluto a noção de tempo perdido e cada dia de vida era para ele uma dádiva, que nenhum desgosto e nenhum revés poderiam toldar. Se estava na Índia, caçava tigres; se estava em S. Tomé, pescava barracudas ou tubarões. Se era governador do Assam e respondia por trinta milhões de almas, desempenhava o seu ofício sem tréguas nem descanso; se era cônsul em S. Tomé, naquele aborrecimento letal, limitava-se a cumprir o seu dever, com minúcia e seriedade. Se estava na guerra, lutava, se estava numa mesa de jogo, jogava — até ao fim, mesmo até à desgraça, se necessário. Agora, porém, e sem que ele o soubesse, o destino de David estava nas mãos de Luís Bernardo. Não havia distracção nem ocupação que o pudesse levar a encaixar a ignomínia de ver a sua mulher arrastada pelas ruas de S. Tomé e presa por adultério — "teúdo e manteúdo", na expressão enxovalhante da lei. Teria ele a obrigação de amigo de ao menos lhe dar conta da tratação que lhe havia sido proposta? Ou deveria poupar-lhe essa última ofensa e deixá-lo sair tranquilamente para uma noite de pesca e regressar de manhã para o mais humilhante e indefeso dos seus dias?

— David, posso fazer-te uma pergunta, que aqui não vem muito a propósito?

— Claro, diz lá!

— Mandaste algum relatório para Londres sobre os números do repatriamento?

David observou o amigo: julgava saber o que ele pensava. Era um último pedido de auxílio.

— Não, ainda não mandei. Estava à espera de ver como as coisas corriam. Vou mandar amanhã.

— E o que vais dizer?

— Ora, Luís! O que esperas que eu diga? Aquilo que eu vi, aquilo que tu viste, aquilo que se passou. Eu estava hoje de manhã no cais: embarcaram oito serviçais, com mulheres e crianças incluídas.

— Estavas lá? Não te vi...

— Mas eu vi-te a ti...Vi-te até discutir aos gritos com aquele fantoche do curador, e acho que tu próprio já percebeste que não há nada a fazer com estes tipos: eles tiveram tempo para escolher e escolheram a cama em que se querem deitar.

— Pois... Já não há nada a fazer. Deixemos que o destino siga o seu curso... — Luís Bernardo parecia ter ficado ausente, como se o assunto não lhe interessasse por aí além.

— É. Bom, tenho de me ir embora, antes que o Sol se ponha. Adeus, Luís.

— Adeus, David, boa pesca!

David embarcou rapidamente no bote cuja vela já fora erguida por Nwama, sentou-se ao leme, enquanto Nwama acabava de recolher a âncora e dava um empurrão na pequena embarcação, saltando de seguida lá para dentro, baixando-se para evitar a retranca e indo instalar-se à proa. David apontou o barco direito às ondas que quebravam a meia dúzia de metros da praia, o bote saltou as duas primeiras com ímpeto e graciosidade e logo depois navegava em águas tranquilas. Em pé, na praia, Luís Bernardo assistiu à manobra como se assistisse à areia a escorrer por uma ampulheta: o tempo fugia, o barco já se tinha afastado uns vinte e cinco metros da praia, em breve tudo seria irremediável.

— David! — gritou, sobrepondo-se ao barulho da rebentação. Mas David parecia já não o ouvir. Gritou outra vez, esbracejando. David virou-se de lado no banco da popa, mas sem interromper o seu rumo em frente.

— *Yes...?* — a resposta soava vinda de muito longe, era evidente que já se tornara tarde para tudo. Luís Bernardo fez um gesto com o braço, indicando que não era nada. Depois, acenou, despedindo-se do amigo. Viu o braço direito de David levantar-se também num aceno de despedida e depois ele voltou-se outra vez para a frente, de costas ligeiramente curvadas e a proa direita ao largo, enquanto o Sol desaparecia de vez num céu que prenunciava chuva e Nwama acendia a bordo a primeira lanterna a petróleo. Em breve já se confundiam com a espuma suspensa no ar e o topo do mastro confundia-se com a linha de água.

Luís Bernardo molhou a cara com a água do mar, usando as mãos em concha, depois bebeu um bocado dessa água, como se ela fosse sagrada, dessas águas que curam doenças e feridas, males de alma e maus olhados. Veio caminhando devagar pela areia no anoitecer já reinante, encontrou o cavalo esperando-o, quieto, no sítio onde o deixara, montou e, desta vez, como se quisesse afastar-se para sempre da praia de Micondó, largou num galope largo e contínuo até chegar a casa com o cavalo espumando da boca e os flancos alagados em suor. Entregou-o ao Vicente e entrou em casa, declarando ao

Sebastião que não tinha fome para jantar e que o dispensava até ao dia seguinte. Foi enfiar-se outra vez no escritório, arrastando o seu sofá de coiro para a frente da janela de sacada, aberta de frente para o mar. Lá fora, debaixo da chuva que caía em grossas bátegas, brilhavam algumas luzes de barcos de pescadores ao largo e uma delas havia de ser a luz do barco de David. Ele ficou assim muito tempo, talvez uma hora ou duas, fumando em frente à janela. Quanto mais olhava o mar, mais nítido se lhe tornava que era ali, e só ali, que estava o único caminho de salvação. S. Tomé chegara ao fim. Era preciso partir — fugir, sim, sem medo das palavras. E era agora, agora mesmo. De manhã, justamente, partia o vapor para Lisboa — era esse o último barco. Não haveria outro, não haveria outra oportunidade. Ele e Ann tinham de embarcar no vapor pela alvorada. Antes que David voltasse, antes que o procurador régio os viesse prender como criminosos. Tudo o resto estava perdido. Dever, orgulho e honra. Amizade, lealdade, espírito de missão. Restava só o amor de um pelo outro, era tudo o que havia para salvar. Chegariam a Lisboa como passagem para qualquer outro lugar — para a Índia, terra natal de Ann, ou para Inglaterra, a pátria que ela nunca conhecera. Para Paris, para o Brasil, para qualquer lado. Mesmo que ele nada encontrasse para fazer nos primeiros tempos, tinha dinheiro que chegasse para se aguentarem vários anos sem quaisquer preocupações. Da sua missão falhada daria conta ao rei, por carta; do seu orgulho ou do seu nome manchado, explicar-se-ia aos amigos e os que entendessem seriam os únicos que verdadeiramente lhe interessavam. E David resistiria. Pelo menos não passaria pela vergonha de ter a mulher presa por acusação pública de adultério numa obscura colónia portuguesa da África equatorial. Teria forças para retomar a vida e a sua carreira sem ela, caçando tigres ou pescando barracudas, onde quer que a sua extraordinária força de viver e de reagir o levassem.

Não havia outra saída. Era agora, esta noite. O último barco. A última hipótese de voltar a ser livre e de ser feliz.

Levantou-se e desceu a escada pé ante pé, procurando não acordar nem o Sebastião nem a Doroteia que dormiam nos fundos da casa principal. Levava uma vela acesa no castiçal e saiu pela porta da frente, dirigindo-se à cocheira. Pousou o castiçal sobre uma bancada e começou silenciosamente a aparelhar o cavalo, fazendo-lhe festas para o acalmar e murmurando-lhe ao ouvido: "É, meu amigo, temos de voltar a sair. Esta é uma noite especial. Tenho um encontro marcado com o destino e és tu que me vais lá levar".

Saiu da cocheira com o cavalo pela arreata e passou o portão, fazendo o menos barulho possível. A sentinela do palácio estava adormecida na sua guarita e nem deu pela saída dele. Continuou a pé, com o cavalo pela rédea, uma centena de metros e só então montou e dirigiu-se num trote abafado em direcção à casa onde vivia a mulher que amava, por quem comprometera tudo e por quem queria agora largar tudo. O coração batia-lhe alvoroçado no peito, mas ele estava seguro de que Ann viria consigo. Não era isso que o inquietava, era sim a sensação de que chegara à ilha como governador, numa manhã de sol e à vista de todos, e partia como um assaltante, escondido de todos, como se verdadeiramente tivesse traído o que quer que fosse.

Chegou à esquina do muro de casa de David e apeou-se, indo prender o cavalo a uma árvore desviada do caminho. Passou-lhe a mão pela garupa e segredou-lhe ao ouvido: "Shiu, espera por mim quieto, eu volto já!". Começou a deslizar ao longo do muro, em direcção ao portão da casa, que abria para o jardim. Procurava luzes acesas em qualquer divisão da casa: David não estava, mas podia ser que algum criado ou a própria Ann ainda estivessem acordados. Mas não se via luz nenhuma. Junto ao portão, deteve-se e apurou o ouvido por momentos, procurando escutar algum som que viesse da casa. Nada, e, felizmente, eles não tinham cães. Estava a pensar numa forma de saltar o muro mas, por descargo de consciência, meteu a mão à maçaneta da porta e ela rodou livremente: estava apenas fechada no trinco. Abriu-a e entrou no jardim, fechando-a atrás de si. Deu três passos para dentro e deteve-se de novo na escuridão, de ouvido alerta. Tudo estava silencioso e aparentemente adormecido. Dirigiu-se para a varanda para onde dava o quarto de Ann e David. Lembrou-se do dia em que fizera amor com Ann na sala de baixo, de pé e contra a parede, enquanto escutava os passos de David, lá em cima no quarto, vestindo-se para o jantar. Regressou-lhe esse horrível remorso de estar a assaltar de novo o que não era seu mas de outrem. De um amigo. Mas agora era tarde para os remorsos. Todos os dados estavam lançados — outros, que não ele, tinham forçado o jogo e lançado os dados. Ele apenas respondia, indo a jogo e tentando a sua única hipótese de ganhar. Se não fizesse aquilo, se lhe tivesse faltado a coragem de ir ter com ela e dizer-lhe que chegara a hora do último barco, nunca se perdoaria a si mesmo — nem ela, certamente, o perdoaria.

Havia uma árvore quase encostada à varanda de cima, de cujos ramos parecia fácil saltar lá para dentro. Luís Bernardo içou-se para cima da árvore, subiu cautelosamente a um primeiro ramo, constatou que aguentava bem com o seu peso, e depois alcançou com as mãos o ramo acima desse, do qual já poderia saltar para a varanda. Bem agarrado, subiu primeiro um pé até ao ramo e depois o outro: estava à altura da varanda, a meio metro de distância. Estendeu a mão e segurou-se à balaustrada, passando uma perna por cima e seguidamente a outra. Deixou-se cair no chão da varanda sem fazer barulho algum e de novo ficou quieto, à escuta. De início, não ouviu nada e imaginou que ela estivesse a dormir. Mas depois, pareceu-lhe ouvir um som abafado, que vinha da direcção do quarto, a poucos metros de distância. Quando os olhos se lhe habituaram à escuridão, reparou também que vinha lá de dentro uma luz frouxa, provavelmente de uma única vela acesa. Viu também as franjas de uma cortina branca de seda que esvoaçava de vez em quando da porta do quarto, sinal de que esta estava aberta para a varanda. Novo som abafado vindo do quarto fê-lo apurar o ouvido. O próximo som pareceu-lhe um gemido — um gemido de mulher, de Ann.

Luís Bernardo avaliou a distância que o separava da porta do quarto — uns dez metros. Deu três passos em frente, silenciosamente, e, a meio do seu movimento, ouviu agora um novo gemido. Era de Ann, distintamente, ele conhecia-o e dir-se-ia... dir-se-ia, não, não era possível... Mas, quando parou de mover-se, o coração disparou-lhe a galope: agora os gemidos de Ann eram correspondidos por uns sons abafados e fortes, de homem. Ann fazia amor! Sim, ele conhecia aquele som, conhecia aqueles gemidos, ela soltara-os para ele, exactamente assim, como agora ouvia, e julgara então, ou quisera imaginar, que só com ele ela se entregava daquela maneira. Mas, não: eis que David, por qualquer razão, voltara da pesca ainda de noite e fora directo para a cama, onde ela o recebera e se lhe entregara. E ele ali, completamente estúpido, como um ladrão assaltando uma casa, um ladrão de coração aberto e ingénuo, que vinha estender a mão à dona de casa para que ela se libertasse enfim do marido e fugisse com ele, para serem felizes até à eternidade! A frase de Maria Augusta ocorreu-lhe de repente ao espírito: "A inglesa gozou consigo e agora voltou para o marido. Ah, essa história é tão antiga como o mundo!". Estúpido, ingénuo, mil vezes idiota! Agora percebia por que é que ela não era capaz de se decidir, porque se perdia naquele jogo de palavras que lhe parecera tão profundo e tão sensível:

"Posso deixá-lo, mas não posso abandoná-lo". Agora, percebia a calma e a segurança que, contra todas as expectativas, David mostrara sempre: ele sabia que, no fim, ganharia infalivelmente. Que, por mais românticos e apaixonados que parecessem os devaneios da mulher, a ele bastava-lhe voltar da pesca antes de tempo, entrar no quarto dela, se calhar ainda a cheirar a sal e a sangue de tubarão, acordá-la e fazê-la gemer nos seus braços. Quantas vezes isso não se teria passado já, enquanto ele a imaginava sofrendo a sua ausência, arrastando a noite em penosos diálogos com o marido, resistindo, com tacto mas com firmeza, aos seus avanços sexuais? Quantas vezes, quem sabe até, ela não teria ido directamente do corpo de Luís Bernardo para o de David?

Encostou-se à parede, incapaz de se manter firme nas pernas. Tudo acabava ali e da forma mais ignóbil e absurda: esta noite ele tinha-a surpreendido arrebatada nos braços do marido e amanhã ambos estariam presos por adultério. Que fim mais mesquinho, mais falho de grandeza e de sentido para a sua missão em S. Tomé! A quem poderia contar a verdadeira história do que lhe tinha acontecido? Quem o acreditaria? Quem poderia escutá-lo sem morrer de riso? De repente, deu-lhe uma ânsia de fugir dali, de se voltar a ver sozinho em casa, de descer até à praia e tomar um banho no escuro, um banho que o lavasse de tanta sujidade e tanta mentira. Ia começar a andar de volta, quando ouviu distintamente a voz dela, a sua voz de fêmea no acto, a voz que o perdera, que o fizera confundir o corpo com o coração, o desejo com a paixão:

— *Yes, yes, come!*

E isso foi mais forte do que ele. O ciúme é irracional: alimenta-se do seu próprio sofrimento e é como se só conseguisse saciar-se e acalmar-se quando tudo o que de pior imaginou se torna real e nítido e visível. O ciúme é uma dúvida doentia que cresce como um cancro e a que só a certeza de já não haver lugar para dúvidas pode trazer, pelo menos, o bálsamo de pôr fim a essa angústia, a esse enxovalho de viver permanentemente à procura dos sinais da traição. Quanto mais chocante for a evidência, quanto mais real for o real da traição, mais o ciúme se sente recompensado, redimido, quase digno de respeito. Por isso, ele deu consigo a percorrer os passos que lhe faltavam até poder espreitar, através das cortinas, para dentro do quarto. E, passo após passo, aproximou-se então do seu encontro com o destino, ao qual viera.

Ann estava deitada de costas na cama, inteiramente nua, o cabelo espalhado em desalinho pela almofada, a cara ligeiramente corada, de olhos cerrados e um dedo dela própria enfiado na boca, o seu peito fantástico erguido apontado ao tecto, as pernas abertas, uma delas pendente sobre a borda da cama. Gemia baixinho e o seu corpo agitava-se ao ritmo com que ele a ia penetrando. Ele estava sentado sobre ela, as pernas enfiadas debaixo das pernas de Ann, o tronco direito e as costas reluzindo de suor, empurrando-se com fúria para dentro dela. Mas nem as costas eram brancas nem o cabelo era loiro. O homem que fazia amor com Ann jamais viera da Escócia e nunca fora seu marido. Era negro de Angola, chamava-se Gabriel, e Luís Bernardo, juntamente com David, resgatara-o de uma morte certa na ilha do Príncipe.

Saltou da varanda sobre a árvore, o coração parecia saltar-lhe pela boca, os gestos estavam descoordenados, falhou o ramo superior, caiu no de baixo, abrindo um lanho na cara, e continuou desamparado para o chão, sentindo que tinha acabado de fazer uma entorse no pé. Mesmo assim, correu, coxeando, até ao portão, abriu a porta e só respirou quando se viu cá fora. Dobrou-se para respirar melhor, porque lhe faltava o ar, e arrastou-se cambaleante para o local onde se recordava de ter deixado o cavalo amarrado. A custo, içou-se para a sela, virou o pescoço ao cavalo, apontou-o a casa e largou as rédeas, deixando que ele o guiasse através daquela névoa em que tinha mergulhado. Mas, de repente, ouviu um ruído na mata, ao seu lado esquerdo, e um vulto negro emergiu da escuridão. "Um assalto!", conseguiu ainda pensar para consigo mesmo, e a ideia de um assalto ali, naquela hora, pareceu-lhe tão indiferente que nem se preocupou em olhar o vulto. Mas este viera postar-se ao seu lado e segurava as rédeas soltas do cavalo. Ele virou então a cara e, mesmo na escuridão, distinguiu o rosto do Sebastião.

— Que fazes tu aqui, Sebastião? — a sua própria voz parecia-lhe vir de muito longe, de tão longe que era como se fosse outra pessoa que perguntava.

— Tenho vindo a segui-lo, patrão. Desde que saiu de casa à tarde, depois de receber o procurador. Segui-o até à praia, segui-o de volta a casa e segui-o depois até aqui.

— E por que te dás tu a esse cuidado, Sebastião?

— Perdoe-me, patrão. Porque há qualquer coisa que está mal. Sinto um cheiro mau no ar.

— Sebastião, sou doutor, não sou patrão.

— Sim, dotôr.

— Não há nada de mau, Sebastião. Havia apenas umas dúvidas que eu tinha. Essas dúvidas acabaram agora. Tudo morreu ali, naquela casa.

— Essa mulher, essa inglesa, patrão, vai desgraçá-lo. Eu sempre o senti.

Luís Bernardo virou-se para ele, curioso:

— Por que dizes tu isso? Por que dizes que sempre o sentiste?

— Desde a primeira vez que a vi entrar lá em casa. Nunca tinha visto uma mulher tão bonita, em toda a minha vida.

— E então?

— Mulher bonita demais anuncia desgraça em terra.

— O que é isso — é um provérbio?

— É uma coisa que eu aprendi, patrão.

Caminharam em silêncio, ele montado no cavalo, como um peso morto, o Sebastião caminhando ao lado a pé, segurando nas rédeas. À vista de casa, Luís Bernardo rompeu o silêncio:

— Não tens mais razão para te preocupares com o assunto, Sebastião. O mal que essa mulher podia causar, já causou.

— E o patrão fica bem?

— Se eu fico bem? Fico, juro-te que fico bem. Fico em paz. Não te preocupes: quero que te vás deitar, ouviste? Eu vou escrever ainda umas cartas que queria mandar amanhã pelo vapor, mas tu vais dormir, porque amanhã vai ser um dia intenso, ouviste?

— Sim, patrão.

— Diz-me: prometo, doutor.

— Prometo.

Luís Bernardo subiu as escadas para o seu quarto. Havia uma vela acesa na cómoda do corredor e outra na mesa de cabeceira do quarto. Tirou a camisa rasgada e suja e substituiu-a por outra de linho branco tirada da cómoda. Pegou na vela e foi até à casa de banho onde lavou a cara e a ferida e lavou as mãos longamente. Passou um algodão com água oxigenada na ferida, que fez espuma e lhe ardeu. Voltou a lavar as mãos e saiu, apagando a vela.

No corredor, a vela acesa já não estava pousada sobre a cómoda: estava nas mãos da Doroteia, encostada à parede, com o seu vestido de algodão branco quase todo aberto no peito, o seu peito rijo e de adolescente, de bicos empinados e pele acetinada brilhando no escuro, o seu rosto perfeito de maçãs salientes e a boca grossa entreaberta, o branco dos dentes e o do fundo dos olhos brilhando como pérolas à luz incerta da vela. Estava parada a meio do corredor, como uma vestal, iluminando o caminho do seu amo. Luís Bernardo parou também em frente dela e ficou a contemplá-la. Ela não disse nada nem baixou os olhos: fixou-os nos dele, como se quisesse atraí-los para dentro dos seus. Luís Bernardo sentiu a ternura infinita, a ternura feita desejo para o servir, que emanava dela. Aproximou-se e pousou-lhe as duas mãos abertas de cada lado da cara. Passou um dedo ao longo da boca dela, que se abriu mais um pouco, depois deslizou as mãos pelo seu pescoço comprido e daí desceu-as, com suavidade, pelos ombros e pelo peito, que sentiu ofegante e duro como pequenas pedras. Ela não se mexeu, não disse nada. Uma gota de cera pingou do castiçal que ela segurava com mão tremente e veio queimar o pulso de Luís Bernardo. Ele inclinou-se sobre ela e pousou-lhe um beijo ao de leve entre a boca e os dentes. Endireitou-se:

— Ah, Doroteia, és muita nova ainda para perceber que o destino de certos homens é o de nunca amarem quem deviam amar!

Pegou no castiçal que ela segurava e afastou-se pelo corredor até aos salões para se fechar de novo no seu escritório. O Sebastião ou a Doroteia tinham fechado a janela depois dele sair, por causa dos mosquitos, mas ele voltou a abri-la e ficou com o mar em frente.

Sentou-se à escrivaninha, preparou uma folha com o papel timbrado do governador de S. Tomé e Príncipe, verificou o aparo e a tinta azul da caneta e sentou-se para escrever. Sabia exactamente o que queria dizer e o texto correu-lhe sem necessidade de rasuras nem rascunhos:

A Sua Majestade el-rei d. Carlos

Do governador de S. Tomé e Príncipe e S. João Baptista de Ajudá

Meu senhor,

É com a dor de quem sabe que não vos traz boas notícias que vos escrevo esta minha primeira e última carta.

Aqui cheguei, em março de 1906, por nomeação de Vossa Majestade governador destas ilhas, com a incumbência — se bem a percebi e bem recordo as palavras que me dissestes em Vila Viçosa — de mostrar ao mundo que não existe, nesta ou noutras colónias portuguesas, a ignomínia do trabalho escravo.

Como sabeis, não pedi, não desejei e não me deu qualquer satisfação tal incumbência e tal cargo. Aceitei-o para servir o meu rei e o meu país. Contei que vós e o vosso governo saberiam, à distância, avaliar a dificuldade de uma missão que consistia em fazer ver aos agricultores locais que outras formas de produção, que não o trabalho escravo, deveriam ser postas em prática, de modo a que não restassem dúvidas à Inglaterra e ao cônsul por ela para aqui nomeado que assim era ou passara a ser. Durante estes quase dois anos de missão, esforcei-me por fazer ver isto aos nossos colonos, enquanto me esforcei igualmente por fazer acreditar ao cônsul inglês que as coisas estavam a mudar, lentamente embora, mas seguramente, até ao resultado final pretendido. Quer aqui, quer em Lisboa, quer em Londres, sempre soubemos que o teste final ocorreria agora, quando — nos termos da vossa lei de janeiro de 1903 — chegassem ao fim os contratos de cinco anos com os serviçais das roças e, os que o pretendessem, pudessem livremente requerer e obter o seu repatriamento.

Esse repatriamento foi por mim ordenado a partir do decurso deste mês e os resultados até à data obtidos e as perspectivas futuras confirmam que nada de essencial mudou ou vai mudar no regime de trabalho das roças de S. Tomé e Príncipe. Do mesmo modo, a argumentação expendida pelos agricultores das ilhas durante o encontro que tiveram em Lisboa, em novembro passado, com os representantes das firmas importadoras do cacau de S. Tomé em Inglaterra, demonstra eloquentemente que não existe da parte deles qualquer vontade séria de alterar o que quer que seja, mas apenas insistir numa retórica jurídica que é antiga e a ninguém já convence. E a mesma vontade, ou ausência de vontade, foi o que sempre senti dos meus contactos com o governo de Vossa Majestade, para quem, mais importante do que pôr fim aos abusos existentes, era não pôr fim à prosperidade comercial de S. Tomé. Mesmo que a cegueira política chegue ao ponto de não quererem ver que essa prosperidade depende do mercado importador inglês e que este só continuará a comerciar com S. Tomé se esses abusos tiverem fim.

Por outras palavras, falhei a missão de que Vossa Majestade me encarregou: quer junto do cônsul inglês, a quem não consegui convencer da seriedade das nossas intenções de mudar o estado de coisas actual, quer junto dos nossos agricultores, a quem não consegui convencer da necessidade dessas mudanças.

Esta e só esta é a razão que me leva agora a escrever-vos, apresentando a minha demissão deste cargo, com efeitos imediatos. Sei que outras vozes chegarão perto de Vossa Majestade e que insinuarão outras razões, que não estas, para a minha demissão e para o falhanço da minha missão. Não hesitarão, para tal, em caluniar o meu nome e o de outros, relatando-vos injúrias e falsidades, misturando coisas diferentes, que jamais me influíram ou determinaram.

Porém, e porque antes mesmo de esta carta vos chegar às mãos, receberá Vossa Majestade outras notícias acerca da minha pessoa, nessa altura compreenderá que não é legítimo a homem algum duvidar da verdade daquilo que vos digo, na hora exacta em que escrevo esta carta.

Demito-me, pois, porque falhei na minha missão de terminar com o trabalho escravo em S. Tomé e Príncipe — um regime contra o qual eu sempre me manifestei publicamente e, por isso mesmo, mereci a honra de ser escolhido por Vossa Majestade para a missão de lhe pôr fim.

Meu senhor d. Carlos:

As condições em que vivem e trabalham os serviçais angolanos de S. Tomé e Príncipe, para aqui deslocados contra sua vontade e a quem, para efeitos diplomáticos, chamamos cidadãos portugueses, são indignas de uma nação civilizada, indignas do nome de Portugal e indignas do Estado que vos cabe representar. Nenhuma argumentação pseudojurídica poderá disfarçar a evidência da verdade pura e crua que eu vi com os meus próprios olhos e de que a consciência me manda dar-vos testemunho.

Rogo à Providência que a minha demissão e as circunstâncias que a rodeiam possam servir como motivo de reflexão para toda a nação e, particularmente, para o seu rei. Do que se trata é de muito mais do que a prosperidade de alguns apenas. Trata-se de lavar esta mancha de vergonha que ensombra o nome de Portugal.

Em isto vos dizendo, julgo ter ao menos servido a minha consciência, já que não a missão que Vossa Majestade me confiou.

Que Deus guarde Vossa Majestade.

Luís Bernardo Valença, governador

Ao contrário das ordens recebidas de Luís Bernardo, Sebastião não fora dormir. Permanecia lá fora no jardim, sentado junto a uma árvore e cabeceando de sono, na vigília à luz acesa no escritório de Luís Bernardo. Não iria deitar-se enquanto não visse que a luz se tinha apagado. Também a Doroteia esperava sentada numa cadeira no corredor do andar de cima, outra vela apagada nas suas mãos, mas com uma caixa de fósforos pronta a acendê-la, assim que ouvisse os passos de Luís Bernardo atravessando o corredor para se vir deitar.

O tiro sobressaltou-os a ambos, já quase adormecidos. Embora, no caso de Sebastião, tenha sido mais o som do tiro do que o seu próprio significado que o surpreendeu. Pôs-se de pé e olhou para a janela do escritório, onde a luz ainda estava acesa. Benzeu-se e murmurou, olhando o céu sem estrelas: "Seja feita a Vossa vontade!". Só então entrou dentro de casa, com passo lento e pesado, e dirigiu-se para o escritório, onde a Doroteia já chorava, abraçada ao corpo inerte de Luís Bernardo. Ele disparara directamente sobre o coração, sentado no sofá, e uma imensa mancha vermelha de sangue alastrava pela camisa branca. A mão direita, que desfechara o tiro, pendia-lhe sobre as pernas, segurando ainda o revólver, preso por um só dedo. Tinha ainda os olhos abertos, virados para a janela. O Sebastião inclinou-se e fechou-lhe os olhos. Reparou que no chão estava uma folha de papel, encimada por umas letras enormes que rezavam: "Sebastião, lê isto antes de fazeres o que quer que seja!". Ele leu: havia duas cartas na escrivaninha: uma era dirigida ao conde de Arnoso, secretário particular de Sua Majestade o rei, e estava endereçada ao Palácio das Necessidades; a outra era dirigida ao João, em Lisboa, e continha o seu testamento, de que ele lhe dava conta desde já:

deixava ao João todos os seus móveis e objectos particulares, deixava um legado a favor do Mamoun, da Sinhá, do Vicente e do Tobias e deixava o resto da sua fortuna, em partes iguais, ao Sebastião e à Doroteia, nomeando o João administrador testamentário. Ambas as cartas deveriam ser guardadas imediatamente pelo Sebastião, antes que chegasse alguma autoridade, e postas sem falta no vapor da manhã para Lisboa. Se alguém perguntasse, deveriam responder que o governador não deixara qualquer carta, qualquer nota, que explicasse tão tresloucado gesto.

Sebastião guardou as duas cartas e o papel no bolso do colete e ordenou à Doroteia e aos outros criados que já tinham acorrido que não tocassem em nada. Mandou o Vicente ir à casa do procurador régio acordá-lo, e comentou em voz alta, como se falasse sozinho:

— Assim, o vampiro regressa a esta casa! — depois olhou para o relógio na parede: eram três e vinte e cinco da manhã, da manhã do dia 29 de janeiro de 1908. E acrescentou:

— É a hora deles.

Epílogo

A 1º de fevereiro de 1908, o rei d. Carlos e o príncipe real d. Luís Filipe, tendo acabado de regressar de Vila Viçosa, percorriam o Terreiro do Paço num landau aberto, quando foram emboscados e mortos a tiro por dois assassinos identificados — parte de uma conspiração mais vasta, a qual, por razões de conveniência política, nunca foi trazida à luz. Antes de morrer, d. Luís Filipe matou ainda, a tiros do revólver com que andava armado, o assassino de seu pai, Alfredo Costa, caindo depois varado por duas balas do outro atirador, o Buiça. Se as exéquias reais foram impressionantes, as dos assassinos não lhes ficaram atrás, reflectindo bem o ambiente político de Portugal, na altura. Ligeiramente ferido num ombro durante o atentado, o jovem príncipe sobrevivente, d. Manuel, tornar-se-ia nesse dia o rei d. Manuel II, que governaria apenas trinta e dois meses, até à instauração da República.

A pedido da rainha viúva, o secretário particular de d. Carlos, Bernardo de Pindela, conde de Arnoso, manteve-se ainda ao serviço por umas semanas para pôr em ordem os papéis e a correspondência do rei assassinado. Numa dessas manhãs, sentado à mesa de trabalho do seu gabinete no Paço das Necessidades, o seu secretário, José da Matta, estendeu-lhe uma carta que vinha dirigida a ele próprio, comentando:

— Uma carta para si, do governador de S. Tomé. Não é aquele que se matou lá?

— É, matou-se três dias antes do rei e do príncipe morrerem: parece que adivinhava...

— Mas dizem que ele se matou por causa de uma inglesa de quem era amante, a mulher do cônsul inglês...

— Pois, dizem muitas coisas dos mortos, que já cá não estão para se defenderem... — Bernardo Pindela suspirou e abriu o envelope com uma pequena faca de papel em prata. Lá dentro vinha outro envelope fechado dirigido a "Sua Majestade el-rei d. Carlos", acompanhada de um curto bilhete destinado a ele próprio:

Caro amigo Bernardo de Pindela,

Não recusará este meu pedido, feito a título póstumo, de fazer chegar esta carta directamente às mãos de Sua Majestade, sem mais nenhuma intermediação.

Queria ainda que soubesse que muitas vezes, ao longo destes sofridos dois anos em S. Tomé e Príncipe, me lembrei das palavras que me disse em Vila Viçosa, querendo reforçar o pedido de el-rei para que eu viesse a aceitar o encargo que ele me cometeu: "Que mais de grandioso poderá levar você da vida?". A resposta é esta: deixei aqui a minha vida; que mais de grandioso poderia eu dar a el-rei?

Creia-me, com o respeito e a amizade de sempre,

Luís Bernardo Valença

O conde de Arnoso suspirou e abriu a carta dirigida a d. Carlos, começando a lê-la, enquanto percorria de pé o aposento. Quando chegou ao fim, tinha parado defronte da janela de onde se via o Tejo e uma fragata inglesa que saía barra fora — decerto um dos navios de Sua Majestade britânica que tinham vindo para as exéquias reais. Ficou assim um bocado, mergulhado nos seus pensamentos, com a carta aberta na mão.

— Então, que diz ele? — José da Matta estava curioso. — Coisas que ainda possam ter interesse?

— O que é que ainda poderá ter interesse, agora? Tudo acabou ou acabará em breve: é o fim de uma época. O que me angustia é pensar que fui eu que sugeri o nome deste rapaz a el-rei, fui eu que o convenci a ir a Vila Viçosa falar com o rei, fui eu que insisti para que aceitasse a missão em S. Tomé. Se não o tivesse feito, ele estaria ainda vivo.

Bernardo de Pindela parecia ainda mais abatido do que nos últimos dias.

— Ora, senhor conde, ele não morreu da missão, morreu de amor. E disso, só ele é que é responsável...

Bernardo de Pindela varreu-o quase com desdém:

— O que sabe você disso, José da Matta? Acaso leu a carta antes de mim?

— Não...

— Então, respeite as razões de um homem que o levaram a ter uma atitude tão trágica como a de pôr termo à própria vida. Só ele e Deus conhecem as verdadeiras razões. O outro homem que poderia conhecer parte delas está morto, e o outro, que acaba de as conhecer e que sou eu, guarda o segredo consigo.

Caminhou até à lareira acesa e, com um gesto de resignação, atirou lá para dentro a carta de Luís Bernardo para o rei e ficou a vê-la ser lentamente engolida pelas chamas. E, enquanto o papel ardia, comentou, filosoficamente, para si próprio:

— Enfim, uma carta de um homem que morreu depois de a escrever, para outro que morreu antes de a ler. Considerando o facto de terem morrido tão próximos no tempo, quem sabe, talvez se encontrem lá em cima e se possam explicar um ao outro!

Em 22 de maio de 1908, *O Século*, na sua secção de noticiário das colónias, dava conta de que o cônsul da Inglaterra em S. Tomé e Príncipe, David Jameson, tendo sido dada por finda a sua comissão, fora colocado na chefia do governo provincial de Colombo, no Ceilão, embarcando, na companhia da sua mulher, no *HMS Sovereign of the Seas*, pela rota do Cabo.

Em 14 de março de 1909, as firmas inglesas Cadbury Bros, de Bournville, J. S. Fry & Co, de York, e Rowtree & Co, de Bristol, em nome de todas as companhias inglesas importadoras de cacau, decretaram oficialmente o boicote às importações provenientes da colónia portuguesa de S. Tomé e Príncipe.

AGRADECIMENTOS

À Ana Xavier Cifuentes, que tão entusiasmada e generosamente aceitou o meu convite para me ajudar na pesquisa histórica para este livro e que, de Vila Viçosa a S. Tomé e Príncipe, foi incansável, meticulosa e sempre estimulante nas suas buscas. Sem a sua ajuda, tudo teria sido infinitamente mais difícil.

Aos meus editores, António Lobato Faria e Gonçalo Bulhosa, da Oficina do Livro, que foram editores no sentido completo da palavra. Primeiro, convencendo-me e incentivando-me a escrever, depois, não deixando nunca que eu desistisse ao longo dos dezasseis meses desta empreitada, e, finalmente, prestando-se a uma revisão crítica e detalhada de todo o livro, em muito facilitando as minhas próprias revisões.

Ao Francisco Xavier Mantero, cuja paixão antiga por S. Tomé e Príncipe me fez querer conhecer as ilhas e cuja oferta, há uns anos atrás, de um livro sobre S. Tomé me inspirou esta história. Está provado que não é em vão que se oferece um livro a um amigo.

À minha mulher, Cristina, que segurou sempre, mesmo quando à distância, a mão que escreveu este livro.

Às entidades que gentilmente se dispuseram a colaborar no trabalho de pesquisa e documentação: Fundação da Casa de Bragança, Arquivo Histórico de S. Tomé e Príncipe, Automóvel Clube de Portugal, CP e EDP.

BIBLIOGRAFIA DE CONSULTA DO AUTOR

Alexandre, Valentim – *Os Sentidos do Império — Questão Nacional e Questão Colonial na Crise do Antigo Regime Português*, Edições Afrontamento, Porto, 1983.

Basto, António Ferreira Pinto – *Viagens por Terra com El-Rei D. Carlos*, Chaves Ferreira, Publicações SA, Lisboa, 1997.

Breyner, Thomaz de Mello – *Memórias* — Vol. i, ii e iii, Parceria António Maria Pereira, Lisboa, 1930 e Oficina Gráfica, Lisboa, 1934.

Breyner, Thomaz de Mello – *Diário de um Monárquico* — Vol. i, ii e iii, Edição de Gustavo de Mello Breyner Andresen, Porto, 1993-2003.

Campos, Ezequiel – *Melhoramentos Públicos na Ilha de S. Tomé*, Edição C.M.S. Tomé, Lisboa, 1910.

César, Amândio – *Presença do Arquipélago de S. Tomé e Príncipe na Moderna Cultura Portuguesa*, Edição C.M.S. Tomé, 1968.

Comissão do Centenário de Mouzinho de Albuquerque – *Cartas de Mouzinho de Albuquerque ao Conde de Arnoso*, Lisboa, 1957.

Corpechot, Lucien – *Souvenirs de la Reine Amélie de Portugal*, Pierre Lafitte Éditeurs, Paris, 1914.

Dicionário de Geographia Universal, Edição dos Correios e Telégraphos, Lisboa, 1978.

Ennes, António – *A Guerra de África em 1895* (edição actualizada), Prefácio, Lisboa, 2002.

Fernandes, Filipe S. – *Fortunas & Negócios — Empresários Portugueses do Século XX*, Oficina do Livro, Lisboa, 2003.

Gramophon – *The Centenary Edition, 1897-1997: Hundred Years of Great Music*, Ed. The Gramophon Company, Londres, 1998.

La Pierre, Dominique e Collins, Larry – *Cette Nuit la Liberté*, Éditions Robert Laffont, Paris, 1975.

Lavradio, Sexto Marquês do – *Memórias*, Ática Editores, Lisboa, 1947.

Loureiro, João – *Postais Antigos de S. Tomé e Príncipe*, Edição de Autor, Lisboa, 1999.

Loureiro, João – *Memórias de Luanda*, Edição de Autor, Lisboa, 2002.

Mantero, Francisco – *Obras Completas — Vol. I: A Mão-de-obra em S. Tomé e Príncipe*, Edição Carlos Mantero, Lisboa, 1954.

Martinez, Pedro Soares – *História Diplomática de Portugal*, Verbo, Lisboa, 1985.

Martins, Rocha – *D. Carlos — História do seu Reinado*, Edição de autor, Lisboa, 1926.

Mónica, Maria Filomena – *A Queda da Monarquia — Portugal na Viragem do Século*, D. Quixote, Lisboa, 1987.

Mónica, Maria Filomena – *Eça de Queirós*, Quetzal, Lisboa, 2001.

Nobre, Eduardo – *Família Real: Álbum de Fotografias*, Quimera, Lisboa, 2002.

Ornellas, Ayres d' – *Colectânea das suas Principais Obras Militares e Coloniais*, Agência-Geral das Colónias, Lisboa, 1936.

Ornellas, Ayres d' – *Cartas d'África — Viagem do Príncipe Real*, Ed. Agência-Geral das Colónias, Lisboa, 1928.

Schweinitz Jr., Karl de – *The Rise & Fall of British India — Imperialism as Inequality*, Routledge, London, New York, 1989.

SILVA, Fernando Emygdio da – *O Regime Tributário das Colónias Portuguesas*, Typographia Universal, Lisboa, 1906.

STRACKEY, Sir John – *India and its Administration and Progress*, Londres, 1911.

VALENTE, Vasco Pulido – *O Poder e o Povo — A Revolução de 1910*, D. Quixote, Lisboa, 1974.

VICENTE, Ana e VICENTE, António Pedro – *O Príncipe Real Luís Filipe de Bragança*, Edições Inapa, Lisboa, 1998.

Jornais e Revistas (1904-1908)

Boletim Oficial de S. Tomé e Príncipe

Diário de Notícias

Ilustração Portuguesa

Jornal das Colónias

O Século

POSFÁCIO

Bem no meio da rota cega

"Ilhas são lugares de solidão." Uma frase como essa parece definitiva quando se trata de caracterizar o belo desterro que Miguel Sousa Tavares escolheu para acolher sua "criatura". Luís Bernardo, um perfeito janota, um homem do mundo e do comércio, um bon-vivant em todos os sentidos do termo e um galanteador inveterado, por vezes se punha a refletir sobre o mundo em que vivia.

Bastou-lhe uma interpretação mais aguda, uma crítica bem-feita à mão de obra que não oficialmente se empregava nas colônias ultramarinas do Império português, para que lhe fosse destinada uma missão impossível; uma cartada certeira do destino. A lei aboliu em 29 de abril de 1875 a escravidão nos diferentes territórios portugueses, mas o dilema moderno do personagem principal do romance *Equador* foi entender, na pele, o velho e bom ditado: "De perto a realidade é outra". Ser ou não ser, estar ou não estar, parecem ser dilemas do galante burguês Luís Bernardo, mais dado aos jogos de mesa e aos salões elegantes do que à vida impossível em S. Tomé e Príncipe: a menor das possessões do reino de Portugal. Lá ele chegaria na qualidade de governador de uma terra ingovernável porque profundamente dividida na natureza e nos homens que moravam nas ilhas; ou melhor, que eram obrigados a morar. Isso porque ninguém parece escolher essas bandas como seu lar; isso se tiver o arbítrio a seu favor.

Pois o livro não trata apenas do *Equador* — essa faixa de terra onde "não existe pecado", como canta a versão popular —, mas sim, e como explica nosso narrador, desse "desterro no Equador"; "desse pedaço de terra tropical à deriva no Atlântico"; "dessas duas ilhas perdidas da costa Ocidental da África". Por lá reinava um calor que fazia transpirar a mais gélida criatura; uma selva de mosquitos incomodavam as noites pacatas, quietas e úmidas; chuvaradas irrompiam dos céus sem dó nem piedade, e uma natureza selvagem se escondia por detrás do reino dos Obós, uma floresta densa que tomava parte significativa das ilhas, com seus labirintos de árvores gigantescas — jacas, ocás, cipós, micondós, marupiões, mangues, begônias — e por baixo delas, enroladas nelas, "as rastejantes": a lemba-lemba, a corda d'água, a corda-pimenta, a liana-trepadeira ou a terrível cobra negra, cuja picada mais se parecia com um beijo da morte: rápido e fatal. Lá se encontrava, ainda, "o pior clima do planeta e toda a espécie de doenças que se possa imaginar".

Localizadas a duzentos quilômetros da Costa Oeste da África Central, S. Tomé e Príncipe são ainda hoje consideradas as menores ilhas do mundo. Mas o que antes era castigo hoje parece prêmio e isca para turistas ávidos por paragens exóticas: florestas tropicais, praias com areias brancas e pretas, cachoeiras grandiosas, baleias à beira-mar, centenas de plantas e pássaros nativos.

Descobertas e colonizadas pelos portugueses em finais do século XV, as duas ilhas vizinhas foram utilizadas, em primeiro lugar, para o plantio e cultivo da cana. Depois, em função da concorrência e após a possessão amargar um largo período à míngua, introduziu-se ali o cacau, que a viabilizou e tornou lucrativa. Porém, o preço monetário e humano seria alto, uma vez que não havia alma que em sã consciência optasse por se instalar em tal lugar, feito para ser "de passagem": passagem como geografia, passagem como vocação. Por isso, os trabalhadores lá chegavam de maneira compulsória, até mesmo quando a abolição da escravidão já era fato para Portugal e seu império. Mas não, exatamente, em S. Tomé e Príncipe.

E assim, nesse lugar esquecido por Deus e pelo Diabo, reinava uma "escravidão invisível", porque naturalizada tal qual a paisagem imparcial e ingênua. Conforme explicava Sebastião, o fiel mordomo negro do governador Luís Bernardo: "Branco é branco, preto é preto, mas mulato, aqui, não beija mão nem dá a mão a beijar. O melhor mesmo é ficar em casa...". Ou então como asseverava um capataz de uma fazenda do interior: "Cada um tem o seu lugar, não fomos nós que fizemos o mundo, foi Deus. Foi ele, que eu saiba, que fez os brancos e os pretos, os ricos e os pobres". Essa filosofia nativa parecia ser corroborada pelo mural da casa em que nosso governador passaria a viver. Lá estava representada uma cena cotidiana de roça, com a casa-grande, a senzala e o feitor branco dando ordens aos trabalhadores negros, tudo emoldurado por uma floresta de cacaueiros. A cada um o seu lugar.

Afinal, cacau era o negócio local, e as duas ilhas viviam da cultura e de sua exportação. Não que se comesse mal por aquelas bandas em que não faltavam frutas, pesca e alguma caça, mas a lógica era dada por um mercado de fora e voltado para o exterior, transformando a ilha num pedágio breve na intenção de todos, mas na realização de poucos. Como o nosso livro explica: "aparentemente não aparecem candidatos para o lugar. Uns porque não sabem onde fica e outros porque sabem e não querem ir para lá".

Luís Bernardo, tornado idealista por uma armadilha bem armada pelo próprio rei Carlos de Portugal, cuja monarquia andava com seus dias contados, também oscilava entre ver e não ver o que a realidade insistia em mostrar. Afinal, sua missão era provar, diante do cônsul inglês — que, assim como ele, tinha data marcada para chegar a S. Tomé —, a inexistência da escravatura nas ilhas. Por essas e mais tantas a missão de Luís Bernardo era mesmo irrealizável, já que carregava, em sua base, várias fraquezas. A mais forte era a constatação de que, a cada ano, chegavam às ilhas 3 mil trabalhadores vindos de Angola e nenhum retornava. Como explicar tamanha "liberdade" sem a contrapartida da movimentação voluntária e do retorno desejado ao lar? Sobretudo nesse local ermo, onde ninguém ficava por livre e espontânea vontade.

Entretanto a tarefa era mais árdua. O novo governador estava lá para observar tudo, controlar ainda mais, mas nada de essencial deveria ser alterado. Seguindo a máxima de Lampedusa: "Era preciso que algo mudasse para que tudo ficasse exatamente como estava". Não se poderia animar a insurreição nas ilhas — sempre um fantasma à espera —, e muito menos colocar em causa sua prosperidade. Afinal, "quem manda ali é Portugal e o governador é que representa o país e o rei". Além do mais, a despeito de ter certeza da existência de trabalhos compulsórios nas ilhas, o governador, como representante do Império, deveria provar que Portugal "não pratica e nem consente a escravidão em seus territórios".

É esse o cenário que Miguel Sousa Tavares constrói, a partir de acurada pesquisa histórica e contando com a pouca documentação que cerca essas duas ilhas improváveis. A narrativa não se limita, porém, a recuperar as fontes; na verdade, é uma obra prima por equilibrar em doses bem ministradas ficção e não ficção. Se o medo do "haitismo" (da rebelião escrava que estourara no Haiti levando-o à independência em 1804) parece rondar e espreitar o romance, tal qual a cobra negra; se o contraste entre a metrópole e suas colônias deve muito aos dados retirados dos arquivos, e se a descrição das ilhas — dos seus costumes, lugares e gentes — parece retirada de um manuscrito desbotado pelo tempo, o leitor fica preso, e num crescente, é por conta do enredo original e da intriga bem urdida.

No romance há um pouco de tudo: uma boa insurreição, o exílio voluntário e depois forçado, uma trama política intricada, mas, igualmente, aventura, e um triângulo amoroso que une e afasta os três grandes protagonistas de *Equador*. Aí estão, unidos pelo azar, Luís Bernardo, com seus 38 anos até então muito bem vividos; David, aquele que se sai bem em qualquer situação, com 34, e a bela e loira Ann, de trinta. Reunidos pelo orgulho passageiro de Luís Bernardo, pelo deslize de David no jogo de cartas e pela fidelidade de Ann, a trinca amarga a única amizade possível naquelas ilhas do cacau, nos idos de 1906 a 1907.

Não há por que resumir o enredo que se lê como vício bom, o qual não se pode ou quer interromper. Na verdade, a densidade da narrativa é tal, que logo no início já parecemos bons amigos dessa trinca isolada e inteligente.

Da minha parte, historiadora de ofício e paixão, fui logo querendo tentar separar o joio do trigo, a ficção da realidade; tarefa tão inglória como inócua, e, neste caso — é preciso confessar —, pouco importa. Foi quando me lembrei de um livro do antropólogo norte-americano Marshall Sahlins que trata do desencontro cultural ocorrido no momento da chegada do capitão Cook às ilhas do arquipélago onde se encontra o Havaí. Claro que o contexto é outro, assim como os impasses históricos; porém, nessa obra dá-se, igualmente, uma especial atenção às “ilhas”, tanto que o livro se intitula *Ilhas de história*. Ilhas de história, pois tratam-se de muitas (ilhas e histórias): cada pequena localidade conta sua origem e seu pequeno devir. Mas também porque todo país pode ser considerado uma ilha, na maneira como vive isoladamente seu destino. Mais do que isso, todo aquele que pretende influir na trajetória desses povos fechados em si mesmos acaba de alguma forma desenganado. Foi assim com Luís Bernardo; assim com David, também. Nesses mundos circulares, quem parece vencer é sempre a própria realidade local, que insiste em não se alterar diante do que vem de fora, retornando sempre a seu ritmo interno e relendo na sua própria perspectiva o que não entende ou não aceita. Por isso diz o antropólogo que, nesses casos, muitas vezes a realidade vira metáfora e a ficção realidade.

Agostinho de Jesus Júnior, secretário-geral das ilhas, já servira quatro governadores diferentes e tinha certeza de que sobreviveria às manias de mais um. Como se lê no romance: "Os Agostinhos da África jamais regressavam". Mais ainda, eles sabem que tudo volta a seu curso, e que as mudanças podem ser mais passageiras do que as continuidades.

Até mesmo no despertar maravilhoso do século XX, esse século que prometeu a civilização, a igualdade e o fim das servidões de todo tipo mas entregou o "embaraço da exclusão", como bem mostraram Hannah Arendt em *Origens do totalitarismo* e Leo Spitzer em *Vidas de entremeio*, a realidade das ilhas não parecia diferente. Afinal, nesse alvorecer do século XX, em que tudo era possível, nossos protagonistas sonharam mudar o mundo, tendo como ponto de partida as pequeninas S. Tomé e Príncipe. Em seus desejos e ambições mais íntimos, eles não estavam distantes da famosa frase de Victor Hugo, que, sempre loquaz e superlativo, afirmou: "Declaro que haverá sempre infelizes, mas que é possível deixar de haver miseráveis". Entretanto, e mais uma vez, de perto a realidade é outra.

Pois bem, em S. Tomé e Príncipe havia uma massa de miseráveis, presa a um cotidiano que os condenava a uma "servidão voluntária", porque justificada pela história local, pelas práticas milenares, pela realidade que demandava esse tipo de trabalho, e, cada vez mais, pela ciência que dividia, a partir de modelos científicos raciais, a humanidade numa hierarquia estrita e evolutiva.

Cenário montado, Miguel Sousa Tavares distribui as cartas com maestria, mas nós já intuímos como o jogo vai acabar. Num mundo que prometia o progresso e a civilização, que tinha nas luzes do esclarecimento seu grande trunfo, S. Tomé e Príncipe aparecem como ilhas na realidade e na metáfora. Ilhas, porque podem ser entendidas como exceção; um ou dois pontos de interrogação em meio a uma série de exclamações e certezas. Metáforas, pois iluminam uma situação comum ao momento, o qual evidentemente a transcende.

É consenso que o nascer do século XX foi saudado como uma era das certezas; da crença na ciência como a única a unificar a humanidade. Mas não há regra sem violação; não há padrão sem ausência, e assim eram as nossas ilhas: um pedaço de exceção e falta. Na verdade, elas eram e não eram diferentes do que se passava por outros cantos desse vasto mundo. Diz o antropólogo Louis Dumont que foi bem no final do século XIX, quando se difundiu o princípio universal do igualitarismo como modelo de Estado e de civilidade, que foram criados, e ao mesmo tempo, os racismos científicos. Não vigoravam mais as manifestações de racismo pautadas na escravidão jurídica e mercantil, e sim os racismos científicos, que passavam a naturalizar outras escravidões, porque baseadas numa pretensa superioridade biológica. Nesse sentido, S. Tomé era mesmo uma ilha, pois exemplificava, em doses diminutas mas superlativas, o que se passava de maneira invisível em outras partes mais luminosas do planeta: novas formas de servidão e processos recentes de exclusão social.

No meio desse turbilhão estavam Ann, David e sobretudo Luís Bernardo, que, não sendo exatamente vítimas, de certa forma sofreram do mal e das ambiguidades dessa virada de século. Acreditaram nas utopias e ressentiram-se por conta delas.

Dizem que momentos de virada são bons para pensar. Nessa, que celebrou a passagem do século XIX para o XX, acreditava-se demais nas novas possibilidades advindas de um progresso evolutivo considerado o ápice da racionalidade burguesa. Nunca se projetou tanto o futuro, cujos ícones maiores eram a iluminação a gás, o carro, a locomotiva e o avião. Velocidade era o grande símbolo da época, manifestada pelos transportes ou até mesmo pela fotografia, que oferecia a reprodução do instante e do imediato. Mas eram os inventos cada vez mais acelerados e toda uma série de engenhocas que mostravam como o novo século parecia não ter limites. Essa é a época da invenção dos fósforos, do fogão a gás, da borracha, da bicicleta, do telégrafo, da anestesia, da máquina de costura, do parto sem dor, da Coca-Cola, do telefone, da cocaína, da caneta-tinteiro, da máquina de escrever, do cinematógrafo, do barbeador elétrico... Uma miríade de produtos incendiava a imaginação e fazia do impossível um nome e um conceito a serem ultrapassados com certa facilidade. Por outro lado, a despeito de tantas certezas, ninguém escapava dos temores diante do descontrole e daquilo que se desconhecia. Temia-se o cometa Biela, que insistia em passar sobre as cabeças de todos, as marés que subiam rápido demais, os ventos que se transformavam em furacões, assim como os desarranjos da velocidade, que provocavam desastres de todo tipo. As utopias, por mais infindas que pudessem parecer, não poucas vezes encontravam suas barreiras e impedimentos.

A monarquia portuguesa acabaria seus dias em outubro de 1910, em meio a vários escândalos. O primeiro deles referia-se exatamente à maneira como o país havia se submetido (exatamente) aos interesses coloniais britânicos. Em janeiro daquele ano, foi enviado pelo governo inglês um "Memorando" exigindo a saída das tropas portuguesas dos territórios (atuais Zâmbia e Zimbábue) que ficavam entre Angola e Moçambique. A aceitação por parte de Carlos I de tal ato de arbitrariedade depôs imediatamente contra a popularidade do rei e da Família Real, logo acusados de resumir neles próprios a decadência e a dependência que passaram a vigorar no país. A situação só pioraria com a crise financeira ocorrida entre os anos de 1890 e 1891, incompatível com o que eram considerados gastos abusivos da Família Real. A monarquia era acusada de não acompanhar e não incentivar a modernidade, e o exemplo brasileiro, que proclamara a República em novembro de 1889, era saudado na antiga metrópole com grandes doses de otimismo.

Mas o caldeirão continuava a ferver. Em fevereiro de 1908, d. Carlos voltava a Lisboa, vindo de Vila Viçosa, no Alentejo: o mesmo lugar em que, na ficção, nosso Luís Bernardo encontrara o rei, antes de partir em missão nos idos de 1906. Por lá o soberano passara mais uma temporada de caça ao lado do príncipe herdeiro Luís Filipe, e mal imaginava o que o futuro lhe reservava: foram os dois assassinados em plena praça do Comércio. O atentado caiu na conta do progressivo desgaste do sistema e na erosão política causada pela alternância mecânica de dois partidos no poder: o Progressista e o Regenerador. Isso sem esquecer o papel tão criticado, como contestado, do rei, que fechou o parlamento para implementar medidas consideradas prementes para a "moralização da vida política em Portugal e no seu império"; justamente ele, que era acusado de gastar abusivamente. O fato é que a agenda política ia ficando cada vez mais nervosa com a questão dos adiantamentos monetários reservados à Casa Real, ou com a assinatura de um decreto, em 30 de janeiro de 1908, que estabelecia o degredo nas colônias, sem julgamento prévio, dos participantes envolvidos na intentona republicana fracassada de 28 de janeiro do mesmo ano. Sempre as mesmas colônias...

É também nesse momento que realidade e ficção tornam a se encontrar. Em 29 de janeiro de 1908 morrera Luís Bernardo, nosso personagem principal em *Equador*, que nessa data assinara sua carta-testamento. Foi em fevereiro, conta o narrador, que o secretário particular de d. Carlos, conde de Arnoso, mantido no posto por algumas semanas a pedido da rainha viúva, recebeu a carta assinada pelo governador de S. Tomé endereçada a Sua Majestade el-rei d. Carlos e assinada por Luís Bernardo Valença.

A essas alturas eram dois mortos, cada um de um lado do Atlântico. "É o fim de uma época", sentenciou o conde de Arnoso, na ficção e quiçá na realidade. Afinal, essa época se acabava para dar à luz a "modernidade", tantas vezes anunciada no orgulhoso século XX. Só as duas ilhas pareciam continuar iguais: as mesmas. Restavam perdidas no meio do mar, à deriva, fazendo jus à fama ambígua de tudo que se passa no Equador. Essa é a linha que marca o clima quente, morno, úmido. É também o sinal claro dos calores do tempo e do sexo, dos costumes relaxados, do território onde tudo é possível. Mas, como prediz, logo de início, nosso narrador, essa é ainda a linha de demarcação simbólica (e pragmática) que separa dois mundos: o Norte do Sul, o Setentrional do Meridional. Por fim, é possível lembrar, como faz Miguel Sousa Tavares, que, entendida a partir de sua versão popular, e ao se desmembrar a palavra *Equador*, ela acaba dando origem a outras três: "É com dor".

Nada muda ou permanece sem certa dose de sofrimento. Nosso governador pretendeu mudar a desigualdade que já fazia parte da geografia das ilhas e mostrar como nada havia de natural ou aceitável na posse de um homem por outro. Padeceu, porém, do mal da virada do século e de suas ambiguidades tão constituintes, que anunciaram a igualdade mas acabaram por entregar a exclusão social.

Nossos três personagens são quase ícones de seu contexto. Ann e David, como bons súditos do prático Império britânico, seguiram seus rumos e seu próprio destino longe das ilhas perdidas no oceano Atlântico. Já Luís Bernardo virou metáfora desses novos tempos que anunciavam o controle e a racionalidade científica mas entregavam o próprio descontrole e as falácias de uma modernidade incompleta e vista da periferia. Nesse sentido, esses dois pedaços de terra, desgarrados do mundo e ainda hoje chamados de "um paraíso desconhecido na África", parecem ter permanecido como sempre estiveram: perdidos em meio ao oceano, fazendo sua própria rota cega. Como conta o romance: "S. Tomé e Príncipe era aquilo, nada mais do que aquilo, três montes justapostos, à deriva no meio do mar e envoltos em nevoeiro".

Lilia Moritz Schwarcz
Professora titular do
Departamento de Antropologia da USP

1ª EDIÇÃO [2011] 12 reimpressões

ESTA OBRA FOI COMPOSTA POR ACOMTE EM SABON E
IMPRESSA PELA GEOGRÁFICA EM OFSETE SOBRE PAPEL PÓLEN DA
SUZANO S.A. PARA A EDITORA SCHWARCZ EM MAIO DE 2025

FSC
www.fsc.org
MISTO
Papel | Apoiando
o manejo florestal
responsável
FSC® C019498

A marca FSC® é a garantia de que a madeira utilizada na fabricação do papel deste livro provém de florestas que foram gerenciadas de maneira ambientalmente correta, socialmente justa e economicamente viável, além de outras fontes de origem controlada.